BRENDA VANTREASE

Die Schriftenhändlerin

Autorin

Brenda Vantrease promovierte an der Middle Tennessee State University in englischer Literatur. Sie arbeitete viele Jahre als Englischlehrerin und Bibliothekarin, doch ihre wahre Leidenschaft galt schon immer der englischen Geschichte und Literatur. Brenda Vantrease lebt in Nashville, Tennessee.

Brenda Vantrease

Die Schriftenhändlerin

Roman

Aus dem Amerikanischen
von Gloria Ernst

blanvalet

Die amerikanische Originalausgabe erschien 2007 unter dem Titel
»The Mercy Seller«
bei St. Martin's Press, New York.

MIX
Papier aus verantwortungsvollen Quellen
FSC® C014496
FSC
www.fsc.org

Verlagsgruppe Random House FSC® N001967

1. Auflage
Taschenbuchausgabe 2019
bei Blanvalet, einem Unternehmen der
Verlagsgruppe Random House GmbH,
Neumarkter Straße 28, 81673 München

Dieses Werk wurde vermittelt durch die Literarische Agentur
Thomas Schlück GmbH, Hannover.
Umschlaggestaltung und -motiv: www.buerosued.de
Redaktion: Ilse Wagner
JB · Herstellung: wag
Satz: Uhl + Massopust, Aalen
Druck und Bindung: GGP Media GmbH, Pößneck
Printed in Germany
ISBN 978-3-7341-0754-2

www.blanvalet.de

Für Don

PROLOG

Prag, Böhmen
1410

Jan Hus stand an einem offenen Fenster hoch oben im linken Turm der Teyn-Kirche, um sich von dort aus die Verbrennung anzusehen. Diese Kirche gab ihm Mut. Es war eine Hussitenkirche, eine böhmische Kirche, die nicht mit Geld aus Rom erbaut, sondern vom böhmischen Volk errichtet worden war. Aber selbst hier, an diesem geheiligten Ort, spürte er ein ungutes Gefühl in seinem Magen, als er die Szene beobachtete, die sich unter ihm auf dem Marktplatz abspielte. Diese öffentliche Verbrennung war nichts anderes als Erzbischof Zybneks Kriegserklärung.

Heute waren es nur die Bücher, nur heilige Worte, die man den Flammen übergab, und nicht die Menschen, die sie kopiert hatten. Was hier brannte, war kein Fleisch. Aber dies sollte nur das Vorspiel zu einem weit größeren Drama sein.

Hus war sich dessen so sicher, wie er wusste, dass die Kirche, die ihn exkommuniziert hatte, durch und durch verdorben war. Sie hatte, so wie ein Fisch, vom Kopf her zu stinken begonnen. Das Papsttum predigte Lügen und ging mit falscher Erlösung hausieren, nur um seine Machtgelüste zu finanzieren. John Wycliffe war der Erste gewesen, der auf die Missstände im Klerus hingewiesen hatte. Er war es auch gewesen, der als Erster die Bibel in die Sprache des Volkes übersetzt hatte, damit die Menschen erfuhren, dass die »Wahrheiten«, die die Mönche ihnen predigten, nichts als Lügen waren, Lügen, die nur ihnen selbst nutzten und nicht zu Christus führten, so wie sie behaupteten. Jan Hus war entschlossen, die Bewegung, die Wycliffe in England ins Leben gerufen hatte, in Böhmen weiterzuführen.

Warum aber stand er dann nicht unten auf dem Marktplatz, um der Verbrennung der Bücher Einhalt zu gebieten? Er, der es wagte, sich der Heiligen Mutter Kirche zu widersetzen und den Gläubigen bei der Feier der heiligen Messe nicht nur Brot, sondern auch Wein reichte? Er, der jeden Sonntag von seiner Kanzel in der Bethlehem-Kapelle herab flammende Reden gegen die falschen Lehren gelehrter Mönche und römischer Prälaten hielt? War er zu feige, um eine Brigade von »ketzerischen« Lollarden um sich zu versammeln und ein wenig Wasser in die Flammen des Erzbischofs zu gießen?

Sie werden dich noch früh genug kriegen, Hus, argumentierte die Vernunft. *Sei also nicht zu stürmisch. Das dort unten ist nur Papier, nur Tinte und Pergament. Bücher kann man ersetzen, nicht aber die Hände, die sie kopiert haben. Und je mehr Bücher der Erzbischof verbrennen lässt, desto mehr werden diese Hände kopieren, so lange, bis auch in der bescheidensten Hütte des Heiligen Römischen Reiches ein Evangelium in der Landessprache zu finden ist.*

Trotz alledem sah er sich jetzt selbst auf diesem Scheiterhaufen stehen, als er in die Dämmerung über Prag hinausblickte. Er begann zu schwitzen, denn er hatte das Gefühl, als stünde er inmitten der brennenden Reisigbündel und als würden die Flammen bereits mit gierigen Zungen am Saum seines Pfarrermantels lecken. Er konnte den Gestank seiner versengten Haare riechen, spürte die Brandblasen auf seiner Haut. Die Galle stieg ihm im Hals hoch. Er schloss das Fenster und wandte das Gesicht ab, um der imaginären Hitze zu entgehen, die die Luft versengte und auf seinem Gesicht, in seinen Augen, in seiner Kehle und tief in seiner Brust brannte.

Herr, gib mir Mut für diesen Tag.

Er betete sein Gethsemane-Gebet auf Böhmisch, nicht auf Latein, und hegte dabei die Hoffnung, dass der Kelch zumindest an diesem Tag noch einmal an ihm vorübergehen würde. Schließlich gab es für ihn noch so viel zu tun.

Wie schlau der Erzbischof diese Stelle in der Staré Město, der Altstadt, gewählt hatte. Der Rauch des Scheiterhaufens würde auf dem gesamten Weg bis hin zur Bethlehem-Kapelle wahrzunehmen sein, dort, wo Hus jeden Sonntag das predigte, was der Engländer John Wycliffe gelehrt hatte.

Er sah wieder auf den Platz hinunter, wo gerade Erzbischof Zybnek wie ein Pfau herumstolzierte. Sein Brokatgewand, sein goldenes Pektorale, seine weiße Bischofsmitra, gespalten wie die Zunge einer Schlange, glitzerten im Feuerschein. Bei jedem Pergament, das er auf den Scheiterhaufen warf, zischten die Flammen, und es stoben unzählige orangefarbene Funken in den dämmerigen Himmel. Die Menge schrie protestierend auf. So viel Arbeit, eine solche Pracht, so viele fromme Gedanken, die da einfach ins Feuer geworfen wurden.

Zybnek hob seinen Bischofsstab, um den Kirchturm triumphierend zu grüßen, so als wüsste er, dass sein erbittertster Gegner ihm von dort oben durch eines der dunklen Fenster zusah.

Hus, nimm dich in Acht, sonst bist du der Nächste, der in meinem Feuer brennt. Deine dünne, bleiche Haut wird nicht so angenehm riechen wie das Kalbsleder hier. Dies war die unausgesprochene Warnung, die in Feuer und Rauch geschrieben stand.

Hus trat einen Schritt vom Fenster zurück. Aber das Feuer der Entschlossenheit in seinem Innern brannte ebenso heiß wie die gelben Flammen, die die Bücher verzehrten. Unter dem Schutz von König Wenzel würde sich die Bewegung trotz des Hasses des Erzbischofs nicht unterdrücken lassen. Während diese Bücher brannten, war ein Heer von Kopisten bereits dabei, Ersatz für sie zu schaffen. Auch am kommenden Sonntag würde Hus in der Bethlehem-Kapelle predigen und den Menschen die Wahrheit verkünden. Er würde keine trockene lateinische Homilie halten, die sie nicht verstanden, sondern zu ihnen in ihrer böhmischen Muttersprache predigen, und in der Teyn-Kirche würde ein jeder die Messe feiern, indem er auch das symbolische Blut Christi aus dem Kelch trank.

Das Bild, wie er auf dem Platz auf dem Scheiterhaufen stand, verfolgte Hus jedoch bis in seine Träume. Und so sollte Johannes Hus noch in vielen Nächten durch den imaginären Geruch von versengten Haaren geweckt werden, bis dann schließlich der Tag kommen sollte, an dem dieser Geruch keine Einbildung mehr war.

1

Prag, Böhmen
Juli 1412

Der Avon in den Severn fließt,
Der Servern fließt ins Meer,
Und Wycliffes Staub verweht der Wind
Übers Wasser kreuz und quer.

aus einer Rede von Daniel Webster, 1849

Anna ging niemals zur Hrad hinauf, der prächtigen, von einer hohen Mauer umgebenen Burg, die auf einem Hügel auf der anderen Seite der Moldau stand und von dort oben aus auf Prag herabsah. Die Burg war für sie Welten entfernt. Auch die prächtige Kathedrale, die über die Burg wachte, besuchte Anna nie, denn sie wollte auf keinen Fall dem schrecklichen Erzbischof Zybnek begegnen. Zybnek, dem Bücherverbrenner.

Anna ging stattdessen zur Messe in der Teyn-Kirche, oder sie traf sich mit den anderen Prager Dissidenten in der Bethlehem-Kapelle. Nachdem Zybnek die ins Böhmische übersetzten Evangelien und Wycliffes Traktate, in denen dieser die päpstliche Korruptheit anprangerte und die priesterliche Autorität in Frage stellte, Schriften, die die Kirche als ketzerische Lollarden-Texte bezeichnete, öffentlich verbrannt hatte, hatte Hus seine stetig wachsende Gemeinde gewarnt: »Es wird der Tag kommen, an dem die römischen Prälaten sich nicht mehr damit zufriedengeben werden, nur das Wort Gottes zu verbrennen, dann werden sie auch jene verbrennen, die Gottes Wort zu den Menschen bringen. Wir müssen darum beten, dass wir die Kraft finden, eines Tages für unsere Überzeugung einzutreten. Für diesen Tag müssen wir uns wappnen.«

Auch ihr Großvater hatte seine kleine Schar von Gelehrten und Übersetzern gewarnt und sie scharf getadelt, weil sie in ihrem Eifer alle Vorsicht außer Acht ließen.

Ausgerechnet er hatte das gesagt!

Immerhin war es ihr Großvater – Finn, der Illuminator, Finn, der Kopist der Lollarden –, der die verbotenen Schriften und Übersetzungen zusammen mit Magister Jerome heimlich in Prag zu verbreiten begonnen hatte. Jerome hatte damals in Oxford studiert, und er hatte, als er in seine böhmische Heimat zurückkehrte, John Wycliffes Hauptwerke *Trialogus* und *De Ecclesia* in seinem Gepäck gehabt. In England streng verboten, hatten sie in der noch jungen Universität in Prag schnell große Beachtung gefunden. Ihr Rektor Jan Hus persönlich hatte Wycliffes Texte und auch einen großen Teil der Evangelien ins Böhmische übersetzt. Annas Großvater, der aufgrund seiner Kontakte mit den englischen Lollarden, den Anhängern Wycliffes, schon vor langer Zeit von der Insel geflohen war, hatte jahrelang direkt vor der Nase des Erzbischofs eine Gruppe von Akademikern in seinem kleinen Haus in der Stadt versammelt, wo sie dann die verbotenen Schriften kopierten.

Anna warf noch einmal einen Blick auf die Burg und die hohen Türme der St.-Veits-Kathedrale, die diese bewachten. Trotz der sommerlichen Hitze begann sie plötzlich zu frösteln. Aber heute wollte sie nicht an das Ungeheuer denken, das dort auf dem Hügel sein Unwesen trieb. Nicht an einem solchen Tag, an dem das Sonnenlicht glitzernde Diamanten auf das Wasser warf und die

Luft klar und rein war. Nicht an einem Tag, an dem die Vögel fröhlich ihre Kreise über dem Fluss zogen und ihre Schwingen in die watteartigen Wolken zu tauchen schienen.

Nicht an einem Tag, an dem sie sich mit Martin treffen würde.

Sie kehrte der Burg den Rücken zu und sah den Fluss hinunter. In der Ferne konnte sie eine Art Lager ausmachen, wahrscheinlich handelte es sich um Pilger, die Gottes Erde durchwanderten und dabei einen Schrein nach dem anderen besuchten – Jerusalem der heiligste –, um Buße zu tun. Dies nämlich war das, was jene Sünder taten, die es sich nicht leisten konnte, sich ihre Vergebung von der Kirche zu erkaufen.

Aus der Stadt, die sich zu ihrer Linken ausbreitete, näherte sich ihr jetzt eine vertraute Gestalt. Aber es war nicht jene, nach der sie Ausschau gehalten hatte. »Magister Jerome! Ich hatte eigentlich Martin erwartet«, sagte sie und merkte, dass sie errötete. Ihre Enttäuschung war nur allzu offensichtlich.

»Martin ist wohl anderweitig beschäftigt«, erwiderte der grauhaarige Magister mit müder Stimme. Dann übergab er ihr die Tasche, in der sich die Übersetzungen befanden, die beim nächsten Treffen kopiert werden sollten. »Vielen Dank, dass Ihr Euch um meine Wäsche kümmert, Mistress«, sagte er laut.

Wer konnte schon wissen, ob nicht der Karpfen im Fluss sie belauschte? Oder ob nicht der Holzfäller, der gerade seinen Karren über die steinerne Brücke zog, ein Spion des Erzbischofs war? Aber sie unterdrückte die sarkastische Bemerkung, die ihr auf der Zunge lag. Sie würde sich nicht über seine in ihren Augen übertriebene Vorsicht lustig machen, denn sie hatte viel zu großen Respekt vor dem, was er geleistet hatte.

Anna nahm die »Wäsche« des Universitätsmagisters entgegen und wollte ihm schon einen schönen Nachmittag wünschen, als sie plötzlich hastige Schritte hörte, die sich ihnen von der anderen Seite der Brücke her näherten. Sie drehte sich um und sah eine einsame Gestalt auf sie zueilen, so als wäre der Teufel höchstpersönlich hinter ihr her. Wenige Sekunden später stand Martin im schützenden Schatten des Brückenturms neben ihnen. Er rang nach Luft, sein Gesicht war gerötet, und sein widerspenstiges schwarzes Haar fiel ihm wirr in die Stirn.

»Es tut mir leid, Magister Jerome. Ich wurde aufgehalten –«

»Hattest du nicht einmal Zeit, deine Kappe aufzusetzen?« Anna strich Martin die Haare aus der Stirn, ein willkommener Vorwand, um sein Gesicht liebkosen zu können.

»Ich habe sie verloren. Aber aus einem triftigen Grund«, sagte er, noch immer nach Atem ringend. Dann blinzelte er Anna zu, holte tief Luft und senkte seine Stimme zu einem Flüstern. »Ich werde es dir bei unserem nächsten Treffen zeigen. Nein, ich kann nicht so lange warten. Ihr sollt es jetzt gleich sehen.« Er zog die beiden tiefer in den dunklen Durchgang des Brückenturms hinein, dann holte er aus seinem schlichten braunen Studentenwams ein schwarzes Päckchen aus Samt hervor. Es trug das Jerusalemkreuz.

»Steck das sofort wieder weg«, zischte Jerome. »Wie ist das überhaupt in deine Hände gelangt?«

»Ist es das, was ich glaube?«, fragte Anna und vergaß vor lauter Aufregung, leise zu sprechen. »Ich habe noch nie eines gesehen. Darf ich es mir ansehen?«

Jerome sah beunruhigt aus. »Nicht hier, Martin! Ihr habt doch nicht etwa –?«

»Nein, nein. Wir haben dem Ablassprediger nichts zuleide getan, wir haben ihn nicht einmal verprügelt – also, nun ja, vielleicht hat er jetzt ein paar … ein paar ganz kleine blaue Flecken. Er war gerade dabei, seinen Laden vor der Veits-Kathedrale aufzubauen. Stasik hat ihm gegen die Schienbeine getreten, und dabei hat der Ablasshändler seine ›Gnadenzettel‹ fallen lassen. Während er sich die Schienbeine rieb – er fluchte sogar auf Latein –, sind wir durch die Krumme Gasse davongerannt. Stasik in Richtung Neustadt und ich in Richtung Altstadt. Es war so leicht, wie einem blinden Bettler seine Pennys zu stehlen.«

Du solltest einem blinden Bettler lieber ein paar Pennys geben, dachte Anna, schwieg aber, weil sie ihn seinen Triumph genießen lassen wollte.

Martin grinste breit, während er seinen Blick immer wieder suchend über die Brücke wandern ließ, um sicherzugehen, dass ihm niemand gefolgt war. Wie üblich war die Brücke bei dieser nachmittäglichen Hitze so gut wie menschenleer. Bis auf den Holzfäller, der die Brücke gerade verließ, und einen Bettler, der am Tor auf der anderen Flussseite saß, war niemand zu sehen.

Anna erkannte an Jeromes finsterem Gesichtsausdruck, dass er keineswegs begeistert war. »Du Narr! Willst du wirklich den Zorn des Erzbischofs auf uns lenken? Warte nur, bis Finn erfährt, was du getan hast. Das ist nicht unsere Art.« Er entriss ihm das kleine Päckchen mit den päpstlichen Ablassbriefen und verbarg es rasch unter seinem Hemd.

Als der alte Magister den Namen von Annas Großvater erwähnte, dämpfte dies die von Martin zur Schau gestellte Tapferkeit sichtlich.

Jeromes graue Augenbrauen zogen sich zusammen, was seinen finsteren Blick noch verstärkte. »Ich glaube nicht, dass solche Heldentaten für dich sprechen, wenn der Illuminator einem Mann die Hand seiner Enkeltochter gibt.«

Er war, so wie auch sonst immer, sehr direkt.

Jetzt verflüchtigte sich auch der letzte Rest von Martins Lächeln.

»Ich möchte einen Brief sehen, Magister Jerome«, bat Anna. »Ich habe mein ganzes Leben lang gehört, wie mein Großvater und Ihr dagegen gewettert habt, dass der Papst Ablassbriefe verkauft, um seine Kriege zu finanzieren. Ich hatte stets den Eindruck, dass sie etwas sind, das der Teufel eigenhändig geschrieben hat, aber ich habe einen solchen Brief noch nie mit eigenen Augen gesehen.«

Der alte Mann sah sie an und schüttelte dann den Kopf. »Ihr seid genauso töricht wie Euer Freier. Ihr habt einander wirklich verdient«, sagte er. »Betet darum, dass man mich nicht verhaftet, bevor ich diese Briefe wieder losgeworden bin.«

»Bitte, Magister Jerome. Bringt die Briefe doch zur nächsten Zusammenkunft mit. Lasst sie uns sehen. Schließlich riskieren wir so viel, um die Welt davon zu befreien. Anschließend könnt Ihr sie dann gern verbrennen. Wir werden sie auf unserem eigenen kleinen Scheiterhaufen verbrennen!«

Sie lächelte ihn an, so bezaubernd, wie sie schon als Kind ihren Großvater angelächelt hatte, wenn sie ihn aus der melancholischen Stimmung reißen wollte, die sich von Zeit zu Zeit über ihr kleines Haus am Marktplatz legte. »Bitte. Nur ein ganz kleiner Scheiterhaufen. Nur für uns. Als eine Art süße Rache, und um uns in unserem Tun zu stärken und zu motivieren.«

»Mir scheint, dass wir schon motiviert genug sind«, meinte er bissig, bevor er sich zum Gehen wandte. Aber wenigstens sah er jetzt nicht mehr ganz so finster drein.

»Er wird sie bestimmt mitbringen«, sagte Anna, als der alte Magister davonging.

»Natürlich wird er das. Wie könnte er einem solch hübschen Schmollmund widerstehen? Ich jedenfalls könnte es nicht.« Martin berührte ihre Lippen mit seiner Fingerspitze und beugte sich dann ein Stück über sie, als wollte er sie küssen.

Sie schob ihn weg. »Doch nicht hier, Martin. Wenn uns jemand sieht! Abgesehen davon sind wir noch nicht einmal verlobt. Und selbst dazu muss Dědeček erst einmal seine Einwilligung geben.«

»Ja«, sagte er und ließ seine Arme sinken. »Dein Großvater. Und genau das ist das Problem.«

Jetzt war er es, der schmollte. Sie widerstand dem Drang, sein Schmollen mit einem Kuss zu beenden.

»Ich glaube, er mag mich nicht besonders«, sagte Martin.

Seine Lippen waren so voll und rot wie reife Kirschen.

»Sei nicht albern. Er mag dich sogar sehr, Martin. Er findet dich nur ein wenig eigensinnig. Außerdem ist er der festen Überzeugung, dass sich niemand so gut um mich kümmern kann wie er selbst.«

»Also, ich würde sagen, dich zweimal in der Woche zu einer Zusammenkunft von Häretikern zu schleppen ist alles andere, als sich gut um dich zu kümmern. Warum nennst du ihn eigentlich Dědeček? Ich dachte, ihr beide seid Engländer?«

Sie nahm seine Hand. »Komm, du kannst mich nach Hause begleiten«, sagte sie und zog ihn mit sich fort. »So habe ich ihn schon genannt, als ich noch ein kleines Kind war, genau genommen, seit wir hier in Prag angekommen sind. Abgesehen davon fühle ich mich absolut nicht als Engländerin, obwohl sogar meine Großmutter aus England stammte. Sie war eine sehr vornehme Dame und lebte auf einem Rittergut. Also bin ich wohl Engländerin, aber ich würde nicht auf der Insel leben wollen. Ich kann mir nicht vorstellen, irgendwo anders zu leben außer hier bei dir und Dědeček.«

Er warf einen Blick zur Burg auf dem Hügel hinüber. Seine Augen weiteten sich in gespieltem Entsetzen. »Jetzt sag bloß nicht, dass ich eines Tages mein Ehebett mit einer blaublütigen Frau teilen werde.«

»Meine Großmutter gehörte dem niederen Adel an. Aber auf dieser Leiter ist meine Familie schon seit langem abgestiegen. Wenn du mich heiratest, bekommst du die Enkeltochter eines bescheidenen Handwerkers und Künstlers zur Frau – und die entsprechende Mitgift.«

»Nun, da bin ich aber beruhigt. Ich meine natürlich nicht wegen der Mitgift.« Er grinste. »Hast du sie gekannt?«

»Meine Großmutter? Nein, ich kenne im Grunde nur ihren Namen. Sie hieß Kathryn. Und sie war aber nicht die Ehefrau meines Großvaters. Seine Frau hieß Rebekka, sie starb bei der Geburt meiner Mutter. Kathryn war die Mutter meines Vaters, aber ich weiß, dass sie und mein Großvater ein Liebespaar waren. Obwohl er nur sehr selten von ihr spricht, muss er sie sehr geliebt haben. Sie starb, als ich noch ein Kleinkind war. Ich habe nur noch eine ganz vage Erinnerung – nein, es ist mehr ein Traum als eine richtige Erinnerung –, dass sie mir etwas vorgesungen hat. Sie nannte mich Schätzchen oder Spätzchen oder so. Und sie hat einmal mit mir Dědeček besucht. Er war damals auf einer Art Burg eingesperrt.«

Anna sah zur Hrad hinüber und schauderte. Die Sonne hatte sich hinter einer der Wattewolken versteckt, deren Unterseite daraufhin ganz grau wurde. Unter dem sonnenlosen Himmel sah die Burg jetzt noch viel bedrohlicher aus. »Es war auch eine Burg auf einem Hügel, aber sie sah wesentlich … wesentlich stärker befestigt aus. Castle Prison, Burggefängnis, so nannten sie sie. Wann immer ich an England denke, kommt mir dieser entsetzliche Ort in den Sinn.«

»Hast du deine Eltern gekannt?«

Sie schüttelte den Kopf. »Meine Mutter starb kurz nach meiner Geburt. Und ich konnte kaum laufen, als auch mein Vater ums Leben kam.«

»Im Kampf?«

Anna wünschte sich, sie hätte dieses Thema nicht angesprochen. Sie dachte nicht gern daran, aber als ihr zukünftiger Ehemann hatte Martin ein Anrecht darauf, ihre Geschichte zu erfahren.

»Er starb für die Sache der Lollarden. Es waren Soldaten des Bischofs, die ihn töteten. Kathryn kam bei einem Bauernaufstand ums Leben. Die Bauern brannten das Rittergut nieder, und sie starb in den Flammen. Die Kirche machte die Lollarden für den Aufstand verantwortlich und brachte jeden um, dessen sie habhaft werden konnte. Mein Großvater und ich flohen daraufhin aus England und kamen schließlich hierher.«

Martin stieß einen leisen Pfiff aus. »Dann entstammst du also einem königlichen Geschlecht von Häretikern. Und dein Großvater führt diese Sache fort. Ich frage mich, warum er nie nach England zurückgekehrt ist. Der alte Jerome sagt, dass sich einige der Adeligen in England durchaus reformbereit zeigen. Er hätte es jetzt dort also vielleicht viel leichter als hier.«

»Er sagt, dass es dort für ihn nur schmerzliche Erinnerungen gibt. Und warum sollten wir Prag verlassen wollen? Wir waren hier stets glücklich. Er hat seine Kunst und seine Freunde aus der Universität. Und ich habe hier ebenfalls viele Freunde gefunden.«

Sie versuchte, den letzten Satz in heiterem Ton zu sagen, aber so viel vom Tod zu sprechen, hatte ihr die Stimmung gründlich verdorben.

Als sie sich dem Marktplatz näherten, legte Martin seinen Arm um ihre Taille und zog sie in den Schutz einer gewundenen Gasse. Sie schüttelte den Kopf und zeigte auf die große astronomische Uhr mit den beiden Zifferblättern.

»Du musst dich beeilen, Martin. Es ist schon fast drei Uhr. Mein Großvater macht sich sicher schon Sorgen, und wenn er das tut, wird er ungenießbar. Abgesehen davon muss ich noch das Abendessen für ihn vorbereiten. Heute wird es Fisch geben, denn für etwas anderes bleibt mir keine Zeit mehr.«

Die Sonne blieb hinter der Wolke verborgen. Anna hatte plötzlich das Gefühl, als hätte mit dem Sonnenlicht auch die Freude diesen Tag verlassen.

»Ich denke, es ist besser, wenn du mich nicht bis zur Haustür begleitest. Du willst doch nicht, dass mein Großvater annimmt, du wärst der Grund dafür, dass er heute nur Fisch und keinen saftigen Braten zum Abendessen bekommt.«

»Nein. Ich möchte, dass er gute Laune hat, wenn ich ihn frage«, sagte er. »Warum frage ich ihn eigentlich nicht gleich jetzt? Dieser Zeitpunkt ist genauso günstig wie jeder andere.«

Anna sah zu dem kleinen Haus auf der anderen Straßenseite hinüber, in dem sie mit ihrem Großvater lebte. Es war ein Fachwerkhaus, dessen mit hübschen Schnitzereien verzierte Tür sich zum Marktplatz öffnete. Ihr Großvater war mit seiner Arbeit für heute sicher schon fertig und hielt, nachdem er seine Pinsel gereinigt und seine Farbtöpfchen sauber auf dem Fenstersims aufgereiht hatte, gewiss ein Nickerchen in seinem Sessel.

»Heute nicht, Martin. Zuerst muss ich mit ihm reden.«

Er runzelte die Stirn. »Das hast du letzte Woche auch schon gesagt, Anna. Wie lange soll ich denn noch warten? Wir werden schließlich beide nicht jünger.«

»Nur noch ein paar Tage. Ich verspreche es dir.« Sie strich ihm noch einmal die Haare aus den Augen – Augen, in denen jetzt deutlich die Enttäuschung stand, als er sich zum Gehen wandte.

Jetzt sind sie also beide böse auf mich. Das kommt davon, wenn man versucht, es allen recht zu machen. Sie raffte seufzend ihren Rock, damit sie schnell noch zum Fischhändler laufen konnte, bevor dieser sein Geschäft schloss.

2

Canterbury, England
12. Juli 1412

Auch wenn sein [des Ablasspredigers] Gewissen nicht immer rein,
War er ein edler Ekklesiast und Kirchenmann fein.
Er las aus der Bibel, trug vor die Heiligenlegenden,
den Opfergesang jedoch als Aufruf zum Spenden
sang er am besten und er wusste,
dass er mit scharfer Zunge predigen musste,
Um Geld zu scheffeln, was ihm durchaus gelang.

Geoffrey Chaucer, »Die Canterbury-Geschichten«
Prolog

Bruder Gabriel hatte seinen Tisch mit den Ablassbriefen direkt vor dem großen Portal der Kathedrale von Canterbury aufgestellt. Er war vom vielen Predigen an diesem Tag schon ziemlich heiser, und das große Elend, das er in den Gesichtern der reuigen Sünder gesehen hatte, hatte ihn vollkommen erschöpft.

»Sucht Vergebung für eure Sünden. All jenen, die reumütig sind, die gebeichtet und gespendet haben, werden ihre Sünden vergeben«, rief er in bestem Predigerton.

Von allen Seiten reckten sich ihm Hände entgegen, zupften und zogen an seinem schwarzen Habit, flehten ihn Stimmen an, ihre Dukaten, Schillinge und Pennys im Austausch für die kleinen Zettel zu nehmen, die er in einem samtenen Beutel aufbewahrte. Der Beutel war mit dem Jerusalemkreuz bestickt und enthielt kleine zusammengerollte Stücke Pergament, die jeweils mit einem Band zusammengebunden waren. Quittungen für bezahlte Buße, Bestätigungen der gewährten Gnade. In seinem Beutel befand sich außerdem die päpstliche Bulle, die ihm seine Rechte als Ablassprediger verlieh – und im Gegensatz zu vielen falschen Ablasspredigern war diese Bulle echt. Er hatte sie vom Papst höchstpersönlich erhalten.

»Hört die Stimme eures armen Vaters, eurer armen Mutter, die euch aufzogen und euch liebten und die jetzt große Qualen leiden. Hört, wie sie euch anflehen, jenes Almosen zu geben, das ihre Seelen aus dem Fegefeuer befreien wird. Sobald die Münze im Kasten klingt, die Seele aus dem Fegefeuer springt.«

Er hatte diesen Spruch heute schon so oft heruntergeleiert, dass er in Gedanken längst nicht mehr bei der Sache war. Es war bereits spät, und der Andrang der Pilger ließ langsam nach. Die Glocke schlug die Vesper. Ihr Ton, der durch den aufziehenden Nebel gedämpft wurde, schwebte über das Tal wie die Geister längst verstorbener Heiliger. Irgendetwas an diesem Geläut stimmte ihn traurig, ein Gefühl der Einsamkeit, das ihn mit dem nahenden Abend überkam.

Er setzte sich zum ersten Mal seit mehreren Stunden auf den samtgepolsterten Schemel, den er sich aus dem Domkapitel ausgeliehen hatte, und warf einen Blick auf die Reihe der letzten Pilger. Eine aufgeblähte Sonne breitete einen Umhang aus Licht wie eine Segnung über die Schultern der Büßer: alte Männer, junge Männer, Jungfrauen, Ehefrauen, Witwen, Herren und Diener, gekleidet in schlichte Pilgerkittel und Kapuzenumhänge, die auf Knien in die Dreifaltigkeitskapelle in der großen Kathedrale krochen, um dort an dem mit unzähligen Edelsteinen besetzten Schrein des Märtyrers Thomas Becket zu beten. Es war ein einziger großer, schmutziger und staubiger Strom von Menschen, der sich die Treppen hinaufwälzte.

Die Veteranen unter ihnen trugen stolz die verschiedensten Abzeichen auf ihren Umhängen und Kapuzen. Kleine Nadeln aus Blei vom Little-Walsingham-Schrein, in denen sich winzige Behältnisse für die Tränen der Jungfrau befanden, oder ein Bild des Heiligen Peter oder Paul vom Winchester-Schrein. Die beiden Schreine waren bekannte Stationen auf dem Pilgerweg – dem Bußweg. Er bemerkte lächelnd, dass alle Pilger Canterbury-Glocken und kleine Zinnfläschchen mit Wasser aus Beckets Quelle bei sich hatten. Die winzige lateinische Inschrift auf dem Boden der Flaschen lautete *Optimus egrorum medicus fit Thomas bonorum*. Thomas ist ein guter Arzt für die ehrenwerten Kranken. Thomas war aber auch ein guter Arzt für die Geldtruhen der Kirche, der Stadt und der Krone, dessen war sich Gabriel sicher. Sein Kollektenkasten war inzwischen gut mit Münzen gefüllt – genauso wie die Truhen der Andenkenverkäufer in der Mercery Lane.

Die Gnade hatte ihren Preis: sechs Gold-Florins für einen Herzog oder Grafen, vier für Angehörige des niederen Adels, zwei für einen reichen Kaufmann und dann entsprechend weiter die Gesellschaftsleiter hinunter. Er besaß sogar die Erlaubnis, kostenlose Ablassbriefe an jene auszugeben, die nichts bezahlen konnten, und denen es deshalb verwehrt war, Buße zu tun. Es gab hierfür jedoch strenge Richtlinien, und er hatte für heute seinen Rahmen bereits ausgeschöpft. Es war jetzt also an der Zeit, den Stand zu schließen, dachte er und erhob sich von seinem Schemel. Er hatte außerdem versprochen, dem Gottesdienst beizuwohnen.

»Bitte, Bruder, was kostet es?«

Er drehte sich zu der Pilgerin um, der diese Stimme gehörte. Eine junge Frau. Hochschwanger.

»Ich schaffe es nicht auf meinen Knien die Treppen zur Kapelle hinauf.« Sie lächelte und errötete dabei. »Ich kann mich einfach nicht hinknien.«

Sie kam von weit her, das konnte er an ihrem staubigen Umhang erkennen. Es war nicht der typische »Pilgerumhang«, den sich viele nur für die Pilgerreise kauften, sondern ein Umhang, der ihr zu klein war, abgetragen und fadenscheinig. Als Pilgertasche diente ihr ein mit einem Seil zusammengebundenes Bündel, welches sie über ihrem dicken Bauch trug.

»Woher kommt Ihr, Mistress?«

»Ich komme aus Charing. Das hier ist von uns aus der nächstgelegene Schrein.«

Zu Fuß war dies eine Reise von mehreren Tagen, für eine Schwangere ein mehr als nur beschwerlicher Weg, dachte er und verwünschte insgeheim den Priester, der ihr eine solche Buße auferlegt hatte. Ihre Augen waren gerötet und von dunklen Schatten umgeben. Der Staub und der Schmutz der Straße bedeckten ihre nackten Füße.

»Welchen Frevel habt Ihr begangen, dass Euer Beichtvater eine solch unzeitige Buße für nötig hielt?«

»Ich habe die Hostie geschändet.«

Ach, dachte er. Dann ist sie also eine von denen. Eine dieser Lollarden, die die Wahrheit der Eucharistie in Frage stellen, eine, die leugnet, dass es sich um das echte Blut und den echten Leib des Heilands handelt. Sein Mitleid schwand.

»Das ist in der Tat eine schwere Sünde«, sagte er.

»Ich weiß, Bruder, aber ich habe es doch nicht mit Absicht getan. Gerade als der Pater die Hostie in meinen Mund legen wollte, kitzelte mich der Pelzbesatz an seinem Ärmel in der Nase. Ich musste niesen, und die Oblate fiel zu Boden.« Ihre Augen waren groß und voller Angst, als sie von ihrer schweren Sünde berichtete.

Wenn die Frau nicht so bedauernswert ausgesehen hätte, hätte Gabriel laut gelacht. Dann aber spürte er leisen Zorn in sich aufsteigen. Er sah ihn regelrecht vor sich, diesen Gemeindepriester, der so erzürnt über diese junge Frau war, die seine wunderbare Vorstellung gestört hatte, dass er es für erforderlich hielt, sie mit dieser lächerlichen Buße zu disziplinieren. Er kannte diese Art von Priester: aufgeblasen und unheimlich stolz darauf, auf der

Kanzel zu stehen. Jeder Priester, der auch nur einen Hauch von Einfühlungsvermögen besaß, hätte eingesehen, dass das, was geschehen war, einfach nur ein unglücklicher Zufall gewesen war. Aber natürlich leugneten viele seiner Brüder die bloße Möglichkeit eines »Zufalls«. Alles, was geschah, war auf das direkte Eingreifens Gottes oder aber des Teufels zurückzuführen.

Sie zeigte auf das große Portal der Kathedrale. Ihre Stimme war leise und zitterte ein wenig. »Ich dachte, ich könnte es schaffen, aber ich wusste nicht, dass es so viele Stufen sind. Ich fürchte, wenn ich … ich habe Geld für den Ablass«, sagte sie. »Mein Mann hat unsere Kuh verkauft, um meine Pilgerreise zu bezahlen. Er hätte mich begleitet, aber er musste daheimbleiben, um sich um unsere kleine Tochter zu kümmern und das Korn einzubringen. Ich habe noch zwei Schilling.«

»Er hat Eure Kuh verkauft?«

Sie sah mit bedeutsamem Blick auf ihren dicken Bauch herunter. »Bruder, ich will nicht in die Wehen kommen, wenn ich mich noch im Zustand einer tödlichen Sünde befinde. Vielleicht werde ich es nicht –«

Sie beendete diesen Satz nicht. Aber das war auch gar nicht nötig. Auch wenn er auf einer von diese Dingen abgeschirmten Wolke der Unwissenheit saß, so wusste er doch, wie viele Frauen bei der Niederkunft starben. Er griff in seinen Beutel, nahm eine der Pergamentrollen heraus und gab sie ihr, nachdem er vorher noch das Band gelöst hatte.

»Ist das ein Ablassbrief?«, fragte sie und starrte dabei das Pergament an. »Was steht da?«

»Dort steht, dass Ihr vor den Augen Gottes und der Kirche Gnade gefunden habt. Eure Sünde wurde Euch vergeben. Der Ablass gilt für zwei Monate. Damit solltet Ihr gut über die Geburt kommen.«

Sie schloss die Augen und hielt ehrfürchtig den Atem an, so als hielte sie Gold und kostbare Edelsteine und nicht ein Stück Pergament mit ein wenig Tinte darauf in der Hand. Eine Träne trat aus ihrem Augenwinkel und lief ihr die staubige Wange hinunter. Sie rollte das Pergament sorgfältig zusammen, verschnürte es mit dem Band und steckte es in ihr Bündel, dann holte sie die beiden Schillinge hervor und legte sie auf den Tisch. Er schob sie ihr wieder zu.

»Ihr habt Eure Kuh verkauft. Ihr werdet die Schillinge also brauchen, um Milch für Eure Kinder zu kaufen. Den größten Teil Eurer Buße habt Ihr ohnehin schon mit dieser Reise abgeleistet.«

Nachdem sie sich, soweit es ihr Zustand erlaubte, vor ihm verbeugt hatte, um den Ring an seinem Finger zu küssen, und er sie dann mit der Ermahnung »Geht hin und sündigt nicht mehr« entlassen hatte, packte er seine Ablassbriefe zusammen und ging in die große Kathedrale, um dort die Vesper zu sprechen. Er fragte sich, weshalb Gott ihn mit einer Aufgabe betraut hatte, für die er sich offensichtlich überhaupt nicht eignete.

Es war erst Nachmittag, aber die ersten Säufer hatten sich bereits in den Schenken versammelt. Pater Gabriel lenkte sein Pferd durch das Nordtor der London Bridge. Er freute sich auf ein kühles Bier auf der anderen Seite des Flusses. Jetzt aber musste er erst einmal warten, da ein prächtiger Zug königlicher Barkassen langsam unter der Brücke hindurchfuhr, während die Sonne auf seine Tonsur herabbrannte und sein Pferd allmählich unruhig wurde. Unter den wartenden Menschen befanden sich zweifellos auch ein paar Taschendiebe, dachte er und verwünschte dabei im Stillen den Bürgermeister von London, weil dieser die Brücke anlässlich des Konzils, das der Erzbischof einberufen hatte, nicht hatte räumen lassen.

»Platz da. Platz da«, rief er, als die Zugbrücke, die die beiden Brückenteile der London Bridge verband, endlich wieder herabgelassen wurde, dann trieb er sein Pferd energisch durch die dichte Menschenmenge. Er ignorierte die Flüche und vor sich hingebrummten Verwünschungen eines Fuhrmannes, den er mit seinem Pferd rücksichtslos zur Seite gedrängt hatte. Auch andere Passanten murrten. Die Bauern schimpften immer auf die Geistlichkeit – bis sie sie dann brauchten. Also ignorierte er sie einfach.

Die Nähe der mehrstöckigen Häuser und Läden, die sich auf der Brücke zusammendrängten, gab seiner Platzangst Nahrung. Er hatte schon geglaubt, den Gestank von Southwark, der vom Lambeth-Sumpf herüberzog, vergessen zu haben. Es war jedoch nicht nur der sumpfige, brackige Geruch des südlichen Themseufers, sondern es war auch der Geruch von Verwahrlosung und Wollust, der aus den Freudenhäusern und Bordellen der Bankside Street drang. Die offenen Abflussrinnen, der herumliegende Unrat, die verfaulenden Fleischabfälle und ein aufgedunsener Kadaver, der ans Flussufer geschwemmt worden war, machten die schwüle Luft schier unerträglich. Handelte es sich bei dem Kadaver um einen Menschen oder ein Tier? Vom Südtor der London Bridge aus war das schwer zu sagen. Am Flussufer sah er jedoch auch eine Schenke. THE TABARD INN, so stand es auf dem Schild geschrieben. Der Name klang ihm irgendwie vertraut, aber er war sich sicher, noch niemals dort gewesen zu sein. Die Schenke sah recht ordentlich aus, dort konnte man sicher ein kühles Bier genießen.

In der Gaststube, einem lang gestreckten, niedrigen Raum, herrschte im Gegensatz zu der gleißenden Sommersonne des Tages angenehmes Dämmerlicht. Er suchte sich einen Platz in der Ecke an einem Fenster, möglichst weit entfernt von den nachmittäglichen Zechern, die ungeniert mit dem Schankmädchen flirteten. Sofort kam der Gastwirt zu ihm.

»Es überrascht mich ein wenig, Euch hier zu sehen, Pater.«

»Ach, wieso denn das?«

»Nun, wegen des Rufs, den diese Schenke hat. Ich dachte, er würde Euch vielleicht nicht zusagen oder Ihr würdet daran Anstoß nehmen.«

»Ich hätte gern einen Humpen Bier, bitte. Aus Eurem Keller, falls Ihr einen habt. Warum sollte ich an Eurem Gasthaus Anstoß nehmen, Herr Wirt? Panscht Ihr Euer Bier? Oder schenkt Ihr nicht gut ein?«

»Hier gibt es das beste Bier diesseits des Flusses, und es wird stets großzügig eingeschenkt. Bailey. Ich heiße Harry Bailey. Und das hier ist das Tabard Inn.« Er wartete gespannt und fügte dann hinzu: »Ihr wisst schon, aus den berühmten *Canterbury-Erzählungen.*«

Daher also kam ihm der Name des Gasthauses bekannt vor. Aus den Erzählungen des Dichters Chaucer mit ihrer wenig schmeichelhaften Darstellung des Ablasspredigers.

»Und warum sollte ich daran Anstoß nehmen?« Gabriel trank langsam und bedächtig einen Schluck Bier. Das Bier war gut und kühlte seinen trockenen Hals.

Der Wirt besaß wenigstens den Anstand, verlegen dreinzusehen. Er zeigte auf den Samtbeutel mit dem Jerusalemkreuz. »Ich sehe, dass Ihr Ablassbriefe bei Euch tragt. Ihr seid also nicht nur Mönch, sondern auch Ablassprediger.«

»Ein richtiger Ablassprediger, Meister Bailey. Meine Ablassbriefe sind nicht gefälscht wie die des Ablasspredigers, den der Dichter beschreibt. Jeder Penny, den ich einnehme, geht nach Rom, um Krankenhäuser zu bauen und die Armen zu speisen. Ich bin mir sicher, dass es in jedem Geschäft schwarze Schafe gibt, meint Ihr nicht auch?« Er trank noch einen Schluck Bier. »Selbst unter den Wirten, oder etwa nicht?«

Der Schankwirt zuckte nur mit den Schultern und ging mit seinem Tablett voller Krüge zum nächsten Tisch. Gabriel trank wieder ein paar Schlucke von dem kühlen Getränk. Dann ließ er seinen Blick langsam durch den Raum wandern. An den Tischen saßen kleine Grüppchen von Freisassen. Er sah auch ein Trio von Pilgern – nicht besonders frommen Pilgern, nach der Art zu urteilen, wie sie sich gegenseitig anstießen und feixend auf das Schild zeigten, das über ihrem Tisch hing. Dort stand in kruden Buchstaben: »Hier saß Geoffrey Chaucer.« Der Wirt stimmte in ihr Lachen ein, als er die Getränke vor sie hinstellte, und deutete dann auf die unbeholfenen Zeichnungen an den Wänden, die wahrscheinlich von ihm selbst stammten und die Canterbury-Pilger zeigten. Die Darstellung des reich gekleideten Ablasspredigers, eines ausgemachten Scharlatans, war unter den Bildern zweifellos das beleidigendste. Es mochte durchaus eine treffende Karikatur sein, mehr aber auch nicht. Die Gestalt sah Gabriel in seinem schwarzen Gewand jedenfalls in keiner Weise ähnlich.

Auf der anderen Seite des Raums, der knapp zwei Tische breit war, saß noch ein anderer Kleriker. Er war, außer Gabriel, die einzige Person, die allein an einem Tisch saß. Aber hier endete die Ähnlichkeit zwischen den beiden auch schon. Er sah aus wie einer dieser selbst ernannten Bettelpriester, barfuß und schäbig gekleidet wie ein Franziskaner, obwohl er keinem Orden angehörte. Der Priester, der eine braune Soutane trug, saß am anderen Fenster und las in einem primitiv gebundenen Buch.

Gabriel räusperte sich laut, um ihn auf sich aufmerksam zu machen. Der Bettelpriester hob den Kopf, sah Gabriel an und wandte sich dann wieder stumm seiner Lektüre zu.

Was hatte Gabriel erwartet? Den Lollarden-Priester mit seinem Dominikanerhabit derart einzuschüchtern, dass er sein Buch eilig verstecken würde? Nun, in einer Welt, in der die göttliche Ordnung nicht permanent von Aufrührern und geistigen Abweichlern bedroht wurde, wäre das vielleicht der Fall gewesen. Vielleicht aber las er ja gar nicht in der Bibel, sondern hatte ein anderes englisches Buch vor sich. Vielleicht sogar ein Exemplar der *Canterbury-Erzählungen*. Der stolze Gastwirt hielt doch sicher wenigstens ein armseliges Exemplar zur Unterhaltung seiner Stammgäste bereit.

Gabriel winkte den Gastwirt zu sich.

»Bringt dem Priester dort einen Humpen Bier und sagt ihm, dass Bruder Gabriel gern mit ihm über das Buch diskutieren würde, das seine Aufmerksamkeit so sehr in Anspruch zu nehmen scheint.«

Der Gastwirt zog überrascht die Augenbrauen hoch und brachte dem Bettelpriester einen Krug Bier. Gabriel sah, wie er ihm etwas zuflüsterte und dabei zu ihm herüberzeigte. Kurz darauf kam er wieder an seinen Tisch. Allein.

»Er dankt Euch für das Bier, lässt Euch aber sagen, dass er nicht den Wunsch verspüre, mit Euch zu debattieren. Wenn Ihr allerdings einmal die Heilige Schrift auf Englisch sehen wollt, so wäre es ihm eine Ehre, sie Euch zu zeigen.«

Wie unverschämt diese Lollarden doch geworden waren! Kein Wunder, dass Erzbischof Arundel im Lambeth Palace ein Konzil zum rechten Glauben einberufen hatte. Das Lollardentum war wie ein Krebsgeschwür. Seine ständig wachsende Anhängerschar bedrohte das Fundament der Kirche, ihre Lehre, ihre Macht.

»Sagt ihm, er soll sein Bier in Ruhe genießen. Vielleicht wird er schon bald die Gelegenheit haben, seine englische Bibel dem Erzbischof persönlich zu zeigen.«

Gabriel leerte seinen Krug in einem einzigen Zug und machte dann großes Aufhebens darum, zwei Pence aus seinem Beutel zu nehmen und sein Bier und das des Lollarden zu bezahlen. Er wartete dabei nicht, wie er das sonst vielleicht getan hätte, dass der Gastwirt ihm anbot, dass die Zeche auf das Haus gehen solle. Die Münzen klimperten laut auf den hölzernen Bohlen des Tisches.

»Vielleicht werde ich die Dichtung dieses Herrn Chaucer tatsächlich irgendwann einmal lesen. Ihr scheint sie ja sehr zu empfehlen«, sagte er laut, als er das Gasthaus verließ.

Er stieg auf sein Pferd und machte sich auf den Weg zum Lambeth Palace. Das Geschehen in der Schenke hatte ihn sehr beunruhigt. Er hätte vielleicht doch lieber einen anderen Weg nehmen sollen, hätte vielleicht weiter nach Westen reiten und dann in der Nähe von Lambeth Palace, der Residenz des Erzbischofs, die Fähre wählen sollen. Gabriels Mentor, Pater Francis, jedenfalls hätte den Saum seines Gewandes niemals mit dem Staub von Southwark besudelt.

Als Pater Gabriel sich dem Palast des Erzbischofs näherte, hatten sich tief hängende graue Wolken am Horizont zusammengeballt. Blitze leuchteten in ihnen auf wie Glühwürmchen und überzogen die grauen Unterseiten der Wolken immer wieder mit einem rotvioletten Ton.

Der Geruch des Sumpfes und der Hitze hing noch immer schwer in der Luft, aber der schlimmste Gestank war verschwunden. Auf der anderen Seite der Themse schimmerten die hohen Türme der Westminster-Abtei golden im strahlenden Licht. Seine Stimmung besserte sich zusehends. Eine leichte Brise brachte ihm und seinem Pferd jetzt auch ein wenig Abkühlung. Das Wetterleuchten in der Ferne verhieß baldigen Regen. Als er sich dem Wächterhaus des Lambeth Palace näherte, nahmen ihn zwei Hofbedienstete in Empfang. Einer führte sein Pferd in den Stall, und der andere brachte ihn zu seinem Quartier.

»Seine Exzellenz wird Euch in der Kapelle der Krypta empfangen, sobald Ihr Euch von Eurer Reise etwas erholt habt. Ihr solltet außerdem wissen, dass Prinz Harry bei der Versammlung anwesend sein wird.«

Ein Erzbischof und ein Prinz!

Pater Francis würde sehr stolz auf seinen Schützling sein, wenn er erfuhr, in welch illustren Kreisen er verkehrte.

»Was wisst Ihr über einen Mann namens Sir John Oldcastle?« Erzbischof Thomas Arundel rülpste diese Frage regelrecht in Gabriels Richtung.

Gabriel war als Erster eingetroffen und saß mit dem Erzbischof an einem großen, lang gestreckten Tisch in der Mitte der Kapelle. An einem Ende stand ein Stuhl mit hoher Rückenlehne, der größer als die übrigen war. Dieser war wohl für den Prinzen bestimmt, vermutete Gabriel. Die Stützbögen der Krypta, auf denen auch der Lambeth Palace ruhte, warfen seltsame Schatten in den Raum. Nicht ein Strahl Sonnenlicht fiel auf den mit Kerzen überladenen Altar am anderen Ende der Kapelle.

Er sieht noch dünner aus als bei unserer letzten Begegnung, dachte Gabriel. In einem der Mysterienspiele der Handwerkergilden hätte er den Schnitter Tod spielen können, ohne dass er sich hohle Wangen und tief liegende Augen hätte schminken müssen. Der Fackelschein, der die unterirdische Kapelle erhellte, verlieh dem Gesicht des Erzbischofs darüber hinaus auch noch eine orangefarbene Blässe. Aber vielleicht war dies seine natürliche Gesichtsfarbe. Gabriel hatte gehört, dass Arundel krank sei. Vielleicht war dies auch der Grund, weshalb er sich derart verbissen daranmachte, England von der Ketzerei zu befreien. Vielleicht wollte er dieses Erbe hinterlassen.

Gabriel formulierte die Frage anders. »Ihr meint Lord Cobham?«

»Das ist ein und dieselbe Person«, erwiderte Arundel.

Gabriel fühlte sich in der Gegenwart des Erzbischofs stets unwohl. Er konnte sich nicht erinnern, ihn jemals lächeln gesehen zu haben. Also antwortete er vorsichtig: »Ich weiß über ihn nur, dass er ein angesehener und freundlicher Mann ist und dass er sich auf dem Schlachtfeld verdient gemacht hat.«

Der Erzbischof runzelte die Stirn. Dies war ganz offensichtlich nicht das, was er hatte hören wollen.

Gabriel fügte hinzu: »Und ich habe gehört, dass er ein Freund Prinz Harrys ist.«

Die Miene des Erzbischofs verfinsterte sich noch mehr. Er stieß hinter seinen skelettdürren Fingern ein weiteres Rülpsen aus. »Er ist ein Ketzer.«

»Das war mir nicht bekannt. Ich wusste nicht –«, stotterte Gabriel.

Arundel gebot Gabriel mit einer herrischen Geste seiner beringten Hand zu schweigen. »Wir müssen seinem Tun Einhalt gebieten. Selbst wenn es dazu nötig sein sollte, ihn zu verbrennen. Er ist ein Feind der Kirche.«

Angesichts Arundels grimmigem Zorn verschlug es Gabriel fast den Atem. »Welchem Tun?«

»Er verbreitet die Englische Bibel im Ausland. Außerdem hält er auf seiner Burg geheime Zusammenkünfte der Lollarden ab und bewirtet dort die ›armen Bettelpriester‹, wie sie sich selbst nennen, so als hätten wir Kleriker uns nicht alle zur Armut verpflichtet.«

Gabriel dachte unwillkürlich an den Bettelpriester, den er im Tabard Inn gesehen hatte, verglich im Geiste dessen abgetragene braune Kutte mit Arundels hermelingefüttertem Umhang – bei dieser Hitze! – und mit seinem mit Edelsteinen besetzten Pektorale. Was für eine Art von Armut sollte das denn sein?, fragte er sich und tadelte sich dann auf der Stelle für diese unwürdigen Gedanken. Aber als Arundel geziert seine mageren Beine, die in kostbaren Seidenstrümpfen steckten, übereinanderschlug und Gabriel die feinen Lederschuhe sah, deren Spitzen, der neuesten albernen Mode gemäß, nach oben zeigten, musste er doch ein Lächeln unterdrücken. Er kniff sich in den Arm, um seine Gedanken wieder auf die Tatsache zu lenken, dass die Reichtümer des Erzbischofs nach offizieller Lesart nicht ihm persönlich, sondern der Kirche gehörten.

Der Erzbischof fuhr fort: »Oldcastle prangert öffentlich angebliche Missstände in der Kirche an und hilft dabei, Wycliffes ketzerische Ideen unter das Volk zu bringen. Es ist ihm gelungen, dass im Parlament ein Gesetz verabschiedet wurde, nach dem alle Gefangenen der Heiligen Mutter Kirche ab sofort unter der Jurisdiktion des Königs stehen. Wir müssen jetzt also zuerst einmal die Zustimmmung des Königs erhalten, um Oldcastle anklagen zu können. Aber wie wir wissen, ist der König zu krank, um sie uns zu geben, deshalb müssen wir uns an Prinz Harry wenden.«

»Aber ich dachte, Oldcastle sei ein Freund von Prinz Harry?«

»Das mag schon sein. Aber ich bin der Erzbischof von Canterbury. Und wie sollte der junge Prinz Harry ohne meine Zustimmung je König Henry V. werden? Wir können uns seiner Erlaubnis also sicher sein.«

Und welche Rolle soll ich in Eurem Plan spielen?, fragte sich Gabriel unwillkürlich und wünschte sich plötzlich ganz weit weg.

3

Wir verfügen daher, dass künftig niemand in eigener Verantwortung die Bibel ganz oder in Teilen ins Englische übersetzen darf… wie dieser höchst erbärmliche John Wycliffe verdammungswürdigen Angedenkens, ein Kind des Teufels und ein gelehriger Schüler des Antichrist.

Auszug aus einem Edikt von Thomas Arundel, Erzbischof von Canterbury

Prinz Harry freute sich keineswegs auf die Zusammenkunft, als er mit dem Mann, der bald sein Kanzler werden würde, den Tower verließ und sich auf den Weg zum Lambeth Palace machte. Es war dies das erste offizielle Kirchenkonzil, an dem er teilnehmen sollte, und ausgerechnet an diesem Tag würde er sich verspäten. Er war nach dem Abendessen eingeschlafen und würde wahrscheinlich noch selig schlummern, wenn ihn sein Haushofmeister nicht geweckt hätte. Und dabei hatte er einen so angenehmen Traum gehabt! Um die Wahrheit zu sagen, hätte er aus diesem Traum überhaupt nicht mehr aufwachen wollen.

In seinem Traum war er immer noch Prinz Hal gewesen, nicht Prinz Harry, und schon gar nicht der zukünftige Henry V. Er war wieder mit Merry Jack und der alten Truppe zusammen gewesen. Er und Jack hatten sich in Mistress Quicklys Bierschenke gerade im Armdrücken gemessen, während sich alle anderen um den

Tisch versammelt und sie angefeuert hatten. Der Verlierer würde die nächste Runde Ale bezahlen müssen.

»Schnapp dir den Knirps, Sir John!« Das war Pistols heiseres Knurren gewesen.

»Nein, ich habe auf Prinz Hal gesetzt. Was ihm an Gewicht fehlt, das macht er durch seinen Mut wieder wett!« Bardolph schlug sich, um seine Bemerkung zu bekräftigen, mit der flachen Hand auf den Oberschenkel.

»Passt doch auf! Ihr zerbrecht mir noch die Krüge. Ich rufe gleich den Wachtmeister!« Diese hohe, dünne Jammerstimme gehörte Mistress Quickley.

Es ging hin und her, während sie miteinander rangen, zuerst schien Jack der Stärkere zu sein, dann Hal, dann wieder Jack, bis Hal ganz tief Luft holte und fast –

»Euer Gnaden, Euer Gnaden! Wacht auf! Lord Beaufort wartet auf Euch. Er sagt, dass Ihr in einer Stunde im Lambeth Palace sein müsst.«

Harry öffnete ein Auge und sah, wie sich der aufgeregte Kammerherr über ihn beugte.

Und schon waren diese schönen, fröhlichen Tage von einer Wolke Knoblauchatem verscheucht.

Er öffnete auch das andere Auge, sprang aus dem Bett und zog seine Stiefel an. »Bittet ihn herein.«

Als Beaufort den Raum betrat, hatte Harry bereits sein Wams angelegt. Mit einer Hand schnallte er sich gerade seine Seitenwaffe um, während er mit der anderen nach einem Becher Wein griff.

»Euer Gnaden«, sagte Lord Beaufort, »ich weiß nicht, ob es wirklich eine gute Idee ist, wenn ich Euch begleite. Arundel ist bestimmt nicht begeistert, mich zu sehen.«

»Dann ist das ein Grund mehr, dass Ihr mich begleitet«, entgegnete ihm Harry, nachdem er den Becher in einem Zug geleert hatte. »Der Erzbischof muss lernen, seine Macht zu teilen.«

Gabriel wollte den Erzbischof gerade mit aller gebotenen Vorsicht darauf hinweisen, dass er über keinerlei Erfahrung bei der Jagd auf Ketzer verfügte – obwohl er sich natürlich außerordentlich geehrt fühlte, dass man ihn zu diesem Konzil gerufen hatte –, als er vor der Kapelle eilige Schritte vernahm. Es war Bischof Flemmynge, den er an seinem feinen Gewand und dem reich verzierten Pektorale erkannte. Er war dem Bischof bisher nur einmal kurz in Blackfriars Hall begegnet und hatte ihn nicht besonders sympathisch gefunden. Seiner Meinung nach war er ein Speichellecker. Der Neuankömmling nahm mit rotem Gesicht gegenüber von Gabriel Platz, während er etwas vom Gedränge auf der Tower Bridge murmelte.

Arundel sah ihn finster an. »Ich denke, Ihr kennt Pater Gabriel schon. Er ist übrigens über dieselbe Brücke gekommen, und wie Ihr seht, war er pünktlich.«

Angesichts dieses versteckten Tadels wurde Flemmynges Gesicht noch eine Spur röter. Er nickte flüchtig in Gabriels Richtung und begann gerade, eine Entschuldigung zu stottern, als er von einem kurzen Hornstoß des königlichen Herolds unterbrochen wurde. Der Ton hallte unangenehm laut in der Krypta wieder. Der Erzbischof und der Bischof sprangen von ihren Stühlen auf. Auch Gabriel erhob sich rasch.

Zwei Männer betraten den Raum.

Der eine von ihnen war der Prinz, der auf dem für ihn reservierten Stuhl mit der hohen Rückenlehne am Kopf der Tafel Platz nahm. Der Mann, der ihn begleitete, stellte sich rechts neben den Stuhl des Prinzen, direkt gegenüber dem Erzbischof.

Gabriel betrachtete den Prinzen unter respektvoll gesenkten Lidern hervor. Er sah in keiner Weise aus wie der junge Taugenichts, über den in den Schenken so viel getratscht wurde. Er wirkte älter, sachlicher. Seine Haare waren, so wie bei einem Mönch, über den Ohren abrasiert. Er trug ein nur mit Knöpfen verziertes Lederwams und dazu passende Strümpfe. Es war das Gewand eines Soldaten. Er räusperte sich und sprach mit wohlmoduliertem – fast geübtem – Ton.

»Erzbischof Arundel, Ihr dürft uns vorstellen. Ihr kennt natürlich unseren ehrenwerten Onkel Henry Beaufort, den Bischof von Winchester, der auf unsere Einladung hin hier und heute erschienen ist. Wir werden ihn schon bald als Kanzler berufen.«

Der angespannte Blick des Erzbischofs und der rosa Farbton, den seine eingefallenen Wangen plötzlich zeigten, machten mehr als deutlich, dass ihm diese Entscheidung in keiner Weise gefiel. Beaufort war als unehelicher Sohn von John of Gaunts der Onkel des Königs, aber allein die Tatsache, dass er ein Bastard war, hätte in den Augen des Erzbischofs ausgereicht, um ihn aus dem Kronrat auszuschließen. Gabriel hatte bereits gehört, dass es zwischen den beiden böses Blut gab, obwohl er genauere Einzelheiten des Streites nicht kannte und auch gar nicht kennen wollte. Je weniger er sich in die Intrigen am Hofe verwickeln ließ, desto besser. Tatsächlich begann die Begeisterung, die Gabriel anfänglich empfunden hatte, weil man ihn zu dieser erlauchten Versammlung gebeten hatte, langsam zu schwinden. Er hatte angenommen, dass auch mehrere Gelehrte anwesend sein würden, um über den rechten Glauben zu diskutieren, eine Versammlung, die die klügsten Köpfe der Kirche repräsentierte.

»Kanzler? Ähm. Wie Ihr wünscht, Euer Gnaden«, sagte Arundel. Der Blick, den er Beaufort dabei zuwarf, hätte jedoch einen Kohlkopf auf der Stelle welken lassen. »Neben Lord Beaufort« – das Gesicht, das der Erzbischof bei der Erwähnung des Namens machte, ließ vermuten, dass Lord Beauforts Name nach Essig schmeckte – »steht Richard Flemmynge vom Oxford College. Er ist Bakkalaureus der Theologie und von Seiner Majestät, Eurem Vater, beauftragt, die Schriften des verstorbenen John Wycliffe auf ketzerische Gedanken hin zu untersuchen und deren Vernichtung in Angriff zu nehmen.«

Flemmynge trat vor und sank auf ein Knie, wobei seine kunstvollen Ärmel mit ihrem verzierten Saum auf dem Boden schleiften. »Euer Gnaden.«

Gabriel wünschte sich plötzlich ganz weit weg.

»Und zu Eurer Rechten?« Prinz Harry sah ihn direkt an und versuchte ganz offensichtlich, ihn einzuschätzen.

»Euer Gnaden, das ist ein Mönch namens Bruder Gabriel vom

dominikanischen Orden der Predigermönche. Er ist noch jung an Jahren, steht aber schon lange im Dienste der Kirche. Als Abgesandter der Battle-Abtei erhielt er in Rom eine Audienz bei Seiner Heiligkeit und hat jetzt die einzigartige Gelegenheit, sich in Kreisen zu bewegen, zu denen viele niemals Zugang herhalten werden. Während er predigt, hält er seine Augen und Ohren offen und ist stets auf der Suche nach Ketzerei.«

Ganz weit weg!

»Bruder Gabriel also.« Prinz Harry neigte seinen Kopf als kurzen Dank für diese Vorstellung.

Gabriel verbeugte sich verhalten und hoffte dabei inständig, damit dem Protokoll zu genügen.

»Und Ihr habt jetzt also das Horn des Erzengels Gabriel mit der samtenen Tasche eines Ablasspredigers vertauscht, die dort an Eurer Taille hängt?«, fragte der Prinz.

Der Erzbischof antwortete an seiner Stelle. »Bruder Gabriel dient der Kirche nicht nur als Prediger und ordinierter Priester, Euer Gnaden, er ist darüber hinaus auch ein höchst seltenes Juwel, er ist ein *echter* Ablassprediger. Mit jeder Seele, die aus der durch Christus und allen Heiligen geschaffenen Schatztruhe Vergebung erlangt, wird auch der Reichtum der Krone gemehrt.«

Eine diplomatische Antwort, dachte Gabriel, die den Prinzen daran erinnerte, dass der Verkauf der umstrittenen Ablassbriefe auch seine Kasse füllte. Die Krone hatte deshalb einen gewichtigen Grund, gegen die Lollarden vorzugehen, da diese gegen eben diese Praxis vehement zu Felde zogen.

»Dann leistet Ihr also einen zweifachen Dienst, Bruder Gabriel. Sowohl Eurer Kirche als auch Eurem König gegenüber.«

»Mein Prinz. Alle, die wir uns hier in diesem Raum versammelt haben: Bischof Flemmynge, Pater Gabriel und auch ich selbst haben uns dazu verpflichtet, die Ketzerei auszumerzen, die auch Euer Vater bereits heftig bekämpfte. Außer natürlich Bischof Beaufort. Ich kann in dieser Sache natürlich nicht für Bischof Beaufort sprechen, da ich nicht weiß, welchen Standpunkt er in Bezug auf die Lollarden vertritt.«

Dies war eine direkte Kampfansage. Prinz Harry antwortete in seinem Namen.

»Als Kanzler wird sich Lord Beaufort ausschließlich mit profaneren Angelegenheiten beschäftigen. Er wird uns beim Krieg mit Frankreich beraten. Heute ist er hier, weil seine Anwesenheit als Erster Berater des Königs bei allen für England wichtigen Angelegenheiten *ex officio* erforderlich ist. Setzt Euch, Mylords, damit wir mit der Diskussion beginnen können.«

Thomas Arundel räusperte sich und übertönte damit das Scharren von Stuhlbeinen und Schuhsohlen und das Rascheln von seidenen Strümpfen.

»Euer Gnaden! Meiner Ansicht nach reicht es in keinem Fall aus, allein die Bauern und die sogenannten Bettelpriester im Auge zu behalten. Die ketzerischen Gedanken der Lollarden haben sich nicht nur bei den Bauern ausgebreitet, bei denen die Vorstellung, dass Gott alle Menschen gleich erschaffen hat, natürlich großen Anklang findet. Auch in den Universitäten und in den Städten können sich die Menschen ohne Angst vor Strafe treffen, um über Wycliffes Schmähreden gegen unsere Heilige Mutter Kirche zu diskutieren oder gar die gotteslästerlichen englischen Bibelübersetzungen zu lesen. Überdies gebührt uns jetzt auch noch die zweifelhafte Ehre, diese Ketzerei in andere Länder getragen zu haben. Der akademische Austausch zwischen Oxford und der Karls-Universität in Prag hat die Lehren der Lollarden auch dort bekannt gemacht.«

»So weit?!«

Auch Gabriel fand das überraschend, aber wenn er genauer darüber nachdachte, war das eigentlich zu erwarten gewesen. Während der Regierungszeit von Queen Anne, die ja aus dem böhmischen Königshaus stammte, war es zu einem ersten Austausch von Gelehrten zwischen der Karls-Universität in Prag und der Universität von Oxford gekommen. Es war deshalb nur logisch, dass sich – vor allem in jenen Anfangstagen – unter den wissenschaftlichen Arbeiten, die man ebenfalls austauschte, auch die eine oder andere Schrift John Wycliffes befunden hatte.

»Dieses häretische Gedankengut breitet sich über das gesamte Heilige Römische Reich aus wie die Pest. Im vorletzten Sommer hat Bischof Zybnek von Prag Wycliffes ketzerische Schmierereien auf dem Marktplatz öffentlich verbrennen lassen und dessen Lehren verboten. Aber auch das hat nichts genützt. Ein Ketzer namens Jan Hus verbreitet diese Lehren täglich von seiner Kanzel aus, und die Bewohner von Prag kommen in immer größerer Zahl, um ihn predigen zu hören. Wenn wir jetzt nichts unternehmen, werden wir hier in England schon bald ebensolche Zustände wie in Böhmen haben.«

Der Prinz sah nachdenklich aus, Arundel zeigte unverhohlen seine Ungeduld.

Schließlich sagte der Prinz: »Was ist eigentlich so schlimm daran, wenn man die Bibel selbst liest? Bei der Vorbereitung auf meine Regentschaft – unter der Anleitung des Erzbischofs in allen Fragen des Glaubens – habe ich oft gedacht, dass ich die Bibel gern selbst lesen würde, allerdings würden meine ungenügenden Lateinkenntnisse dies mehr zur Last als zu einer Freude machen.«

Gabriel hörte, wie jemand tief Luft holte, und hoffte inständig, dass er das nicht selbst gewesen war. Arundels Gesicht nahm die Farbe von Galle an. Gabriel zuckte zusammen, als der Erzbischof mit der Faust auf den Tisch schlug.

»Ich werde Euch sagen, wieso, Euer Gnaden. Wenn die ungebildeten Massen die Bibel lesen, führt das zur Rebellion. Ihr seid noch zu jung, um Euch an den Aufstand von einundachtzig zu erinnern. Ich jedoch erinnere mich noch ganz genau. Damals hatten ungebildete Bauern ihr mangelhaftes Verständnis der Heiligen Schrift als Rechtfertigung dafür verwendet, das Eigentum ihrer Herren zu plündern oder zu brandschatzen. Auch Euer Vater wird sich noch an diese Unruhen erinnern. Fragt ihn! Fragt Henry Bolingbroke, wie es damals war, als der Pöbel den Savoy Palace niederbrannte, den Erzbischof enthauptete und den jungen König Richard mit einem Marsch auf London erpresste. Warum wohl hat Euer Vater keine Mühen und Kosten gescheut, um diese Ketzerei auszumerzen? Euer Gnaden, glaubt Ihr wirklich, dass die

Lollarden, wenn sie schon einen Erzbischof töten würden, ernsthaft davor zurückschrecken würden, auch einen König vom Thron zu stürzen?«

Arundel hielt inne, um seine Worte wirken zu lassen, dann sprach er in gemäßigtem, ruhigerem Ton weiter. »Und dann ist da noch die Sache mit dem Verkauf der Ablassbriefe, gegen den sich die Lollarden wenden. Wie Ihr wisst, bekommt die Krone einen Teil dieser Gelder.«

Der Prinz hob die Hand und gab damit zu verstehen, dass der Bischof mit seiner wütenden Rede zum Ende kommen sollte. Er hatte durchaus verstanden, was Arundel ihm sagen wollte. »Warum lösen wir, wenn schon diese Bibellesungen, die die Lollarden halten, verboten sind, die Versammlungen denn nicht einfach auf und beschlagnahmen alle Texte?«, fragte er. »Wenn es in diesem Land ein entsprechendes Gesetz dafür gibt – es gibt doch ein Gesetz, richtig?«

Thomas Arundel nickte. »Das Gesetz *De Heretico Comburendo*, über das Verbrennen von Ketzern.«

»Nun gut, wenn es Gesetz ist, dann muss dieses Gesetz eben durchgesetzt werden. Haben wir denn keine Soldaten mehr?«

»Das haben wir schon versucht. Wir haben sogar schon einmal dem Gesetz mit aller Schärfe Genüge getan und einen ketzerischen Priester namens William Sawtry verbrannt. Diese Prediger, die sich beständig über das Gesetz hinwegsetzen, nennen sich selbst ›Laienpriester‹. Ihre Zahl wächst von Tag zu Tag. Aber sie kommen alle ungeschoren davon, weil sich einige Eurer Adeligen, darunter sogar eine Reihe von Parlamentsmitgliedern, der Ketzerei verschrieben haben und sie schützen. Euch ist doch sicher bewusst, wie gefährlich es ist, wenn sich die Ketzerei im Parlament ausbreitet, nun … wenn wir nicht gegen diese Adeligen vorgehen, werden wir dem Ganzen nicht Einhalt gebieten können.«

»Der Adel?«, fragte Prinz Harry. »Dies ist eine ernste Beschuldigung. Habt Ihr irgendwelche Beweise?«

»Nicht genügend, um damit vor Gericht bestehen zu können.

Aber wir sind fest entschlossen, sie uns, natürlich mit Eurer Erlaubnis, zu beschaffen.«

»Ihr meint, Ihr wollt den Adel ausspionieren lassen? Nun, dies ist etwas, zu dem ich nur höchst ungern meine Zustimmung geben würde.«

Gabriel empfand so etwas wie Mitleid mit dem Prinzen. Es war offensichtlich, dass er nicht denselben Fehler wie sein Vater Henry Bolingbroke machen wollte. Er wollte offensichtlich vermeiden, dass sich die Hälfte seiner Adeligen gegen ihn wandte. Ein Bürgerkrieg wäre kein besonders vielversprechender Anfang für seine Regierungszeit.

Die Falten in Erzbischof Arundels hagerem Gesicht vertieften sich noch mehr, während er die Stirn runzelte. Dann entspannte sich sein Gesicht plötzlich wieder, und er lächelte sogar. Gabriel wusste genau, was jetzt kommen würde.

»Jenen, die sich der Ketzerei schuldig machen, droht die ewige Verdammnis«, sagte der Erzbischof. »Und Ihr seid als Prinz für deren Seelen verantwortlich, das ist Euch doch gewiss bekannt. Eurem Vater jedenfalls war das durchaus bewusst. Er hätte nicht gezögert, diese Adeligen auszuspionieren, um ihre Seelen zu retten. Wenn Ihr nicht gemeinsam mit uns alles daransetzt, dass sich die Ketzerei nicht noch weiter ausbreitet, könnte ganz England mit einem päpstlichen Interdikt belegt werden. Seid Ihr bereit, all die verlorenen Seelen auf Euer Gewissen zu nehmen?«

Dies war die Peitsche, mit der die Kirche noch einen jeden Monarchen zur Räson gebracht hatte. Exkommunikation! Die Pforten des Paradieses verschlossen! Der König und all seine Untertanen abgewiesen! Gabriels Unbehagen wuchs in gleichem Maße wie das von Prinz Harry. Er war sich nicht sicher, welche Rolle man ihm in diesem Spiel zugedacht hatte, aber er wusste, dass jeder, der sich im Umfeld von Arundel bewegte, Gefahr lief, von so viel feurigem Eifer versengt zu werden.

»Wer wird die Beweise würdigen, falls sie überhaupt gefunden werden?«, fragte der Prinz. »Und wer entscheidet gegebenenfalls über die Strafverfolgung?«

»Bevor irgendein Strafverfahren eröffnet werden kann, muss jeder Beweis, der erbracht wird, dem König vorgelegt werden, falls er wieder gesund wird, oder Euer Gnaden, falls Seine Majestät weiterhin indisponiert sein sollten. So verlangt es das Gesetz.« Arundel machte dabei ein finsteres Gesicht, so als würde ihm dieses Gesetz absolut nicht gefallen. »Ihr werdet wahrscheinlich nur einem einzigen Adeligen den Prozess machen müssen, um alle anderen zur Räson zu bringen.«

Gabriel beobachtete, wie der junge Prinz trotzig die Lippen schürzte und nachdachte. Er konnte sich durchaus vorstellen, was gerade in seinem Kopf vorging. Ein einziger Prozess! Ein einziger Adeliger … der jedoch viele Gefolgsleute hatte! Ein einziger Adeliger … der jedoch gegen einen König, der seine eigenen Gefolgsleute einkerkerte, zu Felde ziehen konnte. Ein einziger Adeliger … der jedoch unter seiner Fahne all seine Feinde vereinen konnte. Und dennoch: Die Androhung eines päpstlichen Interdikts war zweifellos eine ernste Sache.

Prinz Harry atmete lange und tief aus. »Nun, ich nehme an, dass es möglicherweise schon genug sein wird, wenn wir versuchen, entsprechende Beweise zu sammeln. Dann sehen wir ja, was passiert. Ohne die Zustimmung des Königs darf jedoch gegen keinen Angehörigen des Adels etwas unternommen werden.«

»Dann sind Euer Gnaden also einverstanden?«

Prinz Harry nickte. »Aber nur damit, dass Beweise gesammelt werden. Und selbst das unterliegt der strengsten Geheimhaltung.«

Arundel rieb sich ungeduldig die Hände, so als wollte er am liebsten sofort damit anfangen. »So soll es geschehen, Euer Gnaden. Wie ich Euch bereits sagte, Bischof Flemmynge ist bereits dabei, alle Dokumente von Wycliffe zu studieren und sich einen ersten Überblick über die darin enthaltenen ketzerischen Gedanken zu verschaffen. Wir werden seine Ergebnisse dann öffentlich bekannt geben, damit später niemand sagen kann, er hätte von alledem nichts gewusst. In der Zwischenzeit wird sich Bruder Gabriel als Beichtvater in einer Abtei zur Verfügung stellen, die sich ganz in der Nähe der Burg eines bekannten Ketzers mit Sitz im Parlament befindet. Dort wird er anfangen, Beweise zu sammeln, und wenn er genügend davon zusammengetragen hat, werden wir formal Anklage erheben.«

Beweise sammeln! Darum also ging es. Und er hatte geglaubt, man hätte ihn zu einer theologischen Diskussion gebeten. *Was für ein Narr er doch gewesen war, sich durch die Aufmerksamkeit des Erzbischofs geschmeichelt zu fühlen. Hochmut kam immer vor dem Fall.* Ihm war also die Rolle des Judas zugedacht. Er sollte ein Spion werden. Er hatte das Gefühl, als hätte man ihm einen Schlag in die Magengrube verpasst.

»Hat Bruder Gabriel Eure Erlaubnis, sofort mit seiner Aufgabe zu beginnen?«, fragte Arundel.

Arundel hatte ihn, Gabriel, nicht einmal gefragt, ob er diese Aufgabe übernehmen wollte, hatte ihm nicht einmal Gelegenheit gegeben, seine Bedenken zu äußern.

»Ja, die hat er. Aber es ist ihm nur gestattet, Beweise zu sammeln.«

Arundel lächelte.

»Darf ich fragen, wer der betreffende Lord ist?«, fragte Prinz Harry.

»Oh, Ihr kennt ihn sehr gut, Euer Gnaden. Sein Name ist Lord Cobham, auch Sir John Oldcastle genannt«, sagte der Erzbischof und entrollte dabei ein Pergament.

Jetzt war es der Prinz, der das Gefühl hatte, einen Schlag in die Magengrube erhalten zu haben. Gabriel sah, dass er kreidebleich wurde. Er hatte nicht geahnt, dass es um seinen alten Kameraden ging, mit dem er zusammen gekämpft und gezecht hatte! Wie geschickt Arundel ihn doch manipuliert hatte.

»Das muss ein Irrtum sein. Der Sir John, den ich kenne, hat kein Interesse an der Religion. Er ist ein Spötter, gewiss, aber er ist völlig harmlos.« Prinz Harry war jetzt zutiefst beunruhigt, das zeigte sich vor allem daran, dass er auf seiner Unterlippe herumkaute.

»Inzwischen ist er nicht mehr harmlos, Euer Gnaden. Er ist

jetzt ein Lollarde. Und er macht sich nicht einmal die Mühe, das zu verbergen«, sagte Flemmynge und reichte dem Prinzen einen Federkiel. In seiner Stimme lag unüberhörbar ein schadenfroher Unterton, den Gabriel abscheulich fand. »Sir John Oldcastle hat zur Religion gefunden«, fügte er dann noch kichernd hinzu. »Und nach allem, was ich gehört habe, konnte ihm das auch nicht schaden. Zu dumm nur, dass es nicht die richtige Religion ist. Und jetzt wird er brennen.«

Der Prinz legte die Feder auf den Tisch und sah ihn drohend an.

»In der Hölle, meine ich natürlich. Und nur, falls er nicht bereut.«

Der Erzbischof bedachte Flemmynge schon zum zweiten Mal an diesem Tag mit einem bösen Blick, dann legte er Prinz Harry das Dokument zur Unterschrift vor.

Der Prinz nahm die Feder wieder in die Hand, legte sie hin, nahm sie wieder, spielte damit herum.

»Euer Gnaden, das Seelenheil Englands –«

Prinz Harry unterzeichnete wütend und spritzte dabei Tinte über das Pergament. Dann sah er Beaufort an, der keinen Versuch unternahm, das Mitleid in seinem Blick zu verbergen, als er ihm aufmunternd zunickte.

Fernes Donnergrollen hallte in die Krypta. Gabriel spürte, wie der bedrohliche Klang sich in seiner Seele einnistete. Mit einem einzigen Federstrich hatte der Prinz einen Adeligen zum Rechtsbrecher und einen Prediger zum Spion gemacht.

4

Ich nehme euch als mein Volk an
und werde euer Gott sein.

Exodus 6,7,
rezitiert bei der häuslichen Pessachfeier

Anna stand gerade vor den Mauern der Judenstadt, als sie die höhnischen Bemerkungen hörte. Sie beschloss, sie einfach zu ignorieren. Wer hatte sie zur Hüterin verletzter Seelen ernannt? Das war die Aufgabe von Heiligen und Engeln, und sie war weder das eine noch das andere.

Anna wollte beim Rabbi an der Staronová-Synagoge nur ein Buch abgeben und dann gleich wieder nach Hause gehen, um das Treffen für den heutigen Abend vorzubereiten. Ihr Großvater hatte darauf bestanden, dass sie dem Rabbi die mit Buchmalereien ausgeschmückte *megillah* brachte, sobald sie fertig war. Er hatte sie letzte Nacht fertiggestellt.

»Dědeček, das ist ja die Geschichte von Esther! Der Rabbi wird das Buch also erst beim nächsten Purim-Fest brauchen. Das hast du selbst gesagt. Du hast also noch mehrere Monate Zeit, um es fertigzustellen.«

Er hatte sich seine müden Augen gerieben. »Was weiß eine kleine Jasminblüte wie du schon von der Dringlichkeit, die einen alten Mann antreibt? Du hast schließlich noch so viel Zeit.«

Viel Zeit? Sag das mal Martin, dachte sie.

Die spöttischen Rufe wurden jetzt lauter. »Ringel-, Ringelreihen – dummer kleiner Judenjunge, dummer kleiner Judenjunge.«

Ein Kinderspiel. Es waren nur singende Kinder, die einen Kreis um ein anderes Kind gebildet hatten.

Es war heiß – selbst die Fahne, die auf den Mauern der Judenstadt gehisst war, fand keinen Lufthauch, um ihren Davidstern kühn über den Dächern flattern zu lassen. Die Jungen würden schon bald die Lust an ihrem Spiel verlieren und zu ihren Müttern nach Hause laufen, um etwas Kühles zu trinken. Anna wandte den Blick von ihnen ab. Mit ihrer freien Hand wischte sie sich die Schweißperlen von der Stirn, dann nahm sie ihr Tuch vom Kopf. Ihre Haare fielen als Kaskade dichter Locken über ihren Rücken. Sie wischte sich das Gesicht mit dem Kopftuch trocken und merkte dabei, dass es säuerlich roch – obwohl sie sowohl ihre Haare wie auch ihr Kopftuch erst vor zwei Tagen gewaschen hatte. Wenn sie sich beeilte, kam sie vielleicht noch rechtzeitig nach Hause, um sich noch um ihre Haare zu kümmern.

»Ringel-, Ringelreihen. Pestbringer, Pestbringer.«

Natürlich wusste sie, was Dědeček jetzt an ihrer Stelle tun würde. Aber sie besaß einfach nicht seine Entschlossenheit. Außerdem musste sie noch fürs Abendessen einkaufen. Es musste alles perfekt sein. Martin hatte ihr gesagt, dass er an diesem Abend um ihre Hand anhalten wollte. Sie nahm ihre Haare hoch und band dann wieder ihr Kopftuch um. Ein leiser Windhauch kühlte ihren Nacken.

»Tasche voller Sträußchen. Christus-Mörder. Christus-Mörder.« Diesmal wurde der Vers vom Geräusch eines Erdklumpens begleitet, der gegen etwas Hartes prallte. Das Kind in der Mitte des Kreises begann zu weinen. Es war mehr ein dünnes, leises Wimmern.

Oh, heiliger Jesus!

Wie konnte irgendeine christliche Frau – wie konnte überhaupt irgendeine Frau – *darauf* nicht reagieren. Anna legte seufzend ihr Päckchen auf den Boden und rannte auf die Gruppe von Jungen zu. Der schrille Gesang wurde von lautem Geschrei abgelöst, als sie einen von ihnen, offensichtlich den Rädelsführer, am Arm packte und aus dem Kreis herauszerrte.

»Schäm dich, Petr. Ich kenne deinen Vater. Du gehst jetzt sofort nach Hause, sonst erzähle ich ihm, was für einen Unfug du treibst.«

Am liebsten hätte sie diesen abscheulichen Kerl so heftig geschüttelt, dass ihm die Zähne geklappert hätten. Sie beherrschte sich jedoch und wandte sich, nachdem sie ihn losgelassen hatte, an die anderen Jungen. »Und ihr geht jetzt auch alle nach Hause, sonst könnt ihr was erleben.« Sie scheuchte sie mit ihren Händen davon, so als hätte sie eine Schar Hühner vor sich. »Lasst den Jungen hier in Ruhe. Er hat euch nichts getan.«

Die Übeltäter liefen davon.

»Judenfreundin«, rief ihr einer von ihnen zu und warf dann einen weiteren Erdklumpen. Der Klumpen landete genau vor ihren Füßen. Staub flog auf und bedeckte den Saum ihres Rockes.

»Es würde mir überhaupt nichts ausmachen, wenn du es meinem Vater sagst«, schrie Petr. »Er ist nämlich kein Judenfreund so wie du.«

Sie rannten jedoch weiter.

»Und jetzt zu dir, Kleiner.«

Der Junge kauerte da, als hätte er in dem von der Sonne ausgedörrten Boden Wurzeln geschlagen.

»Dich kenne ich doch auch. Du bist Jakob, der Sohn des Rabbi, nicht wahr?«

Er starrte sie mit seinen großen, dunklen Augen, in denen Tränen standen, wortlos an. Sein schwarzes Haar klebte an seiner Stirn, auf die der alberne kleine kegelförmige Hut gerutscht war, der *cornutus pileus,* der ihn als Juden kenntlich machte. Und der ihn zur Zielscheibe für den Hohn und den Spott der anderen Jungen machte. Jedes Mal, wenn Anna die bedrückende, elende Enge des jüdischen Viertels betrat, empfand sie dasselbe: Einerseits wollte sie die Faust zum Himmel recken und den Gott anbrüllen, der zuließ, dass das von ihm auserwählte Volk so behandelt wurde. Andererseits wollte sie auf die Knie fallen und ihrem Gott dafür danken, dass sie nicht zu diesen »Auserwählten« gehörte.

»Du weißt doch, dass du nicht außerhalb der Mauern des Judenviertels spielen sollst«, schimpfte sie.

Der Junge war bestimmt nicht älter als sechs Jahre. Eine dicke Träne rann ihm jetzt über die Wange und hinterließ dabei eine feuchte Spur auf seinem staubigen Gesicht. Sie nahm ihn in die Arme und drückte ihn fest an sich, dann säuberte sie sein Gesicht mit ihrer Schürze.

»Jetzt hör auf zu weinen.« Ihre Stimme klang wesentlich sanfter. »Es ist doch nichts passiert, Jakob. Komm, ich bringe dich zur Synagoge zurück. Ich wollte ohnehin zu deinem Vater. Ich habe nämlich etwas ganz Besonderes für ihn.« Sie hob das Buch vom Boden auf und wickelte es aus seiner schützenden Hülle. »Schau nur.«

Der Junge begann zu lächeln, als er die strahlende Menora sah, die sich über die Teppichseite, die erste Seite des illuminierten Buches, ausbreitete. Anna blätterte langsam weiter, und er streckte die Hand aus, um vorsichtig die menschlichen Gestalten mit den Tierköpfen zu berühren, die den Rand schmückten: Hamin mit dem Kopf eines Wiesels, Mordecai, dessen Ochsenkopf ein Symbol seiner Standhaftigkeit war, und Esther, die den Körper einer Frau und den Kopf einer Löwin besaß, was auf ihren Mut hinwies. *Du sollst dir keine Götzenbilder machen*. Aber ihr Großvater hatte die Figuren so kunstvoll gestaltet, dass selbst einem Kind klar war, um welche Figuren es sich in dieser Geschichte handelte.

»Die Königin ist wirklich wunderschön.« Der Junge zeigte auf den Löwenkopf.

»Ja, das finde ich auch. Mein Großvater hat sie gemalt. Aber er ist schon alt und sieht nicht mehr so gut. Siehst du den komischen hellbraunen Fleck dort? Da ist er über die Zeile hinausgekommen. Hier, du darfst das Buch tragen. Und auf dem Weg zur Synagoge kannst du mir von deinem Großvater erzählen. Bestimmt hast du auch einen alten Großvater, habe ich recht?«

»*Ano.*« Der Junge nickte eifrig. Während sie durch das Tor in das Judenviertel gingen, begann er, von seinem Großvater zu erzählen. Seine Angst und die Demütigung hatte er schon bald vergessen. Anna hörte ihm jedoch nur mit halbem Ohr zu. Sie fragte sich, was sie tun würde, wenn ihr Großvater Martins Antrag ablehnte.

Finn betastete vorsichtig sein Gesicht und starrte dann seine Fingerspitzen an. Es blutete noch immer. Er drückte mit den Fingern fest auf die Wunde. Hoffentlich hörte sie zu bluten auf, bevor Anna zurückkam. Sie würde ohnehin böse auf ihn sein, weil er es selbst versucht hatte. Und sie konnte vielleicht wütend werden! Aber ein Mann hatte eben auch seinen Stolz, auch wenn es ein alter Mann mit zitternden Fingern war. Er berührte eine andere Stelle an seinem Kinn. Offensichtlich hatte er sich mit der Rasierklinge mehr als nur einmal geschnitten. Wenn seine Enkeltochter nach Hause kam, würde sie jemanden vorfinden, der aussah wie ein pockennarbiger Narr.

Alt zu werden, das war wirklich die Hölle. Aber das Schlimmste dabei war, dass es sich auch auf seine Arbeit auswirkte. Die steifen Finger. Die trüben Augen. So, wie es aussah, war die *megillah* sein letztes Buch. Er wusste, dass sich seine Enkeltochter mit seinen Manuskripten abmühte, wenn sie glaubte, er würde schlafen. Mehr als einmal hatte er gesehen, wie sie, ihr wollenes Tuch über ihrem dünnen Nachthemd, in der Ecke am Kamin saß und ihre blauen Augen im matten Licht einer fast erloschenen Kerze anstrengte, um die fransigen Ränder auszubessern und die Farbkleckse zu entfernen.

Er hätte sie gern in diesem Licht gemalt, aber das hätte er tun sollen, bevor er alt geworden war. Jetzt blieb ihm nur noch, seine Enkelin aus der Dunkelheit heraus zu beobachten und dabei einerseits zu bedauern und andererseits auch wieder nicht zu bedauern, dass er sie nicht mehr malen konnte. Es erfüllte ihn zwar mit heimlichem Stolz, dass er eine solche Schönheit ganz für sich allein genießen durfte, doch sein Künstlerherz wollte dieses Bild mit der Welt teilen. Anna hatte die großen, mandelförmigen Augen ihrer Mutter. Ihre Farbe, ein tiefes Blau, und auch der rote Lockenschopf waren hingegen eine Hinterlassenschaft von Kathryns Linie, genau wie ihr energisches Kinn. Der breite Mund und die edle Stirn hingegen waren wiederum ein Erbe seiner Tochter Rose.

Vom Marktplatz draußen drangen jetzt laute Rufe und heftige Flüche in das Zimmer. Er schenkte ihnen keine Aufmerksamkeit, da die Ruhe hier oft durch geschäftiges Treiben gestört wurde. Sie lebten in einem kleinen Haus an der Ecke des Alten Marktplatzes schräg gegenüber dem Staroměstská Radnice, dem Rathaus. Das kleine Stadthaus verfügte über einen Gemeinschaftsraum im Erdgeschoss, in dem sie kochten, aßen, arbeiteten und Gäste empfingen, und im ersten Stock zwei kleine Schlafzimmer und die Toilette. Alle Zimmer waren dank Anna sauber und ordentlich und auch sehr gemütlich eingerichtet. Es gab zwei Stühle, einen Tisch, eine Ruhebank aus Holz mit mehreren schönen Federkissen, gutes Zinngeschirr, einen silbernen Salzstreuer und sogar einen Wandteppich, der, wohl platziert, an der Wand gegenüber seiner Arbeitsbank und seines Arbeitstisches hing. Die beiden kleinen Schlafzimmer, zu denen eine schmale Wendeltreppe, die gleich neben dem Eingang begann, hinaufführte, waren jeweils mit einem Bett und einer Truhe ausgestattet. Die Betten besaßen stabile Holzrahmen, zwischen denen mehrere Seile gespannt waren, auf den Seilen lagen ordentliche Federmatratzen. Die beiden Truhen verfügten sogar über richtige Schubladen. Von allen Fenstern aus, Fenstern mit richtigen Glasscheiben, konnte Finn die große astronomische Uhr mit den beiden Zifferblättern und den goldenen Zeigern sehen.

Als er mit seiner Enkeltochter von Gent nach Prag gekommen war, hatte er sich auf halbem Weg zwischen dem jüdischen Viertel und der Universität niedergelassen. Er hatte vorgehabt, den Lebensunterhalt für sich und seine Enkelin damit zu verdienen, dass er sowohl für die christliche als auch für die jüdische Gemeinde Manuskripte illuminierte, und er hatte sein Vorhaben erfolgreich in die Tat umgesetzt.

Er öffnete die Tür, um ein wenig frische Luft ins Zimmer zu lassen. Es kam jedoch keine angenehm kühle Brise, sondern nur Lärm herein. War denn heute nicht Sonntag? Ja, er war sich sicher, dass heute Sonntag war. Er hatte eigentlich zur Messe in der Teyn-Kirche gehen wollen, um an der Abendmahlfeier teilzunehmen, aber da war dieses Manuskript gewesen, das er noch hatte fertigstellen müssen. Sonntags, wenn die Hussitenmesse zu Ende war und die Gläubigen nach Hause gegangen waren, herrschte auf dem Marktplatz normalerweise feiertägliche Ruhe.

Finn trat vor die Tür, um zu sehen, was der Grund für diesen Lärm war. Vor dem Portal der Teyn-Kirche auf der anderen Seite des Platzes hatte sich eine kleine Menschenmenge gebildet. Es hörte sich jedoch nicht so an, als handelte es sich dabei um Kirchgänger. Aber was auch immer dort los sein mochte, es ging ihn im Grunde nichts an. Er hatte schon vor langer Zeit eine Entscheidung getroffen. Er wusste, auf welcher Seite er stand. Jetzt aber war er zu alt und zu müde, um sich noch über die Kirche und deren Politik Gedanken zu machen. Außerdem quälte ihn seit einiger Zeit eine ganz neue Sorge. Er verspürte oft einen Schmerz in der Brust, und jedes Mal, wenn er die Treppe zu seinem Schlafzimmer hinaufgestiegen war, bekam er kaum noch Luft. Zudem drückte ihn sein Gewissen wie eine grobe Naht in einer Hose, raubte ihm den Schlaf und peinigte ihn fast so sehr wie seine kaputten, alten Knie. Er machte sich große Sorgen um Anna.

Es war Zeit, dass er seine Enkeltochter freigab – höchste Zeit, das war ihm nur allzu bewusst. Sie hätte sich schon längst ihr eigenes Nest bauen sollen, anstatt noch immer das seine in Ordnung zu halten. Finn wusste, dass es Martin ernst war und er nicht nur eine kurze Liebelei suchte. Er erkannte das allein schon daran, wie er Anna ansah. Er folgte jeder ihrer Bewegungen mit den Augen. Wenn sie die Federkiele, die sie zum Kopieren der Manuskripte verwendeten, anspitzte oder wenn sie sich nach vorn beugte, um eine Kelle Suppe aus dem Kessel, der über dem Feuer hing, zu schöpfen. Martin ließ sie nicht aus den Augen, und es lag dabei mehr als nur das sinnliche Verlangen eines jungen Mannes in seinem Blick. Dass es Martin ernst war, erkannte Finn auch daran, dass er ihr stets sofort zu Hilfe eilte, wenn sie ein großes Holzscheit auflegen wollte, oder dass er ihr das Tablett voller Bierhumpen abnahm, wenn sie den anderen Studenten etwas zu trinken brachte.

Es hatte vor ihm noch andere, bestimmt ebenso würdige Bewerber gegeben. Da war zum Beispiel dieser Student aus Oxford gewesen, ein Engländer. Finn hätte es zwar gern gesehen, wenn seine Enkeltochter einen Mann aus ihrem Heimatland geheiratet hätte, dieser wäre jedoch schon bald wieder auf die Insel zurückgekehrt und hätte dann natürlich seine Ehefrau mitgenommen. Und Finn wusste eines mit Bestimmtheit zu sagen, nämlich dass er selbst niemals wieder nach England zurückkehren würde.

So nahe an der Wurzel all seines Schmerzes wollte er einfach nicht mehr graben.

Dann war da dieser angesehene Prager Bürger gewesen, der in einem schönen Haus im Malá Strana, dem Kleinen Viertel, direkt unterhalb des Hradčany im Schatten der großen Burg lebte. Warum nur hatte er Anna damals nicht ermutigt? Inzwischen sollte sie ihren eigenen Herd ausfegen, sich um die Schar ihrer Kinder kümmern und in dem florierenden Geschäft ihres Ehemannes mitarbeiten. Er war sich sicher, dass Anna einen viel zu wachen Verstand hatte, um ihn mit stumpfsinniger Frauenarbeit zu verschwenden.

Im Grunde seines Herzens wusste er jedoch ganz genau, warum er sie bis jetzt nie zu einer Heirat ermuntert hatte: Es hätte ihn umgebracht, wenn er sie hätte gehen lassen müssen. Anna war die Inkarnation aller Frauen, die er geliebt und die er verloren hatte. Und jetzt kam die Zeit, da er auch sie verlieren würde. Aber wenigstens würde man sie ihm nicht einfach wegnehmen. Er würde sie aus freiem Willen gehen lassen.

Das Geschrei und die Aufregung auf den Stufen der Kathedrale wurden immer heftiger. Früher wäre er hinübergegangen, um zu sehen, was die Menschen so erregte, dass sie sogar die Sonntagsruhe störten. Heute jedoch ging er wieder ins Haus und schloss die schwere Eichentür hinter sich, schloss damit auch die ruhige, schwüle Luft im Haus ein.

Er fühlte sich plötzlich sehr müde. Und es tat weh, wenn er tief einatmete. Er sollte sich besser noch ein wenig ausruhen, bevor Anna nach Hause kam.

5

Ein Ablassbrief ist der Erlass der zeitlichen
Sündenstrafe aufgrund einer vergebenen Sünde,
kraft der von Christus
und den Heiligen erworbenen Verdienste.

Oxford Dictionary der Christlichen Kirche

Bruder Gabriel sah sich die geduckten Mietshäuser an, die sich an der Bankside Street entlang aneinanderreihten. Er hatte sich nach dem Konzil im Lambeth Palace eigentlich gar nicht in diese Richtung wenden und den Weg durch Southward und Bankside nehmen wollen. Und dennoch hatte die Erinnerung ihn dorthin zurückgezogen, die Erinnerung oder die Unzufriedenheit mit dem Verlauf des Konzils. Er war auf der Suche nach etwas, das ihm wieder ins Gedächtnis rief, woher er gekommen und wer er gewesen war, bevor Bruder Francis ihn damals gerettet hatte.

Er hatte geglaubt, dass seine Zukunft geregelt sei. Pater und Bruder zu sein: Das war seine Berufung. Als man ihn damit beauftragt hatte, päpstliche Ablassbriefe zu verkaufen, war er schon wesentlich weniger begeistert gewesen, vor allem, da diesem Dienst an der Kirche gegenüber seinen anderen beiden Aufgaben absoluter Vorrang eingeräumt wurde. Und jetzt hatte sein Erzbischof auch noch alles in die Wege geleitete, dass er ein Spion wurde. Aber warum nur? Das war die Frage. Jedoch sich diese

Frage zu stellen, das bedeutete bereits, dass er genau jene Institution in Frage stellte, die ihm die Möglichkeit zur Errettung seiner Seele gegeben hatte. Und soweit er es beurteilen konnte, war und blieb es die einzige Möglichkeit, die es gab.

Er versuchte, seine von Selbstzweifeln erfüllten Tagträume einfach zu verdrängen – schließlich durfte er seine Kirche nicht anzweifeln –, um vom Rücken seines Pferdes aus, eines Pferdes, das er von eben jener Kirche erhalten hatte, seine Umgebung zu betrachten. Es kam ihm so vor, als wäre dieser Ort mit seinen Gerüchen, dem lauten Fluchen, dem Lärm der Bärenhatz und dem Geschrei der Händler eher das Echo eines halb vergessenen Traums als die Erinnerung an seine Kindheit. Er war damals sechs Jahre alt gewesen, als Bruder Francis ihn aus der Jauchegrube, die auch Southwark genannte wurde, gerettet hatte.

War es immer noch da, das Bordell, wo seine Mutter, selbst fast noch ein Kind, ihrem Gewerbe nachgegangen war? Sie, die mit zwölf Jahren zum Lehrmädchen einer Hure, mit vierzehn Jahren selbst Hure und mit sechzehn Jahren Mutter geworden war. Er hatte sich als überaus hartnäckiger Fötus erwiesen, der nicht einmal mit Hilfe eines geknoteten Seils abgehen wollte. »Von Gott ausersehen«, hatte Bruder Francis das genannt, »ein Kind, über das der Herrgott im Mutterleib seine Hand gehalten hat, damit es später sein Werk tun wird«.

Dennoch klammerte sich Gabriel auch heute noch an die vage Hoffnung, dass seine Mutter ihn geliebt hatte. Das Bordell, in dem sie arbeitete, war großzügiger als viele andere. Sie bekam sogar jeden Monat einen halben Tag frei. Und so war sie jeden Monat ein Mal die fünf Meilen zur Priorei gegangen, um ihn zu besuchen. Sie hatte ihm jeden Monat Süßigkeiten gebracht, und sie hatte im Garten der Abtei mit ihm Ball gespielt. Zum Abschied hatte sie ihn immer fest in die Arme genommen. Sie hatte sein Gesicht dabei in das Tal zwischen ihren Brüsten gepresst und ihn mit ihrem nach Moschus riechenden Schweiß und sonstigen weiblichen Gerüchen fast erstickt, wobei der Geruch von abgestandenem Rosenöl, welches das Bordell zur Verfügung stellte und dessen Kosten gleich von ihrem Lohn abgezogen wurden, der intensivste war.

»Mein hübscher, kleiner blonder Engel«, hatte sie ihn immer genannt. »Mein süßer kleiner Gabriel.« Jeden Monat. Zwei Jahre lang. Beim letzten Mal – hätte er gewusst, dass es das letzte Mal sein würde, hätte er sich gewiss ganz anders verhalten – hatten ihre Augen feucht geglänzt, während ihre Arme auf ihrem hohen, runden Bauch gelegen hatten. Er hatte gewusst, was das bedeutete, und hatte sich für sie geschämt. Er hatte sich auch für sich selbst geschämt. Als sie ihn dann zum Abschied umarmen wollte, war er vor ihr zurückgewichen. Er hatte sie nicht einmal mehr ansehen wollen.

Sie hatte ihn nie wieder besucht.

Als er seinen Blick jetzt langsam die Straße entlangwandern ließ, versuchte er, das Haus, in dem er seine frühe Kindheit verbracht hatte, zu entdecken.

Da, dieses dort mit dem baufälligen Giebel – nein, das war zu schmal. Jenes, das sich nach vorn in die Straße hineinneigte? Nein, dem fehlte das breite Fenster. Er erinnerte sich daran, dass er als Kind oft auf einer breiten Fensterbank spielen durfte. Nachts wurde er dann in eine winzige Kammer, fast ein Schrank, verbannt. Manchmal hörte er, wenn er in diesem engen, dunklen Raum lag, seine Mutter laut stöhnen oder manchmal sogar schreien. Dann hatte er immer große Angst um sie gehabt. Sie hatte ihm jedoch immer wieder eingeschärft, dass er die Kammer erst dann verlassen dürfe, wenn sie die Tür öffnete. Und so hatte er stets voller Angst ausgeharrt.

An jenem Tag, an dem Bruder Francis ihn aus dem Bordell geholt hatte, hatte seine Mutter geweint. Aber auch wenn es ihr Kummer bereitet hatte, ihn gehen zu lassen, so war dies, wie sich erweisen sollte, ein einzigartiger Glücksfall für ihn gewesen. Er, der uneheliche Sohn einer Metze, war in Rom gewesen und hatte den Ring des Papstes geküsst. Ihm, Bruder Gabriel, war Großes bestimmt. Das hatte Bruder Francis immer wieder gesagt, also musste es wahr sein.

Sein Pferd suchte sich vorsichtig seinen Weg durch den Morast und den stinkenden Schlamm. Ganz Southwark war nichts anderes als ein einziger übel riechender Sumpf, obwohl es schon seit Tagen nicht mehr geregnet hatte und die Hitzewelle bereits länger andauerte, als irgendjemandem lieb sein konnte. Unzählige tote Fische am Ufer und der verwesende Kadaver am Kai verströmten einen stechenden Geruch.

Gerade als er dachte, dass er doch besser die Fähre hätte nehmen sollen, sah er das Haus.

Die Erinnerungen stürmten auf ihn ein. Sein Herz hämmerte so wild wie damals, als er als kleiner Junge in der winzigen Kammer gesessen hatte. Er sollte eigentlich davonreiten, jetzt sofort, sollte diesen Ort für immer unter der Schlackenhalde aus Reue und Scham begraben lassen.

Stattdessen stieg er ab.

Ein Junge von etwa zwölf Jahren lehnte an der Eingangstür des Bordells und kratzte sich den schorfigen Arm. Er arbeitete offensichtlich hier, vielleicht war er sogar ein Produkt dieses Hauses, der Sohn irgendeines Ritters oder vielleicht sogar das uneheliche Kind des Oberbürgermeisters selbst – wer konnte das schon sagen? Am wenigsten der Junge selbst, der die Zügel seines Pferdes ergriff. So wie dieser Junge hätte er, Gabriel, selbst mit zwölf Jahren sein können, dachte Bruder Gabriel, wäre da nicht die Gnade Gottes gewesen. Und Bruder Francis.

»Hier entlang, Pater.« Der Junge öffnete die Tür und trat dann einen Schritt zur Seite. Auf seinem Gesicht lag der Anflug eines affektierten Grinsens. »Läutet einfach, dann weiß sie, dass Ihr da seid.«

Bruder Gabriel zog an der Schnur der kleinen Glocke, die aussah wie der Rock einer Hure und auf obszöne Weise bemalt war. Der blecherne Klang schepperte kläglich durch den leeren Flur. Es war dies ein vertrauter Klang. Ein vertrauter Ort.

Der schmale Eingang, der Flur mit der niedrigen Decke, der sich auf der linken Seite zu einer kleinen Wohnstube öffnete, all das war ihm nur allzu vertraut. In dieser Stube hatte er tagsüber mit seinem Spielzeugpferdchen gespielt, hatte es unzählige Male über den kalten Boden galoppieren lassen. Der Raum sah noch genauso aus wie früher. Milchiges Tageslicht fiel durch das große, schmutzige Fenster, das zur Straße hinausführte. Und es roch noch genauso wie früher: vergoren und muffig. Ein Geruch, den er nicht definieren konnte, dazu der Geruch von schalem Wein und kalten Kohlen – denn ganz egal, wie kühl und düster der Tag auch sein mochte, der Kamin und die Lampen wurden immer nur nachts angezündet.

Die stickige Luft machte ihm zu schaffen. Sein Herz begann zu rasen. Als er hörte, wie sich eine der Türen im oberen Stockwerk öffnete, wandte er sich zur Flucht. Dann stieg ihm plötzlich der Geruch von Rosenöl in die Nase, und er hatte das Gefühl, als nähme seine Erinnerung Gestalt an. Aber es war nicht seine Erinnerung, die die Treppe herunterstolziert kam, um ihn zu begrüßen.

»Kommt doch herein, Pater. Ich heiße Mary. Nach der Mutter unseres Herrn.«

Angesichts dieser Gottlosigkeit verschlug es ihm fast den Atem.

»Ich kann Euch von diesem Stirnrunzeln befreien«, fügte die Frau hinzu.

War dieser bereits verblassende blaue Fleck auf ihrem Nacken eine Hinterlassenschaft ihres letzten Freiers, fragte er sich unwillkürlich. Sie musterte sein Priestergewand von oben bis unten, dann lächelte sie ihn an und fuhr sich mit den Fingern unsicher durchs Haar, warf den Kopf zurück, bog den Rücken durch. Unter ihrem dünnen Mieder waren deutlich ihre Brustwarzen zu erkennen.

»Die Mädchen sind alle noch im Bett.« Ein leises Lachen. »Sie schlafen noch. Für sie ist es jetzt noch früh, denn die meisten unserer Kunden kommen nachts.«

Ihr Lächeln, bei dem eine Zahnlücke sichtbar wurde, mochte früher sogar einmal anziehend gewesen sein.

»Was mir an Jugend fehlt, mache ich mit Erfahrung mehr als wett. Ich kenne da ein paar Tricks, die Euch gewiss Vergnügen bereiten werden.« Dann fügte sie, während sie die Augen niederschlug und nach seiner Hand griff, noch hinzu: »Und ich bin sehr diskret.«

Hatte die Erfahrung sie gelehrt, dass eine Dominikanertracht keinen Schutz vor Frauen ihres Gewerbes bot? Und dass seine Soutane auch ihm keinen Schutz bot, stellte er fest, als er ein unwillkommenes Spannungsgefühl in seinen Lenden verspürte. Er faltete die Hände, damit sie ihn losließ – aber auch, um zu verhindern, dass sie zitterten. Das unanständige Angebot der Frau und dieser Verrat, den seine Lenden gerade an ihm begingen, ließen ihm übel werden.

»Ihr versteht mich falsch«, sagte er.

Es war schwer zu sagen, wie alt sie war. Sie sah zwar sehr erschöpft und müde aus, dennoch schätzte er, dass sie nicht älter war als er. Eine Frau Ende dreißig. Damit war sie aber auf jeden Fall zu jung, um seine Mutter zu sein.

»Ich bin wegen einer vollkommen anderen Angelegenheit gekommen«, sagte er und merkte dabei selbst, wie aufgeblasen und selbstgerecht seine Worte klangen. »Ich bin gekommen, um – im Namen eines Mitglieds meiner Gemeinde – zu fragen, ob es hier ein Mädchen ... eine Frau ... namens Jane gibt. Jane Paul.«

»Jane also? Nun, wenn Ihr eine Schwäche für *Janes* habt, dann werde ich eben Jane sein, Pater.«

Jetzt war es sein Herz, das ihn verriet. Die Verzweiflung in ihren tief liegenden Augen und ihre Sehnsucht rührten ihn an, weckten bei ihm mehr Mitgefühl, als er für jemanden, der sich so bereitwillig der Sünde hingab, empfinden sollte.

»Ein andermal vielleicht«, sagte er und schalt sich einen Feigling, weil er zugelassen hatte, dass das Mitleid die Oberhand über seine Integrität als Kleriker gewonnen hatte. Er wollte die Frau freundlich anlächeln, tat es aber dann doch nicht. Sie hätte ein solches Lächeln lediglich als Ermunterung und nicht als Mitgefühl aufgefasst. »Heute aber muss ich eine Frau namens Jane Paul finden«, sagte er und räusperte sich.

»Hier gibt es niemanden, der so heißt.« Ihr Gesicht wurde hart, ihre Stimme ausdruckslos.

Sie kehrte ihm ohne ein weiteres Wort den Rücken zu und ging dann die Treppe hinauf, in aufrechter Haltung und mit wohlgesetzten Schritten, so als könnte sie allein kraft ihres Willens ein gewissen Maß an Würde erlangen. Eine solch ungeheure Erleichterung überkam ihn, dass er weiche Knie bekam. Welche Torheit hatte ihn dazu veranlasst, sie nach Jane Paul zu fragen? Er hörte, wo oben eine Tür zugeschlagen wurde. Was hätte er getan, wenn die Frau gesagt hätte, dass sie seine Mutter kannte, und ihm sogar ihre Adresse genannt hätte. Oder schlimmer noch, wenn sie gesagt hätte, dass Jane Paul in eben diesem Moment dort oben in ihrem Bett lag und schlief?

Der Junge übergab ihm die Zügel seines Pferdes. »Ist Euch nicht wohl, Pater? Ihr seht sehr bleich aus.«

Seine Kehle war wie zugeschnürt. Nicht imstande, auch nur ein einziges Wort zu sagen, bedeutete er dem Jungen lediglich mit einem Kopfnicken, zur Seite zu gehen. Dann saß er auf und ritt im Galopp davon, dies vor allem deshalb, um sich die Peinlichkeit zu ersparen, sich mitten auf der Straße übergeben zu müssen.

Erst nachdem er das Bordell ein gutes Stück hinter sich gelassen hatte, dachte er wieder an den Jungen. Er hätte ihm einen Penny geben sollen. Er zögerte, brachte es dann aber doch nicht über sich, noch einmal zurückzureiten.

Während Anna den Tisch mit Zinntellern, Brot, Käse und Weintrauben deckte, warf sie immer wieder einen Blick durch die offene Haustür auf die große astronomische Uhr. Die geschmorten Tauben in dem irdenen Topf, die sie in die Glut gestellt hatte, sollten inzwischen gar sein. Sicher fiel das Fleisch schon von den Knochen. Sie hatte den Topf in die Glut gestellt, noch bevor sie sich auf den Weg zur Judenstadt gemacht hatte. Noch fünfzehn Minuten, dann würden die Studenten kommen. Die Tintenfässer waren gefüllt, Papier und frische Federkiele lagen für die Kopierarbeit bereit. Außerdem hatte sie die Wycliffe-Bibel, aus der ihr Großvater vorlesen würde, schon an der entsprechenden Stelle aufgeschlagen. Als Studenten der Karls-Universität würden die meisten von ihnen der englischen Sprache große Aufmerksamkeit schenken. Anschließend würde Jerome die Übersetzung von Jan Hus vorlesen. Sie sollte Dědeček jetzt wecken gehen. Danach würde ihr vielleicht noch etwas Zeit bleiben, um sich die Haare zu bürsten und ihre Schürze zu wechseln.

»Dědeček, bist du schon wach? Es ist bereits spät«, rief sie nach oben.

»Lasst ihn doch noch etwas schlafen, Anna.« Es war dies eine vertraute Stimme. Sie gehörte Jerome, der in der Tür stand.

Er war zu früh gekommen. Sie würde also keine Gelegenheit mehr haben, sich die Haare zu kämmen und ihre Schürze zu wechseln.

»Kommt doch rein. Ich wollte gerade meinen Großvater wecken.«

Jerome bückte sich unter dem Türsturz hindurch und trat nach drinnen. »Lasst ihn schlafen. Die schlechten Neuigkeiten können warten, bis er von selbst aufwacht. Ich bin gekommen, um Euch zu sagen, dass es heute Abend kein Treffen geben wird.« Auf seinem Gesicht lag ein grimmiger Ausdruck.

»Kein Treffen? Dann wird Martin auch nicht kommen?«

Sie wurde rot, denn ihr war klar, dass ihre Frage allzu leicht zu durchschauen war. Natürlich würde Martin nicht kommen, wenn die anderen nicht zu dem Treffen erschienen. Der alte Mann schien das jedoch gar nicht zu bemerken. Vielleicht aber wollte er auch einfach nicht darauf eingehen.

»Nein, Anna. Martin wird nicht kommen. Er ist zusammen mit Stasik und Jan verhaftet worden.«

»Verhaftet! Aber warum denn?« Insgeheim kannte sie natürlich den Grund nur allzu gut. Ihre Gedanken begannen, wie wild zu rasen. *Bitte, lieber Gott, lass ihn den Mund halten. Bitte, bitte, lass ihn nichts von Finn, dem Illuminator, sagen.* »Jan Hus auch?«, fragte sie. Wenn sie es gewagt hatten, Jan Hus gefangen zu nehmen, dann mussten sie tatsächlich erdrückende Beweise in der Hand haben!

»Nein, ich spreche von Jan vom *Trivium*. Ich fürchte, dass er sich mit seiner Begeisterung für Rhetorik und Dialektik selbst in große Schwierigkeiten gebracht hat. Aber Jan Hus wird ohne jeden Zweifel der Nächste sein. Die Bischöfe holen sich zuerst immer die kleinen Fische. Und ich bin schuld an dem Ganzen.« Er drehte seinen Hut, den er wegen der großen Hitze abgenommen hatte, nervös in den Händen hin und her. »Ich hätte niemals Wycliffes Werke aus Oxford hierherbringen dürfen.«

»Nein, Magister Jerome. Euch trifft keine Schuld. Ihr habt nur das getan, was Ihr für das Richtige gehalten habt. Außerdem seid Ihr nicht der Einzige, der diese Texte nach Prag gebracht hat.«

Während sie noch versuchte, ihn zu trösten, begann sie bereits, fieberhaft zu überlegen. Würde ihr Großvater der Nächste sein, den sie verhaften würden? Aber sie würden doch gewiss keinen alten Mann verhaften, der nichts anderes tat, als zu Hause die Bibel zu studieren. Das war zwar verboten, aber schließlich las doch so gut wie jeder die Volksbibel. Die Menschen setzten sich mittlerweile ganz offen über dieses Edikt hinweg. Dass er jedoch Texte der Lollarden und sogar Übersetzungen Wycliffes in seinem Besitz hatte, das ließ sich schon schwerer erklären.

»Was haben die beiden denn getan? Haben sie dem Bischof einen Grund gegeben, sie zu verhaften? Hat er vielleicht sogar von den Treffen erfahren?«

Jerome schüttelte wütend den Kopf. »Diese ungestümen jungen Narren haben während der Sonntagsmesse in der Teyn-Kirche vor dem Altar die Ablassbriefe verbrannt! Und natürlich hatte der Erzbischof wie immer seine Spione dort.«

»Die Ablassbriefe! Aber ich dachte, die hättet Ihr mitgenommen.«

»Martin hat mich überredet, sie ihm zu geben. Er sagte, dass ich meine Familie nicht durch deren Besitz in Gefahr bringen dürfe, vor allem, da ich unter der Beobachtung der Männer des Erzbischofs stehen würde. Er versprach mir, sie zu verbrennen.« Er lachte bitter. »Nun, das hat er ja auch getan.«

Anna spürte, wie ihr das Herz bis zum Hals hinauf schlug. Sie konnte Martin regelrecht vor sich sehen, wie er mit kühnen, blitzenden Augen eine flammende Rede gegen den Ablasshandel hielt. Sie hatte ihn schon mehrmals über dieses Thema sprechen hören. *Die frommen Pater verhökern Ablässe, so als wären sie die Pförtner der Hölle selbst. Aber damit machen sie sich nur zu den Handlangern des Teufels!* Was für eine Torheit, diese Worte vor dem Altar des Bischofs auszusprechen. Ausgerechnet dort! Die Leute gingen doch ohnehin in die Bethlehem-Kapelle. Eine solche Unbesonnenheit würde der Kirche endlich den Vorwand geben, den sie schon lange suchte, um gegen die Hussiten, die Anhänger von Jan Hus, vorzugehen. Der liebe, ungeduldige Martin! Er brauchte sie, Anna, fast genauso dringend, wie Dědeček sie brauchte. Der eine war zu alt, um auf einen vernünftigen Rat zu hören, und der andere zu jung, um ihn überhaupt verstehen zu können. Und sie, sie stand zwischen den beiden.

»Jan Hus versucht bereits, sie freizubekommen«, sagte Jerome. »Er ist bereit, es auf eine Machtprobe mit Zybnek ankommen zu lassen. Aber ich fürchte, dass das Ganze schlimm enden wird. König Wenzel steht unter großem Druck. Er hat sich bis jetzt sehr tolerant gezeigt, aber das kann sich schnell ändern. Wie Ihr wisst, steht der Krone ein Teil des Geldes aus dem Verkauf der Ablassbriefe zu.«

Anna hörte plötzlich schlurfende Schritte auf der Treppe. Sie legte den Zeigefinger auf die Lippen, um Jerome zu bedeuten, dass er still sein solle. Falls es Hus tatsächlich gelang, die Freilassung der Studenten zu erwirken, so war es das Beste, wenn Dědeček von der ganzen Sache gar nichts erfuhr. Er stand am Fuß der schmalen Holztreppe und hielt sich am Geländer fest. Er sah sehr gebrechlich aus. Seine Haut hatte einen grauen Ton angenommen.

Anna hatte sich stets entschieden geweigert, sich ihre Zukunft ohne ihren Großvater auch nur vorzustellen, aber als er jetzt an der geschnitzten Holzbalustrade der Treppe lehnte, sah sie plötzlich ein geradezu gespenstisches Bild vor ihren Augen: Sie sah sich allein und verlassen in dem kleinen Stadthaus in der Staroměstké náměstí stehen. Der Schweiß, der ihren Haaransatz hatte feucht werden lassen, wurde eiskalt. Ihr Großvater war alles, was sie hatte. Er war Vater, Mutter, Schwester und Bruder zugleich für sie. Dieser alte Mann und seine leidenschaftliche Hingabe an seine Arbeit verliehen auch ihrem Leben Farbe.

»Dědeček. Jerome ist gekommen, um uns zu sagen, dass wir das Treffen heute Abend verschieben müssen.«

Sie ging zu ihm hinüber und bot ihm ihren Arm an. Er schob ihn sanft, aber mit einem Stirnrunzeln weg.

»Was wird schlimm enden?«, fragte er.

»Nichts. Nur das Übliche. Der Erzbischof und seine Drohungen.« Sie schüttelte leicht den Kopf, während sie Jerome ansah und dann den Topf mit dem Abendessen aus der Glut holte. Sie wandte dabei ihr Gesicht ab, damit ihr Großvater nicht die Lüge in ihren Augen sah.

»Das Essen ist fertig, Magister Jerome. Eure Frau hat doch sicher nichts dagegen, wenn Ihr mit uns zu Abend esst, oder? Wollt Ihr uns nicht Gesellschaft leisten?« Sie sah ihn mit hochgezogenen Augenbrauen flehend an.

Ihr Großvater musste sich an der Tischkante festhalten, als er sich langsam auf die Bank setzte. »Was ist mit Martin? Kommt er auch nicht?«

Anna schöpfte den köstlich duftenden Eintopf auf drei Teller.

»Nein, Dědeček, Martin kommt heute nicht.«

Anna schlief sehr unruhig. Nachdem Jerome das Haus verlassen hatte, war ihr Großvater von einem einen heftigen Hustenanfall geschüttelt worden. Wenn er allzu lange mit seinen Farben und Tinten gearbeitet hatte, hatte er auch in der Vergangenheit schon manchmal einen solchen Anfall erlitten, diesmal aber hatte der Schleim, den er schließlich mit großer Mühe aus seinen pfeifenden Lungen zu Tage förderte, die Farbe von Brackwasser gehabt. Anna hatte ihm eine Tinktur aus Andorn, Honig und Branntwein verabreicht und sich mehrfach davon überzeugt, dass er kein Fieber hatte. Dann hatte sie das Feuer im Herd gelöscht und war zu Bett gegangen.

Es war noch immer sehr heiß. Sie lag wach, lauschte den nächtlichen Geräuschen, die durch ihr offenes Fenster drangen: dem gelegentlichen Quietschen von hölzernen Rädern auf dem Kopfsteinpflaster, dem Schrei einer Eule, die ihren Gefährten rief, dem fernen Klang der Glocken des Klosters, die die Mönche der Kathedrale zu den Stundengebeten riefen. Sie lauschte auch dem rasselnden Husten ihres Großvaters. Sie fragte sich, ob Martin jetzt in irgendeiner stickigen Zelle eingesperrt war, fragte sich, ob er Angst hatte – oder schlimmer noch, ob er gerade im Burgverlies gefoltert wurde. Erst kurz bevor der Morgen dämmerte, fiel sie in einen unruhigen Schlaf.

Als sie vom Klang der Kirchenglocken, die die Prim schlugen, geweckt wurde, warf die Sonne bereits einen breiten Streifen aus Licht auf ihre Decke. Sie fuhr sich in aller Eile mit einem Kamm durch ihre zerzausten Haare und band ihr Kopftuch um, dann schnürte sie ihr Mieder über das Hemd – sie wollte sich nicht die Zeit nehmen, sich ein sauberes zu suchen – und warf ihren Kittel über.

Anschließend lief sie zu Dědečeks Zimmer, klopfte leise und öffnete die Tür. Das Bett war leer. Sie lächelte, als sie sah, wie ordentlich er seine Decke glatt gestrichen hatte. Sein Zimmer war wie immer so aufgeräumt und sauber, dass ihr das ihre wie das reinste Durcheinander vorkam.

Mit dem neuen Tag war auch die Welt für sie wieder in Ordnung. Wahrscheinlich würde sie schon bald hören, dass man Martin und die anderen nach einer Verwarnung wieder auf freien Fuß gesetzt hatte.

Dědeček hätte sie aufwecken sollen. Sicherlich machte er sich gerade einen Haferbrei, was eigentlich ihre Aufgabe gewesen wäre. Als sie die Treppe hinuntergegangen war, stellte sie jedoch fest, dass er an der offenen Haustür stand und mit dem Mädchen sprach, das ihnen immer die Milch und die Eier lieferte.

»Du hättest mich rufen sollen.«

»Anna«, sagte er stirnrunzelnd, »das Milchmädchen hat mir gerade gesagt, dass man einige Studenten verhaftet hat, weil sie den Sonntagsgottesdienst gestört haben.«

»Ich weiß, das war gestern. Aber Magister Hus hat bestimmt schon dafür gesorgt, dass sie freigelassen werden.«

»Du hättest mich sofort informieren müssen«, sagte er, während er das Milchmädchen bezahlte. Dann schloss er die Tür und drehte sich stirnrunzelnd zu seiner Enkelin um. »Hast du gewusst, dass auch Martin verhaftet worden ist?«

Sie nahm ihre Schürze vom Haken neben dem Herd und schwenkte den Wasserkessel herum, wobei sie versuchte, seinem Blick auszuweichen. »Ich habe es schon gestern Abend von Jerome erfahren. Ich wollte dir aber nicht die Nachtruhe nehmen. Heute hätte ich es dir auf jeden Fall gesagt. Aber mach dir bitte keine Sorgen. Es ist schließlich nicht das erste Mal, dass die Studenten sich in Schwierigkeiten gebracht haben.«

Er ließ sich auf seine Sitzbank fallen, spielte mit den Pinseln herum, die ordentlich aufgereiht in dem Trockengestell standen, das er gebaut hatte.

Anna beobachtete ihn. Sie war zutiefst beunruhigt. Diese Art von Sorgen waren bestimmt das Letzte, was ein alter Mann in seinem Zustand brauchte.

»Lass es mit dem Haferbrei für heute gut sein«, sagte er. »Ich habe keinen Appetit. Ich möchte, dass du auf der Stelle zum Rathaus hinübergehst und so viel wie möglich über die ganze Sache in Erfahrung bringst. Falls man die Studenten bereits freigelassen haben sollte, gehst du zur Universität und suchst Martin. Ich möchte mit ihm sprechen.« Er bekam plötzlich einen Hustenanfall, der seinen ganzen Körper schüttelte.

»Ich will dich aber nicht allein lassen.« Sie hielt ihren Handrücken an seine Stirn. »Du hast Fieber. Komm, ich bring dich wieder ins Bett.«

Er schob ihre Hand weg. »Anna, tu, was ich dir sage!«

Einen so barschen Ton hatte er ihr gegenüber nur angeschlagen, wenn sie als Kind zu nahe am Feuer gespielt oder sich ohne seine Erlaubnis an seinen Farben zu schaffen gemacht hatte.

Sie hatte sich ihm noch nie widersetzt, weder als Kind noch als junge Frau. War es jetzt an der Zeit, ihm zum ersten Mal ernsthaft zu widersprechen? War es an der Zeit, die Rollen zu tauschen? War jetzt sie die Erwachsene und er das Kind?

Er winkte sie ungeduldig mit einer Hand davon, während er sich mit der anderen die Rippen hielt, so wie er das immer tat, wenn er husten musste – eine Angewohnheit, die ihren Ursprung in seinem Aufenthalt in Castle Prison hatte.

Sein Körper mochte vielleicht schwach sein, sein inneres Feuer und sein Verstand brannten jedoch so hell wie eh und je. Sich ihm zu widersetzen, das würde jedoch eben jenes innere Feuer zum Erlöschen bringen.

Und dann war er einfach nur noch ein alter, gebrechlicher Mann. Nun, sie konnte ja zumindest zum Rathaus hinübergehen und fragen, ob die Männer noch immer festgehalten wurden.

»Also gut, Dědeček, ich gehe. Aber zuerst bringe ich dich wieder ins Bett.«

Er schüttelte den Kopf. »Hier unten ist es kühler.« Der Husten hatte seine Stimme heiser werden lassen. »Ich werde mich einfach hier in meinen Sessel setzen und auf dich warten. Lass die Tür offen, damit ich dich sehen kann.« Er ging langsam zu dem tiefen, gepolsterten Sessel aus gebogenen Weidenästen hinüber, die er mit Lederriemen zusammengebunden hatte, und setzte sich.

Sie holte ein Federkissen und schob es ihm in den Nacken. Dann schlug sie ein Ei auf und rührte es mit einer Zimtstange in ein Glas, in das sie bereits Milch und Honig gegeben hatte.

»Trink das, und ich werde mich auf den Weg machen.«

Sie reichte ihm das Glas. Er sah es stirnrunzelnd an, dann nahm er zwei, drei kleine Schlucke.

»Trink es aus. Es wird dir guttun. Abgesehen davon wird die Milch bei dieser Hitze schnell sauer.«

»Ich werde es schon austrinken«, sagte er. »Geh jetzt.«

Anna trat auf den hellen Platz hinaus. Durch die dünnen Ledersohlen ihrer Schuhe konnte sie spüren, wie sehr die Sonne die Pflastersteine bereits aufgeheizt hatte.

Der große Zeiger der astronomischen Uhr zeigte erst halb acht, aber es war bereits ziemlich schwül. An diesem Tag würde es sicher sehr heiß werden.

6

Eine alte Frau kann über die Liebe Gottes mehr wissen … als Euer Theologe mit seinen nutzlosen Studien.

Richard Rolle
Einsiedler aus dem 14. Jahrhundert

Ehrwürdige Mutter, kommt bitte schnell ins Skriptorium. Schwester Agatha und Schwester Matilde sind –«

»Sag nichts: Sie streiten sich schon wieder.«

Die Äbtissin der jüngsten Abtei im englischen Rochester legte hastig ihren Federkiel beiseite und deckte dann mit einem Bogen Papier den Stapel liniertes Pergament zu, der auf ihrem Schreibtisch lag. Kathryn tat dies ganz automatisch. Es war eine Vorsichtsmaßnahme, die sie sich im Laufe der Jahre angewöhnt hatte. Dann stand sie langsam auf. In letzter Zeit hatte sie das Gefühl, als wären ihre Knochen so morsch wie altes Holz.

»Nein, Schwester. Ich werde nicht zu ihnen gehen. Diesmal sollen sie zu mir kommen. Sagt den beiden, dass ich sie zu sehen wünsche. Und zwar auf der Stelle!«

»Jawohl, Ehrwürdige Mutter.«

Die Novizin eilte davon. Kurz darauf hörte Kathryn mit wachsendem Unmut den Klang schlurfender Schritte und wütender Stimmen im Flur. Die beiden alten Nonnen, die ständig miteinander im Streit lagen, gaben ein schlechtes Beispiel für die Jüngeren ab, dachte sie, als die streitenden Stimmen rasch näher kamen. Offensichtlich wollte jede der beiden die Erste in ihrem Zimmer sein, um sich lautstark zu beschweren, bevor ihre Mitschwester die Gelegenheit dazu bekam.

Die Tür wurde aufgerissen, und die beiden Schwestern, die mit ihren wehenden Kopfbedeckungen aussahen wie zwei Schiffe unter vollen Segeln, versuchten, sich mit ihren ausladenden Hüften gleichzeitig durch die Türöffnung zu quetschen.

Zu jeder anderen Zeit hätte Kathryn über diesen komischen Anblick herzhaft gelacht. Heute tat sie dies jedoch nicht. Heute war ihr in keiner Weise zum Lachen zumute. Sie hob den feinen Gazeschleier, der sonst immer ihr vernarbtes Gesicht bedeckte, damit die beiden Frauen das Missfallen in ihrem Gesicht erkennen konnten.

Schwester Matildes Mund erstarrte mitten in der Beschwerde, die sie gerade begonnen hatte, lautstark zu äußern, zu einem perfekten O. Schwester Agathas Mund hingegen schloss sich zu einer dünnen Linie, wobei ihre Unterlippe, von ihren dicken Backen nach oben geschoben, ein wenig vorstand. In Schwester Matildes Augen funkelte ein blaues Feuer. Schwester Agathas Augen hingegen waren zusammengekniffen, so dass nur noch kleine Punkte puren Zorns in einem Gesicht, so rosig wie ein gekochter Schinken, zu erkennen waren.

Kathryn setzte sich. Sie war dankbar für den breiten Schreibtisch aus schwerem Eichenholz, der zwischen ihr und den beiden wütenden Schwestern stand. Sie bedeutete den Schwestern mit einem Wink, ebenfalls Platz zu nehmen.

Matilde quetschte ihren breiten Hintern in einen Armlehnstuhl, der vor dem Schreibtisch stand.

Die Äbtissin überlegte kurz, ob sie vielleicht beide Frauen zur Gartenarbeit abstellen sollte. Die bisher von ihnen ausgeübte sitzende Tätigkeit tat ihnen offensichtlich nicht gut.

Agatha blieb stehen und klopfte dabei mit der Fußspitze auf den Boden. »Ehrwürdige Mutter, es ist einfach schändlich. Es ist ungehörig. Es ist … es ist ketzerisch!«

»Eure Unbeherrschtheit ist mindestens ebenso ungehörig. Beruhigt Euch und sagt mir, weshalb Ihr so über alle Maßen erregt seid.«

Matilde antwortet an ihrer Stelle. »Überaus erregt zu sein, scheint der natürliche Gemütszustand von Schwester Agatha zu sein. Vielleicht benötigt sie ja einen ordentlichen Schluck Arznei, der ihre Verdauung ankurbelt.«

Kathryn bedachte Schwester Matilde mit einem höchst missbilligenden Blick. Die Nonne senkte den Kopf, um das affektierte Lächeln angesichts ihrer wohlplatzierten, gehässigen Bemerkung zu verbergen. Kathryn war jedoch bewusst, dass sie das Ganze später zum großen Amüsement ihrer Mitschwestern in aller Ausführlichkeit schildern würde. Während Schwester Matilde wegen ihres Humors, ihrer Freundlichkeit und ihres regen Verstandes in ihrer kleinen Gemeinschaft wohlgelitten war, hatte die selbstgerechte Frömmigkeit, die Schwester Agatha an den Tag legte, diese bei den Nonnen keineswegs beliebt gemacht. Sie hätten sie bitten sollen, in St. Faith zu bleiben, als sie sich von dort abgespaltet und hier die neue Abtei gegründet hatten. Aber Agatha war unbestreitbar eine ausgezeichnete Amanuensis, eine Schreiberin, deren Manuskripte fehlerlos waren, und sie schrieb mit flüssiger Hand.

»Schwester Agathas Verdauung steht in keiner Weise zur Diskussion, Schwester Matilde.«

Durch diesen Tadel ermutigt, ging Schwester Agatha auf Matilde los. »Du solltest deine Sorge lieber auf den Zustand deiner unsterblichen Seele richten.«

Schwester Matilde blickte auf. Das Lächeln war von ihrem Gesicht verschwunden. »Es geht um die Englische Bibel, Ehrwürdige Mutter. Schwester Agatha glaubt, mich dafür tadeln zu müssen, dass ich sie lese.«

»Die Englische Bibel ist für Schwester Matildes Seele absolut ohne Bedeutung.« Agathas kleine Schweinsaugen traten vor selbstgerechter Empörung fast aus ihren Höhlen.

Matildes sonst so freundliche Miene verhärtete sich. »Du solltest dich besser um deine eigene Seele kümmern, Schwester, und nicht um die meine. Unser Herr sagt, dass wir zuerst den Balken aus unserem eigenen Auge entfernen sollen, bevor –«

Kathryn hob die Hand. »Jetzt reicht es aber! Schwester Agatha, Ihr kennt unsere Ordensregel. Ihr wisst, dass wir als Amanuenses alle Arten von Literatur kopieren. Wir stellen Bücher her, so wie andere Brot backen oder Wein und Käse machen. Dies ist unsere Aufgabe. Das Kopieren von Büchern verschafft uns ein Dach über dem Kopf. Und es ermöglicht uns, dass wir uns um die Armen von Rochester kümmern können.«

»Aber, Ehrwürdige Mutter, Schwester Matilde hat die Englische Bibel nicht einfach nur *kopiert,* sie hat sie gelesen!« Schwester Agathas Stimme war vor Empörung schrill. »Ich habe gesehen, wie sich ihre Lippen bewegt haben!«

Kathryn senkte ihre Stimme, um Matildes Lautstärke entgegenzuwirken. »Es würde uns vielleicht allen guttun, sie zu lesen. Die Worte unseres Herrn sind in jeder Sprache lehrreich für unsere Seele.«

Schwester Agathas Gesicht nahm die gleiche Farbe an wie das scharlachrote Tuch über dem Schrein der Heiligen Jungfrau, der sich hinter ihr befand. »Das ist gottlos. Genau das ist es –«

»Darüber haben wir schon unzählige Male diskutiert, Schwester.« Kathryn schlug ihren Schleier wieder übers Gesicht, um anzudeuten, dass sie dieses Thema als erledigt ansah. »Wenn Ihr Euch nicht mit der Wycliffe-Bibel beschäftigen wollt, dann habt Ihr meine Erlaubnis, *Das Leben der Heiligen Margaret* zu kopieren. Wir haben dafür mehrere Bestellungen. Auch *Julians Göttliche Offenbarungen* oder das *St. Bride* kämen für Euch in Frage.«

»Die *Heilige Bridget?* Die werde ich genauso wenig anrühren. Das ist auch so eine Frau mit mehr Bildung, als ihr guttut.«

Die Äbtissin spürte, wie sich ihr Rücken verspannte. »Nun, vielleicht solltet Ihr dann in der nächsten Zeit im Garten arbeiten. Während Ihr den Boden pflügt und das Obst pflückt, kann sich Eure Hand vom Schreiben ausruhen.«

Schwester Agathas Gesicht zeigte tiefe Bestürzung. »Aber ich bin die Beste –«

»Wie Euch bekannt ist, ist Stolz eine Todsünde, Schwester. Und geistiger Stolz ist der schlimmste von allen.«

Kurz bevor Agatha den Kopf senkte und murmelte: »Wie Ihr wünscht, Ehrwürdige Mutter«, sah Kathryn noch den Zorn in ihren Augen und wusste, dass er weiterschwelen würde.

Sie konnte und wollte sich heute jedoch nicht damit befassen. Nicht an einem Tag, an dem sie dringende Geschäfte der Abtei zu erledigen hatte. Nicht nach einer Nacht, in der sie nur sehr wenig Schlaf gefunden hatte und in der sie in ihren Träumen von alten Erinnerungen und alten Sehnsüchten heimgesucht worden war.

Nachdem die beiden Schwestern gegangen waren – diesmal nacheinander, wobei die eine ein ernstes und nachdenkliches und die andere ein unverhohlen feindseliges Gesicht gemacht hatte –, hielt sich Kathryn ihr rechtes Auge mit der Hand zu und sah sich dann im Zimmer um. Dies war ein Test, den sie in gewissen Abständen immer wieder einmal durchführte. In letzter Zeit schien sich die Sehkraft ihres verletzten Auges zu bessern. Sie konnte jetzt hell von dunkel unterscheiden, manchmal erkannte sie sogar, schemenhaft wie Geister, einzelne Formen und Umrisse.

Heute sah sie durch den Schleier aus Licht eine solche Gestalt, einen Geist aus längst vergangenen Zeiten. Er war so real, dass sie sogar einen zarten Hauch azurblauer Farbe an dem Pinsel aus Marderhaar sehen konnte, den er in der Hand hielt. Es war eben jenes Himmelblau, das genau dem Blau seiner Augen entsprach. Ihr betagtes Herz hörte beinahe auf zu schlagen. Sie streckte die Hand aus, um ihn zu berühren. Dort, wo gerade noch seine Hand gewesen war, spürte sie jedoch nur den kalten Metallriegel der Tür, die die beiden Schwestern nicht hinter sich geschlossen hatten.

Eine Sinnestäuschung. Mehr nicht.

Das Bild hatte jedoch ein Gefühl der Beklommenheit in ihr ausgelöst. Es kam ihr vor wie eine Falte in dem Frieden, den sie so viele Jahre lang wie einen Umhang getragen hatte. Wahrscheinlich lag das alles nur an der Unruhe, die die beiden streitenden Nonnen in ihr Zimmer gebracht hatten. Aber nichtsdestotrotz war es ein tiefes Gefühl der Unruhe, ja, mehr noch, eine Art schmerzlicher Einsamkeit, ein Gefühl des drohenden Verlustes, wie man ihn am Sterbebett eines geliebten Menschen empfinden mochte.

Narretei. Dumme Gedanken einer alten Frau. Das Beste in so einem Fall war Arbeit, das hatte sie die Erfahrung gelehrt. Wann immer ihre Kraft zu schwinden drohte, nahm sie ihren Federkiel zur Hand und tunkte ihn in ein Tintenfass. Und genau das tat sie jetzt auch.

Sie begann jedoch nicht sofort zu schreiben, ihre Hand verharrte über dem Pergament, ihre Gedanken verweilten bei der Erinnerung an ein Kind, das so tat, als würde es mit dem Licht eines Sonnenstrahls ein Bild malen. Tränen stiegen ihr in die Augen. Sie fragte sich – wie so unzählige Male in den vergangenen Jahren –, was wohl aus Colins kleiner Tochter geworden war. Ihre Enkelin musste inzwischen eine erwachsene Frau sein. Wahrscheinlich hatte sie jetzt selbst schon Kinder. Und Finn? Nein. Daran würde sie nicht denken. Sie war schon vor langer Zeit mit der Entscheidung, die sie damals getroffen hatte, ins Reine gekommen. Sie würde sie jetzt, am Ende ihres Lebens, bestimmt nicht mehr in Zweifel ziehen.

Sie wusste nicht, wie lange sie so dagesessen hatte, als sie von einem leisen Klopfen an der Tür aus ihren Gedanken gerissen wurde.

»Mutter, da ist ein Mönch, der Euch sprechen will. Ein Bruder Gabriel. Er sagt, dass er im Auftrag des Erzbischofs kommt.«

»Ich werde ihn im Lokutorium empfangen«, antwortete sie.

Ein Mönch? Welche Angelegenheit mochte den gelehrten Mann wohl zu ihnen führen? Sie hoffte inständig, dass er nur ein Quartier für die Nacht suchte. Die Mönche mit ihrer »reinen« Lehre machten sie nervös. Wenn sie von Pharisäern las, die Christus herausgefordert hatten, dann stellte sie sich diese stets im Habit der Dominikaner vor.

Sie deckte das Manuskript, das sie gerade kopiert hatte, ab und prüfte noch einmal nach, ob ihr Schleier auch ihr Gesicht verbarg.

Dann verließ sie mit besorgtem Herzen den Raum, um den Mönch zu empfangen. Die Tür schloss sie dabei sorgfältig hinter sich.

7

Fürchtet nicht jene, die den Körper töten …
jeder, sei es Priester oder Laie, der die Wahrheit
kennt, sollte diese bis zum Tode verteidigen;
andernfalls verrät er sowohl die Wahrheit
als auch Christus selbst.

Jan Hus in einem Brief an
die Einwohner von Pilsen
im Oktober 1411

Als Anna über den Altstädter Marktplatz eilte, stiegen bereits flirrende Hitzeschwaden von den Pflastersteinen auf. Die Teyn-Kirche mit ihren beiden ungleichen Türmen, die geradezu von Spitzen und Fialen starrten, glänzte in der Sommersonne, die über Prag strahlte.

Es war gespenstisch still. Nicht einmal die Tauben stolzierten auf den Stufen der Kirche umher.

Sie ging zum großen Portal hinauf. Dort hing kein Aushang über eine öffentliche Bestrafung oder einen kirchlichen Verweis. Genauso wenig fand sie einen solchen Aushang an den Türen des Rathauses.

Diese böse Vorahnung, die sie quälte, war einfach albern. In der Kirche war es bestimmt nur wegen der Hitze so still. Ihre Phantasie war einfach wieder einmal mit ihr durchgegangen. Martin und die anderen waren aller Wahrscheinlichkeit nach nur verwarnt und dann wieder auf freien Fuß gesetzt worden. Sie hatte gerade beschlossen, wieder zurückzugehen und ihrem Großvater zu sagen, dass er sich keine Sorgen zu machen brauche und dies ein vergeblicher Gang gewesen sei – sie hätte ihre Zeit besser zum Wäschewaschen nutzen sollen –, da hörte sie in der Ferne laute Rufe. Sie kamen von der Moldau her. Genauer gesagt, von der steinernen Brücke. Es waren laute, wütende Rufe. Pfiffe.

Ihre Besorgnis wuchs, als sie sich der Menschenmenge näherte. Fand hier gerade eine öffentliche Auspeitschung statt? Sie wollte den Unglücklichen gar nicht sehen. Sie sollte besser zur Universität gehen und versuchen herauszufinden, ob man die Studenten inzwischen freigelassen hatte.

Der Lärm, den die Menschen machten, wurde lauter.

Sie war ein einziges Mal Zeuge einer Auspeitschung gewesen. Damals hatte man einen Wilderer bestraft, den man auf frischer Tat gefasst hatte, als er gerade ein Stück Rotwild des Königs erlegt hatte. Man hatte ihn auf den Marktplatz der Altstadt gebracht, als Warnung für all die Menschen, die wie er dort lebten. Die Bürger waren sich einig gewesen, dass sich König Wenzel äußerst gnädig zeigte, weil er den Übeltäter nur auspeitschen ließ, anstatt ihn hängen zu lassen, so wie es das Gesetz eigentlich vorsah.

Für Anna hatte das Ganze jedoch keinesfalls nach Gnade ausgesehen. Sie hatten den Mann, dessen einziges Verbrechen es gewesen war, im tiefsten Winter Fleisch für seine Familie zu besorgen, bis zur Taille nackt ausgezogen. Die Wache des Königs hatte ihn an einen Pfahl gebunden, und seine Frau hatte zusehen müssen, wie man seinen Rücken in rohes Fleisch verwandelte. Die Soldaten hatten die Frau festgehalten, während diese um sich geschlagen und immer wieder den Namen ihres Mannes gerufen hatte. Karl. Er hatte Karl geheißen und war ungefähr so alt gewesen wie Martin.

Martin! Aber nein, die Männer des Königs peitschten heute gewiss niemanden aus. Außerdem stand der König doch auf der Seite der Hussiten, oder etwa nicht?

Abgesehen davon, so überlegte sie, würde auf einer Brücke keine Auspeitschung stattfinden.

Dann war es also eine Wasserprobe! Eine an alle gerichtete unmissverständliche Warnung des Bischofs. Der Bischof würde dafür nicht einmal die Erlaubnis des Königs brauchen. Martin hasste den Fluss. Er watete nicht einmal an den seichten Stellen hinein, um mit den Händen Fische zu fangen.

Sie raffte ihre Röcke und rannte los.

Als sie sich dem zinnenbewehrten Brückenturm näherte, kamen ihr Studenten entgegen, die in die andere Richtung rannten. Einer von ihnen stieß sie grob zur Seite. »Passt doch auf, wo Ihr –«

»Anna.« Irgendjemand, ein älterer Mann, packte sie am Arm. Es war Jerome. »Nein, Anna, nicht. Ihr solltet Euch diesen Anblick ersparen –«

»Ich muss zu ihm. Was auch immer seine Strafe ist, er muss wissen, dass ich hier bin, um ihm Mut zu machen.« Sie entwand sich seinem Griff und begann, sich mit hämmerndem Herzen einen Weg durch die Menge zu bahnen.

Bis zum Tor.

»Anna, man wird Euch dort sehen, und Ihr –«

An dem großen Kruzifix aus Bronze vorbei, welches das Tor schmückte.

Sie nahm am Rande wahr, dass Jerome versuchte, sie am Rock festzuhalten. Dann hatte sie sich auch schon wieder losgerissen.

»Anna, bitte. Denkt doch an Euren Großvater! Bitte. Ihr werdet uns noch alle in große Gefahr bringen.«

Sie schob sich weiter nach vorn, ohne zu wissen, ob er ihr immer noch folgte, aber das war ihr auch egal. Dann hatte sie sich bis ganz nach vorn durchgekämpft. Die Menschen, die um sie herumstanden, schwiegen plötzlich.

Alle Blicke waren nach oben gerichtet. Auch Anna sah hinauf.

Dort, neben dem großen Bronzekruzifix mit dem Heiland, standen drei Pfähle. Wie die drei Kreuze auf Golgatha, dachte sie später, als sie mitten in der Nacht immer wieder die grässliche Szene vor Augen hatte.

Auf jedem der Pfähle steckte ein menschlicher Kopf.

Jan vom Trivium links. Stasik rechts.

Und auf dem mittleren Pfahl steckte der einst so schöne Kopf von Martin. Von seinen lockigen schwarzen Haaren tropfte noch das Blut auf die Steine der Brücke.

Finn hielt nach Anna Ausschau. Er hatte gesehen, wie sie über den Platz in Richtung Fluss gegangen war. Seine Sorge und das grelle Licht, das durch die offene Haustür fiel, verursachten ein Pochen in seinem Kopf. Er war nur noch in der Lage, kurz und flach zu atmen. Seine Lippen waren trocken, und seine Zunge klebte an seinem Gaumen, ein untrügliches Zeichen dafür, dass er Fieber hatte. Das erklärte auch, weshalb er trotz der flimmernden Hitze draußen unter seiner Decke fröstelte. Er sehnte sich danach, seine Augen zu schließen und sie vor dem grellen Licht zu schützen, hielt sie aber dennoch krampfhaft geöffnet, um nach Anna Ausschau zu halten.

Endlich stand sie in der Tür.

Sie trat jedoch nicht über die Schwelle, sondern lehnte sich an den Türpfosten. Sie konnte sich kaum noch auf den Beinen halten und war kreidebleich. Ihre Haut spannte sich über dem Gesicht.

Eine entsetzliche Angst schnürte ihm das Herz ab. Es war also tatsächlich geschehen. Trotz der vielen Drohungen des Erzbischofs und Hus' Warnungen traf es ihn völlig unvorbereitet.

Er stand auf und ging, so schnell er konnte, zur Tür, um seine Enkeltochter aufzufangen, bevor sie zu Boden stürzte.

Ihre Augen waren weit aufgerissen, ihr Blick völlig starr. »Dědeček, sie haben Martin umgebracht. Sie… sie haben ihm einfach den Kopf abgeschlagen.« Ihre Stimme brach beim letzten Wort. Sie sprach so leise, dass er sie nicht verstanden hätte, wenn er sie nicht in den Armen gehalten hätte. »Sie haben allen die Köpfe abgeschlagen.«

Geköpft!? Hatte er richtig gehört? Aber um ihretwillen musste er jetzt unbedingt Ruhe bewahren.

»Es wird alles wieder gut, Anna.« Als er diese Worte sagte, eben jene Worte, mit denen er sie, als sie noch klein war, immer getröstet hatte, merkte er, wie lächerlich sie klangen. Hier handelte es sich nicht um ein aufgeschlagenes Knie oder ein zerbrochenes Lieblingsspielzeug. Der Mann, den sie schon bald hatte heiraten wollen, war gerade hingerichtet worden. Er hätte nicht sie losschicken sollen, um ihn zu suchen, sondern er hätte selbst gehen sollen. Aber er hatte ja nicht ahnen können, dass es so weit kommen würde. Bitte, lieber Gott, hoffentlich hat sie die Hinrichtung nicht mitansehen müssen. »Sag, was ist geschehen, Kind.«

»Auf der Brücke. Ihre Köpfe sind aufgespießt… auf der Brücke.«

Er führte sie zu der Holzbank unter dem Fenster. Ihr Gewicht lag dabei schwer in seinen Armen, schwerer noch lastete ihr Kummer auf seiner Seele. »Erzähl mir alles«, sagte er, während er ihr den Kopf streichelte. »Ich bin bei dir.«

»Sie sind tot«, flüsterte sie heiser. »Ihre Köpfe stecken auf Stangen auf der Brücke. Alle drei. Jan, Stasik. Und Martin. Martin ist in der Mitte. Wie Christus.«

Er schloss die Augen und holte angesichts des Bildes, das ihre Worte heraufbeschworen hatten, gequält Luft. Er hatte gewusst, dass man die Anhänger von Hus eines Tages verfolgen würde, aber er hatte nicht gedacht, dass das Ganze so plötzlich wie ein Sommergewitter über sie hereinbrechen würde. Er hatte angenommen, dass es noch mehr warnende Vorzeichen geben würde. Das Donnergrollen, das sie gehört hatten, war noch fern gewesen, noch weit hinter dem Horizont. Er hatte geglaubt, es würde ihm noch genug Zeit bleiben, um seine Enkeltochter zu schützen, wenn er schon nicht sich selbst schützen konnte. Was für ein selbstsüchtiger, blinder Narr er doch gewesen war!

»Martin wollte bei dir um meine Hand anhalten. Ich habe gesagt, dass er damit noch warten soll. Aber das hätte ich nicht tun sollen… Dann wäre er vielleicht nicht so sorglos gewesen. Es ist alles meine Schuld… meine Schuld… weil ich ihn immer wieder vertröstet habe.« Erst jetzt begann sie zu weinen. Heftiges, stoßweises Schluchzen drang aus ihrer Brust, so dass sie kaum noch Luft bekam. Ihr Schmerz raubte auch ihm den Atem.

»Psst, psst, Kind. Du bist nicht schuld. Wenn irgendjemand außer dem Bischof daran schuld ist, dann bin ich es. Ich hätte es wissen müssen.«

Sie versuchte aufzustehen, aber es gelang ihr nicht, sich auf den Füßen zu halten. Sie sank zu Boden und umklammerte dabei seine Füße. Sie presste ihr Gesicht an seine Knie. Durch den Stoff seiner Hose konnte er spüren, wie ihre Schultern bebten, während sie um Fassung rang.

Als Anna noch klein gewesen war, hatte er es stets vermieden, ihr die abgeschlagenen Köpfe von Verbrechern zu zeigen, so wie andere Eltern das taten, um ihren Kindern Angst zu machen. Tut nichts Unrechtes, sonst ist es vielleicht euer Kopf, der eines Tages auf einer solchen Stange steckt. Und wenn es euch schon nicht gelingt, ein rechtschaffenes Leben zu führen, dann lasst euch wenigstens nicht erwischen. Er hätte es vielleicht doch tun sollen, dachte er, dann wäre es jetzt nicht so schwer für Anna. Dieser Anblick wäre etwas Alltägliches für sie gewesen. Nun, es war in diesen Zeiten tatsächlich etwas Alltägliches. *Aber diesmal sind es Menschen, die du gekannt und geliebt hast. Menschen, die du in Gefahr gebracht hast,* meldete sich eine Stimme in seinem Kopf.

Stasik und Jan. Und Martin. Ihr junges Leben einfach ausgelöscht wie die Flamme einer Kerze. Was sollte jetzt nur aus Anna werden?

Sein altes Herz begann, unregelmäßig zu schlagen. Er atmete tief ein und versuchte, seine Lungen mit Luft zu füllen. Es fühlte sich jedoch an, als hätten sie ein Loch. Zeit! Es blieb ihm nicht mehr genug Zeit!

»Psst, Anna. Reiß dich zusammen«, stieß er keuchend hervor. »Du musst jetzt stark sein. Wir werden später um Martin und die anderen trauern. Jetzt aber müssen wir erst einmal uns selbst retten. Steh auf und hol Jerome.«

»Jerome war dort, Dědeček. Jerome war auch an der Brücke, wo sie… wo ich gesehen habe…«

»Ich weiß, mein Kind. Ich weiß, was du gesehen hast. Aber uns bleibt nicht viel Zeit.« Er holte wieder Luft, hörte dabei das Pfeifen in seiner Brust. »Jerome wird zur Universität gelaufen sein, um die anderen zu warnen. Sag ihm, dass ich ihn sofort sehen will. Ich muss ihm Anweisungen geben.« Er berührte ihre Wange. Sie fühlte sich kalt an.

Sie hob ihren Kopf von seinen Knien und sah ihn an, dann wischte sie sich mit dem Ärmel die Tränen aus den Augen und hielt ihren Handrücken an seine Stirn.

»Dědeček, du glühst ja! Du musst dich sofort ins Bett legen. Ich werde einen Arzt holen.« Aber sie rührte sich nicht von der Stelle. »Ich muss … ich muss einen Arzt holen –«

»Anna –«

Sie bewegte sich wie eine Schlafwandlerin, als sie seinen Arm um ihren Nacken legte, aufstand und ihn von der Bank hochzerrte. Als sie sich dann zusammen die Treppe hinaufmühten, begann sich alles um ihn herum zu drehen.

»Einen Arzt holen. Das ist das Nächste …« Sie hatte zu weinen aufgehört, aber ihre Stimme klang irgendwie fremd. Es kam ihm so vor, als wäre sie plötzlich ganz weit weg.

»Nein, Anna … Jerome –«

»Mach dir keine Sorgen um Martin«, sagte sie und wischte sich mit dem Handrücken übers Gesicht. »Er braucht Jerome jetzt nicht mehr. Die Engel werden seine Seele in den Himmel hinaufgeleiten. Aber du und ich, wir sind noch hier. Wir müssen jetzt für uns selbst sorgen. Ich muss mich um dich kümmern. Ich hätte mich auch um Martin kümmern sollen. Jetzt aber habe ich nur noch dich, also werde ich mich um dich kümmern.«

Er öffnete den Mund, um ihr zu antworten, aber er bekam einfach nicht genug Luft. Dann sah er, wie das Bett auf ihn zuraste.

Als Finn ein paar Stunden später erwachte, beugte sich Anna über ihn und wusch seine Stirn.

»Dědeček, Gott sei Dank, du bist wach.« Sie lächelte tapfer, so als wäre das, was geschehen war, nur ein schlimmer Traum gewesen.

Sie sah genauso aus, wie seine wunderschöne Braut Rebekka an jenem Tag ausgesehen hatte, als er geschworen hatte, sie zu beschützen – aber gegen den Tod war er machtlos gewesen. Und sie sah auch aus wie ihre gemeinsame Tochter Rose, die bei der Geburt von Anna gestorben war. Als sie jetzt sein Gesicht sanft berührte, sah er Kathryn vor sich. Kathryn, wie sie ihn im Gefängnis von Norwich besucht hatte, zusammen mit seiner kleinen Enkeltochter, die sie in den Armen gehalten und ihm dargeboten hatte, so als würde sie ihm ein Opfer bringen wollen.

»Jerome war da, während du geschlafen hast, Dědeček. Er hat dir das hier gebracht.« Sie flößte ihm mit dem Löffel eine übel schmeckende Flüssigkeit ein, die aussah wie Tintenfischtinte. Als er sie hinunterschluckte, musste er würgen. »Jerome sagt, dass wir vorerst noch sicher sind. Die Behörden werden zuerst abwarten, ob sie mit ihrem Vorgehen Hus tatsächlich zum Schweigen gebracht haben. Sie werden es nicht riskieren wollen, gleich wieder den Zorn der Massen heraufzubeschwören.«

Finn versuchte, sich aufzusetzen. Als er merkte, dass er so schwach war, dass er nur noch flüstern konnte, bedeutete er ihr mit einer Handbewegung, dass sie sich zu ihm herunterbeugen sollte.

»Du musst von hier fortgehen, Anna. Du musst nach England. Hol Papier und einen Federkiel und schreib den Namen auf, den ich dir gleich sagen werde.«

»Psst, Dědeček. *Wir*«, wandte sie ein. »*Wir* müssen gehen. Ich werde dich hier nicht allein lassen.«

Er konnte Angst, Kummer und Zweifel in ihren Augen sehen, aber es blieb ihm jetzt keine Zeit mehr, um sie zu trösten.

»Tu, was ich dir sage, Anna. Das Papier.« Seine Stimme war heiser. Er schloss die Augen, um noch einmal Kraft zu schöpfen, während er auf das Geräusch von raschelndem Papier und das Klappern eines Tintenfasses lauschte. Als er die Augen wieder öffnete, stand sie vor ihm, die Feder in der Hand. *Sie tut das nur, damit ich mich nicht aufrege*, dachte er. Aber wie auch immer. Sie würde das tun, worum er sie bat, und sie würde sich später bestimmt an seine Anweisungen erinnern.

»Sir John Oldcastle. Lord Cobham.«

»Nein. Dědeček. Das ist doch albern, ich werde nicht –«

»Schreib es auf, Anna. Cooling Castle, Kent in England«, krächzte er, begleitet vom Kratzen des Federkiels. »Wenn mir etwas passieren sollte, wirst du dorthin gehen.«

»Dir wird nichts –«

Er ignorierte den flehenden Unterton in ihrer Stimme.

»Sir John ist ein mächtiger Mann. Und er ist ein guter Mann. Er wird dich um unserer gemeinsamen Sache willen beschützen. Hast du seinen Namen aufgeschrieben? Lies ihn mir noch einmal vor.«

»Sir John Oldcastle.« Ihre Stimme zitterte.

»Jerome wird alle nötigen Vorkehrungen für die Reise treffen. Verkaufe den Hausrat. In meiner Börse befinden sich noch ein paar Münzen, und in der Truhe, auf der die Bibel liegt, ist auch noch etwas Geld. Unsere Miete ist im Voraus bezahlt, aber Mistress Kremensky ist eine gute und ehrliche Frau. Sie wird dir die Miete für die Zeit, die du nicht mehr hier wohnst, zurückerstatten. Die Bibel darfst du aber auf keinen Fall verkaufen. Nimm sie mit und zeige sie Sir John. Sie ist der Beweis dafür, dass du meine Enkelin bist.«

»Dědeček, bitte. Du machst mir Angst. Bitte sprich nicht so. Jerome ist schon unterwegs, um einen Arzt zu holen.«

Sie weinte jetzt ganz offen. Ihre Tränen fielen auf seine Brust. Er war jedoch zu müde, um ihr noch antworten zu können. Er schloss die Augen und fiel in einen unruhigen Schlaf. Jedes Mal, wenn er kurz aufwachte, war sie bei ihm. Sie hielt seine Hand und benetzte seine trockenen Lippen mit ihren Fingerspitzen, die sie zuvor in kühles Wasser getaucht hatte. Ihre Finger rochen nach Jasmin. Seine kleine Jasminblüte. Ein kleines Mädchen, das inmitten der leeren Muschelschalen, die ihm als Farbtöpfchen gedient hatten, auf dem Boden saß und mit einem kaputten Federkiel und einem Sonnenstrahl, der sich ins Zimmer verirrt hatte, »malen« spielte.

»Das Papier …?«, stieß er mühsam hervor. Hatte sie auch wirklich alles aufgeschrieben? Der Rest des Satzes kam jedoch in einem Wirrwarr von Worten aus seinem Mund, die er selbst nicht mehr verstand.

»Es ist hier, Dědeček. Ich habe es hier. Sir John Oldcastle.«

Als Finn das letzte Mal aufwachte, lag Annas Kopf auf seiner Brust, so als lauschte sie seinem Herzschlag. Er konnte spüren, wie das Kreuz, das sie um ihren Hals trug, schwer auf seiner Brust lastete. Das Kreuz, das er ihr geschenkt hatte. Das Kreuz, das er für ihre Großmutter Rebekka hatte anfertigen lassen und das gleichzeitig ihr einziges Andenken an ihre Mutter Rose war. »Ich würde mich freuen, wenn du es immer tragen würdest«, hatte er gesagt, als er es ihr geschenkt hatte, »damit es dich an deine Herkunft erinnert.« Obwohl er ihr nur sehr wenig über diese Herkunft erzählt hatte. Aber er hatte es immer tun wollen. Eines Tages.

Im Zimmer war es jetzt dunkler geworden. Es musste schon auf den Abend zugehen. Das Licht wurde durch das Rot ihrer Haare gefiltert und erfüllte das Zimmer mit einem rosigen Schein, so wie bei einem Sonnenuntergang.

Er schloss die Augen, aber das Licht war noch immer da, wurde im Zentrum jetzt sogar noch heller. Er glaubte, seine Großmutter in dem Licht stehen zu sehen. Sie streckte die Hand nach ihm aus. Neben ihr stand Rebekka, seine junge Braut. Und auch Rose war da. Sie alle lächelten ihn an und bedeuteten ihm, zu ihnen zu kommen. Sie alle waren wunderschön, schöner noch, als er sie in Erinnerung hatte.

Der Duft von Jasmin erfüllte das Zimmer. Er atmete tief ein, und der berauschende Duft machte ihn vor Freude ganz schwindelig. Der Schmerz, der ihn schon so lange begleitet hatte, dass er vergessen hatte, wie es sich ohne ihn anfühlte, war verschwunden. An seine Stelle war ein ungeheures Wohlgefühl getreten. Er hatte den Eindruck, endlich wieder richtig atmen zu können.

Dann jedoch bemerkte er, dass in der Gruppe der Frauen, die in dem Licht standen, jemand fehlte.

Kathryn. Kathryn stand nicht bei den anderen.

Jetzt hörte er noch einmal die Worte, die die Priorin damals an ihn gerichtet hatte. Dass Kathryn eine Übertragungsurkunde unterzeichnet habe, bevor sie eingeschlafen sei. »Eingeschlafen«, hatte sie gesagt, nicht »gestorben«. Und später hatte sie dann noch hinzugefügt: »Ihre Ländereien reichen aus, um für ihre Bedürfnisse zu sorgen.« In seinem Kummer hatte er angenommen, sie meine damit, dass Messen für ihre Seele gelesen würden. »Wir haben getan, was wir tun konnten«, hatte sie schließlich gesagt. Die Priorin hatte ihn nicht angelogen, aber sie hatte ihn ganz bewusst in dem Glauben gelassen, dass Kathryn tot sei.

Plötzlich wurde ihm alles klar. Sein altes Herz hüpfte vor Freude angesichts dieser Erkenntnis. Die Gewissheit war so hell wie das Licht, das ihn jetzt umgab. Kathryn war nicht bei den Seelen der Verstorbenen, weil sie noch lebte. Sie hatte offenbar gewollt, dass er sie für tot hielt. Da waren sie nun all die Jahre getrennt gewesen, obwohl sie doch ihr Leben hätten gemeinsam verbringen können! Aber nein, das stimmte nicht. Es hatte keinen anderen Weg für sie beide gegeben. In der Reinheit des Lichtes, das ihn umgab, war kein Platz für Zorn. Und auch kein Platz, irgendetwas zu bedauern. Es war ihm genug, zu wissen, dass Kathryn lebte.

In England lebte.

Er ließ Anna also nicht allein auf dieser Welt zurück.

Finde Kathryn. Er versuchte, die Worte in Annas Ohr zu flüstern. Aber das einzige Geräusch, das er noch hörte, war ihr leises Schluchzen. Seltsamerweise vermochte auch dies seinen Frieden nicht mehr zu stören, so wie das noch vor kurzem der Fall gewesen wäre. Denn in diesem Riss im Gewebe der Zeit, wenn die scheidende Seele schon den Vorhang berührt, der uns vom Paradies trennt, flüsterte Finns Seele Kathryns Seele etwas zu.

Dann hüllte ihn das Licht vollkommen ein, und er hörte auch Annas lautes Schluchzen nicht mehr.

8

Es ist kein verwöhnter Vielfraß,
den wir präsentieren.
Auch kein betagter Ratgeber
für jugendliche Sünden.
Sondern einer, dessen Tugend über
alle anderen strahlt.
Ein mutiger Märtyrer und
ein rechtschaffener Peer.

Prolog zu Sir John Oldcastle, 1600

Es war später Nachmittag, als Baronin Cobham ihren Lieblingsfalken fand. Er war tot. Er hatte sich mit den verhedderten Schnüren der kleinen Haube, die seinen Kopf bedeckte, erdrosselt. Sie hätte am liebsten laut geflucht, hätte nicht der Stallbursche neben ihr gestanden. Schlimmer noch war, dass Sir Johns Lieblingsstute nicht mehr fressen wollte. Und an eben diesem Morgen hatte man ihr schließlich auch noch mitgeteilt, dass die Hennen plötzlich keine Eier mehr legten. Lady Joan war bestimmt keine abergläubische Frau, sie pflegte weder die Sterne befragen zu lassen, noch gab sie irgendetwas auf Glücksbringer – sie suchte ihre Zukunft vielmehr in der Heiligen Schrift –, aber auch ihr war bewusst, dass eine solche Häufung von unangenehmen Ereignissen nichts Gutes zu bedeuten hatte. Aber wie hätte es, selbst wenn die Sterne in perfekter Konstellation am Himmel gestanden hätten, ein guter Tag sein können, wenn Sir John nicht bei ihr war?

Nein, das war bestimmt kein guter Tag gewesen.

Und um die Liste von Unannehmlichkeiten noch zu verlängern, unterrichtete ihr Kammerherr sie, dass ein Gesandter aus Canterbury um ein Gespräch mit Seiner Lordschaft bitte. Zuerst hatte sie sich noch überlegt, ihn mit der Begründung, dass Lord Cobham nicht zu Hause und Lady Cobham indisponiert sei, wegzuschicken. Aber die Vernunft riet ihr davon ab. Falls der Gesandte tatsächlich von Thomas Arundel kam, war es nicht empfehlenswert, ihn abzuweisen. Sir John hatte den Erzbischof bereits verärgert, weil er seiner Einladung nach Canterbury nicht gefolgt war. Anstatt die dort anwesenden Würdenträger in den Genuss seiner jovialen Persönlichkeit und seiner runden Gestalt kommen zu lassen, hatte Sir John ein geschickt formuliertes Glaubensbekenntnis gesandt, welches einerseits den Erzbischof besänftigen sollte, andererseits jedoch nichts über die tatsächlichen Überzeugungen des Verfassers verriet.

»Sag dem Pater, dass ich ihn im Söller empfangen werde«, sagte sie. Die Nachmittagssonne würde die Luft dort inzwischen so sehr aufgeheizt haben, dass der Mönch sicher schon bald wieder gehen würde.

Nein. Es war wirklich kein guter Tag gewesen. Und es würde auch keine gute Nacht werden. Heute Nacht nämlich musste sie allein schlafen und konnte sich nur in ihren Träumen an die tröstliche Körperfülle ihres Mannes schmiegen. Aber sogar ihre Träume würden warten müssen, bis sie mit diesem Gesandten der Kirche gesprochen hatte.

Gabriel folgte dem Diener, der die Farben von Cooling Castle, Rot und Silber, trug, in den Söller der Burg. Er hätte vielleicht bis zum nächsten Morgen warten sollen, dann wäre es kühler gewesen, aber er wollte das Ganze so schnell wie möglich hinter sich bringen. Er hasste es nämlich, sich verstellen zu müssen. Die Anweisungen des Erzbischofs waren jedoch eindeutig gewesen. »Ihr dürft Oldcastle nicht offen gegenübertreten. Er soll sich sein Grab selbst schaufeln. Eure Aufgabe besteht einzig und allein darin, Beweise für sein ketzerisches Tun zu sammeln.« Er, Gabriel, sollte also dazu beitragen, einen anderen Menschen auf den Scheiterhaufen zu bringen. Allein schon dieser Gedanke trieb ihm den Schweiß auf die Stirn, auch wenn es sich bei diesem Menschen tatsächlich um einen Ketzer handeln sollte.

»Ich bringe Euch gleich eine Schüssel Wasser und ein Tuch, damit Ihr Euch erfrischen könnt, Bruder. Hättet Ihr gern auch etwas Kühles zu trinken?«, fragte der Diener.

»Ja, bitte.«

Der Bedienstete entfernte sich lautlos. Gabriel blieb allein zurück und wischte sich den Staub vom Gesicht, der sich inzwischen schon mit einer beträchtlichen Menge Schweiß vermischt hatte.

Die Akte, die man Gabriel ausgehändigt hatte, besagte, dass Sir John mit seiner Heirat durchaus eine gute Partie gemacht hatte. Man hatte ihn für seine hervorragenden Dienste im Krieg gegen die Franzosen in den Ritterstand erhoben, er bezog ein Gehalt von vierzig Pfund und hatte jetzt auch noch eine reiche, adelige Frau an seiner Seite. Die Witwe Cobham hatte einen Sitz im Parlament und die Cobham-Ländereien mit in die Ehe gebracht. Allein die Wandteppiche in diesem Raum mussten ein Vermögen wert sein. Ganz zu schweigen von den Büchern, die auf dem Tisch lagen. Einige davon hatten kostbare, mit Juwelen verzierte Einbände aus punziertem Leder. Andere waren schlicht und ohne jeden Schmuck. Er schlug eines der einfacheren Bücher auf.

Bei allen Heiligen! Der Bursche hatte wirklich Mut. Hier lag, für alle Welt sichtbar, eine Wycliffe-Bibel. Bruder Gabriel klappte sie schnell wieder zu. *Du Narr! Glaubst du etwa, das Gift der Ketzerei könnte von den Seiten aufsteigen und deine Seele durch deine Augen infizieren?* Eines aber wusste er schon jetzt mit Sicherheit. In diesem Haus Beweise für Ketzerei zu finden, war ein Kinderspiel – jedenfalls für jemanden, dem diese Art von Spiel gefiel.

Der Bedienstete kam mit einem Krug Wasser zurück. »Mylady wird Euch in Kürze empfangen«, sagte er. Er goss das Wasser in eine Schüssel, in der getrocknete Lavendelblüten schwammen, und reichte Gabriel dann ein Leintuch.

Das kühle Leinen fühlte sich sehr angenehm auf seinem Gesicht an. Der Diener schenkte ihm noch einen Becher Cidre ein, bevor er den Raum wieder verließ. Gabriel benetzte seine Unterarme mit dem parfümierten Wasser. Er würde eine Dame – selbst wenn es eine Dame war, gegen deren Ehemann er Beweise sammeln sollte – nicht durch sein verschwitztes Äußeres kränken wollen.

Sowohl Schüssel wie auch Krug standen auf einem kleinen Tisch unter einem schmalen Fenster, das auf einsames Sumpfland hinausführte. Eine leichte Brise wehte in den Raum und erfrischte ihn. Cooling Castle war auf einer Halbinsel erbaut, die in die Nordsee hineinragte – es war eine jener Burgen, die die Aufgabe hatten, die Küsten Englands vor französischen Plünderern zu beschützen, also durchaus ein Ort, von dem aus ein Mann den Umsturz seiner Kirche planen konnte. Dem Erzbischof zufolge gestattete Oldcastle hier heimliche Treffen, bei denen Handwerker, Bauern und sogar einige Adelige zusammenkamen, um gemeinsam die Wycliffe-Bibel zu lesen. Und dies war ohne jeden Zweifel eine Verfälschung der Heiligen Messe.

»Bruder, ich muss Euch leider mitteilen, dass Sir John gerade in Herefordshire weilt, um sich dort um seine Besitztümer zu kümmern. Aber es ist für Cooling Castle selbstverständlich eine große Ehre, Euch vor Eurer Rückkehr nach Canterbury seine Gastfreundschaft anzubieten.« Für eine Frauenstimme war diese kehlige, rauchige Stimme ziemlich tief.

Gabriel hatte Lady Cobham nicht kommen hören. Das Tuch, mit dem er sich soeben gewaschen hatte, noch in den Händen, blickte er auf. Er spürte, wie sein blasses Gesicht zu glühen begann, denn er hatte das Gefühl, als hingen seine Gedanken wie ein Schriftzug in der Luft und sie könne sie lesen. Natürlich wusste er bereits, dass Lord Cobham nicht da war. Das hatte ihm schon die Äbtissin gesagt. Er war jedoch der Meinung gewesen, dass ein erster Überfall auf das Lager des Feindes leichter gelingen würde, wenn der Hausherr nicht anwesend war. Dann nämlich konnte er ungestört die Ehefrau aushorchen, und da sie dem schwachen Geschlecht angehörte, würde das bestimmt nicht schwer sein.

»Ich sehe, dass mein Diener Euch bereits ein wenig von unserer Gastfreundschaft hat zuteilwerden lassen. Darf ich Euch auch etwas zu essen anbieten, bevor Ihr Euch wieder auf den Rückweg macht?«

»Das ist sehr freundlich von Euch, Lady Cobham. Aber ich habe schon bei den Schwestern in der Abtei zu Abend gegessen. Da es zu dieser Jahreszeit nach der Abendandacht noch so lange hell ist, hatte ich gehofft, dass ich Lord Cobham noch meine Aufwartung machen könnte.«

Ihr hübsches, herzförmiges Gesicht verzog sich, als sie die Stirn runzelte, und von ihren Mundwinkeln breitete sich ein Kranz feiner Fältchen aus. Eine kastanienbraune Haarsträhne war aus ihrem Haarnetz gerutscht und umspielte nun ihr Gesicht. Er bemerkte auch ihr üppiges Dekolleté über ihrem engen Mieder. Rasch wandte er den Blick ab. Diese Versuchung des Fleisches war einer der Dämonen, gegen die er ständig ankämpfen musste. Dieser Dämon überfiel ihn stets aus dem Hinterhalt, und zwar immer dann, wenn er in seiner spirituellen Entschlossenheit schwach zu werden drohte – so wie gerade jetzt. Er war hier, um Sir John der Ketzerei zu überführen, und nicht, um seine hübsche, dralle Ehefrau schamlos anzustarren. Er legte das Tuch auf den Tisch und verbarg seine Hände in den weiten Ärmeln seines Habits.

»Ich fürchte, Ihr hättet Euch den Weg sparen können, Bruder. Lord Cobham kommt vermutlich erst in einigen Wochen wieder zurück. Eure Pflichten sind gewiss –«

»Dann werde ich in seiner Abwesenheit seinem Haushalt dienen. Der Erzbischof hat mich in die Abtei, die ganz in Eurer Nähe liegt, geschickt, damit ich dort meinen Dienst als Beichtvater versehe. Vielleicht kann ich Eurer Ladyschaft in dieser Eigenschaft ebenfalls dienlich sein. Das heißt, natürlich nur, falls Ihr hier auf Eurer Burg nicht schon einen Priester habt.«

Ihr Gesicht verhärtete sich zu einer Maske der Missbilligung, die ihre Lippen weniger voll, weniger verführerisch aussehen ließ, während gleichzeitig die Andeutung eines spöttischen Lächelns einen ihrer Mundwinkel nach oben zog.

»Bruder –«

»Gabriel. Bruder Gabriel.«

»Bruder Gabriel, Ihr könnt Seiner Exzellenz mitteilen, dass Cooling Castle und dessen Bewohner keinen Beichtvater benötigen. Wir beichten nur unserem Herrn und Erlöser Jesus Christus.«

Angesichts dieser Kühnheit verschlug es ihm fast den Atem. Anscheinend gab es hier gleich zwei Cobham-Ketzer, die es auszuspionieren galt.

»Nun, dies ist – jedenfalls in gewisser Weise – auch meine Auffassung«, sagte er. Er würde für diese Lüge später Buße tun. Aber es würde nur eine leichte Buße sein, für eine Lüge, zu der er im Dienste seiner heiligen Mutter Kirche gegriffen hatte. »Ich verstehe das voll und ganz. Ich habe mich schon oft gefragt, wie es wohl wäre, vor Menschen zu predigen, die ein … nun, sagen wir, persönliches Verständnis der Heiligen Schrift mitbringen.«

Bildete er sich das nur ein, oder entspannte sich ihr Gesicht ein wenig? Ihre bernsteinfarbenen Augen blieben jedoch weiterhin wachsam. Die späte Nachmittagssonne stand, von einem milchigen Schleier umgeben, vor dem verglasten Fenster und ließ die kleinen Staubkörnchen aufleuchten, die zwischen ihnen in der Luft schwebten. Ein oder zwei von ihnen sanken langsam auf das breite Fenstersims herab. Es war stickig. Lady Cobham spielte an den Blütenblättern einer Rose herum, die auf dem Fenstersims lag, wischte den Staub weg, zupfte zwei welke Blütenblätter ab und zerrieb sie zwischen den Fingern, woraufhin diese einen geradezu berauschenden Duft in den überhitzten Raum verströmte. Gabriel begann, unter seiner Soutane heftig zu schwitzen.

»Ihr sagtet, der Erzbischof hätte Euch geschickt?«

»Ja, als Beichtvater für die Abtei. Ich dachte nur … aber wenn Ihr natürlich keinen Priester wollt –«

»Wir haben keinen Bedarf für einen Priester Roms.« Sie sagte das voller Entschlossenheit und fügte dann, um ihre harten Worte abzumildern, noch hinzu: »Aber wir werden uns einem Nachbarn gegenüber natürlich nicht ungastlich zeigen. Es wird bald dunkel, und bis Rochester sind es sechs Meilen. Ihr seid also willkommen, wenn Ihr hier übernachten und erst morgen zur Abtei zurückkehren wollt. Vorausgesetzt natürlich, dass die Schwestern beim Frühgottesdienst auf Euch verzichten können.«

»Dies ist ein überaus freundliches Angebot, Mylady, und um die Wahrheit zu sagen, wäre es mir tatsächlich lieber, wenn ich zu dieser späten Stunde nicht mehr zurückreiten müsste. Und was den Frühgottesdienst angeht, so ist der alte Priester, zu dessen Hilfe ich hierhergeschickt wurde, an das frühe Aufstehen gewöhnt.«

Das zustimmende Nicken, das seinen Worten folgte, kam den Bruchteil einer Sekunde zu spät und ließ ihre Enttäuschung erkennen.

»Ich habe keine großen Ansprüche«, sagte er. »Ein einfaches Lager in einer kleinen Kammer reicht mir vollkommen aus.«

»Cooling Castle wird dafür Sorge tragen, dass Ihr es bequem habt, Bruder Gabriel«, sagte sie und vermied es, ihn anzusehen. Sie läutete mit einem kleinen Glöckchen, um den Diener herbeizurufen, und wandte sich dann zum Gehen, wobei sich ihre vollen Hüften sanft wiegten. »Wir sind für unsere christliche Gastfreundschaft bekannt.«

»Mylady, da wäre noch etwas. Ich habe gehört, dass Sir John eine Bibel besitzt, die die Worte unseres Herrn in englischer Sprache enthält. Ich frage mich, ob Ihr sie mir vielleicht zeigen würdet?«

Er legte seine Fingerspitzen aneinander, so dass seine Hände eine Art Zelt bildeten. Es war dies eine nervöse Angewohnheit, die er schon seit langer Zeit abzulegen versuchte. Er ließ seine

Hände wieder sinken. Ihr Blick streifte kurz die Bibel auf dem Tisch hinter ihm und kam dann auf dem Fenstersims zur Ruhe.

»Aber Ihr könnt das Wort Gottes doch auch auf Latein lesen. Warum also –«

»Es ist ein lange gehegter Traum von mir, sie so zu sehen, wie sie sich den einfacheren Menschen offenbart. Um in ihr eine für alle gültige Wahrheit zu erkennen.«

Etwas von dem Argwohn verschwand aus ihrem Gesicht und ließ es weicher erscheinen. Es sah aus, als überlegte sie, was sie jetzt tun sollte.

»Auf dem Tisch hinter Euch liegt eine solche Bibel«, sagte sie. »Ich darf sie niemandem vorenthalten, der in lauterer Absicht darum bittet. Ihr verfolgt doch lautere Absichten, Bruder Gabriel?«

Der Duft der zerquetschten Rosenblätter vermischte sich mit der Hitze, so dass er kaum noch in der Lage war zu atmen. »Ich versichere Euch, Mylady, dass meine Absichten absolut lauter sind.«

Als Sir John Oldcastle Rochester hinter sich gelassen hatte, trieb er sein Pferd zum Galopp an. Er wollte unbedingt noch an diesem Abend zu Hause sein. Sein stattlicher Bauch hob und senkte sich bei dem erleichterten Seufzer, den er ausstieß, als er endlich die weißen Felsen erblickte, auf denen Cooling Castle stand. Er konnte den Schweiß seines mit Schaum bespritzten Pferdes riechen. Er roch auch das Salzwasser, das Sumpfgras und den Abendnebel, der vom Meer her ins Land zog. Es roch nach zu Hause.

Er beugte sich im Sattel nach vorn und flüsterte seinem Pferd ins Ohr: »Es ist nicht mehr weit, Jack. Im Stall wartet schon ein Sack frischer Hafer auf dich, alter Junge.« Dann grub er seine Absätze fest in die Flanken seines Jagdpferdes.

Der Wind, der über sein Gesicht strich, fühlte sich nach der Hitze des Tages angenehm frisch an. Ein Sack guter Hafer für das Pferd. Ein kühles Bier aus dem Keller für seinen Reiter. Heute Nacht würde er wieder in seinem eigenen Bett schlafen, und seine ihn liebende Frau würde neben ihm liegen. Ach, wie schön war es doch, wieder nach Hause zu kommen!

Als das Pferd mit klappernden Hufen im Hof zum Stehen gekommen war, warf Sir John dem Torwächter die Zügel zu.

»Willkommen daheim, Mylord. Wir haben Euch vermisst«, rief der alte Mann.

»Ich bin auch froh, wieder zu Hause zu sein, Tim. Sag dem Stallknecht, dass er dem alten Jack einen extra Sack Hafer geben soll. Und sorg dafür, dass er ordentlich trocken gerieben wird. Er hat seine schwere Last zuverlässig und schnell nach Hause getragen.« Allein schon seinen Reiter von Herefordshire bis hierher zu tragen, war eine schwere Last gewesen. Noch schwerer wurde sie jedoch durch das, was er in seinen Satteltaschen aus der Abtei in Rochester mitgebracht hatte.

»Jawohl, Mylord. Das werde ich. Ihre Ladyschaft hat Euch frühestens morgen erwartet. Soll ich sie benachrichtigen lassen?«

»Nein, Tim. Ich will sie überraschen.« Er zwinkerte dem Diener verschwörerisch zu.

Zuerst jedoch verstaute er den Inhalt seiner Satteltaschen sorgfältig in seinem Versteck unter den Eingangsstufen. Ein Psalter, zwei Johannes-Evangelien, ein Matthäus-Evangelium und eine Apostelgeschichte. Es hatte sich gelohnt. Aber er hatte die Bücher persönlich holen müssen. Da er es in keinem Fall riskieren durfte, die Äbtissin in Gefahr zu bringen, wagte er nicht einmal, seine vertrauenswürdigsten Helfer zu schicken.

Er verstaute die Bücher sorgfältig und achtete dabei besonders darauf, dass nichts an ihrer Verpackung mit der Abtei in Zusammenhang gebracht werden konnte. Dann zögerte er kurz. Himmel, war er hungrig!

Aber sein Verlangen nach seiner Joan war noch bedeutend größer.

Er ging zum Söller, wo sie wahrscheinlich gerade etwas zu Abend aß. Wie er sich darauf freute, mit ihr gemeinsam zu essen.

Er hörte den Klang ihres angenehmen Lachens, schon bevor er die Tür erreicht hatte. Wie sehr er dieses Lachen vermisst hatte!

Die Tatsache, dass sie nicht allein war und sich ganz offensichtlich nicht vor Sehnsucht nach ihm verzehrte, wurde ihm in ebenjenem Moment bewusst, in dem er über die Schwelle des Söllers trat.

Seine Frau befand sich in Gesellschaft eines Mannes – allerdings schienen sich die beiden einer durchaus ehrenwerten Tätigkeit zu widmen. Sie saßen mit dem Rücken zur Tür am Tisch und aßen zu Abend. Es schien gebratenen Kapaun mit Erbsen zu geben. Der Geruch des saftigen Vogels hing in der Luft. Ja, das war ganz eindeutig gebratener Kapaun. Auf dem Tisch standen auch zwei Becher und eine Flasche vom besten Wein, den sein Keller zu bieten hatte. Bevor sich die beiden, die sich angeregt miteinander unterhielten, seiner Gegenwart überhaupt bewusst wurden, hatte er sich schon ein umfassendes Bild von der Situation gemacht. Mit großer Erleichterung nahm er die Soutane des Klerikers wahr, obwohl, um die Wahrheit zu sagen, das Gewand eines Klerikers normalerweise nicht etwas war, das er sich zu sehen freute.

»Da bin ich kaum zwei Wochen fort, und schon nimmt sich meine Frau einen Liebhaber.« Für Joan war dies ein Scherz, für den Pater eine Beleidigung und für seinen Orden eine Verleumdung.

Joan stieß einen Freudenschrei aus, sprang vom Tisch auf und lag auch schon in seinen Armen, bevor er noch irgendetwas hinzufügen konnte. Sie küsste ihn leidenschaftlich mitten auf den Mund.

»John, was für eine unanständige Bemerkung! Auch wenn deine Frau, so entsetzlich wie du riechst, in jeder Weise entschuldigt wäre. Das ist übrigens Bruder Gabriel. Er ist ein Gesandter aus Canterbury.«

»Aus Canterbury, sagst du?« Er erschrak. Was hatte sich seine Frau denn dabei gedacht?

»Du musst wissen, dass der Erzbischof uns einen Beichtvater geschickt hat.« Ihre Augen glitzerten schelmisch.

Mit einem Mal spürte er, wie müde er von dem langen Ritt war.

Seine gute Laune verflog zusehends, während er diesen Priester, der ihm die ganze Wiedersehensfreude verdarb, anstarrte.

»Ich bin überrascht, meine liebe Frau, dass du dem Gesandten aus Canterbury nicht gesagt hast, dass wir keinen Beichtvater brauchen.«

»Das habe ich getan, Mylord. Das habe ich sehr wohl getan. Aber eigentlich ist der Pater ja auch hier, um in der Abtei zu predigen. Sein Besuch und sein Angebot an uns sind lediglich eine *Gefälligkeit.*«

Das hörte sich zumindest so an, als wäre es wahr. Die Äbtissin hatte ihm gegenüber bereits den neuen Priester erwähnt und ihrer Sorge Ausdruck verliehen, dass seine Anwesenheit die Arbeit in der Abtei behindern könnte. Aber warum war er jetzt hier auf Cooling Castle erschienen?

Seine Frau schmiegte sich an ihn und flüsterte ihm ins Ohr, oder tat zumindest so, als würde sie flüstern, denn sie sagte es so laut, dass es der Pater deutlich hören konnte: »Bruder Gabriel hegt gewisse Sympathien für die Sache der Lollarden. Ist das nicht schockierend?«

Sir John löste die Arme seiner Frau von seinem Nacken und sah sich den Eindringling genauer an. Für einen Mönch sah er wirklich gut aus. Er erinnerte sich an Joans Lachen und spürte ein leises Gefühl der Eifersucht in sich aufkeimen.

»Und mit welchem Aspekt des Lollardentums stimmt der Gesandte Seiner Exzellenz überein?«

Bruder Gabriel sah ihm direkt in die Augen, aufrichtig, ehrlich. »Ich kann nicht behaupten, dass ich mit Magister Wycliffes Lehren in vollem Umfang übereinstimme, genauso wenig aber kann ich behaupten, dass ich sie vollkommen ablehne. Sagen wir einfach, dass ich auf der Suche nach der Wahrheit bin. Eure Frau war so freundlich, mir Euer Exemplar der Wycliffe-Bibel zu zeigen. Ich fand es überaus beeindruckend.«

»Glaubt Ihr, dass auch der Erzbischof sie ›beeindruckend‹ finden würde?«

Der Pater lächelte. »Nein, vermutlich nicht. Aber der Erzbischof vertritt eben nun einmal nicht in allen Angelegenheiten meine Meinung.« Der Besucher trank einen weiteren Schluck von Johns Wein, dann stand er auf und wischte sich den Mund ab. »Ich sehe, dass Euch Eure Reise sehr ermüdet hat, Sir John. Ich wünsche Euch eine gute Nacht. Wir können morgen oder an einem anderen Tag über die Theologie diskutieren.« Er verbeugte sich andeutungsweise und sagte dann, während er zur Tür ging: »Vielen Dank, Lady Cobham, für Eure Gastfreundschaft. Ihr braucht nicht nach einem Diener zu läuten. Ich finde den Weg zu meiner Kammer allein.« Dann verließ er den Raum.

»Was war denn das?«, fragte Sir John, als der Priester gegangen war.

»Du brauchst dir keine Sorgen zu machen, mein Lieber. Vertrau mir einfach. Ich habe ihm nichts von unseren Bestrebungen gesagt. Er sah die Wycliffe-Bibel auf dem Tisch liegen und fragte, ob er sie sich einmal ansehen dürfe. Das ist alles. Ich dachte, wenn ich ihm nicht das Gefühl gebe, ich hätte etwas zu verheimlichen, würde er schnell das Interesse daran verlieren. Manchmal kann man, wenn man einen Teil der Wahrheit ganz offen ausspricht, dahinter das verbergen, was man nicht preisgeben will. Abgesehen davon müsste Arundel inzwischen halb England in Ketten legen, wenn er jeden verfolgen würde, der eine Wycliffe-Bibel besitzt. Und vergiss nicht, mein Ehemann, du stehst beim jungen König hoch in der Gunst.«

»Er ist noch nicht König.«

»Er ist nur noch nicht gekrönt.« Sie zog ihn zu einem Sessel und setzte sich, als er darin Platz genommen hatte, auf seinen Schoß. »Du musst ja fast verhungert sein. Hier.« Sie nahm ein Stück Fleisch und schob es ihm in den Mund, dann hielt sie ihren Weinkelch an seine Lippen. Nachdem er getrunken hatte, küsste sie die Tropfen fort, die noch an seinen Lippen hingen. »Du brauchst dir wegen des Mönchs wirklich keine Sorgen zu machen, John. Er ist vollkommen harmlos. Wer weiß, vielleicht gelingt es uns ja sogar, ihn auf unsere Seite zu bringen. Und das würde dem alten Arundel dann bestimmt nicht gefallen.«

Sir John tätschelte seiner Frau den drallen Hintern und stand auf. Er konnte nicht anders, er musste einfach lachen. Himmel, es war so schön, zu Hause zu sein.

Als Bruder Gabriel in dem Zimmer, das man ihm zur Verfügung gestellt hatte, allein war, versuchte er, seine Freude über dessen geschmackvolle Möblierung und die bequeme Einrichtung zu unterdrücken. Der Mensch gewöhnte sich nur allzu leicht an so luxuriöse Dinge wie mit Federn gefüllte Matratzen und Bienenwachskerzen, die die Dunkelheit mit ihrem sanften Licht erhellten. Seiner Meinung nach waren schon viel zu viele seiner Mitbrüder der Liebe zum Luxus erlegen und hatten ihr Armutsgelübde vergessen. Es war dies eine Schwäche, die er bei sich selbst sicher nicht zulassen würde. Und dennoch war er jetzt für die Kerze dankbar, denn in ihrem Lichtschein konnte er sich die Wycliffe-Bibel genauer ansehen.

Es war ein einfach kopierter Text. Keine verzierten Initialien, keine farbigen Verzierungen an den Rändern. Die Seiten waren einfach Zeile um Zeile in englischer Sprache und in enger Handschrift beschrieben, so eng, als hätte der Schreiber Papier sparen müssen. Das Ganze war, so entschied er nach einer ersten Inaugenscheinnahme, allein schon seinem Äußeren nach ein gotteslästerliches Dokument. Man stelle sich nur vor, die Heilige Schrift, die alle Schönheit der Welt verdiente, war in solch einer gewöhnlichen Handschrift verfasst! Und noch dazu in solch einer gewöhnlichen Sprache! Man denke nur an die schmutzigen und schwieligen Hände, die sie berühren würden, die diese hässlichen Seiten umblättern würden. Das Schlimmste jedoch war, dass die heiligen Worte selbst von den Lippen unwissender Bauern gesprochen würden, denen dies in keiner Weise zustand.

Hier wurden wahrlich Perlen vor die Säue geworfen. Das jedenfalls war die Auffassung der Kirche, der er diente, und wer war er, diese in Frage zu stellen?

Er sollte diesen gotteslästerlichen Text zur Seite legen. Stattdessen blätterte er jedoch bis zur *Apostelgeschichte* weiter. Zuerst sah er sich die Übersetzung selbst an. Er musste zugeben, dass sie, bis auf unwesentliche Kleinigkeiten hier und da, absolut korrekt war. Gabriel war stolz auf seine Lateinkenntnisse. Er hätte ein falsch übersetztes Wort oder einen misslungenen Satz gewiss entdeckt – wenn es dergleichen gegeben hätte. Aber schließlich zählte Unwissenheit nicht zu den Dingen, die man Wycliffe jemals vorgeworfen hatte. Was ihn jedoch am meisten überraschte, war die Tatsache, dass die Übersetzung lange nach Wycliffes Tod, nachdem sie von anderen beendet und vielfach von Schreibern mit ganz unterschiedlichem Bildungsniveau kopiert worden war, immer noch lesbar und durchaus genau war.

Trotz alledem war sie ohne jeden Zweifel ein gotteslästerliches Dokument. Die Kirche hatte sie verdammt, und die Geschichte hatte hinlänglich bewiesen, dass dies zu Recht geschehen war. Hatten nicht eben diese Worte unwissende und ungebildete Männer zu Aufruhr und Mord verleitet? Ohne John Wycliffes ketzerische Lehren, die besagten, dass ein jeder Mann sein eigener Priester sei, und ohne seine zornigen Predigten über die angeblichen Missstände im Klerus hätten Wat Tyler und John Ball es niemals gewagt, einen Aufstand gegen den Adel und den Klerus anzuführen, bei dem sogar der Erzbischof getötet worden war! Und dennoch sah diese Bibel so unschuldig aus.

Die Kerze zischte und tropfte. Wo war nur die Nacht geblieben? Natürlich gab es in einem so lasterhaften Haus wie diesem keine Glocke, die die Stunden zum Gebet schlug – das wäre wohl auch zu viel erwartet gewesen. Der heruntergebrannten Kerze nach zu urteilen, musste jedoch bald die Matutin sein.

Er kniete auf dem mit Binsen bestreuten Boden nieder und begann, das Brevier zu beten: *Domine labia mea aperies.* Doch dann drängte das Bild von Lord Cobhams draller, hübscher Frau sich mit aller Macht in seine Gedanken. *Et os meum annuntiabit laudem tuam.* Er bemühte sich, nicht daran zu denken, was die beiden in der Dunkelheit ihres Zimmers jetzt vielleicht gerade taten. Die sinnlichen Bilder störten jedoch seine Andacht mit überraschender Hartnäckigkeit – da war er wieder, der Schimmer auf Lady Joans Dekolleté, der Geruch der zerdrückten Rosenblätter in der Hitze des Nachmittags. Er hatte eigentlich geglaubt, dass diese Art von Anfechtungen inzwischen längst hinter ihm lagen, zusammen mit seiner Jugend und jenen ersten fleischlichen Irrungen, für die die Tochter eines Kleinbauern aus dem Dorf verantwortlich war. Sie war älter als er gewesen und auch keine Jungfrau mehr, aber er hatte geglaubt, dass sie ihn lieben würde. Als sie dann mit einem wandernden Kesselflicker auf und davon war, hatte er vor Kummer sogar geweint. Er hatte seine Sünden gebeichtet, Buße getan und geschworen, dass das Thema Frauen ein für alle Mal für ihn erledigt sei. Sie blieben sowieso nie bei ihren Männern, hatte Bruder Francis ihm versichert. Nur die Heilige Jungfrau sei treu. Also versuchte er, an das Gesicht der Jungfrau zu denken, aber Lady Cobhams Lächeln – das kokette Lächeln, das ihrem Ehemann vorbehalten war – drängte sich auch hier in den Vordergrund.

Als er seine Gebete beendet hatte – einige Worte hatte er dabei mehrmals wiederholen müssen, um die englischen Worte des gotteslästerlichen Textes, den er gerade gelesen hatte, aus seinem Kopf zu vertreiben –, legte Bruder Gabriel sich schlafen. Und zwar auf den Fußboden und nicht in das weiche Federbett. Der Teufel hatte wirklich alles in seiner Macht Stehende getan: zuerst die sinnlichen Bilder und dann auch noch dieser ketzerische Text. Ein Sünder, der seine Gedanken nicht unter Kontrolle hatte, verdiente jedoch nichts anderes, als zur Kasteiung seines Fleisches die Nacht auf dem Steinboden zu verbringen. Er hatte sein *flagellum* nicht auf die Reise mitgenommen, denn es war schon lange her, dass er dieses Werkzeug der Reue für notwendig gehalten hatte. Falscher Stolz! Falscher spiritueller Stolz – und die Tatsache, dass er sich offensichtlich viel zu lange mit diesem gotteslästerlichen Text beschäftigt hatte – hatte ihn allzu sehr geschwächt. Und jetzt waren diese lustvollen Gedanken in seinen Kopf eingedrungen und besudelten seine Kontemplation. Bruder Gabriel griff unter seine Soutane und kniff sich dann in den Oberschenkel, bis dieser vor Schmerz zu pulsieren begann.

Als er zu den Laudes wieder erwachte, nahm er mit großer Genugtuung zur Kenntnis, dass der blaue Fleck deutlich genug zu spüren war, um seine Gedanken rein zu halten. Er schmerzte bei jedem Schritt. Er sprach das Morgengebet – wobei seine Gedanken nicht ein einziges Mal von den lateinischen Worten abschweiften – und legte sich dann vollkommen bekleidet auf das Federbett, wo er schon bald in einen tiefen, aber sorgenvollen Schlaf sank.

9

Wahrsagern, Bauchrednern und Zauberern…
die der Teufel veranlasst, so zu tun, als könnten
sie das Unbekannte vorhersagen…
dürft ihr niemals Gutes tun

Aus einem byzantinischen Dokument
aus dem frühen 13. Jahrhundert

Es war nicht der nahende Abend, der die alte Zigeunerin von der steinernen Brücke über die Moldau vertrieb, nein, es waren die Soldaten.

»Scher dich fort, du hässliches, altes Weib, sonst stecken wir dir ein Reisigbündel unter deinen dreckigen Rock und zünden es an.«

Jetta wusste, warum die Soldaten zur Brücke gekommen waren. Sie waren gekommen, um die Totenschädel zu holen. Und sie, Jetta, war gekommen, um ihnen dabei zuzusehen. Sie hatte sich gerade so weit zurückgezogen, dass sie sich außerhalb der Reichweite der Soldaten befand, war ihnen aber noch immer nahe genug, um die Stimmen in ihrem Kopf besänftigen zu können.

Die drei Schädel glänzten im Licht der tief stehenden Sonne wie polierte Kugeln aus Elfenbein, so sauber waren sie abgenagt. Es hatte nicht lange gedauert, bis sie so aussahen, kaum eine Woche in der heißen Sommersonne. Sie hatte täglich dabei zugesehen, wie scharfe Schnäbel Haut, Sehnen und Fleisch abpickten. Am Ende waren selbst die zwitschernden kleinen Singvögel gekommen, um sich an dem gütlich zu tun, was die großen schwarzen Krähen übrig gelassen hatten. Aber das war der Lauf der Welt. So verhielt es sich zwischen Jäger und Beute. Die Vögel wussten nicht, dass sie an Fleisch herumpickten, in dem noch vor kurzer Zeit das Leben pulsiert hatte. Es kümmerte sie genauso wenig, wie es die Menschen kümmerte, wenn sie Geflügel aßen. Das war eben die Natur.

Jetta allerdings aß kein Fleisch. Und sie gab es auch ihrem kleinen Bek nur selten, weil sie ihm immer alles vorkauen musste. Große Bissen behielt er nämlich nicht bei sich. Aber er wurde mit jedem Tag kräftiger. Es würde sicher nicht mehr lange dauern, bis er selbst kauen konnte, auch wenn er vielleicht niemals würde gehen oder sprechen können. Aber das störte sie nicht. Ihr Kopf war ohnehin mit zu viel Gerede angefüllt.

Jetta hielt sich die Ohren zu, krallte ihre knochigen Finger in die schmutzigen grauen Strähnen, die unter ihrem Kopftuch hervorsahen, und bewegte dabei ihren Kopf hin und her. Nichts, nicht einmal dieses heftige Schütteln, vermochte sie von den Stimmen der Dämonen zu befreien.

»Jetta wird zusehen, ja, Jetta wird dabei zusehen«, murmelte sie als leise Antwort auf das unablässige Nörgeln in ihrem Kopf.

Einer der Soldaten zeigte mit der langen Pike, die er verwendete, um die Schädel von den Stangen zu nehmen, in ihre Richtung. »Da, seht«, sagte er. »Sie ist eine Hexe. Und jetzt spricht sie gerade mit ihrem Schutzgeist. Nehmen wir sie doch mit und ketten sie im Veitsdom an den Altar, damit ihre Hexenohren die Messe hören.«

»Nein, sie ist keine Hexe«, sagte ein anderer. »Das ist nur die alte Jetta. Sie ist vollkommen harmlos. Sie gehört zu den vagabundierenden ägyptischen Pilgern, die unten am Fluss ihr Lager aufgeschlagen haben.« Dann erhob er seine Stimme. »Fort mit dir. Geh zu deinen Leuten zurück. Hier ist niemand, der sich von deiner Wahrsagerei hinters Licht führen lässt.«

Aber Jetta blieb, denn die Stimmen in ihrem Kopf befahlen ihr zu bleiben. Sie huschte zum Rand der Brücke, noch immer in

Sichtweite, noch immer in Hörweite. Sie war jedoch nicht gekommen, um den Soldaten wahrzusagen. Sie war heute, genau wie an jedem anderen Tag, zur steinernen Brücke gekommen, weil die flüsternden Stimmen in ihrem Kopf sie dazu zwangen, Stimmen, deren Flüstern zum Schreien wurde, wenn sie ihnen nicht gehorchte. Anfangs hatte sie versucht, sich ihnen zu widersetzen, hatte wie die Mönche Kirchenlieder gesummt oder geklagt wie die Violinen an den Lagerfeuern der Zigeuner, aber die Stimmen ließen sich nicht übertönen. Sie quälten sie so lange, bis sie den kleinen Bek in seinem Stuhl festband und sich auf die Suche nach dem rothaarigen Mädchen machte.

Die Soldaten senkten nun ihre Piken. Einer von ihnen nahm den Schädel, der auf der mittleren Stange gesteckt hatte, und wog ihn in der Hand. »Eine wirklich schöne Hirnschale.«

Er wollte den Schädel in den Fluss werfen, aber sein Kamerad, derjenige, der sich für Jetta eingesetzt hatte, hielt ihn zurück. »Sollten sie nicht ein christliches Begräbnis bekommen?«

»Das hier ist ein durchaus passendes Begräbnis für einen Ketzer, würde ich sagen«, erwiderte der Soldat. Dann holte er aus und schleuderte den glatten, runden Schädel in den Fluss.

Jetta sah zu, wie er in hohem Bogen durch die Luft flog, auf der Wasseroberfläche aufprallte und noch einmal hochsprang, bevor er vom wirbelnden Strom erfasst wurde. Ein letztes Aufblitzen gebleichter Knochen, dann ein Aufblitzen von Sonnenlicht auf dem Wasser, und der Schädel war verschwunden. Seine Nachbarn auf den anderen Stangen folgten ihm, wobei sie einfach in die schwarzen Fluten im Schatten unter der Brücke plumpsten.

Dann stutzte der Soldat plötzlich. Er hob ein frisches Blumensträußchen auf, das am Fuß einer der Stangen gelegen hatte: Nelken und purpurfarbene Astern, die mit einem blauen Band zusammengebunden waren. »Mit besten Grüßen«, sagte er und schleuderte das Sträußchen ebenfalls in den Fluss.

»Fort. Alle fort. Von den Geistern des Flusses verschlungen. Jetzt wird sie nicht mehr kommen«, sagte Jetta wimmernd zu ihren Stimmen. »Lasst Jetta in Ruhe. Lasst Jetta zurückgehen, damit sie sich um den kleinen Bek kümmern kann. Klein Bek braucht Jetta.«

Sie wusste jedoch ganz genau, dass die dämonischen Stimmen sie weiterquälen würden, bis sie das bekommen hatten, was sie wollten. Das war schon einmal geschehen, damals, als sie Klein Bek gefunden hatte, den man am Rand der Brücke ausgesetzt hatte. Er hatte, gefährlich nah am Wasser, auf einem Bett aus Lumpen gelegen, hatte mit seinen Händen gegen die harten Steine geschlagen und mit seinen verdrehten Beinen herumgezappelt wie ein Fisch auf dem Trockenen. Sie hatte ihn Bek genannt, weil das der einzige Laut war, den er von sich gab. Er hatte geschrien wie ein verletzter Vogel, *bek, bek, bek,* und seine Schreie waren immer lauter geworden, während sie ihn auf ihrem krummen Rücken zu ihrem Lager getragen hatte und seine sehnigen, baumelnden Beine dabei fast den Boden berührt hatten.

Die Soldaten waren fort, aber sie hatten die nackten Stangen auf der Brücke zurückgelassen, wo sie auf die nächsten Trophäen warteten.

Die untergehende Sonne färbte den Fluss blutrot. Die junge Frau war heute schon da gewesen und wieder gegangen. Jetta wusste das, weil die Blumen, die jetzt im Strom trieben, noch ganz frisch waren. Die Stimmen schwiegen meistens, sobald die junge, rothaarige Frau auf die Brücke kam und ihre Blumen unter einer der Stangen niederlegte.

Jetta hatte sie schon mehrfach dabei beobachtet und sich immer gefragt, welche Dämonen es wohl waren, die die Frau zu der Brücke trieben. Manchmal weinte die junge Frau auch. Dann warf sie mit Steinen nach den Vögeln. Oft starrte sie aber auch einfach nur mit ihren großen, tief liegenden Augen vor sich hin, wobei ihr Gesicht wunderschön gewesen wäre, wäre es nicht so sehr von Gram gezeichnet. Jetta konnte ihre Gedanken lesen. Sie litt mit ihr und wäre am liebsten zu ihr gegangen.

Warte, pflegten die Stimmen dann zu sagen. *Noch nicht.*

Jetta fragte sich dann stets, warum die Stimmen sie dazu zwangen, stumme Zeugin eines fremden Kummers zu sein.

Die Soldaten waren fort. Die Stimmen schwiegen. Jetta ging zum Ende der Brücke, blickte zurück und starrte das Kruzifix aus Bronze an, das am anderen Zugang der Brücke hing. Das Licht der untergehenden Sonne spiegelte sich in ihm und gab ihm die Farbe von Blut.

Sie wagte sich ein paar Schritte weiter voran. Leise, ruhig. Dann raffte sie ihre zerlumpten Röcke und rannte los, so als könnte sie den Stimmen davonlaufen. Der arme Bek würde sich inzwischen wohl schon die Handgelenke an den Lehnen seines Stuhls blau geschlagen haben, und gewiss hatte er auch Hunger. Es wäre bestimmt eine Gnade für ihn gewesen, wenn er in den Fluss gefallen wäre. Die Stimmen hatten dies jedoch nicht zugelassen.

Eine orangefarbene Sonnenscheibe trieb auf der Oberfläche des Wassers. Schon bald würde es dunkel werden. Jetta war nach Einbruch der Dunkelheit nicht gern unterwegs, aber sie musste unbedingt noch in die Celetná gehen, die Straße der Bäcker, um *calty* zu kaufen. Da sie nicht genügend Geld hatte, nicht einmal für den kleinsten Laib, sah sie sich hastig nach ihrem *gorgios*-Zeichen um. Dort. Er kam gerade die Straße entlang. Ein wohlhabender Händler.

»*Dukkeripen*«, flüsterte sie heiser und bot ihm damit an, ihm die Zukunft vorherzusagen. Bevor er sich abwenden konnte, fügte sie rasch hinzu: »Ihr seid schon dreimal in Lebensgefahr gewesen.« Ihre Stimme war leise und bedeutungsvoll.

Mit diesen Worten gewann sie stets die Aufmerksamkeit der Menschen, denn es war nichts anderes als die Wahrheit. Welche Seele war nicht vom Tod umgeben?

Der Händler sah sich verstohlen um, bevor er ihr einen Silberpenny gab und ihr seine Handfläche hinhielt. Sie ließ die Münze schnell in ihrer Bettelschürze verschwinden, während sie einen misstrauischen Blick zu einem der Soldaten hinüberwarf, der sie zuvor von der Brücke vertrieben hatte. Sie murmelte die vertraute Litanei: eine lange Reise, um einer Gefahr zu entrinnen, eine zufällige Begegnung mit einer schönen Frau. Auch der *gor-*

gios sah zu dem Soldaten. Dieser stand jetzt in der Tür eines Kerzengießers und beobachtete sie.

Die Hand des Händlers, dessen Lebenslinie sie mit ihrem gesplitterten Nagel nachzeichnete, zuckte nervös, versuchte dann, sich zurückzuziehen. Jetta hielt die Hand, einfach nur so, noch eine Sekunde länger fest, während sie murmelte: »Ihr seid von großer Gefahr umgeben.«

Die Hand mit ihren beringten Wurstfingern – der größte Ring, ein Siegelring, schnitt tief ins Fleisch ein und saß viel zu fest, als dass sie ihn hätte stehlen können – riss sich los. Jetta kicherte leise in sich hinein, als sie sah, wie der Händler seine Handfläche an seinem feinen Mantel abwischte, bevor er betont unauffällig davonschlenderte, dabei jedoch immer wieder einen verstohlenen Blick zu dem Soldaten hinüberwarf. Sein Versuch, mit Hilfe einer Wahrsagerin und Zigeunerin in die Zukunft zu blicken, konnte ihm nämlich eine Geldstrafe oder sogar noch Schlimmeres einbringen, denn für die Kirche waren Wahrsagerei und Magie ein Werk des Teufels.

Wie auch immer, dachte sie, während sie die silberne Münze betastete. Indem die *gorgios* sich selbst schützten, schützten sie auch die Zigeuner. Sie winkte dem Soldaten kurz zu, so dass die Armreifen an ihrem Handgelenk klimperten, und betrat dann eilig den Laden des Bäckers. Sie hatte ihren Penny. Der kleine Bek würde sein Brot bekommen, und seine Augen würden vor Freude strahlen, wenn er sie sah.

Im Augenblick schwiegen die Stimmen.

Die Stimmen schwiegen bis gegen Mittag des nächsten Tages. Jetta sang Klein Bek gerade etwas vor und freute sich darüber, dass er ihr mit einer Art von Singsang antwortete – es war zwar immer noch nichts anderes als *bek, bek,* aber er führte die Melodie mit seiner hohen, lieblichen Stimme fort, selbst wenn sie sie variierte.

Mit der Zeit lernte er auch, sein Essen selbst zu kauen. Dazu behielt er ein Stück Brot so lange im Mund, bis er es mit seinem Speichel aufgeweicht hatte, manchmal bearbeitete er es auch mit seinen Zähnen, wobei er sie beobachtete und dann ihre Kaubewegungen nachahmte, bevor er den Bissen hinunterschluckte. Er hatte heute nur ein einziges Mal gewürgt. Er sang gerade leise vor sich hin, als sich die Stimmen in ihrem Kopf meldeten.

Geh zur Brücke. Das rothaarige Mädchen kommt. Geh sofort. Sofort. Sofort. Sofort.

»Nein, nicht jetzt«, murmelte Jetta. »Nicht jetzt.« Klein Bek sah sie erschrocken an und schlug dann mit seinen Fäusten, die voller blauer Flecken waren, auf den Boden des Wagens. Er wusste, was jetzt kommen würde, und auch sie hasste es. Aber je länger sie sich sträubte, desto lauter und eindringlicher würden die Stimmen werden, bis sie schließlich so schrill waren, dass sie Kopfschmerzen bekam. Und dann würde sie doch gehen müssen.

»Ich bin bald wieder zurück, Bek. Sei still. Du kannst etwas singen, solange ich fort bin«, sagte sie und band ihn dabei an seinem Stuhl fest. Er protestierte mit wild fuchtelnden Armen, *bek, bek, bek*, das waren jetzt keine lieblich klingenden Töne mehr, sondern grelle Schreie. Er schlug so wütend gegen die Seiten des Stuhls – sie musste sich ducken, um seinen wirbelnden Fäusten auszuweichen –, dass sie schon fürchtete, seine zarten Handgelenke könnten brechen. Sie hätte weinen mögen, weil er sich davor fürchtete und es so sehr hasste, festgebunden zu werden, aber ihr blieb einfach keine andere Wahl. Jenes eine Mal, als sie ihn nicht angebunden hatte, war er bis zur Kante des Wohnwagens gerutscht und dann herausgefallen. Es war an diesem Tag sehr heiß gewesen, und es hatte sich sonst niemand im Lager aufgehalten. Als sie den völlig erschöpften Jungen schließlich gefunden hatte, war er über und über mit Staub bedeckt gewesen und hatte sich beim Herumrutschen den Hintern wund gerieben.

Sie wich einer wirbelnden Faust aus und gab ihm dann eine kleine Puppe. »Hier, sing der Puppe etwas vor, solange Jetta fort ist.« Sie begann mit der Melodie, die sie ihm vorhin beigebracht hatte. Zu ihrem großen Erstaunen hörte er sofort mit dem Geschrei und dem Zappeln auf und begann mit einer Art von Singsang, wobei er seine Puppe an seine Brust drückte.

Geh jetzt, solange der Junge ruhig ist, forderten die Stimmen sie auf. *Geh jetzt! Sofort, sofort, sofort, so f ORT OR T ORT.*

Jetta hielt sich die Ohren zu und rannte aus dem Lager hinaus und zu der großen steinernen Brücke.

Anna wartete jeden Tag darauf, dass die Uhr mit den beiden Zifferblättern gegenüber der Staroměstké Radnice die Mittagsstunde anzeigte und die Menschen sich vor der Hitze, die von den Pflastersteinen abstrahlte, in den Schatten der Häuser und Gassen zurückgezogen hatten. Seit einer Woche musste sie sich jeden Tag zum Aufstehen zwingen, und sie vergaß oft, ihre wirren Locken zu kämmen. Manchmal hatte sie sich auch einfach in ihren Kleidern schlafen gelegt und wechselte sie erst, wenn sie merkte, wie unangenehm sie roch und wie zerknittert ihre Sachen waren.

Dann schien sie jedes Mal wie aus einem Traum zu erwachen. Sie erinnerte sich, wie penibel ihr Großvater gewesen war, wenn es um die Körperpflege ging. Und sie erinnerte sich an die Zeit, als sie noch ein kleines Mädchen gewesen war und wie viel Mühe er sich damals gegeben hatte, ihre Haare zu ordentlichen Zöpfen zu flechten, die er dann wie eine Krone um ihren Kopf wand. Sie hatten damals in Gent in Flandern gelebt. Aber das war die Zeit gewesen, bevor die Stadt in wirtschaftliche Bedrängnis geriet, weil die Engländer begonnen hatten, eben jene Art von Tuch zu weben, für die Flandern so berühmt gewesen war. Die einst so reichen Tuchhändler waren schon bald verarmt, so dass sie sich keine Bücher mehr leisten konnten.

Sie war erst sechs Jahre alt gewesen, als sie Gent verlassen hatten, aber sie erinnerte sich noch gut an den Namen der Straße, in der sie damals gelebt hatten. Sint Veeleplein. Manchmal träumte sie auch heute noch von Gent, meistens am Morgen, wenn ihr Körper bereits ausgeruht war, ihr Verstand aber noch nicht aufwachen wollte. Wenn die Sonne dann zur Mittagszeit ihr nach Osten weisendes Schlafzimmer aufzuheizen begann und sie aus dem seligen Vergessen des Schlafes riss, erwartete sie stets, an diesem Ort aus ihrer Kindheit aufzuwachen.

Und dann erinnerte sie sich wieder.

Das Mark in ihren Knochen schien zu Blei zu erstarren, machte ihre Gliedmaßen so schwer, dass sie sich kaum mehr rühren konnte.

Dědeček war nicht mehr da. Er lag auf dem Friedhof hinter der Teyn-Kirche, und sie war mutterseelenallein. Auch Martin war tot. Jedes Mal, wenn sie an Martin mit seinem schelmischen Grinsen und seinen blitzenden Augen dachte, überwältigte sie der Kummer so sehr, dass sie laut aufschrie und mit den Fäusten gegen die Wände ihres Schlafzimmers trommelte. Aber alles, was ihr das einbrachte, waren Hände, die ebenso wund waren wie ihr Herz.

Magister Jerome war ebenfalls fort. Man hatte ihn drei Tage nach der Beerdigung ihres Großvaters verhaftet. Jan Hus persönlich hatte ihr diese Nachricht überbracht. Er hatte ihr dringend geraten, Hab und Gut zu verkaufen und die Stadt zu verlassen, und ihr sogar angeboten, einen Diakon aus der Bethlehem-Kapelle zu schicken, der ihr helfen würde. Sie hatte Hus höflich gedankt und ihn dann wieder fortgeschickt.

Dann hatte sie ihre Lampe gelöscht und war zu Bett gegangen.

Wie hätte sie auch von hier fortgehen können, jetzt, da Dědeček ganz allein auf dem Teyn-Friedhof schlief? Sie hatte ihm versprochen, dass sie Sir John Oldcastle aufsuchen würde. Der Name hatte sich in ihr Gedächtnis eingebrannt, aber ihr Großvater hätte doch sicher nicht gewollt, dass sie sich allein auf den Weg machte? Das wäre viel zu gefährlich gewesen, jetzt, da es niemanden mehr gab, der sie hätte begleiten können.

Beschämt durch die Erinnerung an die Ordnungsliebe und Sauberkeit ihres Großvaters, kämmte Anna sich hin und wieder die Haare, wechselte ihren Kittel und ihre Bluse und fegte die Asche aus dem kalten Herd, in dem schon seit langem kein Feuer mehr knisterte. Manchmal gelang es ihr sogar, ein Stück trockenes Brot hinunterzuwürgen. Und manchmal wagte sie sich sogar in das Zimmer ihres Großvaters, um dort seine Gegenwart zu suchen. Sie bewegte sich dabei so leicht wie ein Geist, damit sie nicht einmal einen Luftzug verursachte. Wenn sie ganz still in seinem Sessel saß, würde er ja vielleicht ihren Kummer spüren und zu ihr kommen. Aber das war noch nie geschehen.

Sie verließ das Zimmer stets genauso leise, wie sie gekommen war, auf Zehenspitzen, um die Ruhe nicht durch das Geräusch ihrer Schritte zu stören. Danach ging sie immer auf den Markt, um zwei Blumensträußchen zu kaufen.

Eines für den Friedhof.

Eines für die Brücke.

Jeden Tag.

Der alte Blumenhändler hatte Mitleid mit ihr. Sie konnte es an seinem Blick erkennen, obwohl sie ihm nie erzählte, wofür die Blumen bestimmt waren.

»Zwei zum Preis von einem«, sagte er stets. »Sie welken ohnehin schnell genug.«

Anna hätte ihm gern gedankt, aber die Worte blieben ihr jedes Mal im Hals stecken.

Als Anna heute den Friedhof verließ, um zur Brücke zu gehen, stand die Sonne schon ziemlich tief. Lange Schatten krochen über die Erde des frischen Grabs. Als sie die Brücke erreichte, warf die Hrad bereits ihren dunklen Schatten auf den Fluss.

In ihrer linken Hand hielt sie ihr kleines Sträußchen, in der rechten eine Handvoll Steine, die sie am Flussufer gesammelt hatte. An jenem ersten Tag hatte sie versucht, die hungrigen Vögel mit Geschrei und Steinwürfen zu vertreiben, und das war ihr auch gelungen. Sie hatten sich mit wildem Flügelschlagen und heiserem Gekrächze in die Luft erhoben und dann hoch oben am blauen Himmel ihre Kreise gezogen, bevor sie sich schließlich auf der Balustrade des Brückenzugangs niedergelassen hatten. Sie hatte jedoch gewusst, dass die Vögel nur darauf warteten, dass sie wieder ging. Dann würden sie zurückkommen. An jenem ersten Tag hatte sie an nichts anderes denken können, als die abgeschlagenen Köpfe zu schützen, genauso wie Rizpah gemäß der hebräischen Bibel, die Dědeček illuminiert hatte, es getan hatte. Rizpah, die Frau, die monatelang unter dem Galgen bei ihren erhängten Söhnen gewacht hatte, um zu verhindern, dass deren Leichname geschändet wurden. Anna war mehrere Stunden geblieben, hatte unter den Stangen gekauert, gebrüllt und Steine nach den Vögeln geworfen.

Martins Kopf hatte sie jedoch nicht ein einziges Mal anzusehen gewagt.

Sie konnte den Gedanken, dass dieses groteske Ding, das da auf der Stange steckte, einmal Martins schöner Kopf gewesen war, einfach nicht ertragen. Stattdessen hatte sie immer wieder einen Blick auf die anderen beiden Köpfe geworfen, um zu sehen, ob die Vögel wiederkamen. Und sie kamen stets wieder. Dann rüttelte sie schreiend an den Stangen und warf Steine nach den Raben, bis die Soldaten kamen und sie aufforderten zu gehen. Von da an verließ sie jeden Tag die Brücke zitternd vor Erleichterung, weil man sie davongejagt hatte. Aber sie vergoss auch heiße Tränen und verwünschte sich dafür, dass sie nicht Rizpahs Mut besaß.

Als sie sich heute der Brücke näherte, zwang sie sich, in banger Erwartung des Anblicks, der sich ihr bieten würde, nach oben zu sehen. Aber da waren keine Vögel – nicht ein einziger.

Die Brücke lag völlig verlassen vor ihr.

Auch die Ufer des Flusses waren so gut wie verlassen. Nur eine alte Frau war zu sehen, die kopfschüttelnd unter einer Trauerweide am Wasser kauerte und etwas vor sich hinmurmelte. Die Hitze stieg in schimmernden Wellen aus Licht von den Pflastersteinen der Brücke auf. In der Mitte der Brücke standen die Pfähle Wache – war das etwa eine optische Täuschung? Sah sie tatsächlich nur die Pfähle? Hatte irgendein großer Raubvogel sogar die harten Knochen gefressen, irgendein teuflischer Vogel, der direkt aus der Hölle gekommen war, um selbst die letzten Überreste mit seinem eisernen Schnabel zu vernichten?

Sie wandte den Blick von den Stangen ab und starrte angestrengt in die tief stehende Sonne, so als erwartete sie, in deren blutrotem Antlitz eine Antwort zu finden. Ein großer schwarzer

Vogel schwebte vor der aufgeblähten Sonnenscheibe, zog dabei träge seine Kreise. Sie sah wieder die Stangen an. Da waren die Silhouetten dreier schwarzer Piken, die ihre Trophäen auf der Spitze verloren hatten.

Anna ließ die Steine fallen. Während sie mit der einen Hand ihren Rock raffte und mit der anderen das Sträußchen umklammerte, rannte sie zur Mitte der Brücke. Die alte Frau am Ufer hatte aufgehört, vor sich hinzumurmeln. Anna war allein auf der Brücke, rannte durch eine Welt, die in Hitze und Stille erstarrt war. Die Blumen in ihrer Hand nickten bei jedem ihrer Schritte mit den Köpfen, verstreuten dabei fedrige bunte Blütenblätter auf den grauen Pflastersteinen.

In der Mitte der Brücke blieb sie abrupt stehen. Sie sah nach oben. Nein, es war keine optische Täuschung gewesen. Die Stangen waren leer, die Schädel verschwunden.

Sie stand wie versteinert da, starrte immer noch hinauf. Ihre Nackenmuskeln verkrampften sich, und in eben diesem Augenblick beschwor ihr gequälter Verstand nicht Martins Kopf auf der mittleren Stange herauf, sondern den ihren. Sie sah ihre eigenen hellen Locken, ihren eigenen klaffenden Mund, der zu einem Heim für Wespen und Fliegen geworden war. Sie stieß einen leisen Schrei aus und blinzelte heftig, schloss dann die Augen, aber das Bild wollte nicht weichen.

Sie schüttelte den Kopf, um den entsetzlichen Anblick loszuwerden, dann öffnete sie die Augen wieder. Die Stangen waren leer, schienen aber leicht zu schwanken. Oder war sie es, die schwankte? Sie senkte den Kopf.

Für den Abend war es auf der Brücke seltsam still. Sie stand allein auf der Brücke, war allein in einer Welt, in der selbst die Sonne zu Blut geworden war – es gab nur noch sie und die alte Frau, die unter der Brücke am Ufer kauerte und sie beobachtete, als wäre sie eine Figur in einem Mysterienspiel.

Ich sollte um Martin weinen, dachte sie. Eine letzte Flut von Tränen für den Mann, der ihr Ehemann geworden wäre. Für einen guten Mann. Einen Mann mit einem schönen Gesicht und einem noch schöneren Charakter, einen Mann, der sie geliebt hatte, und einen Mann, der der Vater ihrer Kinder geworden wäre.

Aber ihre Augen waren so trocken wie die Pflastersteine, die sie heiß unter den Ledersohlen ihrer Schuhe spürte. Wie sollte sie diesen letzten, diesen endgültigen Abschied betrauern, da sie keine Tränen mehr hatte? Sie las die Kieselsteine auf, die sie hatte fallen lassen, als sie über die Brücke gelaufen war. Sie lagen warm und glatt in ihrer Hand. Dann formte sie mit ihnen unter der mittleren Stange ein Kreuz. Sie trat einen Schritt zurück, um ihre Gedenkstätte zu betrachten. Sie war in ihrer Form und ihrer Ausgestaltung nur geringfügig beständiger als das menschliche Fleisch, das den Vögeln als Futter gedient hatte. Aber wenigstens würde das Kreuz aus Steinen diese Stelle noch eine Weile kennzeichnen. Die Menschen, die über die Brücke gingen, würden sich davor hüten, ein Kreuz zu zertrampeln.

Sie betrachtete den schon welk gewordenen Blumenstrauß in ihren Händen. Die zarten Stängel, die sie so fest in ihrer Faust gehalten hatte, dass sie abgeknickt waren. Ihre Mahnwache war nun endlich vorüber. Sie würde keine Vögel mehr verscheuchen müssen. Keine Vögel – außer denjenigen in ihren Träumen. Was sollte sie jetzt tun? Sie lehnte sich Halt suchend an die Balustrade der Brücke und schaute zum Fluss hinunter. Er sah so angenehm kühl aus.

Wohin hatten sie sie gebracht – die Schädel der drei jungen Männer? Sie blickte angestrengt ins Wasser, das um die Pfeiler der Brücke herum kleine Wellen schlug. Wäre es wirklich so schlimm, dort unten zu sein, dachte sie? Dort war es kühl. Dunkel. Tief. Insgeheim beneidete sie Martin, der sich jetzt bestimmt an einem friedvolleren Ort befand. Dort gab es keinen Grund mehr zu fliehen. Keinen Grund mehr, sich zu verstecken. Diese Fluten würden sogar das Feuer eines wütenden Bischofs löschen. Sie waren eine Art letzter Taufe.

Schimmerte dort ein bleicher Knochen im Wasser?

Nein, es war nur ein Fisch, dessen Schuppen kurz im Sonnenlicht aufblitzten. Sie beugte sich, noch immer ein wenig benommen, ein Stück nach vorn und warf dann ihre Blumen eine nach der anderen ins Wasser. Die Hitze, die die Brücke abstrahlte, stieg in geisterhaften Schwaden auf. Sie konnte die aufgeheizten Pflastersteine förmlich riechen. Was sollte sie jetzt nur tun? *Sir John Oldcastle, Lord Cobham*. Immer wieder vernahm sie diesen Namen in ihrem Kopf. Aber wie sollte sie über das Meer nach England kommen? Sie hatte schließlich keine Flügel wie die große Möwe, die gerade als Silhouette vor der Sonne vorbeiflog.

Sie sah gebannt zu, wie die Blumen durch die Luft segelten und sich dann auf der kräuselnden Wasseroberfläche niederließen. Mit einem Mal hatte sie das Gefühl, als würde sie mit ihnen dahintreiben.

Und dann war es tatsächlich so.

Anna fand niemals heraus, ob sie tatsächlich gesprungen oder gefallen war. Ob die Hitze, ihr Leid und die anstrengende Wache auf der Brücke sie in einen Zustand jenseits der Erschöpfung versetzt hatten. Oder ob die Sehnsucht ihrer Seele ihren Körper geführt hatte, so wie ein Puppenspieler seine Puppe bewegt.

Alles, was sie wusste, war, dass sie in dem Moment, in dem sie ins kühle Wasser sank, plötzlich eine herrliche Leichtigkeit verspürte, so als wäre eine schreckliche Last von ihr abgefallen. Die Luft unter ihren Röcken trug sie wieder hinauf an die Oberfläche, sie trieb wie eine Blüte, ein Blatt, eine Libelle auf der Wasseroberfläche.

Frei. Von ihrem Kummer befreit. Und auch von ihrem Versprechen befreit.

Ein Geist, der nicht länger im Fleisch gefangen war. Als ihre Kleidung sich mit Wasser vollsaugte, begann sie zu sinken. Sie wehrte sich nicht dagegen. Sie sank einfach in die kühle Dunkelheit hinab, schloss den Tod in ihre Arme, so als wäre er ihr Geliebter.

Wäre es so auch mit Martin gewesen? War es vielleicht sogar Martin und nicht der Fluss, der sie gerade umarmte? Vielleicht träumte sie ja nur vom Fluss, und der Kopf auf der Stange war nur ein schrecklicher Albtraum gewesen. Sie entspannte sich, während sie immer tiefer sank. Das Wasser legte sich auf ihre Augen, drang in ihren Mund und schloss sie ein, nahm sie in sich auf, so wie es schon zuvor all die anderen Gaben aufgenommen hatte, die ihm von der Brücke aus dargeboten worden waren.

Auf der Wasseroberfläche blieb das Blütenblatt einer Aster an einer zufällig dahintreibenden Vogelfeder hängen und trieb sanft ans Ufer, wo die alte Frau wartete.

10

Wer ist der Herr jetzt, wer der Knecht,
da Würmer ihre Knochen blank genagt,
Wer könnt sie jetzt noch unterscheiden?
Gott, der über seine Schöpfung hält die Hand,
Ihm dienen Christen, Juden, Heiden.

WALTHER VON DER VOGELWEIDE
IM WIENER HOFTON, 13. JAHRHUNDERT

Anna wachte auf. Panik befiel sie.

Waren diese lauten Schreie, dieses *bek, bek, bek,* die Schreie der Seelen im Fegefeuer?

Sie öffnete langsam die Augen. Dieses karminrote Licht, das in diesem höhlenartigen Raum glühte – war das der Widerschein aus dem Feuerofen des Teufels? Hatten die schwarz gewandeten Priester also doch recht gehabt, als sie predigten, dass einer Seele ohne Absolution die ewige Verdammnis gewiss war? Knüpfte man ihre körperlichen Überreste als Strafe für ihren Selbstmord gerade am Galgen auf, um sie anschließend auch noch durch die Straßen zu schleifen, während ihre Seele soeben in der Hölle erwacht war?

Nein, es war mehr als nur ihre Seele. Sie spürte ihren gesamten Körper. Er tat weh. Aber das war möglicherweise nur der Vorgeschmack auf die Höllenqualen, die sie zu erwarten hatte. Zumindest würden die gelehrten Pater das behaupten.

Aber wenn das hier die Hölle war, wo war dann der Gestank von Schwefel? Es lag nicht die geringste Spur von Schwefel in der Luft – in diesem Punkt irrten die Priester also. Stattdessen roch es, als würde irgendetwas gebraten. Sie hörte Fett brutzeln. Der Geruch war nicht unangenehm. Es roch nach ... nach *Speck*? Das groteske Bild eines gehörnten Teufels, der seine Mistgabel wie eine Röstgabel über die Flammen hält, hätte sie in schallendes Gelächter ausbrechen lassen, wenn sie die Luft zum Lachen gehabt hätte. Vielleicht aber hätte sie auch vor Angst laut aufgeschrien, aber dafür hätte ihr ebenfalls die Luft gefehlt.

Sie öffnete ihren Mund und versuchte, tief einzuatmen. Sofort begann sie zu husten und so heftig zu würgen, dass sie das Gefühl hatte, in der überhitzten Luft zu ersticken. Sie setzte sich mühsam auf. Die Panik hatte jetzt voll von ihr Besitz ergriffen. Das karminrote Licht am Ende des engen, kleinen Raums, in dem sie sich befand, tanzte wild herum. Es sah aus wie ein Vorhang aus glühenden Kohlen. Nur ein kleiner Atemzug, und ihre bebenden Lungen verkrampften sich wieder. Der Vorhang teilte sich, und bei dieser Bewegung stoben glühende Funken davon.

Eine alte Frau mit zerfurchtem braunem Gesicht und strähnigem grauem Haar stand plötzlich vor ihr. War dies eine Gehilfin des Teufels, die gekommen war, um sie zu martern? Um an ihrer Leber zu nagen? Oder ihr Fleisch mit heißen Zangen zu malträtieren, so wie es die Schnitzereien an den Türen der Kathedrale zeigten?

»Trink das, Mädchen.«

Merkwürdige Augen leuchteten wie Glühwürmchen über einer klauenartigen Hand auf, die ihr einen Metallbecher anbot. Ein Becher Wasser in der Hölle? Nicht, wenn diese Kreatur gekommen war, um sie so zu quälen, wie Tantalus gequält worden war.

Anna nahm den Becher und hielt ihn mit beiden Händen fest, ohne jedoch etwas zu trinken. Sie wurde wieder von einem Hustenkrampf geschüttelt, der diesmal aber nicht mehr ganz so heftig war. Langsam kehrte ihre Erinnerung zurück.

Ihre Panik verebbte.

Sie hob vorsichtig ihren Kopf, er fühlte sich irgendwie verstopft und schwer an, aber sie war wenigstens in der Lage, ihre Umgebung in Ruhe zu betrachten. Sie saß auf einem Lager aus Decken, die man über einen Fußboden aus Holz ausgebreitet hatte. Über ihr wölbte sich eine Holzdecke, die wie die Innenwand eines Fasses aussah. An jeder Seite dieses Fasses gab es Fenster mit Vorhängen aus billigem rotem Tuch, dessen grob gewebte Struktur das grelle Sonnenlicht filterte. Der Vorhang aus glühenden Kohlen am Ende des Raums bestand, wie sie feststellte, aus farbigen Perlen. Die alte Frau, die ihr den Becher gegeben hatte, die klauenartigen Hände – das war die alte Frau, die sie unter der Brücke gesehen hatte.

Eine Erinnerung, verschwommen wie ein Traum, versuchte, sich in ihr Bewusstsein zu kämpfen. Es war die schemenhafte Erinnerung daran, ans Ufer gezogen, mit Fäusten geschlagen, halb getragen und halb geschleift worden zu sein. Dann waren da viele neugierige Gesichter mit schwarzen Augen gewesen, und viele Hände hatten sie in eben jenen Raum gehoben, in dem sie sich jetzt befand. Es handelte sich dabei offensichtlich um irgendeine Art von Wagen, den kunstvoll verzierten Kutschen, in denen die Adeligen und Reichen reisten, nicht unähnlich, aber kleiner und aus einfacherem Material gefertigt.

Anna wollte der Frau den Zinnbecher zurückgeben. »Ich glaube, ich habe heute schon genug Wasser geschluckt.«

Die Alte wies den Becher mit einem Kopfschütteln zurück. »Das ist kein Wasser, Mädchen, sondern Medizin. *Tate shilalyi*. Heiß-kalt. Sie ist gegen das Fieber und den Schüttelfrost. Trink.«

Anna fand, dass sie zumindest so tun sollte, als würde sie davon trinken, um die alte Frau nicht zu kränken. Immerhin hatte sie sie aus dem Fluss gezogen. Anna hob den Becher an ihre Lippen. Das Gebräu roch abscheulich, und sie rümpfte angewidert die Nase. »Was ist da drin?«

»Ein Pulver aus den Lungen und Lebern von Fröschen«, sagte die alte Frau. Sie sah den Becher dabei jedoch nicht an, denn ihr umherhuschender Blick lag inzwischen mit einem fast schon gierigen Ausdruck auf Annas Haaren.

Vielleicht war das hier doch die Hölle.

»Dann sollte ich das lieber nicht trinken«, sagte Anna und suchte verzweifelt nach einem Grund, der die Frau nicht verletzen würde. »Ich habe einmal etwas getrunken… das Teile von Fröschen enthielt, und davon ist… ist meine Zunge angeschwollen. Außerdem geht es mir schon wieder viel besser. Wirklich.«

Anna hielt ihr den Becher abermals hin, während sie sich krampfhaft bemühte, nicht wieder zu husten. Diesmal nahm ihr die Frau den Becher ab und stellte ihn, ohne ihn auch nur eines Blickes zu würdigen, auf den Boden. Dann streckte sie die Hand aus, um Annas Haare zu berühren, die sie die ganze Zeit über wie gebannt angestarrt hatte. Anna spürte, wie sie sie mit ihren knochigen Fingern zu kämmen begann. Sie versuchte, nicht zurückzuzucken. Immerhin hatte ihr diese merkwürdige alte Frau das Leben gerettet, und das war vermutlich ein Segen. Ein gesplitterter Fingernagel verhakte sich in ihren verfilzten Locken. Anna schrie unwillkürlich auf. Ihr Haar war zu einer krausen Masse getrocknet. Sie sah vermutlich aus wie eine Furie. Es war ein Wunder, dass die alte Frau sich nicht vor ihr fürchtete.

»*Rawnie bal*«, flüsterte die Frau und berührte dabei Annas Haare mit so großer Ehrfurcht, als wären sie pures Gold.

»Was habt Ihr gesagt?«

Das war nicht die Sprache Böhmens gewesen, und es waren auch keine deutschen Worte, da war sich Anna sicher.

»Das sind vornehme Haare. Rote Haare verheißen großes Glück.« Die Frau ließ ihre Locken seufzend wieder los, so als gäbe sie einen Schatz aus der Hand. War dies der Grund, weshalb die Frau sie aus dem Fluss gezogen hatte? Wegen ihrer roten Haare?

»Nun, mir haben sie jedenfalls kein Glück gebracht. Wo bin ich eigentlich?«, fragte Anna. Da sie fürchtete, die Frau würde gleich eine Schere holen und ihr die Locken abschneiden, hoffte sie, sie mit dieser Frage abzulenken. So widerspenstig ihre Haarpracht manchmal auch war, so hätte sie sich doch nur sehr ungern von ihr getrennt. »Und wer seid Ihr?«

»Ich bin Jetta«, sagte die Alte und hörte endlich auf, Annas Haare anzustarren. »Ich bin eine Roma. Du bist hier bei den Roma. Bei uns bist du in Sicherheit.«

»Roma?« Anna hatte diesen Namen noch nie gehört, obwohl Martin ihr von einer seltsamen Gruppe von Pilgern erzählt hatte, die er auf seinem Weg durch die Hradschin-Vorstadt auf dem hohen Vorwerk über der Moldau gesehen hatte. Sie hatten ihr Lager unten am Fluss aufgeschlagen. Anna hatte das Lager von der Brücke aus erkennen können.

»Wir sind christliche Pilger und kommen aus Ägypten. Als die Sarazenen damals in unser Land einfielen, haben wir nicht gegen sie gekämpft. Als Buße dafür muss jeder von uns jetzt sieben Jahre lang durch die Welt ziehen, um unseren Herrgott zu erfreuen.« Sie sagte dies, als hätte sie es auswendig gelernt.

Diese Jetta, wie sie sich selbst nannte, war gewiss die merkwürdigste Pilgerin, die Anna je gesehen hatte. Sie hatte weder einen Pilgerstab noch einen Mantel oder eine Tasche. Um den Kopf hatte sie sich ein Tuch gebunden, um den Hals trug sie große bunte Reifen aus Schnur und Metall, und bekleidet war sie mit einem langen zerschlissenen Rock und einem locker sitzenden Hemd. Der mit dem fassähnlichen Dach versehene Wohnwagen mit seinen dünnen Vorhängen, den Perlen und bunten Farben schien ihr als ständiges Zuhause zu dienen. Anna sah nirgendwo einen Altar oder wenigstens eine Statue der heiligen Jungfrau. Der Boden und die Seiten, die nicht mit bunten Tüchern bedeckt waren, bestanden aus Holzbrettern. Es waren so genannte Penny-Farthing-Bretter, die genau die Breite eines Pennys und eines Farthings hatten.

Anna hatte sich auch diese seltsamen, kreischenden Geräusche nicht eingebildet. Das Geschrei war jetzt sogar noch lauter.

»Haltet Ihr in Eurem Lager Vögel?«, fragte Anna und versuchte, einen Schauder zu unterdrücken, als sie unwillkürlich an die geflügelten Aasfresser auf der Brücke denken musste.

»Das sind keine Vögel, das ist der kleine Bek. Mein Junge. Er kann nicht sprechen, deshalb macht er dieses Geräusch, wenn er etwas haben will. Er ist immer sehr ungeduldig. Und jetzt riecht er den Speck, den Bera für dich gebracht hat.«

»Bera?«

»Der König der Roma.«

»Aber warum sollte er mir Speck bringen?«

»Weil er hübsche Frauen mag. Vielleicht auch wegen deiner roten Haare. Es bringt schwangeren Frauen Glück, wenn sie ein Amulett aus roten Haaren auf ihrem Bauch tragen. Bei Beras Ehefrau Lela ist es jetzt fast so weit.«

»Er kann eine Haarlocke für seine Frau haben. Ich habe mehr als genug davon. Es ist das Mindeste, was ich tun kann, um mich erkenntlich zu zeigen.« Der Geruch des Specks wurde immer stärker, und Anna stellte fest, dass sie großen Hunger hatte. »Das Essen brennt Euch noch an, wenn Ihr Euch nicht darum kümmert. Ich fühle mich schon viel besser. Ich werde aufstehen und Euch begleiten. Ich kann mit Eurem Kind spielen, während Ihr kocht.« Anna schlug die bunte Decke zurück und deckte sich genauso schnell wieder zu.

Sie war unter der Decke vollkommen nackt.

»Meine Kleider! Wo sind meine Kleider?«

»Wir haben sie gewaschen. Sie trocknen noch. Wir mussten sie waschen, damit du nicht *mahrime* wirst. Verschmutzt. Durch das unsaubere Wasser aus dem Fluss.«

Sie sah plötzlich wieder das Bild vor sich, wie viele neugierige Augen sie anstarrten, und spürte, wie ihr Gesicht zu glühen begann. »Wer hat mich ausgezogen?«

»Ich. Und Lela hat mir geholfen.« Jetta nahm einen roten Blouson und einen Rock von einem Haken. »Bera hat dir auch etwas zum Anziehen gebracht. Du kannst die Sachen tragen, bis deine Kleider trocken sind.«

Anna nahm die seltsamen Gewänder entgegen. Sie sahen neu, ziemlich weit und auch ein wenig zu kurz aus – aber es ging schließlich nicht darum, ob sie ihr passten. Die Weite wurde in der

Taille mit einem Gürtel aus geknoteten Seidenschnüren zusammengehalten. Entweder, sie zog sie an, oder sie blieb hier nackt unter der Decke liegen. Die Decke mit einer Hand schützend vor sich haltend, griff Anna mit der anderen nach dem Rock. Sie war gerade zu dem Schluss gekommen, dass es wohl keine Unterwäsche gab, als Jetta aus einem Schrank ein Unterhemd hervorholte. Es bestand aus ungebleichtem Leinen, war Anna ebenfalls viel zu weit und zu kurz, aber sie nahm es dankbar entgegen. Dann zog sie sich an.

Als Anna aus dem Wagen stieg, streckten sich ihr starke Arme, die mit feinen schwarzen Haaren bedeckt waren, entgegen, um ihr die Stufen herunterzuhelfen. Die Arme gehörten zu einem Mann, der eine scharlachrote Bluse trug, die jener, die sie selbst trug, nicht unähnlich war. Sie war jedoch ebenso wie die rote Schärpe, von der die Hose gehalten wurde, aus Seide und nicht aus Leinen. Ein Mann, der ungefähr so alt wie Martin, aber mindestens einen halben Kopf kleiner war als er, strahlte sie an. Er setzte sie mit einer schwungvollen Bewegung ab und verbeugte sich dann tief.

»Willkommen in unserem bescheidenen Lager«, sagte er. »Ich bin Bera, König der Roma, Anführer dieser Gruppe von Pilgern.«

Trotz seiner untersetzten Statur war er der bemerkenswerteste Mann, den sie je gesehen hatte: eine breite Brust, eine schmale Taille und Augen, genauso kohlschwarz wie seine Haare.

»Wir sind gekommen, um dir unsere Gastfreundschaft anzubieten und deine Rettung aus dem Fluss zu feiern.«

Mit einer eleganten Bewegung, die mehr eine Tanzfigur als eine einfache Geste war, zeigte er auf eine kleine Gruppe von Männern und Frauen, die sich um ein Feuer aus weißer Glutasche scharten. Über diesem Feuer hing eine Bratpfanne von geradezu monströsen Ausmaßen. Mehrere andere, ebenso fassförmige und bunte Wohnwagen standen im Kreis um die Feuerstelle. Ein rascher Blick in die Runde zeigte Anna jedoch, dass nicht jeder hier ihre Anwesenheit feiern wollte. Eine Frau, deutlich jünger als Anna, die ebenfalls von kleiner Statur war, beobachtete Anna voller Argwohn. Obwohl es wirklich ungerecht war, sie wegen ihres leicht vorstehenden Bauches so zu beurteilen, so wirkte sie doch etwas vierschrötig. Sie saß ein wenig abseits von den anderen, die alle weit freundlichere, wenn auch unverhohlen neugierigere Gesichter machten.

Das musste Lela, Beras Frau, sein, dachte Anna, und sie war ganz offensichtlich über irgendetwas alles andere als glücklich. Ihr starrer Blick machte Anna die schlecht sitzende Kleidung, die sie trug, mehr als bewusst. Wahrscheinlich gehörten die Sachen Lela, ihr bestes Gewand, das sie zur Seite gelegt hatte, bis sie wieder hineinpasste. Kein Wunder, dass sie ein so böses Gesicht machte. Anna lächelte, aber die junge Frau starrte sie weiterhin finster an.

Bera nahm Annas Hand und zog sie in den Kreis, wo die anderen im Schneidersitz gerade so weit vom Feuer entfernt saßen, dass sie dessen Hitze nicht mehr spürten.

»Wir haben zu deinen Ehren ein Festmahl bereitet.« Er zeigte mit einer ausladenden Geste nicht nur auf den in der Pfanne brutzelnden Speck, sondern auch auf einen Tisch mit einigen Laiben Schwarzbrot, großen Stücken Käse, Zwiebeln und einer frisch geschnittenen Melone, deren grüne Schale in der Sonne schwitzte und aus deren rosa Fruchtfleisch in der Nachmittagshitze süßer Saft floss.

»Ihr seid zu freundlich«, stotterte Anna. »Wie kann ich –«

»Gute Taten sind sich immer selbst Lohn genug«, meinte Bera lächelnd. »Aber natürlich sind auch wir dankbar, wenn unsere Freundlichkeit mit Freundlichkeit erwidert wird.«

Es war klar, was er damit sagen wollte. Man erwartete von ihr irgendein Zeichen der Dankbarkeit. Sie dachte an das, was sie noch hatte, die kümmerlichen Ersparnisse, die Dědeček ihr hinterlassen hatte und die bereits zum Teil aufgebraucht waren. Wenn sie erschöpft waren, hatte sie überhaupt nichts mehr. Plötzlich setzte ihr Herz einen Schlag aus. Sie hatten doch nicht etwa vor, Lösegeld für sie zu verlangen!

»Ich bin leider keine reiche Frau. Ich bin eine Waise und ich habe keinen Ehemann –« Ein Kreis von Augen starrte sie an, wartete. »Ich besitze nur ein paar Möbel, ein Bett, ein paar Stühle und die Kleider, die dort auf den Büschen trocknen.« Das mit den Kleidern war eine Lüge. Sie errötete. Dědeček hatte ihr immer die schönsten Gewänder gekauft, die die Luxusgesetze gerade noch zuließen.

Bera zuckte mit den Schultern. Die Enttäuschung war ihm deutlich anzusehen. Die ganze Gruppe schien ein wenig ernüchtert zu sein. Alle bis auf Lela. Die Tatsache, dass sie weder die Frau eines reichen Mannes noch eine reiche Witwe aus dem Wasser gefischt hatten, schien ihr aus irgendeinem Grund zu gefallen.

Bera erholte sich jedoch schnell von dieser Enttäuschung. »Wir erwarten auch keine Bezahlung«, sagte er würdevoll. »Aber vielleicht hast du ja irgendein besonderes Talent, mit dem du zu unserem Fest beitragen könntest. Kannst du singen?«

Beim Wort »singen« wackelte ein Junge von ungefähr sieben oder acht Jahren – sein Alter war schwer einzuschätzen, da er missgestaltet war – auf dünnen Storchenbeinen nach vorn und begann, mit einer hohen, zarten Stimme so etwas wie eine Melodie zu summen.

Bera lachte. »Nicht du, Bek. Wir hören dein Gekreische oft genug.«

Er hatte das in durchaus freundlichem Ton gesagt, und das Kind schien ihn auch verstanden zu haben, denn es nickte mit seinem großen Kopf. Jetzt sahen der Junge und alle anderen im Kreis sie voller Erwartung an.

»Es tut mir leid«, sagte sie verlegen. »Ich habe kein Talent zum Singen. Außerdem bin ich vom vielen Husten ganz heiser.«

Bera lächelte und vollführte dann einen Sprung mit einer halben Drehung, wobei er seine wohlgeformten Beine in der Luft überkreuzte.

»Leider habe ich auch kein Talent zum Tanzen«, sagte sie. »Und ich kann auch kein Instrument spielen«, fügte sie noch hinzu, als sie ein Zimbal bemerkte, das neben dem Brot und dem Käse auf dem Tisch lag.

Aus dem Augenwinkel heraus sah sie, dass Lela zum ersten Mal lächelte. Es war dies jedoch kein warmes Lächeln. Anna überlegte fieberhaft, auf welche Weise sie die Roma erfreuen und ihnen danken könnte. Dann fiel ihr etwas ein.

»Ihr habt gesagt, dass Ihr christliche Pilger seid. Ich besitze etwas, was Ihr Euch vielleicht gern ansehen wollt.«

»Eine heilige Reliquie vielleicht?« Bera lächelte höflich und entblößte dabei verblüffend weiße Zähne. Das Zucken in seinem Mundwinkel verriet Anna jedoch, dass dieses Lächeln gezwungen war.

Sie vermutete, dass er in seinem Leben bereits viele Reliquien gesehen hatte und wusste, wie leicht sie herzustellen waren. Vielleicht hatte er sogar selbst ein paar gefälschte Reliquien verkauft. Martin hatte gesagt, dass sich diese seltsamen Leute mehr oder weniger ehrlich durchs Leben schlugen.

»Nein, es ist keine Reliquie«, sagte sie. »Es ist etwas viel Besseres. Es ist ein Buch.«

Er lachte. »Wir Roma lesen nicht. Wir legen keinen Wert darauf – ein Buch, hast du gesagt?«

Zu spät. Sie sah ihm an, wie es in seinem Kopf zu arbeiten begann.

»Es ist kein Buch, das ich jemals verkaufen würde«, fügte sie hastig hinzu. »Aber es ist etwas ganz Besonderes. Es ist das geschriebene Wort Gottes, und es ist ein sehr schönes Buch. Wenn ich das nächste Mal hierher komme, werde ich es mitbringen, dann könnt Ihr es Euch ansehen.«

»Aber wenn du ein so schönes Buch besitzt, warum verkaufst du es dann nicht? Dann müsstest du nicht mehr in Armut leben!«

Weil mein Großvater gesagt hat, dass ich es nicht verkaufen darf. Es ist alles, was ich noch von ihm habe.

»Es ist für mich von sehr großem persönlichem Wert. Abgesehen davon würden die Behörden es sofort beschlagnahmen und verbrennen, wenn es ihnen in die Hände fiele. Es ist nämlich verboten, ein solches Buch zu besitzen.«

Das, was sie da eben gesagt hatte, machte ihr mehr als deutlich, wie dumm es von ihr gewesen war, das Buch überhaupt zu erwähnen. Aber ihr Großvater hatte nie ein Geheimnis daraus gemacht. Er hatte es jedem gezeigt, der ihn darum gebeten hatte, es ansehen zu dürfen. *Jedem, der lesen konnte, du törichtes Mädchen*, schalt sie sich.

Jetta hatte inzwischen die Pfanne vom Feuer genommen und auf den Tisch gestellt. Die anderen stellten sich an, tunkten ihr Brot ins Bratenfett und schnitten sich dann etwas vom Speck und vom Käse ab. Jetta nahm ein kleines Stück Speck und rieb es zwischen ihren Fingern, bis es in winzige Bröckchen zerfallen war. Dann begann sie, Klein Bek damit zu füttern. Bera brach ein Stück Brot ab und gab es dem Jungen, der nickte und lächelte. Sein Kopf wippte dabei wie eine schwere Blüte auf einem viel zu zarten Stängel.

»Wenn wir unser Festmahl beendet haben«, sagte Bera, »bringe ich dich nach Hause. Dann kannst du mir das Buch zeigen, in dem die Worte unseres Herrn Jesus stehen.«

»Wenn ich jetzt so darüber nachdenke, würde ich sagen, dass das Buch für Euch wahrscheinlich völlig uninteressant ist. Es ist auf Englisch und nicht in der Sprache Böhmens geschrieben.«

»Da ich nicht lesen kann, spielt es für mich ohnehin keine Rolle, in welcher Sprache es geschrieben ist.« Er sagte das so stolz, als wäre sein Analphabetentum eine kulturelle Errungenschaft seines Volkes. »Es ist das Wort des Herrn. Du kannst es mir vorlesen. Ich kann es anfassen. Das bringt Glück.«

Anna hörte hinter sich ein Wort in der Sprache der Roma, das wie *gadje* klang. Was immer das auch bedeutete, sie wusste, dass dieser Ausdruck ihr gegolten hatte und dass er bestimmt kein Kompliment war. Sie drehte sich um und sah, wie Lela sich mit steifen Schritten aus dem Kreis entfernte und schwerfällig in den buntesten der Wohnwagen kletterte. Dann zog sie mit einem Ruck die Vorhänge vor dem Eingang zu.

In Annas Ohren klang es, als würde eine Tür zugeschlagen.

Anna ging nicht mehr zur Brücke, aber sie besuchte jeden Tag das Grab auf dem Teyn-Friedhof, wo sie laut zu ihrem Großvater sprach, so als könnte er sie hören. *Nein, ich habe den Namen nicht vergessen. Ich weiß ihn noch genau. Sir John Oldcastle. Und ich weiß auch noch, was ich dir versprochen habe. Aber wie soll ich allein nach England kommen? Du willst doch gewiss nicht, dass ich mich allein auf den Weg mache. Das wäre nämlich viel zu gefährlich. Schließlich habe ich niemanden, der mich begleiten könnte.* Aber sie erhielt nie eine Antwort.

Es war Mitte August. Seit ihrer Begegnung mit den Roma waren inzwischen zwei Wochen vergangen. Sie hatte sich von Bera nicht nach Hause begleiten lassen, hatte Jetta aber versichert, dass sie schon bald wiederkommen würde. Sie hatte sich auch tatsächlich jeden Tag überlegt, zu dem kleinen Lager am Fluss zu gehen und Lelas roten Rock und ihre Bluse, die jetzt frisch gewaschen und ordentlich zusammengelegt waren, zurückzubringen. Eigentlich hatte sie es sich für heute fest vorgenommen, da es jedoch in der Nacht geregnet hatte, so dass die Erde feucht war und es auch ein wenig abgekühlt hatte, gab es für sie heute etwas weit Wichtigeres zu erledigen.

Als sie noch Grassamen auf das frische Grab streute und dabei zum Himmel hinaufsah, um den Stand der Sonne abzuschätzen, kam sie zu dem Schluss, dass es schon zu spät war, um sich noch auf den Weg zum Lager zu machen. Dies hier war wichtiger. Wenn sie schon das Versprechen, das sie ihrem Großvater gegeben hatte, nicht einlösen konnte, dann musste sie wenigstens sein Grab pflegen. Der Hügel aus Erde war bereits ein wenig in sich zusammengesunken – eines Tages würde er ebenso flach sein wie die älteren Ruhestätten ringsum, die vernachlässigten Gräber, um die sich niemand mehr kümmerte. Sie säte noch ein paar Wildblumensamen aus und goss sie dann mit dem Wasser aus dem kleinen Krug an, den sie mitgebracht hatte.

Noch vor einem Monat hätte ich das Grab mit meinen Tränen gießen können, dachte sie, aber seit die alte Zigeunerin sie aus dem Fluss gezogen hatte, schmerzte ihr Herz nicht mehr so sehr.

Es kam ihr vor, als wäre sie in den Fluten der Moldau tatsächlich noch einmal getauft worden. Der Schmerz war zwar immer noch da, so wie bei einer verschorfenden Wunde, aber ihre glühende Wut war allmählich verebbt und von einer Art dumpfem Zorn ersetzt worden, der tief in ihrem Inneren schwelte.

In letzter Zeit hatte sie, wann immer sie das Grab ihres Großvaters besuchte, statt des schwelenden Zorns manchmal sogar einen seltsamen Frieden gespürt, als wäre er noch immer in ihrer Nähe. An manchen Tagen hatte sie dieser Frieden sogar bis nach Hause begleitet und war selbst dann nicht von ihr gewichen, wenn sie ihr einsames Mahl einnahm und sich anschließend zum Schlafen fertig machte, ihren Kittel auszog und ihn ordentlich zusammenlegte, so wie es Dědeček gefallen hätte. Manchmal ertappte sie sich auch dabei, dass sie mit ihm sprach, während sie sich ihre wilden Locken bürstete und zu Zöpfen flocht. Einmal musste sie sogar laut lachen, als sie ein paar Haare aus der silbernen Bürste zupfte, die ein Geburtstagsgeschenk von ihm gewesen war, und sie dann unwillkürlich genauso hinlegte, wie er es immer getan hatte, wann immer er zu ihr ins Zimmer gekommen war. *Schau nur, Dědeček. Ich weiß noch alles, was du mir beigebracht hast.*

Heute war es jedoch anders. Nachdem sie das frisch gesäte Gras gewässert und das Unkraut um das steinerne Kreuz herum, für das sie ein paar ihrer kostbaren Florins geopfert hatte, ausgezupft hatte, begleitete sie der Frieden nicht nach Hause. Und auch in dem kleinen Haus am Marktplatz, in dem sie noch immer lebte, wartete heute kein Frieden auf sie.

Eine Frau mit breiten Hüften und kantigem Kinn erwartete sie an der Tür. Ihr Gesicht, das von einer weißen Spitzenhaube umrahmt wurde, sah sowohl ernst als auch sehr besorgt aus.

»Mistress Kremensky! Ist… ist irgendetwas nicht in Ordnung?«, fragte Anna, während sie sich krampfhaft daran zu erinnern versuchte, ob sie im Erdgeschoss aufgeräumt hatte, bevor sie zum Friedhof gegangen war.

Die Tür stand offen, aber Mistress Kremensky füllte sie mit

ihrem massigen Körper ganz und gar aus. Sie stand einfach nur da und blockierte die Tür, während sie aufgeregt die Hände rang. »Da ist etwas, das ich –«

Anna stellte sich auf die Zehenspitzen, um über die Schulter ihrer Vermieterin hinweg einen Blick in das Zimmer werfen zu können, aber alles, was sie sah, war eine Gänsefeder, die träge durch die Luft schwebte.

»Wartet … nein, nicht –«

»Ich weiß, ich habe die Hausarbeit etwas vernachlässigt, seit … aber ich verspreche Euch, dass so etwas nicht mehr vorkommen wird.«

Anna versuchte, sich an ihr vorbeizuschieben, aber Mistress Kremensky wich keinen Zoll von der Stelle. Sie hatte aufgehört, die Hände zu ringen, schüttelte aber den Kopf, um Anna zu sagen, dass es nicht um ihre Haushaltsführung ging. Anna hatte sie noch nie so niedergeschlagen gesehen. Schließlich begann sie zu sprechen.

»Es tut mir leid, Anna. Ich konnte sie einfach nicht aufhalten. Sie haben mir gedroht. Sie sagten –« Ihre Stimme verlor sich. Sie starrte ihre Füße an, vermied es, Anna in die Augen zu sehen.

Anna legte ihre Hand auf die Schulter ihrer Vermieterin, schüttelte sie sanft, so als könnte sie damit auch die Worte aus ihrem Mund herausschütteln. »Wen konntet Ihr nicht aufhalten, Mistress Kremensky? Wen? Was hat Euch so aus der Fassung gebracht?«

Es waren wohl die Zigeuner gewesen. Sie hätte den roten Rock zurückgeben sollen, dann hätten sie keinen Grund gehabt, hierher zu kommen. Allerdings fragte sie sich, wie sie sie überhaupt gefunden hatten.

»Die Soldaten. Sie sind erst seit kurzem wieder weg.«

»Soldaten!«

Anna schob sich an ihr vorbei in das Zimmer im Erdgeschoss, in dem ein unglaubliches Chaos herrschte.

Sie holte erschrocken Luft. Überall herum lag Papier, der Korbsessel war umgeworfen, das Kissen, das darauf gelegen hatte, war zerschnitten. Auch die Kissen auf der Sitzbank ihres Großvaters waren zerschnitten. Ein umgekipptes Glas Milch lag auf dem Küchentisch. Aber es war der Anblick, den der Arbeitstisch ihres Großvaters bot – der Arbeitstisch, den sie wie einen Schrein gehütet hatte –, der ihr die Tränen in die Augen trieb: Farben, Pinsel und Federkiele, alles war durcheinander, viele der Dinge waren zerbrochen.

Dazu hatten sie kein Recht.

An einem der kaputten Kissen befand sich verschmierte rote Farbe. Anna berührte sie mit dem Finger. Sie hatte die Konsistenz von Blut. Anna starrte wortlos ihren Finger an, dann wischte sie ihn an ihrem Rock ab, der bereits mit Erde vom Grab ihres Großvaters beschmutzt war.

Dazu hatten sie kein Recht!

Sie spürte, wie der Zorn, der tief in ihrem Inneren schwelte, als alles verzehrende Flamme der Wut aus ihr hervorzubrechen drohte, auch wenn Dědeček ihr immer wieder gesagt hatte, wie wichtig es sei, diese Wut im Zaum zu halten.

»Das wird ihnen noch leidtun. Ich werde zum Magistrat gehen.« Sie schrie, war nicht mehr in der Lage, sich zu beherrschen, zitterte dabei so heftig, dass sie fürchtete, den Boden unter den Füßen zu verlieren. Sie schlang die Arme um ihren Körper, um das Zittern zu unterbinden. »Ich werde bei unserem Ratsherren einen Antrag stellen. Ich werde –«

Ihre Vermieterin nahm sie beschwichtigend in ihre Arme, während sie ihre eigene Aufregung in der Hitze einer solchen, alles verzehrenden Wut schon vergessen hatte.

»Psst, Mädchen. Die Wände haben vielleicht Ohren. Beruhigt Euch wieder.«

»Ich werde zu den Behörden gehen –«

»Anna, Ihr versteht nicht. Es waren die Behörden, die das angeordnet haben. Die Soldaten haben etwas gesucht. Sie haben mir eine gerichtliche Verfügung gezeigt. Sonst hätte ich sie doch gar nicht hereingelassen.«

»Aber das muss ein Irrtum sei. Ich habe nichts –«

»Sie sagten, sie würden nach den verbotenen Schriften des Ketzers Wycliffe suchen.«

»Aber alles, was ich habe, ist –«

Mistress Kremensky legte ihre Hand sanft auf Annas Mund. »Das will ich gar nicht wissen, Anna. Ich habe auch Eurem Großvater immer gesagt, dass ich nicht wissen will, was er tut. Und es ging mich auch nichts an. Jetzt aber sind Menschen dafür hingerichtet worden, und die Behörden haben offensichtlich auch Euch im Verdacht. Die Situation hat sich also geändert. Im Augenblick seid Ihr noch in Sicherheit, denn ich glaube nicht, dass sie heute irgendetwas gefunden haben. Aber sie werden wiederkommen. Und das werden sie so lange tun, bis sie gefunden haben, was sie suchen.«

Anna hörte ihr kaum zu. Ihr Blick wanderte durch das Zimmer. Das Schloss der kleinen Truhe, die in der Küche stand, war aufgebrochen. Die Tischwäsche, die sie darin aufbewahrte, lag um die Truhe herum verstreut auf dem Küchenboden, aber der doppelte Boden schien unentdeckt geblieben zu sein. Und eben dort hatte ihr Großvater die Wycliffe-Bibel versteckt.

Mistress Kremenskys Mund zuckte voller Mitgefühl, aber sie wich vor ihr zurück, so wie man vor einer Flamme zurückweicht, die ein Windstoß auf einen zutreibt. »Um Eurer und auch um unserer Sicherheit willen bitte ich Euch, von hier fortzugehen. Ich kann es mir nicht länger leisten, Euch hierzuhaben«, sagte sie.

Ihre Worte waren für Anna wie ein Schlag ins Gesicht.

Nein, das musste sie falsch verstanden haben. Mistress Kremensky war immer so freundlich zu ihr gewesen. In mancherlei Hinsicht gab sie sich zwar geschäftsmäßig, aber sie war immer freundlich gewesen. Seit dem Tod ihres Großvaters hatte sie sich ihr gegenüber als besonders großzügig erwiesen, hatte ihr oft etwas zu essen gebracht, hatte dafür gesorgt, dass sie sich ausruhte. Einmal hatte sie sogar zusammen mit ihr das Grab ihres Großvaters besucht.

»Was wollt Ihr damit sagen? Heißt das, dass Ihr mich aus dem Haus werft?«

Anna schrie nicht mehr. Die glühende Wut war ebenso rasch verflogen, wie sie über sie gekommen war, und war einer betäubenden Kälte gewichen. Auf Mistress Kremenskys Stirn standen kleine Schweißperlen, Anna hingegen fröstelte.

»Ihr müsst mich verstehen, Anna.«

In ihrer Stimme lag ein flehentlicher Ton, und ihre kleinen grauen Augen, die Anna stets an die glänzenden Knöpfe im Gesicht einer ausgestopften Stoffpuppe erinnerten, sahen sie bittend an.

»Ihr müsst das verstehen. Ich habe einfach keine andere Wahl. Ich dachte, dass man Euch in Ruhe lassen würde, jetzt, da Euer Großvater tot ist. Eine allein stehende Frau – für wen solltet Ihr schon eine Gefahr sein? Aber scheinbar habt Ihr, aus welchem Grund auch immer, Aufmerksamkeit erregt, obwohl hier keine … Zusammenkünfte mehr abgehalten werden.«

Mistress Kremensky rang wieder die Hände. Sie konnte Anna nicht mehr ins Gesicht sehen, stattdessen starrte sie über ihre Schulter hinweg.

Anna machte einen Schritt zur Seite, damit ihre Vermieterin ihr wieder in die Augen sehen musste. Sie musste die Angst ersticken, die sie zu überwältigen drohte. »Mistress Kremensky, wenn Ihr mich auf die Straße setzt, weiß ich nicht, wohin ich gehen soll.«

»Aber Ihr habt doch gewiss Freunde oder Verwandte, die Euch erst einmal aufnehmen können.«

»Mein Großvater war mein einziger lebender Verwandter. Und die Kirche hat mir alle meine Freunde genommen.«

Sie hat ihr Fleisch an die Vögel verfüttert und ihre Knochen zu Asche verbrannt. Wie konnte sie dieser Frau nur klarmachen, dass sie diesen Ort nicht verlassen wollte, diese letzte Verbindung zu dem einzigen Menschen, dem einzigen Familienmitglied, das sie je gekannt hatte.

Ihre Vermieterin griff sich an die Stirn. Ihre breite, beinahe quadratische Handfläche bedeckte dabei ihre Knopfaugen und schob ihre Haube ein Stück zur Seite, so dass sie schief auf dem Kopf saß.

»Es tut mir wirklich leid, Anna. Aber ich muss auch an meinen Mann denken. Es geht ihm nicht gut. Wir leben von der Miete, die uns dieses Haus einbringt, und wenn ich Euch gestatte zu bleiben, könnte es sein, dass wir es verlieren.«

Sie wandte sich zum Gehen. Anna war wie gelähmt und versuchte erst gar nicht, sie aufzuhalten.

»Euer Großvater hat die Miete bis Ende dieses Jahres bezahlt. Ich werde Euch das Geld natürlich zurückgeben. Ihr könnt Euren Namen ändern, Euch in einer anderen Stadt eine Bleibe suchen. Aber solange Ihr hier seid, ist keiner von uns mehr sicher. Das versteht Ihr doch.«

Aber Anna verstand nicht das Geringste. Ihr war nur bewusst, dass sie völlig allein war. Und bald würde sie auch noch obdachlos sein.

»Seht bitte zu, dass Ihr bis morgen aus dem Haus seid. Ihr dürft nicht mehr hier sein, wenn die Soldaten wiederkommen, und ich will auch nicht wissen, wohin Ihr geht. Das alles tut mir wirklich sehr leid.«

Anna drehte sich nicht um. Sie hörte, wie sich die Tür hinter ihr schloss. Sie stand einfach nur wie erstarrt zwischen all den verstreuten Papierbogen und den zerknitterten Leintüchern. Eine Gänsefeder, hochgewirbelt vom Luftzug der sich schließenden Tür, schwebte langsam zu Boden und blieb dann auf dem ausgebreiteten Rock von Lelas rotem Gewand liegen.

Anna hatte aufzuräumen begonnen, wobei sie versuchte, ihre Wut zu unterdrücken. Zuerst hatte sie sich um den Arbeitstisch ihres Großvaters gekümmert und ihn in seinen ursprünglichen, ordentlichen Zustand versetzt. Die Zimmer im oberen Stockwerk hatten die Soldaten nicht durchsucht. Entweder hatten sie die in einer Nische angebrachte Tür, die zur Treppe führte, nicht bemerkt, oder aber sie hatten sich nur für dieses eine Zimmer interessiert, weil dies der Raum gewesen war, in dem die Bibellesungen stattgefunden hatten. Anna hatte das Zimmer, so gut es ging, wieder in Ordnung gebracht. Sie musste das einfach tun, bevor sie überhaupt daran denken konnte, dieses Haus zu verlassen. Sie hatte den Sessel aufgerichtet, hatte die verschüttete Milch aufgewischt, die aufschlitzten Kissen weggeworfen, all das, während ihr ohne Unterlass die Tränen übers Gesicht gelaufen waren. Dabei hatte sie die ganze Zeit ärgerlich vor sich hingeschimpft, etwas, das sie seit ihrer Kindheit nicht mehr getan hatte. Sie räumte gerade die Truhe wieder ein, als es an der Tür klopfte.

War das Mistress Kremensky, die gekommen war, um ihr zu sagen, dass sie es sich doch anders überlegt hatte? Oder wenigstens, dass sie ihr ein paar Tage mehr Zeit gab? Anna wischte sich die Augen trocken und putzte sich die Nase, dann ging sie zur Tür und hob den schweren Riegel hoch. Sie sprach, begleitet vom Quietschen der Türangel, durch den Spalt in der Tür.

»Ich bin so froh, dass Ihr gekommen seid –«

Aber es war nicht ihre Vermieterin, die da im späten Nachmittagslicht als Silhouette in ihrer Tür stand.

»Jetta hatte recht! Endlich haben wir dich gefunden«, sagte der König der Zigeuner. »Ich bin gekommen, um mir das Heilige Buch anzusehen.«

Den letzten Satz flüsterte er, während er ihr mit einem Lächeln und einem verschwörerischen Augenzwinkern mitteilte, dass er wusste, dass dies etwas war, das man nicht laut auf der Straße herumposaunte.

Als die Soldaten in der nächsten Woche noch einmal kamen, war das kleine Haus in der Staroměstké náměstí leer. Da war nicht einmal mehr ein einziges Farbtöpfchen, das einen Hinweis auf dessen frühere Bewohner gegeben hätte.

»Meine Mieterin ist mitten in der Nacht verschwunden. Ich weiß nicht, wo sie jetzt ist.« Mistress Kremensky stand mitten im Zimmer und machte ein entrüstetes Gesicht. Winzige Stäubchen schwebten in einem Sonnenstrahl um sie herum. »Falls Ihr sie findet, sie schuldet mir noch die Miete für August.«

Die Soldaten gaben sich mit dieser Auskunft zufrieden und gingen wieder.

Anna ließ in Prag nichts zurück außer einem geflochtenen Kranz aus Blüten, den sie um das kleine steinerne Kreuz auf dem Teyn-Friedhof gelegt hatte. Die Blumen hatten bereits zu welken begonnen, als die kleine Gruppe von Roma-Pilgern auf ihrem Weg nach Westen in den dunklen Wald hineinfuhr.

11

Der Mann, der weise ist und ernsthaft auf sein Seelenheil achtet, ist stets mit großer Sorgfalt darauf bedacht, seine Laster zu unterdrücken, damit er seine Lenden mit dem Gürtel vollkommener Kasteiung umgürtet.

AUS »DAS MONASTISCHE IDEAL«, 11. JAHRHUNDERT

Aber ich bin doch schon getauft, mein lieber Mann«, sagte Lady Joan Cobham zu ihrem Ehemann. »Und zwar von einem Priester, so wie es sich gehört.«

Es war ein warmer Septembertag in Cooling Castle, als Sir John sie an der Hand über den Burghof führte. Am Wachhaus vorbei, an den Ställen vorbei, durch den Durchgang in der Hecke, die den Garten umgab, und dann in den Wald hinein, wo noch die Eicheln und das trockene Eichenlaub vom vorigen Jahr auf dem Boden lagen, und weiter hinunter, bis die Blätter einem weichen Teppich aus Moos wichen.

»Es ist keine Taufe, an die ich denke, Frau, sondern ein anderes der Heiligen Sakramente.«

Er nahm sie in die Arme, während sie auf eine kleine Lichtung hinaustraten, wo die Sonne Strahlen aus Licht in die dunkelgrünen Wände des Waldes warf. »Ich möchte dir zeigen, auf welche Weise wir dieses heilige Becken sonst noch nutzen können.« Er schnaufte ein wenig von dem anstrengenden, steilen Abstieg.

Lady Cobham sah von dem Fels, auf dem sie standen, nach unten. Ein Becken mit kristallklarem Wasser funkelte saphirblau im Licht der Sonne. Sie staunte mit offenem Mund.

Sie hatte ihrem Mann den ganzen Sommer zugesehen und sich gefragt, was er da tat, als er Erde ausgehoben, das Wasser einer Quelle aufgestaut, noch mehr Erde bewegt, Felsen gesetzt und Bäume gepflanzt hatte, bis er die einzige Senke zwischen Gravesend und Cooling Castle in ein im Wald verborgenes Tal verwandelt hatte. »Ein geheimes Taufbecken«, hatte er es genannt. Ähnlich dem im Olchon-Tal, tief im Herzen der walisischen Black Mountains, in dem er selbst vor sechs Jahren getauft worden war. Jetzt lag das Ergebnis seiner Mühen vor ihren Augen.

Ein kleines Rinnsal rieselte vom Felsen über ihnen herunter. John rollte heftig atmend ein paar Steine zur Seite, schwenkte einen Baumstamm herum, und das Rinnsal wurde zu einer kleinen Kaskade aus Wasser, die sich vom Felsen in das Becken darunter ergoss.

»Ach, John!« Das war alles, was sie sagen konnte.

»Los. Kühlen wir uns ab.«

»Dürfen wir das denn? Ich meine, das hier ist doch als heiliger Ort gedacht.«

»Das war Eden auch. Los, komm schon.« Er nahm ihre Hand und entledigte sich bereits seines Wamses, während er sie einen gewundenen Pfad nach unten führte.

Sie spürte, dass er sie beobachtete, als sie ihr Hemd aufschnürte. Sie, eine Witwe, die zwei Ehemänner zu Grabe getragen hatte, fühlte sich stets wie ein junges Mädchen, wenn er sie so ansah. Sie widerstand dem Drang, ihre Brüste mit den Armen zu bedecken.

»Du zuerst«, sagte John.

Sie watete in das Becken und zuckte zusammen, als das kalte Wasser ihre Knöchel umspülte. Sie war dankbar dafür, dass ihre offenen Haare, die ihr über den Nacken und die Schultern fielen, sie ein wenig wärmten.

»Nur zu. Du wirst dich gleich daran gewöhnt haben. Stell dich unter den Wasserfall«, forderte er sie auf.

Sie spürte das Wasser auf ihrem Scheitel und ihrem Rücken, dann drehte sie sich um, legte sie den Kopf in den Nacken und sah den Wassertröpfchen zu, die in einem verirrten Sonnenstrahl rosa, grün und gelb schillerten, bevor sie auf ihre Haut fielen. Ich stehe in einem Regenbogen, dachte sie. Sie hörte, wie ihr Ehemann, nicht wie sie auf Zehenspitzen, sondern laut platschend ins Becken stieg, dann spürte sie, wie er seine Arme um sie legte.

Ein Schatten huschte ein Stück weiter oben vorbei. Zwischen den Bäumen bewegte sich etwas, dann raschelte es im Unterholz über ihnen. Schließlich war wieder alles still.

»Ich habe Seife mitgenommen«, flüsterte er ihr ins Ohr. »Die, die du so magst.« Dann begann er, sie einzuseifen. Der süße Lavendelduft der Seife vermischte sich mit dem Geruch von Moos, feuchter Erde und von der Sonne erwärmtem Fels. Seine Hand glitt über ihre schaumbedeckte Haut.

»Jetzt bin ich dran«, sagte sie lachend, nahm ihm die Seife aus der Hand und schäumte seine breiten Schultern, seine Brust und seinen Bauch ein.

»Jetzt ist es aber genug.« Er lachte. »Es ziemt sich nicht, wenn ein Mann zu sehr nach Blumen riecht.«

Sie ließ die Seife fallen. Kleine Bläschen trieben im Wasser, zerplatzten um ihre Füße herum als winzige Explosionen aus Farbe und Licht. Er zog sie noch näher an sich heran, wärmte sie mit seinem Körper. Sie spürte seine Lippen in ihrer Halsbeuge.

»Ach, John«, war alles, was sie noch sagen konnte, denn für mehr fehlte ihr der Atem.

Als Sir John am nächsten Morgen in aller Frühe über den Hof ging, traf er auf einen Reiter in einer schwarzen Soutane, dessen Pferd die ihm wohlbekannten Insignien der katholischen Kirche trug. Seit der Pater sich den Schwestern der nahe gelegenen Abtei als Beichtvater zur Verfügung gestellt hatte, stattete er Cooling Castle ständig unter irgendeinem Vorwand einen Besuch ab.

Sir John unterdrückte einen Seufzer. Er war schließlich nicht dumm. Bruder Gabriel war zweifellos ein Spion des Erzbischofs. Warum sonst tauchte er wohl immer wieder ohne Einladung hier auf? Sir John begegnete ihm ständig. Wenn er sich in der Küche sein ihm von seiner Frau zugeteiltes Maß an Dünnbier holte – dabei handelte es sich nicht um eine große Menge, sondern es war gerade genug, um seine Kehle vor dem Verdörren zu bewahren –, saß der Pater bereits dort und plauderte mit der Köchin. Oder er traf ihn im Söller, wo er zusammen mit Joan lachte und versuchte, seine kluge Frau auszufragen, während er ein allzu frommes Interesse an dem Wycliffe-Text bekundete.

Daher war Sir John an diesem Morgen auch nicht überrascht und bestimmt auch nicht erfreut, als er in seinem Hof von dem Mann der Kirche begrüßt wurde. Er fragte sich, welchen Vorwand Bruder Gabriel diesmal gefunden hatte, um heute hierher zu kommen. Ausgerechnet heute! Er beherbergte zurzeit zwei Lollarden-Priester, und in dieser Woche sollte in seinen Mauern auch noch ein Treffen aller Laienpriester der Grafschaften Kent und Suffolk stattfinden. Sir John hatte geplant, anlässlich dieses Treffens die neuen Wycliffe-Traktate zu verteilen. Die Äbtissin hatte ihm versprochen, dass die Texte bis dahin fertig sein würden.

»Bruder Gabriel, welchem Umstand verdanken wir heute die Ehre Eures Besuchs?« Er versuchte, seine Stimme nicht allzu scharf klingen zu lassen.

Als der Pater sich von seinem Pferd herunterbeugte, schien ihm merkwürdigerweise seine gewohnte Lässigkeit abhandengekommen zu sein. Er hielt den Blick abgewandt wie jemand, der sich plötzlich jemandem gegenübersieht, der nur halb bekleidet ist.

Sir John strich sich über seinen kleinen Spitzbart, um nachzuprüfen, ob dort vielleicht die Reste seines Frühstücks hingen, dann warf er einen kurzen Blick nach unten, um zu sehen, ob seine Hose richtig geschnürt war. Nein, es schien alles in Ordnung zu sein. Seltsam, wie ansteckend das Unbehagen dieses Mannes war. Er hatte ihn noch nie zuvor so angespannt erlebt. Normalerweise gab er sich immer so freundlich und leutselig.

Endlich sah der Mönch ihn an. »Ich bin auf dem Weg zu den Hafenstädten im Süden, um den Sündern dort die Gnade unseres Herrn zu bringen. Ich wollte nur Euch und Lady Cobham Lebewohl sagen.«

Nun, das war zweifellos eine gute Nachricht. Sie waren den spionierenden Dominikaner also erst einmal los. Auf welcher Mission sich der Priester befand, hätte Sir John allerdings schon an dem prächtigen schwarzen Gewand des Ablasspredigers und an der großen samtenen Tasche erkennen können, in der sich die erwähnte »Gnade« befand: die päpstlichen Bullen und Ablassbriefe, die es gegen bares Geld gab. *Ist es also wieder einmal an der Zeit, Arundels Kassen zu füllen?*, hätte er nur zu gern gefragt.

Was er aber stattdessen sagte, war: »Was ist mit den Schwestern in der Abtei? Wer wird ihnen während Eurer Abwesenheit die Sakramente spenden?« Er fragte dies, obwohl ihm natürlich bekannt war, dass die Abtei einen eigenen Priester hatte und dass die Anwesenheit des Ablasspredigers dort nichts anderes als ein Vorwand war. Sir John machte sich trotz alledem keine Sorgen um die Schwestern. Die Äbtissin war eine überaus intelligente und auch vertrauenswürdige Frau. Sie würde keinesfalls mehr preisgeben, als sie sollte. Im Grunde machte er sich auch keine allzu großen Sorgen um all jene, die die Sache der Lollarden vertraten. Schließlich hatte er selbst eine entscheidende Rolle dabei gespielt, dass im Parlament jenes Gesetz angenommen wurde, nach welchem nunmehr alle der Ketzerei Angeklagten als Gefangene der Krone und nicht der Kirche galten. Das war für Sir John auch schon deshalb von großer Bedeutung, weil er bei Hofe hochgestellte Persönlichkeiten zu seinen Freunden zählte. Sehr hochgestellte Persönlichkeiten. Obwohl es in letzter Zeit Gerüchte gab, dass Prinz Hal plötzlich fromm geworden sei.

Aber daran hatte er nichts auszusetzen, schließlich war auch er ein gläubiger Mensch. Er und der zukünftige König mochten zwar auf verschiedenen Seiten stehen, die Mitte aber war und blieb Jesus Christus – Jesus Christus und auch die guten Zeiten, die Prinz Hal und Merry Jack gemeinsam erlebt hatten –, wie weit konnten sie also voneinander entfernt sein? Sollten Arundel und sein Spion doch machen, was sie wollten. Der alte Erzbischof würde allem Anschein nach sowieso schon bald vor seinem Schöpfer Rechenschaft ablegen müssen. Dennoch war Sir John erleichtert darüber, dass der Priester sie verließ. Ohne diesen Lakaien des Erzbischofs, der ständig überall seine Nase hineinsteckte, würde sowohl auf Cooling Castle als auch in der Abtei vieles einfacher werden.

»Solange ich fort bin, wird dies der alte Hilfspfarrer der Abtei übernehmen. Er ist zwar schon sehr gebrechlich, eine einfache Messe kann er durchaus noch lesen. Allerdings sagt man, dass er im Beichtstuhl immer wieder einmal einschläft.«

Was man von Euch bestimmt nicht behaupten kann, dachte Sir John. *Eure Ohren sind gespitzt wie die eines Luchses, der auf Beute lauert.*

»Dann werden die Schwestern Euch gewiss sehr vermissen. Wie lange werdet Ihr fort sein?«

»Ich habe mir vorgenommen, noch vor Einbruch des Winters, also noch bevor der Regen die Straßen aufgeweicht hat, wieder hier zu sein. Außerdem möchte ich noch ein paar Tage bei meinem eigenen Beichtvater verbringen. Er ist schon sehr alt und nahezu blind. Ich fürchte, dass ihm kein ganzes Jahr mehr bleibt.«

»Lebt er in Canterbury?«

»Nein, in den South Downs. In der Battle-Abtei.«

»Dann werde ich nach Lady Cobham rufen lassen«, sagte Sir John und fühlte sich plötzlich so beschwingt und fröhlich wie ein Lehrjunge, der unerwartet freibekommen hat. »Sie wird Euch sicher auch eine gute Reise wünschen wollen.«

Das war tatsächlich so. Joan mochte diesen Kerl, obwohl er Priester und außerdem auch noch ein Spion war.

Bruder Gabriel zeigte sich jedoch unerwartet zurückhaltend.

»Nein, bitte nicht.« Er errötete bis unter die Haarwurzeln. »Ich möchte sie keinesfalls stören.«

Woher rührte diese plötzliche Schüchternheit? Er hatte noch nie zuvor erlebt, dass der Priester von sich aus auf ein Gespräch mit seiner Frau verzichtet hätte. Tatsächlich hatten sich die beiden oft ziemlich lebhaft unterhalten, wobei Joan sich immer, wenn auch auf liebenswürdige Weise, über seine konservative Glaubenseinstellung lustig gemacht hatte. Sie spielte mit ihm und tat so, als würde sie ihm Geheimnisse anvertrauen, gab dabei aber niemals etwas von Bedeutung preis.

»Bitte überbringt ihr meine Grüße.«

Das Pferd des Ablasspredigers warf in diesem Moment wie zum Einverständnis den Kopf hoch, so dass die goldenen Glöckchen an seinem scharlachroten Geschirr klingelten.

»Richtet Eurer Frau bitte aus, dass ich ihr nach meiner Rückkehr meine Aufwartung machen werde. Jetzt aber muss ich wirklich los.«

Sir John war irritiert. Der sonst so selbstsichere Bruder Gabriel kam ihm so verwirrt vor wie ein kleiner Junge, den man bei einer Missetat ertappt hat.

Er sah dem Pater nachdenklich hinterher, während dieser auf seinem elegant herausgeputzten Pferd über den Hof, dann am Wachhaus vorbei und schließlich durch das Vorwerk trabte. Die Sonne ließ den blonden Haarkranz an seinem tonsurierten Kopf glänzen. Die Haut innerhalb des Kranzes war rosa wie eine frische Frühlingsbeere. War das möglich? Jetzt war es Sir John, der errötete, denn auch er hatte gehört, dass es in den Büschen geraschelt hatte, als seine Frau und er sich ausgezogen hatten, um in dem Wasserbecken im Wald zu baden. Er hatte das Geräusch einem aufgescheuchten Vogel oder Hasen zugeschrieben und nicht weiter darüber nachgedacht, da er den Zauber des Augenblicks nicht hatte zerstören und auch seine Frau nicht hatte beunruhigen wollen. Konnte es wirklich sein, dass die Schlange freiwillig das Paradies verließ?, fragte er sich jetzt.

Nein, das war verdammt unwahrscheinlich. Aber zumindest

würde ihnen eine Atempause gestattet. Und das Wichtigste war, dass er sich jetzt in aller Ruhe mit den Lollardenpriestern treffen konnte.

Die Äbtissin arbeitete im Garten der Priorei. Es war früher Nachmittag, kurz nach der Sext. Die Salbei- und die Rosmarinstauden verströmten in der Hitze einen würzigen Duft. Sie schwitzte unter ihrem Gesichtsschleier, denn die leichte Gaze schloss auch ihren Atem ein. Kleine Schweißperlen sammelten sich in den Falten ihrer Wangen, aber es kam ihr nicht in den Sinn, den Schleier abzunehmen – auch nicht in der Abgeschiedenheit des Klostergartens. Der halb transparente Schleier war für sie zu einer zweiten Haut geworden, die ihr Gesicht bedeckte. Ohne ihn fühlte sie sich entblößt und verwundbar, obwohl sie manchmal, wenn sie, so wie eben jetzt, unbeobachtet war, die rechte Seite des Schleiers nach oben schlug, damit sie etwas sehen konnte, ohne dass die dünne schwarze Gaze sie behinderte.

Als sie sich nach vorn beugte, um die Beeren des *vitex agnus-castus* zu pflücken, der im hinteren rechten Quadranten des Gartens wuchs, hörte sie außer dem Geräusch des Wassers, das im Brunnen im Zentrum des Gartens plätscherte, auch das Geräusch von Schritten hinter sich. Es waren schwerere Schritte als die der Schwestern, und dann vernahm sie eine männliche Stimme.

»Schwester Agatha sagte mir, dass ich Euch hier im Garten finden würde.« Eine volltönende Stimme, vertraut und fröhlich. Die Äbtissin richtete sich auf und zog ihren Schleier herunter, bevor sie sich umdrehte, um ihren Besucher zu begrüßen.

»Sir John. Ich hatte Euch schon früher erwartet. Wie geht es Lady Joan?«

»Meiner Frau geht es gut. Sie lässt Euch herzlich grüßen. Sie hätte mich gern begleitet, aber sie muss noch das Treffen für heute Abend vorbereiten. Wir erwarten mehr als hundert Teilnehmer, und sie hat sich vorgenommen, sie nach den Gebeten und der Bibellesung alle als Gäste zu bewirten.«

»Werden Eure Gäste auch bei Euch übernachten?«

»Einige. Sie können in der Halle und im Hof ihre Decken ausbreiten.«

»Das klingt ja nach einem richtigen Feldlager.«

»Nun, wir haben vor, die Prediger des Evangeliums wohlgenährt und vor allem mit viel Munition bewaffnet auf ihren Heimweg zu schicken.«

Sie lächelte. Ihre Stimmung besserte sich angesichts seiner Begeisterung. Die Sache der Lollarden – die seit nunmehr siebenundzwanzig Jahren auch die ihre war – gewann durch diesen einen Mann ganz ungemein.

Sie setzte sich auf eine der steinernen Bänke im Säulengang, welcher den Garten auf allen vier Seiten umgab, und forderte ihn dann mit einer Geste auf, auf der gegenüberliegenden Bank Platz zu nehmen. Auf diesen Bänken saßen die Schwestern oft am späten Nachmittag zwischen Abendessen und Abendgottesdienst. Dies war die einzige Zeit des Tages, zu der sie miteinander plaudern konnten, so wie Frauen das eben gern taten. Jetzt, zur Mittagszeit, hielt sich jedoch niemand im Kreuzgang auf, da alle Nonnen noch im Skriptorium beschäftigt waren. Nur ein einzelner Schmetterling hatte sich dort niedergelassen. Er klappte seine buttergelben Flügel auf und flog davon, da er offensichtlich keinen Wert auf die Gesellschaft der menschlichen Eindringlinge legte. Die Äbtissin ließ ihren Blick noch einmal kurz durch den Garten schweifen, um sicherzugehen, dass sie allein waren und die in Stein gemeißelten Heiligen, die die Säulenkapitelle zierten, die einzigen Zeugen ihrer Unterhaltung blieben.

»Ich wäre schon früher gekommen, aber Euer Mönch hat mich aufgehalten«, sagte Sir John, als er es sich auf der Bank bequem gemacht hatte. »Es scheint, als würdet Ihr eine Weile ohne ihn auskommen müssen.«

Sie lachte. »Und Ihr seid gleichermaßen seiner Gesellschaft beraubt. Allerdings glaube ich, dass wir damit beide ganz gut werden leben können. Aber ich muss zugeben, dass Bruder Gabriel in unserem kleinen Kloster durchaus beliebt ist.«

»Das erinnert mich ein wenig an einen Fuchs im Hühnerhaus, hm?«

Diesmal lachte sie aus vollem Hals, und ihr Lachen schallte fröhlich durch den Garten. »Meine Nonnen sind alle fest im Glauben. Es schadet ihnen deshalb bestimmt nicht, wenn sie einmal einen schönen Mann zu Gesicht bekommen. Bruder Gabriel achtet aber sehr darauf, niemals mit einer einzelnen Nonne allein zu sein. Die Beichte nimmt er ihnen immer nur in einem abgeschlossenen Beichtstuhl ab. Ich vermute, dass das Zölibat sein Kreuz ist, an dem er besonders schwer zu tragen hat. Für seine Reise hat er jedenfalls den gesamten Vorrat an Mönchspfeffer aus der Krankenstube mitgenommen.«

Sie streckte ihm ihre behandschuhte Hand entgegen, um ihm die Handvoll runder kleiner Beeren zu zeigen, die sie von dem Keuschheitsstrauch gepflückt hatte. »Deshalb habt Ihr mich auch im Kräutergarten gefunden. Ich bin gerade dabei, unsere Vorräte wieder aufzufüllen.«

»Gestattet mir die eine Frage, Äbtissin: Weshalb benötigt eine Gemeinschaft von Frauen Mönchspfeffer?«

Sir Johns Frage wurde von einem strahlenden Lächeln begleitet, bei dem seine kräftigen weißen Zähne über dem Spitzbart aufblitzten. Falls er hoffte, sie mit dieser Anspielung necken zu können – nun, sie beherrschte dieses Spiel ebenfalls.

»Die Keuschheitsbeeren helfen auch bei weiblichen Problemen. Zu bestimmten Zeiten des Mondzyklus werden einige Mitglieder unserer Gemeinschaft reizbar und zänkisch. Als ein Mann von Welt, wie Ihr es seid, habt Ihr dieses Phänomen gewiss schon beobachtet.«

Sir John beugte sich, leise in sich hineinlachend, ein Stück nach vorn und zupfte dann einen Stängel Pfefferminze ab. »Das ist gut für meinen Magen«, sagte er, als er die Blätter zu kauen begann. »Dann solltet Ihr vor allem Schwester Agatha einige Eurer Keuschheitsbeeren geben«, sagte er. »Sie war vorhin so gereizt wie eine alte Henne und hat mit einer Rübe auf mich gezeigt, so als wollte sie mich damit erdolchen.«

Die Äbtissin seufzte. »Tja, Schwester Agatha – nun, ich fürchte, dass ihre schlechte Laune nicht von der Art ist, die etwas mit dem Mond zu tun hat. Schwester Agatha sät jetzt schon seit Wochen nichts anderes als Unkraut. Sie verlangt, dass wir damit aufhören, die Wycliffe-Texte oder die ins Englische übersetzten Evangelien zu kopieren.« Sie wog die Keuschheitsbeeren in der Hand. Ihr Saft hatte inzwischen den Handschuh verfärbt, der die Narben auf ihren Armen verdeckte. »Ich weiß nicht, was ich mit ihr noch machen soll. Sie ist eine meiner besten Kopistinnen, und dennoch habe ich sie vorläufig in den Gemüsegarten verbannt. Ich hatte gehofft, dass sich ihre Laune bessern würde, wenn sie mit jenen Dingen beschäftigt ist, die unser Herrgott wachsen und gedeihen lässt.«

»Ich glaube kaum, dass Ihr damit Erfolg haben werdet.« Ein belustigtes Glucksen stieg aus seiner Kehle auf.

»Ich freue mich, dass Ihr das Ganze so amüsant findet«, sagte sie. »Aber ich kann Euch versichern, Schwester Agatha ist wirklich nicht zum Lachen. Ich habe nämlich den Verdacht, dass sie sich bei Bruder Gabriel bereits wegen der angeblich ketzerischen Dokumente, die wir kopieren, beschwert hat. Und er schien ihrer Beichte – oder ihrer Beschwerde – ungewöhnlich viel Aufmerksamkeit zu schenken.«

Sein Ton wurde ernst. »Das kann ich mir gut vorstellen. Nehmt Euch bitte in Acht, wenn er in der Nähe ist. Ich denke, er ist hier, um mehr zu erfahren als nur Beichtgeheimnisse. Er könnte ein Spion des Erzbischofs sein.«

»Dieser Gedanke ist mir auch schon gekommen. Ich habe ihm versichert, dass wir keine Kopien der englischen Bibel mehr fertigen – eine Lüge, für die ich bereits um Vergebung gebeten habe, unter Berufung darauf, dass ich im Dienste eines höheren Gutes handle.«

»Für eine fromme Frau denkt Ihr überraschend pragmatisch, Ehrwürdige Mutter.«

Sie ignorierte seine Bemerkung und auch den bewundernden Ton, mit dem er das sagte. »Bruder Gabriel ist wirklich ein charmanter Gesellschafter, aber ich bin dennoch froh, dass wir ihn für eine Weile los sind. Zumindest so lange, bis ich weiß, was ich mit Agatha machen werde.«

Sie stand auf. »Ich werde Euch jetzt die Kopien für das Treffen heute Abend geben. Aber ich rate Euch dringend, sie gut zu verstecken. Ich spüre, dass die römische Kirche sich zu einem entschlosseneren Vorgehen entschieden hat und dass insbesondere der Erzbischof sehr darauf bedacht ist, dass sein Werk weitergeführt wird.«

»Ich habe vor, die Evangelien an die Teilnehmer der Versammlung zu verteilen.«

»Nun, dann seid vorsichtig, wem Ihr eine der Kopien gebt, alter Freund. Bruder Gabriel sagt, dass bald schon allein der Besitz einer englischen Bibel Grund genug für eine Anklage wegen Ketzerei sein wird.«

»Das könnte durchaus der Fall sein. Das entsprechende Gesetz steht im Parlament kurz vor seiner Verabschiedung, obwohl ich alles tue, was in meiner Macht steht, um das zu verhindern. Außerdem habe ich gehört, dass der neue König eine tolerantere Haltung vertritt. Ich kenne ihn als sehr vernünftigen Mann. Es heißt übrigens, dass der alte Arundel bald sterben wird. Und ohne Nahrung wird das Feuer schnell erlöschen.«

Das war endlich einmal eine gute Nachricht. Sie war zwar überrascht zu hören, dass der Nachfolger von Henry IV. ihrer Sache gegenüber freundlich eingestellt sein sollte, aber sie wusste, dass Sir Johns Informationen verlässlich waren. Immerhin war er ein Mitglied des Parlaments.

»Dann werden wir also schon bald einen neuen König und einen neuen Erzbischof haben? Und Ihr hofft auf religiöse Toleranz?«

»Das hoffe ich, Äbtissin. Das hoffe ich sehr, aber ich werde weiterhin vorsichtig bleiben. Wenn Rom im Spiel ist, kann man sich niemals sicher sein.«

»Nein, niemals«, sagte sie. »Jedenfalls dann nicht, wenn man klug ist.« Eine Glocke schlug drei Mal und rief die Schwestern zum Gebet.

»Wir sollten uns beeilen. Wir wollen doch nicht, dass Schwester Agatha Euch mit den Texten sieht.«

Sie führte ihn aus dem sonnenbeschienenen Garten in das schattige Innere der Kapelle und dann weiter in das Besucherzimmer.

»Wartet bitte hier«, wies sie ihn an. Dann ging sie in ihr Gemach, wo sie aus der hintersten Ecke ihres Kleiderschranks einen Stapel kopierter Manuskripte hervorholte.

Als sie mit ihrer schweren Last wieder in das Besucherzimmer kam, eilte er ihr zu Hilfe. »Das ist ja ein stattlicher Fang! Wie schafft Ihr es nur, so viele Texte zu kopieren?«, fragte er erstaunt. »Vor allem, wenn Eure Nonnen dies nur widerwillig tun?«

»Nicht alle tun es ungern. Einige von ihnen sind unserer Sache treu ergeben. Und eine jede denkt, ihre Mitschwestern würden an anderen Dingen arbeiten. Ich streue stets genügend unverfängliche Texte ein – Gedichte, lateinische Schriften, Liederblätter, Abhandlungen über die Landwirtschaft –, um uns den Anschein der Legitimität zu geben.«

Sie prüfte noch einmal genau nach, ob auch bei diesem Stapel ein paar Seiten »Unverfängliches« obenauf lagen, dann nahm sie einen großen Sack und hielt ihn auf, damit er die Manuskripte darin verstauen konnte.

»Die Rechnung steckt in der letzten Kopie. Ihr wisst, dass wir – zumindest einige von uns – diese Texte gern unentgeltlich kopieren würden, aber ohne Euch als großzügigen Auftraggeber könnten wir überhaupt nicht bestehen. Wir sind nur eine Gemeinschaft armer Nonnen und können weder auf eine Übertragung noch auf eine Stiftung zurückgreifen. Deshalb sind wir auch für Eure Schirmherrschaft überaus dankbar.«

»Und ich bin Euch sehr dankbar für Eure Arbeit. Wenn Ihr und Eure Schwestern nicht so viel Zeit auf meine Aufträge verwenden müsstet, würdet Ihr genügend andere Texte kopieren können, um Eure Vorratskammern zu füllen. Macht Euch wegen der Bezahlung also keine Sorgen.«

Sie war dankbar dafür, wie selbstverständlich er die Frage der

Bezahlung behandelte, und auch dankbar dafür, dass er einen so gut gefüllten Geldbeutel hatte.

»Wie gelingt es Euch eigentlich, die Texte so weit zu verbreiten?«, fragte sie.

»Ich gebe den Austauschstudenten aus Oxford Wycliffes Predigten mit auf den Weg, Studenten, die zurzeit an der Universität von Prag studieren. Dort fällt unsere Sache auf überaus fruchtbaren Boden. Sie übersetzen die Texte Wycliffes viel schneller in die Sprache Böhmens, als Rom sie verbrennen kann. Die Laienpriester dort könnten sogar noch mehr Evangelien brauchen, als selbst Eure fleißigen Schreiberinnen fertigen können. Die Menschen in Böhmen hungern geradezu nach der Wahrheit des Wortes.«

»Ihr wisst, dass Ihr ein großes Risiko eingeht, Sir John. Darf ich Euch fragen, warum Ihr das tut?« Sie rieb sich den linken Arm, auf dem das Gewicht der Manuskripte gelegen hatte.

»Ihr fragt, warum? Nun, das ist leicht zu beantworten, Äbtissin. Wenn ein Mann einmal das Licht der Wahrheit gesehen hat, kann er ihm nicht mehr den Rücken kehren. Jedenfalls dann nicht, wenn er sich weiter einen Mann nennen will. Ich könnte Euch aber dieselbe Frage stellen«, sagte er. »Ihr könntet Euer Kloster auch unterhalten, wenn Ihr keine illegalen Texte kopieren würdet. Dies hier ist auch für Euch ein gefährliches Unterfangen. Vor allem, wenn es so weit kommen sollte, dass allein schon der Besitz der Schriften unter Strafe gestellt wird.«

»Ich tue das für ihn«, sagte sie.

»Für unseren Herrn.«

»Für den auch«, sagte sie und war von ihren Worten selbst überrascht. Überrascht vor allem darüber, dass sie ein Geheimnis angesprochen hatte, das tief in ihrem Innern vergraben war, so tief, dass sie es nicht einmal vor sich selbst eingestehen wollte.

Er lächelte. »Nun, ich denke, es ist das Beste, wenn ich nicht weiterfrage«, sagte er. »Jede Dame hat ein Recht auf die Geheimnisse ihres Herzens.«

Sie sah ihm nach, als er durch die Tür ging. Den schweren Sack trug er im Arm, als enthielte er nichts anderes als einen Haufen

Rüben. Sie hatte Angst um ihn, da er sich so sehr auf seine Macht und seine Fähigkeiten verließ und an seine Sache glaubte. Er wäre nicht der erste starke Mann, der stürzte, weil er zu sehr auf die Macht der Wahrheit vertraute.

Geheimnisse ihres Herzens, hatte er gesagt.

In ihrem Zimmer war es angenehm kühl. Durch das Fenster, das auf den Klostergarten hinausführte, konnte sie sehen, dass der gelbe Schmetterling zurückgekommen war und sich auf einer Ringelblume niedergelassen hatte. Seine Flügel pulsierten in der Stille des heißen Nachmittags. Die Nonnen waren alle in der Kapelle versammelt. Ihr Choralgesang antwortete dem leisen Murmeln des alten Priesters, der die Messe las. Aus der Ferne hörte es sich an wie das Summen von Sommerbienen. Die Äbtissin gönnte sich zu dieser Stunde des Tages oft den Luxus, still in ihrem schattigen Zimmer zu sitzen. Während die Strahlen der Nachmittagssonne den Garten vor ihrem Fenster in ein warmes Licht tauchten und die Geschöpfe des Klosters, menschliche wie nicht menschliche, ihrem Tagwerk nachgingen, verweilte sie bei ihren Erinnerungen. Dann war sie eine Frau, die ein jedes Juwel in der Schatztruhe der Erinnerungen glücklich betrachtete.

Sie schlug ihren Schleier zurück, fühlte die kühle Luft auf ihrer linken Wange. Zum ersten Mal seit sehr, sehr langer Zeit spürte sie, wie eine Träne über ihr entstelltes Gesicht lief. »Genau deshalb tue ich es«, dachte sie. Natürlich war sie auch zutiefst davon überzeugt, dass alle Menschen das Recht hatten, sich direkt an ihren Schöpfer zu wenden und die wunderbare Wahrheit der Evangelien in einer Sprache zu lesen, die sie verstanden. Sie war gleichermaßen auch von den anderen Ansichten der Lollarden überzeugt, die von der Kirche jedoch samt und sonders als Ketzerei verdammt wurden. Sir John hatte ihre Antwort im Grunde also durchaus richtig interpretiert. Sie tat es in der Tat für ihn, ihren Schöpfer.

Sie hätte ihrem Schöpfer jedoch auch auf andere, weit weniger gefährliche Weise dienen können. Aber sie nahm das Risiko bereitwillig auf sich, arbeitete viel länger, als es in ihrem Alter noch zuträglich war, und dies tat sie vor allem für diesen anderen »ihn«, weil sie mit jedem Federstrich, jeder herausgeschmuggelten Abschrift seine Gegenwart spürte. Sie wusste, wie er sich darüber gefreut hätte. Das Wort Gottes zu kopieren, war eine Beschäftigung, die sie mit einem Geliebten aus längst vergangener Zeit teilte.

Sie versuchte, sich oft daran zu erinnern, wie er die Feder gehalten, wie er die Augenbrauen hochgezogen hatte. Versuchte, sich an die Berührung seiner Hand auf ihrer Haut zu erinnern. An sein Gesicht. Aber es wollte ihr einfach nicht gelingen. All das war für sie schon seit langem nicht mehr greifbar. In all den Jahren hatte sie jedoch, wann immer sie vor Erschöpfung einen Krampf in ihren Fingern bekam und ihre Augen von der Anstrengung zu schmerzen begannen, stets das Gefühl gehabt, dass er hier bei ihr in dem Zimmer war, in dem sie gerade arbeitete. Sie schloss die Augen und versuchte, dieses Gefühl jetzt mit ihrer Willenskraft heraufzubeschwören.

Einige Zeit später hörte sie die schlurfenden Schritte der Schwestern, die schweigend die Kapelle verließen, dann vernahm sie den Klang ihrer Stimmen, als sie im Refektorium den Tisch für das Abendbrot deckten. Sie schlug den Schleier herunter, zündete ihre Lampe an und nahm ihren Gänsekiel zur Hand. Dann wartete sie auf das leise Klopfen an der Tür, das sie zu einem einfachen Abendessen in der Gesellschaft ihrer Schwestern rufen würde.

Will Jaggers hasste es, einen Priester zu bestehlen. Noch dazu einen Priester, der, jedenfalls ließ sich das aus dem Zustand seiner fadenscheinigen Soutane schließen, auch nicht gerade vom Glück verfolgt war. Trotzdem: Der Priester hatte vielleicht ein Stück Brot, vielleicht sogar ein wenig Käse in seiner Pilgertasche, und Will Jaggers hatte Hunger. Er hatte nichts mehr gegessen, seit er gestern in der Küche von Rochester Castle, das mehr für die weiße Frau, die dort spukte, bekannt war als für seine Mildtätigkeit, einen armseligen Kanten Brot erbettelt hatte.

Obwohl es schon längst heller Tag war, lag der Priester immer noch neben seinem Lagerfeuer und schlief tief und fest. Es würde also nicht schwierig sein, ihn zu bestehlen. Will näherte sich vorsichtig dem schlafenden Priester und zog dann langsam am Riemen der Tasche. Der Priester rührte sich nicht. In der Tasche befand sich eine Flasche – Will konnte deren Umriss erkennen. So tief, wie der Mann schlief, enthielt sie bestimmt etwas anderes als Wasser. Mutiger geworden, drehte er den Priester vorsichtig auf die Seite, um die Tasche an sich nehmen zu können. Dann fluchte er leise und bekreuzigte sich.

Will Jaggers hatte in seinem Leben schon genug Leichen gesehen, um zu wissen, dass der Priester tot war. Und selbst wenn es nicht so gewesen wäre, hätte das Messer, das bis zum Heft in der Brust des Mannes steckte, nicht den geringsten Zweifel daran gelassen. Armes Schwein. Er hatte wahrscheinlich nicht den Hauch einer Chance gehabt. Seltsam war nur, dass es nicht so aussah, als wäre er beraubt worden. Es hatte eher den Anschein, als wäre er mit einer Gruppe von Eiferern aneinandergeraten, die mit seiner Sicht des Glaubens nicht einverstanden waren und die Welt von einem Ketzer befreien wollten. Er war wohl einer dieser Bettelpriester, einer dieser Lollarden, die nicht gerade dafür bekannt waren, in Reichtum zu leben. Das ist wieder einmal typisch, dachte Will, anstatt über einen reichen Pater stolpere ich natürlich über einen toten Bettelpriester. Aber es war kein vollkommener Reinfall. In den Nächten, die langsam kälter wurden, würde ihn wenigstens die Soutane wärmen. Außerdem gaben die Leute einem Bettelpriester bereitwilliger ein Almosen als einem gewöhnlichen Bettler.

Will sah sich mehrmals um, um sicherzugehen, dass er nicht beobachtet wurde, dann zerrte er die Leiche des Priesters ins Gebüsch und entkleidete ihn rasch bis auf die Hose. Die ließ er ihm, denn einem Mann sollte selbst im Tod noch ein wenig Würde bleiben. Er zog die braune Soutane über, posierte kurz mit verschränkten Armen, wobei er die Hände in die weiten Ärmel steckte. Dann zog er die Kapuze über den Kopf – ja, das war für eine kalte Nacht genau das Richtige. Jetzt aber schien die Sonne hell vom Himmel, also schob er die Kapuze wieder zurück, hob die Tasche vom Boden auf und drehte sie um. Nur ein einzelnes Stück Papier flatterte zu Boden. Da war nichts Essbares, nicht einmal ein schimmeliger Kanten Brot, und die Flasche enthielt auch nur Wasser. Er warf sie angewidert ins Gebüsch und hob dann das Stück Papier auf.

Es war eine Landkarte.

Will konnte die Worte, die dort standen, zwar nicht lesen, aber auf der Karte war eine Burg mit einem massiven, runden Bergfried eingezeichnet, die Rochester Castle sehr ähnlich sah. Eine Linie wand sich nach Nordosten und endete an einem weiteren, jedoch kleineren Burgfried, der mit einem X gekennzeichnet war. Man musste nicht besonders schlau sein, um zu erkennen, dass der Priester auf dem Weg von Rochester zu dieser Burg gewesen war. Will nahm an, dass es sich bei dieser Burg um Cooling Castle handelte, die ein paar Meilen nördlich von Gravesend stand. Lord Cobhams Burg. Er war einmal dort gewesen. Die Köchin hatte ihm eine Pastete und einen Krug Ale spendiert und ihm dann sogar noch etwas Brot für unterwegs mitgegeben. Die Burg lag ein Stück entfernt von der Straße auf einem Landvorsprung in den Sümpfen. Es war ein weiter Weg bis dorthin, aber vielleicht war er ja die Mühe wert. Will war von Natur aus ein neugieriger Mensch. Er fragte sich, warum der Priester zu dieser Burg unterwegs gewesen war. Nun, zumindest war er sich sicher, dass er dort eine ordentliche Mahlzeit bekommen würde.

Als er den Toten mit Strauchwerk bedeckte – er wollte ihn nicht halb nackt dort liegen lassen –, versuchte er, sich an das *Pater Noster* zu erinnern, was ihm jedoch nicht gelang. Schließlich bekreuzigte er sich einfach nur und murmelte dabei: »Einen guten Tag, Pater.«

Dann machte er sich auf den Weg nach Westen, Richtung Gravesend, und fühlte sich schon kaum mehr als Bettler. Er ging gemessenen Schrittes, die Hände in die Ärmel geschoben.

Bruder William, das klang gut.

»Gott segne dich, mein Sohn«, sagte er zu einem kleinen Busch. Er lächelte, als er daran dachte, wie praktisch es doch war, dass er den Segen auf Englisch erteilen konnte. Er musste sich nicht einmal Gedanken darum machen, sich irgendein lateinisch klingendes Kauderwelsch auszudenken.

Ein weiserer Mann als er hätte unter den gegebenen Umständen in Betracht gezogen, dass es vielleicht gerade der in englischer Sprache gesprochene Segen gewesen war, der den ursprünglichen Besitzer der Soutane das Leben gekostet hatte.

Als Bruder Gabriel die fünf Meilen von Cooling Castle zurückritt, schalt er sich für sein dummes Verhalten. Er hätte sich von Lady Cobham verabschieden sollen. Sir John fragte sich jetzt bestimmt, was der Zweck seines Besuchs gewesen war – immerhin war er fünf Meilen weit nach Norden geritten, obwohl sein Ziel im Süden lag, und das unter dem höchst fadenscheinigen Vorwand, zwei Menschen Lebewohl zu sagen, die er erst seit kurzer Zeit kannte. Ein unbeholfenes Verhalten, das durch seine pubertäre Verlegenheit noch unbeholfener wirkte. Er wusste, dass Lord und Lady Cobham den Verdacht hegten, er würde versuchen, sie auszuspionieren. Mit seinem Besuch, dessen Zweck es gewesen war, ihren Verdacht zu zerstreuen, hatte er sie eher noch misstrauischer gemacht.

Er näherte sich Rochester, wobei er die Straße zur Abtei diesmal mied. Die Abtei. Nun, dort würde man Bruder Gabriel sicher vermissen. Es war ihm gelungen, sich bei den Schwestern lieb Kind zu machen, und insbesondere eine der Nonnen fühlte sich durch seine Gesellschaft überaus geschmeichelt. Sie hieß Schwester Agatha, und Schwester Agatha hatte ein ziemlich loses Mundwerk. Aus ihren Äußerungen schloss er, dass man sich in der Abtei der Ketzerei verschrieben hatte. Auch wenn die Äbtissin behauptete, dass sie keine Aufträge mehr für englische Bibeln annahm, war ihm doch bekannt, dass sie zumindest noch einen guten Kunden hatte. Aber wie sollte er das beweisen? Der Besitz eines einzelnen Exemplars der englischen Bibel, so wie jenes, das Cobham so dreist in seinem Söller liegen hatte, reichte nicht aus, um einen Adeligen der Ketzerei anzuklagen. Bei einem Bauern oder vielleicht sogar einem Händler galt das vielleicht nicht. Bei einem englischen Lord, der noch dazu im Parlament saß, und auch bei einer Äbtissin, die unter dem persönlichen Schutz dieses Lords stand, war dies einfach undenkbar. Bruder Gabriel bezweifelte inzwischen sogar, dass diese kleine Abtei genügend ketzerische Manuskripte produzierte, um auch noch andere Gemeinschaften, vor allem Gemeinschaften im Ausland, damit zu versorgen. Und diese Bedenken hatte er dem Erzbischof in seinem letzten Bericht auch mitgeteilt.

Arundel hatte daraufhin vorgeschlagen, dass er die Abtei und die Cobhams eine Weile verlassen sollte, um jeglichen Verdacht hinsichtlich seiner Anwesenheit zu zerstreuen. Er sollte sich zwei Wochen Urlaub nehmen und auf dem Pilgerweg noch ein paar Ablassbriefe verkaufen, bevor es endgültig Herbst wurde. Vielleicht würden sich Lord und Lady Cobham, und möglicherweise sogar die Äbtissin, daran gewöhnen, dass er ständig kam und ging. Dann würden sie in seiner Gegenwart vielleicht auch weniger Vorsicht walten lassen.

Gabriel war mehr als nur froh über diese Atempause. Es war ihm inzwischen zutiefst zuwider, die Cobhams auszuspionieren. Er mochte die beiden nämlich – beneidete sie sogar um ihr Verhältnis zueinander, um ihre ungezwungene Intimität, ihr stilles Einvernehmen. In ihrer Gegenwart wurde er sich seiner eigenen Einsamkeit immer sehr deutlich bewusst. Er war auch deshalb froh, auf Reisen gehen und Abstand gewinnen zu können, weil ihm das, was er im Wald gesehen hatte, nicht aus dem Kopf ging, ganz gleich, wie heftig er sich in den Schenkel kniff oder wie fest er sich in sein härenes Hemd hüllte. Ja, er war im Wald gewesen, dort, wo er Sir John schon mehrmals dabei beobachtet hatte, wie er Erde für das Becken unter dem Wasserfall ausgehoben hatte. Er hatte gerade gehen wollen, als er sah, wie die beiden, unschuldig wie Kinder, den Wald betraten. Als ihm klar geworden war, was die beiden da taten, hatte er auf dem Absatz kehrtgemacht und das Weite gesucht.

Er hatte jedoch genug gesehen, was seine Fantasie beflügelte und ihn auf dumme Gedanken brachte.

Die Lust, die er seit so langer Zeit besiegt glaubte, war wieder geweckt. Und der Mönchspfeffer, den er sich aus dem Krankenzimmer der Abtei mitgenommen hatte, wirkte in keiner Weise.

Als Bruder Gabriel nach Rochester hineinritt, verließ er schon bald wieder die High Street. Er lenkte sein Pferd zum Boley Hill, dorthin, wo viele Gebäude der Kirche standen. Er ritt an der großen Kathedrale vorbei, dann am Mönchskloster und am Palast des Bischofs. An der schmalen Pilgerpassage, die zum Grab des Heiligen William von Perth führte, einem Schrein, der dem Grab von Thomas Becket an der Pilgerstraße Konkurrenz machte, hielt er schließlich an.

Er saß ab und übergab sein Pferd einem der Stallknechte, dann griff er in seine samtene Tasche und holte die Bulle heraus, die das Siegel Papst Gregors XII. und nicht das falsche Siegel eines der Gegenpäpste in Avignon oder Pisa trug. Dies war das Originalsiegel Roms, das Siegel des wahren Nachfolgers Petri. Bruder Gabriel war vom Papst persönlich ermächtigt worden. Die Bulle berechtigte ihn offiziell dazu, die Göttliche Gnade aus der Schatzkammer der Vergebung, die durch die Taten der Heiligen gefüllt worden war, zu verteilen.

Als er das Dokument auseinanderrollte und vorsichtig auf dem Tisch ausbreitete, der am Eingang der Pilgerpassage für eben diesen Zweck aufgestellt worden war, wollte sich das belebende Gefühl der Heiterkeit, das er immer dann verspürte, wenn er die Bulle auch nur anfasste, einfach nicht einstellen. Er freute sich an diesem Tag auch nicht auf die Predigt und die darauffolgende Vergabe der Gnade an die lange Reihe von Pilgern, die sich durch den schmalen Eingang der Passage schob. Die Menschen warteten geduldig. Wie Kunden vor einem Stand auf dem Markt, dachte er. Und er selbst war nichts anderes als ein Händler. Nein, diese Gedanken waren die Einflüsterungen des Teufels, sagte er sich sofort und machte sich an die Arbeit.

»Mit Eurer Gabe für den Wiederaufbau der Basilika in Rom werdet Ihr Vergebung für Eure Sünden erhalten«, psalmodierte er.

Aber war die Vergebung ihrem Wesen nach nicht etwas, das ohne Gegenleistung erteilt werden sollte?, meldete sich die Stimme eines namenlosen Lollarden in seinem Kopf. Er zuckte mit den Schultern, so als wollte er diesen ketzerischen Gedanken abschütteln und gleichzeitig seinem von seinem härenen Hemd wundgescheuerten Rücken Erleichterung verschaffen. Es gelang ihm jedoch weder das eine noch das andere.

»Wenn Ihr nicht selbst nach Rom pilgern könnt, werden Eure Dukaten und schottischen Mark an Eurer Stelle die Pilgerfahrt in die Heilige Stadt antreten. Seine Heiligkeit persönlich sichert Euch zu, dass Ihr mit dieser Buße Vergebung erlangt.«

Aber hat Christus nicht schon mit seinem Tod und seiner Auferstehung das für die Menschen getan? Und warum trägst du, wenn nur ein wenig Bestechungsgeld nötig ist, um Vergebung zu erlangen, das härene Hemd, das auf deiner Haut scheuert, bis nur noch eine einzige große offene Wunde da ist?

Das, was er in seinem Kopf hörte, das war in der Tat die Argumentation des Teufels! Gabriel konnte sogar die Sünde benennen, die dem Teufel Einlass in seine Gedanken gewährte, aber wie sollte er sich von dieser Sünde befreien?

Als junger Mann hatte er sich beim ersten Aufwallen sexuellen Verlangens Rat suchend an Bruder Francis gewandt. »Kasteie dich«, hatte sein Mentor ihm geraten, als er ihm die kleine Geißel mit den geknoteten Schnüren gegeben hatte. Er hatte ihm gezeigt, wie er sie gebrauchen musste, so dass auf seinem Rücken schon bald Striemen erschienen, die wie Feuer brannten. »Denk an unseren Herrn, denk an seine Schmerzen«, hatte Bruder Francis ihn immer wieder ermahnt. »Dein Zölibat ist dein Geschenk an Ihn. Wenn du älter wirst, wird sich dein Blut beruhigen, und die animalische Lust wird vergehen.«

Die Pilgerin, die ganz vorn in der Schlange stand, griff in ihre Pilgertasche und nahm eine Münze heraus.

»Einen Penny als Buße«, sagte er zu ihr, und seine nicht zu bändigende Fantasie gaukelte ihm aufreizende weibliche Rundungen unter ihrem Pilgermantel vor.

Wie viele Pence waren wohl nötig, damit er Frieden fand, fragte er sich. Wie viele Striemen, um den Teufel aus seinen Gedanken zu verbannen?

Sir John lauschte dem Prediger, der zu den im Wald versammelten Brüdern sprach. Sie saßen auf grob behauenen Baumstämmen, die John mit seinen Bediensteten gefällt und in Reihen angeordnet hatte, und hörten dem Bruder, der vor ihnen stand, aufmerksam zu. Sir John hoffte dabei inständig, nicht noch etwas anderes zu hören, nämlich das Getrappel von Pferdehufen, wenn die Männer des Erzbischofs oder die Soldaten der Krone kamen, um ihn zu holen.

»Wir haben uns in dieser von Gott geschaffenen Kathedrale unter dem blauen Himmelszelt versammelt, um die große Liebe und das Opfer zu feiern, das Gottes einziger Sohn uns gebracht hat«, verkündete der Priester in der schlichten braunen Soutane mit so lauter Stimme, dass selbst die Krähen hoch oben in den Bäumen irritiert davonflogen.

»Rom bezeichnet das, was wir hier tun, als Ketzerei. Es bestreitet, dass das, was wir sagen, die Wahrheit ist. Aber es sind der Papst und seine Lakaien, die beten wie die Heiden. Es sind der Papst und seine Lakaien, die vor Reliquien in edelsteingeschmückten goldenen Särgen Götzendienst tun. Es sind der Papst und seine Lakaien, die in prächtigen Kathedralen aus Stein knien, die vom Geld der Armen erbaut wurden. Sie verkaufen die Lügen des Teufels, und sie handeln mit falscher Vergebung. Ihr, meine Brüder, werdet hinausgehen, um die Wahrheit zu predigen. Gnade muss nicht erkauft werden. Gnade verlangt keine Bezahlung, nur Gehorsam. Wir beten kein goldenes Kreuz an. Wir beten Jesus

Christus an, der an diesem Kreuz gestorben ist. Und dieses Kreuz war nicht aus Gold, sondern aus Holz. Und Christus hängt auch nicht mehr an diesem Kreuz, sondern er ist auferstanden.«

Sir Johns treueste Gefolgsleute hatten, allesamt schwer bewaffnet, einen schützenden Kreis um die Versammlung der Gläubigen gebildet. Falls irgendein Trupp der Krone oder der Kirche nach Cooling Castle kam, um ihn zu holen, sollte Joan sagen, dass er und seine Männer zu einer Versammlung nach Herfordshire geritten seien. Die Soldaten würden dann sicher sofort nach Herfordshire reiten, um ihn auf frischer Tat zu ertappen. Sir John wusste, dass er sich auf seine Frau verlassen konnte. Sie würde mit den Männern schnell fertig werden. Als letzte Möglichkeit, so hatte sie vorgeschlagen, würde sie eine Krankheit ins Spiel bringen. Sie würde eine Anspielung auf die Pest machen und den Männern gleichzeitig ihre Gastfreundschaft anbieten. Auf diese Weise würde es ihr sicher gelingen, die Häscher in die Flucht zu schlagen. Oder, so hatte sie mit funkelnden Augen hinzugefügt, als sie die Blutwürste und die Fleischpasteten betrachtete, mit denen sie seine Gäste später bewirten wollte, sie würde einfach behaupten, dass sie, um Buße zu tun, gerade die Leprakranken der Gegend speise, und die Soldaten dann freundlich zum Bleiben einladen.

Wenn jedoch keine Gefahr drohe, würde sie einen Bediensteten schicken, um die versammelten Brüder nach dem Gottesdienst zum Festschmaus in den großen Saal zu bitten. Dort würde es dann gebratenen Kapaun und Cremetörtchen geben. Vielleicht gab es sogar Apfeltörtchen mit einer dicken Schicht fetter Sahne –

Jetzt aber sollte er sich wirklich auf die Predigt konzentrieren.

»Wir beichten unsere Sünden direkt vor Gott. Wir murmeln keine lateinischen Gebete, die wir nicht verstehen. Wir lesen die Bibel selbst, und wir lesen sie in unserer Muttersprache. Wir werden hinausgehen und die Menschen vor den Verleumdungen eines abtrünnigen Papstes schützen, der sie in Ketten legt, die aus Aberglauben gemacht und im Feuer der Gier geschmiedet sind, und der dadurch ihre Seelen in große Gefahr bringt.«

Einer der Priester führte zwei Konvertiten, einen Freisassen und seine Frau, die beide etwa so alt waren wie Sir John, zum Taufbecken. Die beiden fröstelten, denn mit der Dämmerung war ein kühler Wind aufgekommen. Der Wasserfall war abgesperrt worden, und im stillen Wasser des Beckens spiegelte sich der indigoblaue Himmel. Neben der blassen Sichel des Mondes war bereits der erste Stern am Firmament erschienen.

Während die Gemeinschaft der Brüder das »Vaterunser« anstimmte, sprach Sir John ein stilles Dankgebet. In einfachen und klaren Worten – und in der Sprache der Menschen seiner Heimat, einer Sprache, die Gott, der diese Menschen nach seinem Ebenbild geschaffen hatte, gewiss verstehen würde. Sir Johns Gott hing nicht mehr blutig und geschlagen als lebloses Götzenbild stumm über irgendeinem Altar. Er seufzte im Wind, brüllte im Sturm und lachte im Tosen des Meeres. Und Sir John hoffte, dass eben dieser Gott sie voller Zustimmung beobachtete. Lass es bitte so sein, betete er im Stillen, denn für einen jeden von ihnen stand viel auf dem Spiel. Es raschelte leise über ihm im Blätterdach. War dies die Stimme Gottes? »Befreit meine Kirche«, flüsterte sie.

Oder bildete er sich das alles nur ein? Würde er vielleicht noch aufmerksamer, noch länger und wenn es sein musste, auf Knien nach dieser ruhigen, leisen Stimme lauschen müssen?

Nachdem sich am nächsten Tag der letzte der Laienbrüder in der Küche von Cooling Castle sein Proviantpäckchen für den Weg abgeholt hatte, zogen sich Sir John und seine Frau in ihr gemeinsames Zimmer zurück. Sir John sah seiner Frau dabei zu, wie sie vor ihrem Pfeilerspiegel stand und ihr kastanienbraunes Haar bürstete.

»Dann bist du mit der Versammlung also zufrieden, Mylord?«, fragte sie.

»Sehr zufrieden, Mylady. Alles lief wie geplant. Es war ein wirklich gelungenes Treffen. Wir haben alle Übersetzungen verteilt. Es ist keine einzige mehr da.«

»Dann gib mir die Rechnung, die die Äbtissin gestellt hat, und ich werde dafür sorgen, dass sie sobald wie möglich bezahlt wird. Die Abtei verfügt schließlich nicht über große finanzielle Reserven.«

Zu spät, erinnerte sich Sir John mit Schrecken. Er stöhnte laut auf.

Sie legte die Bürste zur Seite und drehte sich zu ihm um. »Geht es dir nicht gut, mein Ehemann? Ich habe dir doch gesagt, dass du die letzte Portion besser nicht hättest essen –«

»Alle Übersetzungen. Wir haben jede einzelne Kopie weggegeben, und die Rechnung befand sich in der letzten.«

Jetzt war es Lady Joan, die aufstöhnte. »Steht dein Name auf der Rechnung?«

»Ja, immer. Ich bestehe darauf, damit die Äbtissin geschützt ist. Aber sie schreibt immer nur ›Evangelien kopiert‹, nicht ›Englische Evangelien‹ kopiert.«

»Aber John, wenn die Rechnung in der Übersetzung gefunden wird –«

»Es ist zu spät, sich jetzt Gedanken darum zu machen. Wie dem auch sei, der Bruder, der diese Kopie bekommen hat, wird die Rechnung sehen und sie auf der Stelle vernichten. Und falls er es nicht tut, nun, es ist schließlich nicht so, dass das, was wir denken und glauben, ein großes Geheimnis wäre. Bruder Gabriel hat die *Wycliffe-Bibel* in unserem Söller bereits gesehen.«

»Sie zu besitzen, mag vielleicht noch toleriert werden«, sagte sie. »Sie zu verbreiten jedoch bestimmt nicht.« Sie hielt inne, ihre Hand lag noch auf der Bürste. »Nun, auf jeden Fall musst du noch einmal zur Abtei reiten und die Äbtissin fragen, was wir ihr schulden.«

Er nickte. »Aller Wahrscheinlichkeit nach hören wir nie wieder etwas von dieser Rechnung. Sie ist vermutlich schon vernichtet. Das Ganze ist vollkommen ohne Bedeutung, es sei denn, man findet sie zusammen mit dem Buch.« Aber das klang nicht einmal in seinen eigenen Ohren überzeugend.

Sie beugte sich nach vorn und hauchte ihm einen Kuss auf die

Wange. »Es ist nun einmal geschehen, und wir können es nicht mehr ungeschehen machen«, sagte sie und nahm die Bürste wieder in die Hand.

Als Sir John ihre weichen Lippen auf seiner Haut spürte, erinnerte er sich mit Unbehagen an jenen einen Bruder, der während der Bibellesung vor sich hingedöst und sein Essen in sich hineingeschlungen hatte wie ein hungriger Wolf. Ach, was sollte es! Es war doch nur ein Stück Papier.

»Sind noch Apfeltörtchen da?«, fragte er.

»Du bist wirklich unersättlich, mein geliebter Mann.« Sie lachte und schnalzte mit ihrer Zunge ein klickendes Geräusch, als sie mit der Haarbürste durch ihre Haare fuhr.

»Ich weiß«, sagte er und schlang dabei seine Arme um ihre Taille, so dass sie sich veranlasst sah, die Bürste auf der Stelle wieder wegzulegen.

12

Er [der Mönch] möge sich in den Mauern seines Klosters einschließen … denn die Welt ist … durch so viele Verbrechen derart verschmutzt, dass jeder fromme Verstand allein schon durch den bloßen Gedanken an diese Welt verdorben wird …

Peter Damian in »Das monastische Ideal«
11. Jahrhundert

Die Reise hatte Gabriel ermüdet. Zwei Wochen lang hatte er jetzt Burgen, Bauernmärkte und Kirchen von Maidstone bis Bodiam Castle besucht. Und überall hatte man der »Gnade« bedurft. Dabei war ihm nicht nur ein Mal der Gedanke gekommen, dass er mit seinem Bündel kaum mehr als ein wandernder Kesselflicker war. Dann aber hatte er sich sofort ins Gedächtnis gerufen, dass er in seinem Bündel die Gnade Gottes trug und dass es gotteslästerlich war, so zu denken.

Als er schließlich Hastings erreichte, neigte sich der September bereits dem Ende zu. Ein kalter Regen hatte eingesetzt, und Gabriel überlegte, ob er sich irgendwo unterstellen sollte, entschied sich dann aber dagegen, da er wusste, dass er seinem Ziel bei Hastings Field bereits sehr nahe war. Senlac. Ein alter normannischer Name, der »See aus Blut« bedeutete. Die nasse Erde in dieser Gegend sah tatsächlich so aus, als würde Blut daraus hervorquellen.

Die Einheimischen behaupteten, dass hier die Geister der in der Schlacht gegen die Normannen gefallenen Soldaten umgingen, jener Schlacht, in der Wilhelm König Harold getötet hatte. An einem solchen verhangenen Nachmittag, wenn der Nebel vom Meer ins Land zog und sich dessen salziger Geruch mit dem von Erde und Moos mischte, hätte man das auch wirklich glauben können.

Auf dem Hügel in der Ferne konnte Gabriel das aus grauem Stein errichtete Dormitorium der Battle-Abtei erkennen. Dies war die Abtei, in der Bruder Francis lebte. Gabriel würde bei dem alten Mann Trost finden. Und Absolution. Seine letzte Beichte lag schon viel zu lange zurück. Seine Seele war beladen, auf ihr lastete die Sehnsucht nach etwas so schwer Fassbarem, dass er selbst es nicht benennen konnte. Er zog seine Kapuze tiefer ins Gesicht und trieb sein Pferd dann den Hügel hinauf, wo es sich seinen Weg zwischen den blubbernden roten Pfützen suchte, die wie Blutlachen aussahen.

»Seid Ihr schon fertig, Bruder Francis?«

Mistress Clare spürte, wie sich ihr knochiges Gesicht vor Ärger verhärtete und ihr Mund dabei vor Missfallen zu einer schmalen Linie wurde. Der alte Mann aß so wenig, dass nicht einmal ein Spatz davon satt geworden wäre. Es war ihm offensichtlich egal, dass sie mit ihren geschwollenen Knöcheln dagestanden und das Fleisch in winzige Stückchen geschnitten hatte – nachdem sie seinen Nachttopf gereinigt und seinen Kamin ausgefegt, sein Hemd geplättet und den Schlamm von seinen Stiefeln gekratzt hatte. Und nachdem sie ihn ganz vorsichtig gewaschen hatte, damit sie nur ja nicht seine dünne, knittrige Haut verletzte. Da Mistress Clares Wesen schon lange jegliche Sanftheit verloren hatte, war es geradezu ein Beweis für ihren guten Willen, dass auf Bruder Francis' Armen nicht ein einziger blauer Fleck zu sehen war, obwohl er diese leicht bekam. Als Nächstes würde sie ihm wohl auch noch sein Essen vorkauen müssen wie eine Mutter – oder Großmutter, denn für eigene Kinder war sie schon längst zu alt. Aber Bruder Francis war nicht ihr Kind.

Auch das Bier hatte er nicht angerührt. Früher, da hatte er gern auch ein zweites oder sogar drittes Bier getrunken, und manchmal hatte er sogar noch eine zweite Portion gegessen. Sie sah ihn erstaunt an, so als könnte sie es immer noch nicht fassen, dass er so alt geworden war, als könnte sie irgendwo hinter den faltigen Wangen und den tief liegenden Augen, die unablässig die Umgebung abzusuchen schienen, den kraftvollen Hünen von einem Mann entdecken, der er einst gewesen war.

»Soll ich einen Novizen rufen, damit er Euch etwas vorliest?«

Sie selbst konnte nicht lesen, hätte es aber gern gelernt. »Welche Verwendung hätte eine Putzfrau für Buchstaben?«, hatte er gesagt, wann immer sie dieses Thema angesprochen hatte, und sie dabei völlig verständnislos angesehen. Er wollte ihr gegenüber mit diesen Worten nicht unfreundlich oder gar beleidigend sein, vielmehr war er aufrichtig verblüfft über ihren Wunsch, den er vollkommen unangemessen fand.

Er gab ihr keine Antwort. Stattdessen verkroch er sich fröstelnd noch tiefer in seine Wolldecke.

»Ist Euch kalt? Soll ich mehr Torf ins Feuer legen?«

Er schloss seine wässrigen Augen und schüttelte den Kopf. So wie er jetzt aussah, erinnerte er sie an eine Sumpfschildkröte, die sich in ihren Panzer zurückgezogen hat.

»Dann qualmt es nur noch mehr«, sagte er. »Und vom Qualm muss ich husten.« Kaum hatte er das gesagt, begann er tatsächlich zu husten, als hätte er den Husten mit seinen Worten heraufbeschworen. Es war ein heftiger Husten, der seinen knochigen Körper so viel Kraft kostete, dass er zu zittern begann. Sie nahm einen Hornlöffel, flößte ihm einen Absud aus Beinwellblättern ein, fing das, was ihm davon wieder aus dem Mund lief, mit dem Löffel auf und flößte es ihm erneut ein.

Draußen rann der Regen in kleinen stillen Rinnsalen an den schwarzen Fensterscheiben herunter, drinnen hustete der alte Mann.

Bei allen Heiligen, wie sollte sie das noch länger ertragen! Wie sollten sie beide es ertragen! Oder sonst irgendjemand. Ihr taten die Ohren weh, wenn sie ihn so entsetzlich husten hörte, und ihre Knochen schmerzten wegen der Feuchtigkeit, die durch die kahlen Steinmauern drang.

Sie teilte die kleine Wohnung mit Bruder Francis, falls man dabei überhaupt von teilen sprechen konnte. Der alte Priester lebte mehr in der Welt seiner Gedanken als in der realen Welt. Das zumindest hatte sich die letzten Jahre über nicht geändert. Die meiste Zeit nahm er sie sowieso kaum wahr. Sie war für ihn wie die Kerzen, wie der Sessel, in dem er saß, und das Bett, in dem er schlief, einfach nur ein Möbelstück, alt und abgenutzt. Ein wollener Vorhang trennte ihre beiden Zimmer voneinander, die direkt an das Dormitorium der Mönche angrenzten, aber einen separaten Eingang besaßen. Ihr Zimmer diente auch als kleine Speisekammer, wo die Vorräte für die Mahlzeiten lagerten, die sie für ihn zubereitete. Früher hatte er zusammen mit den anderen Mönchen im Refektorium gegessen. Jetzt wagte er sich jedoch nur noch selten von dem kleinen Kohlenbecken fort, vor das er sich kauerte. Manchmal besuchten ihn die Mönche des Klosters, und manchmal kamen auch andere Menschen, denn er war noch immer ein hochgeachteter und angesehener Mann. Bei diesen Gelegenheiten musste sie dann auch seine Gäste bedienen.

Er war nicht immer so gebrechlich gewesen. Es hatte einmal eine Zeit gegeben, da war er stark wie ein Ochse gewesen. Mit einem dichten Bart, einem muskulösen Körper und vor allem mit einem wachen Verstand. Jetzt aber sah er sie manchmal an, als würde er sie nicht kennen, während er ihr Gesicht mit seinen halb erblindeten Augen musterte und dabei den Kopf schief legte, da er nur noch am äußeren Rand seines Gesichtsfeldes überhaupt etwas sah.

»Ach ja, Ihr seid Mistress Clare«, sagte er dann immer, so als wäre sie auf einen Besuch bei ihm vorbeigekommen und würde ihn nicht schon seit fast zwölf Jahren Tag und Nacht bedienen.

»Nein, Bruder Francis. Ich bin eine Hofdame Ihrer Majestät der

Königin von England.« Aber sie bereute diese Bemerkung sofort und tätschelte dann seine Schulter, um den schroffen Unterton in ihrer Stimme abzumildern. »Natürlich bin ich Mistress Clare, Pater, und das ist vermutlich unser beider Pech.«

Sie nahm die Schüssel mit Suppe und den Krug mit Bier vom Tisch, öffnete die Tür und schüttete das Ganze in weitem Bogen in den Regen hinaus. Den Reiter, der sich gerade anschickte, von seinem Pferd abzusitzen, verfehlte sie dabei nur knapp. Sein Gesicht war unter seiner Mönchskapuze verborgen, die er tief heruntergezogen hatte, aber sie hätte seine stattliche Gestalt überall und zu jeder Zeit erkannt.

»Ihr solltet bis morgen früh warten. Ich wollte Bruder Francis gerade zu Bett bringen. Jetzt würde er Euch höchstwahrscheinlich sowieso nicht mehr erkennen.«

Der Reiter nickte stumm und wandte sich dann dem Gästehaus zu.

Mistress Clare blieb in der Tür stehen, ohne den Regen zu beachten, den der Wind unter die Dachtraufe trieb und der ihren Rock und ihre schmutzige Schürze durchnässte. Sie umklammerte den leeren Krug und die Schüssel so fest, dass ihre dicken roten Fingerknöchel weiß wurden. Die Behälter wären gewiss zerbrochen, hätten sie aus dünnerem, edlerem Material bestanden.

Erst als sie hörte, dass der alte Priester nach ihr rief, schloss sie die Tür, um Wind und Regen auszusperren. Dann begab sie sich wieder in die unordentliche Leere der Unterkunft des alten Priesters. In der Nacht lag sie in der Dunkelheit lange wach auf ihrem Bett und beobachtete den Regen, der wie die Tränen einer Witwe an dem dunklen Fenster herunterrann. Erst kurz bevor der Hahn in der Morgendämmerung krähte, fiel sie in einen unruhigen, düsteren Halbschlaf.

Bruder Gabriel erwachte vom Klang der Glocken, die noch vor der Morgendämmerung die Vigil schlugen. *Opus Dei*. Gottes Werk.

Er lauschte den Schritten, die die Treppe des Dormitoriums hinunterschlurften, und erst als dieses Geräusch den leisen Tönen des Choralgesangs gewichen war, erhob er sich von seinem Bett, um sich seinen Brüdern im Chorraum anzuschließen. Er eilte gerade durch den Kreuzgang, da dies von seiner Gästezelle aus der nächste Weg war, als er plötzlich ein leises Rascheln hörte. Zuerst glaubte er, das Geräusch käme von irgendeinem der kleinen nachtaktiven Tiere, die zu dieser Zeit auf Nahrungssuche waren, aber das Rascheln wurde zu einem Schlurfen und war von einem leisen Schniefen begleitet. Nachtaktive Tiere schnieften nicht.

Da war es wieder. Diesmal ganz deutlich.

In der Lücke zwischen Bank und Wand glaubte Gabriel, eine dunklere Stelle zu erkennen, eine bloße Verdickung im Gewebe der Nacht. Dort zitterte etwas und drückte sich an die Wand. Gabriel ging mit gesenktem Kopf und verschränkten Armen in der Haltung des meditierenden Mönchs auf seinem Weg zum Gebet durch den stockfinsteren Kreuzgang. Das Schniefen hörte auf, als er sich der Bank näherte.

Gabriel ging langsamer.

Er konnte das Wesen, das dort hockte und anscheinend den Atem anhielt, beinahe körperlich spüren. Wahrscheinlich war es einer der *infantes*, der Oblaten, der sich vor den Stundengebeten drücken wollte. Aber es gab keinen Grund, weshalb sich das Kind ausgerechnet hier in der feuchten Kälte verstecken sollte. Es sei denn, es handelte sich um einen Ausreißer, den Sohn eines Lords, der der Kirche eine ansehnliche Summe für dessen Erziehung und anschließende Berufung zukommen ließ und der von diesem Verhalten keineswegs begeistert sein würde. Gabriel hatte für den Freiheitsdrang des Jungen jedoch durchaus Verständnis. Er hatte als Kind oft denselben Drang verspürt. Nur, dass es für ihn keinen Ort gegeben hatte, wohin er hätte fliehen können.

Als Gabriel im Dunklen mit dem Fuß gegen die Bank stieß, schob er sein Bein ein Stück nach vorn und presste irgendjemanden gegen die Wand. Dann bückte er sich und stellte einen zitternden Jungen auf die Füße, den er dann über den viereckigen

Innenhof zu einer flackernden Laterne zog, die vor dem Kapitelhaus hing. Die Schatten tanzten an den Wänden. Nachts war der Kreuzgang für einen Jungen ein wahrlich Angst einflößender Ort. Gabriel erinnerte sich noch gut daran. Vielleicht war es eben diese Erinnerung, die seine Stimme so barsch klingen ließ, als er das Kind anfuhr.

»Lass dich ansehen«, sagte er und hielt den zappelnden Jungen ins Licht der Laterne. Er war vielleicht sechs Jahre alt, also etwa so alt wie Gabriel damals, als Pater Francis ihn ins Kloster geholt hatte.

»Werdet Ihr mich schlagen?«, fragte der Junge leise, aber mit fester, fast trotziger Stimme. Er hatte sich offensichtlich schon auf das Schlimmste eingestellt. Bei einem Jungen, der in einem Kloster lebte, war Trotz jedoch bestimmt nicht förderlich. Auch daran erinnerte sich Gabriel noch gut.

»Sollte ich das denn tun? Schlägt dich hier jemand?«

»Bruder Bartholomew.«

»Und warum schlägt dich Bruder Bartholomew?«

»Weil ich nicht in den Chor gehen will.«

»Und warum willst du nicht dorthin gehen? Du bist doch nicht etwa eine Schlafmütze, oder?« Gabriel konnte nicht widerstehen und strich dem Jungen über seine Locken. Das Licht der Laterne fiel auf das Gesicht des Kindes, betonte die dichten Wimpern an den gesenkten Augenlidern. Als der Junge antwortete, klang seine Stimme überhaupt nicht mehr trotzig.

»Weil ich Angst habe.«

»Wovor hast du denn Angst?«

Gabriel erinnerte sich an das große, geschnitzte Kruzifix, das in der Kapelle hing. Er hatte als Junge panische Angst davor gehabt, dass der aus Holz geschnitzte Christus plötzlich aus seiner Agonie erwachen und zu bluten anfangen könnte und dass ihm dann große karminrote Blutstropfen auf den Kopf fallen würden, wenn die Brüder das *Kyrie* sangen. Er hatte deshalb stets so leise wie möglich gesungen und es nie gewagt, aus vollem Hals in den Gesang der Mönche einzustimmen. Hinterher hatte er sich dann immer fürchterlich geschämt, weil er sich vor dem erlösenden Blut des Heilands gefürchtet hatte. Er hatte niemals jemandem von dieser Angst erzählt, denn es war gewiss eine Todsünde, vor dem Blut des Erlösers Angst zu haben.

Also hatte er es, wann immer er den Chor betreten hatte, vermieden, das Kruzifix anzusehen.

»Ich habe vor den Teufeln Angst, die dort sind«, antwortete der Junge flüsternd.

»Teufel? Welche Teufel?«

»Die geschnitzten Teufel auf den Miserikordien.«

Misericordias vom lateinischen *miserere* für »sich erbarmen«. Als Junge hatte er, bevor er Latein gelernt hatte, geglaubt, der Name für die Schnitzereien käme von »Misere« für Unglück. Vielleicht hatte auch der Holzschnitzer das geglaubt, denn das, was dort dargestellt war, hatte nur sehr wenig mit Erbarmen zu tun. Gabriel erinnerte sich daran, wie er oft die Konturen der gehörnten Teufel und der grotesken Ungeheuer, die in die Klappsitze des Chorgestühls geschnitzt waren, mit dem Finger nachgefahren war.

Gabriel hielt den Jungen auf Armeslänge von sich und befahl ihm, den Kopf zu heben, damit er ihm ins Gesicht sehen konnte. »Du wolltest doch nicht etwa ausreißen, oder?«

»Nein. Ich habe mich nur vor Bruder Bartholomew versteckt. Er käme niemals auf die Idee, mich hier zu suchen.« Ein Unterton von Hoffnung, ja sogar von Kühnheit lag jetzt in seiner Stimme. »Bis zum Morgen hat er mich dann vergessen.«

Gabriel nahm sich vor, mit Bruder Bartholomew zu sprechen.

»Also – wie heißt du eigentlich?«

»Andrew.«

Gabriel konnte den leisen Chorgesang aus der Kapelle hören. Die Vigil würde bald vorbei sein. »Nun, Andrew, du gehst jetzt mit mir ins Refektorium. Dort werden wir uns ein bisschen Brot und Käse holen, und dann zeige ich dir, was man tun muss, um keine Angst mehr vor den Holzfiguren zu haben. Ich werde dir zeigen, wie du selbst eine schnitzen kannst.«

Das Kind schob seine kleine Hand in die seine. Gabriel spürte, wie sich sein Herz schmerzhaft zusammenzog.

»Und was ist mit den Schatten in der Nacht? Vor denen habe ich auch Angst.«

»Mit den Schatten, Andrew, mit den Schatten müssen wir alle leben. Wir alle müssen, jeder auf seine eigene Art, lernen, mit ihnen zurechtzukommen. Aber du bist tapfer. Ich bin mir sicher, dass du das schaffen wirst. Auf diese Weise werden tapfere Herzen nur noch stärker.«

»Wird man auf diese Weise ein Mann?«

»Das nehme ich an, Andrew. Das nehme ich an.«

13

Um deinen Feind zu verhexen, nimm ein ausgekämmtes Haar von ihm, tauche es in deinen Urin und wirf es dann auf seine Kleidung. Er wird Tag und Nacht keine Ruhe mehr finden.

Aus einem Zauberbuch der Zigeuner

Anna hasste es, Bera und seiner griesgrämigen, schwangeren Frau zu Dank verpflichtet zu sein. Sie hatte Lelas Sachen zurückgeben wollen, aber diese hatte sich geweigert, sie anzunehmen.

»Sie sind *mahrime*«, erklärte Jetta, als sie im Wohnwagen allein waren – dem *vardo,* wie die Zigeuner ihn nannten. Nur Klein Bek auf seiner Matte schlief.

»Aber ich habe es gewaschen«, sagte Anna und merkte, dass ihre Stimme ärgerlich klang.

Die alte Frau zuckte mit den Schultern. »Die Sachen wurden von einer *gadje* getragen. Für Lela sind sie damit unrein. Du kannst sie also genauso gut behalten. Sie wird sie nicht mehr tragen. Aber du brauchst deshalb nicht beleidigt zu sein. Das ist eben so bei den Roma.«

Anna verkniff sich eine Antwort, während sie sich in dem staubigen, vollgestopften Inneren des Wagens umsah. Sie sehnte sich schon jetzt nach den polierten Böden und den ordentlichen, sonnendurchfluteten Zimmern des kleinen Hauses, das sie in

Prag hatte verlassen müssen. Sie kam sich vor wie der kleine jüdische Junge, der, seinen albernen spitzen Hut auf dem Kopf, allein und verängstigt vor den Mauern des Judenviertels gestanden hatte. Wie sehr sie ihn wegen seines Andersseins bemitleidet hatte. Aber selbst dieser Junge hatte seine Sippe. Seine jüdische Familie. Und was hatte sie? Sie war eine *gadje* in der Welt der Roma.

Ihre Augen brannten, aber sie würde nicht weinen. Was hätte es auch für einen Sinn? Wen sollten ihre Tränen interessieren? Jetta jedenfalls nicht. Sie würde ihren neuen Schützling nur mit leeren grauen Augen ansehen und dann etwas in sich hineinmurmeln. Nur Klein Bek würde mit ihr weinen, *Bek, Bek, Bek,* und sie daran erinnern, dass andere ein viel schwereres Los zu tragen hatten.

Das Klimpern des Perlenvorhangs am Ende des Wagens, ein Wechsel des Lichts und dann ein leises Plumpsen: Jetta war vom Wagen heruntergesprungen und auf einem weichen Teppich aus Tannennadeln gelandet. Sie war offenbar auf dem Weg zu einem anderen Wagen, in dem Roma-Frauen saßen, Frauen, mit denen sie plaudern konnte, vielleicht sogar über die rothaarige *gadje,* die ihnen in ihrem beschwerlichen Alltag noch eine zusätzliche Last aufbürdete. Sie würden Jetta lachend dafür tadeln, dass sie die fremde Frau aus dem Fluss gezogen hatte. Anna hatte die Frauen schon oft lachen hören, auch wenn sie das in ihrer Gegenwart nie taten.

Während sich der Wagenzug durch dichte, immergrüne Wälder schlängelte, so dass es schien, als würden sie durch eine immerwährende Dämmerung reisen, blinzelte Anna heftig. Dann schloss sie die Augen und versuchte, der Langeweile und ihrer Einsamkeit dadurch zu entrinnen, dass sie ein Nickerchen machte. Die Gedanken, die ihr im Kopf herumgingen, machten ihr jedoch das Einschlafen unmöglich. Sie fragte sich, warum sie sich überhaupt den Zigeunern angeschlossen hatte. Aber sie kannte natürlich die Antwort auf diese Frage. An eben jenem Abend, als ihre Vermieterin ihr gekündigt hatte, hatte Bera vor ihrer Tür gestanden und ihr die Möglichkeit zur Flucht geboten. Er hatte gesagt, dass die Roma nach Westen fahren wollten.

»Nach England?«, hatte sie gefragt und dabei gehofft, dass er der Retter aus höchster Not war, den Gott ihr geschickt hatte – oder vielleicht ihr Großvater aus dem Jenseits.

»Liegt England westlich von Prag?«, hatte er gefragt.

»Es ist sehr weit weg von hier, aber es liegt im Westen«, hatte sie ihm geantwortet. Sein Blick war im Zimmer umhergewandert, dann hatte er sie strahlend angelächelt.

»Dann fahren wir nach England. Du kannst uns gerne begleiten. Aber nimm das heilige Buch mit.«

Sie fragte sich, ob sie nicht einen Fehler gemacht hatte. Aber welche Wahl war ihr denn schon geblieben?

Sie hätte gern gewusst, wann sie haltmachen würden, um ihr Lager aufzuschlagen. Und genauso gern hätte sie gewusst, warum die Frauen nicht zuließen, dass sie ihnen beim Wäschewaschen und Kochen half, und warum sie darauf bestanden, sie zu baden, sie anzuziehen, ihr das Essen zuzubereiten und zu servieren, so als wäre sie eine Prinzessin, obwohl diese ungeliebten Dienste die schier endlose Liste ihrer Aufgaben noch länger machte.

Sie hatte es inzwischen jedoch aufgegeben, irgendwelche Fragen zu stellen.

»So ist es eben bei uns Roma«, hatte ihr Jetta stets schulterzuckend geantwortet. »Wenn du uns helfen willst, dann kannst du Klein Bek waschen. Er ist auch *gadje*.«

Klein Bek rührte sich auf seiner Matte und schlug die Augen auf. Er sah sie an, so als wüsste er um ihre Traurigkeit, und schenkte ihr zum Trost sein schiefes, sabberndes Lächeln.

»Lass uns zusammen etwas singen, Klein Bek«, sagte sie.

Als sie die Melodie vorgab, stimmte er mit einer wortlosen Harmonie ein. Ihr klagendes Lied schwebte aus dem Wagen und verschmolz mit dem dichten grünen Baldachin, der den Blick auf den Himmel verwehrte.

An Michaelis schlugen Anna und ihre Reisegefährten ihr Lager im Schatten des Straßburger Münsters auf. Ihre Gruppe war gewachsen. Als sie den Rhein überquerten, hatten sich zu den fünf Wagen mehrere einzelne Reisende zu Pferd gesellt, so dass sie jetzt etwa vierzig Pilger zählten. Die Gruppe teilte sich dabei stets, wenn es dunkel wurde, in zwei getrennte Gemeinschaften auf. Der kleine Tross von bunt bemalten Wagen suchte, wann immer dies möglich war, im nächsten Wald Schutz, während die anderen, die »echten« Pilger – wie Anna sie insgeheim nannte –, auf einer Lichtung ihre Bettrollen um ein großes Lagerfeuer herum ausbreiteten. Wenn sie sich in der Nähe eines Gasthauses oder einer Stadt befanden, zogen die echten Pilger die Bequemlichkeit von Strohmatratzen unter einem richtigen Dach vor. Einzig und allein Anna, die auch zu den *gorgios*, den Außenseitern, gehörte, durfte bei den Roma kampieren. Nur Anna – und Klein Bek.

Anna war dankbar dafür, dass man sie in die Gemeinschaft aufgenommen hatte, obwohl sie sich manchmal fragte, warum das so war. Sie bezahlte zwar für ihre Reise mit den Schillingen, Nobels und Florins, die sie in ihrer Holztruhe versteckt hatte, aber sie vermutete, dass auch die »Pilger«, deren Gesichter mit jeder Stadt wechselten, Bera etwas dafür zahlten, dass sie unter dem Schutz des Geleitbriefes des römischen Königs reisen durften. Bera prahlte oft mit diesem Dokument. Wenn sie auf der Straße angehalten wurden oder man ihnen die Durchfahrt durch ein Stadttor verwehrte, pflegte er das zusammengerollte Dokument aus seiner Tasche zu holen und mit einer schwungvollen Geste vorzuzeigen. »Seht ihr«, sagte er dann, in aller Regel auf Böhmisch, manchmal aber auch auf Deutsch, in das er ein paar englische Worte, die er von Anna gelernt hatte, einfließen ließ. »Das Recht der freien Durchfahrt.« Dann zeigte er mit großer Geste auf die Urkunde mit dem Siegel von König Sigismund, so als könnte er jedes Wort lesen.

Anna hatte nie erfahren, wie er in den Besitz des Geleitbriefs gelangt war, aber er sah tatsächlich echt aus. Und er verfehlte nie seine Wirkung. Selbst der widerstrebendste Bürgermeister oder

Ratsherr kapitulierte und ließ sie die Stadt oder den Burghof betreten, wenn er dieses Dokument sah. Man gestattete ihnen sogar, in der Nähe der Kathedralen und Pilgerschreine ihre kleinen Buden aufzustellen, damit sie ihre plumpen, aus Zinn gefertigten Kopien der offiziellen, von der Kirche sanktionierten Pilgerabzeichen verkaufen konnten. Anna hatte den Verdacht, dass Bera von den Pilgern für eine solch unbehelligte und gefahrlose Passage zwischen den einzelnen Hoheitsgebieten eine Gebühr verlangte. Das hätte auch erklärt, warum die finanziellen Mittel der Zigeuner mit der Zahl der Reisenden ab- und zunahm.

Heute hatten sie ihre Buden auf dem Straßburger Michaelismarkt aufgestellt, und es würde allem Anschein nach ein guter Tag werden. Die späte Septembersonne schien hell und warm vom Himmel. Auf den Straßen drängten sich die Pilger, die zu den verschiedenen Schreinen in der Umgebung von Straßburg wollten.

Anna hoffte inständig, dass es ein guter Tag werden würde. Sie hatten einen solchen nämlich bitter nötig. Bera hatte gesagt, dass die Pferde, die ihre Wagen zogen, auf den vertrockneten Wiesen kaum noch Futter fanden. Sie waren also gezwungen, Heu zu kaufen. Letzte Woche war er sogar zu ihr gekommen und hatte sie ganz offen um ein paar zusätzliche Shilling gebeten, etwas, was er noch nie zuvor getan hatte. Bis dahin hatte er stets nur angedeutet, dass ihre Gemeinschaft dieses oder jenes brauchen könnte. Dann pflegte sie immer ein paar ihrer Münzen beizusteuern. Mistress Kremensky war sehr großzügig mit ihrer Mietrückzahlung gewesen und hatte Anna außerdem auch noch die Möbel abgekauft, die sie hatte zurücklassen müssen. Jetzt aber hatte Anna nur noch ein paar Goldmünzen übrig, und vom Silbergeld hatte sie überhaupt nichts mehr. Sie war fest entschlossen, ihre letzte Reserve nicht anzutasten, zumindest so lange nicht, bis sie in England waren.

Anna glaubte nicht, dass die Zigeuner sie einfach an der Straße zurücklassen würden. Sie hoffte, dass sie abergläubisch genug waren, um sich für sie verantwortlich zu fühlen, weil ihr eine der ihren das Leben gerettet hatte. Allerdings gab es unter ihnen jemanden, der sie nur allzu gern losgeworden wäre. Je dicker Lelas Bauch wurde, desto feindseliger verhielt sie sich Anna gegenüber, und desto unbehaglicher fühlte Anna sich, wenn Bera ihr unverhohlen anerkennende Blicke zuwarf. Vergangene Nacht hatte Anna gehört, wie die beiden laut miteinander gestritten hatten. Lela hatte geweint und geschrien, dass sie noch verrückt werden würde, wenn sie weiter im Wagen eingesperrt bliebe und nicht auf den Jahrmarkt dürfe. Er hatte daraufhin zurückgebrüllt, dass sie sich nicht in der Öffentlichkeit zeigen dürfe, bis das Kind da sei. Das sei eben so bei den Roma.

Und jetzt hatte Anna auch noch Lelas Aufgaben hinter dem Tisch auf dem Jahrmarkt übernommen, was ein weiterer Punkt auf Lelas langer Liste von Kränkungen und Beleidigungen war, die Anna ihr nach ihrer Meinung zufügte. Allerdings war Anna froh, dass sie endlich etwas zu tun hatte. Es machte ihr Spaß, die kleinen Zinnabzeichen auf dem Verkaufstisch auszulegen und sie in sauberen Reihen anzuordnen, wobei sie jene, die Schreine in der Nähe repräsentierten, immer ganz vorn hinlegte. In die Mitte des Verkaufstisches stellte sie ein kleines Sträußchen mit wilden Blumen, um Kunden anzulocken. Und selbst die Roma-Frauen hatten nichts gegen ihre Arbeit einzuwenden, da sie dabei weder deren Essen noch deren Wasser, ja nicht einmal deren schmutzige Wäsche berührte.

Anna legte die Medaille mit dem Abbild der Madonna, die das Jesuskind in ihren Armen trug, direkt vor die wilden Blumen. Dies war ihr Lieblingsabzeichen. Selbst bei dieser plumpen Zinnkopie rief der zärtliche Ausdruck auf dem Gesicht der Madonna in Anna eine Sehnsucht wach, so heftig, dass sie sie fast als körperlichen Schmerz spürte. Sie wusste nicht, wie sie diese Sehnsucht deuten sollte. Galt sie ihrer Mutter, die sie nie kennengelernt hatte? Oder einem Kind, das sie wahrscheinlich niemals haben würde?

Sie blickte auf und sah, dass Bera sie mit nachdenklicher, aber auch abwägender Miene beobachtete. Sie hatte diesen Gesichtsausdruck schon öfter bei ihm gesehen – immer dann, wenn er gerade einen Pferdehandel abschloss. Sie wusste, dass er sich rühmte, besonders gerissen zu sein, deshalb tat ihr sein Kunde schon jetzt leid.

Dann merkte sie, dass überhaupt niemand in der Nähe war. Dieser Blick galt ihr.

Sie tat so, als würde ihre Aufmerksamkeit voll und ganz davon in Anspruch genommen werden, die Ware auszulegen.

Sie hatte darüber nachgedacht, wie sie etwas Geld verdienen könnte. Vielleicht konnte sie ja Pilgerabzeichen herstellen, die weniger offensichtlich als Kopie zu erkennen waren. Vielleicht ein gesticktes Kreuz, ähnlich dem, das sie an einer silbernen Kette unter ihrem Hemd trug. Das Kreuz, das Dědeček ihr geschenkt und das ihrer Mutter gehört hatte. Sie konnte die Perlen, mit denen es besetzt war, durch kleine französische Knoten aus Seidengarn ersetzen. Außerdem besaß sie noch ein blauseidenes Mieder. Das konnte sie zerschneiden und kleine viereckige Kissen daraus nähen. An einem Stand in der Nähe hatte sie cremefarbenes Seidengarn gesehen. Für einen halben Penny bekam sie bestimmt genug, um ihr Vorhaben in die Tat umzusetzen. Der Ausdruck, der auf Beras Gesicht lag, als er auf sie zukam, sagte ihr allerdings, dass sie, wenn sie jetzt nicht auf der Hut war, keinen halben Penny mehr übrig haben würde.

Sie beobachtete ihn unter gesenkten Lidern. Der Kragen seines roten Seidenhemdes war zerschlissen, und im Saum seines Blousons klaffte ein Riss. Sie wusste, dass er dieses Kleidungsstück tragen würde, bis es völlig zerfetzt war – offensichtlich war es auch Sitte bei den Roma, niemals etwas zu flicken –, dann würde er es durch ein anderes rotes Seidenhemd ersetzen. Sie hatte ihn nie etwas anderes tragen sehen.

Er war so nah, dass sie den Geruch von Sandelholz wahrnahm, der sein Markenzeichen war. Seine Augen wurden zu Schlitzen. Er schien in die Sonne zu blinzeln. Aber sie wusste es besser. So sah er immer aus, wenn er sich konzentrierte. Er lehnte sich wortlos an die Zeltstange und stocherte in einer Pose einstudierter Lässigkeit mit einem Strohhalm zwischen seinen Zähnen herum.

Sie tat so, als wäre sie mit den Ikonen beschäftigt. Schließlich sprach er sie an.

»Die Pferde brauchen Heu«, sagte er.

»Ich weiß.« Sie spürte, dass sie rot wurde, entschied sich aber, genauso offen zu antworten. »Aber ich habe kein Geld mehr. Diesmal kann ich euch leider nicht helfen.«

Sie holte tief Luft, damit er nicht merkte, dass sie gelogen hatte, wischte dann ein eingebildetes Staubkörnchen von einem der Zinnabzeichen. Jetzt würde er ihr gleich sagen, dass sie die Zigeuner verlassen müsse, wenn sie nichts mehr bezahlen konnte. Was sollte sie tun? Wohin sollte sie dann gehen? Und eben aus diesem Grund durfte sie jetzt ihre Goldmünzen auf keinen Fall bis zum letzten Farthing ausgeben. Sie musste eine Reserve behalten, damit sie nicht vollkommen mittellos dastand, falls er sie wegschickte.

»Wie schade«, sagte er. Aber er blieb neben ihr stehen und schien noch auf irgendetwas zu warten.

»Ich habe allerdings eine Idee, wie ich etwas Geld verdienen könnte«, sagte sie. »Mit einem Pilgerabzeichen aus Stoff. Einem gestickten Kreuz. Ich –«

»Ich habe auch eine Idee. Ich weiß, wie wir genug Heu kriegen können, um nach Frankreich zu kommen.«

Wir. Er hatte *wir* gesagt. Das war kein gutes Zeichen. »Aber willst du denn gar nicht hören, was –?«

»Hast du noch das englische Buch?«

Das also war seine Idee. Er wusste, dass sie »das Buch« mitgenommen hatte. Wusste, dass es in ihrer Reisetruhe lag, denn er hatte ihr an jenem Tag, als sie aus Prag geflohen war, geholfen, die Truhe zu packen. Aber er hatte das Buch nicht mehr erwähnt.

Bis heute.

Er konnte es ihr jederzeit stehlen. Sie glaubte jedoch nicht, dass er das tun würde, sonst hätte er es nämlich bereits getan. Sie wusste allerdings, dass die Roma immer wieder kleinere Dinge stahlen. Meistens handelte es sich dabei um etwas zu essen: Fleischpasteten, die jemand zum Auskühlen auf ein Fensterbrett gestellt hatte, oder Melonen vom Feld. Einmal hatte Anna Bera dabei beobachtet, wie er ein Huhn direkt vom Hof eines Bauernhauses gestohlen hatte. Er hatte ein Stück Brot an einen Faden gebunden und das Brot dann in den Hof geworfen. Als das Huhn das Brot aufgepickt hatte, hatte er es wie an einer Angel in den Wald hinter dem Haus gezogen. Anna vermutete, dass sie inzwischen nicht nur einmal einen herzhaften Hühnereintopf gegessen hatte, dessen Hauptzutat auf eben diese Weise beschafft worden war. Aber sie war dankbar für jede warme Mahlzeit gewesen.

Die Zigeuner betrachteten die auf solche Weise erlangte Beute als angemessenen Lohn für ihre Schlauheit. Tatsächlich prahlten sie sogar mit ihren Gaunereien, als würden sie dafür sorgen, dass das, was die Natur hervorbrachte, nur gerechter verteilt wurde. Sie schienen davon überzeugt zu sein, dass sie durch ihr Tun die Ungerechtigkeit der Welt ausgleichen würden. Besonders stolz waren sie auf ihre Gerissenheit. Bera, zum Beispiel, verkaufte immer wieder dasselbe alte Pferd, indem er die abgenutzten Zahnhohlräume der müden alten Mähre mit Teer füllte, so dass sie aussahen wie die Zähne eines jungen Pferdes. Wenn die List dann nach kurzer Zeit aufflog, bedauerte ein anderes Mitglied ihrer Gruppe den Betrogenen wortreich: »Ts, ts. Was es auf dieser Welt doch für Halunken gibt?«, und bot dann an, ihm das alte Pferd, natürlich für einen geringeren Preis, wieder abzukaufen. »Nur, damit Ihr es los seid.«

In den Augen der Zigeuner war genau das die Kunst des Pferdehandels. Anna hatte jedoch noch nie erlebt, dass sie Geld oder wertvolle Gegenstände stahlen, und es war höchst unwahrscheinlich, dass sie jemanden bestahlen, dem sie ihre Gastfreundschaft angeboten hatten.

»Das englische Buch«, sagte Bera und machte sich dabei nicht einmal die Mühe, die Ungeduld in seiner Stimme zu verbergen. »Die Bibel, die du mir in Prag gezeigt hast. Hast du sie noch?«

»Ja.« Sie wusste, dass es nichts bringen würde, zu lügen. Angesichts seiner höchst eigenwilligen Vorstellung von Moral würde er ihr Leugnen möglicherweise sogar als Rechtfertigung dafür ansehen, ihr das Buch zu stehlen. »Ja, ich habe es noch. Aber wie ich schon sagte, ich werde es nicht verkaufen.« Sie sagte das so entschlossen wie möglich, damit es keinen Zweifel daran gab, dass es ihr ernst war. »Nicht, solange ich noch einen Funken Leben im Leib habe.«

Er lachte. »Sachte, sachte, kleine Stute.«

Genau dasselbe hatte sie ihn schon einmal zu Lela sagen hören, als diese sich lauthals darüber beschwert hatte, dass er sie vernachlässigte. Anna fand sein Verhalten anmaßend und wollte ihm schon entgegnen, dass er, König der Roma oder nicht, nicht so mit ihr reden konnte. Sie würde sich nicht mit einem Pferd vergleichen lassen.

»Du sollst es ja auch nicht verkaufen«, sagte er. »Wir brauchen es nur zu holen und aufzuschlagen. Siehst du den Mann dort drüben, den Freisassen, der neben unserer Schmiede wartet?« Die Zigeuner hatten einen Stand aufgebaut, an dem die Leute ihre Pferde beschlagen lassen konnten. Dies war nur eine der vielen Arten, mit denen sie sich auf ihrer Reise ein paar Pennys verdienten. »Er hat uns eine Ladung Heu versprochen, wenn er sich das Buch ansehen darf.«

»Aber er spricht doch sicher nur Deutsch oder Französisch. Er könnte es gar nicht lesen.«

Bera zupfte an einem eingerissenen Nagelhäutchen herum und runzelte die Stirn. »Das spielt keine Rolle. Er kann höchstwahrscheinlich sowieso nicht lesen. Er will dafür zahlen, dass er sich das Buch einfach nur ansehen kann. Er hat davon gehört und sagt, dass er es sehen und vielleicht auch einmal berühren will.«

Irgendein Fremder wollte also die Seiten berühren, die ihr Großvater kopiert und an denen er jahrelang in der Nacht bei Kerzenschein gearbeitet hatte, nachdem er schon während des Tages viele Stunden lang Manuskripte mit Buchmalereien geschmückt hatte. Sie sah ihn vor sich, wie er seine verkrampften

Finger massierte und sich dann wieder konzentriert der Seite zuwandte, wieder und immer wieder.

Wir haben im Laufe der Jahre so viele Bibeln kopiert, Anna. Diese eine hier ist für uns. Diese eine werden wir nicht verkaufen. Wir werden sie behalten.

»Nein. Dieses Buch ist nicht irgendein billiges Pilgerabzeichen aus Zinn oder der angebliche Fingerknochen irgendeines Heiligen. Es liegt auch keine Roma-Magie darin. Es zu berühren wird weder den Körper heilen, noch einem Sünder das Fegefeuer ersparen.«

Bera zuckte mit den Schultern. »Wie du willst. Aber ohne Heu können wir Straßburg nicht verlassen. Du hast gesagt, dass du nach England willst. Wenn wir aber gezwungen sind, die Pferde zu verkaufen, werden wir hierbleiben müssen.«

»Also gut. Ich werde das Buch aber auf keinen Fall aus den Augen lassen«, sagte sie.

»Dafür hat dieser Mann sicher Verständnis. Du kannst dich neben ihn setzen, wenn er es sich ansieht. Du kannst ihm sogar daraus vorlesen. Ich weiß, dass du gern in dem Buch liest. Ich habe dich nämlich schon oft dabei beobachtet.«

Er hatte sie beobachtet, ohne dass sie es gemerkt hatte! Was hatte er sonst noch gesehen? Sie würde in Zukunft vorsichtiger sein müssen.

»Abgesehen davon solltest du dich nicht über andere lustig machen, nur weil sie das Buch behandeln, als wäre Magie darin, wenn du selber so tust, als wäre es heilig.« Er wedelte aufgebracht mit den Armen in der Luft herum. »Es besteht auch nur aus Papier und Tinte.«

Er hatte natürlich recht, und gewiss hätte ihm auch Dědeček zugestimmt. Das Buch selbst war nicht heilig. Wichtig war die Bedeutung. Wichtig waren die Worte und die Wahrheit, die in diesen Worten lag, nicht das Papier, auf dem sie geschrieben standen. Und dennoch waren ihr eben dieses Papier und eben diese Tinte heilig, denn es war das Einzige, was sie von ihrem Großvater noch hatte.

Aber seine letzten Worte waren gewesen: »Geh nach England.« Sie konnte nicht ewig bei diesen Zigeunern bleiben. Sie sah den Freisassen, der sie beide aufmerksam beobachtete, nervös an. Er wirkte harmlos, ein Mann von mittlerer Statur. Seine Kleidung war sauber und ordentlich, seine Haare und sein Bart hatten heute schon Bekanntschaft mit einem Kamm gemacht, wenn auch nur flüchtig.

»Also gut, aber nur zwei Stunden«, sagte sie. »Er soll zu Jettas Wagen kommen, und Jetta muss auch dabei sein.«

Bera lächelte sie strahlend, aber gleichzeitig auch arrogant an, weil es ihm gelungen war, sie zu überreden. Er war wirklich ein schlauer und intriganter Halunke. Sie wusste das. Und er wusste, dass sie es wusste.

»Das wird ihn bestimmt freuen. Ich hatte ihm nämlich nur eine Stunde versprochen«, sagte Bera. Dann winkte er den Freisassen heran. Dieser folgte der Aufforderung so eilig, dass er der Schmiede zu nahe kam. Ein Funke, der vom Amboss aufstob, landete in seinen Haaren. Als er den Funken hektisch mit den Händen ausschlug, sah er aus wie ein Tor. Bera lachte laut auf.

»Heute Abend werden unsere Pferde Heu bekommen«, sagte er. »Und morgen fahren wir nach Reims weiter.«

»Aber was ist mit meinem Stand?«

»Ich werde mich darum kümmern, Anna aus Prag«, sagte er, während er schon die Abzeichen auf völlig planlose Weise neu arrangierte. Offensichtlich gefiel ihm Annas wohlgeordnete Auslage nicht. »Du hast jetzt Wichtigeres zu tun. Wenn du mit dem Vorlesen aus deinem Zauberbuch fertig bist, musst du noch auf dem Markt die Materialien für dein besonderes Pilgerabzeichen kaufen.«

Er hatte ihr vorhin also doch zugehört.

14

Wären die Geistlichen vollkommen, so würden
alle Menschen bekehrt, die gegen das Gesetz
Christi verstoßen
und die Christenheit beleidigen.

William Langland, »Piers Plowman«
14. Jahrhundert

Die Glocke hatte schon längst die Prim verkündet, als Bruder Gabriel seine private Andacht beendet, sein härenes Hemd angezogen und Bruder Bartholomew aufgesucht hatte. Er hatte dem streng dreinblickenden Zuchtmeister etwas von christlicher Nachsicht gegenüber Kindern erzählt und ihn mehrfach daran erinnert, dass ein kleiner Junge ein zerbrechliches Wesen war. Und dies hatte dem Jungen, zumindest für diesen Tag, eine Tracht Prügel erspart. Als er mit seinem Vortrag fertig war, hatte es zu regnen aufgehört, und eine matte Sonne hatte versucht, den morgendlichen Nebelschleier zu durchdringen. Die Frau mit dem ernsten Gesicht, die ihn am Abend zuvor weggeschickt hatte, öffnete auf sein Klopfen hin die Tür. Wieder kein Lächeln und nur ein kurzes Nicken zum Gruß.

»Er isst zwar gerade, aber er erwartet Euch bereits«, sagte sie. »Wenn Ihr fertig seid, findet Ihr mich im Herbarium. Ich habe auch etwas Brot und Ziegenkäse für Euch bereitgestellt.«

»Danke, Mistress Clare. Das ist sehr freundlich von Euch.«

Ihr Gesichtsausdruck schien für kurze Zeit ein wenig weicher zu werden, aber der Eindruck war so flüchtig, dass er sich das vielleicht nur eingebildet hatte.

»Er ermüdet rasch«, sagte sie und hielt dann inne, als wollte sie noch etwas hinzufügen. Sie sah ihn dabei so eindringlich an, dass er sich unbehaglich fühlte. Dann hob sie den Schnappriegel und ging nach draußen.

»Ich werde aus dieser Frau einfach nicht schlau«, sagte Bruder Gabriel, als er vor dem betagten Pater niederkniete, seine fleckige braune Hand nahm und sie küsste. »Sie ist immer so unfreundlich. Ich glaube, dass sie mich nicht besonders leiden kann.«

»Sie ist eine verbitterte, alte Frau, aber sie kümmert sich gut um mich. Gott wird sie für ihre Dienste belohnen. Das Leben belohnt sie für ihre Bitterkeit.«

»Irgendwann einmal würde ich gern ihre Geschichte hören, Bruder.«

»Die braucht dich nicht zu interessieren, Bruder. Komm an meine Seite, damit ich dich sehen kann. Mit meinen alten Augen kann ich das, was sich direkt vor mir befindet, nämlich nicht mehr erkennen.«

Bruder Gabriel stellte seinen Schemel direkt neben das Knie des alten Mannes und nahm dann Platz. Der alte Mann legte den Kopf schief.

»Erzähl mir, wie du das Werk Christi tust«, sagte er, und seine Stimme war dabei so dünn und knittrig wie seine Haut.

Sie sprachen, wie Kleriker das tun, über die Angelegenheiten der Kirche, über ihre Ordnung und ihre Politik. Schließlich erzählte Bruder Gabriel Bruder Francis von der Aufgabe, die er direkt vom Erzbischof erhalten hatte.

»Dann hat dich der Erzbischof also für besondere Dinge ausersehen. Nun, ich wusste von Anfang an, dass du es einmal weit bringen würdest.«

»Ich bin von diesem Auftrag allerdings nicht sonderlich begeistert. Ich mag Lord und Lady Cobham. Und ich will den beiden nichts Böses.«

»Dann musst du kämpfen, um ihre Seelen zu retten. Wie könntest du ihnen schaden, wenn du sie in den Schoß der heiligen Mutter Kirche zurückführst?«

»Ja«, überlegte Bruder Gabriel laut. »Wie könnte ihnen das schaden?« Dies war eine Frage, die er sich selbst schon oft gestellt hatte, und die Antwort auf diese Frage gefiel ihm keineswegs. Eine solche Diskussion wollte er mit seinem alten Mentor jedoch nicht führen. Er würde nicht gegen die seit Jahrhunderten vertretene Lehrmeinung argumentieren. Außerdem war er sich sicher, dass er bei einem solchen Streitgespräch den Kürzeren ziehen würde. Schlimmer noch, er würde einen alten Mann enttäuschen, und das hatte dieser wahrlich nicht verdient.

Die Morgensonne hatte den Nebel endlich aufgelöst. Ein Streifen aus Licht drang unter der Tür hindurch, die Mistress Clare nur angelehnt hatte. Die Strahlen der Morgensonne fielen auch durch die Fenster, deren Läden geöffnet waren, und ließen die grauen Stoppeln im Gesicht des alten Mannes deutlich hervortreten. Wann war er so alt geworden?, fragte sich Gabriel. Und wo war ich gewesen, als seine Wangen faltig wurden und sein Augenlicht nachließ? Eine tiefe Traurigkeit ergriff ihn.

»Pater, nehmt Ihr mir die Beichte ab?« Bruder Francis war, genau wie Bruder Gabriel, sowohl Mönch als auch ordinierter Priester.

»Natürlich, mein Sohn.« Dann aber wurde der alte Mann von einem Hustenanfall geschüttelt.

Bruder Gabriel sah ihn besorgt an. »Soll ich Mistress Clare rufen?«

Der alte Priester schüttelte den Kopf. »Es geht schon wieder«, sagte er und zeigte auf seinen Amikt.

Bruder Gabriel reichte Bruder Francis das leinene Schultertuch mit dem seidenen Besatz. Der alte Mann tastete nach dem gestickten Kreuz und drückte es dann ehrfürchtig an seine Lippen, bevor er das weiche Tuch um seinen Hals legte.

Gabriel begann: »Vergib mir, Vater, denn ich habe gesündigt. Ich habe mich in Gedanken der Sünde der Wollust schuldig gemacht.«

Und dann gestand Gabriel seinem Beichtvater die Bilder der Fleischeslust, die ihn in seinen Träumen verfolgten, und die lüsternen Gedanken, die ihn selbst am helllichten Tag heimsuchten. Er sprach in seiner Beichte auch von der Einsamkeit, die er so oft verspürte, und von den Zweifeln, die seine klerikalen Pflichten betrafen.

Bruder Francis hörte ihm schweigend zu. Als Bruder Gabriel seine Beichte beendet hatte, erlegte er ihm eine Buße auf. Es war angesichts der Umstände eine leichte Buße, viel leichter, als er sie für sich selbst gefordert hätte. Vielleicht hatte ihn der alte Priester ja nicht richtig verstanden?

»Ist das wirklich ausreichend? Ich meine, für derart sündige Gedanken?«

Ein langes Schweigen folgte. Hatte der alte Mann seine Frage vielleicht nicht verstanden, oder war er gar eingeschlafen?

Schließlich nahm Pater Francis langsam und zitternd Gabriels Hände. »Wir haben über dieses Thema schon einmal gesprochen, als du noch jung warst. Erinnerst du dich? Damals, als du unsere Ordensregel nicht befolgt hast?«

Bruder Gabriel erinnerte sich noch sehr gut daran. Er empfand große Scham sowohl angesichts der Erinnerung wie auch angesichts der Regung in seinen Lenden, die diese Erinnerung noch immer auslöste. Er war untröstlich gewesen, als das Mädchen, für das er seine Berufung hatte opfern wollen, mit einem anderen durchgebrannt war. Die Bitterkeit dieses Kummers hatte es ihm wesentlich leichter gemacht, das Zölibat zu akzeptieren und allein zu bleiben.

»Du hast um Stärke gebetet, und du hast sie erhalten. Nicht wahr?«

»Ja, aber die Versuchung ist wieder da, und sie hat genau wie der Dämon, der zu dem besessenen Mann in der Heiligen Schrift zurückkehrt, auch noch Gefährten. Ich kann mein Keuschheitsgelübde nicht einhalten. Wenn ich es tue, werde ich verrückt.«

»Hast du es mit all jenen Methoden versucht, die ich dir gezeigt habe? Hast du versucht, dich mit dem Studium der Heiligen

Schrift abzulenken? Hast du gefastet? Gebetet? Hast du es mit der Kasteiung des Fleisches versucht?«

»Ja, ja, das habe ich bereits alles getan. Ich kann inzwischen die Psalmen und die Apostelgeschichte wortwörtlich zitieren. Die Haut unter meiner Soutane ist von meinem Hemd aus Kamelhaar aufgescheuert. Ich fürchte, ich bin doch nicht zum Priester berufen. Weshalb sonst …?« Bruder Gabriel rieb sich das Gesicht, als wollte er die Haut von jenem Fleisch reißen, das ihn so quälte. »Vielleicht sollte ich meine Gelübde widerrufen und die Kirche verlassen.«

»Niemand hat behauptet, dass es leicht sein würde.« Der alte Priester nahm seinen Amikt ab, küsste das Kreuz, das darauf gestickt war, legte das Tuch dann sorgfältig zusammen und gab es Gabriel. »Ich möchte dir einen Rat geben«, sagte er. »Wenn du zulässt, dass sich deine Begierde zwischen dich und das Werk des Herrn stellt – und wie du selbst sagst, hat sie dich bereits von deinen Pflichten abgelenkt –, so ist dies die weit größere Sünde. Wenn du also jetzt zurückkehrst, ohne eine gewisse Erleichterung erfahren zu haben, so fürchte ich, dass das Objekt deiner Begierde die Erfüllung deiner Berufung beeinträchtigen wird.«

»Erleichterung? Aber wie soll ich Erleichterung erhalten und gleichzeitig meinem Gelübde treu bleiben?« Erst in diesem Moment wurde ihm bewusst, was Bruder Francis damit andeuten wollte, und er sagte: »Das habe ich auch schon versucht.«

Der alte Priester hustete, räusperte sich und spuckte dann in die Schale, die Mistress Clare neben seinen Stuhl gestellt hatte. Er drehte den Kopf so, dass er seinen Schützling am Rande seines Gesichtsfeldes erkennen konnte. Gabriel erinnerte sich an den festen und direkten Blick, den Bruder Francis einst gehabt hatte. Traurigkeit erfasste ihn.

»Ich kannte einige brave Männer, gute Priester, die in derselben Situation waren wie du und die frei wurden durch den diskreten Verkehr … mit einer … mit einer geeigneten Frau.«

Hatte er richtig gehört? Riet ihm sein Beichtvater, sein Mentor, tatsächlich zur Unzucht? Verlor der alte Priester mit seinem Augenlicht auch die Sicht in Angelegenheiten der Moral?

»Wollt Ihr damit sagen, dass ich gegen mein Keuschheitsgelübde verstoßen soll?«

Der alte Mann keuchte. Es hörte sich an wie das Geräusch eines Blasebalgs. »Das wäre eine kleinere, eine lässliche Sünde. Immerhin hat schon der Heilige Paulus gesagt, es sei ›besser zu heiraten als zu verbrennen‹. Aber du kannst natürlich nicht heiraten und gleichzeitig Priester bleiben. Auch wenn der Heilige Petrus selbst verheiratet war und obwohl uns unsere heilige Mutter Kirche früher erlaubte zu heiraten.« Die Stimme des alten Mannes war jetzt so heiser, dass seine letzten Worte fast wie ein Knurren klangen. »Du weißt sicher auch, dass du bestimmt nicht der Erste wärst, der sein Keuschheitsgelübde bricht. Keiner von uns ist vollkommen. Wir alle haben Fehler. Ein Priester, selbst ein guter Priester, kann ein wenig weibliche Gesellschaft pflegen. Jedenfalls solange er diskret ist.« Die Worte kamen stoßweise aus seinem Mund, immer wieder unterbrochen von leisem Rasseln und Husten.

Bruder Gabriel traute seinen Ohren nicht. Er wollte fragen: »Habt Ihr das auch getan?«, aber er brachte es einfach nicht übers Herz, dem Mann, den er so sehr verehrte, diese Frage zu stellen. Dem Mann, der für ihn sowohl Mönchsbruder, Beichtvater und Mentor gewesen war. Dem Mann, den er für einen Heiligen gehalten hatte.

»Bei einer solchen Lösung gilt es jedoch, zwei Dinge zu beachten«, fuhr Bruder Francis fort. »Zum einen darf man natürlich keine Jungfrau schädigen. Und zum anderen tragen einige der Frauen in den Bordellen Krankheiten in sich. Am besten ist also eine normale Frau, aber eine mit nicht allzu viel Erfahrung – vielleicht eine junge Witwe.«

Es war nicht so, dass Bruder Gabriel sich nicht bewusst gewesen wäre, dass einige seiner Brüder so dachten und handelten. Das und sogar noch mehr. Als er damals in die Pubertät gekommen war, hatte es unter den Jungen im Kloster so manches Gerücht gegeben. Er hatte gehört, wie sie Witze über die unnatürliche Beziehung zwischen einigen der Mönche machten. Er hatte auch von Verbindungen zu promiskuitiven Nonnen gehört. Aber die Tatsache, dass der Mann, den er von allen Menschen am meisten bewunderte, ihm zur Unzucht riet, hätte fast schon ausgereicht, um ihn von all seinen lüsternen Gedanken zu befreien.

»Natürlich darf sie keine Pockenmale haben, und sie sollte… sollte eine Entschädigung bekommen. Ansonsten könnte sie anfangen zu reden, und wir haben ohnehin schon viel zu viele Skandale.«

»Aber –«

»Das *Opus Dei* ist wichtiger als deine persönliche Schwäche. Wenn du deine Lust nicht besiegen kannst, dann musst du sie kontrollieren, indem du ihr, natürlich mit gebotener Vorsicht, nachgibst. Ansonsten wird der Teufel sie ausnutzen, um dich davon abzubringen, das Werk des Herrn zu tun. Der Erzbischof hat recht. Die Ketzerei muss ausgemerzt werden. Nichts und niemand dürfen deine Arbeit stören. Du bist von Gott für Großes ausersehen, vielleicht wirst du eines Tages sogar den Kardinalshut tragen.« Er hielt inne und holte rasselnd Luft. »Ich bin ein alter Mann und muss mich jetzt ausruhen. Wir werden uns später weiter unterhalten.«

»Natürlich«, sagte Gabriel. Aber worüber hätten sie noch reden sollen? Es sei denn, sie sprachen über Gabriels Verlangen nach mehr als nur fleischlicher Erlösung. Aber wie sollte er dieser Sehnsucht nach etwas, das über die rein körperliche Intimität hinausging, Worte verleihen? Sollte er seinem Mentor sagen, dass er sich wünschte, eine Frau würde ihn so ansehen, wie Lady Cobham Lord Cobham ansah, dass er sich wünschte, ihre Augen würden ebenso aufleuchten wie die von Lady Cobham, wenn Sir John den Raum betrat? Sollte er ihn fragen, warum ihnen als Mönche die Ehe verwehrt war, wenn die Ehe doch ein Sakrament war? Wie hätte Pater Francis, der sein ganzes Leben lang allein gewesen war, ein solches Bedürfnis verstehen sollen?

»Du kannst Mistress Clare rufen«, sagte der alte Priester.

»Morgens ist es jetzt immer schon ziemlich kühl. Sie wird dort draußen wahrscheinlich frieren, und das wird ihrer Laune nicht gerade zuträglich sein.«

Gabriel hörte vor der Tür etwas leise rascheln und vermutete, dass Mistress Clare schon auf dem Weg war. Als er die Tür öffnete, sah er sie jedoch auf der Rasenbank im Kräutergarten sitzen, so still und aufrecht, als wäre sie eine Statue aus Stein.

»Bruder Francis verlangt nach Euch, Mistress Clare.« Er konnte sehen, wie sein Atem in der kalten Luft kondensierte.

Mistress Clare stand auf. Sie war eine große Frau, fast so groß wie er. Die Sonne lag glänzend auf ihren grauen Haaren, die von der Kapuze ihres Umhangs nur zum Teil bedeckt wurden.

»Schon bald wird es den ersten Frost geben«, sagte sie und sah ihm dabei in die Augen. »Das Ende des Winters wird Bruder Francis aller Wahrscheinlichkeit nach nicht mehr erleben.«

Er war bestürzt, mit welcher Bestimmtheit sie das sagte. »Das ist eine schlimme Nachricht«, erwiderte er.

»Es ist die Wahrheit. Er ist alt und sehr gebrechlich.« Sie ging an ihm vorbei, wobei der Saum ihres Umhangs über seine Füße strich. »Ich sage Euch das auch nur, weil ich weiß, dass Euch viel mit ihm verbindet. Ihr sollt wissen, dass ich jemanden zu Euch schicken werde, wenn es vorbei ist, damit Ihr ihm die letzte Ehre erweisen könnt. Hinterlasst beim Prior eine Nachricht, wo Ihr zu erreichen seid.«

Sie zögerte, so als wollte sie noch etwas hinzufügen, dann drehte sie sich um und ging wortlos davon. Als sie die Tür hinter sich geschlossen hatte, nahm er auf der Bank Platz, auf der sie gerade gesessen und gewartet hatte. Die Bank war noch immer mit Tau benetzt, aber die Stelle, wo sie gesessen hatte, war trocken und warm. Er blieb dort lange Zeit sitzen und dachte über den Rat nach, den Bruder Francis ihm gegeben hatte. Es war schwer zu sagen, was ihm jetzt größeres Unbehagen bereitete: der Rat seines Beichtvaters oder Mistress Clares Worte.

Er versuchte, sich seine Welt ohne den alten Priester vorzustellen, ohne den Mann, der in einer Welt, die für ihn so oft keinen

Sinn ergeben hatte, sein spiritueller Wegweiser gewesen war. *Was würde Bruder Francis tun?* Das war die Frage, die er sich immer dann stellte, wenn es ein Problem zu lösen galt.

Es war schon lange her, dass er derart verunsichert gewesen war. Er schloss die Augen, und der sonnendurchflutete Garten verschwand. Er war wieder ein kleiner Junge, eingeschlossen in der Kammer in jenem Haus in der Bankside Street. Der kleine Junge, der sich die Ohren zuhielt, damit er die Geräusche auf der anderen Seite der Tür nicht hörte. Sein Herz begann, in seiner Brust wie wild zu schlagen. Er öffnete die Augen, um der Panik Herr zu werden.

Ein Kardinalshut, hatte Bruder Francis gesagt. Das war es also, was sein Mentor für ihn wollte. Aber was wollte er selbst? Eine Bischofsmitra oder gar einen Kardinalshut? Er versuchte, sich selbst in einem solchen Amt vorzustellen, aber alles, was er sah, war Arundel. Sich selbst als Arundel. Und dieses Bild gefiel ihm ganz und gar nicht. Und dennoch, so rief er sich in Erinnerung, würde derjenige, auf dessen Kopf eine Bischofsmitra oder ein Kardinalshut saß, so weit von der Bankside Street entfernt sein, dass er nie wieder auch nur einen einzigen Gedanken daran verschwenden würde. Ein Bischof hatte keine Zeit für lüsterne Gedanken.

Aber welche Gedanken gingen einem Bischof im Kopf herum, so dass dort kein Platz für irgendwelche unwürdigen Gedanken war? Fromme Gedanken? Und wieder stand Arundels erschöpftes, eingefallenes Gesicht unter seiner glitzernden weißen Mitra vor seinen Augen. Gabriel wusste sogar, was Arundel dachte: Er überlegte, wie er einen Mann in die Falle locken und auf den Scheiterhaufen bringen konnte, dessen einziges Verbrechen darin bestand, das Evangelium zu verbreiten.

Ein ketzerisches Evangelium, Gabriel, ein ketzerisches Evangelium, rief er sich in Erinnerung. *Und wenn es deine Berufung ist, im Dienste deiner Kirche die Ketzer zu verfolgen, dann solltest du dich am besten wieder an die Arbeit machen.*

Er blieb trotzdem noch ein wenig sitzen. Die Sonne schien angenehm warm auf seinen tonsurierten Kopf. Er befühlte die kahle Fläche, das Zeichen des Heiligen Petrus und Zeichen dafür, dass er ein Sklave Christi war. An jenem Tag, an dem der Bischof seinen Kopf geschoren hatte, war er unglaublich stolz darauf gewesen, dass er jetzt so wie Bruder Francis aussah. Es war dies der erste Teil seines Ordinationsrituals. Er selbst war damals fast noch ein Kind gewesen, ein Ministrant, den Brüdern treu ergeben, denn er diente Gott dadurch, dass er ihnen diente. Nach der Zeremonie und dem Abschlussgebet war Gabriel neben Bruder Francis hergegangen und hatte geglaubt, dass sie einander gleich wären, dass sie jetzt Brüder wären.

Er strich noch einmal mit der Hand über die Stoppeln auf seinem Kopf. Er rasierte seine Tonsur einmal im Monat, nicht so breit wie einige seiner Brüder – er fand das eingebildet und prahlerisch –, aber er achtete dabei immer darauf, den breiten Haarkranz über seinen Ohren, die so genannte »Dornenkrone«, stehen zu lassen. In seiner Verwirrung hatte er auch seine Tonsur vernachlässigt, wie er jetzt feststellte. Wenn er sich nicht rasierte, würde diese Dornenkrone bald überhaupt nicht mehr zu erkennen sein.

Gabriel erhob sich von der Rasenbank und zog die Kapuze seines Chormantels über den Kopf, um sein nachwachsendes Haar zu verbergen. Er versuchte, sich daran zu erinnern, ob er sein Rasiermesser eingepackt hatte. Er war noch immer ein Sklave Christi. Oder ein Sklave der Kirche. Aber das war schließlich ein und dasselbe. Das zumindest hatte Bruder Francis ihn gelehrt. Und ob ihm das nun gefiel oder nicht, es war höchste Zeit, wieder an die Arbeit zu gehen.

15

Für eine gute Niederkunft näht man eine Locke
von roten Haaren in einen kleinen Beutel ein
und trägt ihn während der Schwangerschaft
unter der Kleidung auf dem Bauch…

Ein Glück bringender Zauber der Zigeuner

In den letzten beiden Wochen war der kleine Zug von Zigeuner-*vardos* gut vorangekommen. Endlich hatten sie die dunklen, tiefen Wälder verlassen. Kurz hinter Straßburg war eine andere Gruppe von Roma zu ihnen gestoßen, so dass ihr Zug jetzt auf acht Wagen angewachsen war. Einige der Pilger waren in Straßburg geblieben, während sich ihnen andere angeschlossen hatten, die unter dem Schutz des königlichen Geleitbriefs durch Frankreich reisen wollten. Und so zählten sie jetzt ungefähr dreißig Seelen.

»Wenn das Wetter hält«, verkündete Bera jeden Abend, »werden wir Frankreich noch vor Allerheiligen durchquert haben.«

Und das Wetter hielt. Warme, sonnige Herbsttage und frische, sternklare Nächte machten für Anna das Reisen mit den Roma durchaus angenehm. Nachts jedoch, wenn sich alle zum Gesang und Tanz um die Lagerfeuer scharten, bedauerte Anna es sehr, dass sie noch immer keinen Zugang zu der Welt der Roma gefunden hatte. Die Frauen überließen sie einfach sich selbst. Sogar die Kinder starrten sie mit ihren großen, dunklen Augen an und rannten dann davon, um sich hinter ihren Müttern zu verstecken. Ein oder zwei Mal hatte sich Bera, nachdem er so leichtfüßig getanzt hatte, als würde er auf rohen Eiern balancieren, und von den mitreisenden Pilgern dafür mit einem wahren Regen von Münzen überschüttet worden war, einen Moment lang zu ihr gesetzt, um sie strahlend anzulächeln und ihr freundlich zuzuzwinkern.

Heute Nacht hatten sich jedoch alle um ein einziges großes Feuer versammelt – selbst die anderen Pilger, die sonst immer ihre eigenen Lagerfeuer entfachten. Die Flammen loderten ebenso hoch und ebenso wild, wie es die wirbelnden Pirouetten und Sprünge des Zigeunerkönigs taten. In dieser Nacht versuchte Bera, sie in den Kreis der Tanzenden hineinzuziehen, sie aber, immer auf der Hut vor Lelas wachsamem Blick, zog sich sofort aus dem Feuerschein in die Dunkelheit zurück. Sie tat dies, obwohl sie Lela in dieser Nacht nicht wie sonst auf ihrem Platz am Ende ihres *vardo* sitzen sah, wobei die Tür stets weit geöffnet und der Vorhang zurückgezogen war, damit sie aus sicherer Entfernung das beobachten konnte, was am Lagerfeuer geschah, da Schwangere die Gesellschaft von Männern zu meiden hatten.

Ein überhängender Zweig bewegte sich in der leichten Brise. Anna hörte neben dem Zischen und Knacken des Feuers auch das trockene Knistern von Tannennadeln und Laub. Als sie aufblickte, stand Bera vor ihr. Er war ihr offensichtlich gefolgt. Sie warf einen besorgten Blick zu Lelas *vardo* hinüber. Lela zeigte sich noch immer nicht in der Tür. Obwohl Anna und Bera genau genommen nicht allein waren, so kam es ihr doch so vor. Der dunkle Wald trennte sie von dem hellen Schein des Feuers.

»Anna aus Prag, du musst mitkommen«, sagte er. »Es ist an der Zeit.« Er lächelte nicht, und seine Stimme klang angespannt.

»Zeit wofür?«, fragte sie, während ihr Herz schneller zu schlagen begann. Er kam normalerweise nur dann zu ihr, wenn er Geld brauchte.

»Es ist Zeit, dass mein Sohn zur Welt kommt. Lela bittet dich zu sich.«

»Lela! Sie bittet mich zu sich?!«

Er griff nach ihrer Hand.

»Aber ich –«

Auch Jetta tauchte jetzt zwischen den Bäumen auf. »Beeil dich. Lela liegt schon in den Wehen. Wir brauchen dich.«

Das musste ein Missverständnis sein, dachte Anna. Warum sollten sie ihre Hilfe brauchen – diese Frauen, die ihr nicht einmal erlaubten, ihr Essen zu berühren! Außerdem wusste sie nur sehr wenig von gewissen Frauendingen, da sie in der Gesellschaft von Männern aufgewachsen war.

Ihre Proteste ignorierend, so als hätten sie nicht mehr Bedeutung als der Rauch, der vom Lagerfeuer aufstieg, zogen und schoben Bera und Jetta sie in Richtung von Beras Wohnwagen, der von allen *vardos* der bunteste war. Er war hellgrün gestrichen, und das Blattgold auf seinen geschnitzten Türen war sogar im Schein des Feuers zu erkennen.

Als sie sich dem Wagen näherten, drang aus dessen Inneren der laute Schrei einer Frau. Bera ließ sofort Annas Hand los und ging schnell wieder zu den anderen ans wärmende Feuer zurück.

»Komm«, beharrte Jetta und zerrte Anna weiter. Irgendetwas in Anna erinnerte sich an dieses Zerren, obwohl sie, als Jetta sie damals aus dem Fluss gezogen hatte, bewusstlos gewesen war. Jetta war anscheinend ständig damit beschäftigt, irgendjemanden zu retten. Und jetzt verlangte sie von Anna, dass sie ihr dabei half.

Aber Jetta blieb plötzlich stehen.

»Was ist los mit dir?«, fragte Anna.

»Im Wagen ist nicht genügend Platz für uns beide.«

Wie kamen sie nur auf die Idee, dass sie irgendetwas von Entbindungen verstand!

»Aber ich bin keine Hebamme. Ich habe noch nicht einmal gesehen, wie –«

»*Rawnie bal*«, sagte Jetta und nahm Anna das Kopftuch ab. »Du musst einfach nur ihren Bauch mit deinen Haaren berühren.« Die alte Frau grinste so breit, dass ihre Zahnlücken zu sehen waren. Anna hatte sie bisher nur ganz selten einmal lächeln sehen. »Gib ihr einfach nur dein Glück zurück.«

»Mein Glück?«

Wer würde schon mein Glück haben wollen, dachte Anna, aber sie war viel zu verwirrt, um über diese Ironie nachdenken zu können. Ein weiterer, geradezu ohrenbetäubender Schrei drang aus dem Wagen. Er klang wie das Heulen einer Banshee. Diesem Grauen erregenden Ton folgte ein Schwall von Flüchen in der Sprache der Roma, in die auch ein paar böhmische Worte eingestreut waren.

»Lela hasst mich«, zischte Anna. »Sie will mich nicht in ihrer Nähe haben. Und schon gar nicht in der Nähe ihres Babys.«

»Sie wird dich bestimmt nicht mehr hassen, wenn sie ein gesundes Kind zur Welt bringt. Geh hinein, Anna aus Prag.« Sie schob Anna in Richtung Tür. »Die Hebamme ist schon drin. Du brauchst nur zuzusehen und zu lernen.«

Wieder ein Schrei. Anna stieg die hölzernen Stufen hinauf und betrat den Wagen.

Lela lag auf einer Matte auf dem Boden – es gab keinen Gebärstuhl, so wie Anna ihn in einigen der Texte gesehen hatte, die sie für die Frauen von Prag kopiert hatte. Es waren dies Texte mit skizzenhaften Illustrationen am Rand gewesen. Als sie in die Pubertät gekommen war, hatte Dědeček ihr zum ersten Mal einen solchen Text zum Kopieren gegeben und gesagt, dass die Illustrationen so einfach seien, dass auch sie sie ausführen könne. Zeichne einfach das, was der Text beschreibt, hatte er gesagt. Sie hatte gewusst, warum er ihr diese Texte zum Illustrieren gegeben hatte: Er ging davon aus, dass sie sie eifrig studieren und all die Dinge, nach denen sie keine Mutter oder Schwester hatte fragen können, begierig in sich aufnehmen würde, denn er selbst konnte sich offenbar nicht dazu überwinden, mit seiner Enkelin, die zur Frau wurde, über diese Dinge zu sprechen. Als Anna *Die Krankheiten der Frauen* von Gilbert, dem Engländer, in ihre Hände bekam, hatte sie große Teile davon für sich selbst kopiert. Sie hatte dieses Buch im Laufe der Jahre oft zu Rate gezogen. Wie sehr sie sich jetzt wünschte, es zur Hand zu haben.

Als sie Lela sah, vor allem ihre in den Knien abgewinkelten, gespreizten Beine, die wie zwei Türme den Eingang zu ihrem riesigen Bauch bewachten, vor dem die Hebamme kauerte, erinnerte sich Anna an ihre plumpe Zeichnung und erkannte, dass sie das Ganze, zumindest in den wesentlichen Punkten, durchaus richtig verstanden hatte. Die Hebamme, eine uralte Frau, von der Anna nur wusste, dass sie im letzten Wagen lebte, richtete sich auf und bedeutete Anna mit einer ruckartigen Kopfbewegung, bei der ihre Ohrringe laut klimperten, dass sie sich neben die in den Wehen liegende Lela auf den Boden knien sollte.

»Mach es so«, sagte die Hebamme und beugte ihren Kopf dann nach vorn, als wäre das, worum sie Anna bat, etwas vollkommen Alltägliches.

»So?«, fragte Anna und schüttelte ihr offenes Haar, so dass es als leuchtender, kupferroter Vorhang vor ihren Augen hing.

»Nein. Näher. Auf den Bauch.« Während sie das sagte, drückte sie Annas Kopf so weit nach unten, bis ihre Wange auf Lelas Bauch lag und ihre Haare ihn ganz bedeckten.

Lelas Haut war glatt und warm, pulsierte geradezu vor Leben. Anna spürte dieses Pulsieren, und erst jetzt wurde ihr klar, dass das, was da an ihrer Wange pulsierte, nicht nur ein, sondern zwei Leben waren. Der Berg unter ihrer Wange begann zu beben. Lela stöhnte und wimmerte. Sie schrie, zog an Annas Haaren, fest, sehr fest. Aber Anna, der plötzlich bewusst wurde, wie nah sie dem Wunder war, das hier gleich geschehen würde, spürte den Schmerz kaum, ja, sie hieß ihn sogar willkommen. Es kam ihr so vor, als würde sie tatsächlich auf irgendeine seltsame Art und Weise, die für sie keinen Sinn ergab, am Wunder der Geburt teilhaben.

»Man sieht schon das Köpfchen«, sagte die alte Hebamme. »Noch einmal pressen. Ganz fest pressen.«

Lela schleuderte der Hebamme einen Fluch entgegen, den sogar Anna verstand, denn dies war irgendeine Art universeller weiblicher Sprache, die wohl schon mit der Geburt von Kain entstanden war. Anna wappnete sich, da sie wusste, dass gleich ein noch heftigeres Zerren an ihren Haaren folgen würde. Lela packte Annas Haare mit einer Hand. Mit der anderen umklammerte sie die Kette, die aus Annas Hemd herausgerutscht war. Als Lela als Reaktion auf die nächste Welle des Schmerzes zu pressen begann, spürte Anna, wie die silberne Halskette riss. Dann stieß Lela einen letzten, schrillen Schrei aus, der sich immer höher schraubte, bevor er in einem leiser werdenden Klagelaut verebbte. Sekunden später ertönte als Antwort ein dünner, leiser Schrei.

»Er ist da, Jetta. Er ist da«, rief die alte Hebamme so laut, dass die Frau, die draußen vor dem Wagen wartete, es hören musste. »Ruf Bera und sag ihm, dass er einen Sohn hat. Einen gesunden Sohn.« Lela ließ Annas Haare los. Diese hob den Kopf und strich sich ihre Locken aus dem Gesicht.

Lela war schweißüberströmt. Alles war voller Blut. Anna hatte nicht gewusst, dass es so sehr bluten würde, aber die Hebamme schien sich deshalb überhaupt keine Sorgen zu machen. Jetta hatte sich, mit einem Eimer heißem Wasser und mit sauberen Tüchern in den Händen, in den Wagen gezwängt und war damit beschäftigt, zuerst das Baby und dann Lela zu säubern. Das Baby schrie aus vollem Hals. Die alte Hebamme lachte und freute sich sichtlich an dem kräftigen, gesunden Schreien. Dann legte sie den Jungen, der noch an der Nabelschnur hing, in die Arme seiner Mutter.

Anna war vollkommen verblüfft darüber, wie sehr sich Lelas Verhalten in kürzester Zeit veränderte. Sie schien den gerade erst erlittenen Schmerz vollkommen vergessen zu haben. Sie streichelte dem Baby über den nassen Scheitel, versuchte dann, ihren Kopf zu heben. »Deck ihn zu, damit er nicht friert«, sagte sie. »Ist er auch wirklich gesund? Bist du sicher, dass mit ihm alles in Ordnung ist?«

Und dies war zweifellos ein weiteres Wunder. Die feurige Lela mit ihrer aufbrausenden Art und ihrem unbeugsamen Charakter war ganz offensichtlich von diesem Kind, das ihr nur wenige Augenblicke zuvor so große Schmerzen bereitet hatte, vollkommen überwältigt.

Nachdem Jetta und die Hebamme ihr mehrfach versichert hatten, dass der Junge das hübscheste Baby sei, das sie je gesehen hätten, schloss die frisch gebackene Mutter die Augen und seufzte. Wahrscheinlich würde sie ein wenig schlafen wollen, dachte Anna. Sie sollte also besser gehen. Es widerstrebte ihr jedoch, diesen kleinen Kreis von Frauen, dem sie wenigstens für einen kurzen Moment angehört hatte, zu verlassen. Sie machte Anstalten, sich von ihrem Platz auf dem Boden zu erheben, wo sie Lela noch immer so nah war, dass sie genau sehen konnte, wie sich deren Brust beim Atmen hob und senkte. Das Baby lag still wie eine Puppe in ihren Armen, nur die kleinen, saugenden Bewegungen seines winzigen Mundes an seiner geballten Faust waren zu sehen. Anna hätte den Jungen gern berührt, wagte es aber nicht. Sie war schließlich *gadje*.

Sie hatte sich bereits auf die Knie erhoben und versuchte, so leise und unauffällig wie möglich ganz aufzustehen, als Lela ihren Arm festhielt. »Anna aus Prag, ich danke dir.«

Nun war Anna völlig verblüfft. Das war in der Tat ein Wunder.

»Ich habe doch gar nichts getan«, sagte Anna und warf dabei ihre wirre Haarmähne zurück.

Lela lachte. »Ich hatte schon Angst, ich hätte dir sämtliche Haare ausgerissen«, sagte sie. »Aber wie ich sehe, hast du noch genügend davon. Es tut mir leid, dass ich deine Kette kaputt gemacht habe. Hier, gib sie Bera. Er wird sie reparieren. Er kann alles reparieren.«

Anna nahm die Kette und steckte sie wortlos in die Tasche ihres Rockes. Sie würde bestimmt nicht riskieren, Bera die Kette anzuvertrauen.

»Heute hast du dem *vardo* von Bera, dem König der Zigeuner, Glück gebracht«, erklärte Lela, so als wäre sie eine Königin und würde Anna gerade eine große Gunst erweisen.

Anna wusste nicht, was sie darauf antworten sollte. Also murmelte sie lediglich, dass sie das gern getan hätte. Es schien ihr nicht der richtige Moment zu sein, um Lela einen Vortrag über ihren albernen Aberglauben zu halten. Sie wandte sich zum Gehen.

»Möchtest du ihn auch einmal auf den Arm nehmen?«, fragte Lela.

Hatte sie richtig gehört? Nein. Lela würde doch niemals zulassen, dass eine *gadje* ihr Neugeborenes berührte. Doch nicht Lela! Lela, die ihr Lieblingskleid nie wieder angezogen hatte, nur weil es ein einziges Mal von einer *gorgio* getragen worden war.

»Na los. Nimm ihn ruhig auf den Arm. Er wird dich bestimmt nicht beißen. Er hat nämlich noch gar keine Zähne.«

Anna wollte ihn in die Arme nehmen, wollte das mehr als alles andere, aber sie hatte noch nie zuvor ein Baby im Arm gehabt und hatte deshalb Angst, etwas falsch zu machen.

Lela hatte mehrere bunte Kissen im Rücken, und ihr dunkles, noch immer feuchtes Haar lag ausgebreitet auf dem farbenfrohen Stoff. Die Hebamme hatte inzwischen die Nabelschnur durchtrennt, kümmerte sich aber noch immer um Lelas Unterleib. Lela beachtete sie gar nicht, sondern nickte Jetta aufmunternd zu, die Anna daraufhin den kleinen Jungen in die Arme legte.

Anna hielt die Arme so, als würde sie einen Stapel Holz vor sich hertragen. Das Baby begann, leise zu wimmern.

»Du musst es so machen.« Jetta bildete mit ihren Armen eine Art Wiege und bewegte dann ihren Oberkörper vor und zurück.

Anna machte es ihr nach und zog dabei das Gesicht des Kindes nahe an ihre Brust. Der kleine Junge suchte an ihrer Bluse herum, fand aber nur seine Faust und begann, wieder an seinem Daumen zu nuckeln.

»Er ist ein gieriger kleiner Kerl«, sagte die Hebamme, als sie ein Armband aus roten Perlen um den Arm des Kindes band.

Irgendeine Art von Glücksbringer, vermutete Anna. Ihr war bereits aufgefallen, dass alle Roma-Kinder – zumindest alle Babys und Kleinkinder – ähnliche Amulette trugen. Anna wiegte den Säugling sanft hin und her und fürchtete den Moment, in dem sie ihn wieder hergeben musste. Sie beobachtete seinen sich bewegenden Mund. Wie kam es, dass er auf die Welt kam und schon wusste, wie man saugte? Wer hatte ihm das beigebracht? Wer hatte ihm gezeigt, wie man sich so in die Armbeuge einer Frau schmiegte, dass ihr das Herz vor Sehnsucht wehtat? Das hier war etwas, das in keinem Buch gestanden hatte, und dann fielen ihr plötzlich ein paar Zeilen des hebräischen Propheten Jeremiah ein: *Ich kannte dich, noch ehe ich dich im Mutterleib formte, noch ehe du aus dem Mutterschoß hervorkamst*. Vor ihrem geistigen Auge erschien die strahlend aquamarinblaue Farbe, mit der ihr Großvater den großen Buchstaben I illuminiert hatte.

Lela hob die Hand und nahm eine Strähne von Annas Haar, das ihr fast bis zur Taille reichte, und strich damit sanft über den Körper und das Gesicht des Babys. Als sie seine Wange berührte, hörte der kleine Junge auf zu nuckeln und begann zu lächeln. Er lächelte, so als würde er im Traum – vielleicht aber auch in seiner Erinnerung – ins Paradies blicken.

Anna glaubte, es würde ihr angesichts dieses Lächelns das Herz zerreißen.

»Geh jetzt«, forderte Lela Jetta gebieterisch wie eine Königin auf. »Nimm das Kind mit und zeige es seinem Vater.«

Anna gab das Kind widerstrebend aus ihren Armen und erhob sich in die leicht gebeugte Haltung, an die sie sich gewöhnt hatte.

»Nein, Anna aus Prag, du bleibst hier. Ich möchte mit dir reden.«

Überrascht nahm Anna wieder neben Lela Platz. Man hatte inzwischen ein sauberes Kissen auf den Holzboden gelegt, die blutigen Leintücher waren entfernt worden, und auch die Nachgeburt. Anna fragte sich unwillkürlich, ob es bei den Zigeunern irgendeine rituelle Art gab, diese zu beseitigen.

Lela sank in die Kissen zurück und schloss die Augen. Unter ihren Augen waren dunkle Schatten zu erkennen. War sie eingeschlafen? Kein Wunder, dachte Anna, nach der Tortur, die sie gerade durchgemacht hatte. Aber wenn man den Büchern – und das war der einzige Vergleich, den Anna heranziehen konnte –, wenn man den Büchern Glauben schenken durfte, dann hatte Lela für eine Erstgebärende eine durchaus leichte Entbindung gehabt. *Zwanzig Geburtswehen oder weniger*, hatte Gilbert aus England geschrieben. Und Lela hatte, jedenfalls nach ihren Schreien zu urteilen, weit weniger erlitten. Dennoch hatte sie jetzt Ruhe verdient.

»Hast du es bequem, Lela? Soll ich dir noch irgendetwas bringen?«

»Du hast mir schon genug gegeben.«

Anna öffnete den Mund, um ihr zu sagen, dass es abergläubischer Unsinn sei, zu glauben, dass rote Haare Glück brächten, und dass sie besser auf Gott vertrauen solle, aber sie tat es dann doch nicht.

»Ich muss dir noch etwas sagen, Anna aus Prag. Aber zuerst muss ich dir etwas gestehen.«

Im Wagen war es stickig. Jetta und die Hebamme hatten, als sie nach draußen gegangen waren, die Tür hinter sich geschlossen, so dass der Geruch der Kräuter, die die Hebamme während der Entbindung verbrannt hatte, noch immer schwer in der Luft hing. Es waren ungewohnte, berauschende Gerüche.

»Soll ich vielleicht die Tür öffnen?«, fragte Anna.

»Nein. Das, was ich dir zu sagen habe, muss unter uns bleiben. Versprichst du mir das?«

Es erschien Anna nicht ratsam, etwas zu versprechen, wenn sie nicht einmal wusste, worum es sich handelte. Sie wollte jedoch vermeiden, dass Lela sich in ihrem geschwächten Zustand aufregte. Abgesehen davon, wem hätte sie schon Lelas Geheimnis, was auch immer es war, erzählen sollen. Es gab niemanden, mit dem sie ein wenig plaudern und Neuigkeiten hätte austauschen können. Sie nickte stumm, um Lela ihr Stillschweigen zu versichern.

Lela schloss die Augen und holte tief Luft. »Ich war es, die dich damals an die Behörden in Prag verraten hat. Ich war es, die ihnen sagte, dass sie in deinem Haus nach der Bibel suchen sollen. Jetzt weiß ich, dass du eine rechtschaffene Frau bist, und es tut mir leid.«

Sie sagte das so beiläufig, als würde sie um Vergebung für irgendeine Belanglosigkeit bitten. Aber auf Anna stürmte alles zugleich ein. Die Erinnerung an das kleine Haus in Prag, die Erinnerung an all das, was sie verloren hatte und wonach sie sich seitdem so sehnte. Die Worte der Frau, die Gerüche, die im Raum hingen, der Rauch und der Staub, der im Sonnenlicht tanzte, all das nahm Anna die Luft. Sie konnte plötzlich nicht mehr atmen.

Diese Frau war schuld daran, dass sie das Zuhause ihrer Kindheit hatte verlassen müssen. Diese dumme, törichte Frau war schuld daran, dass das Grab ihres Großvaters sich selbst überlassen war, dass seine Gebeine auf einem Friedhof in einem Land verfaulten, in das sie wahrscheinlich niemals wieder zurückkehren konnte. Sie versuchte aufzustehen, aber die Beine versagten ihr den Dienst.

»Möchtest du denn gar nicht wissen, warum ich das getan habe?«

»Es ist mir egal, warum du das getan hast, du dreckige kleine Hexe. Es spielt überhaupt keine Rolle!«, schrie Anna und war gleichzeitig zutiefst erschrocken darüber, wie wütend und schrill ihre Stimme klang

Beruhige dich, Anna. Beruhige dich, hörte sie ihren Großvater mit der ruhigen, festen Stimme sagen, die er immer dann gebrauchte, wenn sie als kleines Mädchen einen Wutanfall hatte.

»Also gut, ich nehme an, dass du es mir ohnehin sagen wirst.«

»Es hat mir nicht gefallen, wie dich mein Mann angesehen hat. Ich wollte dir wehtun.«

»Aber ich kann doch nichts dafür, dass Bera mich so ansieht!« Sie erinnerte sich an das strahlende Lächeln, das Augenzwinkern, die Art, wie er sich ihr zuwandte, wenn er mit ihr sprach. Darüber hätte sich jede Ehefrau geärgert. »Er hat mir doch nur aus der gefährlichen Situation geholfen, in die du mich gebracht hast. Wenn du mich nicht denunziert hättest, wäre ich überhaupt nicht hier, und dann könnte mich dein Mann auch nicht so ansehen. Ich wäre noch immer in Prag, wäre noch immer in meinem Zuhause.«

Lela seufzte erschöpft. »Ich weiß«, sagte sie. »Aber er hat dich von Anfang an begehrt. Ich habe es in seinen Augen gesehen. Und es ist nun einmal eine Tatsache, dass du hier bist. Jetzt aber habe ich ihm einen Sohn geschenkt, und das wird ihn für immer an mich binden. Mein Mann wird mir nicht untreu werden. Das ist nicht die Art der Roma. Aber er wird dich noch immer mit Verlangen in seinen Augen ansehen, und das kann ich nicht ertragen. Also, Anna aus Prag –« Sie schloss ihre Hand zur Faust, öffnete sie wieder, schloss sie erneut.

»Also bitte ich dich um zwei Dinge.«

Der ruhige Ernst, mit dem sie das sagte, besänftigte Annas Zorn ein wenig. Es war klar, dass Lela das, was sie getan hatte, bereute. Sie hatten durch die Geburt des Kindes etwas miteinander geteilt. Es war mehr als nur ihre Haut gewesen, die Anna berührt hatte, als Lelas Kind sich seinen Weg in die Welt bahnte. Es war, als wären ihre beiden Seelen lange genug miteinander verschmolzen gewesen, um einen Blick in die jeweils andere zu werfen. Und eine jede von ihnen hatte etwas von sich selbst in der anderen erkannt.

»Zwei Dinge?«, fragte Anna ruhiger, aber immer noch argwöhnisch.

»Zuerst bitte ich dich noch einmal um Vergebung. Das, was ich getan habe, war feige und böse. Aber du musst mir vergeben, denn du bist Christin. Und Christen müssen ihren Mitmenschen vergeben.« Sie sagte das mit so großer Überzeugung, als gäbe es daran nicht den geringsten Zweifel.

Als ob Vergebung eine Ware wäre, die man ohne Weiteres erhielt oder verschenkte.

»Du hast von zwei Dingen gesprochen.«

»Und dann möchte ich, dass du uns verlässt, sobald wir die nächste Stadt auf dem Pilgerweg erreichen. Die Pilger sagen, dass es dort eine große Kathedrale gibt. Es werden dort also viele Menschen sein, und auch viele Männer, die einer schönen Frau Schutz gewähren werden.«

Die Zigeuner verlassen! Sie hatte lange befürchtet, dass man sie wegschicken würde, wenn sie keine Silbermünzen mehr hatte. Als das jedoch nicht geschehen war, hatte sie Hoffnung geschöpft. Aber das Geld hatte gar keine Rolle gespielt. Es war die ganze Zeit um ihre Haare gegangen: der dumme, törichte Aberglaube, dass ihre roten Haare Lela zu einer einfachen Geburt verhelfen würden. Und jetzt, da sie ihren Zweck erfüllt hatte, wurde sie von den Roma einfach wie ein zerschlissenes Kleidungsstück weggeworfen. Vielleicht sollte sie sich an Bera wenden, ihn bitten, bei ihnen bleiben zu dürfen. Aber seine Frau hatte jetzt noch größeren Einfluss auf ihn. Sie versuchte fieberhaft, den Wert des Goldes in ihrer Reisetruhe zu überschlagen.

Lela streckte die Hand aus und streichelte Annas Kopf, so als wäre sie ihr Kind und nicht die Ältere von ihnen beiden. »Du brauchst keine Angst zu haben, Anna aus Prag. Ich werde dir helfen, einen Mann zu finden. Einen besseren als meinen Bera.« Sie senkte die Stimme zu einem Flüstern, so wie sie das immer tat, wenn sie mit einer der anderen Zigeunerinnen interessante Neuigkeiten austauschte. »Du weißt inzwischen wohl selbst, dass er gar kein richtiger König ist. Es gibt keinen Roma-König. Er nennt sich nur so, weil er unser Anführer sein will.« Dann fügte sie stolz hinzu. »Und er ist ein guter Anführer.«

Jetzt war Anna auch wütend auf sich selbst. *Du Närrin, was hast du denn anderes erwartet? Du hättest dir das Geld für den Faden, mit dem du die Pilgerabzeichen genäht hast, besser sparen sollen. Du wusstest doch, dass diese sogenannten Pilger, die in Wirklichkeit nichts anderes als Vagabunden sind, dich, wenn du ihnen nicht mehr von Nutzen bist, auf die Straße setzen würden. Du hättest deinem Instinkt vertrauen und darauf vorbereitet sein sollen.*

»Mach kein so böses Gesicht, Anna aus Prag. Davon bekommst du nur Falten wie ein altes Weib. Mit deinem Aussehen wirst du bestimmt keine Mühe haben, einen Ehemann zu finden. Und dann wirst du meinen nicht mehr brauchen.« Dann wieder der verschwörerische Ton. »Ich kenne einen Liebestrank, den wir zusammen brauen können. Jetzt muss ich mich aber erst einmal ausruhen. Wir können später weiterreden, jetzt, da wir Freundinnen sind. Du kannst morgen kommen und das Baby wieder in den Arm nehmen. Du wirst die Übung brauchen. Aber jetzt geh.«

Sie entließ Anna mit derselben königlichen Lässigkeit, mit der sie schon Annas Vergebung für sich in Anspruch genommen hatte. Anna verließ den Wagen und stolperte wie betäubt die Treppe hinunter. Dann ging sie zum Lagerfeuer hinüber. *Christen müssen ihren Mitmenschen vergeben.* Dědeček hatte einmal genau dasselbe zu ihr gesagt. Mit genau denselben Worten. Nun, vergeben vielleicht. Aber vertrauen? Das war etwas vollkommen anderes. Das nächste Mal würde Anna nur noch ihrem Instinkt vertrauen und sonst nichts und niemandem.

16

Es kamen dreißig Fremde aus dem Lande Ägypten, angeführt von einem Grafen, der Briefe des Kaisers bei sich hatte… die Frauen trugen tief ausgeschnittene Hemden… die Frauen und die Kinder hatten Ringe in den Ohren.

Aus dem Dokument eines burgundischen Ratsherrn des 15. Jahrhunderts

Anna war über alle Maßen erleichtert, als sich die Hebamme vor Bera hinstellte und ihm drei ihrer Wurstfinger so nah vor das Gesicht hielt, dass er leicht hätte hineinbeißen können. »Drei Wochen«, sagte sie nachdrücklich, dann winkte sie mit ihren Fingern drei Mal, damit er sie auch ja richtig verstand. »Es dauert drei Wochen, bis die Mutter wieder auf den Beinen ist. Dein Sohn hat sie bei der Geburt aufgerissen. Sie hat geblutet wie ein abgestochenes Schwein. Es braucht Zeit, bis alles wieder verheilt ist.« Das finstere Gesicht, das sie bei diesen Worten machte, schien zu sagen, dass sie alle Männer als Rohlinge ansah. Diese drei Wochen verschafften Anna zumindest noch etwas Zeit.

Bera verließ missmutig vor sich hinbrummend das Lager, kam ein paar Stunden später aber mit strahlendem Gesicht wieder zurück. Er hatte ein »brillantes« Geschäft abgeschlossen. Beras Geschäfte waren immer »brillant«. Es war dies eines der englischen Wörter, die er von Anna gelernt hatte. Wenn er es sagte, rollte er das Doppel-L und zog dabei die Schultern hoch, so dass er fast einen Zoll größer wirkte. Er habe diesen Handel, so erklärte er, mit dem Herrn eines in der Nähe gelegenen Ritterguts geschlossen. Sie dürften auf seinen Wiesen ihr Lager aufschlagen und würden täglich eine Ration Heu für die Pferde, Schafsmilch für die Kinder und frische Eier bekommen, wenn sie dafür alle Pferde des Gutsherren neu beschlugen und auch seine Metalltöpfe flickten.

»Er hat auch eine Räucherkammer und einen Rübenkeller. Voll bis unter die Decke. Er wird also sicherlich ein Stück Speck oder ein paar verschrumpelte Äpfel nicht vermissen.«

Die echten Pilger, die sie bisher begleitet hatten, entschlossen sich, ohne sie weiterzuziehen. Die Annehmlichkeiten, die ihnen Beras Geleitbrief garantierte, waren ihnen die Verzögerung nicht wert, vor allem jetzt, da die regnerische Jahreszeit vor der Tür stand. Außerdem hatte, seit sie den Rhein überquert hatten, kein Zöllner irgendwelche Reisepapiere von ihnen sehen wollen. Einer der Pilger, ein wohlhabender Bürger aus Flandern, hatte Anna im Austausch für einen Blick in die *Wycliffe*-Bibel etwas gegeben, das sich für sie noch als sehr wichtig erweisen sollte. Es war ein kleines, ledergebundenes Buch, das schon ziemlich zerlesen war und den Titel *Pilgerhandbuch* trug. Dieses Buch brachte Anna nämlich auf eine Idee.

Der auf Latein verfasste Text beschrieb sämtliche Stationen auf dem Pilgerweg zwischen Paris und dem Schrein des Heiligen Jakob in Santiago de Compostela in Spanien, der als das bedeutendste und wichtigste Pilgerziel überhaupt galt. Anna fand dieses Buch höchst faszinierend. Sie wunderte sich besonders über die Beschreibung der »Gaskogner«, die »viel Belangloses« redeten, die sich »wortreich« und »spöttisch« zeigten und »von kleiner Statur« waren – das alles klang doch sehr nach den Roma. Auch wenn ihr Großvater und vor allem auch die Theologie Wycliffes bei ihr für eine gesunde Skepsis gegenüber Reliquien und Schreinen gesorgt hatten, faszinierten sie das »Strahlen der himmlischen Kerzen« und die »engelsgleiche Anbetung«, die das Handbuch versprach, sehr. Die kleine Landkarte, die das *Pilgerhandbuch* enthielt, zeigte, dass die Pilgerstraße zunächst weit in den Süden und dann direkt nach Westen verlief. Anna wusste, dass sie, selbst wenn die *vardos* der Zigeuner diesen Weg nahmen, nicht mehr bei ihnen sein würde. Dafür würde Lela schon sorgen.

Aber das war Anna durchaus recht. Sie hatte ohnehin ins Auge gefasst, sich irgendwo in Frankreich von den Roma zu trennen und sich dann allein nach England durchzuschlagen. Es würde ihr jedoch schwerfallen, das, was sie kannte, zu verlassen und sich der Ungewissheit, die vor ihr lag, zu stellen. Der Mann aus Flandern hatte ihr gesagt, dass es einen großen Fluss, ein breites Wasser gab, das England von Frankreich trennte.

»Breiter als der Rhein?«, hatte ihn Anna gefragt und sich dabei an die Probleme erinnert, die es gegeben hatte, als sie diesen Strom an einer Furt durchquert hatten. Ohne Beras Geschick hätten sie ein Pferd mitsamt dem Wagen verloren.

»Oh, viel breiter. Es ist eher ein kleines Meer. England ist nämlich eine Insel. Ihr werdet also ein Schiff finden müssen.«

Als Bera dann voller Stolz verkündete, dass er die Roma zuerst nach Reims und dann weiter nach Santiago de Compostela in Spanien führen würde, wo sie den Schrein mit dem Leichnam des Heiligen Jakobus besuchen würden, wusste Anna, dass Lelas Wunsch eher früher als später in Erfüllung gehen würde.

Ihre kleine Gemeinschaft würde sich schon bald nach Süden wenden, hatte Bera gesagt und dabei auf eine grob skizzierte Landkarte voller Kreuze und Kreise gezeigt, die einer der Pilger für ihn gezeichnet hatte. Nach Süden in Richtung Paris und Chartres.

Und Anna?

Anna würde nach Westen gehen, nach England, das jenseits eines kleinen Meeres lag. Ihr Herz hämmerte wild in ihrer Brust, wenn sie nur daran dachte, sich allein auf eine solch gefährliche Reise zu begeben. Aber genau das war es, was ihr Großvater gewollt hatte. Irgendwo in England würde sie Lord Cobham finden. Und bei ihm wäre sie dann in Sicherheit.

Und endlich wusste sie auch, was sie dafür tun musste. Und, dem Himmel und allen Heiligen sei Dank, das war nicht, Pilgerabzeichen zu nähen. Sie war nämlich schon nach kürzester Zeit an dem komplizierten Kreuz gescheitert. Stattdessen hatte sie sich darauf beschränkt, eine Muschel für die Jakobspilger zu sticken. Und selbst dabei hatte sie sich immer wieder in den Finger gestochen und das blaue Seidenkissen mit Blut verschmiert. Offensichtlich verlangte der Umgang mit Nadel und Faden vollkommen andere Fähigkeiten als der Umgang mit einem Federkiel. Annas neue Idee hatte auch nichts mit Lelas ausgeklügelten Methoden und Zaubersprüchen zu tun, mit denen diese einen Ehemann für sie zu finden gedachte. Splitternackt im Licht des Vollmonds um eine Wiese herumzugehen, während sie bei jedem Schritt eine Handvoll Salz hinter sich warf, würde ihr alles andere, aber nicht den Mann ihrer Träume bescheren, da war sich Anna vollkommen sicher.

Ihr Plan – warum hatte sie eigentlich nicht von Anfang an daran gedacht? – beruhte auf der einen Sache, die sie wirklich gut konnte: Bücher kopieren. In ihrer Reisetruhe befanden sich Papier und Federkiele. Sogar ein kleines Fässchen Tinte hatte sie dabei – und wenn das zur Neige ging, konnte sie leicht neue Tinte herstellen. Während sich Lela also von der Geburt erholte und Bera Zimbal spielte, während Jetta wusch, kochte und sich um das Feuer kümmerte und Klein Bek mit seiner hohen klagenden Stimme sang, kopierte Anna bei Kerzenschein und im Licht der Fackeln das *Pilgerhandbuch*, bis ihre Finger vor Kälte und Erschöpfung ganz steif waren.

Nachts jedoch, wenn sie über ihre Zukunft nachgrübelte und dabei dem Regen lauschte, der auf das fassförmige Dach des Roma-Wagens trommelte, erinnerte sie sich mehr als ein Mal an das kleine Haus in der Staroměstké náměstí, und sie fragte sich, ob es jemals wieder einen Ort für sie geben würde, an dem sie sich wirklich zu Hause fühlte.

Gabriel suchte in seiner Reisetasche gerade nach seinem Rasiermesser und dem Wetzstein, als einer der Novizen an die Tür seiner Zelle klopfte. Gabriel erkannte Arundels Siegel auf dem Pergament, das der Junge ihm übergab. Er entließ den Boten und öffnete voller Besorgnis den Brief. Aber das war im Grunde eine gute Nachricht, dachte er, als er Arundels Anweisungen las. Normalerweise wäre ihm eine längere Reise zu Beginn des Winters höchst unwillkommen gewesen. Aber hier hatte sicher Gott seine Hand im Spiel – ein göttliches Eingreifen, das ihm Zeit verschaffte, damit er seine spirituelle Krankheit auskurieren konnte, bevor er wieder nach Cooling Castle zurückkehrte.

Die Anweisungen des Erzbischofs waren klar und deutlich. Bruder Gabriel solle Hastings unverzüglich verlassen und nach Frankreich reisen, um herauszufinden, ob es dort Kopisten gab, die Lord Cobham mit verbotenen Texten versorgten. In Böhmen sei inzwischen ein Aufstand ausgebrochen. Papst Gregor hatte Jan Hus exkommuniziert und gedroht, über ganz Prag ein Interdikt zu verhängen. Ein Kleriker namens Jerome, der zwischen der Prager Universität und der Universität von Oxford hin und her gependelt sei, habe unter der Folter ausgesagt, dass viele der Texte, die nach Prag kamen, von einem Mitglied des britischen Parlaments geliefert wurden. Wenn die Kirche beweisen könne, dass Lord Cobham eine größere Anzahl häretischer Texte bei der Pariser Gilde oder sogar bei Buchhändlern in Reims oder Köln erworben habe, dann würde dies ausreichen, um selbst einen Mann mit so viel Macht und Einfluss wie Oldcastle auf den Scheiterhaufen zu bringen.

Rom würde sich dafür dankbar zeigen. Arundel hatte angedeutet, dass derjenige, der in dieser Angelegenheit erfolgreich war, vielleicht sogar mit einem Kardinalshut belohnt würde – allerdings war Gabriel davon überzeugt, dass der Erzbischof sich selbst meinte. Der Erzbischof wies ihn darauf hin, dass seine Mission nicht einfach werden würde. Die Kriege, die England gegen Frankreich geführt hatte, ganz zu schweigen von der Tatsache, dass in diesen Tagen in Avignon ein Gegenpapst auf dem päpstlichen Thron saß, würden die Franzosen nicht gerade dazu ermuntern, die Engländer in dieser Sache zu unterstützen. Arundel schrieb, dass er am liebsten selbst nach Frankreich reisen würde, seine schlechte Gesundheit das jedoch nicht zuließe. Er sei aber überzeugt davon, dass Bruder Gabriel auch allein die notwendigen Informationen und Beweise sammeln könne und damit sowohl für sich selbst als auch für seinen Erzbischof das Wohlwollen Roms gewinnen würde.

Da er zu diesem Zweck als reicher Händler getarnt reisen solle, müsse er für die Dauer seiner Mission sein Priestergewand ablegen – er würde dafür einen besonderen Dispens bekommen. Er habe auch die Erlaubnis, für die Dauer seiner Mission auf die Rasur der Tonsur zu verzichten. Der Gegenpapst habe seine Spione überall. Falls man ihn verhaften sollte, würde der Heilige Stuhl für ihn das Lösegeld bezahlen. Er sei weiterhin bevollmächtigt, mit den Geldern, die er in letzter Zeit mit dem Verkauf von Ablassbriefen eingenommen habe, seine notwendigen Aufwendungen zu bestreiten, wobei er sich jedoch seiner Verantwortung der heiligen Mutter Kirche gegenüber stets bewusst sein solle.

Gabriel fuhr sich mit der Hand über seinen inzwischen nicht mehr kahlen Schädel. Er würde sein Rasiermesser also doch nicht brauchen. Die bereits seit einem Monat gewachsenen Stoppeln kamen ihm jetzt gut zustatten.

An einem nebligen Herbsttag machte sich Bruder Gabriel auf den Weg zur Küste, nach Dover, wo er dann an Bord eines Schiffes ging, das Calais zum Ziel hatte. Statt seines Priestergewandes trug er den scharlachroten Mantel eines Händlers und einen eckigen Hut, mit dem er den Rest seiner Tonsur verdeckte. An jenem Tag, als er seinen Habit als Novize angelegt hatte, hatte Bruder Francis ihm gesagt: »Dieses heilige Kleidungsstück wird den Teufel und seine Versuchungen von dir fernhalten.« Der Stoff war dabei so grob gewebt gewesen, dass jeder Teufel, der sich auf seine Schultern zu setzen versuchte, dies bestimmt als höchst unbequem empfunden hätte, hatte Bruder Gabriel damals gedacht.

Aber Gabriel hatte sich mit der Zeit an das raue Tuch gewöhnt, und jetzt fühlte er sich in dem fein gewebten roten Händlermantel fast nackt.

Bildete er sich das nur ein, oder behandelten ihn die anderen Passagiere auf dem Schiff, das ihn über den Kanal brachte, ohne sein priesterliches Gewand anders, als er das gewöhnt war? Eine junge Frau machte ihm tatsächlich schöne Augen! Er spürte, dass er rot wurde, als er sich an Bruder Francis' Rat erinnerte. Er hatte jedoch beschlossen, dass er diesen Pfad nicht einschlagen würde. Er würde seinem Gelübde treu bleiben, oder aber er würde die Kirche verlassen. Also wandte er sich ab und tat so, als würde er auf die graue, dunstige See hinausblicken. Die Frau ging weiter. Die Wasserfläche des Kanals lag glatt wie ein Spiegel vor ihm.

In Calais mietete er eine Kutsche, die ihn über die mit tiefen Fahrrinnen versehenen, matschigen Straßen nach Reims brachte. Er fuhr durch die französische Landschaft, lauschte dem Regen, der auf das Dach der Kutsche trommelte, und dem Hufschlag der Pferde. Hin und wieder ertönte auch das Horn des Kutschers. Er hatte sein härenes Hemd in der Battle-Abtei zurückgelassen. Sein Rücken und seine Schultern würden jetzt also ein bequemer Platz für eben jenen Teufel sein, der nur darauf wartete, ihn zu reiten.

17

An einem Ort namens Lorca, östlich von Puenta la Reina, fließt ein Fluss, der Salzbach genannt wird… Hütet Euch, von seinem Wasser zu trinken… denn dieses bringt den Tod… An seinen Ufern wetzen zwei Navarrais ihre Messer… um die vielen Pilger zu häuten, die dieses Wasser trinken und sterben.

Aus »Libri Sancti Jacobi, Buch V«
12. Jahrhundert

Gabriel hatte sich eine ganze Woche lang in Reims aufgehalten und herausgefunden, dass die Bürger dieser Stadt viel zu sehr durch die oft auch mit Gewalt ausgetragenen politischen Kämpfe zwischen den mächtigen Herzögen von Burgund und Orléans beunruhigt waren, um sich um die weniger unmittelbare Gefahr des Höllenfeuers Gedanken zu machen. In den Zunfthäusern, zu denen ihm sein scharlachrotes Gewand Zutritt verschaffte, wurde zwar lauthals über die unverschämten Steuern des Königs geschimpft, ketzerische Gedanken wurden jedoch nicht geäußert.

Er plauderte mit den prächtig gekleideten Tuchhändlern, die auf den an den Wänden aufgereihten Bänken des Saales saßen. Die Händler nahmen Gabriel so freundlich auf, dass er sich immer wieder ermahnen musste, auf der Hut zu sein und seinen Mund zu halten. Auf die Frage nach seiner Heimat murmelte er: »*Je suis de la Flandre. Un négociant en tissu*«. Aus Flandern. Ein Tuchhändler. Sie nickten daraufhin, reichten ihm einen Becher dunklen Rotwein und beklagten sich dann weiter über die hohen Steuern, die der wahnsinnig gewordene König ihnen auferlegte, um Waffen kaufen und damit die Übergriffe der Engländer abwehren zu können.

»*Sacrés chiens Anglais.*« Gabriel verstand durchaus das Französisch, das hier gesprochen wurde, da dieses dem normannischen Französisch, das die älteren Adeligen in England noch immer sprachen, sehr ähnlich war. Was seine Aussprache anging, so fürchtete er jedoch, dass man seinen englischen Akzent heraushören könnte. Er achtete also sehr darauf, wenn er etwas sagte, damit man ihn nicht als einen der »verdammten englischen Hunde« erkannte, auf die die Händler so wütend waren, weil sie ihnen das Geschäft kaputt machten. In seiner Verkleidung als Händler begegnete man ihm zweifellos mit größerer Offenheit, als das mit einer Soutane der Fall gewesen wäre. Als er herauszufinden versuchte, was die Leute hier von der Kirche hielten, verdrehte einer der Händler die Augen und beklagte sich mit bitteren Worten über die Verderbtheit des Klerus. Besonders schimpfte er über das Konzil von Pisa, welches sie eigentlich von dem zweiten Papst hätte befreien sollen, das stattdessen aber noch einen weiteren Italiener als Papst eingesetzt hatte. Da der erste Italiener sich weigerte, auf den Heiligen Stuhl zu verzichten, und auch der Papst in Avignon sein Amt nicht niederlegen wollte, gab es nun drei Päpste anstelle eines Nachfolgers Petri.

Als Gabriel sich beiläufig nach der Verbreitung der häretischen Schriften Wycliffes oder der Hussiten erkundigte, zuckte ein Teppichweber aus Paris mit den Schultern und erklärte ihm, dass er, wenn er sich für Religion interessiere, am besten nach Avignon gehen solle. Aber auch dort würde er aller Wahrscheinlichkeit nach eher ein weiches Nest mit prächtig gefiederten Vögeln finden als schwarze Krähen und arme Priester.

»Ist es nicht so, dass Ihr so hohe Steuern zahlen müsst, nur damit die Päpste und ihr Hofstaat in Luxus leben können? Nehmen die Menschen das einfach so hin?«, hatte Gabriel in seinem vorsichtigen Französisch gefragt und gehofft, damit ein paar Andersdenkende aus der Reserve zu locken.

»Die Leute beklagen sich mehr über die Unterhaltskosten für den Dauphin und darüber, dass der König ständig Geld für seine Kriege braucht. Die Kirche gibt das Geld wenigstens dafür aus, dass ihre Kardinäle und Bischöfe in Pracht und Luxus leben können.« Der Teppichweber zwinkerte ihm verschwörerisch zu. »Mir persönlich ist der französische Pelz auf dem Chorrock Seiner Heiligkeit auch lieber als das italienische Leder seiner Schuhe. Und was die Armen angeht, nun, ich vermute, dass sie sich dem Himmel näher fühlen, wenn sie den Papst vor ihrer Haustür haben.«

Aber das ist nicht der Papst – das ist ein Usurpator. Gabriel verkniff sich diese Entgegnung gerade noch rechtzeitig. Er hob sein Glas, um, Zustimmung heuchelnd, auf die Worte seines Gegenübers zu trinken. Dann nahm er einen Schluck von dem guten französischen Wein. Das hier ist alles viel zu einfach, dachte er, als er sein Glas leerte. Um seiner Seele willen musste er diese Mission so schnell wie möglich beenden. Er gewöhnte sich nämlich viel zu schnell an den köstlichen Geschmack des französischen Weins und das überaus angenehme Gefühl der feinen Seide. Sogar die wundgescheuerte Haut auf seinem Rücken hatte inzwischen zu heilen begonnen.

Nachdem Gabriel das Zunfthaus wieder verlassen hatte, erkundigte er sich nach der nächsten Kutsche nach Paris.

»*Demain à une heure de l'après-midi.*« Der Kutscher rieb weiter seine verschwitzten Pferde trocken und wiederholte dann noch einmal. »*Demain.*«

Dann würde er also erst morgen fahren können. Es sei denn, er mietete eine Kutsche. Aber das war teuer. Er hatte ohnehin das Gefühl, als würde er, gemessen an dem, was er herausfand, viel zu viel Geld ausgeben. Allerdings hegte er die Hoffnung, dass er in Paris, wo die größte Zunft der Buchmacher und Schreiber ihren Sitz hatte, die Beweise finden würde, nach denen er suchte. Von irgendwoher musste Lord Cobham ja seine Kopien bekommen.

Da Gabriel bis zum nächsten Tag warten musste, würde er sich irgendwie die Zeit vertreiben müssen. Es war inzwischen Nachmittag geworden, ein heller, sonniger Nachmittag. Die goldene Herbstsonne strahlte auf den Platz vor der Notre-Dame-Kathedrale von Reims. Die Kathedrale selbst sah in diesem Moment kalt und verloren aus und wirkte in ihrem gezackten Kragen aus steinernem Maßwerk steif und unnahbar. Als er die Kirche zum ersten Mal gesehen hatte, war er von deren beeindruckender Schönheit tief ergriffen gewesen, heute jedoch fand er den sonnigen Platz, der von Menschen, Farben und Lärm erfüllt war, wesentlich einladender. Ein Straßenkehrer auf hohen hölzernen Trippen, die ihn vor dem Abfall schützten, den er in den Rinnstein spülte, rempelte Gabriel an und wäre ihm dabei fast auf seine feinen Lederschuhe getreten. Aber nicht einmal das vermochte seine Stimmung zu trüben. Die Herbstsonne wärmte seine Haut, und der Wein, den er im Zunfthaus getrunken hatte, wärmte seinen Bauch. Er war sich auch durchaus der interessierten Blicke bewusst, die ihm die Damen in ihren mit feinem Pelz gefütterten Umhängen zuwarfen, während sie sich geziert ihren Weg durch den Schmutz und den Unrat auf den Straßen suchten.

Ein wahres Gewirr von Stimmen umgab ihn: Französisch, Deutsch, hier und da auch ein paar Brocken Englisch, und alle diese Stimmen priesen ihre Waren auf dem Marktplatz an. Da Gabriel noch viel Zeit und auch kein konkretes Ziel hatte, überlegte er, was er tun sollte. Es gab die höhlenartige Dunkelheit der Kathedrale, wo er vor einem mit Kerzen bestückten Altar knien und beten konnte. Er würde jedoch wesentlich mehr erfahren, wenn er sich einige der Stände auf dem Marktplatz etwas genauer ansah. Und war er nicht genau deswegen hier? Um etwas in Erfahrung zu bringen?

Er wägte gerade das Für und Wider der verschiedenen Möglichkeiten ab, als er sie sah.

Es war das Haar, was ihm zuerst auffiel. Ein schimmernder kupferfarbener Heiligenschein, eine unglaubliche, sonnenglänzende Lockenpracht umgab ein Gesicht, das ein makelloses Oval bildete. Und in diesem Gesicht strahlten zwei Augen, so klar wie Muranoglas. Sein Blick wanderte langsam von ihrem Haar zu ihrem vollen Busen hinunter. Das war nicht die Figur eines jungen Mädchens. Es war die Figur einer Frau, aber wohlgeformt und mit einer Taille, die jeder Mann gern mit seinen Händen umfasst hätte. Nein, er würde es nicht zulassen, dass seine Gedanken an diese verbotene Stelle schweiften.

Er wollte sich schon wieder der Kathedrale zuwenden, als er bemerkte, dass die Frau anscheinend irgendetwas verkaufte. Sie hielt einen Kodex in der Hand und blätterte darin herum. Also war sie wahrscheinlich Buchhändlerin. Er sollte der Sache auf den Grund gehen. Deshalb war er ja schließlich hier, oder etwa nicht? Um Nachforschungen anzustellen. Um herauszufinden, was die Leute auf dem Marktplatz redeten.

Sie warf den Kopf zurück. Der helle Kranz von Locken sprengte dabei fast die ausgeblichene samtene Haube, die ihre Haare eher schmückte als im Zaum hielt. Jetzt beugte sich die Frau zu ihrem Kunden hinüber, zeigte dabei auf eine Stelle in dem Buch, lächelte, als der Kunde ein paar Dukaten hervorholte, um das kleine, schlicht gebundene Buch zu bezahlen. Während sie so nach vorn gebeugt dastand, spannte sich der Stoff ihres Mieders über ihrem Busen, und ihr Dekolleté wurde noch tiefer. *Das Buch, Gabriel, du interessierst dich nur für das Buch und nicht für die Frau.*

Ihre Aufmerksamkeit war noch immer auf ihren Kunden gerichtet, deshalb schien sie Gabriel nicht zu bemerken, der sich ihr näherte. Ein blonder Junge mit spindeldürren Gliedmaßen und einem Kopf, der viel zu groß für seinen mageren Körper und auch viel zu groß für sein elfenhaftes Gesicht war, saß direkt hinter der Frau auf einem Lager aus Lumpen. Er sah die Frau mit großen grauen Augen unverwandt an, wobei seine dünnen Arme wild durch die Luft fuchtelten. Die Augen des Jungen waren wie stille

Teiche, und sie waren das Einzige, was an seinem hektisch zappelnden Körper ruhig war. Die Glocken der Kathedrale, die soeben mit dröhnendem Klang zu läuten begonnen hatten, schienen ihm Angst zu machen. Der Junge blinzelte und begann dann leise zu wimmern. Und dieses Wimmern beunruhigte Gabriel zutiefst. Er brauchte eine ganze Weile, bis er wusste, was genau ihn daran so sehr irritierte – das Wimmern des Kindes stimmte haargenau mit dem Ton der Kirchenglocke überein. Es war absolut tonrein, nur eben zwei Oktaven höher als der Glockenklang. Es kam ihm so vor, als hätten die Glocken mit ihrem klagenden Geläut in der dünnen, kläglichen Stimme des Jungen menschliche Gestalt angenommen. Gabriel bekam eine Gänsehaut.

Ohne das Gespräch mit ihrem Kunden zu unterbrechen – einem Pilger, wie sein Umhang und sein Stab verrieten, und nach seinem mit starkem Akzent gesprochenen Französisch zu urteilen ein Deutscher –, strich die Frau dem Kind hinter ihr mit einer Hand beruhigend über das blonde Haar. Und eben diese Geste löste bei Gabriel aus irgendeinem Grund, den er sich selbst nicht erklären konnte, ein Brennen hinter seinen Augenlidern aus.

»Der Titel des Buches lautet *Libri Sancti Jacobi*. Wenn Ihr Euch auf den Weg nach Santiago de Compostela machen wollt, ist dies der perfekte Führer«, sagte die Buchhändlerin gerade. Sie hatte eine angenehme, wohlmodulierte Stimme. Es war die Stimme einer gebildeten Frau. »Es ist ursprünglich auf Lateinisch verfasst, aber ich habe eine englische Übersetzung und als Anhang außerdem eine Zusammenfassung auf Französisch beigefügt, die jedoch ein wenig unbeholfen ist. Dafür spreche ich Französisch nicht gut genug.« Sie entschuldigte sich noch einmal. »Es tut mir leid, dass ich keinen deutschen Text für Euch habe. Ich spreche zwar auch ein wenig Deutsch, für eine Übersetzung reicht es jedoch nicht.«

»Ich lese Englisch genauso gut wie Französisch«, sagte ihr Kunde, diesmal auf Englisch. »Die Gebete spreche ich zwar auf Lateinisch, aber ich muss gestehen, dass sich mir die Bedeutung der Worte nicht erschließt.«

Gabriel spitzte die Ohren. Die englische Sprache war ihm geläufig? Wie geläufig? Woher hatte er diese Kenntnisse? Von einer englischen Bibel vielleicht? Solch umfangreiche Sprachkenntnisse machten sowohl die Buchhändlerin als auch ihren Kunden verdächtig. Aber das war keine Bibel, die sie da verkaufte, es war ein Reiseführer für Pilger, rief er sich ins Gedächtnis.

Das Glockenläuten hatte inzwischen aufgehört, und auch das Kind war verstummt. Die Frau nahm ihre Hand von seinem Kopf und begann dann, in dem Buch zu blättern. »Achtet besonders auf Buch V«, sagte sie. »Dort findet Ihr eine wichtige Warnung. Falls Euch Euer Weg nach Süden führt, müsst Ihr einen Fluss überqueren, dessen Wasser Ihr jedoch auf keinen Fall trinken dürft, da Ihr sonst sterben könntet.«

Sie hielt inne und ließ ihren Blick über den belebten Platz schweifen, während der Kunde sich die Seite ansah, die sie für ihn aufgeschlagen hatte. Ihr Gesicht verlor etwas von seiner Lebhaftigkeit, wurde ernster. »Ich wünschte, ich könnte am Ufer dieses Flusses ein Schild aufstellen«, sagte sie, »und zwar in *allen* Sprachen der Welt, ein Schild, das die Reisenden vor den Gefahren warnt, die dort lauern.« Ihr Busen hob und senkte sich, als sie einen tiefen Seufzer ausstieß. Gabriel konnte beinahe schon ihren Atem auf seiner Haut spüren. »Aber ich denke, dass die bösen Menschen, die dort leben, das Schild sofort zerstören würden.«

Die Müdigkeit und die Resignation in ihren letzten Worten zeugten davon, dass sie bereits Erfahrung mit dem Bösen gemacht hatte. Gabriel fragte sich, was sie wohl schon alles erlebt haben mochte. Der Pilger dankte ihr für die Warnung und verstaute seine Neuerwerbung in seiner Tasche. Sie steckte die Münzen in einen Beutel, der zwar an ihrem Gürtel hing, zwischen den Falten ihres Rockes jedoch nicht zu sehen war. Als der Deutsche davonging, trat Gabriel näher, so als wollte er sich ihre Bücher ansehen.

»*Bonjour, monsieur.*«

Er sah sie über den Tisch hinweg an.

Plötzlich hatte er einen Kloß im Hals. Ihre Augen, die von klarstem Muranoblau waren, erschienen im Kontrast zu ihrer blassen Haut und ihrem glänzenden roten Haar noch blauer. Sie erinnerte ihn an ein Bild Maria Magdalenas, das er einst in Rom gesehen hatte. Aber sie wirkte viel unschuldiger. Weiser. Und wenn dies auch nur wegen der leidenden Aufrichtigkeit in ihrem Blick der Fall war. Wäre er ein Maler gewesen, so hätte er sie von ihren Büchern umgeben gemalt. Er war jedoch kein Maler, er war ein Mönch, der sich als Händler ausgab.

»Ich grüße Euch«, sagte er auf Englisch, da er befürchtete, dass sie besser Französisch und Deutsch sprach als er und ihn deshalb sofort als Betrüger entlarven würde. »Ich bin froh, dass Ihr Englisch sprecht. Ich habe geschäftlich viel mit Engländern zu tun und bin deshalb für jede Gelegenheit dankbar, um mich in dieser Sprache zu üben.«

Ihr Blick wurde wachsam. »Seid Ihr etwa ein Ratsherr, Sir? Wenn Ihr gekommen seid, weil Ihr meine Lizenz sehen wollt, ich habe sie hier.« Sie bückte sich und begann, in dem Korb, der neben ihren Füßen stand, herumzukramen. Er konnte dabei die wohlgeformte Rundung ihrer Hüften bewundern. Er wandte den Blick ab und starrte einen der Wasserspeier am Dach der Kathedrale hinter ihr an. »Mein Mann Martin war Buchhändler in Prag. Als seine Witwe habe ich sein Zunftrecht und damit auch die Erlaubnis geerbt, innerhalb dieser Stadt und ihrer Mauern Handel zu treiben.« Sie rollte ein Pergament auseinander und gab es ihm.

Gabriel warf einen Blick auf das echt aussehende Siegel, das unter die Worte *femme sole* und den Namen »Anna Bookman aus Prag« gesetzt war.

Prag. Der Hort der Ketzerei. Der Ort der Bestimmung für Lord Cobhams ketzerische Schriften.

»Seid Ihr Anna?«

Sie nickte und holte tief Luft. Die Schnürung ihres Mieders spannte sich dabei über ihrem Busen. Er sah den Jungen an, der hinter ihr saß und seinen Blick mit einem leeren, aber unerschrockenen Starren erwiderte. Alles andere an dem Jungen zappelte und zuckte unentwegt hin und her. Sie sei Witwe, hatte sie gesagt.

»Ich bedaure Euren Verlust«, sagte er. »Wie lange ist es her, seit Ihr Euren Mann verloren habt?«

»Ist irgendetwas mit meinen Papieren nicht in Ordnung? Ihr werdet feststellen, dass ich für diesen Marktplatz eine Verkaufserlaubnis habe, solange ich keinen ortsfesten Buchladen eröffne.« In ihrer Besorgnis presste sie ihre vollen Lippen zu einer scharfen Linie zusammen und runzelte die Stirn, so dass die feinen Falten dort noch tiefer wurden.

Er bereute es, dass er ihr offenbar einen Schrecken eingejagt hatte – es ging ihn schließlich nichts an, ob ihre Lizenz echt oder gefälscht war. Er rollte das Papier wieder zusammen, verschnürte es mit dem dazugehörigen seidenen Band und gab es ihr zurück. Der Umstand, dass sie aus Prag kam, machte sie noch nicht verdächtig. Aber vielleicht war sie eine gute Informationsquelle.

»Eure Papiere scheinen vollkommen in Ordnung zu sein. Aber ich bin gar nicht in der Lage, das zu beurteilen. Ich bin, so wie Ihr, nur ein Besucher dieser Stadt und kam zu Eurem Stand, um vielleicht ein Buch zu erwerben.« Er blätterte in den Büchern herum, die sie zum Verkauf anbot. Es handelte sich ausnahmslos um Pilgerhandbücher. Die Seiten waren mit einer Ahle gelocht und mit einem Lederriemen zusammengebunden, aber sie waren alle in einer schönen Handschrift kopiert. »Fertigt Ihr die Übersetzungen selbst an? Oder sind sie die Arbeit Eures Ehemannes?«

»Nein, sie sind von mir«, antwortete sie stolz. Dann fügte sie rasch hinzu: »Die von … die von Martin habe ich schon alle verkauft.«

»Dann seid Ihr eine bemerkenswerte Kopistin«, sagte er und meinte das auch so. Einige der Kopien waren sogar illustriert. Sie enthielten Skizzen, auf denen Pilger dargestellt waren. Die Initialen auf der ersten Seite waren jeweils mit verblüffendem Detailreichtum ausgeschmückt. »Ich würde gerne dieses Buch hier kaufen.« Dann fügte er noch beiläufig hinzu: »Ich hätte auch Interesse an anderen englischen Übersetzungen. Übersetzungen religiöser Natur. Habt Ihr etwas in dieser Art? Die Schriften eines Magisters namens John Wycliffe oder vielleicht sogar die früheren Texte von William von Ockham?«

»Solche Texte verkaufe ich nicht. Sie wurden von der Kirche

verboten.« Die Antwort war schnell gekommen. Vielleicht sogar ein wenig zu schnell.

»Dann vielleicht ein englisches Evangelium?«

»Ich habe nur das Johannesevangelium. Auf Latein.« Er konnte sehen, wie sie überlegte, dabei seine feine Kleidung musterte, das Risiko gegen die Bedürfnisse ihres Kindes abwog. »Ich könnte für Euch vielleicht eine grobe Übersetzung anfertigen, aber ich muss Euch warnen. Ich glaube, dass der Besitz einer solchen Übersetzung in Frankreich verboten ist. In Böhmen wurde er jedenfalls hart bestraft.«

Ein Schatten zog über ihr Gesicht, und ihr Mund zuckte angesichts einer schmerzlichen Erinnerung. Er hatte gehört, dass einige Ketzer in Prag hart bestraft worden waren. Einige von ihnen hatte man sogar hingerichtet. Vielleicht hatte sie ja sogar aus Prag fliehen müssen. Er sollte das Ganze auf sich beruhen lassen. Er sollte einfach davongehen und versuchen, seine Beweise an anderer Stelle zu finden. Denn falls sie tatsächlich aus Prag geflohen war, dann hatte sie genug gelitten. Gott hatte ihr den Ehemann genommen und sie mit dem schwachsinnigen Kind bestraft.

Aber Gabriel drehte sich nicht um, ging nicht davon.

»Wir sind hier nicht in Böhmen«, sagte er. »Wir sind in Frankreich. Die Franzosen interessieren sich mehr für Mode und guten Burgunder als für Ketzerei. Ich brauche auch nicht das ganze Evangelium, sondern nur ein paar Kapitel. Die ersten drei, denke ich.«

»Wie lange werdet Ihr in Reims bleiben?«

Demain, hatte der Kutscher gesagt.

»Die Dauer meines Aufenthalts hier hängt von mehreren Dingen ab. Könntet Ihr innerhalb einer Woche ein oder zwei Kapitel für mich übersetzen?«

Die Glocken der Kathedrale begannen zu läuten, und sofort fing das Kind wieder mit seinem tonalen Wimmern an. Die Buchhändlerin drehte sich zu dem Jungen um und nahm ihn in die Arme. »Ich werde darüber nachdenken«, antwortete sie, über ihre Schulter gewandt.

»Dann werde ich morgen wiederkommen, um Eure Antwort zu hören«, sagte er.

Er ging. Das Blut rauschte in seinem Kopf. Er fragte sich, welche Saat er da gerade ausgestreut hatte. Er wagte es jedoch nicht, darüber nachzudenken, ob es der spionierende Pater in seiner schwarzen Soutane oder der weltliche Händler in seinem scharlachroten Mantel sein würde, der die Ernte einbrachte.

Der Junge hasste die Glocken der Kathedrale, denn an jenem Tag, als sein Onkel ihn am Rande der Brücke ausgesetzt hatte, hatten ebenfalls Glocken geläutet. Es waren zwar andere Glocken gewesen, aber sie hatten genauso geklungen. Auch deren Geläut hatte laut in seinem Kopf gedröhnt. Er hatte gewusst, dass sein Onkel nicht wiederkommen würde. Er hatte es an den kratzenden Tönen in seinem Hals erkannt, an den schlurfenden Schritten, die immer leiser wurden. Zuerst langsam, dann schnell, schnell, schnell, tapp, tapp, tapp.

Das Läuten der Glocken machte ihm Angst, Angst, Angst. Wenn er die Glocken hörte, spürte er wieder und wieder, wie sein Körper immer näher an den Rand der Brücke rutschte, wie seine Haut über die heißen Pflastersteine scheuerte, seine Füße schon in der Luft baumelten. Mit jedem Ton der Glocken kam er dem Rand der Brücke näher, näher auch dem Wasser. Immer näher. Aber er konnte nicht aufhören. Konnte nichts gegen die zuckenden Bewegungen seines Körpers tun. Konnte die Glocken nicht zum Verstummen bringen.

Sein Onkel kam nicht zurück.

Doch plötzlich waren da andere Schritte auf der Brücke gewesen. Sie wurden langsamer. Standen still. Dann tapp, tapp, tapp. Ein weiterer Glockenschlag ertönte.

Halt. Hilf mir. Laute Schreie kamen aus seiner angestrengten Kehle: *Bek bek bek.* Je mehr er versuchte, seine zuckenden Gliedmaßen unter Kontrolle zu bringen, desto mehr zerrten sie ihn zum Rand der Brücke. *Bek bek, hilf mir.*

Kleine Wellen im Wasser, zähl die Wellen: eins zwei drei. Zähl die Glocken: eins zwei drei. Immer näher.

Dann hatte ihn eine Klauenhand vom Rand weggerissen.

Eine andere Hand, eine sanfte Hand, strich über seine Haare, brachte das Echo der Glocken zum Verstummen.

Es gab jetzt zwei Frauen, die sich um ihn kümmerten. Eine und noch eine. Eins. Zwei. Wie die ersten beiden Finger an seiner Hand. Eins. Zwei. Wie die glatten Steine in seiner Tasche. Die Klauenhand hatte ihm seine Steine weggenommen. *Nein. Nein. Bek. Bek.* Aber Anna – ja, er kannte ihren Namen. Ein Taktschlag auf dem zweiten Teil des Namens –, An na, An na hatte sie ihm zurückgegeben. Seine Steine. Zwei Steine. Er suchte nach einem dritten.

Zwei Steine. Einer flach. Einer rund. Zwei Paar Hände. Eines davon sanft, die Berührung leicht und glatt. Wie der Schlamm des Flusses im Sommer. Das andere rau wie grober Sand.

Zwei Stimmen. Eine Stimme kehlig und tief. Ein Ton wie das nächtliche Quaken der Frösche im Fluss. Sein Onkel hatte ihn manchmal auf der Brücke gelassen, um Aale zu fangen, die sich unter den im Wasser liegenden Baumstämmen versteckten. Und eine Stimme wie tiefer Vogelgesang. Töne auf und ab, eine Melodie aus Halbtönen. Mit dieser Stimme sang er.

Die Alte, deren Jahre in der lockeren Haut ihrer Hände zu erkennen waren, ließ ihn oft allein. Sie band ihn dann immer am Stuhl fest. Er klammerte sich weinend an sie. *Bek Bek Bek.* Die Fesseln scheuerten seine Haut auf. Etwas Rotes sickerte hervor. Sickerte. Quoll. Sickerte. Quoll. Er konnte nichts dagegen tun.

Die Junge aber nahm ihn oft mit. Dann saß er immer hinter ihr an dem kleinen Marktstand. Ihr weiter blauer Rock war sein verschwommener Horizont. Manchmal spähte er aber auch über diesen Horizont hinaus und beobachtete, wie sich die Leute vor seinen trüben Augen hin und her bewegten wie Stöcke. Dicke, dünne, kleine, große Stöcke, eine Parade von Farben, eine versteckte Melodie von Tönen in ihren gedämpften und ihren lauten Gesprächen. Er suchte nach den Tönen, die ihm gefielen. Reihte sie auf wie Perlen, sang die Töne in seinem Kopf. Er versuchte, seine Arme und Beine für Anna still zu halten – An na der Taktschlag auf der zweiten Silbe An na An na –, er sang ihren Namen wieder und wieder in Halbtönen, um seinen um sich schlagenden Körper zu beruhigen. Manchmal gelang ihm das sogar bis auf das Zucken in seinen Beinen. Sogar wenn Hunde bellten und Türen laut schlugen. An na. An na. Aber niemals, wenn die Glocken dröhnten.

Jetzt aber war er zu schwach, um das An na in seinem Kopf zu singen. Die Musik war zerrissen. Fallende Perlen. Er lauschte, versuchte, die Töne wieder zusammenzusetzen. Da. Eine Bassnote. Ein Anfang. Er hatte diese Stimme, denselben Ton, eine Bassnote – einen tiefen Ton –, in den letzten fünf Tagen schon öfter gehört und hatte seine Melodie darauf aufgebaut. Ja, in den letzten fünf Tagen. Fünf Tage. So viele wie die Finger an einer Hand, wenn er den kurzen mitzählte. Oder waren es sechs? Manchmal zuckte der kurze Finger wie wild, und dann zählte er ihn zweimal.

Die Bassnote war wieder da. Er versuchte angestrengt, um den blauen Stoff, seinen Horizont, herumzusehen und einen Blick auf den Sänger zu werfen. Ein hoher Stock, gekleidet in einen Stoff, der die Farbe dessen hatte, was unter seiner Haut war. Das drinnen war und manchmal nach draußen sickerte. Er sang für sich, dann hielt er inne, um zu lauschen.

Da war eine neue Melodie in seinem Kopf. An nas mittlere Töne wechselten sich mit den tiefen Tönen ab. Es gefiel ihm, wie die Noten zusammen klangen.

Sie passten perfekt zueinander.

Annas Herz schlug heftig, als sie dem Händler aus Flandern das erste Kapitel des Manuskripts zeigte, das er in Auftrag gegeben hatte. Er war jeden Tag zu ihr an ihren Stand gekommen, um sich zu erkundigen, wie sie mit der Arbeit vorankam. Und um Englisch zu üben. Jedenfalls hatte er das gesagt, obwohl sein Englisch perfekt war. Nach seinem zweiten Besuch stellte sie überrascht fest, dass sie schon nach ihm Ausschau hielt, dass sie mit ihren Augen den Marktplatz nach dem scharlachroten Mantel absuchte und dass sie enttäuscht war, wenn sie ein rotes Gewand entdeckt hatte, das dann doch nicht das seine war.

Scharlachrote Gewänder schienen bei den reichen Händlern fast ebenso verbreitet zu sein wie bei den römischen Kardinälen.

Zuerst war sie dem Händler aus Flandern gegenüber noch argwöhnisch gewesen – VanCleve war der Name, den er ihr an jenem ersten Tag genannt hatte. Seine Fragen nach den ketzerischen Texten waren ihr in ihrer Beiläufigkeit wie einstudiert vorgekommen, aber ihr Argwohn war mit jedem seiner Besuche immer mehr geschwunden. Und einen Freund hatte sie jetzt weiß Gott nötig. Die Zigeuner würden schon bald weiterziehen, und dann war sie völlig allein. Wenn dieser Mann aus Flandern ihr für eine kurze Zeit ein Freund sein wollte, dann war das hier, mitten auf dem Marktplatz, doch völlig harmlos? Oder etwa nicht? Jedenfalls genoss sie seine Gesellschaft.

Und wenn sie ihm gegenüber noch immer ein wenig misstrauisch gewesen war, so zerstreute er dieses Misstrauen bei seinem sechsten Besuch an ihrem Stand.

Der spätherbstliche Sonnenschein war einem grauen Himmel mit tief hängenden Wolken gewichen. Es sah aus, als würde schon bald ein kalter Nieselregen fallen. Anna hatte den Händler auf der anderen Seite des Marktplatzes entdeckt. Er schien sie zu beobachten. Sie wandte verlegen den Blick ab. Als sie wieder hinsah, war er verschwunden. Etwa eine Stunde später, gerade als Anna beschlossen hatte, Klein Bek zu Jettas Wagen zurückzubringen, weil der Regen, der inzwischen eingesetzt hatte, seine Decken durchnässte, sah sie den Händler im Laufschritt auf ihren Stand zukommen. Ihm folgte ein Junge mit zwei Zeltstangen und einer Markise.

Als sie ihm sagte, dass sie sich einen solchen Luxus nicht leisten könne, hob er die Hand, um sie zum Schweigen zu bringen, und bezahlte dann den Jungen.

»Wenn Ihr auf diese Weise bleiben könnt und ich Eure Gesellschaft noch eine halbe Stunde länger genießen darf, dann ist es mir das wert«, sagte er.

Ihr Instinkt riet ihr, dieses Geschenk abzulehnen.

»So wird der Junge bei Regen auch nicht nass«, sagte er, »und an schönen Tagen schützt es ihn vor der Sonne. Und denkt nur an meinen Mantel. Ihr versteht sicher, dass ich als Tuchhändler unmöglich in einem Seidengewand, das Wasserflecken hat, über den Marktplatz laufen kann. Das wäre meinem Geschäft bestimmt nicht zuträglich.«

Er hatte nach diesem Satz gelacht, so als wollte er sich über sich selbst lustig machen. Wahrscheinlich aber wollte er es ihr dadurch nur leichter machen, sein Geschenk anzunehmen. Und aus welchem Grund hätte sie es ablehnen können? Nein, sie musste es einfach annehmen. Wenn schon nicht wegen ihrer Bücher, die sie mit einem Öltuch schützte und ständig aus- und wieder einwickelte, wenn ein Kunde an den Stand kam, dann wenigstens Klein Bek zuliebe.

»Ich werde diese Markise als Leihgabe betrachten«, sagte sie, als der Junge die Zeltstangen in den Lehmboden schlug, der den mit Kopfsteinen gepflasterten Platz umgab. »Aber nur, bis das Evangeliar fertig ist. Möchtet Ihr sehen, wie weit ich schon bin?«

Er zuckte mit den Schultern. »Wenn Ihr es mir zeigen wollt?« Sie nahm aus einem Korb, der auf dem Boden stand, einen Stapel loser Blätter, wobei sie jetzt durchaus dankbar für die schützende Markise war. »Es tut mir leid, dass ich so langsam mit der Arbeit vorankomme. Aber die Tage werden kürzer, und in der Buchhändlergilde gilt die Regel, dass man nicht bei Kerzenschein arbeiten soll. Es heißt, dass die Qualität darunter leide und dann allenfalls nur mittelmäßig sei.«

»Das hier ist bestimmt nicht mittelmäßig«, sagte er, während er sich die Seiten flüchtig ansah.

Sie war enttäuscht. Er schenkte ihrer Arbeit kaum Aufmerksamkeit.

»Klein Bek ist heute sehr ruhig«, sagte er, als er ihr die Seiten zurückgab.

»Er hört uns zu.«

»Versteht er denn, was wir sagen?«

»Das ist schwer zu sagen, da er nicht sprechen kann. Ich glaube aber, dass ihm nur der Klang unserer Stimmen gefällt. Er liebt Musik. Wenn der Drehorgelspieler hier vorbeikommt, ist er immer glücklich. Ich habe schon mein ganzes Kleingeld für ein paar Melodien ausgegeben. Hinterher singt er sie dann stundenlang vor sich hin. Die Worte, die er singt, sind zwar sinnloses Geplapper, sie klingen wie eine Elfensprache, aber das, was er gehört hat, verwandelt er in wunderbare kleine Melodien.«

»Die Kirchenglocken mag er aber nicht.«

»Ich glaube, das kommt daher, dass sie so laut sind. Laute Geräusche machen ihm Angst. Das liegt vermutlich daran, dass er nicht so gut sieht. Er weiß deshalb nicht, woher das Läuten kommt.«

VanCleve griff in seine Manteltasche.

»Ich habe ihm etwas mitgebracht«, sagte er. »Darf ich es ihm geben?«

Er wartete ihre Antwort gar nicht erst ab, sondern ging bereits um den Tisch herum, auf dem sie ihre Bücher ausgestellt hatte. Dann kauerte er sich neben den Jungen auf den Boden, nahm seine Hand und legte sie auf den glatten, elliptischen Stein, den er aus seiner Manteltasche genommen hatte und der in Größe, Form und Farbe in etwa dem Ei eines Rotkehlchens entsprach.

Ein strahlendes Lächeln breitete sich auf dem Gesicht des Jungen aus. Anna zerriss es angesichts der Freude, die in diesem Lächeln lag, fast das Herz. Klein Bek nahm den Stein in die Hand und schlug damit drei Mal auf seinen Strohsack. Ein Speichelfaden tropfte von seinen lächelnden Lippen und fiel auf VanCleves Ärmel.

»Das tut mir wirklich leid«, sagte Anna und tupfte den Fleck mit einem sauberen Lappen ab, der in ihrem Korb gelegen hatte. »Euer feiner Mantel!«

»Das spielt nicht die geringste Rolle. Das ist schließlich nur Stoff. Und nass war er sowieso schon.« Dann nahm er Anna den Lappen aus der Hand und wischte dem Jungen beinahe zärtlich den Mund ab. »Dieses Lächeln kann man einfach nicht wegwischen«, sagte er, und seine Stimme klang dabei mehr als nur zufrieden. Er stand auf und gab ihr den Lappen zurück.

»Woher habt Ihr das mit dem Stein gewusst?«

»Ich habe ihn mit seinen Steinen spielen sehen. Ich dachte, dass er vielleicht gern noch einen dritten hätte. Die Drei ist eine vollkommene Zahl.« Er hielt inne, während er das Kind noch einen Moment lang beobachtete, dann sah er wieder sie an. »Er kann zählen, wisst Ihr das?«

»Wie kommt Ihr denn darauf?«

»Habt Ihr nicht gesehen, wie er auf den Boden geklopft hat? Drei Mal. Und seht, jetzt hat er die Steine in einer Reihe nebeneinander gelegt.«

Irgendetwas an dem stillen Mitgefühl des Händlers, vielleicht auch etwas an seiner Beobachtungsgabe und seiner Klugheit, erinnerte sie an ihren Großvater. Sie blinzelte die Tränen weg, die ihr plötzlich in die Augen stiegen, und hoffte, dass er das nicht bemerkt hatte.

»Da ist eine gewisse Intelligenz«, sagte er. »Ich habe von Menschen wie ihm gelesen. Sie besitzen einzelne Fähigkeiten, die weit über das Normale hinausgehen. Es scheint, als wäre dies eine Gabe, die Gott ihnen geschenkt hat, um sie dafür zu entschädigen, dass sie so vieles andere nicht können.«

Anna hätte ihn umarmen mögen. Nicht nur wegen seiner Freundlichkeit, sondern vor allem auch, weil er das bestätigte, was sie schon seit langem geahnt hatte. Sie hätte ihn vielleicht tatsächlich umarmt, wenn sie in eben diesem Moment in ihrem kleinen Haus in Prag und nicht auf einem Marktplatz in einem fremden Land gestanden hätten. Wenn er einer der Studenten gewesen wäre, die zu ihrem Großvater gekommen waren, um die Texte Wycliffes zu studieren und zu übersetzen. Aber sie waren nicht in Prag, und er war kein Student. Er war ein Fremder in einem fremden Land, und sie hatte, seit sie Prag verlassen hatte, genug von der Welt gesehen, um Fremden gegenüber auf der Hut zu sein.

Sie standen nah beieinander unter der schützenden Markise, während die Wolken und der Nebel, der immer dichter wurde, den Stand einhüllten und ihn so zu einer Art intimen Raum machten. Sie widerstand dem Drang, VanCleves scharlachroten Ärmel zu berühren, ihre Hand auf seinen Arm zu legen. Sie bog unbewusst ihren Rücken durch und strich sich dabei über die Haare, so als wollte sie sie bändigen. In ihrem Unterleib rührte sich etwas, heftig und unvermittelt. Ein blitzartiges Aufwallen. Fast ein Schmerz. Sie konnte VanCleve nicht mehr in die Augen sehen. Stattdessen wandte sie ihr glühendes Gesicht ab und tat so, als würde sie die Bücher und Flugblätter auf ihrem Tisch ordnen.

»Habt Ihr Kinder, Monsieur VanCleve?« Ein Mann wie er hatte gewiss Frau und Kinder, kräftige Söhne, die einmal sein Geschäft übernehmen würden.

»Nein, ich bin … allein stehend … ich bin nicht verheiratet.«

»Wie schade«, murmelte sie, während sie versuchte, ihren flatternden Puls zu beruhigen. »Ich meine, weil Ihr Kinder sehr zu mögen scheint.«

»Lasset die Kindlein zu mir kommen, das sagte unser Herr.« Er lächelte. »Auch er mochte sie.«

Hinter ihr klopfte Klein Bek mit seinen Steinen auf den Boden. Eins, zwei, drei. Drei Schläge, gedämpft durch die Strohunterlage. Der Nebel ging jetzt in Regen über, der vom Rand der Markise heruntertropfte.

»Ich hoffe, Ihr wohnt in der Nähe«, sagte sie. Dann errötete sie, weil sie fürchtete, er könnte ihre Worte missverstanden haben. »Ich wollte damit nur sagen, dass es nicht gut wäre, wenn Eure schönen Sachen an einem Tag gleich zwei Mal nass würden.«

Er lachte. »Ich habe ein Zimmer gleich gegenüber der Kathedrale gemietet. In der Rue de Saint Luc. Und Ihr? Habt Ihr es weit nach Hause?«

»Ich bin mit einer Gruppe von … Pilgern hierher gekommen, aber diese werden bald weiterreisen. Ich habe vor, den Winter über in Reims zu bleiben. Die Geschäfte laufen hier gut.«

»Vielleicht gibt es dort, wo ich wohne, noch ein freies Zimmer.«

»Ihr vergesst, dass ich nur eine arme Witwe bin. Als kleine Buchhändlerin kann ich mir bestimmt nicht dieselbe Unterkunft wie ein wohlhabender Tuchhändler leisten.«

»Das Haus ist einfach, aber sauber. Die Miete ist günstig. Wenn Ihr wollt, werde ich mich beim Vermieter für Euch erkundigen.«

Während sie noch zögerte und nach einer Antwort suchte, fügte er hinzu: »Ich werde Euch helfen, Eure Bücher einzupacken, und dann gehen wir. Ihr und das Kind werdet sonst noch klatschnass.«

Bevor sie noch irgendwelche Einwände erheben konnte, hatte er bereits ihre Bücher in ihrem Korb verstaut und Klein Bek auf den Arm genommen. »Hier«, sagte er und drückte ihr den Korb in die Hand. »Am besten, wir beeilen uns. Es ist das zweite Haus neben der Kathedrale.«

Er hatte die Worte kaum ausgesprochen, da rannte er auch schon, Klein Bek, den er in seinen pelzgefütterten Mantel eingewickelt hatte, auf dem Arm, mit großen Schritten über den Platz.

Anna blieb nichts anderes übrig, als ihre widerspenstigen Locken unter ihrem Umschlagtuch zu verstecken und den beiden zu folgen.

18

Gar vieles schrieb man für den Franzmann.
Doch was tut der, der kein Französisch kann?
Selten war's in Frankreich überdies,
dass jemand dort das Englisch pries.

AUS »CURSOR MUNDI«, UNBEKANNTER AUTOR
DES 14. JAHRHUNDERTS

Es stellte sich heraus, dass der Vermieter des kleinen Hauses in der Rue de Saint Luc tatsächlich noch ein Zimmer frei hatte. Anna sah es sich auf VanCleves Drängen hin an – sie tat dies aber auch, weil es inzwischen zu regnen begonnen hatte. Das Zimmer war sauber und gemütlich eingerichtet. Es verfügte über ein Bett aus Holz mit einer echten Daunenmatratze und eine Truhenbank, über deren Rückenlehne ein bunt bestickter Überwurf lag. Eine Kommode mit einer Zinnschüssel und einem Zinnkrug bot Gelegenheit zum Waschen. Über der Kommode hing ein kleiner Bronzespiegel. Das Fenster, dessen Scheibe aus kleinen, in Blei gefassten Quadraten bestand, führte auf ein Stück Garten hinaus. Ein Kohlenbecken verbreitete eine angenehme Wärme.

Sie sah sich in dem kleinen Zimmer sehnsüchtig um, während sie gegen eine plötzliche Welle des Bedauerns ankämpfen musste. Das Zimmer ähnelte sehr ihrem Zimmer in dem kleinen Haus in Prag. »Solch einen Luxus kann ich mir nicht leisten«, sagte sie und schüttelte dabei traurig den Kopf.

VanCleve lachte. »Ihr habt ja noch nicht einmal gefragt, wie viel es kostet. Woher wollt Ihr denn wissen, dass Ihr es Euch nicht leisten könnt? Ihr hättet es von hier aus auch nicht weit bis zum Marktplatz. Ihr habt mir selbst erzählt, dass Ihr eine ganze Meile weit nach Hause laufen müsst. Wahrscheinlich könntet Ihr in dieser Zeit genügend Geschäfte machen, um die Miete zu bezahlen. Ich bin mir außerdem sicher, dass der Vermieter einer jungen Witwe mit einem Kind ein wenig entgegenkommen wird.« Er sah dabei den kleinen, dicken Mann an, der Klein Bek mit seinen kurzsichtigen Augen angestrengt musterte.

Anna schalt sich, dass sie VanCleve nicht schon am ersten Tag gesagt hatte, dass Klein Bek nicht ihr Sohn war. Sie hatte ihn in diesem Irrtum gelassen, weil das die Geschichte ihrer Witwenschaft glaubhafter erscheinen ließ, eine Geschichte, die sie sich passend zu den gefälschten Dokumenten ausgedacht hatte, die sie vorgelegt hatte, um eine Lizenz für den Verkauf von Büchern auf dem Marktplatz zu bekommen. Jetzt war es ihr zu peinlich, dieses Missverständnis aufzuklären. Und auch wenn sich der Mann aus Flandern ihnen gegenüber stets freundlich gezeigt hatte, konnte sie nicht sicher sein, dass er sie nicht doch anzeigen würde, weil sie nicht das war, was sie zu sein behauptete: eine Witwe, die das Geschäft ihres Mannes weiterführte. Aber wie dem auch sei, er würde ohnehin bald abreisen. Schließlich wollte er nur für eine Woche in Reims bleiben.

»*Quel est le prix de cette chambre?*«

Der dicke, kleine Mann blinzelte und hielt dann einen seiner dicken Finger in die Höhe. »*Un ecu par semaine.*«

Eine halbe Krone. Fünf Schilling in der Woche. Das verdiente sie, wenn alles gut lief, allein schon am Donnerstag, wenn Markttag war. Aber sie musste auch noch an die Kosten für Essen und Wäsche denken und für die Kerzen. Entgegen dem Verbot des Zunftmeisters musste sie auch bei Kerzenlicht arbeiten, um genügend Geld für ihren Lebensunterhalt zu verdienen. Aber sie würde trotz alledem dennoch bald eine Unterkunft finden müssen. Bera sprach unablässig von der Pilgerfahrt nach Spanien. Es konnte sich nur noch um ein paar Tage handeln, bis sich die Zigeuner auf den Weg machen würden. Sie aber konnte jetzt, da der Winter vor der Tür stand, nicht allein nach England weiterreisen.

VanCleve griff in seine Geldbörse und drückte dem Vermieter ein Paar Silbermünzen in die Hand. »*Nous prenons cette chambre*«, sagte er.

»*Non* –«

»Das ist nur der Vorschuss für das Buch, das Ihr für mich kopiert. Ihr könnt bei dem Regen ohnehin nicht nach Hause gehen. So weit könnt Ihr das Kind unmöglich tragen. Ihr bleibt also am besten gleich hier. Morgen früh werde ich dann jemanden schicken, der Eure Sachen holt.«

Draußen trommelte der Regen gegen die Fensterscheibe. Drinnen herrschte wohlige Wärme. Klein Bek sah sie mit einem breiten, sabbernden Lächeln an, während er seinen großen Kopf, der auf seinem zarten Hals wackelte wie der Kasper in seinem Schächtelchen, zur Seite geneigt hatte. Anna setzte sich auf die Matratze. Die Federn gaben unter ihrem Gewicht einen leisen Seufzer von sich. Dem Jungen gefällt es hier, dachte sie. Und es gefällt ihm offensichtlich auch, dass ein Mann da ist.

VanCleve griff noch einmal in seine Börse, nahm eine Silbermünze heraus und gab sie dem Gastwirt. »*De la viande, du pain, du fromage, s'il vous plaît.*«

Fünf weitere Schilling für Fleisch, Brot und Käse. Ihr Magen begann schon zu knurren, als sie nur an diese Köstlichkeiten dachte, denn sie hatte, seit sie heute Morgen ihren Roma-Wagen verlassen hatten, nichts mehr gegessen. Lediglich für den Jungen hatte sie für einen Farthing ein wenig weiches Brot und Bratenfett gekauft. Der Gastwirt nickte und verließ das Zimmer, wobei er die Tür hinter sich schloss. Anna wurde sich mit einem Schlag der unangemessenen Intimität der Situation bewusst. Aber welchen Ruf hatte sie, eine Fremde in einer fremden Stadt, denn schon zu verlieren? Ein fernes Donnergrollen mischte sich in das Trommeln des Regens.

VanCleve zog seinen scharlachroten Mantel aus und breitete

ihn auf den Dielen aus. Dann setzte er sich neben Klein Bek auf den Fußboden. »Wir werden ein Picknick machen, wenn der Vermieter mit dem Essen zurückkommt«, sagte er und lächelte den Jungen an, als wäre er sich sicher, dass das schwachsinnige Kind jedes Wort verstand. »Wir werden so tun, als wäre dieser Fußboden eine bunte Blumenwiese und die Regentropfen helle Sonnenstrahlen.«

»Euer Mantel –«

»Der lässt sich reinigen«, sagte er und nahm den Stein, der wie das Ei eines Rotkehlchens aussah, aus Annas Korb. Er ließ ihn zwischen seinen Fingern blitzschnell hin und her wandern, dann hielt er dem Jungen seine beiden Fäuste vor das Gesicht. »In welcher Hand ist er?«, fragte er.

Zu Annas Überraschung schlug der Junge sofort auf die Hand, in der sich der Stein befand. Ein Glückstreffer? Selbst sie war sich nicht sicher gewesen, in welcher Hand sich der Stein befand, und sie hatte gute Augen. Der Junge schlug jedoch immer wieder auf die richtige Hand. Er irrte sich nicht ein einziges Mal. Schließlich war Anna das Raten leid, und sie beobachtete VanCleves Augen, in deren Winkeln stets kleine Fältchen erschienen, wenn er lachte, und sein kurzes blondes Haar, das sich unter seiner viereckigen, flachen Mütze lockte. Es erinnerte sie an die fließenden Seidenschals, in die der Rabbi in der Judenstadt immer seine Thora-Rollen eingewickelt hatte, damit die heiligen Worte nicht von unreinen Händen beschmutzt wurden. Warum musste sie aber ausgerechnet heute Abend daran denken? Zum zweiten Mal an diesem Tag spürte sie, wie das Heimweh sie überfiel.

Was hätte Dědeček wohl von VanCleve gehalten, fragte sie sich. Wieder ein Donnergrollen. Dann ein leises Klopfen an der Tür.

»*Entrez*«, rief VanCleve.

Die Tür ging auf, und der köstliche Geruch von gebratenem Fleisch und Hefebrot füllte den Raum.

Nachdem der Vermieter das Festessen auf die behelfsmäßige Picknickdecke gestellt und das Zimmer wieder verlassen hatte, blieb er noch ein paar Minuten draußen vor der Tür stehen, um dem Klang des Lachens zu lauschen. Ein seltsames Trio. Aber es war schön, glückliche Menschen unter seinem Dach zu haben, dachte er. Und es war gut für das Geschäft.

Und was sich da hinter verschlossenen Türen abspielte, das ging ihn nichts an. Nicht das Geringste.

Als Anna und Klein Bek nicht zur gewohnten Zeit zum Lager zurückkamen, begann Jetta, sich Sorgen zu machen. Sie überlegte, ob sie gehen und die beiden suchen sollte. Sie wusste, wo Anna ihren Büchertisch aufgebaut hatte, war aber selbst nur ein einziges Mal dort gewesen. Der Wachtmeister hatte sie damals sofort davongejagt, als sie versuchte, den *gorgios* auf dem Marktplatz aus der Hand zu lesen. Er hatte sie mit hässlichen Worten beschimpft. Auch wenn sie seine Sprache nicht sehr gut beherrschte, so hatte sie die Drohung, die in ihnen lag, sehr wohl verstanden. Sie wollte sich dort nicht noch einmal sehen lassen.

Als sie Bera fragte, ob sich nicht jemand anderes auf die Suche nach Anna und Klein Bek machen könne, erhielt sie von ihm zur Antwort, dass Anna wahrscheinlich nur Schutz vor dem Regen gesucht hätte. Jetta solle sich keine Sorgen machen. Dann widmete er sich wieder seinem Sohn, den er über seine Schulter gelegt hatte und dem er auf den Rücken klopfte. Als das Kind daraufhin ein lautes Rülpsen von sich gab, grinste er. Auch Lela, die sich ihre Bluse zuschnürte und aussah wie eine zufriedene Katze, die gerade ein Schälchen Sahne ausgeschleckt hat, versicherte Jetta, dass sie sich keine Sorgen machen solle.

Das sagten die beiden so einfach. Sie hatten das Kind und die Frau ja auch nicht vor dem Ertrinken gerettet. Und sie hörten schließlich auch keine Stimmen, die sie zwangen, dies und jenes zu tun.

Aber Jetta wusste auch ohne die Stimmen, dass für sie kein

Platz bei diesem trauten Familienglück war. Also kehrte sie in ihren eigenen, feuchten *vardo* zurück, wo sie ein Stück Käserinde und einen Kanten altes Brot aß. Der Regen hatte die Lagerfeuer gelöscht, so dass es heute Abend nichts Warmes zu essen geben würde. Kein Tanz. Keine Musik. Kein Lachen.

Sie hoffte, dass es der rothaarigen Frau und dem Jungen besser ging. Ohne sie war es leer und einsam im Wagen. Einsam. So trist wie der trostlose Himmel, der seine Tränen auf das Dach des Wagens goss. Sie lag auf dem Rücken, starrte in der immer dichter werdenden Dunkelheit die Decke an und lauschte nach den Stimmen in ihrem Kopf. Die Stimmen würden ihr bestimmt sagen, was sie tun sollte. Als sie beharrlich schwiegen, deckte sie sich mit einer rauen, wollenen Pferdedecke zu und schlief schon bald ein.

Nur das Geräusch des trommelnden Regens störte die bleierne Stille.

Als Anna aufwachte, fiel helles Sonnenlicht durch die dicken, mit Blei eingefassten Fensterscheiben. Ihr Herz machte ein paar freudige Schläge, denn sie glaubte sich für einen Moment lang wieder in ihrem kleinen Schlafzimmer am Ende der hölzernen Wendeltreppe in Prag. Das leise Jammern von Klein Bek holte sie dann jedoch schnell wieder in die Realität zurück.

Wahrscheinlich war er nass und brauchte eine neue Windel. Sie hoffte, dass die Feuchtigkeit nicht schon durch die Hose aus geölter Leinwand gedrungen war, die Jetta für ihn genäht hatte. Es war keiner von beiden je in den Sinn gekommen, dass er möglicherweise sogar lernen könnte, sauber zu werden, obwohl sie sich einig waren, dass er seine Blase durchaus kontrollieren konnte. Dies war ein Segen bei jemandem, der ansonsten so gut wie keine Kontrolle über seinen Körper hatte. Der Junge hasste es, wenn er nass war, und begann dann immer zu schreien, nachts hatte er sie jedoch noch kein einziges Mal geweckt.

Anna ging rasch zu ihm hinüber und sah nach. Seine Windel war klatschnass, die Hose und die Decke waren jedoch trocken geblieben. Sie suchte in ihrem Korb herum, obwohl sie sich eigentlich sicher war, dass sie den letzten Lappen gestern Abend gebraucht hatte, um nach dem Festessen sauber zu machen. Sie überlegte, was sie stattdessen als Windel verwenden könnte. Während sie versuchte, den Jungen zu beruhigen, hörte sie ein leises Klopfen an der Tür.

Dann sagte jemand: »*Pardon, madame, si'il vous plaît.*« Als Anna die Tür öffnete, stand der beleibte Vermieter vor ihr. In einem Arm hatte er einen Stapel sauberer Bettwäsche, während er im anderen einen Eimer Wasser und einen Korb voller Äpfel balancierte. »Von Monsieur VanCleve. Für die Junge«, sagte er in holprigem Englisch.

Anna sah mit großer Erleichterung dabei zu, wie der kleine Mann das Wasser in die Waschschüssel goss und den Stapel Bettwäsche in die Kommode legte.

»Ist Monsieur VanCleve ausgegangen?«, fragte Anna ihn in ihrem durchaus passablen Französisch.

Der Vermieter lächelte. Offensichtlich war er froh, dass sie seine Muttersprache beherrschte. »*Oui*«, dann drückte er ihr eine Nachricht und den Korb mit den Äpfeln in die Hand. »*Bonjour, Madame. Avez-vous besoin de quelque chose d'autre?*«

»*Non, merci. Merci beaucoup.*«

Während sie die Tür hinter dem Vermieter schloss, warf sie einen Blick auf die Nachricht. Dort stand jedoch nur, dass VanCleve hoffe, dass sie alles zu ihrer Zufriedenheit vorgefunden und gut geschlafen hätte. Er werde in Kürze zurück sein und ihr dann dabei helfen, ihre Sachen aus dem Lager der Zigeuner zu holen.

Anna hatte allerdings nicht die Absicht, sich von VanCleve dorthin begleiten zu lassen. Sie konnte es zwar nicht in Worte fassen, aber da war noch immer etwas, das sie ihm gegenüber misstrauisch machte, auch wenn sie ihm wirklich gern vertraut hätte. Aber warum sollte dieser Fremde, der nach allem, was man hörte, ein wohlhabender Händler war, ein so großes Interesse am Wohlergehen einer Frau haben, die er kaum kannte?

Nun, dafür konnte es nur einen Grund geben, selbst wenn er

sich ihr, wie sie zugeben musste, bis jetzt in keiner Weise unschicklich genähert und sie auch immer mit allem Respekt behandelt hatte. Nachdem sie miteinander zu Abend gegessen hatten, hatte er ihr beim Aufräumen geholfen und hatte sich dann in sein eigenes Zimmer zurückgezogen. Zuvor hatte er ihr noch gesagt, sie könne jederzeit an seine Tür klopfen, falls sie irgendetwas brauche. Sie war ihm sehr dankbar für seine Hilfe, noch dankbarer war sie ihm jedoch für die Freundlichkeit, die er dem Jungen gegenüber zeigte. Und das war das Seltsamste. Warum gab er sich mit diesem schwachsinnigen Kind ab, mit dem sonst niemand etwas zu tun haben wollte? Andere Menschen, so hatte sie es immer wieder erlebt, starrten den Jungen entweder voller Neugier an, oder sie sahen durch ihn hindurch, so als wäre er überhaupt nicht da.

Nein, sie würde weiterhin auf der Hut sein und ihn in dem Glauben lassen, dass sie eine Witwe war, die das Geschäft ihres verstorbenen Ehemanns weiterführte und somit Anspruch auf den Schutz der Buchmacherzunft hatte. Jetzt, da sie das Ganze eine Nacht überschlafen hatte, bedauerte sie es allerdings keineswegs, dass sie hier eingezogen war. Sie war sogar froh, dass sie diese Entscheidung getroffen hatte. Wenn die Roma weiterzogen, hatte sie wenigstens ein Dach über dem Kopf, und das war ein überaus beruhigender Gedanke. Da sie dann nur noch für sich selbst sorgen musste, würde sie sicher genügend Geld zur Seite legen können, um im Frühjahr die Reise nach England anzutreten.

Sir John Oldcastle. Sie hatte diesen Namen in den letzten Monaten immer wieder laut vor sich hingesagt, damit sie sicher sein konnte, ihr Versprechen nicht zu vergessen. Sir John Oldcastle, Lord Cobham. »Geh zu Lord Cobham, dort bist du sicher«, hatte ihr Großvater gesagt. Sich wieder sicher zu fühlen war das, was Anna sich am meisten wünschte. Und seit Martins Hinrichtung war sie diesem Gefühl nie näher gewesen als letzte Nacht in dem kleinen Zimmer in der Rue de Saint Luc. Es war so verlockend, dem Händler aus Flandern zu vertrauen. Als sie in der Geborgenheit des kleinen Zimmers gemeinsam zu Abend gegessen und miteinander gelacht hatten, war sie versucht gewesen, ihm die Wahrheit zu sagen. Was hätte ihr das schon schaden können? Er kehrte in ein paar Tagen in seine Heimat zurück, und sie würde ihn nie wiedersehen. Irgendetwas hatte sie jedoch davon abgehalten. Und jetzt, als das helle Licht des Wintertages in ihr Zimmer fiel, war sie froh, dass sie ihn nicht ins Vertrauen gezogen hatte.

»Hier, Klein Bek, iss einen Apfel«, sagte sie, während sie das Obst in kleine Stücke schnitt. »Und dann bringe ich dich zu Jetta zurück. Dort gibt es keine Glocken, die dir Angst machen.«

Aber Klein Bek wollte seinen Apfel nicht essen. Er spuckte den Bissen wieder aus und begann stattdessen zu singen. Sie war sich nicht sicher, aber es hörte sich fast so an, als sänge er ihren Namen.

»Mach dir keine Sorgen, bei Jetta wird es dir gut gehen. Die Roma werden sich um dich kümmern. Ihr werdet nach Spanien gehen. Dort wird es dir bestimmt gefallen. In den Büchern steht nämlich, dass in Spanien immer die Sonne scheint und es immer schön warm ist. Ganz anders als hier.«

Der Regen der vergangenen Nacht war strahlendem Sonnenschein gewichen. In der Luft lag jedoch bereits die harte, kalte Schärfe des Winters.

Anna schauderte, als sie an die langen, dunklen Nächte dachte, die vor ihr lagen.

»Wir werden dich vermissen, Anna aus Prag«, sagte Bera, als sie ihm eröffnete, dass sie die Zigeuner verlassen würde.

»Aber wenn du uns nicht nach Santiago de Compostela begleiten kannst, ist es gut, dass du eine Bleibe gefunden hast. Unsere Abreise ist imminent.«

Bera lächelte sie strahlend an. »Imminent« war anscheinend das neueste Wort, das er gelernt hatte. Bera sammelte Wörter genauso, wie er Taschenspielertricks sammelte, und beides gab er bei jeder sich bietenden Gelegenheit zum Besten.

»Du hast also einen Mann gefunden! Ich wusste es«, rief Lela begeistert. »Jetzt wirst du bald dein eigenes Baby haben.« Sie ließ ihr Baby auf ihrem Arm auf und ab hüpfen, so als wollte sie Anna noch einmal zeigen, wie man das machte. Dann gab sie den Kleinen an Bera weiter, der ihn noch ein wenig wilder hüpfen ließ. Bei dem ganzen Geschüttle war es ein Wunder, dass das Kind keine Butter spuckte.

»Nein, Lela, ich habe keinen Mann gefunden! VanCleve ist einfach nur ein freundlicher Tuchhändler aus Flandern, der Mitleid mit uns hatte, als wir im Regen standen. Er wird bald abreisen.«

»Van Clef. Aha. Ein ausgefallener Name. Dieser Van Clef wird sich unsterblich in dich verlieben. Ich habe vor einer Woche einen Liebeszauber für dich gesprochen. Er wird dir einfach nicht widerstehen können, Anna aus Prag. Du wirst schon sehen. Aber du brauchst mir dafür nicht zu danken. Du bist schließlich meine Freundin. Ich werde dich wirklich vermissen.«

Lela sprang von ihrem Stapel Kissen auf und umarmte Anna voller Begeisterung. Anna versuchte, ihre Umarmung zu erwidern, während sie sich insgeheim dafür schalt, dass sie ihr einfach nicht verzeihen konnte. Obwohl sie es gern vergessen hätte, musste sie doch immer wieder daran denken, dass Lela es gewesen war, die sie bei der Prager Obrigkeit denunziert hatte. Sie nahm den süßsauren, milchigen Geruch des Kindes wahr, ein Geruch, der eine solch unerklärliche Sehnsucht in Anna auslöste, dass ihr davon fast schwindelig wurde.

Lela, die einen halben Kopf kleiner als Anna war, hob plötzlich die Hand und riss Anna blitzschnell ein langes rotes Haar aus.

Anna holte Luft, um zu protestieren, aber Lela lachte nur. »*Rawnie bal*«, sagte sie. »Du wirst es nicht vermissen. Du hast so viele davon.«

Lela wickelte das Haar zu einem Ring und streifte ihn dann dem Baby über die Hand. Anna starrte den Ring aus Haar an, der in eine Falte im Handgelenk des Babys rutschte, ein rostroter Strich neben einem Armband aus dünnen karminroten Bändern.

Anna wünschte diesem Kind aufrichtig, dass das ausreichte, um ihm ein glückliches Leben zu sichern. Sie wusste jedoch, dass die Welt ein grausamer und gefährlicher Ort für Kinder war. Kein Talisman und kein Zauberspruch konnten vor jenem Übel schützen, das sie gesehen hatte.

Ich werde diese Menschen und ihren albernen Aberglauben vermissen, dachte Anna. Sie drehte sich zu Jetta um, die in einer Ecke des Wagens im Schneidersitz auf dem Boden hockte. Klein Bek saß auf ihren überkreuzten Beinen und schlug mit dem blauen Stein einen synkopierten Takt auf die Penny-Farthing-Bretter des Bodens. Die alte Frau hatte seit Annas Ankündigung, dass sie die Roma verlassen würde, noch kein einziges Wort gesagt.

»Dich werde ich am meisten vermissen, Jetta«, sagte Anna.

Bera gab Lela das Baby zurück und nahm Annas Reisetruhe. Er stöhnte, als er sie auf die Schultern hob.

»Es ist die englische Bibel, die so schwer wiegt«, sagte sie. Sie fürchtete nämlich, er könnte vermuten, dass ihr kleiner Vorrat von Dukaten und Nobeln in jüngster Zeit gewachsen war, und würde versuchen, noch ein letztes Mal ein wenig Geld aus ihr herauszuholen.

Jetta schob Klein Bek sanft von ihrem Schoß und stand dann auf. Sie umarmte Anna jedoch nicht, so wie Lela es getan hatte, sondern nahm ihre Hand und drehte ihre Handfläche nach oben.

»Was liest du, Jetta?«, fragte Lela. »Der Mann, den sie kennengelernt hat, wird bei ihr bleiben, richtig? Es gibt eine Hochzeit? Viele Kinder?«

Anna zog ihre Hand weg. »Ich glaube nicht an Wahrsagerei, Jetta. Das weißt du doch. Ich glaube, dass unser Schicksal allein durch unser Tun und durch den Willen Gottes bestimmt wird, wenn wir ihn bitten, in unser Leben einzugreifen. Und Gott schreibt unsere Zukunft bestimmt nicht in unsere Handflächen hinein.«

Was hätte es schon ausgemacht, sich von Jetta aus der Hand lesen zu lassen, wenn sie das gern tun wollte? Hatte sie etwa Angst vor dem, was die alte Frau dort erkennen würde?

Jetta kniff die Augen zusammen und lächelte Anna verschmitzt an. »Du wirst eine lange Reise machen. Das habe ich in deiner Hand noch lesen können, bevor du sie weggezogen hast.«

Anna lachte. »Aber, Jetta, das sagst du doch allen, denen du aus der Hand liest.«

Jetta zuckte mit den Schultern, so dass die Ringe in ihren Ohren auf und ab hüpften. »Das heißt aber nicht, dass das nicht die Wahrheit wäre. Das Leben ist eine einzige lange Reise. Würdest du mir da nicht zustimmen, Anna aus Prag?«

»Ich nehme an, das ist so, Jetta. Ja, das nehme ich an.«

Lela zog einen Schmollmund. »Aber ich wollte doch etwas über ihren Verehrer erfahren.«

Das Lächeln war plötzlich von Jettas Gesicht verschwunden. »Pass auf dich auf, Anna. Ob du nun glaubst, dass es in deiner Hand geschrieben steht, oder nicht: Vor dir liegt eine große Gefahr. Du musst auf deiner Reise sehr vorsichtig sein.«

Das war die längste Rede, die Anna von der ansonsten so schweigsamen Jetta jemals gehört hatte, außer vielleicht, wenn sie ein Selbstgespräch geführt hatte. »Pass du auch auf dich auf, Jetta. Du weißt, dass ich dir ewig dankbar sein werde.«

»Unsinn. Es war dir einfach nicht bestimmt, an diesem Tag im Fluss zu sterben.«

Anna erinnerte sich wieder an den Kuss des Wassers auf ihrem Gesicht, an den Frieden, den sie empfunden hatte, als sie in den Fluten versunken war. Wäre die alte Frau nicht gewesen, so hätte ihr Lebensweg dort geendet. Vielleicht hätte er dort auch enden sollen, dachte sie, in den kühlen, klaren Fluten der Moldau, die sie langsam in die Ewigkeit getragen hätten. In einen sicheren Hafen. Zu Dědeček und zu Martin. Das wäre dann das Ende ihrer Reise des Lebens gewesen. Aber an diesem strahlend hellen Tag, an dem die Luft so frisch und rein war und sie von dieser ungewöhnlichen Gruppe von Freunden umgeben war, war sie doch froh, dass sie ihre Reise fortgesetzt hatte.

Bera stieg bereits die Stufen des Wagens hinunter. Anna beugte sich zu Klein Bek hinunter und küsste ihn zärtlich auf seine feinen blonden Haare, dann wandte sie sich zum Gehen. Sie musste mit aller Macht ihre Tränen unterdrücken, denn hinter ihr begann Klein Bek, laut zu jammern. »An na An na.«

»Psst, Kind«, sagte Jetta. »Du wirst Anna wiedersehen. Schon bald. Du wirst sie schon bald wiedersehen.«

Ein leeres Versprechen, um ein Kind zu trösten, dachte Anna und hoffte dabei, dass er sie rasch vergessen und sich nicht allzu sehr grämen würde. Er hatte auf dieser Welt ohnehin nur wenige Freunde.

Genau wie ich, dachte Anna, als sie dem König der Zigeuner folgte, um endgültig das Lager zu verlassen, das für mehrere Monate ihr Zuhause gewesen war. *Genau wie ich.*

Es war schon spät, als Bera Annas Reisetruhe in ihrem Zimmer abstellte. Sie war froh, dass VanCleve anscheinend nicht da war, denn sie wollte nicht, dass er den Zigeuner sah und möglicherweise falsche Schlüsse zog. Aber sie bereute diesen Gedanken sofort. Was kümmerte es sie, was er dachte? Er war nur ein Kunde, der freundlich zu ihr gewesen war. Er würde schon bald weiterreisen, und sie würde ihn nie wiedersehen.

»Ich begleite dich noch ein Stück zurück, Bera. Vielleicht kaufe ich mir unterwegs Brot und Käse zum Abendessen, jetzt, da ich auf mich allein gestellt bin.«

Er sah sie ruhig an. Da war nicht einmal die Andeutung jenes Lächelns, das er immer dann aufsetzte, wenn er einen *gorgio* einwickeln oder betrügen wollte. Sie hatte ihn noch nie so ernst erlebt. »Es ist noch nicht zu spät, Anna aus Prag. Du kannst noch immer deine Meinung ändern und mit uns nach Spanien gehen.«

»Nein, Bera. Ich danke dir. Wirklich. Ich weiß nicht, was ich ohne dich und Jetta … und Lela getan hätte. Aber so ist es für uns alle am besten. Meine Reise führt mich nach Westen.«

Als er sie dann endgültig verließ, überkam sie jedoch plötzlich ein Gefühl der Panik. Fast wäre sie ihm nachgelaufen.

Wer konnte schon sagen, was sie in England erwartete? Was

war, wenn dieser Lord Cobham sich weigerte, ihr Schutz und Obdach zu gewähren? Sie dachte an die Hrad auf dem Hügel über der Moldau und schauderte innerlich bei dem Gedanken, sich einer solchen Burg auch nur zu nähern. Was war, wenn …? *Nun, dann hast du zumindest dein Versprechen eingelöst. Du kannst dir mit deiner Feder genauso gut auch in England dein Brot verdienen. Sei einfach dankbar dafür, dass Gott dir dieses Talent geschenkt hat.*

Offensichtlich war Jetta nicht die Einzige, die Stimmen hörte, dachte Anna bitter.

Mit dem schwindenden Licht des Tages war es dämmrig geworden. Die Glocken schlugen die Vesper. Anna hatte sich Brot und Käse gekauft und ging gerade am großen Portal der Kathedrale vorbei, als sie aus dem Augenwinkel etwas Scharlachrotes sah. Die Gestalt, die die Kirche betreten hatte, war ihr vertraut, obwohl sie sie nur von hinten sah. Ja, sie war sich sicher. Sie erkannte ihn an seinem Gang, an seiner Körperhaltung.

VanCleve war also ein frommer Mann. Und er war praktizierender Katholik. Das war eine Enttäuschung für sie. Sie hatte geglaubt, sie wären Gleichgesinnte. Immerhin hatte er bei ihr ein Englisches Evangeliar in Auftrag gegeben. Warum sollte er so etwas in Auftrag geben, wenn er nicht auf der Suche nach einer höheren Wahrheit war als jener, die die Kirche lehrte? Dann aber rief sie sich, nicht zum ersten Mal, ins Gedächtnis, dass das, was VanCleve dachte oder tat, für sie ohne jede Bedeutung war.

Als Anna zu Abend gegessen und eine Seite kopiert hatte, war die Kerze aus ihrem sorgfältig gehüteten Vorrat fast heruntergebrannt. Außerhalb ihres gelben Lichtkreises lauerte die Dunkelheit und ließ das Zimmer noch einsamer erscheinen. Im Flur draußen vor der Tür war es still. VanCleve hielt offensichtlich eine lange Andacht. Sein Zimmer war nicht weit von dem ihren entfernt, sie hätte also gehört, wenn er zurückgekommen wäre.

Aber was ging sie das schon an? Warum lauschte sie überhaupt nach seinen Schritten?

Sie hatte gerade beschlossen, zu Bett zu gehen – es wäre die pure Verschwendung gewesen, noch eine weitere Kerze anzuzünden –, als sie ein leises Klopfen hörte. Sie öffnete die Tür vorsichtig, zuerst nur einen Spalt, dann ein Stück weiter.

VanCleve füllte den schmalen Türrahmen fast vollständig aus. Sein kurzes blondes Haar glänzte im flackernden Fackellicht des Wandleuchters.

»Ich hoffe, Ihr habt noch nicht geschlafen. Ich wollte Euch nicht wecken. Aber ich dachte, ich hätte noch Lichtschein unter Eurer Tür gesehen.«

»Nein, ich habe gerade –«

Er warf über ihre Schulter hinweg einen Blick in ihr Zimmer und sah die Federkiele, das Papier und das aufgeschlagene Buch auf ihrem Bett liegen. »Ihr arbeitet noch. Darf ich hereinkommen? Ich verspreche Euch, dass ich Euren Sohn nicht aufwecken werde«, sagte er leise und sah zu dem Stapel von Decken auf der kleinen Strohmatratze neben Annas Bett hinüber. Sie hatte sie noch nicht weggeräumt. So wie die Decken dort lagen, sah es im matten Schein der Kerze aus, als wären sie über ein schlafendes Kind ausgebreitet. Sie setzte zu einer Erklärung an, aber was sollte sie ihm sagen? Sie war zu müde, um ihm in diesem Moment alles zu erklären, und vor allem war sie viel zu müde, um entscheiden zu können, wie weit sie ihm vertrauen konnte.

»Es ist schon spät. Und der Vermieter –«

Er lachte. »Der Vermieter ist Franzose. Dem ist das egal.«

Diese Bemerkung ließ sie erröten. Sie hoffte, dass er das in dem trüben Licht nicht bemerken würde.

Er hielt ein kleines, ordentlich eingewickeltes Päckchen in den Händen. »Hier, ich habe Euch Kerzen mitgebracht.«

Seine schmeichelnde Stimme erinnerte sie an Martin. Waren etwa alle Männer gleich? Sie musste zugeben, dass es ihr sehr gefallen hatte, wenn Martin so mit ihr geflirtet hatte. Aber Martin hatte sie geliebt. Diesen Mann jedoch kannte sie kaum.

»Bitte, Sir. Ihr seid wirklich sehr großzügig. Aber ich bin –«

Sie war nur einen halben Schritt zur Seite getreten, und schon schob er sich ins Zimmer.

»Ich sehe, was Ihr tut. Ihr lest in der englischen Bibel.« Sein harscher Ton und die eine hochgezogene Augenbraue ließen darauf schließen, dass ihm das ganz und gar nicht gefiel.

»Ich lese sie nicht, ich kopiere sie. Und zwar für Euch. Das Johannesevangelium, erinnert Ihr Euch?« Ihre Stimme war leise, um ihn weiterhin in dem Glauben zu lassen, dass sie das schlafende Kind nicht wecken wollte.

»Ja, ich erinnere mich. Darf ich die Bibel sehen?«

Er wartete ihr Einverständnis jedoch gar nicht erst ab, sondern hatte das Buch schon in der Hand und blätterte darin herum. Sein Verhalten irritierte sie. Er war es als wohlhabender Händler wohl gewöhnt, stets seinen Willen durchzusetzen.

»Ich dachte, Ihr hättet gesagt, dass Ihr eine arme Witwe seid. Aber dies hier ist eine sehr eindrucksvolle Arbeit. Das Buch war bestimmt sehr teuer.«

Das irritierte sie noch mehr. Sein Besuch in der Kathedrale hatte sich offensichtlich nicht gerade positiv auf sein Verhalten ausgewirkt. Er erschien ihr plötzlich wesentlich weniger liebenswürdig, ja geradezu autoritär. Vielleicht bildete sie sich das aber auch nur ein. Möglicherweise suchte sie ja nur nach irgendetwas, das es an ihm auszusetzen gab, weil sie ihn in die Kathedrale hatte gehen sehen. Sie konnte ihn jedoch nicht einfach aus ihrem Zimmer hinauswerfen, schließlich war er es gewesen, der es bezahlt hatte – es sei denn natürlich, er würde sich ihr gegenüber in irgendeiner Weise unehrenhaft benehmen. Der Fehler lag bei ihr. Sie hätte es besser wissen müssen und von einem Fremden keine Geschenke annehmen sollen.

»Ich bin tatsächlich nur eine Witwe«, sagte sie und ärgerte sich gleichzeitig darüber, dass sie gezwungen war, ihre Lüge zu wiederholen. »Das Buch gehörte meinem Großvater. Es ist seine Arbeit. Er war Kopist und ein berühmter Illuminator.«

Er sah das Buch finster an, so als wäre es ganz und gar nicht die

»beeindruckende Arbeit«, als die er es gerade eben bezeichnet hatte, sondern etwas vollkommen anderes. Es schien fast so, als fühlte er sich durch das Buch beleidigt. Aber auch das bildete sie sich vielleicht nur ein. Immerhin hatte er ja bei ihr ein Evangelium in Auftrag gegeben.

»Ich wundere mich, dass Ihr nicht um die Sicherheit Eures Großvaters besorgt seid. Ihr solltet vorsichtiger sein. Allein schon eine solche Bibel zu besitzen, verstößt gegen das Gesetz.«

»Mein Großvater ist tot. Und dort, wo ich herkomme, lesen viele Menschen das Wort Gottes in ihrer Sprache.«

Die Kerze begann zu zischen. Er öffnete das Päckchen, zündete eine neue an und steckte sie in den Kerzenhalter. Dann setzte er sich auf ihr Bett, so selbstverständlich, als hätte sie ihn dazu aufgefordert. Anna blieb stehen.

»Diese Bibel zu besitzen, ist sehr gefährlich, Anna. Die Kirche verdammt sie.«

»Aber Ihr –«

»Das ist etwas anderes. Ich habe Einfluss in höchsten Kreisen. Ihr aber seid eine allein stehende Frau.«

Anna wurde wütend. »Wisst Ihr, warum die Kirche sie verdammt? Ich werde es Euch sagen. Sie fürchtet, dass jene, die die Bibel selbst lesen, herausfinden könnten, dass das, was die Mönche und Priester ihnen predigen, nichts als lauter Lügen sind. Lügen, die sie erzählen, weil sie gierig und machthungrig sind.«

An den mahlenden Bewegungen seines Unterkiefers konnte sie erkennen, dass sie ihn beleidigt hatte, aber sie konnte sich einfach nicht mehr zurückhalten. Es gab Menschen, die für diese Wahrheit gestorben waren. Sie konnte nicht einfach schweigen, nur um einem Mann, der freundlich zu ihr gewesen war, damit einen Gefallen zu tun. Nicht, wenn das, was sie sagte, die reine Wahrheit war.

Sie zeigte auf die Bibel. »Nehmen wir zum Beispiel das Fegefeuer. Könnt Ihr mir sagen, wo in der Bibel ein solcher Ort erwähnt wird? Nein, Ihr könnt es nicht, mein Herr. Weil es nämlich eine Erfindung ist! Und der Verkauf von Ablassbriefen?« Sie musste über seine Leichtgläubigkeit lachen. Dieser Mann, der ein erfolgreicher Händler war, war offensichtlich nicht in der Lage, über seine Nasenspitze hinauszusehen. »Wenn die Menschen herausfänden, dass die Gnade Gottes und die Erlösung ein Geschenk sind, warum sollten sie dann dafür bezahlen?«

Mit dieser Bemerkung hatte sie bei ihm offensichtlich einen empfindlichen Nerv getroffen, denn jetzt erhob auch er seine Stimme. »Glaubt Ihr wirklich, dass ein jeder Bauer über das Wissen verfügt, um die Heilige Schrift zu interpretieren?« Er stieß ein verächtliches Lachen aus. »Die meisten können nicht einmal mit einer Speisekarte etwas anfangen, geschweige denn mit der Heiligen Schrift.«

Er schlug mit seiner Faust auf die Bibel. Anna zuckte bei diesem Geräusch heftig zusammen. Wie hatte sie ihn nur jemals für einen freundlichen und gutherzigen Menschen halten können?

»Ich weiß, wovon ich spreche, Anna. Ich bin in meinem Leben viel herumgekommen. Ich habe gesehen –« Er hielt inne, so als würde er jedes seiner Worte erst überdenken müssen. »Ein Händler sieht viele unwissende Menschen.«

Nein, sie würde nicht nachgeben. Sie durfte sich nicht durch seine Behauptung, dass er aufgrund seiner gesellschaftlichen Stellung einen besseren Einblick in die Dinge hatte, einschüchtern lassen.

»Dann gebt diesen unwissenden Bauern doch das Recht zu wählen, wer die Heilige Schrift für sie auslegen soll. Es würde Euch vielleicht überraschen, wie viel Weisheit selbst bei den Ungebildetsten von ihnen zu finden ist.«

»Ich sehe, dass Ihr wirklich von dem überzeugt seid, was Ihr sagt«, antwortete er ihr mit leiser Stimme.

»Und ich weiß, dass Ihr es nicht seid, obwohl Ihr Euch für die englische Bibel interessiert. Ich habe gesehen, wie Ihr zum Abendgottesdienst in die Kathedrale gegangen seid.«

Er stand auf und klappte die Bibel mit einem dumpfen Knall zu. »Seid vorsichtig, Anna. Wir sind hier nicht in Böhmen. Der Vorwurf der Ketzerei ist eine ernstzunehmende Sache, und die

Kirche – nun, ich habe gehört, dass die Kirche jetzt mit aller Schärfe gegen die Ketzerei vorgehen will. Ihr müsst auch an das Kind denken.« Er warf einen Blick auf das Bündel auf dem Boden. »Ich wünsche Euch jetzt eine gute Nacht, bevor wir es mit unserem Streit noch aufwecken.«

»Ja, Ihr solltet jetzt wirklich besser gehen. Aber vielen Dank für Eure Warnung. Ich werde vorsichtig sein«, sagte sie steif. »Und vielen Dank auch für die Kerzen.«

»Nichts zu danken, in beiderlei Hinsicht«, sagte er. Seine ungezwungene Freundlichkeit war jedoch verschwunden.

Als sie die Tür schloss, fragte Anna sich, ob er, wenn sie sich am nächsten Tag begegnen würden, vielleicht nur noch einen flüchtigen Gruß für sie übrighaben würde.

19

… unser demütiger Verfasser [wird] die
Geschichte fortsetzen, mit Sir John,
… wo dann, soviel ich weiß, Falstaff an einem
Schweiße sterben wird,
… denn Oldcastle starb als ein Märtyrer,
und dieser hier ist nicht jener Mann.

Epilog aus »König Heinrich IV., zweiter Teil«
von William Shakespeare

»Ah, Sir John! Welch eine Freude für meine alten Augen. Kommt herein, kommt doch herein.«

Sir John hob lachend die Hände, um die rotgesichtige, üppig gebaute Gastwirtin, die ihn in ihre fülligen Arme schließen wollte, auf Abstand zu halten.

»Aber Nell! Nicht doch! Meiner Frau wäre das bestimmt nicht recht. Ihr wisst doch, dass ich inzwischen verheiratet bin?«

Sie gab ihm, nur halb im Scherz, einen Klaps auf den Arm, bevor sie ein paar ergraute Haarsträhnen unter ihre Lumpenhaube schob. »Ja, das habe ich gehört. Doll hat es mir gesagt. Sie war, genau wie die Hälfte aller Huren von Eastcheap, tief bestürzt. Man hätte glauben können, es wäre jemand gestorben.«

Sie hielt ihn auf Armeslänge vor sich und musterte ihn. »Aber was führt Euch hierher? Ihr seid Eurer fantastischen Frau doch nicht schon etwa überdrüssig? Ich freue mich sehr, Euch zu sehen, aber ich muss Euch sagen, dass es nicht mehr so ist wie in den alten Zeiten, Jack. Absolut nicht.«

»Die Welt verändert sich, Nell. Und wir alle verändern uns auch. Wie geht es Pistol?«

»Der ist nichtsnutzig wie immer.«

»Soviel ich weiß, habt Ihr ihn damals, als Ihr hinter ihm her wart wie der Teufel hinter einer Seele, keineswegs für einen Nichtsnutz gehalten.«

»Stimmt, aber das war, bevor ich ihn gekriegt habe.«

Sie machte ein betrübtes Gesicht und seufzte. Er bemerkte, dass sie um ihre Augen herum viele Fältchen bekommen hatte. Sie strich sich mit der Hand verlegen über ihre schmutzige Schürze.

»Seit Ihr nicht mehr hier seid, läuft das Geschäft immer schlechter«, sagte sie. »Pistol ist auf die blödsinnige Idee gekommen, Lumpen zu sammeln. Also hat er sich einen wackeligen Handkarren besorgt und fährt damit jetzt durch die Gassen und durchwühlt die verflohten Abfälle der feinen Leute.« Sie wandte den Blick ab. »Aber wir kommen schon zurecht. Wenigstens beschweren sich die Nachbarn nicht ständig über den Krach und die Schlägereien, so wie sie das früher getan haben.« Sie grinste und versuchte, etwas von ihrer guten Laune zurückzuerlangen. »Ihr, Prince Hal, Pistol und Bardolph, ihr habt es manchmal wirklich übertrieben. Heute muss ich nur noch selten den Wachtmeister rufen. Und dann kommt er meist nicht.«

Sir John sah sich in der ihm so vertrauten Gaststube des Boar's Head um. Sie sah noch verrufener aus, als er sie in Erinnerung hatte. Die Binseneinstreu auf dem Boden hätte dringend erneuert werden müssen, und die gesprungenen Fensterscheiben waren mit Schmutz und dem Inhalt der Nachttöpfe beschmiert, deren Inhalt die Abflussrinnen auf der Straße verfehlt hatte, als man sie im oberen Stockwerk ausgeleert hatte. Durch den Dreck gefiltert, wirkte das Nachmittagslicht grünlich. Früher war Mistress Quicklys Bierschenke wenigstens sauber gewesen. Er fragte sich, was Joan zu einem Ort wie diesem sagen würde. Nein, das brauchte er sich nicht zu fragen. Er wusste es.

In einer Ecke schmiedeten zwei Tunichtgute irgendeinen schändlichen Plan, während sie vor ihren leeren Humpen saßen. Sir John klopfte kurz auf die Taschen seines Wappenrocks, um sicherzugehen, dass seine Börse noch da war. In der Ecke neben dem verschmutzten Kamin, wo ein kleines Feuer dabei war, in seiner eigenen Asche zu ersticken, war ein alter Säufer betrunken über seinem Tisch zusammengesunken.

»Ich erinnere mich an das letzte Mal, als Ihr meinetwegen den Wachtmeister gerufen habt. Habe ich Euch die zehn Pfund, die ich Euch schuldete, eigentlich je gegeben?« Als er nach seiner Börse tastete, sah er, dass die beiden Halunken auf der anderen Seite des Raums ihre Unterhaltung unterbrochen hatten und ihn aufmerksam beobachteten. Er drehte sich ein Stück zur Seite, um die Transaktion mit seiner Körperfülle zu verdecken, vermied es dabei jedoch sorgfältig, ihnen den Rücken zuzuwenden.

»Ach, Jack, Ihr müsst doch nicht –«

»Außerdem sind Zinsen auf die Schuld angefallen. Das ergibt für fünf Jahre ein weiteres Pfund.« Er nahm elf Goldsovereins aus seiner Börse, die dadurch erheblich leichter wurde.

Sie sah die Münzen in ihrer Hand gierig an.

»Wie wäre es mit einem Krug von Eurem besten Bier, jetzt, da ich wieder Kredit habe?«

Sie wich seinem Blick aus, während sie die Münzen in einem Beutel unter ihrer Schürze verschwinden ließ. Erst dann lächelte sie ihn an. »Ich habe noch immer Euren Lieblingshumpen. Denjenigen, der geformt ist wie eine Frau mit großen –« Sie zeigte auf ihre eigenen vollen Brüste.

Er machte es sich auf einer Bank bequem, während sie das Bier aus einem Fass in den obszönen Becher zapfte. »Bleibt Ihr, bis Pistol nach Hause kommt?«

»Nur, wenn es nicht allzu spät wird. Ich bin hier mit jemandem verabredet. Mit einem Pergamentmacher aus Smithfield namens William Fisher. Hat jemand, der so heißt, nach mir gefragt?«

Die beiden Halunken am Tisch in der Ecke hatten ihren Plan offensichtlich zu Ende besprochen. Sie warfen ihm einen verstohlenen Blick zu, so als wollten sie abschätzen, ob sie es mit einem solchen Bär von einem Mann aufnehmen konnten, entschieden sich offensichtlich dagegen und schlichen zur Tür, wo sie sich an einem Neuankömmling vorbeischoben, der gerade die Gaststube betreten wollte.

»Wie sieht dieser Master Fisher denn aus?«

Sir John ließ das kühle Bier durch seine Kehle rinnen und lächelte zufrieden. »Keine Ahnung«, sagte er und wischte sich den Schaum von seinem Schnurrbart. »Ich bin ihm noch nie begegnet. Der Bote sagte jedoch, dass es dringend sei.«

Der Neuankömmling stand, die Sonne im Rücken, als Silhouette in der offenen Tür.

»Es scheint, dass Ihr einen neuen Gast habt, Mistress Quickly«, sagte Sir John, während er die Silhouette anstarrte.

Der Mann trat in den Raum und schob seine Kapuze zurück. »Was muss ein Mann tun, um in diesem Haus etwas zu trinken zu bekommen?«, fragte er.

»Euer Hoheit«, murmelte die Wirtin und machte einen unbeholfenen Knicks, während Sir John vor Überraschung wie gelähmt war.

»Ihr müsst Euch irren, Mistress. Mein Name ist William Fisher aus Smithfield. Ich bin hier mit Lord Cobham verabredet.« Seine Stimme war leise und gemessen. Es war eine vertraute Stimme.

Nells Lächeln wich einem verdrießlichen Stirnrunzeln. Sie sah Sir John von der Seite her an. In ihrem Blick lag die Frage, ob dies wieder einmal einer der Streiche war, für die die beiden früher geradezu berüchtigt gewesen waren. Sir John erwiderte ihren Blick mit einem Schulterzucken, woraufhin sie nach einem weiteren unsicheren Knicks davonschlurfte, um ein Bier zu zapfen.

»Master Fisher, nicht wahr?«, sagte Sir John, als er seinen Krug nahm und zusammen mit dem Neuankömmling an einem Tisch vor dem gesprungenen Fenster Platz nahm. Nell stellte einen Humpen vor den neuen Gast auf den Tisch, wobei sie Sir John mit hochgezogener Augenbraue noch einmal fragend ansah, bevor sie wieder davonwatschelte.

»Ihr habt eine bemerkenswerte Ähnlichkeit mit einem alten Freund, mit dem ich einst viel Spaß hatte. Sein Name war Hal. Allerdings war er damals noch ein ziemlich grüner Junge, obwohl er, wie ich mich erinnere, genauso viel trinken konnte wie ein gestandener Mann.« Sir John grinste. Er hoffte, mit seinen Worten in dem vertrauten Gesicht des Mannes, der ihm gegenübersaß, eine Reaktion auszulösen. Aber nichts geschah.

»Mein Name ist William, nicht Hal, Lord Cobham. Ich bin, wie ich schon sagte, Pergamentmacher und komme aus Smithfield.«

Gut! Wenn dies das Spiel war, das sein junger Freund spielen wollte, dann würde Sir John eben mitmachen.

»Aus Smithfield, sagt Ihr? Was kann ich für Euch tun, Mr… Fisher?«

»Nun, ich denke, es ist eher so, dass ich etwas für Euch tun kann.«

»Und welchen Bedarf sollte ich für die Dienste eines Pergamentmachers haben?«

»Es geht das Gerücht, dass Ihr einen überaus hohen Verbrauch an Pergament habt, Mylord, und dass Ihr auch sehr häufig Federkiele und Tinte kauft. Und es geht außerdem das Gerücht, dass Ihr des Öfteren Bücher ins Ausland bringen lasst.«

Sir John überlegte, wie er darauf am besten antworten sollte. »Dann ist dies hier eine rein geschäftliche Besprechung, William. Ihr seid also gekommen, um mir Pergament zu verkaufen«, sagte Sir John verschmitzt. Er fragte sich, was wohl als Nächstes kommen würde, war aber inzwischen bereit, das Spiel mitzuspielen.

Der Bursche war gut, das musste man ihm lassen. Aber Hal war schließlich schon immer ein Meister der Verstellung gewesen. Er erinnerte sich daran, wie sie beide sich einmal einen Trick für das Kartenspiel ausgedacht hatten, dies jedoch mehr aus Spaß als um des Gewinns willen, um irgendeinen Rüpel wegen der Zeche des Abends auszunehmen. Hal setzte seinen Verstand oft wie einen Geigenbogen ein, und mit dem spielte er dann vortrefflich, vor allem auf den Narren und Dummköpfen. Den Rest übernahm dann Sir John als sein Komplize. Oft tauschten sie auch aus purer Langeweile ihre Rollen. Worum auch immer es also heute ging, Sir John würde um der guten alten Zeiten willen mitspielen. Er beschloss zu bluffen, etwas, was er beim Kartenspiel oft und gern getan hatte.

»Nun, Master Fisher, manchmal ist an Gerüchten etwas Wahres, manchmal aber auch nicht. Euer Gewährsmann hat Euch in meinem Fall allerdings falsch unterrichtet. Ich bin weder ein Gelehrter noch ein Buchhändler, und ich habe auch keine Verwendung für Pergament. Ihr seid also umsonst aus Smithfield hierher gekommen.« Er umfasste seinen obszönen Humpen mit beiden Händen, rieb mit den Daumen über dessen rosa Wölbungen und wartete darauf, dass sein Gegenüber irgendeine zotige Bemerkung machte, wenn er dieses Gefäß wiedererkannte. Aus dem Augenwinkel sah er, dass die Wirtin hinter dem langen Schanktisch stand und sie beobachtete, während sie mit ihrer schmutzigen Schürze die Krüge abrieb und so die bereits schmierigen Gefäße noch schmieriger machte.

»Ich bin nicht gekommen, um Euch Pergament zu verkaufen.«

Hal, der jedoch nicht Hal war, beugte sich verschwörerisch ein Stück nach vorn, wobei er sich halb von seinem Sitz erhob und mit beiden Händen auf den Tisch stützte. Es war dies eine Angewohnheit, an die sich Sir John sehr gut erinnerte. Er hatte das oft genug erlebt, wenn Hals hitziges Temperament und ein Übermaß an Wein die Oberhand über seine Vernunft gewonnen hatten. »Ich habe eine Botschaft von Prinz Harry für Euch. Er hat mich gebeten, sie Euch wegen der großen Achtung, die er einst vor Euch hatte, zu übermitteln.«

»Die er einst hatte?«

Der harte, stählerne Ausdruck in den Augen des Mannes und der entschlossen vorgeschobene Unterkiefer waren etwas, das Sir John bei dem Jungen früher nie gesehen hatte.

Das hier war kein Spiel.

Sir John stellte seinen Krug ab. Plötzlich wäre er nur allzu gern irgendwo anders gewesen. Der Schmutz und der Geruch des schalen Bieres und der kalten Asche, all das hatte wenig Ähnlichkeit mit dem Wirtshaus, in dem er einst so fröhlich und ausgelassen gezecht hatte. Zu dieser Stunde, am späten Nachmittag, würde Joan gerade im Rosengarten sitzen und sich mit ihrer Stickarbeit beschäftigen oder in ihrer englischen Bibel lesen. Er wünschte sich, er könnte ihr auf der Rasenbank Gesellschaft leisten und den Duft der Rose riechen, die sie gepflückt und in den Ausschnitt ihres Mieders gesteckt hatte.

»Dann sagt mir bitte, wie diese Botschaft lautet«, bat er diesen Fremden, der ihm gegenübersaß. »In Eurer Mitteilung stand, dass es dringend sei.«

»Dringend jedenfalls für jemanden, dem sein Leben lieb ist.«

Dieselben tief liegenden Augen, derselbe Mund mit der trotzig nach vorn geschobenen Unterlippe, dasselbe braune Haar, das sich einst modisch bis zur Schulter gelockt hatte und das jetzt um die Ohren herum rasiert war wie bei einem Kleriker. Nur die Tonsur fehlte.

»Der Prinz lässt Euch wissen, dass der König und der Erzbischof fest entschlossen sind, jede Form von Ketzerei mit Stumpf und Stiel auszurotten. Wo und wann immer sie sie finden. Und sie suchen mit größtem Eifer.«

Er machte nach jedem Satz eine bedeutungsvolle Pause. Seine Stimme war dabei heiser, tief und drohend.

Dieselben geschwungenen Augenbrauen, dieselben hohen Wangenknochen. Er war derselbe Mann und doch nicht derselbe.

»*Die* suchen doch immer danach«, antwortete Sir John im gleichen gemessenen Ton. »Und ihr Eifer wird nur durch ihre verleumderischen Anschuldigungen übertroffen. Aber was hat das alles mit mir zu tun?«

»Sie drehen jeden einzelnen Stein um, sogar in den Burgen der Adeligen. Und sie suchen nicht einfach aufs Geratewohl. Sie verfügen über Informanten. Gerade jetzt versuchen sie, Beweismaterial gegen all jene zu sammeln, die ketzerische Schriften sowohl in England als auch im Ausland verbreiten.«

Das war nichts Neues. Etwas zu wissen, war das eine, es zu beweisen jedoch etwas ganz anderes. Und einen hieb- und stichfesten Beweis brauchten sie auf jeden Fall, um Anklage gegen ein Mitglied des Parlaments zu erheben, ein Mitglied des Parlaments, das außerdem noch ein Freund des Königs war.

»Was ist mit Prinz Harry?«, fragte Sir John. »Man munkelt, dass Henry Bolingbroke im Sterben liegt. Prinz Harry wird bald der König von England sein. Empfindet dieser Prinz etwa keine Loyalität mehr gegenüber dem Freund, den er einst sogar ›Bruder‹ nannte?«

Es folgte eine längere Pause. Der Mann schien sich genau zu überlegen, was er antworten sollte. Dies wiederum war für Hal ganz und gar nicht typisch. Hal, der mit seinem messerscharfen Verstand nie um eine schnelle Antwort verlegen gewesen war. Dann endlich antwortete dieser William.

»Der Prinz bat mich, Euch darauf hinzuweisen, dass er England und seiner Kirche verpflichtet ist. Der Loyalität, die er Euch gegenüber noch immer empfindet, ist mit dieser Warnung Genüge getan.«

Sir Johns Antwort kam schnell, und sie war voller Zorn. Er konnte nicht verhindern, dass seine Stimme scharf klang. »Übermittelt dem jungen Prinzen Harry meine Dankbarkeit für seine Sorge und versichert ihm, dass seine Befürchtungen unbegründet sind. Aber sagt ihm auch, dass auch Sir John weiß, welcher Sache seine Loyalität gilt. Er wird ihr treu bleiben, wie hoch der Preis auch sein mag.«

William Fisher senkte den Kopf. Er fuhr mit dem Finger die ineinander verzahnten Bierränder entlang, die zahllose Krüge bei zahllosen Trinkgelagen in den vergangenen Jahren auf dem Tisch hinterlassen hatten. Als er wieder aufblickte, war die Maske gefallen. Sir John sah, dass es Prinz Hal war, der ihn jetzt anstarrte.

Der Prinz schob den Humpen, den er nicht angerührt hatte, in die Mitte des Tisches. Dann stand er auf, wobei er sich zu Sir John vorbeugte. Er war in den letzten Jahren noch ein ganzes Stück gewachsen. Sir John spürte, wie das Gewicht eben dieser Jahre auf seinem Herzen lastete. Hal berührte seine Schulter. Die Berührung war leicht und zart wie die einer Frau.

»Jack, ein dicker Mann brennt besonders gut.«

Der Scherz war mit leiser Stimme gesprochen, falls es überhaupt ein Scherz sein sollte. In heiserem Flüsterton, freudlos, aber auch ohne jede Gehässigkeit.

Ohne der Wirtin, die mit gespieltem Desinteresse gerade den Schanktisch abwischte, auch nur zuzunicken, zog William Fisher seine Kapuze über den Kopf und ging zur Tür.

Die Sonne schien jetzt nicht mehr durch das schmutzige Fenster. In der Gaststube war es mit einem Mal düster geworden.

»Master Fisher, möglicherweise habe ich in Zukunft ja doch Bedarf an Pergament. Vielleicht können wir dann noch einmal miteinander sprechen«, rief Sir John dem schmalen Balken aus Licht zu, der durch die halb geöffnete Tür in den dunklen Raum fiel. Es kam jedoch keine Antwort, nur der Betrunkene, der noch immer zusammengesunken in der Ecke saß, ließ ein lautes Schnarchen ertönen.

Sir John nahm ein Sixpencestück aus seiner Börse und legte es auf den Tisch. »Ihr habt recht, Nell. Es ist wirklich nicht mehr so wie in den alten Zeiten.«

»Pistol wird traurig sein, dass er Euch verpasst hat«, hörte er Nell noch rufen, als er die Tür hinter sich schloss. Er blickte sich jedoch nicht mehr um.

Will Jaggers hatte nur zwei Nächte in London verbracht, und doch wusste er bereits, dass hier als Bettelpriester kein gutes Geschäft zu machen war. Auf den Landstraßen, wo die Bauern ihn »Vater« nannten und ihm Brot und Ale spendierten, war das Geschäft durchaus einträglich gewesen, in der Stadt jedoch war es möglicherweise sogar noch gefährlicher als sein früherer Broterwerb als Taschendieb. Dafür wurde man nämlich nur ausgepeitscht oder man landete im Stock. Hier in London war ihm zu Ohren gekommen, dass man einige Bettelpriester der Ketzerei angeklagt hatte und diese dann auf Nimmerwiedersehen im White Tower verschwunden waren. Als er jetzt also in der Merchant's Row eine warme Hose und einen Wollkittel sah, die zum Auslüften auf einem Busch lagen, nahm er diese unerwartet großzügige Spende mit Freuden an.

Da er sich jedoch nicht von der guten Soutane aus warmer Wolle trennen wollte – nachts war es inzwischen empfindlich kalt geworden, und deshalb kam ihm die wärmende Soutane des Priesters durchaus zupass, wenn er im Freien in einer Heumiete schlief –, rollte er sie zusammen, um sie dann in die Tasche zu stopfen, in der sich noch immer das Buch befand, das er bei Sir Johns Versammlung erhalten hatte. Die Soutane passte jedoch nicht hinein, auch wenn er sie noch so klein zusammenrollte. Das wollene Tuch würde ihn in kalten Winternächten warm halten, das Buch hingegen konnte er nicht einmal lesen. Er erinnerte sich daran, dass er erst vor kurzem in der Paternoster Row einen Buchladen gesehen hatte. Da es sich um die Heilige Schrift handelte, sollte sie mindestens so viel einbringen, dass er sich von dem Erlös einen guten Humpen Ale kaufen konnte.

Als es Abend wurde und Sir John noch nicht wieder zurück war, ließ Lady Cobham zusätzliche Binsenlichter im Hof anzünden, um ihn willkommen zu heißen. Als sie dann endlich Hufgeklapper hörte, lief sie an ihr Kammerfenster und sah erwartungsvoll hinaus. Durch die kleinen, rautenförmigen Stücke aus wolkigem Glas konnte sie ein Pferd erkennen, dessen Reiter sogar im matten Fackelschein unverkennbar war.

Seine hängenden Schultern und sein finsteres Gesicht sagten ihr jedoch, dass der Tag für ihn alles andere als gut verlaufen war. Die abrupte Art, in der er absaß und dem Stallburschen die Zügel in die Hand drückte, kündete von schlechten Neuigkeiten, Neuigkeiten, die er seiner Frau jedoch vorenthalten würde. Diese Eigenheit, nämlich sie unter allen Umständen vor unangenehmen Nachrichten schützen zu wollen, war der einzige Makel, den sie an ihrem Ehemann feststellen konnte. Es war von ihrem ansonsten so brillanten Mann ein wirklich törichter Gedanken, zu glauben, dass dieses Schweigen sie in irgendeiner Weise vor den unausweichlichen Folgen bewahren könnte. Ihr nichts zu sagen, beraubte sie lediglich der Möglichkeit, sich und vielleicht auch ihn zu schützen. Da es jedoch überhaupt keinen Sinn hatte, ihn direkt auf seine Probleme anzusprechen, würde sie ihm den Grund für seine Sorgen auf subtilere Weise entlocken müssen.

Sie glaubte nicht, dass es Probleme mit ihren Besitzungen gab. Zwar kümmerte sie sich nicht mehr selbst um die Bücher, sondern überließ das den Verwaltern und John, aber sie war erfahren genug, um zu merken, wenn irgendetwas nicht stimmte. Cooling Castle und seine Umgebung strahlten jedoch eine wohlhabende Atmosphäre aus. Die Ernte war dieses Jahr gut ausgefallen. Die Vorratskammern, Speiseschränke und Getränkekeller waren bis zum Bersten mit Vorräten für den Winter gefüllt. Auch die Kleinbauern und Leibeigenen schienen zufrieden zu sein. Ihr waren auch keinerlei Gerüchte über irgendwelche Schwierigkeiten mit Johns Besitzungen in Hereford zu Ohren gekommen – er war in bester Laune gewesen, als er sich an diesem Morgen auf den Weg nach London gemacht hatte, um sich dort mit einem Pergamentmacher zu treffen. Somit blieb nur noch eine Sache übrig.

Die Angelegenheit mit den Lollarden machte Probleme.

Manchmal wünschte sie sich, dass sie ihren Mann niemals in die Schwierigkeiten, die sie als Herrin von Cooling Castle mit dem Erzbischof hatte, hineingezogen hätte. Ihre Ländereien waren damals, noch bevor sie John geheiratet hatte, mit einem Interdikt belegt worden, weil sie mehreren Lollarden-Priestern Zuflucht gewährt hatte. Sie hatte angemessene – wenn auch unaufrichtige – Worte der Reue geäußert und sich damit die Möglichkeit erhalten, ihren wahren Glauben im Geheimen weiter auszuüben. Sie war keineswegs der Ansicht, dass der Papst die Macht besaß, das Recht auf die Heilige Eucharistie zu verweigern oder zu gewähren. Dies war ein Recht, das allein Gott zustand. Weder Papst noch Bischof oder Priester konnten sie einer Gnade berauben, die ihr der Erlöser schenkte. Das sagte ihr die englische Bibel.

»Dieses Interdikt hat keine Bedeutung, mein geliebter Mann. Ignoriere es einfach«, hatte sie gesagt, als sie ihm zum ersten Mal davon erzählt hatte.

Er hatte sie voller Sorge angesehen, und der Ausdruck auf seinem Gesicht hatte das Nachspiel ihres Liebesaktes zerstört, während sie sich in dem kleinen Bett, das eigentlich nur für eine Person gedacht war, aneinanderschmiegten. Es war der zweite Tag ihrer Flitterwochen in dem kleinen Landhaus in Wales gewesen. Von dort aus hatte er zusammen mit ihr das Olchon Valley besucht, um ihr jenen Ort zu zeigen, wo er vom Prinzen befördert worden war, weil er so erfolgreich gegen die walisischen Grenzlords gekämpft hatte. Er hatte sie auch zu eben jener Stelle geführt, wo er sich von der römisch-katholischen Kirche mit ihren käuflichen Ablässen und erzwungenen Pilgerfahrten abgewendet hatte. Er hatte ihr das Becken unter dem Wasserfall gezeigt, in dem er getauft worden war. Es lag versteckt in einem kleinen, bewaldeten Tal, das jenem, welches er jetzt auf dem Grund und Boden von Cooling Castle geschaffen hatte, sehr ähnlich war.

»Für die einfachen Leute, die sich von mir, ihrem Herrn, Schutz erwarten, hat es aber durchaus eine Bedeutung«, hatte er ihr entrüstet geantwortet. »Wenn ihnen das Abendmahl verweigert wird, nur weil sie den Cobham-Ländereien unterstellt sind, müssen sie glauben, dass sie in die Hölle kommen.«

»Dann schick ihnen doch einen Lollarden-Priester, der ihnen die Kommunion spendet. So habe ich es zumindest immer gemacht. Damit geben sie sich in aller Regel zufrieden. Einige von ihnen sehen das Ganze ohnehin bereits so wie wir, und es werden mit jedem Tag mehr, die so denken. Wenn es dann irgendwann so gut wie alle sind, wird dieses Interdikt überhaupt keine Bedeutung mehr haben.«

In seinen funkelnden Augen hatte eine Entschlossenheit gelegen, die ihr Angst gemacht hatte. »Und was ist mit den anderen? Es ist eine Ungeheuerlichkeit, dass sie in der ständigen Furcht leben müssen, irgendein römischer Priester könnte ihnen das Recht auf das Paradies verweigern, nur weil ihm die Sprache, in der ihre Herren predigen lassen, nicht gefällt, oder schlimmer noch, nur weil ihnen das Geld für ein Gebet fehlt.«

Er hatte wütend mit den Armen herumgefuchtelt und dabei fast den Krug umgestoßen, der auf dem Tisch neben ihrem Bett gestanden hatte. Er war mit Narzissen und Weidenkätzchen gefüllt gewesen. Sie hatten im Frühling geheiratet, und jedes Frühjahr, wenn die ersten weichen graugrünen Knospen zu sprießen begannen, dachte sie wieder an die Glückseligkeit ihrer kurzen Flitterwochen in dem grünen walisischen Tal zurück. In diese Glückseligkeit sollten sich jedoch schon bald Sorgen einschleichen, denn unmittelbar nachdem John mit ihr nach Cooling Castle zurückgekehrt war, hatte er mit seinem Feldzug für die Sache der Lollarden begonnen. Er tat dies ebenso gewissenhaft und geplant, wie er einst seine militärischen Feldzüge für Prinz Harry durchgeführt hatte. Der Prinz hatte ihn für seinen hervorragenden Waffendienst damit belohnt, dass er die Erlaubnis erhielt, in ein adeliges Haus einzuheiraten. Es war jedoch höchst unwahrscheinlich, dass er ihn für diesen Feldzug in ähnlicher Art und Weise belohnen würde.

Unter ihrem Kammerfenster hörte sie seine brummige Antwort auf den Gruß des Pförtners. Sie strich ihre Leinenhaube glatt und kniff sich in die Wangen, während sie die Treppe hinunterlief, um ihn zu empfangen. Sie begegnete ihm in der Tür und gab ihm gleich dort einen Kuss auf die Lippen.

»Guten Abend, mein lieber Mann. Es ist schön, dass du wieder zu Hause bist«, sagte sie, während sie seine Hand nahm und ihn in den Söller zog. »Die Tage werden kürzer. Und wenn die Sonne untergeht, sollte ein Mann an seinem eigenen Herd sein.«

»Ja, und der ist mir auch sehr willkommen«, erwiderte er und ließ sich auf die Bank am Kamin sinken. Der Ton, in dem er das sagte, war jedoch nicht neckend.

Sie half ihm aus seinem Wappenrock, zog ihm dann die Stiefel aus und reichte ihm schließlich einen Becher Honigwein, den sie bereits auf dem Kamin für ihn warmgestellt hatte. Dies waren alles Dinge, die eigentlich zu den Aufgaben seines Kammerherrn gehörten. Es war ihm jedoch lieber, wenn sich seine Frau um ihn kümmerte. Ihr wiederum machte es nichts aus, die Rolle eines Dienstboten zu übernehmen, wenn ihn das glücklich machte. Sie stellte sich hinter ihn und massierte seine verspannten Schultern.

»Hat der Pergamentmacher dir einen guten Preis geboten?«

»Nein. Ich fürchte, die Kosten sind astronomisch hoch.« Die Antwort kam jedoch erst nach einem längeren Zögern.

»Dann werden wir eben woanders kaufen. Er ist doch sicher nicht der Einzige, der Pergament herstellt«, sagte sie, während sie ihm mit dem Daumen das Rückgrat entlang bis zum Nacken hinaufstrich.

Er ließ den Kopf kreisen und den Druck ihres Daumens auf Sehnen und Knochen wirken. »Aber er ist derjenige, auf den ich gezählt habe«, erwiderte er mit ausdrucksloser Stimme.

Etwas an seinem Ton sagte ihr, dass sie über mehr als nur den Preis des Pergaments sprachen. Die Muskeln seiner Schultern blieben unter ihren knetenden Fingern hart und verspannt. Sie verkniff es sich, nachzufragen. Jetzt war nicht der richtige Zeitpunkt dafür.

»Willst du noch etwas zu Abend essen?«, fragte sie.

»Nein, ich habe schon eine Kleinigkeit in der Schenke gegessen, wo ich mich mit Master Fisher getroffen habe. Das genügt mir.«

Wann hatte ihrem Bären von einem Mann jemals schon eine Kleinigkeit genügt? Was hatte dieser Master Fisher gesagt oder getan, dass ihr Mann so schlecht gelaunt war? Sie nahm ihm seine Kappe ab und fuhr mit den Fingern durch sein lichter werdendes Haar, dann beugte sie sich zu ihm hinunter und küsste ihn auf den Scheitel.

»Mach dir keine Sorgen, John. Welche Entscheidung auch immer du triffst, sie wird die richtige sein. Was den Pergamentmacher angeht, meine ich. Es sei denn, da ist noch etwas anderes, was du mir sagen willst. Belastet dich noch etwas anderes außer dem Preis für das Pergament?«

Er zog sie auf seinen Schoß. Das war jedoch noch immer kein Necken. Er berührte ihr Gesicht, fuhr mit dem Zeigefinger die Linie ihrer Nase und ihres Kinns nach.

»Nein, mein Schatz. Da ist nichts anderes. Nur der Preis, mehr nicht.« Er legte seine große Hand auf die ihre, die noch immer auf seinem Nacken ruhte. »Ich werde mir wohl noch einmal Gedanken darüber machen.«

»Wie hoch auch immer er sein mag, wir werden ihn gemeinsam zahlen«, sagte sie und wusste dabei, dass sie beide nicht das Pergament meinten.

»Das ist meine größte Angst«, antwortete er ihr. Dann küsste er sie. Es war ein langer Kuss, in dem jedoch mehr Zärtlichkeit als Leidenschaft lag. Dann schob er sie sanft von seinem Schoß herunter.

»Komm, lass uns zu Bett gehen. Nach einem Tag wie diesem will ich nichts anderes, als mit meiner Frau zusammen unter einer warmen Daunendecke liegen. Auf dem Nachhauseritt habe ich schon den Winter gerochen. Ich fürchte, der Sommer ist nun endgültig vorbei.«

20

Eine Hexe sollst du nicht am Leben lassen.

Exodus 22,18

Gabriel atmete tief ein und füllte seine Lungen mit der kalten Morgenluft. Der Regen der letzten Nacht hatte die Abflussrinnen neben der mit Kopfsteinen gepflasterten Straße saubergespült. Ein Windstoß fuhr in das trockene Laub, das die Straßenfeger im Morgengrauen an der Ecke des Platzes aufgehäuft hatten, und ließ die Blätter um seine Füße tanzen. Es war ein herrlicher Tag.

Es gab keinen logischen Grund für die Heiterkeit, die er empfand, denn er hatte keineswegs gut geschlafen. Im Gegenteil, er hatte sich die ganze Nacht ruhelos hin und her gewälzt und dabei ständig an die Buchhändlerin und ihr Kind gedacht, die unter demselben Dach schliefen wie er. Als er sich von seinem unbequemen Bett erhoben hatte – einem Bett, an dem er bislang nicht das Geringste auszusetzen gehabt hatte – und in den Morgensonnenschein hinausgegangen war, war ihm mit einem Schlag bewusst geworden, dass er sich noch nie so lebendig und wach gefühlt hatte wie in eben diesem Augenblick. Wenn er die Zeit für immer hätte anhalten können, er hätte es getan. Jetzt und hier. Nein, nicht jetzt und hier auf dem sonnenbeschienenen Platz, sondern letzte Nacht in diesem von sanftem Kerzenschein erhellten kleinen Zimmer, wo seine Seele zum ersten Mal in seinem Leben als Erwachsener durch die Gegenwart einer Frau beflügelt worden war.

Er sollte eigentlich bereits auf dem Weg nach Paris sein. Genau genommen hätte er schon seit längerer Zeit dort sein sollen, um seine Nachforschungen abzuschließen, nach England zurückzukehren und Arundel die Beweise vorzulegen, die er gegen Lord Cobham zusammengetragen hatte. Bis jetzt hatte er allerdings noch überhaupt nichts Verwertbares gefunden. Er hatte jedoch beschlossen, dass er nichts von dem, was er von Anna Bookman erfahren hatte, weitergeben würde, selbst wenn das hieß, dass er mit leeren Händen nach England zurückkehren würde. Er wollte vermeiden, dass man sie in irgendeiner Weise mit Ketzerei in Verbindung brachte. Die Übersetzung, die sie für ihn anfertigte, würde er ihr zwar abnehmen, dann aber würde er ihr dringend davon abraten, jemals wieder einen solchen Auftrag anzunehmen. Die Übersetzung würde er sofort verbrennen. Als er letzten Abend von Ketzerei gesprochen hatte, hatte er ihr einen großen Schrecken eingejagt. Das hatte er in ihren Augen lesen können. Er hoffte inständig, dass das ausgereicht hatte, damit sie in Zukunft keinen solchen Lollarden-Unsinn mehr von sich gab.

Er ließ seinen Blick suchend über den sonnigen Platz schweifen, beschattete dabei die Augen mit der Hand. Ja, da war es. Ein Stück die schmale gewundene Straße hinunter, die zur Rue de Vesle führte. Das kunstvoll geschnitzte Werkstattschild eines Tischlers, das neben der blutrot gestreiften Stange eines Barbiers quietschend im Wind schwang. Die Tür zur Werkstatt stand offen. Wenn er sich beeilte, war er wieder zurück, noch bevor Anna das Haus verließ. Es war noch immer sehr früh am Morgen. Ihr Stand auf dem Markt war noch nicht besetzt, und auch sonst war auf dem Marktplatz kaum jemand zu sehen. Nur ein paar Lebensmittelhändler stapelten ihre Waren kunstvoll zu kleinen Pyramiden auf, und ein paar Nachzügler eilten zur Morgenmesse in die Kathedrale. Bei ihrem Anblick bekam er ein schlechtes Gewissen – beim Aufwachen hatte sein erster Gedanke nicht dem

Brevier, sondern seinem Vorhaben gegolten. Es schien, als hätte er mit seinem priesterlichen Gewand auch seine Identität als Priester abgelegt. Er nahm sich vor, für diese Nachlässigkeit später Buße zu tun.

Als Gabriel die Werkstatt des Tischlers betrat, musste er sich unter dem wuchtigen viereckigen Balken hindurchbücken, der als Türsturz diente. Dann blieb er vorsichtshalber erst einmal stehen, bis sich seine Augen an das matte Licht im Inneren gewöhnt hatten. Im Laden roch es nach frischem Kiefernharz, und der Boden unter seinen Lederschuhen war bereits mit den Hobelspänen dieses Morgens bedeckt. Der Tischler, ein älterer Mann mit einer dicken Lederschürze, der seinen Lehrling gerade im Gebrauch der Drehbank unterwies, hob den Kopf und begrüßte seinen Kunden mit einem unverständlichen Brummen.

»Ich brauche eine besondere Art von Schubkarren. Er soll klein sein, so klein, dass ein Kind von etwa sechs Jahren darin sitzen kann«, sagte Gabriel in seinem langsamen und bedächtigen Französisch und zeigte dabei mit seinen Händen, wie groß der Wagen ungefähr sein und welche Form er haben sollte.

»*Oui, oui.*« Der Tischler nahm ein Stück Kohle und einen Zettel aus seiner Schürzentasche und skizzierte dann die Miniaturversion eines zweirädrigen Tafelwagens.

»*Quatre roues petites*«, fügte Gabriel hinzu, wobei er auf die Räder zeigte und mit den Händen verdeutlichte, dass der Karren niedriger sein musste und statt zweier großer Räder vier kleinere Räder besitzen sollte.

Er deutete auf den Handgriff. Da ihm das Wort für Steuerruder nicht einfallen wollte, versuchte er, mit anderen Worten zu beschreiben, wie der Griff gefertigt sein sollte. Anna sollte den Wagen an diesem Griff ziehen können, er sollte sich aber auch nach hinten klappen und an den Vorderrädern befestigen lassen, damit Klein Bek den Karren mit der einen Hand steuern konnte, während er sich mit der anderen voranschob. Gabriel war sich sicher, dass er in der Lage sein würde, das zu lernen. Die Gliedmaßen des Jungen waren zwar schwach, weil er sie nicht gebrauchte, aber mit ein wenig Übung würden seine Muskeln im Rücken und in den Armen bestimmt kräftiger werden. So wie er mit den Armen um sich schlug und dabei ständig alles Mögliche traf, besaß er dafür gewiss genügend Kraft und Energie. Er konnte seine Bewegungen manchmal aber auch ein wenig kontrollieren. Gabriel hatte bemerkt, dass er, wenn er auf Annas Schoß saß, niemals gegen ihre Brust schlug. Dann verhielt er sich so ruhig wie jedes andere Kind, das von seiner Mutter gehätschelt wurde. Irgendwo im Kopf des Jungen verbarg sich ein Verstand, dessen war er sich mittlerweile absolut sicher. Ein Verstand, der mit Vorsicht und Sorgfalt vielleicht befreit werden konnte.

Der Tischler kratzte sich verwirrt am Kopf.

»*S'il vous plâit*«, sagte Gabriel, nahm dem alten Mann den Zettel aus der Hand und zeichnete den Entwurf selbst zu Ende.

Der Tischler hörte auf, sich den Kopf zu kratzen, und kniff die Augen zusammen. »*Oui. Je vois*«, sagte er. »*Après-demain.*«

Übermorgen.

»*Après-demain*«, wiederholte Gabriel. »*Merci.*«

Erst als Gabriel die Werkstatt des Tischlers wieder verlassen hatte, fiel ihm ein, dass er nicht einmal nach dem Preis gefragt hatte. Aber der Preis konnte ihm egal sein. Immerhin war dieser Wagen ein Almosen für ein leidendes Kind. Und Gott selbst war es gewesen, der ihn zu diesem Kind geführt hatte.

Und was ist mit Anna Bookman, Bruder Gabriel? Hat Gott dich auch zu ihr geführt? Um sie vor der Ketzerei zu retten? Oder vielleicht, um deine Standhaftigkeit zu prüfen? Gabriel hatte trotz seines langen Gesprächs mit Pater Fancis beschlossen, dass er nicht so handeln würde wie viele seiner Mitbrüder. Er würde den fleischlichen Versuchungen des Teufels nicht nachgeben. Er hatte einen heiligen Eid geschworen, und er würde diesen Eid niemals brechen. Anderen Frauen hatte er auch widerstanden. Da war die Frau auf dem Schiff nach Frankreich gewesen, die ihm schöne Augen gemacht hatte, und die Frauen von Reims, die ihm in seinem scharlachroten Kaufmannsgewand interessierte Blicke zugeworfen hatten. Anna Bookman war zweifellos eine sehr schöne Frau. Aber in Reims gab es viele schöne Frauen. Nein, wenn Gott Anna Bookman zu ihm geführt hatte, dann sicher nur deshalb, damit er sie von dem ketzerischen Weg abbrachte, auf den sie geraten war. Es mochte ihm vielleicht nicht gelingen, ihre religiösen Ansichten zu ändern, aber möglicherweise konnte er sie wenigstens davor bewahren, dass man sie eines Tages als Ketzerin verbrannte. Wenn schon aus keinem anderen Grund, dann wenigstens ihrem Kind zuliebe.

Anna hatte, seit sie ihren Stand an diesem Vormittag aufgebaut hatte, nur einen einzigen Kunden gehabt. Der Markt lag verlassen da. Die Lebensmittelhändler, die schon immer sehr früh kamen und auch früh wieder gingen, hatten ihre Stände längst wieder abgebaut. Der Schatten der Sonnenuhr an der Kathedrale kroch gerade über das zweite Zeichen nach dem Zenit. Anna war jedoch geblieben, obwohl das Geschäft heute so schlecht lief, denn sie hoffte, dass VanCleve noch bei ihr vorbeikommen würde. Sie musste ihm endlich sagen, dass Klein Bek nicht ihr Sohn war und dass sie sich nur um ihn kümmerte, weil sie damit einer der Pilgerinnen, die jedoch schon bald weiterziehen würde, einen Gefallen tat. Nachdem er am Abend zuvor ihr Zimmer verlassen hatte, hatte sie noch lange wach gelegen und überlegt, wie sie es ihm am besten sagen sollte. Nun, es war die Wahrheit, also sollte es auch nicht allzu schwer sein.

Sie überlegte gerade, ob sie ihre Bücher doch zusammenpacken und nach Hause gehen sollte, als sie ein lautes Schreien und Johlen hörte. Der Lärm kam von weit her, vom Fluss, aus der Richtung, in der auch das Mars-Tor lag, eine alte römischen Ruine, wo die Kinder an schönen Tagen Fangen spielten. Anna kniff die Augen zusammen und versuchte, etwas zu erkennen. Doch dort spielten nur ein paar trockene Blätter Fangen, gejagt von derselben kühlen Brise, die sie in ihrem dünnen Umhang frösteln ließ. Ihr Wollmantel war ihr damals in der brütenden Augusthitze viel zu schwer erschienen, um ihn mitzunehmen, und so hatte sie ihn zusammen mit dem Rest ihrer Habe einfach in Prag zurückgelassen. Aber daran wollte sie jetzt nicht denken. Stattdessen richtete sie ihre Gedanken auf ihr kleines Zimmer in der Rue de Saint Luc mit seinem einladenden Kohlenbecken. Wenn sie sich jetzt auf den Weg machte, konnte sie noch bei Tageslicht an der Übersetzung des Johannesevangeliums weiterarbeiten – falls VanCleve diese überhaupt noch haben wollte. Wenn nicht, dann konnte sie sie auch anderweitig verkaufen.

Zuvor jedoch würde sie noch in das Geschäft eines Tuchwalkers gehen. Sie erinnerte sich, dass sie am Ufer der Vesle eines gesehen hatte. Das war an jenem Tag gewesen, als sie, kurz nachdem sie in die Stadt gekommen waren, zur Abtei Saint Remi gegangen war, um zu fragen, ob der Abt für sie Arbeit als Kopistin hatte. Das war genau das, was auch ihr Großvater getan hätte. Der Prior hatte sie jedoch nur finster angesehen und ihr erklärt, dass er solche Arbeiten grundsätzlich nur an seine Mönche vergab. Dann hatte er sie wieder weggeschickt.

Sie hatte den Weg jedoch nicht völlig umsonst gemacht. In der Nähe des Skriptoriums hatte sie einen Laden entdeckt, in dem Pergament und Papier zu günstigen Preisen verkauft wurden. Und eben jenes Papier hatte sie dann noch am selben Abend dazu verwendet, eine gefälschte Zunftlizenz herzustellen. Und sie hatte außerdem noch etwas anderes entdeckt – das Geschäft eines Tuchwalkers. Es befand sich nur ungefähr eine halbe Meile von der Kathedrale und der Rue de Vesle entfernt. Sie war sich sicher, dass sie dort einen ordentlichen Mantel bekommen würde. Einen Mantel, den irgendein Pilger dorthin gebracht hatte, um ihn reinigen, scheren und bürsten zu lassen, und aus irgendeinem Grund nicht wieder abgeholt hatte. Der Tuchwalker würde ihn ihr gewiss zu einem guten Preis überlassen. Dieser Mantel hätte vielleicht keine schöne, mit Pelz verbrämte Kapuze und wäre wohl auch nicht von der Qualität, die sie von früher her gewohnt war, aber er würde sie im Winter wärmen, und sie würde dafür nicht allzu tief in ihre Reisekasse greifen müssen.

Als Anna in die Rue de Vesle einbog, sah sie, dass sich am Ufer des Flusses eine aufgebrachte Menschenmenge versammelt hatte. Von dort kamen auch die Rufe und das laute Geschrei. Die Stimmen der Menschen klangen heiser und waren voller Zorn.

Anna blickte sich suchend nach dem Eingang zum Geschäft des Tuchwalkers um, konnte aber vor lauter Menschen die Ladenfronten nicht sehen. Sie kannte diesen Pöbel, denn sie hatte dessen hässliche Fratze schon einmal gesehen, hatte diese wütenden Rufe und Pfiffe schon einmal gehört. Es war dies eine Szene, die ihr nur allzu vertraut war und der sie unbedingt aus dem Weg gehen wollte.

Hinter der Menschenmenge am Ufer strömte die Vesle ruhig in ihrem Bett zu den weinbewachsenen Hügeln hinter der Stadt. Die Sonne funkelte auf dem Wasser, genau wie die Sonne damals auf der Moldau gefunkelt hatte, dort, wo Anna einen solchen Aufruhr zum ersten Mal erlebt hatte. Plötzlich hatte sie wieder das Bild von Martins Kopf auf der Stange vor Augen, Martins Kopf vor dem Hintergrund eines strahlend blauen Himmels. Sie blinzelte das Bild weg und beschloss, in ihrem sicheren kleinen Zimmer in der Rue de Saint Luc Zuflucht zu suchen. Ihre Beine trugen sie, als hätten sie einen eigenen Willen, jedoch immer weiter auf die Menschenmenge zu.

Näher.

Immer näher.

Bis zum Rand der Menge, die sie sogleich in sich aufsaugte, sie in ihre Mitte zog. Der Geruch von Knoblauch und Schweiß nahm ihr fast den Atem.

Direkt hinter ihr schrie ein Mann: »*C'est une vieille sorcière.*«

Die Menge nahm den Ruf sofort auf und begann zu skandieren: »*Sorcière. Sorcière.*« Hexe. Hexe.

Überall um sie herum wurden Fäuste in die Luft gereckt, sie spürte heißen Atem in ihrem Nacken, auf ihrem Gesicht. Anna bekam inmitten von so viel Raserei und Wut plötzlich keine Luft mehr. So nahe am Fluss konnte sie einfach nicht mehr atmen.

»*Faites flotter la sorcière!*« Die Hexe soll schwimmen. »*Faites flotter la sorcière!*«

Sie schob sich durch die schreiende Menschenmenge, bis sie irgendwie den freien Platz zwischen dem Mob und dem Ufer des Flusses erreichte. Zwei große Männer, breitschultrig und ärmlich gekleidet, allem Anschein nach Arbeiter, stießen eine alte Frau hin und her, während sie ihr ein Hanfseil um den Oberkörper wanden und damit ihre Arme an die Seiten fesselten. Andere in der Menge, Männer, Frauen und sogar ein paar Kinder, bewarfen sie mit Schlamm.

Die Rufe wurden noch lauter und fordernder. Wurden zum Chor. »*Le fleuve. Le fleuve!*« Der Fluss! Der Fluss!

Anna konnte das Gesicht der Frau nicht erkennen, aber die bunt gekleidete Gestalt, das Kopftuch auf dem struppigen grauen Haar, die Ringe in den Ohren: All das kam ihr auf überaus schmerzliche Weise vertraut vor.

Anna ging weiter, bis sich der Pöbel hinter ihr und der Fluss vor ihr befanden, ein Umstand, der ihr einen ebenso großen Schrecken einjagte wie das plötzliche Wiedererkennen.

Jetta stand zwischen den beiden Männern und starrte in die Ferne, während sie sich murmelnd mit den Stimmen in ihrem Kopf unterhielt. Offensichtlich nahm sie die wütenden Menschen um sich herum überhaupt nicht wahr. Und da war auch Klein Bek, der sich verzweifelt an Jettas Rock klammerte und ein hohes, schrilles Kreischen von sich gab.

Ein Mann aus der Menge zeigte auf den Jungen und schrie: »*Il est le familier de son diable.*«

Klein Bek! Ein Vertrauter des Teufels! Nie hatte es auf der Welt ein menschliches Wesen gegeben, das weniger Teuflisches in sich hatte!

Anna rannte los, drehte sich zu der Menge um und rief: »*Non, non!*« Sie versuchte, etwas auf Französisch zu sagen, irgendetwas, damit sie verstanden, dass die Frau, die sie für eine Hexe hielten, nur ein harmloses, altes Weib war. Als Klein Bek sah, dass Anna auf sie zugerannt kam, wechselte er mit seinem Geschrei zu dem vertrauteren, aber noch immer völlig verstörten »An na, An na«.

Anna zerrte ihn von Jetta fort, wischte ihm den Schmutz

vom Gesicht. Jetta murmelte weiter leise vor sich hin, wie sie das oft tat. Es war ein harmloses Geschwätz, irgendeine Sinnestäuschung, der sie unterlag. Je länger sie murmelte, desto erregter wurde jedoch die Menge.

»Nein. Nein«, rief Anna und vergaß dabei all ihr Französisch. »Sie ist keine Hexe. Sie ist eine Christin genau wie ihr. Sie ist eine christliche Pilgerin! Jetta, sag es ihnen. Sprich das Vaterunser! Sprich das *Paternoster*. Sag es auf Lateinisch.«

Jetta aber murmelte weiter unverständliches Zeug vor sich hin, so als würde sie Anna überhaupt nicht bemerken.

»*Faites flotter la sorcière! Jetez les trois dans le fleuve.*«

Alle drei? Sie wollten sie alle drei in den Fluss werfen!

Still jetzt, Anna. Rette das Kind, ermahnte sie sich. Dann nahm sie Klein Bek auf den Arm. Als sie mit ihren Augen die Menge nach einem einzigen freundlichen Gesicht absuchte, verzweifelt nach einem Fluchtweg Ausschau hielt, sah sie endlich das Geschäft des Tuchwalkers. Die Tür stand offen. Klein Bek im Arm, bewegte sie sich vorsichtig darauf zu.

Anna sollte sich erst später daran erinnern, dass ihre Augen zwar etwas wahrgenommen hatten, ihr Verstand jedoch nicht willens war, dies aufzunehmen. Wenn sie VanCleve, der ein wenig abseits der Menge stand, bewusst wahrgenommen hätte, hätte sie ihn zu Hilfe gerufen. Das war aber nicht der Fall. All ihre Sinne waren auf Jetta gerichtet, während sie Klein Bek beruhigend über den Kopf strich und versuchte, nicht selbst in Panik zu geraten. Jetzt hoben die beiden Männer Jetta, die immer noch leise vor sich hinmurmelte, hoch und schleuderten sie wie einen Baumstamm mit dem Kopf voran in den Fluss.

Die versammelten Menschen holten tief Luft, als der Körper der alten Frau durch die Luft flog und dann ins Wasser eintauchte.

Sie versank wie ein Stein im novemberkalten Fluss.

Die Menge hielt den Atem an, wartete gespannt darauf, ob eine Hexe auf dem Wasser treiben oder eine unschuldige Frau ertrinken würde. Sie hoffen alle auf die Hexe, dachte Anna. Denn dann wäre das Schauspiel nämlich noch nicht zu Ende gewesen. Sie hörte ihre eigene Stimme, die verzweifelt Jettas Namen rief. Sie rief nach Jetta, die sie damals aus dem Fluss gerettet hatte.

Der Fluss roch nach Tod, nach dem vermodernden Holz der Baumstämme, die an seinem Ufer lagen, und nach verrottendem Abfall. Und in all diese Gerüche mischte sich der scharfe Geruch der Angst.

Sekunden vergingen. Minuten. Stunden.

Anna betete, dass Jetta durch irgendein Wunder überleben würde, dass Gott der Ertrinkenden einen Engel schicken würde, so wie es damals bei ihr der Fall gewesen war und er ihr Jetta geschickt hatte. Lass aber bitte nicht mich dieser Engel sein, betete sie, als sie sich an das Gewicht des Wassers auf ihrer Haut erinnerte und daran, wie es ihren Atem in ihrem Körper eingeschlossen hatte. Sie schämte sich wegen ihrer Feigheit. Anna löste Klein Beks Hände sanft von ihrem Rock und ging dann näher an das Ufer heran.

Mit den anderen zusammen starrte sie auf die glatte Wasseroberfläche.

Nicht die kleinste Welle kräuselte sich.

Hinter ihr war nur noch eine einzige Stimme zu hören, und diese erhob sich zu einer hohen, lieblichen Hymne, die nur durch ein leises Zittern beeinträchtigt wurde. »An na. An na. An na.«

Anna machte noch einen Schritt nach vorn.

»Wie schade.« Der Mann, der ihr am nächsten stand, es war einer der beiden Männer, die Jetta in den Fluss geworfen hatten, zuckte bedauernd mit den Schultern und brummte dann: »Springt ihr nicht nach. Wenn sie unschuldig war, dann seid Ihr es auch.« Arme streckten sich nach ihr aus, um sie zurückzuhalten – dieselben Arme, die Jetta in die Vesle geschleudert hatten. »Die Strömung ist schnell, und das Wasser ist eiskalt. Ihr würdet ebenfalls ertrinken. Es war Gottes Wille.«

Dieselben Stimmen, die nur wenige Augenblicke zuvor »Hexe, Hexe« geschrien hatten, waren jetzt voller Sorge, wollten die Schuld, die sie auf sich geladen hatten, nicht noch größer werden lassen. Ein Urteil durch Wasserprobe. Hier wurde der Teufel nicht verurteilt, hier urteilte er.

Anna wehrte sich gegen die Arme, die sie festhielten, reckte sich und hoffte verzweifelt, Jetta an die Oberfläche kommen zu sehen. Aber die alte Frau tauchte nicht mehr auf. Nicht ein einziges Mal. Dies war der Beweis für ihre Unschuld, eine Unschuld, die ihr den Tod durch das Wasser statt durch das Feuer brachte.

Anna nahm den Mann kaum wahr, der von der Menschenmenge entfernt, ein Stück weiter flussabwärts stand und sich jetzt bis auf seine Hose auszog. Er ließ seinen scharlachroten Kittel und seinen Mantel einfach auf das Ufer fallen. Erst als er in den eiskalten Strom sprang, erkannte sie ihn. Sie zuckte zusammen.

VanCleve!

Ihr blieb fast das Herz stehen, als sie sah, wie ihn das kalte Wasser umschloss.

Er schwamm auf die Mitte des Flusses zu.

Ihre Muskeln verkrampften sich, während er gegen den Strom ankämpfte.

Sein blonder Kopf tauchte einmal unter Wasser, zweimal, dreimal. Ihr stockte der Atem. Eine Ewigkeit verging. Luftlos. Leer.

Dann teilte sich die Wasseroberfläche, und VanCleve tauchte wieder auf. Er zog irgendetwas hinter sich her. Anna begann wieder zu atmen, dann rannte sie los, auf das Ufer zu, ihm entgegen. Sie rutschte im Schlamm aus, fing sich wieder, rutschte wieder aus. Ihr Herz hämmerte, drohte, ihre Brust zu zerreißen. Kurze, stoßweise Atemzüge entrangen sich ihrer Kehle.

VanCleve kämpfte sich ans Ufer. Anna war inzwischen nahe genug, um zu sehen, wie er kämpfen musste, um den Körper der alten Frau aus dem Wasser zu ziehen. Jettas Körper war schlaff, so als hätte sie keinen einzigen Knochen mehr im Leib. Und reglos. Das Einzige, was sich bewegte, war das Wasser, das aus Jettas Fransenschal und ihren langen grauen Haaren lief.

»An na, An na.« Die hohe, liebliche Stimme hinter ihr war klar und ruhig. Sie warf einen Blick nach hinten, um zu sehen, ob mit dem Kind alles in Ordnung war. Als sie wieder zum Ufer sah, mühte sich VanCleve noch immer ab, Jetta dem Fluss zu entreißen. Es kam ihr so vor, als wollte der Fluss Jetta nicht freigeben und hielte sie deshalb mit seinen gierigen Fingern fest.

Die Menschenmenge löste sich langsam auf. Schließlich war niemand mehr da, der dem Tuchhändler aus Flandern hätte helfen können, den Körper der toten Frau aus dem Fluss zu ziehen. Niemand außer Anna. Diesmal war kein Engel gekommen. Der Fluss hatte sich das Leben geholt, das ihm geschuldet war.

In dieser Nacht weinte Anna zum ersten Mal seit langer Zeit wieder. Sie hatte VanCleve zum Lager der Roma geschickt, und Bera war gekommen, um die Leiche zu holen. Dann hatte sie Klein Bek gewaschen und gefüttert und ihn in ihr eigenes Bett gelegt. Mit seinen blonden Haaren und hellen Wimpern, die lang und glänzend auf seiner milchweißen Wange ruhten, sah er aus wie ein kleiner Engel, als er unter ihrem Federbett lag und schlief.

Als Bera kam, um Jettas Leiche mitzunehmen, hatte sich der Junge verzweifelt an Anna geklammert, und sie hatte es einfach nicht übers Herz gebracht, ihn zum Lager zurückzuschicken. Sie und Jetta waren schließlich die Einzigen gewesen, die sich um das Kind gekümmert hatten. Für die anderen war er *gadje*. Er war *mahrime*. Es gab so viel Unschuld auf der Welt, so viel Schmerz.

Dies war jedoch nicht der Moment gewesen, als sie zu weinen begonnen hatte.

»Wer sind diese Leute?«, hatte VanCleve sie gefragt, nachdem die Zigeuner Jettas Leiche auf einer Bahre, die sie aus jungen Schösslingen und seidenen Tüchern gefertigt hatten, weggetragen hatten. Es waren etwa ein Dutzend Trauernde gewesen, sowohl Männer als auch Frauen aus dem Lager, die *familia*, die dem Leichnam gefolgt waren. Sie erwiesen der Toten dabei mit lautem Klagen und großen Gesten der Trauer ihre Ehre, damit sie nicht zurückkam und sie heimsuchte, weil sie sich nicht betrübt genug gezeigt hatten.

»Meine Freunde«, hatte Anna schlicht geantwortet. Und dann hatte sie zu weinen begonnen.

Die Tränen begannen als kleines Rinnsal und wurden schon bald zu einem Strom. Es war, als hätten die Vesle und die Moldau ihre Fluten in ihr vereint.

»Ihr werdet noch ganz krank vom vielen Weinen«, hatte Van-Cleve gesagt, aber sie konnte einfach nicht aufhören.

Er hatte sie in die Arme genommen und aus dem Zimmer geführt, damit sie das schlafende Kind nicht mit ihrem Schluchzen aufweckte. Dann hatte er sie in sein eigenes Zimmer gebracht, wo sie sich zusammen auf sein Bett setzten. Dort saßen sie, bis es dunkel wurde. Er stand nicht einmal auf, um eine Kerze anzuzünden, sondern hielt sie einfach nur in seinen Armen, während der Fluss in ihr über seine Ufer trat. Hätte er das nicht getan, wäre sie sicherlich auseinandergebrochen und davongetrieben wie Wrackteile eines Bootes auf einem Strom.

Er versuchte nicht, sie am Weinen zu hindern, sondern hielt sie einfach nur in den Armen. Sein Gesicht zeigte seine Bestürzung, als wäre es ihm völlig unverständlich, dass sie das Dahinscheiden von etwas so Seltsamem betrauerte.

»Sie war eine gute und freundliche Frau. Sie hatte nichts mit dem Teufel zu tun. Sie hat den Leuten doch nur die Zukunft vorhergesagt, um sich ihren Lebensunterhalt zu verdienen. Und die Leute waren stets *christlich* genug, um sich ihre albernen Prophezeiungen anzuhören«, brach es schließlich aus ihr heraus.

VanCleve gab ihr einen Becher Wein, der angewärmt und mit Nelken und Baldrian gewürzt war. »Das wird Euch beruhigen«, sagte er.

Sie trank den Wein. Dann legte sie völlig erschöpft ihren Kopf an seine Brust und schloss die Augen.

Sie spürte seine Lippen auf ihrem Scheitel, und mit einem Mal war sie wieder das kleine, fiebernde Kind, das sich in Dědečeks Arme schmiegte.

Irgendwann in der Nacht wachte Anna aus ihrem unruhigen Schlaf auf. Zuerst war sie erschrocken, da sie nicht sofort wusste, wo sie sich befand. Dann wurde ihr klar, dass sie zusammen mit VanCleve auf dessen schmalem Bett lag. Ihr Kopf ruhte in seiner Armbeuge, eine seiner Hände lag unter ihrem Hemd. Sein Atem, den sie warm und feucht an ihrer Wange spürte, flüsterte ihren Namen. Ein fast voller Mond goss sein blasses Licht über das Bett – ein Bett, das nur für eine Person gedacht war – und zeichnete die Konturen seines Körpers unter der Bettdecke nach. Seine Hand liebkoste sanft ihre Brust.

Ich sollte ihm Einhalt gebieten, ging es ihr durch den Kopf, *er ist doch nicht mein Ehemann*. Aber sie tat es nicht. Ihr Kopf war schwer und von Kummer und Wein benebelt. Sie konnte ihren Händen einfach nicht befehlen, ihn wegzuschieben. Die Einwände, die sie hätte erheben sollen, erstarben auf ihren Lippen. Stattdessen entfuhr ihr ein tiefer Seufzer.

»Anna«, sagte er, »Anna«, hauchte sein Atem an ihrem Hals. Es lagen ein solches Bedürfnis, eine solche Dringlichkeit in seiner Stimme. Es gefiel ihr, wie er ihren Namen sagte, ihn heiser flüsterte. Seine Hände zogen an ihrem Rock, schoben ihn nach oben. Dann bewegte er sich ein wenig, vorsichtig, presste seinen Körper an sie, liebkoste sie, bedeckte ihren Hals mit Küssen. Sie hatte geglaubt, ihre Tränen hätten ihrem Körper alle Flüssigkeit entzogen, so dass er jetzt trocken wie eine leere Hülse war.

Sie hatte sich geirrt.

Sie schloss die Augen, gab der Hitze und dem Nebel in ihrem Kopf nach und wartete, als würde ihr Geist den Verrat ihres Körpers aus der Ferne beobachten. Dann spürte sie, wie er plötzlich wieder sein Gewicht verlagerte. Sie spürte einen Luftzug, und dort, wo gerade noch Wärme gewesen war, war jetzt Kälte. Sie öffnete die Augen und sah ihn an.

Er saß auf der Bettkante, das Gesicht in den Händen vergraben. Sie fröstelte und wollte ihn wieder bei sich haben. Sie flüsterte seinen Namen. Als er nicht reagierte, streckte sie ihre Hand nach ihm aus, um seinen warmen Körper wieder an sich heranzuziehen.

»Sch, Anna, schlaf weiter.« Seine Stimme war leise und beinahe schroff. Er strich ihren Rock glatt und deckte sie dann mit einer Decke zu. Sie schloss die Augen.

Als sie beim ersten Licht des Tages erwachte, sah sie, dass VanCleve im Sessel neben dem Bett saß und schlief. Das graue Licht der Morgendämmerung ließ sein Gesicht hager und fahl aussehen. Sie stand auf und verließ das Zimmer auf Zehenspitzen. Dies jedoch nicht nur, um ihn nicht aufzuwecken, sondern auch, um den pochenden Schmerz in ihrem Kopf nicht zu verschlimmern. Auf dem Weg zu ihrem Zimmer fragte sie sich, ob es nur ein weintrunkener, fiebriger Traum gewesen war oder ob VanCleve wirklich neben ihr gelegen hatte. Allein schon bei dem Gedanken daran begann ihr Gesicht zu glühen. Sie spürte wieder seinen Atem an ihrem Hals und war sich sicher, dass das eine Erinnerung und kein Traum war.

»Ihr seid ein guter Mensch, VanCleve«, sagte Anna, als er den kleinen Wagen brachte.

Sie wussten beide, dass es nicht nur seine Wohltätigkeit gegenüber dem Kind war, von der sie sprach. Um die Stimmung ein wenig aufzuheitern, fügte sie hinzu: »Jedenfalls für einen Papisten.« Sie sagte das lachend, denn sie wollte ihn mit diesem Wort nicht beleidigen.

Er stimmte jedoch nicht in ihr Lachen ein. Er lächelte nicht einmal. »Die Tatsache, dass ich darauf verzichtet habe, eine Frau zu verführen, die von Kummer und Wein trunken war, macht mich bestimmt noch nicht zu einem guten Menschen.« Er wich ihrem Blick aus und bückte sich, um Klein Bek in den Wagen zu heben.

»Und was ist mit der Tatsache, dass Ihr Euer Leben riskiert habt, um eine alte Frau zu retten, und –« Sie zeigte auf den Jungen, der im Wagen lachend vor und zurück schaukelte, so dass das Gefährt durch die Bewegung seines Körpers zuerst rückwärts und dann vorwärts, rückwärts und wieder vorwärts rollte. »Ihr seid ein guter Mensch, weil Ihr ein gutes Herz habt. ›Lasset die Kindlein zu mir kommen.‹«

»Habt Ihr für jede Situation ein Zitat aus der Heiligen Schrift parat?«, fragte er, und in seiner Stimme schwang unüberhörbar auch etwas Groll mit.

»Läge denn mehr Wahrheit darin, und wäre es Euch genehm, wenn ich auf Latein zitieren würde?«

»Das wäre in der Tat so.«

Sein Stirnrunzeln gefiel ihr ganz und gar nicht. »Warum wehrt Ihr Euch so dagegen, dass man Euch einen guten Menschen nennt?«

»Ihr wisst ja nicht, wie nahe ich schon daran war, kein guter Mensch zu sein, Anna.«

Jetzt war sie es, die den Blick abwandte. Sie spürte, wie ihr eine brennende Hitze den Nacken heraufkroch. »Glaubt Ihr, dass er lernen könnte, damit zu fahren?«, fragte Anna und zeigte auf den Wagen.

»Durchaus.« War das ein erleichtertes Seufzen, das sie da vernahm, weil sie das Thema gewechselt hatte? »So Gott will«, sagte er.

»Warum sollte das ein gütiger und liebender Gott nicht wollen? Warum sollte er nicht wollen, dass seine Kinder glücklich sind?«

»Ja, warum sollte er das nicht?«, antwortete er. Anna hatte jedoch das Gefühl, dass er von etwas vollkommen anderem sprach.

Anna brachte Klein Bek früh zu Bett. Mit seinem neuen Wagen zu spielen hatte ihn völlig erschöpft. Da er das Gefährt noch nicht richtig beherrschte und deshalb damit überall angestoßen war, hatte er mehr als nur ein paar blaue Flecken davongetragen. Auch sie selbst war erschöpft. Und so war, als VanCleve mit einer Fleischpastete und Apfelmost vor ihrer Tür stand, ihr erster Gedanke, ihn höflich wegzuschicken.

»Bek schläft schon«, flüsterte sie.

»Dann kommt in mein Zimmer.«

»Ich weiß nicht, ob das eine gute Idee ist –«

»Ihr müsst etwas essen. Und ich habe ebenfalls Hunger. Also können wir genauso gut auch zusammen essen. Wir müssen uns außerdem darüber unterhalten, was Ihr tun könnt, damit Ihr und Euer Kind sicher seid.«

»Kein Wein diesmal?«

»Kein Wein, nur Apfelmost.« Zum Beweis hielt er den Krug in die Höhe.

»Und Eure Zimmertür bleibt offen?«

»Meine Zimmertür bleibt offen, so dass alle Welt sehen kann, wie unschuldig unser Gespräch ist.«

Sie diskutierten die Doktrin der Transsubstantiation, die Wesensverwandlung, wobei Anna vehement die ketzerische Auffassung vertrat, dass das Brot und der Wein nur ein Symbol und nicht das wirkliche Blut und der wirkliche Leib Christi seien. Als sie dabei eine ausladende Geste mit ihrer Hand machte, stieß sie mit der seinen zusammen. Sie war ihm so nah, dass er ihr Haar riechen konnte. Es war derselbe exotische Duft, den er schon mehrmals wahrgenommen hatte und den er inzwischen mit ihr in Verbindung brachte: der Duft von Jasminblüten. Dieser Duft, die Berührung von Haut an Haut, die Leidenschaft in ihrer Stimme, all das drohte seine Sinne zu überwältigen, lähmte seinen Verstand. Es gelang ihm nicht mehr, ihren wohlüberlegten Argumenten irgendetwas entgegenzusetzen. Irgendwann konnte er nicht mehr denken, sondern nur noch empfinden.

Was für ein Narr er doch war, wie arrogant und überheblich er doch gewesen war, dass er geglaubt hatte, einer solchen Versuchung widerstehen zu können. Er sollte sie bitten, auf der Stelle das Zimmer zu verlassen. Aber er hätte es nicht ertragen, wenn sie tatsächlich gegangen wäre, denn dann hätte sie die ganze Welt mit sich genommen.

Er küsste sie.

Als sie keinen Widerstand leistete, begann er, mit einer Hand ihr Mieder aufzuschnüren. Mit der anderen schloss er die Tür.

Der kleine dicke Vermieter warf einen Blick in den Flur, da ihm aufgefallen war, dass die lauten Stimmen plötzlich verstummt waren. Er sah die geschlossene Tür und zuckte lächelnd mit den Schultern, bevor er sich wieder seinem Schachspiel zuwandte. Die beiden würden schon bald zusammenziehen, dachte er, dann würde er einen neuen Mieter für das Zimmer suchen müssen. Aber bei dem Gedanken, dass die beiden sich gefunden hatten, wurde ihm warm ums Herz. Schon als er sie zum ersten Mal gesehen hatte, war er sich sicher gewesen, dass das unvermeidbar war. Sie gehörten einfach zusammen. Es war so gekommen, wie es sein sollte.

Als Anna plötzlich einen stechenden Schmerz verspürte, erschrak sie zutiefst, dann aber erinnerte sie sich an das, was in Gilberts Buch *Frauenkrankheiten* gestanden hatte. Dort hatte sie gelesen, dass es beim ersten Mal wehtun und auch bluten würde. Wenn der Vermieter die Laken wechselte, würde er das Blut sehen. Dann würde er wissen, was VanCleve – was sie beide – getan hatten. Sie spürte, wie ihr Gesicht vor Scham zu brennen begann. *Du hättest ihm Einhalt gebieten sollen, Anna. Du hättest auf der Stelle das Zimmer verlassen sollen, als er dich geküsst hat.* Und dann hörte sie ihn wieder ihren Namen sagen. Diesmal aber klang es wie ein Gebet, und es lag unendlich viel Traurigkeit darin.

Er drehte sich auf die Seite, immer noch ganz nah bei ihr, und drückte sie an die Wand. Dann flüsterte er wieder ihren Namen, es war wie ein seufzender Lufthauch auf ihrer Wange. Tränen brannten in ihren Augen. Was sollte sie ihm sagen? Wie sollte sie ihm noch einmal in die Augen sehen können, wenn sie dort ihre Schande widergespiegelt sah? Sie konnte ihr liederliches Verhalten nicht einmal damit entschuldigen, dass sie betrunken gewesen wäre. Sie konnte auch nicht behaupten, dass er sie ausgenutzt hätte. Sie hatte ja nicht einmal den geringsten Widerstand geleistet!

Als sie ihn schnarchen hörte – ein rhythmisches, leises Schnarchen –, überlegte sie, ob sie ihn wegschieben sollte. Aber damit würde sie ihn nur aufwecken, und dann würde sie sich ihrer Verlegenheit stellen müssen. Sein Körper, der sie gegen die Wand drückte, hatte auch etwas seltsam Tröstliches, dachte sie, als sie dalag und darüber nachdachte, was sie jetzt tun sollte.

Wäre es mit Martin genauso gewesen?, fragte sie sich. Plötzlich überkamen sie tiefe Schuldgefühle, als hätte sie Martin in irgendeiner Art und Weise betrogen. Und das nicht nur mit ihrem Körper, denn sie fühlte sich diesem Mann, den sie kaum kannte, stärker verbunden, als das bei Martin je der Fall gewesen war. *Aber ich kenne ihn sehr wohl*, dachte sie. *Ich kenne seine Seele, weil ich seine Freundlichkeit erlebt habe. Ich habe gesehen, wie er mit Klein Bek umgeht. Ich habe gesehen, wie er sein Leben für Jetta riskiert hat.*

Sie sah seinen Körper an, prägte sich dabei die Linie seiner Schultern, seiner Taille, seiner Hüften ein. Seine Haare sahen im Mondlicht eher silbern als golden aus, und auf seinem Scheitel gab es eine Stelle, nein, eher einen exakten Kreis, wo das Haar kürzer als der Rest war, kaum mehr als Stoppellänge hatte. Sie wunderte sich darüber. Sie würde ihn fragen, wenn er aufwachte. *Wie kann es nur sein, dass er nackt neben mir liegt? Wie konnte es nur so weit kommen!*

Sie hielt den Atem an und passte ihn dann dem ihres Geliebten an. Ihr Geliebter. Sie, eine unverheiratete Frau, hatte einen Geliebten. Das war eine schwere Sünde. Draußen hörte sie ein Geräusch. War das der Ruf eines Nachtvogels? Oder war es Klein Bek, der aufgewacht war und ängstlich nach ihr rief? Sie lauschte angestrengt. Nein, es war wohl doch nur eine Eule.

Ein schlechtes Omen, würde Jetta sagen. Jetta. Sie schloss die Augen, wartete auf die Tränen. Aber es kamen keine Tränen.

Sie lauschte wieder, hoffte inständig, dass sie nicht aufstehen und zu dem Kind hinübergehen musste. Aber sie wusste, dass sie das natürlich tun würde, wenn es nach ihr rief. Das einzige Geräusch, das sie hörte, war jedoch VanCleves leises Schnarchen. Eine Art Wiegenlied.

Als Anna wieder aufwachte, fiel helles Sonnenlicht durch das geöffnete Fenster. Sie lag allein in VanCleves Bett. Sie stand vorsichtig auf und hob die Decke hoch. Ein kleiner roter Fleck, kaum größer als eine Träne, war auf dem Laken zu sehen. Sie griff nach hinten und zog ihr Hemd nach vorn, um sich dessen Rückseite genau anzusehen – dort befand sich ein größerer Fleck, der jedoch bereits eingetrocknet und steif war.

Das also war der Beweis dafür, dass sie keine Jungfrau mehr war. Der Beweis, den ein zukünftiger Ehemann vielleicht einfordern würde. Es war aber auch der Beweis dafür, dass sie endlich eine Frau und kein Mädchen mehr war – eine Frau allerdings, die von tiefer Reue geplagt wurde.

Wie hatte sie ihre Jungfernschaft nur so leichtfertig verschenken können? Und das noch dazu an einen Mann, den sie so gut wie gar nicht kannte! Einen Mann, der vielleicht sogar verheiratet war und vielleicht sogar Kinder hatte. Dummes, törichtes Mädchen. Sie hoffte verzweifelt, dass VanCleve nicht zurückkam, bevor sie sich gewaschen hatte. Es war ihr schon peinlich genug, ihm überhaupt gegenüberzutreten – zumindest sollte sie dann angekleidet sein. Sie verriegelte die Tür, zog das Hemd mit dem Blutfleck aus und rollte es zu einem Knäuel zusammen. Gut. In der Schüssel auf der Kommode befand sich frisches Wasser ebenso wie im Eimer, der daneben auf dem Boden stand.

Sie tauchte einen Lappen ins Wasser und rieb sich damit schnell und viel energischer, als es nötig gewesen wäre, Gesicht und Körper ab – der Lappen roch angenehm nach den Lavendelblüten, die im Wasser schwammen –, dann wusch sie sich zwischen den Beinen. Zuerst noch vorsichtig – *warum so zaghaft, Anna? Das was unversehrt sein sollte, ist bereits zerrissen* –, dann gründlicher, wobei sie das Wasser in sich hineindrückte und dabei von der Lebenskraft, die sich in sie ergossen hatte, so viel wegwusch, wie es ihr möglich war.

Was hatte in Gilberts Buch über das erste Mal gestanden? War es beim ersten Mal nicht schwieriger zu empfangen? Bitte, lieber Gott, lass es so sein.

Sie tauchte ihren Lappen in das klare Wasser des Eimers und betupfte damit den kleinen Fleck auf dem Laken, rieb daran herum, bis der Beweis für ihre verlorene Jungfernschaft schließlich so weit aufgehellt war, dass er nur noch den bräunlichen Ton von verschüttetem Ale hatte.

Sie goss das schmutzige Wasser aus der Schüssel in den Nachttopf, der unter dem Bett stand. Ihre volle Blase ignorierte sie, da sie unbedingt das Zimmer verlassen haben wollte, bevor VanCleve zurückkam. Wenn sie ihn das nächste Mal sah, sollte das unter unverfänglicheren Umständen und auf neutralerem Boden der Fall sein. Vielleicht hatte er ja auch genau das vermutet und war deshalb gegangen. Oder er bereute ebenfalls, was zwischen ihnen geschehen war, und beichtete seine Sünde bereits einem Priester. Die Sünde der Unzucht. Oder, Gott behüte, sogar die des Ehebruchs. Nein, so etwas durfte sie nicht einmal denken. Er hatte gesagt, dass er nicht verheiratet wäre. Aber was war, wenn er gelogen hatte? War sie eine Ehebrecherin, wenn sie allzu leichtfertig seinen Worten vertraut hatte? Allein der Gedanke daran, dass VanCleve in einem Beichtstuhl saß und seine Lippen ihren Namen formten – dieselben Lippen, die letzte Nacht so zärtlich ihren Namen geflüstert hatten, ihn in ihre Haare, auf ihren Nacken gehaucht hatten –, weckte ein Gefühl der Übelkeit in ihr. Sie kam sich beschmutzt vor, wenn sie daran dachte, dass der Priester ihren Namen hören und sich dann vorstellen könnte, wie sie beieinander gelegen hatten. *Gott hat dich gesehen, Anna.* Aber Gott würde sie verstehen. Er würde ihr vergeben. Der Priester aber würde sie weder verstehen, noch konnte er ihr vergeben. Und dennoch würde VanCleve der tiefen Überzeugung sein, seine Sünde im Beichtstuhl hinter sich gelassen zu haben. Sie beneidete ihn fast um seine Sicht der Dinge.

Als sie in den Flur hinaustrat, lauschte sie nach Klein Bek. Er war inzwischen sicher schon wach und wartete ungeduldig darauf, dass sie ihn auf den Nachttopf setzte. Eine weitere Schuld legte sich auf ihr bereits schwer beladenes Gewissen. Es war einfach schrecklich für ihn, wenn er sich nass machte.

Beim Himmel und allen Heiligen! Wie sich ihr Leben binnen eines einzigen Augenblicks verändert hatte. Noch vor zwei Tagen war sie Jungfrau gewesen – wenn auch auf dem besten Weg, eine alte Jungfer zu werden –, aber sie hatte sich nur um sich selbst Gedanken machen müssen. Jetzt war sie keine Jungfrau mehr, sondern eine gefallene Frau, und außerdem hatte sie für ein Kind zu sorgen, das noch dazu kein normales Kind war. Aber was hätte sie sonst tun können? Gott selbst hatte dieses Kind in ihre Obhut gegeben. Er hatte es getan, weil es nach Jettas Tod niemanden mehr gab, der sich um Klein Bek gekümmert hätte. Im Grunde war es auch schon zu der Zeit, als Jetta noch gelebt hatte, vor allem Anna gewesen, die sich um den Jungen gekümmert hatte. Sie war sich bewusst, dass die Roma den Jungen einfach in Reims zurückgelassen hätten. Dort hätte er sich dann in die Schar von Bettlern eingereiht – leprakranke, schmutzige Krüppel und so manche verletzte Seele –, die am Almosentor der Priorei dahinsiechten und jenen, die vorbeikamen, ihr Unglück entgegenheulten.

Sie hielt vor der Tür inne. Lauschte. Nicht das leiseste Wimmern. Nicht einmal die ruhelose Bewegung seiner Gliedmaßen unter der Decke war zu hören, dieses Geräusch, an das sie sich inzwischen so gewöhnt hatte, dass sie es gar nicht mehr bewusst wahrnahm. »Klein Bek«, rief sie leise und öffnete die Tür.

Helle Sonnenstrahlen erfüllten das hübsche kleine Zimmer mit warmem Licht, fielen auf ihr leeres Bett. Sie hätte ihn nicht aufs Bett legen dürfen, sie wusste doch, dass er herunterfallen konnte. »Wo bist du, Klein Bek? Antworte mir. Das ist kein Spiel!«

Sie ließ ihren Blick durch das Zimmer wandern und sah, dass er weder auf seinem Strohlager noch auf dem Fußboden lag. Ein halb leerer Becher Milch und die Überreste des Abwaschs standen in der Schüssel auf der Kommode. Für all das gab es nur eine Erklärung. Klein Bek hatte entsetzlichen Krach geschlagen, und der Vermieter war ihm zu Hilfe geeilt, hatte ihn vielleicht sogar in den Garten gebracht. Ein rascher Blick aus dem Fenster zeigte ihr jedoch nur ein einsames scharlachrotes Blatt, das sich gerade vom

Baum löste und als letzter herbstlicher Gruß langsam auf den braunen Rasenteppich hinabschwebte. Nun, eines war jedenfalls sicher. Er war nicht ohne fremde Hilfe aufgestanden und einfach nach draußen gegangen. Und er war ganz gewiss bei einer freundlichen Seele. Wer sonst hätte sich schon mit einem solchen Kind abgegeben? Es sei denn, der Erzengel Gabriel selbst wäre vom Himmel herabgestiegen und hätte ihn aus dem Zimmer geführt. Sie konnte sich jedoch nicht sofort auf die Suche machen. Zuerst musste sie einem dringenden Bedürfnis nachkommen, und außerdem musste sie auch ein sauberes Unterhemd anziehen.

Sie hantierte gerade an den Bändern ihres Hemds herum, als sie im Flur draußen etwas hörte. Es war Klein Beks hohe Stimme, die vergnügt quietschte. Sie drehte sich genau in dem Moment um, als die Tür aufging. Da stand VanCleve, der das Kind auf den Schultern trug und sich bücken musste, um unter dem niedrigen Türsturz hindurchzutreten, ohne dass sich das fröhlich jauchzende Kind den Kopf anstieß.

»Ich hoffe, du hast dir keine Sorgen gemacht, Anna«, sagte er mit einem breiten Lächeln, so als wäre das die natürlichste Sache der Welt, als hätte es die letzte Nacht, die ihre Welt völlig aus den Angeln gehoben hatte, nicht gegeben. »Aber du hast noch geschlafen. Und Bek musste Wasser lassen. Also habe ich ihn nach draußen gebracht und ihm gezeigt, wie ein Junge das macht.«

»Junge!« Klein Beks großer Kopf wackelte bestätigend auf seinem dünnen Hals. »Junge!«

»Und jetzt sehen wir einmal, ob wir etwas zu essen finden. Ich bin nämlich am Verhungern«, fügte VanCleve dann noch hinzu.

21

*... ein Mönch, der außerhalb seiner Disziplin
und Regeln lebt, ist wie ein Fisch außerhalb
seines Teichs.*

GEOFFREY CHAUCER, PROLOG ZU
»DIE CANTERBURY GESCHICHTEN«

Für Anna waren jene ersten Tage nach Jettas Tod von Schmerz und Kummer überschattet – und von Gewissensbissen. Entsetzlichen Gewissensbissen. Warum hatte sie am Ufer des Flusses gezögert? Warum war sie nicht ins Wasser gesprungen, um ihre Schuld Jetta gegenüber zu begleichen? Wegen Klein Bek, sagte sie sich. Sie hatte es wegen Klein Bek nicht getan. Aber das war nicht unbedingt die Wahrheit. Anna wusste, dass es die Angst gewesen war, die sie hatte zögern lassen. Sie hatte sich an das Gewicht des Wassers erinnert und sich dann feige abgewendet.

Und dann war da noch diese andere Sache. Sie hatte sich geschworen, dass es nicht noch einmal geschehen würde. Wenn man einmal im Dreck ausgerutscht und gefallen war, hieß das noch lange nicht, dass man sich auch darin suhlen musste. Wäre VanCleve nicht ständig in ihrer Nähe gewesen, hätte sie sich vielleicht auch an diesen Vorsatz gehalten. Aber Klein Bek genoss VanCleves Gesellschaft über alle Maßen, und daher konnte sie ihm diese nicht einfach entziehen.

Die Zeit, die Anna mit VanCleve verbrachte, war Opium für ihren Schmerz und Balsam für ihre Seele. Sein Lächeln und seine Berührung vertrieben ihren Kummer und ihr Leid. Zuerst hatte sie zur Bedingung gemacht, dass es keine Leidenschaft mehr zwischen ihnen geben sollte, wenn sie zusammen waren. Sie hatte ihm gesagt, dass nur der Kummer schuld gewesen und dass sie nicht eine dieser Frauen sei. Er hatte sich einverstanden erklärt und sie um Verzeihung gebeten, weil er ihren Kummer so schamlos ausgenutzt hatte. Es war dies jedoch ein Kummer, den er mit ihr teilte, denn auch er schien über Jettas ungerechten Tod tief bestürzt zu sein, und das, obwohl er die alte Frau überhaupt nicht gekannt hatte.

In VanCleves Gegenwart waren Annas Sinne jedoch stets aufs Äußerste geschärft, so dass selbst die Farben des Herbstes, das goldene Braun und die staubigen Rottöne, zu leuchten schienen. Sie kamen ihr vor wie die Farben frisch gemahlener Gewürze in einem Glasbehälter, die nur darauf warteten, ihren berauschenden Duft verströmen zu dürfen. Wann immer Anna sich auch nur sein Gesicht oder seine Stimme vorstellte, begann ein wahrer Wirbelwind in ihrem Inneren zu toben, der ihr Herz schneller schlagen ließ und ihr den Atem nahm.

Ihr Entschluss kam daher schon bald ins Wanken. Es sollte nur drei Tage dauern, dann war sogar sie es, die den ersten Schritt machte. Sie kam sich lüstern vor und schämte sich dafür, als sie seine Hand nahm und sie an ihre Lippen hob, jene Hand, die dem lachenden Kind den blauen Stein gegeben hatte. Sie konnte einfach nicht anders. Sie küsste die Handfläche. Er versuchte, seine Hand wegzuziehen. Seine Enttäuschung war offensichtlich, sein Blick huschte immer wieder zu dem Jungen hinüber, sie aber hörte nicht auf, bis sie mit ihren Lippen jede seiner Fingerspitzen liebkost hatte. In dieser Nacht hatte Anna, kurz nachdem Klein Bek eingeschlafen war, an VanCleves Tür geklopft.

»Nein, Anna. Es ist besser, wenn wir nicht miteinander allein sind. Ich –«

Ich liebe ihn. Was kann also falsch daran sein?, dachte sie, als sie ihn mit einem Kuss zum Schweigen brachte. Sie sollte sich diese Frage noch unzählige Male stellen. Er aber sprach in der Hitze der Leidenschaft stets von Liebe, niemals jedoch von der Ehe – und sie stellte keine Fragen. Er achtete immer sorgfältig darauf, sich zurückzuziehen, bevor er seinen Samen in sie ergoss, wofür sie ihm sehr dankbar war.

War das wirklich das Mädchen, das den armen Martin ständig hingehalten hatte, als er von Liebe gesprochen und sie gebeten hatte, ihn zu heiraten? Nein, dieses Mädchen war zusammen mit Dědeček und Martin gestorben.

Anna wusste nichts über VanCleves Vergangenheit. Sie sehnte sich zwar danach, mehr über ihn zu erfahren, fürchtete sich jedoch auch gleichzeitig davor. Sie wusste allerdings genug über ihn, um ihn zu lieben. Er hatte sich wie ein Held aus einem höfischen Roman in den Fluss gestürzt, um Jetta zu retten. Er hatte den behinderten Jungen in sein Herz geschlossen, als wäre er ein lange vermisstes, verirrtes Schaf. Er freute sich über alles, was Klein Bek lernte. Er hatte ihm mittlerweile sogar aus zwei stabilen Stöcken gepolsterte Krücken gebastelt. Und der Junge hatte tatsächlich gelernt, sich damit vom Bett zum Wagen zu schleppen – jenem Wagen, den VanCleve ihm ebenfalls geschenkt hatte und der Annas Leben so viel leichter und auch viel melodischer machte. Klein Bek sang jetzt nämlich fast unablässig.

Anna staunte über die Komplexität der Töne, die aus dem Mund des Kindes kamen. Manchmal waren da auch Worte. Der Junge sprach fast nie, aber er sang in einer eigenen Sprache, einer Mischung aus Romani, Böhmisch und Englisch. Anna konnte mit diesem Kauderwelsch durchaus etwas anfangen, sie konnte ihn verstehen.

»Anna, du musst für mich übersetzen. Was sagt mir der Junge? Er ist anscheinend schlauer als ich. Ich kann die Sprache, die er sich da ausgedacht hat, nämlich nicht verstehen.« VanCleve pflegte Klein Bek dann immer zuzuzwinkern, woraufhin der Junge ihn anlachte und damit zeigte, dass er jedes Wort verstanden hatte.

Nur ein einziges Mal stritten Anna und VanCleve miteinander, seit sie ein Paar geworden waren. Nur ein einziges Mal – und das war, als Anna über ihre Trauer um Jetta sprach. Sie befanden sich gerade in dem kleinen Garten. Buntes Herbstlaub lag auf dem Boden, und sie spielten im Sonnenschein mit Klein Bek. VanCleve kniete neben Klein Bek auf dem Boden und brachte ihm bei, seinen neuen Karren zu steuern. Anna stand neben den beiden und sah ihnen zu. »Ich wünschte, Jetta wäre hier und könnte sehen, welche Fortschritte er macht«, sagte sie, und plötzlich stiegen ihr Tränen in die Augen, Tränen, von denen sie gedacht hatte, dass sie schon längst versiegt wären.

VanCleve stand auf und nahm sie in die Arme, trocknete ihr mit seinem seidenen Ärmelaufschlag die Wange. »Wir werden einen Ablassbrief für ihre Seele kaufen.«

Anna schüttelte weinend den Kopf.

»Ich werde ihn bezahlen«, sagte er. Er strich ihr übers Haar, glättete die wilden Locken.

»Nein, keinen Ablassbrief«, sagte sie schluchzend. »Du weißt doch, dass ich –«

Er tat ihren Einwand mit einer abrupten Geste und einem energischen Kopfschütteln ab. »Ich habe Geld, um für die Vergebung ihrer Sünden zu bezahlen. Deine Freundin sollte dir das wert sein.«

»Nein! Ich werde nicht den Lakaien irgendeines Papstes dafür bezahlen, dass er das tut, was wir selbst auch tun können. Und du wirst auch kein Geld dafür ausgeben.«

Sie spürte, wie sich sein Körper verspannte. Er ließ sie los. Als sie ihn ansah, zeigte er denselben harten Gesichtsausdruck wie damals, als sie sich wegen der englischen Bibel gestritten hatten. Bis zu eben diesem Moment hatte sie jenen Gesichtsausdruck nie wieder bei ihm gesehen. Und dennoch: Sie durfte nicht einfach schweigen, nur weil er in dieser Hinsicht anderer Meinung war. »Wenn für Jettas Seele gebetet werden soll, dann werde ich es selbst tun! Ich brauche dazu keinen geldgierigen Priester. Es überrascht mich, dass du so etwas überhaupt in Erwägung ziehst. Ich hatte eigentlich angenommen, dass die Leute in Flandern aufgeklärter wären.«

Sein Gesicht wurde dunkelrot. In seinen Augen funkelte heller Zorn. Er erwiderte jedoch nichts darauf, stattdessen gab er dem Karren von Klein Bek einen Schubs. »Du musst lenken! Lenken!«

Als Klein Bek das nicht gelang, stieß der Wagen gegen einen Baum. Klein Bek kreischte, und VanCleve ging zu ihm, um den Wagen zurückzuziehen. Er bewegte dabei demonstrativ den Griff, um dem Kind zu zeigen, wie man lenkte. »Anna, da ist –«

»Es tut mir leid«, sagte sie. »Ich habe dich offenbar beleidigt. Ich weiß, dass du ein frommer Mensch bist. Manchmal habe ich einfach eine zu lose Zunge. Aber ich wurde immer ermutigt, meine Meinung frei zu äußern. Man hat mir allerdings auch gesagt, dass das bei einer Frau ein nicht immer wünschenswerter Charakterzug sei.« Sie versuchte zu lachen, um die Stimmung aufzuheitern.

Er kniete neben dem Jungen und hatte ihr dabei den Rücken zugewandt. »Wir haben über dieses Thema schon einmal diskutiert, Anna. Du erinnerst dich sicher noch daran. Dies sind gefährliche Zeiten für lose Zungen«, sagte er. »Du musst mit dem, was du sagst, vorsichtiger sein, und du musst besonders darauf achten, zu wem du was sagst.«

Sein schroffer Ton beunruhigte sie. Es war fast so, als wäre VanCleve verschwunden und irgendein Fremder an seine Stelle getreten. Aber das war allein ihre Schuld. Sie hatte ihn beleidigt, weil sie an seiner Intelligenz gezweifelt hatte. Sie beugte sich zu ihm hinunter, um ihn auf seinen Scheitel zu küssen, genau dorthin, wo sich der Kreis aus feinen blonden Stoppeln befand. Sie küsste ihn ganz sanft, um nicht die Wunde zu reizen, deretwegen er, wie er ihr gesagt hatte, diese Stelle hatte rasieren müssen. Allerdings sah sie keine Narbe.

»Lass uns nicht über etwas so Albernes wie Ablassprediger und Priester streiten«, sagte sie. »Das alles hat nichts mit uns zu tun. Es war richtig, mich daran zu erinnern, dass Jetta jetzt in den Händen unseres gnädigen Gottes ist. Es ist ein wunderschöner Tag. Der Vermieter bringt uns gleich etwas zu essen, und wir werden hier im Garten ein Picknick machen. Diese goldenen Tage so spät im November sind ein wahres Geschenk. Wir sollten sie genießen, solange das noch möglich ist. Du wirst einen Ritter spielen, und ich werde deine Dame sein.« Sie nahm seine Hand und zog ihn sanft zu sich.

»Und Klein Bek? Wen soll er spielen?«

Wenigstens lächelte er jetzt wieder.

»Nun, er wird unser Hofmusiker sein«, sagte sie. »Und wir werden Wein trinken und Brot und Käse essen und seinem wunderbaren Gesang lauschen.«

Der Junge begann zu singen, so als hätte er jedes Wort verstanden und wäre schon in seine Rolle geschlüpft. Anna war fest davon überzeugt, dass sich selbst der Erzengel Gabriel an diesem Gesang erfreut hätte.

VanCleve jedenfalls tat es.

Gabriel öffnete die Tür des Beichtstuhls und nahm mit seinem scharlachroten Kaufmannsgewand auf dem blankgescheuerten Holz des schmalen Sitzes Platz. Dann hantierte er unbeholfen herum, um die kleine hölzerne Klappe zu öffnen. In einem Beichtstuhl zu sitzen, war eine ungewohnte Erfahrung für ihn: Wenn Bruder Francis ihm die Beichte abgenommen hatte, hatte Gabriel stets vor ihm gekniet, um sowohl seine Strafe als auch seinen Segen zu empfangen. Als er jetzt wartete, dass sich die schmale Tür auf der anderen Seite des Beichtstuhls öffnete und das Profil des Priesters zu sehen war, musste er daran denken, wie widerwillig Anna dieses kleine Gemach, das nach Schweiß und altem Holz roch, betreten und wie sie ihn verspottet hätte, wenn sie davon gewusst hätte.

Er hörte wieder ihre Stimme, die vor Empörung ganz schrill war. *Das ist doch nur ein römischer Lakai in einem schwarzen Rock, ein Mann wie jeder andere,* hatte sie gesagt. *Er ist auch nicht anders als du.* Nein. Absolut nicht anders als ich, hatte er gedacht und war angesichts des beißenden Spotts, mit dem sie den römischen Klerus überschüttet hatte, zusammengezuckt. Er hatte jedoch seinen Zorn angesichts ihrer Gottlosigkeit unterdrückt, denn die schändliche Täuschung, die er an ihr beging, verbot jeden Protest. Und er hatte in eben diesem Moment beschlossen, dass sie Bruder Gabriel niemals kennenlernen würde. Für sie würde es immer nur VanCleve geben.

Die Tür zum Beichtstuhl wurde geöffnet. Gabriel sah die Silhouette des Priesters, der auf der anderen Seite Platz nahm und heftig hustete. Gabriel konnte den Knoblauchatem des Priesters riechen. Ein Mann wie jeder andere. Nein, kein Mann wie jeder andere. Genau wie er selbst war dieser Mann zum Priester geweiht, von Gott berufen. Das durfte er nie vergessen. Es war ihm viel zu leicht gefallen, so zu tun, als wäre er so wie jeder andere Mann, der das Recht auf die Liebe einer Frau hatte, und als wären Anna und Klein Bek die Einzigen, für die er auf dieser Welt Verantwortung trug. Er lief Gefahr, seiner eigenen Täuschung zu erliegen.

»Vater, vergebt mir, denn ich habe gesündigt.«

Er legte seine Beichte auf Lateinisch ab, aber er beichtete nicht alles. Dass seine Loyalität dem Papst in Rom und nicht jenem in Avignon galt, war ein Aspekt, von dem der französische Priester nichts zu wissen brauchte. Es reichte, wenn er seine Sünden beichtete. Den Priester schienen Bruder Gabriels fleischliche Sünden jedoch weniger zu interessieren als die Tatsache, dass er Gelder der Kirche verwendete, um diese Affäre zu finanzieren. Auch der Umstand, dass er seine geistlichen Pflichten vernachlässigte, gefiel dem Priester nicht.

»Ihr dient nicht mehr der heiligen Mutter Kirche, Bruder.«

Siehst du, er sagt nichts davon, Gott zu dienen, er spricht nur davon, der Kirche zu dienen. Das war Anna, die er da in seinem Kopf hörte. Der Kirche zu dienen war jedoch gleichbedeutend damit, Gott zu dienen. Das war das, was Bruder Francis gesagt hätte.

Der Priester wechselte ins Französische, mit dem Gabriel sich immer noch etwas schwertat, da er sich mit Anna stets auf Englisch unterhielt. Gabriel starrte das Profil seines Beichtvaters an, das als Silhouette zu sehen war. Sein Doppelkinn wackelte beim

Sprechen. Seine Stimme war rau und hatte einen unangenehmen Klang.

»Ihr verschwendet das Geld der Kirche für diese ruchlose Affäre. Ihr solltet in Paris sein und die Befehle Eures Bischofs befolgen. Falls irgendwo tatsächlich ketzerische Schriften kopiert werden, dann werdet Ihr in Paris davon erfahren. Dort hat die größte Zunft von Schreibern und Illuminatoren ihren Sitz. Ihr werdet den Beweis, den Ihr sucht, also vielleicht in Paris finden – aber ganz bestimmt nicht hier in Reims. In Reims sind die Menschen gläubig.« Gabriel sah eine flüchtige Handbewegung, als der Priester das Kreuz schlug. »Erhaltet also jetzt Eure Buße.«

Und dann sagte der Priester Gabriel, dass er »die Frau« nicht mehr anrühren dürfe. Er müsse sie auf der Stelle verlassen. Außerdem solle er eine ganze Nacht im Gebet verbringen und um Vergebung bitten.

»Die Enthaltsamkeit ist das Brot der Frömmigkeit, Bruder. Und das Zölibat ist ihr Wein.«

Stoff raschelte, dann wurde die kleine hölzerne Tür zugeschlagen. Das Urteil war ergangen, Gnade war gewährt worden. So einfach war das also, dachte Gabriel. Aber in Wirklichkeit war es keineswegs einfach.

Natürlich war er sich schon immer darüber im Klaren gewesen, dass er Anna, zumindest für eine Zeit lang, verlassen musste. So lange, bis er entsprechende Vorkehrungen getroffen hatte, damit sie ihm folgen konnte. Er hatte auch schon einen Plan gefasst. Nachts, wenn er wach gelegen und ihr beim Schlafen zugesehen hatte, während das Mondlicht die Wimpern auf ihrer Wange nachgezeichnet hatte und ihre Haare wie ein Fächer auf dem Kopfkissen ausgebreitet lagen, hatte sein Verstand ein Szenario entworfen, das es ihm ermöglichen sollte, sein Leben wenigstens zu einem gewissen Teil mit ihr zu verbringen.

Ein kleines Bauernhaus in Kent – nein, das war zu nahe an Bruder Gabriels Wirkungsbereich. Besser ein kleines Haus am Meer, vielleicht in der Nähe der South Downs, wo sie sich um Klein Bek kümmern und in aller Ruhe Bücher kopieren konnte, um das Einkommen aufzubessern, das er ihr zukommen lassen würde. Ein Häuschen, in das VanCleve jederzeit zu Besuch kommen konnte, ein Zufluchtsort, der für Bruder Gabriel jedoch absolut tabu war. Ein Paradies, zu dem die Schlange niemals Zutritt erhalten würde.

Aber der Prieser hatte recht. Bruder Gabriel hatte eine Aufgabe zu erfüllen. Er würde also nach Paris gehen müssen. Auf diese Weise würde er auch erfahren, wie es war, von Anna getrennt zu sein. Der einzige Beweis, den er bislang gefunden hatte, war, dass Anna in irgendeiner Weise mit den Hussiten in Verbindung stand. Mit Lord Cobham hatte sie allerdings nicht das Geringste zu tun. Nicht, dass er sie je verraten hätte. Eher hätte er sich selbst verraten. Er war sich sicher, dass er in Paris mehr in Erfahrung bringen würde. Irgendwoher musste Oldcastle ja schließlich seine Kopien bekommen.

Und er würde Buße tun – zumindest im Geiste. Er würde Anna in nächster Zeit nicht anrühren. Bruder Gabriel würde sein Fleisch verleugnen, um für VanCleves Sünden zu büßen. Oder war es genau andersherum?

»Er versteht, was du sagst. Und er will nicht, dass du gehst.«

VanCleve nahm den Jungen auf den Arm.

»Weißt du, dass du ganz schön schwer wirst? Schon bald wirst du ein Mann sein. Pass gut auf Anna auf, während ich weg bin.«

»An na, An na.« Der Kopf des Kindes wackelte zustimmend hin und her. VanCleve setzte den Jungen auf dem Boden ab, dann sah er Anna an, die seinem Blick jedoch auswich.

»Ich komme bald wieder, Anna, das sollte dir dein Herz doch sagen. Nur vierzehn Tage. Mehr nicht.«

Sie standen sich zwei Schritte voneinander entfernt gegenüber. Keiner von beiden machte den Versuch, diesen Abstand zu überbrücken.

»Manchmal sagt das Herz dem Verstand aber auch nur genau das, was er hören will«, erwiderte sie.

Sie sah ihn an, und er konnte die Unsicherheit in ihrem Gesicht lesen und sah auch die Sorgen, die ihre blauen Augen umschatteten. Ihre feinen geschwungenen Augenbrauen waren zu einem Stirnrunzeln zusammengezogen. Wie konnte man nur von VanCleve erwarten, dass er die Buße für Bruder Gabriel leistete? Er beugte sich ein Stück nach vorn und überbrückte so die Distanz zwischen ihnen. Er konnte ihren Duft riechen, den Duft von Jasmin.

Bruder Gabriel sei verdammt. Zumindest würde VanCleve den Geschmack ihrer Lippen mit sich nehmen.

»Dann sollten sowohl dein Herz als auch dein Verstand dies hören.« Dann küsste er sie. Ihre Reaktion war jedoch nicht wie sonst üblich. Irgendetwas hielt sie zurück.

Als sie einander losließen, sah Klein Bek langsam von einem zum anderen, dann umschlang er VanCleves Bein. Anna bückte sich zu ihm hinunter, um die bleichen, dünnen Finger des Jungen sanft zu lösen. In Annas rosa Hand wirkten seine Finger geradezu durchscheinend, so als wären überhaupt keine Knochen in ihnen. Ihre Stimme war rau. Da sie ihre Tränen zurückhalten musste, war ihr Ton dem Jungen gegenüber weniger freundlich als sonst.

»Lass ihn gehen«, sagte sie zu dem Kind.

Klein Beks Augen weiteten sich, und er begann zu wimmern, aber er ließ VanCleves Bein los.

»Nur vierzehn Tage, Anna. Ich verspreche es dir. Dann komme ich wieder, und wir werden miteinander reden … und wir werden zu irgendeiner dauerhafteren Vereinbarung kommen.«

Sie antwortete ihm nichts, nickte nur stumm, als sie ihm die Tür ihres Zimmers aufhielt, damit er gehen konnte. Die Tür quietschte in ihren eisernen Angeln, als würde auch die schwere Eiche gegen seine Abreise protestieren. Anna sah ihn nicht an, als er hinausging. Er drehte sich noch einmal um, wobei er auf ein letztes Wort des Abschieds hoffte. Stattdessen stand sie einfach nur da, wartete und hielt die Hand des Kindes umklammert, dessen große Augen wie unergründliche, dunkle Teiche aussahen.

»Noch eines, Anna. Ich will die englische Übersetzung nicht mehr. Das Ganze ist viel zu gefährlich. Es ist verboten, so etwas im Besitz zu haben. Verbrenne also, was du bereits fertiggestellt hast.«

Sie hatte die Tür jedoch bereits geschlossen. Nun gut. Wenn sie den Text noch nicht verbrannt hatte, wenn er zurück war, dann würde er es eben selbst tun. Bei Anna Bookman würde man jedenfalls keinen Beweis für ihre ketzerische Einstellung finden.

Bruder Gabriel sollte sich zum Teufel scheren, falls das nicht bereits der Fall war.

Anna verbrannte das Johannesevangelium nicht. Nicht, weil sie nicht gehört hatte, was VanCleve gesagt hatte. Aber sie brachte es einfach nicht über sich, diese Seiten voller Wahrheit zu verbrennen, genauso wenig wie VanCleve es nicht über sich bringen würde, auf das Kruzifix zu spucken. *Am Anfang war das Wort, und das Wort war Gott.*

Das Wort Gottes und das Wort. Das war das Erbe, das Dědeček ihr hinterlassen hatte. Und niemand würde sie je davon trennen können. Anna unterließ es nicht nur, die Seiten zu verbrennen, sie beendete ihr Werk sogar. *Ich bin der Weg, ich bin die Tür, ich bin der Wein, ich bin das Brot des Lebens, ich bin das Licht der Welt, ich bin die Auferstehung.* Wie konnte sie diese Worte Gottes verbrennen, diese Worte, die Jan Hus auf der Kanzel der Bethlehem-Kapelle als das Herz des Evangeliums bezeichnet hatte. Sie hatte so viele Male zusammen mit ihrem Großvater in der Kirche gesessen und gelauscht, wenn von den sechs Zeichen der Göttlichkeit Christi die Rede war, die Johannes beschrieb. Sie hatte aufmerksam zugehört, wenn Jan Hus in der Sprache des Volkes gepredigt hatte, und sie hatte die Hunderte von Gläubigen gesehen, die genauso aufmerksam lauschten wie sie.

Als sie die Arbeit an dem Evangelium beendet hatte, betrachtete sie es stirnrunzelnd. Es war absolut einfach und schlicht und verfügte, bis auf einen nur mäßig gelungenen Versuch, die Initiale zu verzieren, über keinerlei schmückendes Beiwerk. Es wollte ihr einfach nicht gelingen, die Buchstaben ebenso wundervoll zu illuminieren, wie das bei ihrem Großvater der Fall gewesen war. Als Mädchen hatte sie es oft versucht, aber bei ihr waren die Farben nie so rein und leuchtend wie bei ihm, und auch die Linienführung war bei weitem nicht so flüssig. Also hatte sie schließlich enttäuscht aufgegeben und sich damit begnügt, den Text in ihrer sorgfältigsten und schönsten Schrift zu kopieren. Wenigstens waren die Worte rein und wahr, und sie war auf ihre elegant geschriebenen Zeilen durchaus stolz.

Am nächsten Tag ging sie zur Gerberei, um einen einfachen Ledereinband zu kaufen. Nachdem sie einen kleinen Griffel im Kohlenbecken zum Glühen gebracht hatte, brannte sie damit sorgfältig den Titel ins Leder, dann fügte sie noch die Worte »Für VanCleve kopiert von Anna Bookman« hinzu. Schließlich wickelte sie das Evangeliar sorgfältig in ein Seidentuch ein und legte es dann ganz unten in ihre Truhe neben die Wycliffe-Bibel. Dort würde es auf VanCleves Rückkehr warten.

Zu Beginn der zweiten Woche ohne VanCleve begann es zu schneien. Würde das seine Rückkehr verzögern?, fragte sie sich, als sie die dicken Flocken ansah, die sich an den Bleistegen der Fensterscheibe anhäuften. Hatte er es warm? War er in Sicherheit? Liefen seine Geschäfte gut? Was machte er eigentlich für Geschäfte? Er hatte einmal etwas vom Tuchhandel gesagt. Als sie jedoch Genaueres hatte wissen wollen, war seine Antwort gewesen, dass er nur kaufen und verkaufen würde und dass das nichts besonders Interessantes sei. Dann hatte er das Thema gewechselt. Anna interessierte jedoch auch das kleinste Detail in VanCleves Leben. Sie wollte alles über ihn erfahren. Aber das Einzige, was sie wirklich wusste, war, dass er noch nie vom Heiraten gesprochen hatte. »Wir werden eine dauerhaftere Vereinbarung treffen.« Das waren seine Worte gewesen. Und sie hatte sich zu sehr geschämt, um ihn zu fragen, was er damit meinte.

Es hatte keinen Sinn, heute auf den Markt zu gehen, dachte sie, während sie zusah, wie der Garten langsam weiß wurde. Bei der Kälte und dem Schneefall würde niemand stehen bleiben, um ein Buch zu kaufen. Klein Bek hatte zu niesen begonnen. Als sie den

Schleim abwischte, der ihm ständig aus der Nase lief, merkte sie, dass er sich heiß anfühlte. Sie gab ihm einen Tee aus Holunderblüten und Hagebutten zu trinken und steckte ihn ins Bett. Dann beobachtete sie ihn ängstlich, bis er schließlich einschlief.

Draußen vor der Tür häufte sich der Schnee zu Schneewehen auf. Klein Bek schlief den ganzen Tag und die ganze Nacht. Anna döste vor sich hin, wobei sie sich wünschte, dass sie etwas zu tun gehabt hätte. Sie hatte bereits einen größeren Warenbestand, als sie in absehbarer Zeit verkaufen konnte. Was sie brauchte, waren Auftragsarbeiten. Vielleicht konnte sie im Judenviertel Arbeit finden. Sie würde sich in dem kleinen Schreibwarenladen erkundigen. Die Mönche und die Gilden weigerten sich strikt, für die Juden zu kopieren, und es gab immer mehr Schreibarbeiten, als die Rabbis erledigen konnten. Sie konnte zwar kein Hebräisch lesen, aber sie hatte ein gutes Auge und war durchaus in der Lage, die hebräischen Buchstaben zu kopieren. Sie würde ein Musterblatt erstellen, um dem Rabbi zu zeigen, was sie konnte. Schließlich schlief sie ein, und in ihrem Kopf begannen die hebräischen Buchstaben, wie Flammen zu tanzen.

Am nächsten Morgen ging es Klein Bek schon wieder viel besser, und seine Stirn war kühl. Sie trug ihn zum Fenster, und er quietschte vor Vergnügen, als er sah, dass der kleine Garten mit einer dicken weißen Daunendecke bedeckt war.

»Schnee«, sagte er.

Zu ihrer Freude wiederholte er das Wort gleich noch einmal: »Schnee.«

»Ja, ja, Schnee, Schnee.« Sie wirbelte mit ihm im Zimmer herum.

Er begann zu singen »Schnee, Schnee, Schnee«. Er sang die Worte die Tonleiter rauf und runter, einmal höher, einmal tiefer. Sie stimmte in seinen Gesang ein, ließ sich von der tanzenden Melodie leiten, bis eine Art von Mehrstimmigkeit entstand. Sie lachte und wünschte sich, dass VanCleve bei ihnen wäre, um ihnen zuzuhören und mit ihnen den Schneereigen zu tanzen.

Als sie den Jungen wieder absetzte, griff er nach seinen Krücken, humpelte damit in die Ecke und zerrte seinen Kapuzenumhang vom Kleiderhaken. Dann hielt er Anna den Mantel hin.

»Du willst rausgehen?«

»Raus.« Er nickte.

»Aber das geht doch nicht. Da draußen ist es kalt. *B-r-r-r*!« Sie tat so, als würde sie frieren.

Er prustete und formte Speichelblasen, als er versuchte, sie nachzuahmen. »Raus.« Er lächelte sie an und bettelte mit den Augen. Dann begann er, das neue Wort, das er soeben gelernt hatte, die Tonleiter hinauf und herunter zu singen.

»Nun, eine heiße Suppe wäre jetzt nicht schlecht«, sagte sie, als sie daran dachte, dass der Vermieter ihnen heute nur kaltes Fleisch und Käse vor die Tür gestellt hatte. Die alte Marktfrau, die immer dicke Gemüsesuppe über einem offenen Feuer kochte, war heute bestimmt an ihrem kleinen Stand an der Ecke des Marktplatzes zu finden. Sie würde ein gutes Geschäft machen, selbst wenn sie nur die Brennholzverkäufer und -sammler verköstigte. Klein Bek würde etwas Warmes bestimmt guttun, und sie selbst freute sich, dass sie wieder einmal vor die Tür kamen, denn das gemütliche kleine Zimmer kam ihr allmählich wie ein Gefängnis vor.

Also setzte sie den Jungen in seinen Karren und wickelte ihn in eine zusätzliche dicke Decke ein, bis nur noch seine großen grauen Augen zu sehen waren.

»Du siehst aus wie ein kleiner Hase«, sagte sie.

Er lächelte und machte mit seinen Lippen wieder das prustende Geräusch, *b-r-r-r*.

Als sie die Tür öffnete, traf sie ein eiskalter Windstoß, und Anna bekam Bedenken, ob sie diesen Ausflug tatsächlich unternehmen sollten. Der Junge lachte jedoch vergnügt. »Hier, wir stellen dir das zwischen die Beine«, sagte Anna und schob den mit einer Decke versehenen Krug mit heißem Wasser, das sie auf dem Kohlenbecken angewärmt hatte, unter seine Decken. Wenn sie auf dem Markt waren, konnten sie das Wasser ausleeren und die heiße Suppe darin nach Hause transportieren. Auf diese Weise würde der Junge es sowohl auf dem Hin- als auch auf dem Rückweg warm haben.

Nachdem sie den Schnee, der sich vor der Schwelle aufgetürmt hatte, zur Seite geschoben hatte, trat sie in eine weiße Welt hinaus, die so unberührt und rein war, dass ihr deren Schönheit – oder die beißende Kälte – Tränen in die Augen trieb. Törichtes Mädchen, schalt sie sich und rief sich ins Gedächtnis, dass diese Schönheit wie so viele andere Dinge im Leben nicht von Dauer sein würde, dass unter dem Schnee totes Laub zu einer schleimigen Masse verrottete und dass, wenn der Schnee schließlich weggetaut war, nur knöcheltiefer Schlamm und Dreck zurückbleiben würden. Nichts, das rein ist, hat Bestand, dachte sie und fragte sich unwillkürlich, ob das auch im Paradies galt.

Sie musste kräftig ziehen, damit sich die hölzernen Räder des Wagens in dem fünf Zoll hohen Schnee überhaupt bewegten. Inzwischen fielen wieder ein paar Flocken. An der Ecke des Marktplatzes sah Anna jedoch bereits die alte Frau stehen. Sie beugte sich über ihr Feuer, dessen Rauch schon von weitem wahrzunehmen war. Sie sah sich zu Klein Bek um. Seine Nase hatte wieder zu laufen begonnen. Da die ihre jedoch genauso lief, lag das bestimmt nur an der Kälte. Er hielt sich mit aller Kraft an den Seitenwänden seines Wagens fest, als sie ihn durch den Schnee zog, aber er lächelte. Sie spürte ihre Füße nicht mehr, auch ihr Gesicht war ganz taub geworden, und ihre Hand schien am Griff des Karrens regelrecht festgefroren zu sein, aber diesen Ausdruck auf seinem Gesicht zu sehen, das war Grund genug, dass sie sich weiter abmühte.

Wenn sie später zurückkamen, würden sie sich bestimmt beide auf ihr warmes kleines Zimmer freuen. Und zum Abendessen würde es dann eine heiße Suppe geben.

Vielleicht kam VanCleve ja schon morgen zurück. Vielleicht hatten ihn ja der Schnee und die Kälte zur Umkehr gezwungen. Zwei Wochen, hatte er gesagt.

Es waren bereits eine Woche und drei Tage vergangen.

22

Der Herr kleidet uns in seine Liebe, hüllt uns damit ein und umfängt uns; diese zärtliche Liebe umgibt uns vollkommen, sie verlässt uns niemals …

Julian von Norwich
»Offenbarungen göttlicher Liebe«

»Ehrwürdige Mutter, Ihr habt darum gebeten, dass man Euch zur Non Bescheid sagt.«

Die Stimme hinter der dicken Eichentür war leise und gedämpft und wurde von einem schüchternen Klopfen begleitet.

»Vielen Dank«, rief die Äbtissin und lauschte dann den sich entfernenden Schritten. Es waren leichte Schritte. Die Schritte einer der Novizinnen.

Ich hätte sie nicht wegschicken sollen. Nicht, ohne die Tür zu öffnen. Nicht, ohne sie hereinzubitten und mir von der Einsamkeit erzählen zu lassen, die die Jüngeren immer bedrückt. Ich bin jetzt ihre Mutter.

Aber sie hasste es, wenn die Novizinnen sie, die dieses Titels in keiner Weise würdig war, »Mutter« nannten. Der Grund hierfür war wohl, dass diese Novizinnen ungefähr so alt waren, wie es jenes andere Mädchen jetzt sein musste, das sie einst »Mutter« genannt hatte. Die Erinnerung war vielleicht einfach zu schmerzlich.

Die Äbtissin wusste, dass sie unter den Novizinnen und den jüngeren Schwestern als furchteinflößend galt, sowohl was ihren Ton, als auch, was ihr Aussehen anging. Ihren Ton versuchte sie zu ändern. Sie bemühte sich, die Schwestern zu loben, wenn ein Lob angebracht war, und sie tadelte sie nur mit sanften Worten, wenn sie ihre Pflichten vernachlässigten, so wie dies junge Mädchen – selbst junge Mädchen, die einmal Bräute Christi werden sollten – eben manchmal zu tun pflegten. An ihrem Aussehen konnte sie jedoch nichts mehr verändern, deshalb würde sie auch immer ihren Gesichtsschleier tragen. Sie würde ihr verunstaltetes Gesicht nicht einmal ihren geistigen Töchtern zeigen. Mit dem Tod ihrer alten Dienerin, die mit ihr zusammen dem Feuer entkommen war, war mehr als nur das Wissen über das vernarbte Gesicht der Äbtissin gestorben. Mit der alten Köchin von Blackingham Hall war auch der letzte Überrest ihres früheren Lebens gestorben. Zumindest hatte die Äbtissin das geglaubt. Das war vor zehn Jahren gewesen, aber in jedem herbstlichen Sonnenstrahl, der durch das Fenster ihres Gemachs fiel, tanzten die Erinnerungen.

Die Ehrwürdige Mutter legte ihre Feder zur Seite. Ihre Hände zitterten vor Erschöpfung. *Laborare est orare*. Zu arbeiten heißt zu beten. Und sie hatte in den letzten dreißig Jahren sehr viel gearbeitet. Auf dem Schreibtisch vor ihr lagen mehrere Seiten von Julians *Offenbarungen göttlicher Liebe*. Diese musste sie jedoch zum Glück nicht in langweiligem Latein kopieren oder gar ins Englische übersetzen, da sie bereits auf Englisch verfasst waren. Und Julians *Offenbarungen* gehörten zum Glück auch nicht zu den verbotenen Schriften. Der frommen Frau aus Norwich war es irgendwie gelungen, die heikle Balance zwischen dem rechten Glauben einerseits und der Ketzerei andererseits zu finden, wobei sie an Ersterem festhielt, während sie für Letzteres Interesse zeigte.

Den Auftrag, unverfängliche Texte wie diesen zu kopieren, gab die Äbtissin in aller Regel jenen Nonnen, deren Loyalität sie sich nicht sicher sein konnte – Nonnen wie Schwester Agatha.

Schwester Agatha war jedoch für eine Weile in den Küchengarten abgestellt worden, als die Abtei einen Auftrag für die Kopie dieses Textes bekommen hatte. Es sollte eine ganz besonders schöne Kopie werden. (Die Äbtissin staunte manchmal darüber, dass sie trotz ihres hohen Alters noch immer eine vollkommen ruhige Hand hatte. Dies war gewiss ein Geschenk Gottes.) Die Abtei benötigte dringend Geld, und zu dieser besonderen Zeit des Jahres brauchte die Äbtissin Julians tröstliche Worte in ganz besonderem Maße.

»Alles wird gut«, hatte die Einsiedlerin von Norwich geschrieben. »Alles wird gut«, das waren auch die letzten Worte, die die Äbtissin kopiert hatte. Sie betete darum, dass das tatsächlich der Fall sein würde. *Herr, ich weiß, dass du mir so nahe wie mein eigener Atem bist, und dieser ist mir wegen meines Schleiers sehr nahe. Lass mich wissen, dass alles gut wird.* Aber sie konnte spüren, wie sich auf ihrem Rücken der Druck aufbaute. Der Druck auf die Abtei, der Druck auf all jene, die es wagten, die Lehrmeinung der Kirche in Frage zu stellen. Ganz besonders bangte sie um diejenigen, die die Sache der Lollarden vertraten.

Sie hatte die Novizin gebeten, sie an die Zeit zu erinnern, weil sie noch eine Liste von Aufgaben für die Nonnen erstellen musste. Manchmal war sie nämlich so in ihre Arbeit vertieft, vor allem dann, wenn sie Julians Worte kopierte, dass sie alles um sich herum vergaß. Sie würde jetzt also festlegen müssen, wer putzen, wer kochen und wer beim Essen vorlesen würde. Wer waschen, wer schrubben und wer auf den Feldern arbeiten würde.

Laborare est orare.

Zuerst jedoch stand sie mit steifen Gliedern auf und ging zum Fenster, das auf den Klostergarten hinausblickte, um ihren Augen ein wenig Ruhe und Entspannung zu gönnen. Das Wasser des dreistöckigen Brunnens plätscherte in ein großes steinernes Becken, aus dem die Schwestern das Wasser zum Baden schöpften. Sie erlaubte ihnen nicht, sich direkt im Becken zu waschen, wie das sonst üblich war, sondern ließ sie das Wasser in Schüsseln füllen, die aufgereiht auf einer Bank an der sonnigsten Seite des

Klostergangs standen. Nur an Festtagen und an kirchlichen Feiertagen durften die Nonnen, als eine Art ritueller Waschung, ihre Hände ins Wasser im Brunnen tauchen, dies aber auch erst, nachdem sie sie sorgfältig gesäubert hatten.

Es war keine große Abtei. Der Brunnen war ein Luxus, für den man sich wegen seiner Schönheit und seiner klugen Konstruktion entschieden hatte. Hinter dem Brunnen befand sich eine Zisterne, die diesen speiste. Genau wie die göttliche Gnade tröpfelte das Wasser manchmal nur von einer Schale in die nächste, manchmal floss es jedoch auch als heller Strahl. Heute war es kaum mehr als ein Tröpfeln, denn der Herbst war sehr trocken gewesen. Aber in den einzelnen Tropfen, die von einem Becken in das nächste fielen, fing sich das Licht, so dass ein jeder Tropfen wie ein kostbares Juwel funkelte. Bald werden es viele kleine gefrorene Juwelen sein, dachte sie. Sie fürchtete den Winter, wenn der Klostergarten in dicken grauen Nebel gehüllt war und sogar der Brunnen schlief. Sie fürchtete auch die Momente, wenn ihre Finger so sehr schmerzten, dass sie nicht mehr schreiben konnte. Aber daran wollte sie jetzt nicht denken. Sie war für diesen Augenblick dankbar, für die Schönheit des braunen Blattes, das in dem Sonnenlicht, welches den Brunnen wie eine Aura umgab, zu Boden schwebte.

Sie sehnte sich danach, in der Sonne sitzen und deren wärmende Strahlen auf ihrem zerstörten Gesicht spüren zu können. Das schwindende Licht der Herbsttage erinnerte die Ehrwürdige Mutter stets an mehr als nur daran, dass der Mensch vergänglich war. Es rief die Erinnerungen an ein anderes Leben wach, ein Leben, das sie allerdings schon vor langer Zeit aufgegeben hatte. Damals hatte Kathryn, umgeben von den herrlichen Farben eines englischen Herbstes, Finn zum ersten Mal geliebt.

Sie wandte sich vom Fenster ab und nahm wieder die Liste mit den Aufgaben zur Hand. Mit einem entschlossenen Seufzen tauchte sie ihren Federkiel in das Tintenfass auf ihrem Schreibtisch und begann, die täglichen Pflichten neu zu verteilen.

Laborare est orare.

Wenn arbeiten beten bedeutete, dann hatte Jane Paul ihr ganzes Leben im Gebet verbracht. Jetzt aber war es damit vorbei. Der alte Mann war tot, und es gab nur noch eine einzige Aufgabe, die Mistress Clare zu erfüllten hatte. Sie musste nur noch diese eine Totenwache halten. An diese letzte Aufgabe dachte sie, als sie den Leichnam des alten Mannes wusch und dabei noch immer sorgsam darauf achtete, seine Haut nicht zu verletzen. Die Erinnerung an das, was er einst gewesen war, machte ihre Berührung fast sanft. Der Schnitter Tod war in der Nacht gekommen. Sie hatte nichts gehört, obwohl sie einen leichten Schlaf hatte und immer auf sein Husten, sein mattes Rufen lauschte. Bruder Francis hatte sich offensichtlich nicht einmal gewehrt, als der Todesengel zu ihm gekommen war.

Sie wusch seine knochigen Gliedmaßen, die zarte Haut zwischen seinen Fingern, seinen Zehen. Dann tauchte sie den Lappen ins Wasser und wusch auch seine verschrumpelten Geschlechtsteile. Er hatte nicht immer so ausgesehen. Als er das erste Mal zu ihr gekommen war, war er im besten Mannesalter gewesen. Die Mädchen hatten gewitzelt, was da wohl unter seinem Priestergewand hängen mochte, und dann bereitwillig angeboten, es herauszufinden. Er hatte der alten Frau, die das Bordell führte, jedoch klar und deutlich gesagt, dass er ein junges Mädchen haben wollte, eine Jungfrau. Er wollte sie mit niemandem teilen, aber er würde sehr gut dafür zahlen, dass sie nur ihm allein zur Verfügung stand.

Selbst Jane, die damals erst vierzehn Jahre alt gewesen war, hatte angesichts dieses Wunsches gelächelt und sich gefragt, welches der jüngeren Mädchen ihre Herrin ihm wohl als Jungfrau anbieten würde. Margery und Alice lächelten bereits affektiert, stellten sich in Pose und zupften dann an ihren tief ausgeschnittenen Kleidern herum, während sie versuchten, eine gute Figur zu machen. Jane konnte sich vorstellen, was ihnen in diesem Augenblick durch den Kopf ging. *Ein regelmäßiger Lohn. Ein Stammkunde. Und noch dazu ein Mönch – ein Freier also, dessen Wünsche sich leicht befriedigen ließen. Ein Freier, der sie nicht schlagen würde – immerhin war er ein Mann Gottes. Vielleicht würde er sich sogar dankbar zeigen.*

Mistress Clare hatte das vollgestellte kleine Empfangszimmer in der Bankside Street und die junge Jane – jenes Ich, das sie schon lange hinter sich gelassen hatte, das aber immer noch in ihrer Erinnerung lebendig war – mit aller Deutlichkeit wieder vor Augen.

Die junge Jane hätte beinahe laut gelacht, denn sie fand, dass die beiden Frauen einfach albern aussahen. Gewiss konnte selbst ein Priester eine Hure von einer Jungfrau unterscheiden. Auch die alte Bordellwirtin schien sich dessen bewusst zu sein. Sie sah nachdenklich zur Decke hinauf und runzelte die Stirn. Ihre große Brust hob und senkte sich wie ein Blasebalg. Jane begann wieder abzustauben – die Herrin legte großen Wert darauf, dass das Empfangszimmer immer sauber war, selbst wenn die Zimmer einiger Mädchen der reinste Saustall waren.

Jane war vor zwei Jahren in dieses Haus gekommen, kurz nachdem ihre Mutter gestorben war. Sie hatte nicht gewusst, wohin sie sonst gehen sollte, und hatte deshalb gehofft, für die Huren und für die Bordellwirtin putzen zu können.

»Du hast gute Zähne und hübsche blonde Haare. Und du bist jung. Die Freier mögen junge Mädchen. Hast du schon zu bluten angefangen?« Die Herrin hatte sie gemustert und dabei fragend eine Augenbraue hochgezogen.

»Nein, Herrin.« Das war keine Lüge gewesen, zumindest keine richtige, fand sie, denn sie hatte erst ein einziges Mal geblutet. Ihre Mutter hatte ihr gesagt, dass das von jetzt an jeden Monat geschehen würde. Manchmal machte sie sich Gedanken, weil das bei ihr nicht so war. Jetzt allerdings war sie froh darüber. Sie war zwar erst zwölf Jahre alt, aber ihr war durchaus klar, worauf die Herrin hinaus wollte.

»Wie schade. Aber in diesem Haus gibt es gewisse Regeln, und eine dieser Regeln besagt, dass ich keine Kinder anbiete.«

»Verzeihung, Madam, aber ich möchte wirklich nur putzen. Ich bin kräftig. Ich kann Wasser tragen und die Zimmer fegen. Und ein bisschen kochen kann ich auch. Meine Mutter war lange Zeit sehr krank.«

Die Herrin hatte das Thema seitdem nicht wieder erwähnt. Und dennoch achtete Jane sehr darauf, dass sie ihre blutigen Lappen nicht zu Gesicht bekam, denn sie hatte nun schon seit einem halben Jahr ihre Regel.

Die Herrin hatte mit der Zunge geschnalzt und den Kopf geschüttelt. »Ich bedauere, Pater, leider –«

Jane versuchte, sich zwischen ihrer Herrin und der Tür hindurchzuquetschen. Wie auch sonst versuchte sie, sich unsichtbar zu machen. Aber heute gelang ihr das nicht. Sie streifte ihre Herrin, die sich daraufhin umdrehte und sie am Arm packte. Jetzt lächelte die Alte strahlend.

»– leider kann ich Euch nur ein einziges Mädchen anbieten.« Jane spürte, wie sich die Finger ihrer Herrin schmerzhaft in ihre Arme gruben, als diese sie auf den Priester in seiner schwarzen Soutane zuschob. »Sie sollte gerade mit ihrer Ausbildung beginnen. Ich denke, Ihr werdet ihr ein guter Lehrer sein.«

Und so wurde Jane Paul zur Hure.

Aber sie war keine richtige Hure geworden, sagte sie sich jetzt. Immerhin war sie zu guter Letzt wieder Putzfrau geworden und lebte genauso keusch wie eine Nonne. Bruder Francis hatte sie, nachdem sie bei ihm eingezogen war, kein einziges Mal mehr angerührt. Lange, nachdem er ihr den Sohn weggenommen hatte. Lange, nachdem sie Mistress Clare geworden war, ein Name, der sich an den Klarissen oder »Poor Clares« orientierte. Die Klarissen hatten ihr Zuflucht gewährt, als ihre Herrin sie aus dem Haus gejagt hatte, weil sie zum zweiten Mal schwanger war und das Kind in ihrem Bauch nicht hatte töten wollen. Aber ihr kleines Mädchen war ohnehin gestorben. Die Klarissen, die immer sehr freundlich zu ihr waren, hatten gesagt, dass dies Gottes Wille gewesen sei. Sie sagten auch, dass Gott ihr das kleine Mädchen als Strafe für ihre Sünde genommen hatte. Ob sie das auch gesagt hätten, wenn sie gewusst hätten, dass der Vater des Kindes eine Dominikanergewand trug? Sie hatte geweint, als ihr kleines Mädchen tot zur Welt gekommen war, aber sie war sich sicher, dass dies nicht der Zorn Gottes war. Sie hielt es vielmehr für eine Gnade.

»Jane Paul ist tot«, hatte sie zu Bruder Francis gesagt, der sie aufnahm, als sie den Schutz des Konvents viele Jahre später wieder verlassen musste. Damals hatten sie eine Vereinbarung getroffen. Sie verpflichtete sich zum Stillschweigen, wenn sie dafür eine Anstellung bei ihm bekam. »Von jetzt an ist mein Name ›Mistress Clare‹.« Das hatte sie ihm auch noch gesagt.

»Es spielt für mich keine Rolle, wie du dich nennst«, hatte er ihr geantwortet. Er war niemals wieder zu ihr gekommen, obwohl sich ihr Körper nach einer kleinen Berührung, nach irgendeinem Zeichen menschlicher Verbundenheit sehnte. Was ihn anging, so nahm sie an, dass er eine andere, eine jüngere Frau gefunden hatte, die ihm körperliche Erleichterung verschaffte. Sie hatte diese Frau aber niemals gesehen, noch ihren Namen erfahren.

Als sie den alten Priester nun in sein Leichentuch einnähte, stach sie sich mit der Nadel in den Daumen. Die Spitze der Nadel war nicht einmal durch die Hornhaut gedrungen, sie war einfach nur stecken geblieben. Sie zog die Nadel heraus und starrte dann ihre Hände an, die in diesem Moment die feste, geölte Serge bearbeiteten. Früher waren sie schön gewesen, jetzt aber waren es die Hände einer Putzfrau, rot und rau. Von diesem Tag an würde sie nur noch für sich selbst kochen und putzen. Es blieb ihr auch nichts anderes übrig, denn Jane Paul hatte auf dieser Welt keine Angehörigen.

Bis auf ihren Sohn.

Es war kein Versprechen nötig gewesen, um sie davon abzuhalten, ihm zu sagen, dass seine Mutter eines so niedrigen Standes war. (Was für einen treffenden Namen sie ihm doch gegeben hatte, diesem stolzen, wunderschönen Mann – sie zitterte noch immer, wenn sie ihn sah und daran dachte, dass solch ein prächtiger Sohn in ihrem Bauch herangewachsen war.)

Jedenfalls ging es ihr besser als den meisten anderen Frauen in ihrem Alter. Das nahm sie jedenfalls an. Sie dachte an den kleinen

Vorrat von Silbergroats und Pennys, die sie gespart hatte, dachte an das Häuschen am Meer mit dem kleinen Gemüsegarten, welches der Lohn für ihre Verschwiegenheit war. Sie würde dort ein paar Hennen halten, damit Eier und hin und wieder auch einmal ein Hühnereintopf auf den Tisch kamen. Nun, sie würde schon ihr Auskommen haben.

Sie musste das Leichentuch nur noch an einer einzigen Stelle zunähen, nämlich die Stelle direkt über dem Gesicht des alten Mannes. Sie zündete eine Kerze an und hielt sie vor seine Lippen, um wirklich ganz sicher zu sein. Aber da war nicht der leiseste Hauch, nicht der kleinste Funken Leben mehr in ihm.

Sie beugte sich zu ihm hinunter und küsste ihn sanft auf die Lippen. Sie hatte in ihrem ganzen Leben noch keinen Mann geküsst oder war von einem geküsst worden. Ihre Lippen verweilten eine Sekunde, streiften sanft über die seinen, so wie sie es sich in ihrer Jugend immer erträumt hatte. So nämlich hatte sie einmal ihren Vater ihre Mutter küssen sehen, und dies gehörte zu ihren frühesten Erinnerungen.

Die Lippen des alten Priesters waren kalt.

Sie schlug die Webkante des Tuchs um, faltete sie dann sorgfältig wieder auseinander, um eine saubere Naht zu bekommen. Er verdiente ein ordentlich genähtes Leichentuch. Er war ein recht guter Priester gewesen, das nahm sie jedenfalls an. Früher, als er noch jünger war, hatte er oft hohen Besuch bekommen. Dann jedoch war er alt geworden, und man hatte ihn vergessen. Als irgendwann keine Besucher mehr kamen, hatte sie oft Ausreden erfunden, damit er sich nicht in seinem Stolz gekränkt fühlte.

»Bruder Fancis, der Bischof lässt Euch seine Grüße übermitteln.«

»Bruder Francis, vorhin war ein Abgesandter aus Canterbury hier, um Euch zu besuchen, aber ich habe ihm gesagt, dass Ihr gerade ein Nickerchen macht.«

Er hatte sie streng getadelt, weil sie ihn nicht geweckt hatte.

Ein weiterer Stich, und diesmal durchdrang die Nadel die Hornhaut, so dass sie den Schmerz spürte. Er hatte sie niemals geschlagen, war auch sonst nie grob zu ihr gewesen. Er hatte sie einfach nur ignoriert. Sie war für ihn eine völlig unbedeutende Kreatur, deren von Gott bestimmtes Los es war, dem Diener des Herrn zu dienen. Falls Bruder Francis ihr Elend überhaupt wahrgenommen hatte, so hatte er sich nicht dafür verantwortlich gefühlt.

Aber er war gut zu ihrem Sohn gewesen.

Als der Junge alt genug war, hatte er ihn aus dem Haus in der Bankside Street geholt. Er hatte schon bald gemerkt, wie intelligent ihr Gabriel war. Daraufhin hatte er die Zukunft des Jungen in die Hand genommen und sie aus seiner Gegenwart verbannt. Er hatte sie erst wieder bei sich aufgenommen, als der Junge die Abtei verlassen hatte. Nun, sie hatte ihren Teil der Vereinbarung eingehalten, so dass sie jetzt endlich ihren verdienten Lohn einfordern konnte. Aber diesen einen, diesen letzten Dienst würde sie ihm noch erweisen.

Und sie würde auch in der Kapelle für ihn die Totenwache halten. Sie würde es tun, nachdem sie zum Abt gegangen war und die versprochene Übertragungsurkunde für das Häuschen erhalten hatte.

Und nachdem sie den Jungen hatte benachrichtigen lassen, damit er dem Begräbnis seines Vaters beiwohnen konnte.

23

Ein wahrhaft Liebender ist ständig und ohne Unterbrechung von den Gedanken an seine Geliebte besessen.

Regel XXX, »Die Regeln der höfischen Liebe«

Allein ein guter Charakter macht einen Mann der Liebe wert.

Regel XVIII, »Die Regeln der höfischen Liebe«,
Capellanus, 12. Jahrhundert

Der erste Dezember. Zwei Wochen waren inzwischen vergangen, doch VanCleve war noch nicht wieder zurückgekommen. Anna sagte sich, dass er möglicherweise durch das schlechte Wetter aufgehalten wurde. Der Schnee war genauso schnell getaut, wie er gekommen war, und hatte die Straßen und Wege in eine einzige Morastlandschaft verwandelt. Selbst die robusteste Kutsche kam auf den schlammigen Straßen nur schwer voran. Gegen Mittag wurde es stets warm genug, dass sie Klein Bek in seinen Karren setzen und mit ihm zum Marktplatz fahren konnte. Sie hatte in den letzten zwei Tagen jedoch nur ein einziges Pilgerhandbuch verkauft, denn im Winter waren nur wenige Gläubige auf dem Pilgerweg. Sie würde sich also nach einem anderen Kundenkreis umsehen müssen. Gott sei Dank war die Miete für ihr Zimmer bis Neujahr bezahlt. Das hatte ihr der

Vermieter gesagt, als sie ihm das Geld für die nächste Woche geben wollte.

»*Monsieur Van Clef a payé le loyer le mois entier*«, hatte er gesagt und ihr dann eine Pergamentrolle gegeben, auf der ihr Name stand: »Anna Bookman, Rue de Saint Luc, Reims, Frankreich.« Sie wartete voller Ungeduld, während der beleibte kleine Mann Klein Bek lächelnd den Kopf tätschelte. Er tat so, als würde er sich für den Karren des Jungen interessieren, aber Anna spürte, wie er sie aus dem Augenwinkel beobachtete. Sie wartete neben der Tür, die noch immer offen stand, und spielte dabei an der Schnur herum, mit der das Pergament verschnürt war. Schließlich machte der Vermieter eine höfliche kleine Verbeugung und verabschiedete sich mit einem »*Adieu, Madame*«.

Sie hätte in ihrer Aufregung die Tür fast hinter ihm zugeschlagen. Ihre Finger zitterten, als sie die Schnur entfernte und das Siegel brach, das trotz der schwierigen Beförderungsbedingungen noch intakt war.

»Liebste Anna«, stand da in VanCleves feiner, enger Handschrift. Sie konnte es vor sich sehen, wie seine Hände diese Worte schrieben. Seine langen Finger, die die Feder über die Seite führten, die den Bogen des *L* formten, einen Tintenklecks hinterließen, dort, wo er kurz auf dem spitzen *A* ihres Namens verweilt war. »*Liebste Anna.*« Die Worte hörten sich für sie wie eine Liebkosung an.

»Wie Du vielleicht schon vermutet hast, werde ich es wegen des schlechten Wetters aller Wahrscheinlichkeit nach nicht schaffen, zu dem Zeitpunkt, den ich mir erhofft habe, wieder bei Dir zu sein.« Er kam also zurück! Er war nicht zu einer Ehefrau oder einer anderen Geliebten in Flandern zurückgekehrt! »Zu der Verzögerung durch das Wetter kommt hinzu, dass mich, als ich mich bei meiner Ankunft in Paris bei der Kaufmannsgilde meldete, eine schlimme Nachricht erwartete, die eine weitere Reise erforderlich macht. Man teilte mir mit, dass mein Pate gestorben sei. Ich eile nun also zu ihm, um dafür zu sorgen, dass er mit allen gebotenen Ehren zu Grabe getragen wird. Außerdem werde ich einige Messen für seine Seele lesen lassen. Er war schon sehr alt und sehr gebrechlich, sein Tod kam deshalb nicht unerwartet. Dennoch empfinde ich eine tiefe Trauer. Es ist ein großer persönlicher Verlust. Ich wünschte, ich könnte in deinem lieben Gesicht, deiner Stimme, deinem Lächeln Trost finden…«

An dieser Stelle verlor sich die Schrift. Er hatte einen großen persönlichen Verlust erlitten, und sie konnte ihn nicht trösten, so wie er sie getröstet hatte, als Jetta ertrunken war. Aber er war nicht hier, und sie konnte deshalb seine Tränen nicht wegküssen.

»Nur der Gedanke daran, dass du auf mich wartest, bereitet mir noch Freude. Ich hoffe, dass ich nicht mehr allzu lange aufgehalten werde. Wenn du diesen Brief in Händen hältst, werde ich den Kanal wahrscheinlich schon überquert haben.«

Den Kanal überquert? Gab es auf dem Weg von Paris nach Flandern einen Kanal?

»Mit diesem Brief habe ich dem Vermieter so viel Geld für die Miete deines Zimmers zukommen lassen, dass es mit Sicherheit bis zu meiner Rückkehr reicht. Er scheint ein ehrlicher Mann zu sein, aber du gibst ihm kein Geld. Die Versuchung mag für ihn dann vielleicht doch zu groß sein. Umarme Klein Bek von mir. Ich träume jede Nacht von Dir und denke jeden Tag an dich. Ich bete, dass ich dich schon bald wieder in meinen Armen halten werde.«

Der Brief war zaghaft mit »VanCleve« unterzeichnet, so als wäre die Tinte an eben dieser Stelle zur Neige gegangen.

Das war vor drei Tagen gewesen. Sie hatte den Brief inzwischen so oft gelesen, dass das Pergament am Rand auszufransen begann. Jetzt las sie ihn zur Beruhigung noch einmal, während das graue Licht des Dezembertags durch die Fensterscheibe sickerte und sie mit seiner unendlichen Melancholie verhöhnte. Sie fröstelte.

Er kommt bestimmt wieder, sagte sie sich, während sie das Pergament fest an ihre Brust drückte. Ihr blieb nichts anderes übrig, als anstelle des Schreibers sein Schreiben festzuhalten.

Er hat es versprochen.

»Er kommt nur ein wenig später«, sagte sie laut zu dem Jungen, dessen große graue Augen jedoch auch das zu verstehen schienen, was sie nicht sagte.

Bruder Gabriel stemmte sich gegen den Wind, der über den Bug der *Le Petre de Dartmouth* blies. Die Überfahrt über den Kanal war unruhig, vor allem unter Deck, wo sich allerdings nur wenige Passagiere zusammendrängten. In seinem Magen arbeitete es unentwegt. Auch wenn zu dieser Jahreszeit nur wenige Pilger unterwegs waren – in den düsteren Wintermonaten reiste man nur, wenn es absolut unvermeidbar war –, war der Gestank ungewaschener Körper kaum zu ertragen. Die salzige Gischt auf seinem Gesicht hingegen fühlte sich gut an. Sie war genauso rau wie die Realität, die seine Stimmung drückte, seit er das Dominikanergewand wieder angelegt hatte.

Seevögel folgten in der Hoffnung auf ein bisschen Abfall, der über Bord geworfen wurde, kreischend dem Schiff. Ihre heiseren Schreie, die genauso durchdringend wie die von Harpyen waren, bescherten ihm zu seiner Übelkeit auch noch Kopfschmerzen.

»Euch ist übel, Pater?«

Gabriel drehte sich um. Die Stimme musste ihn gemeint haben, denn außer ihm stand sonst niemand am Bug. Ja natürlich. Pater. Er war ja der »Pater«. Eine Frau unbestimmten Alters in einem grauen Kapuzenumhang löste sich aus dem nahtlos ineinander übergehenden Hintergrund von Meer und Himmel.

»Ich habe ein Stück Ingwer in meiner Tasche, vielleicht hilft Euch das.«

Jetzt, da sie näher kam, konnte er auch ihr Gesicht sehen. Sie war kaum mehr als ein Mädchen, allerdings ein sehr hübsches Mädchen mit noch schöneren Augen. Er hatte sie am Rande wahrgenommen, als sie mit einer älteren Frau, wahrscheinlich ihrer Mutter, an Bord gekommen war. Vor nicht allzu langer Zeit hätte sie seine Gedanken wahrscheinlich in eine lüsterne Richtung gelenkt – jetzt fiel ihm lediglich ihre sanfte und angenehme Art auf. Sie hatte ihn nur angesprochen, weil er eine schwarze

Soutane trug. Er bezweifelte, dass sie sich VanCleve gegenüber ebenso hilfsbereit gezeigt hätte.

»Der Ingwer ist schon ein bisschen trocken und sieht auch nicht mehr besonders schön aus«, sagte sie, als sie ihm die knorrige Wurzel anbot. »Aber so hält er sich länger. Ein kleiner Bissen reicht schon – aber es brennt auf der Zunge wie Pfeffer.«

»Ich danke Euch«, sagte er und sah dabei die angebotene Wurzel zweifelnd an. Sie sah aus, als hätte schon jemand an einem Ende ein Stück abgebissen.

»Hier.« Das Mädchen nahm ein kleines Messer aus ihrem Täschchen und schnitt damit vom anderen Ende der Wurzel ein kleines Stück ab. Dann lächelte sie, während sie mit dem Messer in der Luft herumfuchtelte. »Das hier ist zu meinem Schutz. Wir kommen von weit her. Aus Boulogne. Aber ich habe das Messer bis jetzt nur ein einziges Mal gebraucht, als ein Taschendieb versucht hat, mich zu bestehlen.«

Sie lächelte ihn strahlend an und zeigte dabei zwei Reihen lückenloser, nahezu vollkommener Zähne. Auch ihre Haut war makellos. Er fragte sich, warum sie ohne den Schutz eines Mannes reiste. Eine solch lange Reise und vor allem die Überfahrt waren für Frauen ohne männliche Begleitung, selbst wenn sie zu zweit waren, nicht ungefährlich. Ihr kesser Ton erinnerte ihn an Anna. Anna, die den weiten Weg aus Böhmen auch ganz allein zurückgelegt hatte.

Er nahm die Ingwerwurzel, die das Mädchen ihm anbot. »Es geht mir schon wieder besser«, sagte er. »Ich werde das Stück aber für später aufheben.«

»Wie Ihr wünscht, Pater.«

Die Mutter der jungen Frau saß bei den anderen Passagieren, die sich, Wärme suchend, in der Mitte des Schiffes zusammendrängten. Von seinem Standort im Bug aus wirkten seine Mitreisenden im Dunst und Nebel wie formlose Klumpen. Er konnte jedoch erkennen, wie sich eine der Gestalten, offensichtlich die Mutter des Mädchens, erst zu ihm umdrehte und dann etwas zu der formlosen Gestalt neben ihr sagte. Sie brauchte sich keine

Sorgen um ihre Tochter zu machen, unterhielt sich diese doch mit einem Priester, das war es, was die Frau sicherlich dachte. Er spürte, wie sich sein schlechtes Gewissen regte, und ihn überkam eine bisher unbekannte Skepsis. Wie verletzlich sie doch waren – diese Schäflein, die ihren schwarz gewandeten, römischen Hirten so bedingungslos vertrauten.

»Reist Ihr noch weit, mein Kind?«, fragte er. Das war jetzt die Stimme eines Priesters. Die Worte eines Priesters. Aber nicht das Herz eines Priesters.

»Bis Dover. Dort holt mich mein Verlobter ab.«

Mein Verlobter. Sie sagte das voller Stolz. Er versuchte, sich vorzustellen, wie Annas Lippen diese Worte formten, aber Anna würde diese Worte niemals sagen, jedenfalls nicht über ihn.

Eine Möwe schrie, stieß herab und schoss dann über ihre Köpfe hinweg. Dann setzte sie sich einen Moment lang auf die Reling des Schiffes, bevor die Kraft des Windes, den sie im Rücken hatte, ihre Schwanzfeder auffächerte und sie vom Geländer hob. Sie flog kreischend davon. VanCleve ist wie dieser Vogel, dachte Gabriel. Er hockt auf einem ungeschützten Platz, wartet, während der Wind nur eine Atempause machte. Das Schiff stampfte. Sein Magen begann wieder zu rebellieren. Vielleicht würde er den Ingwer doch noch brauchen.

»Euer Verlobter kann sich glücklich schätzen«, sagte er und dachte dabei noch immer an Anna. Dachte an VanCleve.

Das Mädchen errötete. »Ich gehe jetzt besser wieder zu meiner Mutter zurück.«

»Gott sei mit Euch, mein Kind.«

Diese Worte. Diese Stimme. Es kam ihm so vor, als würde er sich selbst aus der Ferne beobachten, als hätte der Priester, der diese Segensworte sprach, nicht das Geringste mit ihm zu tun.

Was würde Bruder Francis ihm jetzt raten? Und dann fiel ihm wieder ein, warum er sich auf diesem Boot befand.

Bruder Francis würde zu diesem und zu allen anderen Themen überhaupt nichts mehr sagen. Er schwieg für immer. Gabriel würde in der Abtei kein Licht mehr finden, das ihm den rechten

Weg wies. Wem sollte er jetzt seine Sünden beichten, fragte er sich verzweifelt und erinnerte sich dabei mit einem Schaudern an die kalte, unpersönliche Stimme im Beichtstuhl der Kathedrale.

Er spürte, wie es ihn würgte. Aber das hatte nur wenig mit dem Rollen und Stampfen des kleinen Bootes in der rauen winterlichen See zu tun. Er hatte noch nie im Leben ein solches Bedürfnis gespürt zu beichten. Die Worte des sechsten Psalms, des Bußgebets, kamen ihm in den Sinn: »*Domine, ne in furore tuo arguas me*… Herr, strafe mich nicht in deinem Zorn, und züchtige mich nicht in deinem Grimm! Sei mir gnädig, Herr, denn ich bin schwach.«

Aber wie sollte er ohne einen Beichtvater jemals erfahren, ob sein Gebet auch wirklich gehört wurde? Er besaß nicht Annas Glauben. Da war auch kein Zeichen. Der bleierne Himmel ringsum blieb unverändert. Der Wind peitschte ihm noch immer Gischt ins Gesicht. Die Seemöwen schrien noch immer. Das Mädchen stand jetzt wie ein formloser Klumpen bei den anderen formlosen Klumpen in der Mitte des Schiffes.

Er biss ein kleines Stück von der Ingwerwurzel ab, die ihm das Mädchen gegeben hatte. Sie schmeckte bitter.

Am ersten sonnigen Tag setzte Anna Klein Bek in den Wagen und machte sich auf den Weg zum Papierwarenhändler.

Auch dort lief das Geschäft nicht besonders gut. Die Frau des Schreibwarenhändlers schien sich aufrichtig zu freuen, als Anna den Laden betrat. Sie unterhielten sich immer auf Englisch. Sie war eine der Prostituierten gewesen, die den englischen Soldaten nach Frankreich gefolgt waren. Es war ihr jedoch sehr viel besser als den meisten anderen ergangen, da ein französischer Kaufmann ein Auge auf sie geworfen hatte. Sie war hoch erfreut gewesen, als sie hörte, dass Anna Englisch sprach, und legte ihr gegenüber eine Vertrautheit an den Tag, die Anna jedoch nicht in der gleichen Art und Weise erwiderte.

»Ihr könnt den Wagen ruhig in den Laden bringen. Dann braucht Ihr den Jungen nicht herauszuheben.«

Aber Klein Bek hatte schon seine Krücken in der Hand und mühte sich aus dem Wagen. Anna hätte ihm gern dabei geholfen, aber sie kannte diesen entschlossenen Ausdruck auf seinem Gesicht. Er wollte der Frau des Papierwarenhändlers zeigen, dass er keine fremde Hilfe brauchte.

»Du liebe Güte, der Junge ist aber gewachsen, seit ich ihn das letzte Mal gesehen habe.«

Anna unterdrückte ein Lächeln, als sie sah, dass Klein Bek versuchte, sich auf seinen Storchenbeinen noch größer zu machen. Dieser Anblick tat ihr aber auch im Herzen weh. Sie wusste, wie viel Kraft es ihn kostete, aufrecht zu stehen und seinen Kopf still zu halten. »Hier, Bek.« Sie war in letzter Zeit dazu übergegangen, das »Klein« wegzulassen, da er sich selbst auch nur Bek nannte. »Bek will« oder »Bek mag«, das waren stets seine Worte. »Komm, du kannst dich hierhin setzen, während ich einkaufe.«

Die Frau des Papierwarenhändlers schenkte ihnen ein breites Lächeln, bei dem eine Zahnlücke zu sehen war. »Schön, dass Ihr hier seid. Bei dem Schnee und Matsch laufen die Geschäfte nämlich nicht besonders gut.«

Anna beobachtete den Jungen aufmerksam, als dieser mühsam auf einen Schemel kletterte. »Ich fürchte, dass Ihr an mir nicht viel verdienen werdet. Ich brauche nämlich nur ein paar Federkiele und eine Flasche Tintenfischtinte.« Sie zählte die Farthings einzeln auf den Tisch und warf dabei einen sehnsüchtigen Blick auf einen Stapel feines Pergament.

»Ich kann Euch einen guten Preis machen.«

»Ein andermal vielleicht. Ich bin im Augenblick ziemlich knapp bei Kasse. Ich dachte, dass ich vielleicht im Jüdischen Viertel jemanden finde, der einen Auftrag für mich hat. Könnt Ihr mir den Weg –«

Das zahnlückige Lächeln der Frau war wie weggewischt. Sie kniff argwöhnisch die Augen zusammen. »Die Juden! Was wollt Ihr denn von denen?«

»Mein … mein Ehemann hat oft für sie gearbeitet. Das sind gebildete Leute, und sie schätzen schöne Bücher. Außerdem zahlen sie gut.«

Die Frau sah Anna kühl an. »Nun, Ihr werdet dort bestimmt keine Kunden finden. In Frankreich gab es schon keine Juden mehr, bevor ich geboren wurde. Der König war so vernünftig, sie alle des Landes zu verweisen.«

»Des Landes zu verweisen?«

»Dabei hatten sie noch Glück. Woanders hat man sie einfach in ihrer Synagoge zusammengetrieben und dann alles angezündet. Das ist an vielen Orten geschehen. Nicht, dass ich das gutheißen würde! Schließlich bin ich eine gute Christin. Es reicht doch, sie zu vertreiben.«

Anna erinnerte sich an das enge Judenviertel in Prag, das mit einer Mauer vom Rest der Stadt abgetrennt war. Sie erinnerte sich auch daran, dass die Juden jedes Jahr an Yom Kippur in der Alt-Neu-Synagoge eines ebensolchen Massakers in Prag gedachten. Sie verzichtete jedoch auf eine scharfe Erwiderung. Es hatte keinen Sinn, den einzigen Papierwarenhändler zu verärgern, den sie von ihrer Unterkunft aus zu Fuß erreichen konnte. Und außerdem: Was hätte sie mit ihren Worten schon ausrichten können?

Die Frau sah sie nachdenklich an. »Wenn Ihr Euch allerdings für jüdische Bücher interessiert, dann habe ich da etwas für Euch. Als gute Christin hätte ich es eigentlich nicht behalten sollen, aber es wäre schade gewesen, es einfach zu verbrennen. Ich könnte es Euch billig geben.« Glaubte sie etwa, Anna wäre keine gute Christin?

Sie griff unter den Ladentisch und zog ein Bündel hervor, das in Sackleinen eingewickelt war. »Aber sagt niemandem, woher Ihr das habt. Ich würde es selbst mit meinem letzten Atemzug noch leugnen.« Sie warf einen verstohlenen Blick zum Fenster, bevor sie das Bündel auswickelte. »Mein Nichtsnutz von einem Ehemann hat es einem Kesselflicker abgekauft – der Narr hat nicht einmal geahnt, was das ist. Er sagte, dass der Großvater des

Kesselflickers es vom letzten Kreuzzug mitgebracht hätte. Ich aber glaube, dass es irgendeine Art von jüdischer schwarzer Magie ist. Aber ist es nicht wunderschön!«

Anna verschlug es regelrecht den Atem. Das Buch war in ein schön punziertes Leder gebunden und mit einem Rand aus leuchtendem Karminrot und Blattgold geschmückt. Das Leder wies ein paar Löcher auf. Wahrscheinlich war es dort mit Edelsteinen besetzt gewesen, die inzwischen den Hals der Dame irgendeines Tempelritters oder eines reichen römischen Klerikers schmückten. Anna konnte von den hebräischen Buchstaben genügend viele lesen, um den Titel zu entziffern.

המ פתח לחכמ ת שלמה *Der Schlüssel zur Weisheit Salomons.*

Anna kannte dieses Buch. Der Rabbi in Prag hatte ihr einmal ein Exemplar gezeigt. Und es war in der Tat, jedenfalls in gewisser Weise, ein Buch der Magie. Aber es war keine schwarze Magie, keine Hexenmagie. Es war ein Buch mit magischen Beschwörungen, um die Engel herbeizurufen. Sie strich mit den Fingern über die vergoldeten hebräischen Buchstaben des Titels. Ihr Verstand warnte sie: Lass es! Wenn es schon für eine Bürgerin dieses Landes nicht ungefährlich ist, dieses Buch zu besitzen, wie viel gefährlicher ist es dann für eine Fremde? Vor ihrem inneren Auge zuckte plötzlich wieder ein Bild auf: Jetta, die VanCleve aus dem Fluss gezogen hatte, ihr Körper ohne Leben, ihr Kopf über VanCleves Arme schlaff nach hinten baumelnd, während das Wasser aus ihren langen grauen Haaren lief. Sie verdrängte das Bild.

»Wie viel?«, fragte sie.

Die Frau des Papierwarenhändlers schien zu überlegen. Anna konnte beinahe hören, was sie gerade dachte. Das hier war für sie die Gelegenheit, sich des verbotenen Buchs zu entledigen und daraus vielleicht sogar noch Gewinn zu schlagen.

»Ich gebe es Euch für zwei Goldflorins.«

Das war ein wahrhaft fürstlicher Preis. Anna hätte dafür nahezu ihre gesamten Ersparnisse einsetzen müssen.

»Mein Mann will es verbrennen.« Die Frau seufzte übertrieben. »Und das wäre doch wirklich schade.«

»Wie wäre es mit einem Tauschhandel? Ich habe zwei Exemplare von Christine de Pisans *Schatzkästlein der Stadt der Frauen* und drei Pilgerhandbücher. Ihr dürftet keine Schwierigkeiten haben, diese zu verkaufen. Das ist ein guter Tausch für Euch, immerhin wolltet Ihr das Buch doch ohnehin verbrennen.«

Die Frau tat so, als müsste sie sich die Sache erst noch überlegen, und grub ihre kleinen Mäusezähne in ihre Unterlippe. »Nun, da ist noch das Leder der Einbandrückseite. Das könnte ich noch verwenden.«

»Fünf Bücher und einen Dukaten für das Leder.«

»Abgemacht.«

»Ich komme morgen wieder.«

Die Frau wickelte das Buch in seine schlichte Hülle und drückte es Anna in die Hand. »Geht schon. Nehmt es gleich mit! Ich vertraue Euch. Wir sind doch beide gute Christinnen«, sagte sie, sichtlich erleichtert darüber, das Buch losgeworden zu sein.

Als Anna das Buch unter die Decken in Beks Wagen schob, überkam sie eine böse Vorahnung. Hatte sie einen Fehler gemacht? Aber es hieß auch, dass es gefährlich sei, die *Wycliffe*-Bibel zu besitzen. Doch ihr hatte es noch nie geschadet. Ihr Verstand meldete sich erneut. Sie stand plötzlich wieder auf der Brücke über der Moldau, und Martins Schädel auf der Stange glänzte weiß in der Sonne. Aber Martin und die anderen waren nicht gestorben, weil sie dieses Buch besessen hatten. Es war ihre Überheblichkeit gewesen, die sie das Leben gekostet hatte. Dědeček hatte die kleine Gruppe von Andersdenkenden oft genug vor jener Art von intellektueller und philosophischer Arroganz gewarnt, die die Wahrheit, für die sie kämpften, untergraben und Menschenleben gefährden konnte. Anna brauchte sich ja nicht mitten auf den Marktplatz zu stellen und ihre Ansichten lautstark zu verkünden. Aber das Buch auszulösen, das war bestimmt eine gute Sache.

Dědeček hätte sicher genauso gehandelt wie sie.

24

Lassen wir das Zölibat den Bischöfen…
Die frömmste Art des Lebens ist der Ehestand,
rein und keusch gepflegt.

Erasmus von Rotterdam, »Encomium Moriae«

Die Überfahrt hatte Bruder Gabriel sehr erschöpft. Er hatte nur wenig geschlafen und noch weniger gegessen, seit er das Schreiben erhalten hatte, in dem ihm Bischof Arundel mitteilte, dass Bruder Francis gestorben war. Nachdem das Schiff in Dover angelegt hatte, konnte er es jedoch plötzlich nicht mehr erwarten, zur Abtei zurückzukehren, auch wenn ihn im Quartier des alten Priesters kein Freund erwarten würde, um ihn zu begrüßen. Er hatte also ein Pferd gemietet und war in der beginnenden Dämmerung und dem kalten Nebel, der sich wie ein feuchter Schleier auf sein Gesicht legte, auf schnellstem Weg zur Battle-Abtei geritten. Er wusste nicht, welche Stunde es gerade geschlagen hatte, als er endlich die Mauern der Abtei sah. Nur dass es schon spät in der Nacht war. Die bleiche Sichel des aufgehenden Mondes, umgeben von einem dünnen Wolkenschleier, leuchtete vom Himmel herab und erinnerte ihn an seinen letzten vom Mond erhellten Besuch in der Abtei. Dabei hatte er Bruder Francis zum letzten Mal lebend gesehen. Er hätte niemals so lange fortbleiben dürfen, schalt er sich. Er hatte doch gewusst, wie gebrechlich der alter Priester war.

»Mach schnell, Bursche«, rief er dem Stallknecht zu, der vor ihm stand und sich verschlafen die Augen rieb, als Gabriel durch das Tor ritt. Die Wachstube war, da die Franzosen ihre Überfälle eingestellt hatten, nicht mehr besetzt, denn in der Abtei gab es einfach nicht genügend Menschen, um Mauern zu bewachen, vor denen kein Feind lagerte. Die Zahl ihrer ständigen Bewohner war durch die Pest, die im vergangenen Jahrhundert in England gewütet hatte, zu sehr dezimiert worden, und die Abtei hatte sich davon noch immer nicht ganz geholt.

»Seht zu, dass das Pferd einen Sack Hafer erhält. Ein Stallknecht aus Hastings kommt es morgen wieder abholen.«

»Jawohl, Pater.« Das Pferd wieherte, als der Junge es zum Stall führte.

Für das Pferd gab es Hafer, der Reiter aber würde nichts zu essen bekommen, dachte er, als er einen Blick auf die dunklen Fenster des Refektoriums warf. Die Brüder, die dort schweigend ihr Abendessen eingenommen hatten, hatten den Raum schon lange verlassen. Auch die Küche war geschlossen, die langen Tische aus Holzbohlen waren bereits sauber geschrubbt worden.

Zwei Glockenschläge.

Mitten in der Nacht. Anna und Bek waren in dem kleinen Haus in der Rue de Saint Luc sicher schon längst schlafen gegangen. Bei den ersten Tönen der Glocke konnte er die Schritte der Mönche hören, die durch die Kreuzgänge schlurften, um dem Ruf zur Matutin zu folgen. Da er das Brevier schon viel zu lange vernachlässigt hatte, würde er sich ihnen anschließen. Abgesehen davon waren seit dem Tod des Priors erst drei Wochen vergangen. Sie würden also sicherlich noch das Seelenamt singen.

Bruder Gabriel zog sich seine Kapuze tief ins Gesicht, senkte den Kopf, verschränkte die Arme und schloss sich dann stumm den Mönchen an, die langsam zur Kapelle gingen. Er betrat den vertrauten Chor, und sein Blick fiel unwillkürlich auf die Misericordien und ihre Schnitzereien, die er als Junge so oft mit seinen Fingern ertastet hatte, während er ungeduldig darauf wartete, dass der Gottesdienst endlich vorbei war. Ein paar Jahre später, als Bruder Francis die Messe gelesen hatte, dachte der junge Gabriel an das Mädchen, dem er seine Jungfräulichkeit geschenkt hatte. Er erinnerte sich an die Fleischeslust, obwohl er doch seine Gedanken auf das Mysterium hätte richten sollen, das man gerade feierte. Die Sünden des Fleisches! Auch in ihnen lag ein Mysterium.

Während er noch immer an seine fleischlichen Sünden dachte – wie schwer sie doch wogen –, nahm er das Antiphonar in die Hand, obwohl er es eigentlich nicht brauchte. Er kannte den gesamten Text auswendig. Darauf hatte Bruder Francis bei seinem jungen Schützling auf das Strengste geachtet.

»*Dirige, Domine, Deus meus.*« Er intonierte die einleitende Antiphon und stimmte dann mit seiner Bassstimme in den Gesang der Mönche ein.

Vielleicht würde er nach der Messe endlich etwas Schlaf finden. Er hatte schon viele Nächte lang nicht mehr gut und erholsam geschlafen. Er würde sich eine Bettstatt im Dormitorium der Mönche suchen – in dieser zölibatären Gesellschaft würden ihn gewiss keine Träume von rothaarigen Frauen heimsuchen. Morgen würde er dann dem alten Prior die letzte Ehre erweisen und den Abt aufsuchen, um noch weitere Seelenmessen für Bruder Francis zu stiften.

Nach der Messe reihte er sich wieder in die Schlange der Mönche ein, die schweigend durch die Kreuzgänge schlurften. An der einen Ecke des Vierecks, dort, wo der Kreuzgang im rechten Winkel abbog, warf er einen Blick zu dem kleinen eingefriedeten Häuschen hinüber, das ein wenig abseits stand. Hinter einem der Fenster bewegte sich ein Schatten. Der Schatten von Bruder Francis, dessen Seele keine Ruhe fand? Er rieb sich die müden Augen und sah noch einmal genauer hin. Die Silhouette war verschwunden.

Mistress Clare. An sie hatte er überhaupt nicht gedacht. Er hatte angenommen, dass sie das Kloster inzwischen schon längst verlassen hatte. Er fragte sich flüchtig, was sie wohl tun würde, jetzt, da ihr Dienst bei Bruder Francis beendet war. Er fragte sich, ob sie Angehörige hatte, die sie bei sich aufnehmen würden.

Aber das ging ihn schließlich nichts an.

Das Frühstück war überaus schlicht. Es gab einfaches dunkles Brot, das noch warm war, und Haferbrei. Für ihn aber, den Priester, der zu Besuch war, dem Quästor, der den Schlüssel zum Schatz der Gnade verwaltete, gab es noch eine dünne Scheibe Speck. Gabriel war der Erste in der Reihe der Mönche. Er füllte seine hölzerne Schüssel und nahm dann zusammen mit den Brüdern, die ihm rasch folgten, an dem auf Böcke gestellten Tisch Platz. Die Mönche reichten das Brot weiter, wobei jeder ein Stück vom Laib abbrach und diesen dann schweigend seinem Nachbarn weitergab. Es wurde kein einziges Wort gesprochen, nur die Stimme des Psalmenlesers ertönte von der Kanzel herab.

Gabriel lauschte den Bußpsalmen nur mit halbem Ohr. Dass man heute eben diese Psalmen gewählt hatte, war nicht verwunderlich, waren sie doch wie die Messe Teil des Totenamts, mit dem man Bruder Francis ehrte. Der monotone Klang der Stimme und das Kauen der Mönche – wer hätte gedacht, dass es so laut und auch so irritierend sein konnte, wenn ein paar Dutzend Männer stumm vor sich hinkauten? – reichten jedoch nicht aus, um Gabriels Gedanken von der Steifheit und den Schmerzen in seinen Gliedern abzulenken, die von der unbequemen Nacht auf dem Feldbett herrührten. Weder die Quantität noch die Qualität seines Schlafes waren ausreichend gewesen, dass er sich erholen konnte. Ganz besonders sein Hüftgelenk schmerzte. Aber das war auch kein Wunder.

Er hatte letzte Nacht wieder von Anna geträumt. Diesmal war sie ihm in der Gestalt jenes Engels erschienen, der mit Jakob am Fuße der goldenen Treppe gerungen hatte. Gabriel hatte in seinem Traum – genau wie damals Jakob – mit diesem geflügelten Wesen gekämpft. Es war ein heftiger Kampf gewesen, eines himmlischen Gegners durchaus würdig. Gabriel hatte das Wesen gepackt und festgehalten, so wie es auch schon Jakob im Buch Genesis getan hatte. Der Engel wollte die goldene Treppe hinauf in den Himmel fliehen, aber Gabriel hatte ihn nicht losgelassen. Im Gegensatz zur Heiligen Schrift hatte schließlich doch der Engel gesiegt. Er hatte Gabriel mit einem seiner Flügel an der Hüfte getroffen, mit solcher Gewalt, dass es ihm den Atem genommen hatte und er zu Boden gestürzt war.

Gabriel hatte in seinem Traum versucht zu schreien, aber seine Kehle war wie zugeschnürt gewesen – wenn er jetzt schluckte, spürte er noch immer ein Gefühl der Enge in seinem Hals. Schließlich hatte er reglos und mit geschlossenen Augen, nackt und frierend, zusammengerollt wie ein kleines Kind dagelegen. Der Engel, der anscheinend noch nicht mit ihm fertig war, hatte über ihm verharrt. Und dann hatte Gabriel dessen Duft gerochen. Es war ein vertrauter, ein lieblicher Duft gewesen. Der Duft von Jasmin. Gabriel hatte die Augen geöffnet und dem Wesen direkt ins Gesicht geblickt.

Es war jedoch nicht das Gesicht eines Mannes wie bei der Kreatur, mit der Jakob gerungen hatte, nicht einmal das eines Zwitterwesens – dafür hatte Gabriel die Engel immer gehalten –, sondern das Gesicht einer Frau: Annas Gesicht mit einem Heiligenschein aus flammendem Haar, das brannte wie Moses' brennender Dornbusch und doch nicht vom Feuer verzehrt wurde. Er hatte die Hitze des Feuers auf seiner Haut gespürt. Als er an diesen Traum dachte, an Annas vollkommenes Gesicht, an ihre blauen Augen, in denen Engelstränen geschimmert hatten, da spürte er sogar in dem kalten und stillen Refektorium der Abtei wieder diese Hitze auf seiner Haut.

Gabriel wünschte sich von ganzem Herzen, dass Bruder Francis noch am Leben gewesen wäre, um ihm diesen Traum zu deuten. Und dennoch gab es da etwas in ihm, ein verderbtes und verborgenes Ich, das durchaus froh darüber war, dass ihm die tadelnden Worte seines Beichtvaters erspart blieben.

Domine, ne in furore tuo arguas me… Die Stimme des Vorlesers hallte durch den Saal, und die Worte des Psalms überlagerten die Erinnerung an seinen Traum. *Herr, strafe mich nicht in deinem Zorn, und züchtige mich nicht in deinem Grimm.*

Einer der Brüder stieß ihn an und reichte ihm das Brot. Seine Kehle war jedoch wie zugeschnürt, so dass er nicht einmal den Löffel Haferbrei hinunterschlucken konnte, den er gerade im Mund hatte. Er schüttelte verneinend den Kopf. Der Bruder sah ihn finster an und gab das Brot dann an den übernächsten Mönch weiter, während Gabriel schon aufgestanden war und aus dem Raum lief.

Er öffnete die Tür des Refektoriums, die zum winterlich kahlen Küchengarten hinausführte. Er war froh über die kalte Luft, die ihm entgegenschlug, froh, dass er die Brüder und ihr unablässiges Kauen und Schlucken, das klang wie bei Schweinen, die aus einem Trog fraßen, hinter sich lassen konnte. Noch dankbarer war er jedoch dafür, dass er die Stimme und den Psalm hinter sich lassen konnte, der um Gnade für die Toten bat, während er in Gedanken die Sünden des Lebenden beging, den Psalm, in dem David um Vergebung seiner Sünden flehte, wobei die Sünde der Fleischeslust, die er mit Bathsheba begangen hatte, seiner eigenen nicht unähnlich war.

Domine, ne in furore tuo arguas me. Gabriel konnte die Stimme, die den Psalm las, noch immer hören. Er stolperte auf die Kapelle zu, während er das Bild des Engels vor Augen hatte, des Engels mit Annas Zügen.

Bruder Francis' Leichnam war in der Sankt-Martin-Kapelle bestattet worden, dem kreisförmigen Anbau links neben der Kanzel. Man hatte die steinerne Bodenplatte angehoben und die Leiche des Priors, eingenäht in ihr Leichentuch, in jene Vertiefung gelegt, die dem Altar des Heiligen Martin am nächsten war. Dies war eine außergewöhnliche Ehre, denn man würde, nachdem das Grab – von manchen auch »der Fleischfresser« genannt – seine Arbeit getan hatte, seine Knochen nicht ins Beinhaus umbetten, sondern in der Nähe des Heiligen belassen. Von diesem ehrenvollen Platz aus würde die Seele des alten Priors das Fegefeuer leichter durchschreiten. Viele der Pilger, die kamen, um den Heiligen zu ehren, würden auch ein Gebet für den Prior sprechen, der hier begraben lag. Großzügig gewährte Gnade.

Die Morgensonne schien durch das Fenster, das Sankt Martin mit seinem halben Mantel zeigte, während er die andere Hälfte über die Arme eines zerlumpten Bettlers legte. Im Hintergrund sah eine Gans, die sein Symbol war, dem Ganzen voller Wohlwollen zu und verkündete mit weit geöffnetem Schnabel von der Mildtätigkeit des bescheidenen Heiligen.

Gabriel kniete nieder und strich dann mit der Hand an der rauen Fuge entlang, dort, wo man die Steine wieder eingesetzt hatte. Selbst im matten Licht der Kapelle konnte er sehen, dass der Mörtel noch frisch war. Er berührte jeden einzelnen Buchstaben von Bruder Francis' Namen, den man in grober, aber gut lesbarer Schrift in die Bodenplatte gemeißelt hatte, schließlich beugte er sich nach vorn und drückte seine Lippen auf den kalten Stein. Heftige Reue und eine kaum zu ertragende Sehnsucht ergriffen ihn, während er sich zu erinnern versuchte, was genau die letzten Worte gewesen waren, die er zu diesem Mann, der für ihn wie ein Vater gewesen war, gesagt hatte. Hatte er ihm gegenüber seine tiefe Zuneigung ausgedrückt? Hatte er von seiner Dankbarkeit gesprochen? Und selbst, wenn er das nicht getan hatte, dann hatte der alte Mann doch sicher gewusst, wie sehr Gabriel ihn liebte?

»Euer Name war das Letzte, was über seine Lippen kam.«

Die Stimme einer Frau, vertraut und fremd zugleich. Er hob den Kopf, um die Sprecherin anzusehen. Sie stand in der Tür: eine schlanke, schon etwas älterere Frau. Ihre Haltung war voller Stolz. Sie trug einen Umhang, unter dessen Kapuze ein paar graue Haarsträhnen hervorsahen.

Mistress Clare.

Wahrscheinlich war sie gekommen, um Anspruch auf eine Kleinigkeit aus der Hinterlassenschaft des alten Priesters zu erheben.

Er versuchte, sich den Ärger darüber, dass sie ihn in seiner Trauer störte, nicht anmerken zu lassen. Sie hatte Bruder Francis stets treu gedient, und deshalb hatte sie wohl auch ein Anrecht auf irgendeine kleine Anerkennung.

»Ich bin hier, um zu trauern. Ich werde später zu Euch kommen«, sagte er, ohne sich aus seiner knienden Haltung vor dem Grab zu erheben. Seine Stimme, die von den Wänden der Kapelle zurückgeworfen wurde, hatte einen scharfen Klang.

Sie stand so reglos da wie die Statue in der Wandnische über ihr. Nur ihre Lippen bewegten sich. »Dann werde ich nicht mehr hier sein. Ich bin gekommen, um Euch Lebewohl zu sagen. Seit seiner Beerdigung habe ich auf Euch gewartet.«

Irritiert durch ihren Ton, der nahelegte, dass sie Anspruch auf seine Aufmerksamkeit hatte, wollte er sie noch einmal auffordern zu gehen, damit er ungestört trauern konnte. Allerdings hatte sie für ihre Mühen ein gewisses Maß an Höflichkeit verdient. Darüber hinaus würde sie zweifellos auch eine handfestere Belohnung erwarten als nur seine Aufmerksamkeit. In dieser Hinsicht würde er sie an den Abt verweisen – es sei denn, sie hatte diese Quelle schon ausgeschöpft. Er stand mühsam auf und spürte dabei einen stechenden Schmerz durch sein Bein schießen, der von seinem Hüftgelenk ausging und sich bis zu seiner Fußsohle hinunterzog.

»Ein warmer Breiumschlag wird diesen Schmerz lindern«, sagte sie. »Bruder Francis hat ebenfalls sehr darunter gelitten.«

Sie sagte das so, als verschaffte ihr sein Schmerz eine gewisse Befriedigung. Das überraschte und verwirrte ihn zugleich. Sie hatte sich ihm gegenüber immer sehr distanziert verhalten, aber er hatte nicht gedacht, dass ihre Abneigung gegen ihn so tief war.

»Ich habe einen solchen Schmerz noch nie verspürt. Zweifellos ist der lange Ritt von der Küste bis hierher der Grund dafür.«

»Das oder das Wetter«, sagte sie.

Er setzte sich auf die kleine Bank, die für die Bußfertigen in der Sankt-Martin-Kapelle bereit stand. Das Licht, das durch die bunten Glasfenster fiel, färbte das andere Ende der Bank in allen Regenbogenfarben.

»Setzt Euch, dann können wir über Eure Forderung sprechen«, sagte er.

Sie nahm neben ihm Platz. Ihr schlichtes graubraunes Kleid war plötzlich bunt, und der rote Schein des Fensters verlieh ihrem Gesicht einen rosigen Schimmer. Er konnte sich gut vorstellen, wie sie in ihrer Jugend ausgesehen hatte. Sie musste eine sehr hübsche Frau gewesen sein. Ihm wurde bewusst, dass er nur sehr wenig über Mistress Clare wusste, obwohl sie jahrelang im Hintergrund präsent gewesen war. Er versuchte, sich zu erinnern, wann er sie zum ersten Mal gesehen hatte. Als er damals als junger Mann von seinen Studien in Rom zurückgekommen war, da war sie da gewesen. Bruder Francis hatte sie ihm einfach als Mistress Clare vorgestellt, dann hatte sie sich zurückgezogen, so wie sie es immer tat, wenn er zu Besuch kam.

»Ich habe keine *Forderungen.*« Sie sagte das mit einer gewissen Empörung in der Stimme, so als empfände sie allein schon solch einen Gedanken als Beleidigung.

»Ich habe gewartet, um Euch zu sagen, wie er starb«, fuhr sie fort, »und um Euch zu versichern, dass man sich angemessen um den Leichnam Eures Vaters gekümmert hat, bevor er zur letzten Ruhe gebettet wurde.«

»Das war sehr freundlich von Euch«, sagte er vorsichtig. Er war sich jedoch noch immer nicht sicher, was sie von ihm wollte. Er rieb sich sein Bein, das noch heftiger schmerzte, seit er sich auf die harte Bank gesetzt hatte.

»Nehmt ein warmes Sitzbad«, sagte sie. »Das wird den Schmerz lindern.«

»Vielen Dank für diesen Rat.« Dann suchte er verzweifelt nach irgendetwas, das er zu der Frau sagen konnte. »Ist er friedlich gestorben?«

»Er starb im Schlaf.«

»Ich habe ihn immer als meinen Vater angesehen, müsst Ihr wissen.«

»Das solltet Ihr auch. Er war Euer Vater.«

»Ja, mein geistiger Vater. Und er war mehr als das. Er war der einzige Vater, den ich je hatte.«

»Ja, das war er. Ich bin nur deshalb geblieben, um Euch das zu sagen. Ich dachte, Ihr solltet es jetzt endlich erfahren. Solange er noch lebte, hatte er mir verboten, etwas zu sagen.«

Für eine Haushälterin drückte sie sich sehr gewählt aus, fand er. Sie sprach auch nicht mit angelsächsischem Akzent, wie es bei einer Frau ihres Standes zu erwarten gewesen wäre. Offensichtlich hatte sie sich sehr darum bemüht, die Redeweise und den Wortschatz der Oberschicht anzunehmen, für die sie ihr ganzes Leben gearbeitet hatte.

»Verzeiht mir bitte. Die Schmerzen in meinem Bein haben mich ein wenig abgelenkt.« Er rieb sich den Unterschenkel. »Was sagtet Ihr eben? Bruder Francis hätte Euch irgendetwas verboten?«

»Er hat mir verboten, Euch zu sagen, dass er Euer leiblicher Vater ist.«

Draußen schob sich eine Wolke vor die Sonne. Das rosige Licht in der Kapelle verdunkelte sich vorübergehend, so dass ihre Haut die graue Farbe der steinernen Wand hinter ihr annahm.

Hatte er sie richtig verstanden? Einen kurzen Moment lang wünschte er sich, dass es tatsächlich so war. Aber nein, die Frau hatte nur irgendwelchen Tratsch aufgeschnappt. Sie war erst zu Bruder Francis gekommen, als dieser schon relativ alt war. Sie konnte also über die in Frage kommende Zeit unmöglich etwas wissen. Sie wiederholte lediglich irgendeine üble Klatschgeschichte. Wahrscheinlich wollte sie sich mit ihrer Geschichte nur irgendeinen Vorteil verschaffen, da sie kein regelmäßiges Einkommen mehr hatte.

»Ihr täuscht Euch. Er hat mich als Mündel der Kirche zu sich genommen, als ich sechs Jahre alt war.« Gabriel brachte es einfach nicht über sich, einzugestehen, dass seine Mutter eine Hure gewesen war. »Ich war ein Waisenkind.«

»Ihr wart keine Waise. Ihr wart sein leibliches Kind. Er hat Euch aus einem Bordell in Southwark geholt. Er hat Euch Eurer Mutter weggenommen und hierher gebracht. Und dann hat er für Eure Ausbildung gesorgt.«

»Wie könnt Ihr es wagen, solche Behauptungen aufzustellen? Ich –«

»Eure Mutter hat Euch von Zeit zu Zeit besucht, als Ihr noch klein wart. Dann aber hat er ihr verboten, Euch weiter zu besuchen. Die Zukunft, die er sich für Euch vorstellte, sah keine Mutter ihres Standes vor.« Sie sagte das mit einem unüberhörbar bitteren Unterton, dann fügte sie leise hinzu: »Erinnert Ihr Euch? Erinnert Ihr Euch daran, dass Eure Mutter Euch besucht hat?«

Plötzlich war er wieder acht Jahre alt, und seine Mutter gab ihm einen Abschiedskuss. In ihren Augen hatten Tränen gestanden. Das wusste er noch ganz genau, auch wenn er sich nicht mehr an ihr Gesicht erinnern konnte. Aber er erinnerte sich an ihre goldenen Haare. Eine Locke hatte unter ihrer Haube hervorgesehen, einer Haube aus grünem Samt, die mit einer Spitzenborte unter dem Kinn gebunden war. Als sie ihn geküsst hatte, hatte er gespürt, wie die Spitze und ihre Locken über seine Wange gestreift waren. Er aber hatte ihr keinen Kuss gegeben.

»Es gab da ein Parfüm, das sie immer trug –« Er bekam kaum genug Luft, um diese Worte zu formulieren, und war sich schließlich nicht einmal sicher, ob er sie auch tatsächlich laut ausgesprochen hatte.

»Das Rosenöl. Das war ihr Lieblingsparfüm.«

»Ihr Name war Jane. Jane Paul.«

Seine Kehle war vor Scham, Sehnsucht und auch vor Zorn wie zugeschnürt. Er war zornig, weil Bruder Francis ihn angelogen hatte, auch wenn es nur zu seinem Besten gewesen war. Zornig, weil sie ihm jetzt dieses Geheimnis enthüllt hatte, und vor allem auch zornig, weil er als kleiner Junge seine Mutter weggeschickt hatte, ohne ihr einen Abschiedskuss zu geben und ihr auch nur Lebewohl zu sagen.

»Woher wisst Ihr das alles?«, fragte er schließlich.

»Nun, wenn man einem Mann so lange dient, wie ich Eurem Vater gedient habe, dann erfährt man alles über ihn. Falls Ihr jedoch noch immer an meinen Worten zweifeln solltet, dann braucht Ihr nur in den Spiegel zu sehen. Seht Euch diese kleine Linie an, die an Eurer Schläfe beginnt und über Eure Wange bis zu Eurem Kinn verläuft. Eines Tages wird diese Linie genau wie bei ihm eine tiefe Falte sein. Euer energisches Kinn, das kleine Grübchen, das sich links von Eurem Mund zeigt, wenn Ihr lächelt, selbst die Schmerzen in Eurem Bein – all das habt Ihr von Eurem Vater geerbt. Neben Eurem wachen Verstand und Eurem kräftigen Körper natürlich.«

Der Regenbogen aus Licht war ein Stück weitergewandert und fiel nicht mehr auf ihr Gesicht. Sie saß da, die Hände auf den Knien, wobei jede Hand im Licht des Fensters eine andere Farbe hatte. Sie hatte lange Finger, die früher gewiss einmal elegant und gepflegt gewesen waren. Jetzt waren sie nur noch rot und rau. Ihre Form erinnerte ihn jedoch an die Hände seiner Mutter. Er erinnerte sich an ihre leichte, warme Berührung. Sie hatte ihn einst mit solchen Händen gestreichelt, oder war das gar keine Erinnerung, sondern vielmehr nur der Wunschtraum eines Kindes?

Nein. Das war alles eine Lüge, eine List. Als Nächstes würde diese Frau ihn auffordern, für ihr Schweigen zu bezahlen. Dann konnte er sicher sein, dass das alles eine unerhörte, eigensüchtige Lüge war.

»Mein Bein hat mir noch nie zuvor wehgetan. Ich habe letzte Nacht einfach nur in einem unbequemen Bett geschlafen.«

»Ihr seid jetzt ungefähr in dem Alter, in dem auch Eurer Vater Schmerzen im Bein bekam.«

Ich habe ihn darüber nie klagen hören, dachte Gabriel. Aber dann sah er plötzlich vor seinem inneren Auge das Bild, wie Bruder Francis sich die Hüfte rieb. War das ein weiterer Streich, den ihm seine Erinnerung spielte? Redete er sich das vielleicht alles nur ein? Aber seine Erinnerung – oder auch seine Fantasie – beschwor jetzt die schmerzvolle Grimasse herauf, die er gelegentlich auf Bruder Francis' Gesicht gesehen hatte. Und er erinnerte sich auch daran, dass sein Beichtvater sogar ein paar Mal gehinkt hatte.

Sie schien seine Gedanken lesen zu können, denn sie sagte: »Die Schmerzen kamen und gingen. Es hing vom Wetter ab.«

»Seine Haare sind… waren dunkel, fast schwarz.«

»Eure Mutter hatte blondes Haar.«

Auch das stimmte.

»Habt Ihr meine Mutter gekannt? Kanntet Ihr Jane Paul?«

»Ja, ich kannte sie einst.«

»Einst? Wo lebt sie jetzt?«

Er wartete auf ihre Antwort und merkte dabei gar nicht, dass er unwillkürlich den Atem anhielt, so sehr wünschte er sich, Gewissheit zu haben, während er sich jedoch gleichzeitig auch vor ihrer Antwort fürchtete.

Sie schloss die Augen. Es schien, als blendete sie das Licht, obwohl ihr Gesicht im Schatten lag.

»Jane Paul ist tot«, sagte sie.

Er holte tief Luft.

»Warum erzählt Ihr mir das alles erst jetzt?«

»Weil man mir verboten hat, es Euch früher zu sagen.«

»Und was soll mir dieses Wissen jetzt noch nützen?«

»Nun, ich dachte, dass Ihr es wissen solltet, damit der Sohn nicht dieselben Sünden begeht wie der Vater.«

»Ihr sprecht von Sünde? Dann richtet Ihr also über ihn?«

»Nein, das tue ich nicht. Gott wird über ihn richten. Aber er war bestimmt kein schlechter Mensch. Vielleicht aber hätte er ein noch besserer Mensch sein können. Er hat einen Eid geschworen, und er hat diesen Eid gebrochen. Euer Vater achtete die Kirche mehr als die Menschen. Und er hat Euch auf denselben Weg geführt. Ich wollte, dass Ihr seine Fehler kennt, bevor Ihr ihm nacheifert; das ist alles. Und außerdem solltet Ihr noch wissen, dass Ihr nicht der Bankert irgendeines betrunkenen Rüpels seid, der Euch in einem Londoner Bordell gezeugt hat. Eure Mutter war keine Hure. Bruder Francis machte sie zu seiner Geliebten, als sie noch sehr jung war. Sie hat nie einen anderen Mann gekannt. Vielleicht –«

Im hinteren Teil der Kapelle bewegte sich etwas, und es waren auch eilige schlurfende Schritte zu hören. Dann räusperte sich jemand diskret. Gabriel blickte auf und sah den jungen Novizen.

»Verzeiht, Pater, aber man hat mich geschickt, um Euch zu holen. Der Erzbischof ist beim Abt und möchte Euch unverzüglich sehen.«

Mistress Clare stand auf. »Ich werde jetzt gehen. Ich wollte nur, dass Ihr es wisst, das ist alles. Das Wissen mag für Euch lehrreich sein, denn es hält Euch vielleicht einen Spiegel vor.«

Auch er erhob sich. *Man ruft mich, damit ich Rechenschaft ablege! Und das ausgerechnet jetzt!* Die Worte des Novizen hatten ihn so erschreckt, dass er es kaum registrierte, als Mistress Clare sich umdrehte und davonging.

Erst später, sehr viel später, kam ihm der Gedanke, dass er sie niemals hätte gehen lassen dürfen, ohne zu fragen, wohin sie ging.

Am Donnerstag der nächsten Woche stand Anna wieder an ihrem Platz auf dem Markt, Bek saß auf dem Boden neben ihren Füßen. Die Sonne schien zwar, aber es war bitterkalt und auch sehr windig. Nur wenige Menschen kamen an ihrem kleinen Stand vorbei.

Die alte Suppenverkäuferin hatte ihr gesagt, dass die Kunden erst wieder im Frühling kommen würden, dann, wenn die Pilger von Schrein zu Schrein wanderten. Sie hatte offensichtlich recht. Nur sie, Anna und ein einsamer Kohlenverkäufer trotzten heute dem Wetter. Einige wenige Kunden kauften Suppe und Kohle. Bücher kaufte niemand.

»Kalt, An na. Bek kalt«, jammerte das Kind hinter ihr. »Gehen.«

Es war schwer, sich seinem Argument zu widersetzen, denn sie hatte heute noch kein einziges Buch verkauft.

Sie holte gerade ihre Markise ein, um dann auch ihren Korb zusammenzupacken, als ein Mann an ihren Stand trat. Nach seinem Pelzmantel zu urteilen, musste er sehr wohlhabend sein.

»Gebt Ihr schon auf?«, fragte er.

»Ihr seid Engländer. Es freut mich sehr, jemanden Englisch sprechen zu hören«, sagte sie und band dabei weiter ihre Markise zusammen.

»Oh? Ihr seid auch Engländerin?«

»Nein. Das heißt – also, ich habe mein ganzes Leben auf dem Kontinent verbracht. Aber mein Großvater war Engländer.«

Der Mann war etwa so alt, wie ihr Großvater gewesen war. Er hatte freundliche Augen, sein Bart war sauber gestutzt. Er blätterte in einem von Annas Handbüchern.

»Ihr habt eine wirklich schöne Schrift. Schade, dass Ihr nicht in England zu Hause seid. Ich bin Meister der Schreiberzunft im Zollhaus in London. Ich würde Euch während der Wintermonate, also in der Zeit, wo Eure Geschäfte schlecht laufen, Gesellenarbeit geben, auch wenn Ihr als Frau natürlich kein volles Mitglied der Zunft werden könnt.«

»Gehen. Kalt.« Bek blieb eisern.

Inzwischen hatte sich eine Frau, die einen Becher mit heißer Suppe in den Händen hielt, zu ihnen gesellt. Sie bot dem Mann etwas von der Suppe an. Dieser aber schüttelte den Kopf.

»Das ist meine Frau. Sie wollte mich unbedingt begleiten, weil sie noch nie in Paris war. Wir befinden uns auf der Heimreise.«

Er legte das Buch wieder auf den Tisch. Anna wollte ihn gerade auf ihre anderen Bücher aufmerksam machen, als ihr bewusst wurde, wie sinnlos das gewesen wäre. Man verkaufte einem Bäcker ja schließlich auch kein Brot.

»Ich glaube, sie ist froh, bald wieder in London zu sein«, sagte er. »Reims gefällt ihr nämlich bei weitem nicht so gut wie Paris.«

»Wir werden am Freitag abreisen«, sagte die Frau und verdrehte dabei die Augen. »Ich kann es gar nicht mehr erwarten.« Sie trank einen kleinen Schluck Suppe.

»Gehen! An na!«

Anna ließ ihren Blick über den leeren Platz wandern. Sie hatte in den letzten zwei Wochen nicht einen einzigen Farthing verdient. Auch von VanCleve hatte sie nichts mehr gehört. Er war wohl zu seiner Frau oder in sein altes Leben zurückgekehrt. Wahrscheinlich hatte er sein Versprechen einer »dauerhafteren

Vereinbarung« schon längst vergessen. Dies hier war also vielleicht ihre letzte Chance.

»Auch ich möchte nach England«, sagte Anna. »Ich frage mich ... da ich Witwe bin, wäre es vielleicht möglich ... also, wäre es möglich, dass mein Sohn und ich Euch begleiten könnten? Ich habe genug Geld, um die Überfahrt zu bezahlen. Wir würden Euch auch ganz bestimmt nicht zur Last fallen. Es ist nur so, dass es für eine Frau und ein Kind nicht ungefährlich ist, allein zu reisen. Ich hatte gehofft, mich einer Gruppe von Pilgern anschließen zu können, aber –«

Der Mann warf einen Blick über ihre Schulter und sah Bek an, der vor Kälte so heftig zitterte, dass seine Arme wild in der Luft herumfuchtelten. »Nun ... ich weiß nicht, ob –«

»Aber natürlich könnt Ihr uns begleiten«, sagte die Frau. »Ich würde mich über ein wenig Gesellschaft sehr freuen. Wir werden morgen abreisen. Wir werden uns morgen hier treffen. Wenn Ihr uns dann noch immer begleiten wollt, seid für die Reise bereit.«

»An na, gehen!«

Anna drehte sich zu dem Jungen um. »Sei still, Bek. Wir gehen ja schon«, sagte sie und versuchte, ihre Stimme dabei nicht allzu ärgerlich klingen zu lassen. Als sie sich wieder nach vorn umdrehte, um sich von den beiden zu verabschieden, ging das Paar bereits über den Platz. Die Frau winkte ihr jedoch noch einmal zu.

»Dann also bis morgen«, rief Anna.

Die Frau antwortete etwas, aber Anna konnte nicht verstehen, was sie sagte. Es kam ihr so vor, als würde sie sich mit ihrem Mann streiten.

Nun, dachte sie, *was habe ich schon verloren, falls sie nicht kommen?*

25

Alter Apfelbaum, alter Apfelbaum, wir kommen,
um dich zu preisen,
Um Äpfel zu pflücken und
nach Hause zu tragen,
Hüte voll, Mützen voll, drei große Säcke voll,
Tennen voll und ein kleiner Vorrat
unter der Treppe.

Trinklied zur Weihnachtszeit

Auch wenn Lady Joan Cobham sich für eine gute Christin hielt, hatte sie nicht die Absicht, auf die Freuden der alten winterlichen Bräuche zu verzichten. Sie sah nichts Schlechtes darin, das große Holzscheit anzuzünden, das als Grundlage für das weihnachtliche Kaminfeuer dienen würde, und überall im Haus grüne Zweige aufzuhängen. Und so war jedes Kaminsims in Cooling Castle mit Eiben und Lorbeer geschmückt, jeden einzelnen Türpfosten zierten Efeugirlanden und hübsche Bänder. Ein großer Weihnachtsbusch aus Tannenreisern hing von einem der Deckenbalken in der großen Halle herab, wo die Festessen – und auch das Treffen der Lollarden – stattfinden würden. Die Luft war mit dem prickelnden Duft von Harz erfüllt. Das Wichtigste waren jedoch die Mistelzweige, die von jedem Türsturz herabhingen und sich auch zusammen mit Schmuckbändern um die vier Pfosten des Bettes wanden, das sie mit ihrem Ehemann teilte.

Im Grunde ihres Herzens glaubte Joan noch immer ein wenig an die magische Wirkung der mattgrünen kleinen Blätter mit ihren bleichen Beeren. Die Alten sagten, dass sie aphrodisische Kräfte besäßen. Nicht, dass sie und John das je nötig gehabt hätten. Bis vor kurzem jedenfalls nicht. In letzter Zeit war John jedoch oft ziemlich geistesabwesend und nicht mehr so recht bei der Sache gewesen. Genau genommen seit seinem Treffen mit dem Pergamentmacher. Also hatte Joan außerdem noch einige Mistelzweige um einen hölzernen Rahmen gewunden und sie mit gerafftem Satin und langen Samtbändern verziert. Das nannte man einen »Liebesbusch« binden. Und diesen befestigte sie am Himmel ihres Ehebettes.

»Jetzt tu dein Werk«, flüsterte sie und gab dem kleinen Busch einen ermunternden Klaps, nachdem sie ihn über das Bett gehängt hatte.

Dann kletterte sie seufzend von dem Schemel herunter, strich ihren Rock glatt und wischte dabei ein paar getrocknete Blättchen ab. Das waren die Reste der Druidenkräuter, die sie vorsorglich auch noch in den Liebesbusch hineingebunden hatte. Es waren heilige Kräuter, die ihren Leib vorbereiten sollten, damit darin ein Kind von John heranwachsen konnte: Bilsenkraut, Schlüsselblume und Eisenhut. Sie hatte aus ihrer ersten Ehe bereits zwei Töchter und aus ihrer zweiten einen Sohn. Aber ihre Kinder waren inzwischen alle erwachsen und aus dem Haus. Jetzt wünschte sie sich nichts sehnlicher als ein hübsches, pausbäckiges Mädchen mit einem fröhlichen Lachen und Johns strahlenden Augen, das mit seinem Vater im Garten Ball spielte oder den hübschen Mund zu einer Schnute verzog, während es sich unbeholfen mit seiner kindlichen Stickerei abmühte. Ein kleines Mädchen, das sie zu einer vornehmen Dame erziehen würde, die ihr im Alter Trost und Stütze sein würde.

Aber dieser Wunsch war bislang nicht in Erfüllung gegangen. Und da John sich der Sache der Lollarden so sehr angenommen hatte, hatte es in letzter Zeit auch wenig Gelegenheit gegeben, das zu ändern. Was im Grunde genommen für jegliche Art von Vergnügen galt. Da war zum Beispiel die Sache mit dem Weihnachtsumtrunk. Was war denn schon dabei, wenn man ein Freudenfeuer anzündete, die Bäume mit Stöcken schlug oder laut johlte und auf Kuhhörnern blies, während man um den schönsten Baum herumtanzte.

Aber als sie angeordnet hatte, dass man zwei kleine Fässer vom besten Apfelmost für den Umtrunk bereitstellen sollte, damit man auf das Wohl der Wächter der Bäume anstoßen konnte, hatte John ärgerlich die Stirn gerunzelt. Das Ende seines kleinen Spitzbarts hatte sich in das weiche Fleisch seines Doppelkinns gegraben und sogar die Haut seines dritten Kinns gekitzelt. Dann hatte er sich mit dem Zeigefinger gekratzt, so wie er es immer tat, wenn ihm etwas missfiel.

»Ich werde an so etwas nicht teilnehmen. Und –«

»Aber, John. So will es der Brauch. Die Diener erwarten das von dir.«

»Und du wirst das auch nicht tun. Wenn die Diener feiern möchten, dann müssen sie das auf ihre Seele nehmen. Wir werden ihnen jedenfalls keinen Apfelwein für irgendein Trinkgelage ausgeben, das mit druidischer Verehrung von Bäumen zu tun hat.«

»Druidische Verehrung! John, das ist doch nur ein harmloses Ritual, das seine ursprüngliche Bedeutung längst verloren hat. Die Leute wollen einfach nur ein bisschen feiern.«

»Das gilt nicht für alle. Viele halten durchaus noch an den alten Bräuchen fest. Sie vermengen die katholischen Riten mit ihren heidnischen Ritualen, und das Ganze ergibt dann eine abergläubische Mischung, die die Kirche zwar noch toleriert, aber das kann sich auch ganz schnell ändern.«

»Die Bauern arbeiten hart. Ihr Leben ist schwer genug. Willst du ihnen wirklich das bisschen Freude auch noch nehmen? Das ist hartherzig.«

»Lade sie doch zu einer Versammlung der Lollarden ein. Du kannst ihnen sogar Apfelwein – aber in Maßen –, gebratenes Fleisch und mit Gewürzwein getränkte Mohnkuchen auftischen.

Ich bin wirklich kein geiziger Mann. Aber wir müssen sie lehren, vom Geiste Christi und nicht vom Wein trunken zu werden. Diese Art von Rausch führt auch bestimmt nicht dazu, dass man sich übergeben muss und am nächsten Morgen von Reue geplagt wird. Nein, es ist entschieden. Wir werden die alten Sitten durch neue ersetzen. Ersetzen, liebe Frau. Nicht erweitern.«

Sie hatte darauf verzichtet, ihn daran zu erinnern, dass die Diener und die Apfelbäume, genau wie der Grund und Boden, auf dem diese standen, allein ihr gehörten. Genau genommen war ihr das nicht einmal in den Sinn gekommen. Er war der Herr, und er hatte das letzte Wort.

Fast das letzte Wort.

»Lieber Mann, ich glaube, du brauchst ein Abführmittel. Ich werde es höchstpersönlich für dich mischen.«

Mit dieser bissigen Bemerkung war sie in den Kräutergarten hinausgegangen. Ein bisschen *helleborus niger* – ein kleines Stück von der Wurzel der Christrose. Sie hatte unter deren grünlich gefärbten, nach unten hängenden Blüten und den hässlichen, bereits halb erfrorenen, gezackten Blättern gegraben, um an die Wurzel heranzukommen und ein Stück davon abgezwickt. Nein, lieber noch ein bisschen mehr. Ihr John war ein massiger Mann. Nun, so viel dann vielleicht doch nicht. Sie wollte ihn schließlich nicht umbringen, sondern ihn nur von ein bisschen Galle und damit auch von seiner üblen Laune befreien.

Als sie die Geräusche hörte, die aus dem Abort kamen, das Stöhnen, Gurgeln und Plätschern, befürchtete sie, dass sie sich bei der Menge doch ein wenig verschätzt hatte. Sie legte ihre Schere und die Bänder zur Seite, eilte in die Küche und war nach wenigen Minuten wieder zurück. John saß noch immer auf dem Abritt, und sein kläglicher Gesichtsausdruck verstärkte ihre Gewissensbisse noch erheblich.

»Hier, lieber Mann, trink das.«

»Das ist doch nicht etwa noch etwas von diesem Teufelszeug? Ich habe nämlich vorerst genug von deinem Elixier, würde ich sagen.«

»Aber nicht doch, John«, sagte sie schuldbewusst und hielt ihm den kleinen gläsernen Becher mit einer Hand hin, während sie ihm mit der anderen über den Kopf strich. »Es ist ein Tee aus Fenchelsamen und Pfefferminze. Er wird deine Eingeweide beruhigen.«

Sie klappte den hölzernen Deckel über dem zweiten Loch herunter und setzte sich dann neben ihn, wobei sie den fürchterlichen Gestank zu ignorieren versuchte. Sie würde später frische Kräuter auf den Boden streuen lassen, dachte sie, als sie nach dem kleinen Kräutersträußchen griff, das über dem Sitz hing. Die Blüten waren trocken und spröde. Sie hielt es an ihre Nase und atmete vorsichtig ein. Aber auch das half nicht viel.

John trank den Tee und rülpste dann laut.

»Es tut mir leid, John. Vielleicht war das Abführmittel diesmal doch ein wenig zu stark.«

»Das kommt mir auch so vor«, brummte er gequält.

Ein zaghaftes Klopfen an der Tür des Aborts. »Mylady?«

»Was ist?«

»Es ist Besuch gekommen. Ein Kleriker namens Flemmynge. Er sagt, er sei ein Gesandter des Erzbischofs. Er hat eine dringende Nachricht für Sir John.«

John stöhnte. »Schade für den alten Arundel, wenn meine Eingeweide und meine eigene liebe Frau mich umbringen, bevor er selbst das Zeitliche segnet.«

»Das sagst du doch nur, um mir Angst zu machen. Mit solchen Dingen macht man keine Scherze.« Aber ihr Herz setzte einen Schlag aus.

Ein weiterer Schwall ergoss sich in die Abflussrinne, die sich wiederum in den Sumpf zwischen der Burg und dem Meer entleerte. Sie hob reflexartig das Kräutersträußchen an ihre Nase, woraufhin sie heftig niesen musste.

»Ach. Beleidigt da vielleicht irgendetwas das zarte Näschen meiner Frau? Geh jetzt und lass mich diese Demütigung wenigstens allein und ungestört ertragen.«

»John –«

»Geh schon. Dieser Trank ist anscheinend wesentlich wirkungsvoller, als es der letzte war. Lass mich in Ruhe. Geh und sieh zu, dass du diesen Flemmynge wieder loswirst.«

Sie zögerte, dann stand sie auf. Es wäre nicht klug gewesen, den Gesandten des Erzbischofs allzu lange warten zu lassen. »Ich bin gleich wieder da.«

»Und hol mir noch etwas, womit ich mir den Hintern abwischen kann.« Er gab ihr das leere Glas. »Bring gleich mehr davon mit«, fügte er dann noch hinzu. »Und da wir schon bei diesem Thema sind, sag dem Lakaien des Erzbischofs, dass Sir John indisponiert sei und ihn ein andermal empfangen werde.«

»John! Die Diener!«

Als sie die Tür hinter sich schloss, hörte sie ihn noch brummen: »Eher frieren dem Teufel die Eier ab, bevor Sir John Oldcastle einen Lakaien des Erzbischofs empfängt.«

Seine Eingeweide gurgelten zustimmend.

Joan war Master Flemmynge kaum losgeworden und hatte saubere Leintücher und frisches Wasser in Sir Johns Zimmer bringen lassen, als das Dienstmädchen schon wieder vor der Tür stand und sagte, dass jemand Sir John sprechen wolle.

»Wer immer es ist, frag ihn, was er will, und schicke ihn dann wieder weg. Sir John geht es nicht gut. Ich muss mich um ihn kümmern.« Ihr Ton war schroffer als sonst, und sie merkte das auch, aber es wollte ihr einfach nicht gelingen, ihren Ärger zu verbergen. Es kam ihr so vor, als hätte John sie mit seiner schlechten Laune angesteckt.

»Es ist eine Sie, Mylady, kein Er.«

»Er. Sie. Wer auch immer. Ich habe jetzt Dringenderes zu tun.«

»Jawohl, Mylady.« Das Mädchen machte einen Knicks und ging. Joan wusste, dass ihr Dienstmädchen mit dieser Antwort nicht zufrieden war. Zum Kuckuck. Sie hatte ein gutes Verhältnis zu ihrer Dienerschaft, und sie tat alles dafür, dass das auch so blieb. Die Augen und Ohren ihrer Diener waren in diesen gefährlichen Zeiten sehr wichtig, und ihre Loyalität war unverzichtbar.

Aber sie musste sich im Augenblick um dringendere Dinge kümmern. John hatte gerade nach ihr gerufen, und sein Ärger war unüberhörbar gewesen. Seine Eingeweide hatten sich inzwischen zwar wieder ein wenig beruhigt, auf seine Stimmung traf dies jedoch nicht zu. Und sie konnte ihm das nicht einmal verübeln, dachte sie, als sie durch die Tür eilte, die ihr Zimmer mit dem seinen verband.

»Mach die verdammte Tür zu! Es kommt so kalt herein, dass selbst dem alten Zeus die Männlichkeit verschrumpeln würde.«

Du nimmst den Namen eines heidnischen Gottes in den Mund, mein lieber Mann? Wie lästerlich von dir! Sie verkniff sich diese Erwiderung jedoch, setzte ein besänftigendes Lächeln auf und schloss die Tür hinter sich. Dann zog sie die schweren Brokatvorhänge vor die Bleiglasfenster, damit auch von dort keine kalte Luft mehr ins Zimmer drang.

»Hier, mein Lieber.« Sie nahm seinen wärmsten Kittel von einem Haken und strich mit einer schroffen Bewegung über dessen Futter aus Fuchspelz. »Zieh das an. Es wird dich wärmen. Ich habe dem Koch gesagt, dass er dir eine heiße Suppe zubereiten soll.«

Sie ignorierten beide das Gurgeln, mit dem seine Eingeweide gegen die angekündigte Nahrung zu protestieren schienen.

»Was hat Flemmynge eigentlich gewollt?«, brummte er, als er seine Hose anzog.

Sie streckte die Hände aus, um ihm bei der Schnürung an der Vorderseite zu helfen, und erkannte dabei, dass dies nicht der richtige Moment war, um diese Gegend mit ihren Fingern spielerisch weiter zu erforschen. Also wandte sie sich stattdessen den Bindebändern an seinem frisch gewaschenen Batisthemd zu, das noch nach Lauge roch. Ihr John mochte zwar ein wenig beleibt sein, aber er war immer sehr gepflegt. Sein Bart war ordentlich gestutzt, seine Kleidung modisch und sein Leinen immer tadellos sauber. Ihr war aufgefallen, dass Master Flemmynges Ballonärmel zwar von feinstem Tuch, seine Manschetten aber voller Soßenflecken waren. Sie fragte sich, wie es sein Kammerherr zulassen konnte, dass er in einem solchen Zustand in kirchlichen Angelegenheiten unterwegs war.

»Er lässt dir ausrichten, dass es am neunundzwanzigsten Dezember, dem Todestag des heiligen Thomas Becket, eine feierliche Prozession zu dessen Schrein in Canterbury geben wird. Der Erzbischof bittet darum, einen Kader bewaffneter Männer zu stellen, eine Ehrenwache in den Farben von Cooling Castle, die am Prozessionsweg Spalier steht.«

»Bei eben jenem Heiligen, dessen modrige Knochen er küsst! Ich werde bei solch einem Spektakel nicht mitmachen.« Er gab ihr einen sanften Stoß. »Wenn ich meine Leute zum Schutz für dieses Theater abstelle, das die Kirche um ihre Reliquien macht, dann ist das so, als würde ich öffentlich widerrufen, was ich bislang immer gepredigt habe. Und das weiß der gute Arundel ganz genau. Nein, ich werde da nicht mitmachen. Auf keinen Fall. Geh mir aus dem Weg. Ich werde es ihm am besten gleich selbst sagen!«

Sie hielt ihn fest. »Du gießt nur Öl ins Feuer, wenn du ihn so brüskierst, John. Flemmynge sagte, dass Prinz Harry anwesend sein würde und ausdrücklich darum gebeten habe, dass deine Männer bei der Prozession Spalier stehen.«

»Hal?« Er kratzte sich nachdenklich am Bart. »Das Fest zu Ehren von Thomas Becket, jenes Heiligen, der den Märtyrertod starb, weil er einen König herausforderte. Ja, ich denke, das hat Hal tatsächlich gesagt.« Der Anflug eines Lächelns, dann ein leises Kichern. »Hal war immer schnell dabei, wenn es galt, den Fehdehandschuh zu werfen.«

»John, das ist kein Spiel, bei dem ihr euch an einem Tisch gegenübersitzt. Das hier ist bitterer Ernst.«

»Spiel oder nicht. Es macht keinen Unterschied. Ich werde es jedenfalls nicht tun. Ist Flemmynge noch hier?«

»Nein, er war sehr verärgert darüber, dass du ihn nicht empfangen wolltest. Er sagte, dass er nicht warten würde. Er sei auf dem Weg zur Abtei, wo er etwas für den Erzbischof zu erledigen habe. Ich kann diesen Mann nicht leiden. Er tut immer so vornehm und ist übertrieben diensteifrig. Er sagte, er solle sich im Auftrag des Erzbischofs persönlich davon überzeugen, dass die Schwestern ihre Talente ›ausschließlich für den Ruhm der Kirche und nicht etwa für irgendeine leichtfertige oder gar ketzerische Sache einsetzen‹. Mir hat der Ton, in dem er das sagte, überhaupt nicht gefallen.«

»Schick einen Boten zur Abtei. Wir müssen die Äbtissin warnen. Flemmynge ist verschlagen. Ich habe ihn schon mehrmals Wycliffes Lehren in den höchsten Tönen loben hören, und jetzt, da er offensichtlich zu einer Art ›Inquisitor‹ ernannt wurde, sieht er plötzlich überall Ketzerei. Nein, warte. Ich reite besser selbst zur Abtei. Ich werde die Äbtissin warnen, und dann werde ich Arundel einen Besuch abstatten und ihm meine Meinung sagen.«

»Nein, John, das wirst du nicht. Du bist dazu noch gar nicht in der Lage – außerdem habe ich schon jemanden geschickt. Die Äbtissin ist zu klug, um sich in eine Falle locken zu lassen, schon gar nicht von einem solchen –«

Sie wurde von einem Klopfen an der Tür unterbrochen.

»Ja?«

Die leise Stimme des Zimmermädchens antwortete durch die dicke Eichentür. »Mylady, ich bringe die Suppe für Sir John.«

Lady Joan öffnete die Tür und nahm die Schüssel mit der dampfenden Brühe entgegen. Sie war dabei, die Tür wieder zu schließen, als das Mädchen einen furchtsamen Knicks machte und dann sagte: »Mylady, es geht um die Frau, von der ich Euch erzählt habe. Bitte verzeiht, aber ich glaube, dass Ihr sie vielleicht doch sehen wollt. Sie bittet darum, Sir John sprechen zu dürfen. Sie sagt, dass es sehr wichtig ist und« – das Dienstmädchen senkte die Stimme, so dass Joan die Tür wieder öffnen musste – »dass es um die Sache der Lollarden geht.«

»Ich habe dir doch schon gesagt, dass Sir John niemanden empfängt.«

»Bitte, Mylady. Dann empfangt Ihr sie eben. Man merkt an

ihrer Sprache, dass sie eine vornehme Dame ist, keine Bäuerin. Sie scheint in großer Not zu sein und fällt vor Müdigkeit fast um. Sie will erst von hier fortgehen, wenn sie mit Sir John gesprochen hat. Sie sagt, dass sie den ganzen weiten Weg aus Böhmen gekommen ist. Sie kommt von – oh, ich habe den Namen vergessen. Nein, ich glaube, der Name war Finn. Ein Illuminator, der schöne Bücher und irgendwelche Sachen für die Universität gemacht hat.«

Das Dienstmädchen sah jetzt ängstlich Sir John an, der ebenfalls zur Tür gekommen war, dann fügte es hinzu: »Sie hat ein Kind dabei. Der Junge sieht aus, als wäre er krank oder verkrüppelt. Er sitzt in einer Art Bett mit Rädern.«

»Sie kommt aus Böhmen, sagst du? Dann bringt sie vielleicht Neuigkeiten von Jan Hus und der Sache der Lollarden. Ich werde sie empfangen.«

Joan seufzte. Das Mädchen hatte richtig vermutet. Auf Cooling Castle würde man eine Frau mit einem kranken Kind niemals abweisen. Und John würde niemals jemanden wegschicken, der seine Sache vertrat. »Nein, ich werde zu ihr hinuntergehen. Ich stelle sie dir vor, wenn ich der Ansicht bin, dass –« Sie drehte dem Dienstmädchen den Rücken zu und senkte die Stimme. »Du bist einfach zu gutgläubig, John. Kommt dir nicht ein Mal in den Sinn, dass diese Frau für Arundel spionieren könnte?«

Dann drehte sie sich wieder zu dem Dienstmädchen um und sagte: »Gib unseren Besuchern etwas zu essen. Ich werde sie gleich empfangen.«

Sir John zupfte nachdenklich an seinem Bart. »Sie kommt also von Finn, dem Illuminator. Nun, ich kenne ihn zwar nicht persönlich, aber ich weiß, dass er einen sehr guten Ruf hat. Ich denke, ich sollte doch zu ihr gehen.«

»Ich bin die Herrin dieses Hauses, John. Angelegenheiten der Gastfreundschaft gehören zu meinen Aufgaben. Mach dir keine Sorgen. Du wirst dieses Mädchen bestimmt zu Gesicht bekommen, wenn ich davon überzeugt bin, dass sie diejenige ist, die sie zu sein behauptet. Aber jetzt iss erst einmal deine Suppe.«

Joan schloss die Tür und ging hinter dem Dienstmädchen die Treppe hinunter, die zur Küche führte. Sie war entschlossen, wachsam zu bleiben. Eine Frau und ein Kind, die den weiten Weg aus Böhmen auf sich genommen hatten – sie war sich sicher, dass Böhmen irgendwo mitten auf dem Kontinent lag –, das war, vorsichtig ausgedrückt, eine höchst unwahrscheinliche Geschichte. Sie würde die Frau anhören, würde ihr paar Pence geben und sie dann wieder fortschicken.

26

Der Fluss Ebro führt gutes Wasser …
und er ist sehr fischreich …
in Estella gibt es gutes Brot,
der Wein ist ausgezeichnet,
Fleisch und Fisch gibt es reichlich.

»Libri Sancti Jacobi, Buch V«,
Pilgerhandbuch aus dem 12. Jahrhundert

Anna war bis auf die Knochen durchgefroren. Sie saß auf einem dreibeinigen Schemel neben dem großen Herd und hielt einen Becher mit heißer Brühe in ihren Händen, den der Koch ihr gegeben hatte. Sie probierte vorsichtig und stellte fest, dass die Brühe bereits so weit abgekühlt war, dass man sie trinken konnte.

»Hier«, sagte sie und gab Bek den Becher. Der Junge saß in seinem Wagen. Die hölzerne Kiste stand zwischen seinen Beinen. Es war ziemlich eng, aber es war ihr gelungen, die Kiste in dem Wagen zu verstauen, ohne dass Bek Schaden genommen hatte. Die Kiste war jetzt wesentlich leichter als zuvor, denn sie hatte inzwischen alle ihre Bücher verkauft. Versteckt unter einer zweiten Garnitur Kleidung für sie und Bek, befanden sich darin jetzt nur noch die *Wycliffe*-Bibel und das hebräische Buch mit den Beschwörungsformeln. Das Johannesevangelium hatte sie bei ihrem Vermieter in Reims zurückgelassen. »Wenn Monsieur wiederkommt«, hatte sie gesagt und ihm das Buch und eine Nachricht übergeben, in der sie hinterließ, wo sie zu finden waren.

»Aber sei vorsichtig. Der Becher ist heiß«, warnte sie den Jungen.

Der Koch gab ihr einen zweiten Becher mit Brühe. Anna trank dankbar ein paar Schlucke. Sie waren auf der Ladefläche eines Tafelwagens von London hierher gefahren. Die Reise hatte den ganzen Tag gedauert, und sie hatte dem Bauern dafür ihren letzten Halfpenny gegeben. Jetzt war sie vor Erschöpfung völlig benommen. Zu benommen, um darüber nachzudenken, was sie tun würde, wenn Sir John sie fortschickte. Aber das würde er nicht, oder? Ihr Großvater konnte ihn unmöglich so falsch eingeschätzt haben. Das Dienstmädchen hatte gesagt, dass Sir John »indisponiert« sei. Aber was war, wenn er zu krank war, um sie überhaupt empfangen zu können? Vielleicht lag er ja schon im Sterben? Oder er war verrückt geworden? Oder wenn die Dienstboten sie einfach nicht zu ihm ließen? Sie hatte alles versucht, um das arme Dienstmädchen einzuschüchtern, aber dieses entschlossene Auftreten hatte sie ihren letzten Rest Energie gekostet.

Sie hätten bei dem Schreiber und seiner Frau in London bleiben können. Er hatte ihr tatsächlich Arbeit angeboten. Aber als sie erfahren hatte, dass Sir John Oldcastles Burg nur wenige Stunden entfernt lag, wusste sie, dass sie keinen einzigen Tag länger warten durfte. *Ich bin hier, Großvater. Ich habe mein Versprechen gehalten. Der Rest liegt jetzt in Gottes Hand.* Sie lehnte sich an die Wand.

»Ihr seht sehr erschöpft aus«, sagte der Koch. Er hatte ein fröhliches Wesen und ein breites Lächeln, bei dem seine Zahnstümpfe zu sehen waren. Sein Gesicht war von der Hitze der Ziegelöfen gerötet, die sich an der Wand aneinanderreihten. Die Wärme des Raumes machte Anna schläfrig. Im Laufe des Tages waren dunkle Wolken am Himmel aufgezogen, und es regnete in Strömen. Außerdem würde es bald dunkel werden. Ob der Koch sie vielleicht auf dem Boden neben dem Küchenherd übernachten ließ? Die Steinfliesen waren zwar hart, aber Bek hatte seine Decke und sie ihren Mantel. Zumindest wären sie dann vor dem Regen geschützt.

»Bleibt einfach eine Weile sitzen und wärmt Euch am Feuer.« Er drehte sich um und ging zu einem der Ziegelöfen. Dann zog er ein großes Metalltablett mit mehreren Laiben Brot heraus, deren köstlicher Duft ihr in die Nase stieg.

»Wäre es unverschämt, wenn ich Euch um eine Scheibe Brot für meinen Sohn bitte? Wir kommen von weit her. Ich habe zwar kein Geld mehr, um es zu bezahlen, aber ich bin mir sicher, dass Ihr irgendwelche Töpfe habt, die geschrubbt werden müssen.«

Er schnitt einen dicken Kanten von dem warmen Brot ab und bestrich ihn großzügig mit Butter. Dann bot er Bek das Brot an. Dieser sah Anna fragend an und nahm es erst, als sie es ihm mit einem Nicken erlaubte. Dann schnitt der Koch eine weitere Scheibe ab und gab sie Anna. »Eure Hände sehen aber nicht so aus, als hätten sie schon viel schrubben müssen!«

Sie sah ihre blassen Finger an, die den Becher mit Brühe hielten. Selbst dessen Wärme hatte noch keine Farbe in ihre Finger zu zaubern vermocht. »Das stimmt«, sagte sie. »Aber ich bin eine gute Schreiberin. Vielleicht habt Ihr ja einen Brief zu schreiben?«

Er lachte. »Ich? Nein, ich bin nur der Gehilfe des Kochs. Aber der Koch hat vielleicht Arbeit für Euch. Ihr könntet ihm bei der Bestandsliste der Speisekammer helfen. Könnt Ihr auch rechnen?«

Anna versuchte, das Brot nicht allzu gierig hinunterzuschlingen. Sie streckte die Hand aus und wischte Bek ein wenig Speichel aus dem Mundwinkel.

»Was ist eigentlich mit dem Jungen los? Er hat doch keine ansteckende Krankheit, oder? Wenn er –«

Anna beeilte sich, den jungen Mann, dessen guter Wille wie die Butter auf dem warmen Brot dahinzuschmelzen schien, zu beruhigen: »Nein, nein. Es ist nichts Ansteckendes. Er hat dieses Gebrechen schon von Geburt an.«

»Nun«, sagte er zögernd, »selbst wenn er das Wechselfieber

oder sogar etwas noch Schlimmeres hätte, würde Mylady nicht von mir verlangen, dass ich Euch in einer Nacht wie dieser aus dem Haus jage.«

Anna bekam vor Erleichterung weiche Knie.

»Aber ich bin mir nicht sicher, ob Mylady Euch empfangen wird.«

»Es ist auch Sir John, den ich sprechen muss«, wiederholte sie. »Ich habe eine Nachricht für ihn, und ich werde sie niemand anderem überbringen.«

Er lachte. »Verzeiht, aber in Cooling Castle muss jedes weibliche Wesen, das Sir John sehen will, zuerst einmal an seiner Frau vorbei. Vor allem, wenn sie so aussieht wie Ihr.« Seine Wangen schienen noch eine Spur röter zu werden.

»Wo ist das Mädchen, das Sir John sprechen will?«

Anna blickte auf und sah eine gut aussehende, dralle Frau, die mit eiligen Schritten auf sie zukam. Sie hatte Augen, die genauso bernsteingelb waren wie das seidene Kleid, das sie trug. Anna erhob sich unbeholfen, wobei ihr das Brot aus der Hand fiel, und machte einen noch unbeholfeneren Knicks. Ihr war schwindelig, so als hätte sie zu viel Met getrunken.

»Mylady, ich bin aus Böhmen gekommen, um Sir John eine Botschaft von größter Wichtigkeit zu überbringen. Wenn ich –«

Der gewölbte Bogengang, der sich an der Wand gegenüber den Ziegelöfen entlangzog, begann, sich zu bewegen, so als bestünde er aus tausend Schlangen. Anna schüttelte ihren Kopf und hoffte, dass er dadurch wieder klar wurde. »Mylady, wenn ich –«

Sie hörte noch, dass Bek ihren Namen rief, als sie ohnmächtig vor Lady Joan Cobham zu Boden sank.

Die Äbtissin konnte nicht genau sagen, wann es geschehen war – nein, das stimmte so nicht. Wenn sie genau darüber nachdachte, konnte sie es nämlich sehr wohl sagen. Es war an jenem Tag gewesen, als der Priester zurückkam. Sie hatte nur einen einzigen Blick auf den gut aussehenden römischen Kleriker werfen müssen, um zu wissen, was er im Schilde führte. Von diesem Moment an waren ihre Sorgen gewachsen. Ihre Vorahnung war schließlich zur Gewissheit geworden, der Gewissheit, dass das, was sie hier in der Abtei taten, immer gefährlicher wurde.

Und das galt nicht nur für sie selbst, sondern auch für die Schwestern, die ihrer Obhut anvertraut waren. Es galt auch für Sir John, für die Sache der Lollarden, der sie sich verschrieben hatten, ja sogar für den Ablassprediger selbst, der genauso wie Judas von seiner falschen Loyalität geblendet war.

Sie musste ständig auf der Hut sein, bereit, *die anderen* jederzeit verstecken zu können – *die anderen,* so bezeichnete sie die verbotenen Manuskripte, da sie an den ketzerischen Namen, den die Lollarden dafür verwendeten, nicht einmal mehr zu denken wagte –, falls der herumschnüffelnde Priester oder jemand anderes plötzlich in ihr Zimmer kam. Diese Heimlichtuerei zermürbte sie. Der Ablassprediger beherrschte es ausgezeichnet, sich völlig unverfänglich zu unterhalten und dabei seine Opfer so weit in Sicherheit zu wiegen, dass die Gefahr bestand, dass sie sich verplapperten. Die Abtei hatte in den vergangenen drei Monaten Ruhe vor ihm gehabt. Seit letzter Woche war Bruder Gabriel jedoch wieder bei ihnen. Und mit ihm waren auch ihre Kopfschmerzen wiedergekommen.

Sie schloss die Augen vor dem in der Dämmerung flackernden Licht der Kerze. Gott sei Dank hatte sich ihr Leiden mit zunehmendem Alter gebessert, auch wenn es sie in Zeiten, in denen sie nervlich sehr angespannt war, noch immer quälte. Der Schmerz konzentrierte sich jedoch nicht mehr so sehr auf eine einzige Stelle. Vielleicht wollte Gott ihr diesen Schmerz, der ihre Seele stärkte, nicht einfach nehmen. Stattdessen verteilte er ihn auf ihre Hände, ihren Rücken und ihre Knöchel, weil er wusste, dass das Herz einer alten Frau diesen Schmerz, konzentriert nur auf ihren Kopf, einfach nicht mehr ertragen würde.

Sie hatte schon vor vielen Jahren mit dem heimlichen Kopieren begonnen, ohne auch nur zu ahnen, dass die Manuskripte tatsächlich jemals verbreitet werden würden. Sie hatte es aus zwei

Gründen getan, zum einen, um ihren Verlust zu lindern, und zum anderen um der Sache selbst willen.

Die ersten Kopien hatte sie allerdings nur gefertigt, um sich von ihrem Kummer abzulenken. Als Andenken an all das, was ihr wichtig gewesen war, und an all das, was sie verloren hatte. Die Striche, die ihre Feder auf dem Kalbsleder hinterließ, waren ein Weg, um innerlich leer zu werden. Es war ihr so vorgekommen, als würde das Blut aus ihrem Herzen in ihre Hände und dann aus dem Federkiel fließen.

Ein Kratzen, ein Zischen … zwei verlorene Söhne …

Nur das Geräusch der Feder störte die Stille, die sie umgab.

Ein Kratzen, ein Zischen … einen Geliebten verloren, die Sehnsucht ihres Herzens … das niedliche kleine Mädchen, mehr ein Püppchen als ein echtes Kind … ein Kratzen, ein Zischen … in der großen Stille. Das Schlagen ihres Herzens so leise und schwach, dass sie sich nicht einmal sicher war, ob es überhaupt noch schlug.

Aber während sie kopierte, hatte die Heilige Schrift von ihrer Seele Besitz ergriffen.

Ein Kratzen … ein Zischen … Am Anfang war das Wort.

Das Wort Gottes.

Gott hatte die Schöpfung durch sein Wort entstehen lassen. Sein Wort hatte den Menschen von den Tieren geschieden. Das Geschenk der Sprache, die die Menschen den Göttern gleich machte, die Gut und Böse voneinander unterschied. Die Fähigkeit, seine Gedanken, seine Gefühle auszudrücken und dann die Macht dieses Wortes zu verwenden, um über das Wort Gottes zu sprechen, das Fleisch geworden war. Gab es ein höheres Ziel, dem sie hätte dienen können? Aber ob hoch oder niedrig, sie hatte kein anderes Ziel mehr.

Die Zahl der Manuskripte war ständig gewachsen. Zuerst die Psalmen Davids »Der Herr ist mein Hirte«. Balsam für ihr verwundetes, gepeinigtes Herz. Dann die Seligpreisungen »Gesegnet sind die Sanftmütigen. Gesegnet sind die Armen«. Dann die Kreuzigungsgeschichte und die Geschichten von Magdalena und den anderen Frauen, die Jesus gefolgt waren und die die ersten

Zeugen seiner Auferstehung wurden. Warum hatte nie ein Priester dies auch nur erwähnt? Die Kopien stapelten sich immer höher, während ihr Körper und ihre Seele in der Saint Faith Priorei, die ihr Zuflucht gewährt hatte, langsam heilten. Sie begann jedoch, sich zunehmend Sorgen um das Schicksal dieser Priorei zu machen, sollte man ihr Tun entdecken.

Und dann war eines Tages Sir John in der Saint Faith Priorei erschienen und hatte eine Kopie der englischen Bibel in Auftrag gegeben, so selbstverständlich, als bäte er um nichts anderes als ein ganz gewöhnliches Stundenbuch. Sie erinnerte sich noch gut daran, wie er an jenem Tag vor Freude gestrahlt hatte, als sie ihm schließlich so weit vertraute, dass sie ihm den Stapel, der in ihrer Truhe versteckt war, anvertraut hatte. Es war Sir John gewesen, der es ihr ermöglicht hatte, die Saint Faith Priorei zu verlassen und sich in einer kleineren Abtei in der Nähe von Cooling Castle niederzulassen. Einer Abtei, die sowohl für Gravesend als auch für Rochester zuständig war. Diese Abtei, die nicht einflussreich und bekannt genug war, um Argwohn zu erregen, würde die geheime Aufgabe erfüllen, die Englische Bibel und die Texte Wycliffes zu kopieren.

Die Priorin von Saint Faith hatte Kathryn ihren Segen gegeben und ihr sogar erlaubt, drei ihrer besten Schreiberinnen mitzunehmen. Kathryn wusste jedoch, dass sie insgeheim erleichtert war, diese Häretikerinnen, die sie unter ihre Fittiche genommen hatte, loszuwerden.

Der abgelegenen Abtei – eine kleine Ansammlung von Gebäuden, die im Wesentlichen aus Kapelle, Priorei, Skriptorium, Kreuzgang und Refektorium bestand – war es möglich gewesen, die verbotenen Texte vollkommen unbehelligt zu produzieren. Bis jetzt jedenfalls. In den letzten Monaten lag jedoch etwas in der Luft, das ihr den von ihr so gefürchteten Geruch von brennendem Pech in Erinnerung rief.

Sie fürchtete, die Höllenhunde könnten wieder Witterung aufgenommen haben.

Die Äbtissin legte ihre Feder zur Seite und stand auf, um ihren

Rücken zu strecken, ihre Hand zu lockern und ihre geschwollenen Fingerknöchel zu massieren. Vielleicht war es ja auch nur die Trübseligkeit des düsteren Winters, die ihr derart auf die Stimmung schlug und ihre Gelenke schmerzen ließ. Vielleicht war der Priester ja gar kein Spion des Erzbischofs. Vielleicht waren es einfach nur die Feuchtigkeit in der Luft und die viele Arbeit, die ihre Knöchel anschwellen ließen und die Finger ihrer rechten Hand krümmten, so dass ihr das Schreiben zunehmend Mühe bereitete.

Die Feuchtigkeit oder der Teufel. Vielleicht auch beides.

Mit dem schwindenden Licht des Tages fiel ihr in letzter Zeit auch das Sehen schwerer. Selbst ihr unverletztes Auge wurde immer schwächer. Aber wer würde Sir John mit den Englischen Evangelien für den Kontinent versorgen, wenn sie nicht mehr arbeiten konnte? Sie vertraute nur einer oder zwei ihrer Schwestern ohne Einschränkungen. Schwester Agatha war ein hoffnungsloser Fall. Auch wenn sie von ihren Pflichten in der Küche inzwischen entbunden worden war und wieder ihre Arbeit als Schreiberin aufgenommen hatte, achtete die Äbtissin sorgfältig darauf, dass man ihr nur weltliche Texte zum Kopieren gab. Jetzt, da der Priester wieder da war, würde sie sogar noch wachsamer sein müssen.

Sie konnte es zwar nicht in Worte fassen, aber er schien sich irgendwie verändert zu haben. Er sah müde, ja beinahe ausgezehrt aus, und auch sein Blick hatte etwas von seiner Bestimmtheit verloren. Als sie ihn gefragt hatte, ob mit ihm alles in Ordnung sei, hatte er ihr geantwortet, dass er um seinen verstorbenen Beichtvater trauere. Er hielt sich zwar meistens im Gästequartier auf, hatte ihr jedoch angeboten, den Schwestern die Beichte abzunehmen – eine überaus bequeme Methode, um jemanden auszuspionieren, der zwischen dem rechten Glauben und der Ketzerei der Lollarden schwankte.

Ein oder zwei Mal war sie an der Kapelle vorbeigekommen und hatte gehört, wie er betete. Sie fand, dass seine Stimme angespannt klang, so als würde eine Sünde auf seiner Seele lasten. Aber vielleicht war es auch nur seine Trauer. Sie hätte ihm gern gesagt, dass er jetzt, da sein Beichtvater gestorben war, seine Sünden auch Gott direkt beichten könne und keinen Vermittler brauche. Aber sie wusste, dass ein solcher Rat auf taube Ohren treffen würde. Vielleicht aber auch auf Ohren, die nur auf eine solch ketzerische Äußerung warteten. Abgesehen davon gab es keinen Mangel an Beichtvätern, denen er seine Sünden hätte beichten können. Der Erzbischof würde solch einem aufsteigenden Stern der Kurie sicher auch persönlich die Beichte abnehmen.

Schluss mit dem Grübeln, ermahnte sie sich. Es war noch immer hell genug, um ein wenig zu arbeiten, bevor die Glocke die Schwestern zum Abendgebet rief. Sie ging durch das Zimmer, um eine Kerze zu holen, und warf dabei einen kurzen Blick aus dem Fenster, das auf den Klostergarten mit seinem schönen Brunnen hinausführte. Es war ein Anblick, der ihr stets Ruhe und Frieden schenkte.

Heute war dies jedoch anders.

Auf der Bank im Kreuzgang saß nämlich Schwester Agatha, den Körper halb im Schatten, das teigige Gesicht von der untergehenden Sonne beleuchtet, und sprach mit einem Fremden. Man hätte diesen Mann ohne die Erlaubnis der Äbtissin überhaupt nicht einlassen dürfen. Es sei denn, natürlich, er war ein Mann der Kirche. Ein weiterer Geistlicher, den man geschickt hatte, damit er hier herumschnüffelte. Sie hüllte sich besser in ihren Schleier und ging hinunter, um diesem Treiben ein Ende zu machen. Es war geradezu unheimlich, mit welcher Sicherheit diese Leute immer genau wussten, wen sie ansprechen mussten. Warum sprach er nicht mit Matilde oder einer der Novizinnen, die nichts von der wahren Aufgabe der Abtei wussten?

Bevor sie ihren Schleier herunterschlagen konnte, klopfte es an der Tür ihres Zimmers.

»Ehrwürdige Mutter, da ist ein Bote aus Cooling Castle, der Euch sprechen möchte. Er sagt, es sei sehr dringend. Darf ich ihn einlassen?«

Sehr dringend. Von der Burg. Wahrscheinlich eine Warnung. Zu spät, dachte sie, als sie die Tür hinter sich schloss.

»Ich war gerade auf dem Weg in den Klostergarten. Ich werde ihn dann gleich empfangen. Bietet ihm eine Erfrischung an und bittet ihn zu warten.«

Welches Feuer Schwester Agatha in diesem Augenblick auch entzündete, sie musste es sofort ersticken.

Als die Äbtissin den Kreuzgang betrat, sah sie, dass sich zu den beiden noch eine dritte Person gesellt hatte. Es war Bruder Gabriel, der aus dem Gästehaus gekommen war, von dessen Eckfenster man auch einen Blick auf den Brunnen hatte.

»Kommissar Flemmynge, was für ein unerwartetes Vergnügen, Euch hier so weit entfernt von Canterbury zu treffen.« Dann sah er die Äbtissin, die sich ihnen näherte, und fügte hinzu: »Mutter Oberin, wir haben Besuch.«

Das »wir« fiel der Äbtissin sehr wohl auf. Wie schlau dieser Mann doch war, und wie geschickt er sich bei ihnen einzuschmeicheln versuchte. Fast hätte sie die jüngeren Frauen bedauert, die für diesen Charme noch empfänglich waren. Es war wirklich nicht besonders vorausschauend, ihn als Beichtvater ausgerechnet für eine Schar von Nonnen einzusetzen.

»Seid willkommen. Ich möchte aber darum bitten, dass Ihr Euch mit Bruder Gabriel entweder ins Gästehaus oder in das Empfangszimmer begebt. Dies hier ist immerhin ein Nonnenkloster. Die Glocke wird bald zur Vesper rufen. Eure Anwesenheit hier im Garten würde unsere Gebete stören.«

Sie sah Agatha tadelnd an. Diese wurde rot und senkte den Kopf.

»Ich war gerade auf dem Weg zum Skriptorium, Ehrwürdige Mutter.« Sie war erst letzte Woche vom Küchendienst entbunden worden.

»Dann solltet Ihr Euch an die Arbeit machen, Schwester. Ich bin sicher, dass unser Besucher Verständnis dafür hat, dass Euch die Pflicht ruft. Soweit ich weiß, wartet die Dichtung von Christine de Pisan bereits auf Euch.«

»Jawohl, Ehrwürdige Mutter.« Ihr Ton war weniger aufsässig als sonst. Vielleicht hatte sie ein schlechtes Gewissen, weil man sie beim Tratschen – oder noch Schlimmerem – ertappt hatte. Agatha war zwar eine hervorragende Amanuensis, aber es mangelte ihr an Klugheit, hinzu kam ihre falsch verstandene Frömmigkeit, so dass sie leicht zu manipulieren und zu einem Verrat zu verleiten war. Die Äbtissin nickte Agatha bedeutungsvoll zu, woraufhin diese sich, wenn auch zögerlich, auf den Weg machte. Die Äbtissin konnte fast sehen, wie sie die Ohren unter ihrem Nonnenschleier spitzte.

Der Fremde wandte sich in salbungsvollem Ton an sie. »Verzeiht mir, Ehrwürdige Mutter. Ich wollte Euch gewiss nicht stören. Aber ich habe schon viel von Eurem Skriptorium gehört und würde mich deshalb freuen, wenn ich es irgendwann einmal, natürlich nur, wenn es Euch recht ist, ansehen könnte. Canterbury hat großes Interesse an dem, was Ihr hier tut.«

Verschlagene Worte. Hinter der vordergründigen Schmeichelei verbarg sich eine kaum verhüllte Drohung.

»Die Schwestern leisten beispielhafte Arbeit«, sagte sie. »Ihre Hagiographien sind in ganz England bekannt. Sie haben sogar ein *Leben der Katherina von Siena* für Seine Exzellenz gefertigt. Wir wären stolz, sie Euch zu zeigen. Aber Ihr habt sicherlich Verständnis dafür, dass ein unangekündigter Besuch die Schwestern von ihrer Arbeit und ihrem Gebet ablenkt. Wenn Ihr uns rechtzeitig Bescheid geben würdet, könnten wir Euch angemessener empfangen und bewirten.«

»Ich bin nicht wegen der Bewirtung gekommen, Ehrwürdige Mutter, obwohl Eure Gastfreundschaft gewiss großzügig ist.« Er grinste affektiert.

Sollte sie die beiden Männer in ihr Arbeitszimmer bitten? Hatte sie die Arbeit auf ihrem Schreibtisch zugedeckt? Nein, das durfte sie nicht riskieren. Vielleicht würde eine kurze Führung durch das Skriptorium ausreichen, um Kommissar Flemmynge wieder loszuwerden. Sie würde ihm zuerst Schwester Agathas Arbeitsplatz zeigen – dort gab es absolut nichts, was ihnen hätte gefährlich werden können –, dadurch hätte Schwester Matilde genügend Zeit, ihre Arbeit verschwinden zu lassen.

Sie fuhr deshalb fort: »Ihr könnt das Skriptorium natürlich gern sehen, Kommissar Flemmynge. Die Schwestern sind zu dieser Zeit allerdings beim Abendgebet.«

Hilfe kam von unerwarteter Seite.

Bruder Gabriel legte dem Kleriker mit einer freundlichen Geste die Hand auf die Schulter. »Das Skriptorium ist hier in der Abtei einer meiner Lieblingsorte. Aber das Licht schwindet bereits. Vielleicht solltet Ihr im Gästehaus übernachten und morgen früh mit Eurer Besichtigung beginnen. Dann könnt Ihr den Schreiberinnen auch bei der Arbeit zusehen. Ich bin mir sicher, dass sich die Schwestern geehrt fühlen, wenn Ihr heute Abend den Gottesdienst halten würdet. Es kommt nicht allzu oft vor, dass sie einen so vornehmen und hochgestellten Gast aus Canterbury begrüßen dürfen.«

Die Äbtissin war über Bruder Gabriels Eingreifen so verblüfft, dass ihr fast nicht aufgefallen wäre, wie sehr sich ihr Besucher in diesem so vortrefflich formulierten Kompliment sonnte. Es überraschte sie zwar nicht, wie mühelos der Ablassprediger den Fremden überzeugte – immerhin musste er sehr beredt sein, wenn er den ganzen Tag völlig wertlose Zettel verkaufte –, sie war jedoch zutiefst bestürzt über das verschwörerische Augenzwinkern, das er ihr zuwarf, als er den Besucher zur Kapelle führte.

Nein, es bestand kein Zweifel, dachte sie, als sie sich auf den Weg in die Küche machte, um den Boten aus Cooling Castle mit seiner verspäteten Warnung zu empfangen. Bruder Gabriel war ein sehr gefährlicher Mann.

Er will einen größeren Fisch fangen, dachte sie. Er ist nicht hier, um ein paar Nonnen wegen Ketzerei vor Gericht zu bringen. Er hat es auf Sir John abgesehen.

»Hier, noch einmal daran riechen. Ich glaube, sie kommt wieder zu sich, John.« Die Stimme, es war die Stimme einer Frau, war leise und melodiös.

Zum zweiten Mal in ihrem Leben erwachte Anna aus einer Bewusstlosigkeit. Und wieder tat sie dies an einem Ort, wie sie ihn noch nie zuvor gesehen hatte. Während der *vardo* der Roma eine Vision der Hölle heraufbeschworen hatte, war sie sich diesmal jedoch sicher, im Paradies erwacht zu sein. Die Daunenmatratze, auf der sie lag, war weich wie eine Wolke. Als sie mit flatternden Lidern die Augen aufschlug, sah sie einen indigoblauen Betthimmel, über den tausend gestickte Blüten in Rot und Gold verstreut waren. Ein kleiner Strauß, grün und karminrot, hing, ein wenig unpassend, in dessen Mitte.

Der herbe Geruch von Tannenharz bestürmte ihre Sinne und wurde einen Herzschlag später vom staubigen Duft getrockneten Lavendels begleitet. Der Geruch war so dicht an ihrem Gesicht, dass er sie in der Nase kitzelte. Sie nieste und blickte in drei Gesichter, die wie Monde zwischen ihr und dem indigoblauen Himmel schwebten. Das herzförmige, freundliche Gesicht der Frau war auf eine verblasste Art und Weise sehr hübsch. Dunkelbraune Locken kringelten sich unter einer ekrüfarbenen Spitzenhaube hervor und umrahmten ihre Apfelbäckchen und ihren breiten Mund. Ein weiteres Gesicht besaß scharfe schwarze Augen unter ergrauenden Brauen, die voller Bestürzung zusammengezogen waren. Ein rundes Doppelkinn wurde durch einen spitzen Bart unterteilt, an dem ruhelose Finger herumzupften.

Anna schob mit der Hand das Duftsträußchen weg, das sich noch immer direkt vor ihrer Nase befand, und versuchte, sich aufzusetzen.

»Langsam, langsam. Sonst wird Euch gleich wieder schwindelig«, sagte die Stimme einer Frau, und der breite Mund bewegte sich.

»Wo bin ich?«, fragte Anna, die allmählich wieder einen klaren Kopf bekam. Noch während sie das sagte, erinnerte sie sich jedoch wieder an die Küche von Cooling Castle und an die Begegnung mit dieser Dame.

»Ihr seid auf Cooling Castle.«

Cooling Castle. Endlich. Tränen brannten in ihren Augen. Die

Reise, die lange Überfahrt, bei der sie entsetzlich seekrank geworden war. Cooling Castle. *Ich bin da, Dědeček. Ich habe getan, was du wolltest.*

»In Kent, das liegt in England.«

Die Worte kamen aus dem kleinen Mund, dessen Lippen sich über dem seltsamen kleinen Schnurrbart bewegten. Aus Annas Blickwinkel, die auf dem Rücken lag, sah er aus, als wäre er verkehrt herum angebracht. Sie fand das so komisch, dass sie fast laut aufgelacht hätte. Dies aber auch aus Erleichterung darüber, dass sie hier war und dass dieses runde weiße Gesicht, das da über ihr schwebte, Sir John Oldcastle gehören musste. Sie verbarg ihr Lachen hinter einem Hustenanfall.

»Und Ihr liegt in Myladys Bett!«, sagte jetzt der dritte Mund, der einen nahezu vollkommenen Kreis im ansonsten dreieckigen Gesicht eines jungen Mädchens bildete. In ihrem Ton lag unüberhörbar ein Unterton der Empörung.

Anna wurden plötzlich ihr unordentliches Äußeres und die schmutzige Reisekleidung bewusst, dann stellte sie jedoch mit großer Erleichterung fest, dass man ihr wenigstens den schmutzigen Mantel und ihre schlammverkrusteten Stiefel ausgezogen hatte, bevor man sie auf das Bett gelegt hatte. Sie versuchte wieder, sich aufzusetzen.

Die Gesichter wichen zurück, und ein in Seide gekleideter Arm, der kräftiger war, als sein Aussehen vermuten ließ, stützte ihren Rücken.

Nun konnte sie auch den Rest des Zimmers sehen: Ein kleines Feuer brannte im Kamin, die Kerzen in den Wandleuchtern waren bereits angezündet worden. Draußen wurde es langsam dunkel, aber im Zimmer war es so hell, dass man die Darstellungen auf den kostbaren Wandteppichen sehen konnte, die verhinderten, dass die Kälte durch die Mauern drang. Eine große Truhe, die mit üppigen orientalischen Schnitzereien geschmückt war, diente als Anrichte. Ein Sessel und eine Ruhebank mit mehreren Seidenkissen in hellen Farben standen so nahe am Kamin, dass ihre seidenen Fransen den Schein der Flammen reflektierten. Girlanden aus winterlichem Grün schmückten das Kaminsims und die Eckpfosten des riesigen Bettes, in dem sie lag.

»Wo ist Bek? Er fürchtet sich ohne mich. Ich muss zu ihm.« Sie versuchte aufzustehen.

»Ruht Euch noch ein Weilchen aus. Ich versichere Euch, dass man sich gut um das Kind kümmert.« Die Frau nickte dem Dienstmädchen zu. »Geh in die Küche hinunter und hol den Jungen.« Dann wandte sie sich wieder an Anna. »Und jetzt«, sagte sie freimütig, »hoffe ich, dass Ihr Euch, bequem, wie Ihr es in meinem Schlafzimmer habt, kräftig genug fühlt, um mir zu sagen, welche dringende Angelegenheit Ihr mit meinem Mann zu besprechen habt.«

27

Jetzt bin ich ganz allein; das, was geschah
Rundet meinen Bauch
Mein Gürtel lässt sich nicht mehr schließen
Die hübschen Früchte der Liebe
Lassen sich nicht mehr verstecken.

Aus »Die hübschen Früchte der Liebe«
französisches Gedicht aus dem
12. Jahrhundert

Bruder Gabriel saß im Gästehaus der Abtei und stocherte lustlos in dem gebratenen Kapaun herum, der zwischen ihm und Kommissar Flemmynge auf dem Tisch stand. Er sah angeekelt zu, wie der Kleriker mit fettigen Fingern eine Keule auslöste, wobei seine gefältelten Ärmel immer wieder über die Brust des Vogels wischten, und diese letzte Portion dann halbherzig seinem Tischgenossen anbot. Bruder Gabriel lehnte höflich ab. Seit er in der Battle-Abtei gewesen und mit Mistress Clare gesprochen hatte, hatte er einfach keinen Appetit mehr.

»Ich bin froh, dass wir die Gelegenheit zu diesem Gespräch haben«, sagte Flemmynge schmatzend. »Der Erzbischof bat mich, nach Euch zu sehen. Er macht sich Sorgen um Euer geistiges Wohl, seit Euer Beichtvater verschieden ist.«

Gabriel glaubte, eine leichte Betonung auf dem Wort »Vater« gehört zu haben. Oder hatte er sich das nur eingebildet? War er,

Gabriel, vielleicht der Einzige gewesen, der nicht gewusst hatte, dass er der Sohn von Bruder Francis war? Nein, das konnte nicht sein, weil es da einfach nichts zu wissen gab. Das Ganze war nur dummes Zeug, das eine verbitterte Dienstbotin zusammengesponnen hatte. Er sah das entschlossen vorgereckte Kinn von Mistress Clare plötzlich wieder vor seinen Augen, als sie sagte: »*Ihr seid sein leibliches Kind.*«

Aber wie konnte er sich sicher sein, dass sie ihn nicht angelogen hatte? Er erinnerte sich durchaus noch an den Ratschlag, den ihm sein Beichtvater in Bezug auf seine fleischlichen Gelüste gegeben hatte. Die Schmerzen in seiner Hüfte wurden plötzlich so heftig, dass er nicht wusste, wie er auf seinem Stuhl sitzen sollte.

»Der Tod von Bruder Francis ist ein großer Verlust«, sagte Gabriel schließlich. »Er war für mich mehr als nur ein Beichtvater. Er war mein *spiritueller* Vater.« Dann wechselte er das Thema. »Habt Ihr von ihm persönlich gehört, dass sich Seine Exzellenz Sorgen um mein geistiges Wohl macht?«

»Ich glaube, seine genauen Worte lauteten, dass er es sehr bedauere, mitansehen zu müssen, wie ein Mann, auf den eine so vielversprechende Karriere in der Kirche wartet, seine Mission aus dem Blick verliert.« Flemmynge leckte sich die Lippen, als genösse er in diesem Moment mehr als nur den köstlichen Geschmack des gebratenen Kapauns.

»Hat er sich dabei auf eine konkrete Vernachlässigung meiner Pflichten bezogen, die ihn annehmen lässt, dass ich ›meine Mission aus dem Blick verlieren‹ würde?«

»Nein, nur dass es Euch, nachdem Ihr ein beträchtliches Maß an Zeit und Geld in Frankreich aufgewendet habt, nicht gelungen ist, herauszufinden, woher Lord Cobham seine ketzerischen Manuskripte bezieht.«

Nun, diesen Vorwurf hatte er schon einmal gehört. Der Erzbischof hatte ihn deshalb bereits persönlich getadelt, und Gabriel hatte ihm dasselbe geantwortet, was er jetzt auch Flemmynge sagte.

»Ich habe die französischen Schreiber als Quelle ausgeschlossen, da diese nach allem, was ich herausgefunden habe, nicht in der Lage sind, eine derart große Anzahl von Manuskripten zu liefern, wie sie Sir John angeblich benötigt.«

»Dann besteht also umso mehr ein Grund, hier in der näheren Umgebung zu suchen.«

Und genau deshalb bist du jetzt hier, dachte Gabriel. Tote Ketzer wie Wycliffe zu verdammen bringt weniger Ruhm, als lebende zu verbrennen.

Flemmynge nahm ein Stück Brot und begann, damit das Bratenfett aufzutunken, das sich unter dem Gerippe des Vogels gesammelt hatte. Als ein paar Fettspritzer auf seinem Spitzenkragen landeten, versuchte er, diese mit einem beringten Finger wegzuwischen.

»Dann habt Ihr also Eure Nachforschungen in Frankreich beendet? Oder werdet Ihr noch einmal dorthin reisen?«

»Dazu gibt es keine Veranlassung.«

»Nun gut. Dann werden wir jetzt wohl in unserem eigenen Land nach den ketzerischen Schreibern suchen müssen.« Er zupfte ein Stück Fleisch zwischen seinen Zähnen hervor und wischte seine Finger dann am Tischtuch ab. »Und wir sollten gleich morgen damit beginnen. Wenn man der dicken alten Nonne glauben kann, dann könnten wir sogar genau in diesem Kloster hier fündig werden und den einen oder anderen verbotenen Text zu Gesicht bekommen. Das wäre doch plausibel, nicht wahr? Direkt hier vor Sir Johns Haustür?«

Gabriel schüttelte den Kopf. »Diese Abtei hier ist viel zu klein. Ich sage nicht, dass sie nicht vielleicht doch hin und wieder einen Auftrag für einen englischen Psalter angenommen haben. Aber zeigt mir nur ein einziges Skriptorium, das das nicht tut. Das ist im Übrigen auch einer der Gründe, weshalb ich hier bin, und mir ist bisher nichts Verdächtiges aufgefallen. Aber Ihr könnt Euch morgen ja selbst davon überzeugen.« Gabriel versuchte, auf seinem Stuhl eine Haltung zu finden, die weniger schmerzhaft war, denn in eben diesem Augenblick schoss wieder ein feuriger Schmerz durch sein linkes Bein.

»Wenn sie die Texte nicht bereits versteckt haben. Ich traue einer Frau nicht, die ihr Gesicht hinter einem Schleier verbirgt. Und diese alte Nonne sagte –«

»Schwester Agatha? Sie versucht doch nur, sich wichtigzumachen. Ich sage Euch, Flemmynge, da ist nichts. Die Äbtissin trägt diesen Schleier, um die Narben in ihrem Gesicht zu verbergen, die von einem Unfall stammen. Abgesehen davon ist sie, trotz ihres stolzen Auftretens, eine alte Frau. Zu alt, um eine Ketzerschmiede zu betreiben. Die Schwestern sind alle fromm. Überlasst sie ihren Gebeten und ihrem Gekritzel. Verschwendet Eure Zeit nicht darauf, ein Kaninchen in seinem Bau zu verfolgen.«

»Und warum seid Ihr dann noch hier?«

»Weil ich auf diese Weise Sir John so nahe wie möglich bin. Lady Joan würde mich niemals auf Cooling Castle dulden. Und um ehrlich zu sein, nachdem –«

Nein, er konnte nicht sagen, »nachdem ich eine Frau verführt und verlassen habe« – und »verlassen« war genau das richtige Wort, denn er wusste, dass er niemals nach Frankreich zurückkehren würde. Wie selbstsüchtig seine Träume von VanCleve und seiner Geliebten doch gewesen waren! Nein, er würde bestimmt nicht in die Fußstapfen seines Vaters treten und einer unschuldigen Frau ein uneheliches Kind anhängen. Zumindest war er nach jenem ersten Mal immer klug genug gewesen, sich im entscheidenden Moment zurückzuziehen. Außerdem wollte er nicht, dass sie seinetwegen auf einen Ehemann verzichten musste, einen Mann, der ihrer weit würdiger sein würde als er.

»Nachdem Bruder Francis gestorben war, empfand ich es auch als tröstlich, hier bei den Schwestern zu sein«, sagte er und erhob sich. »Wenn Ihr mich jetzt entschuldigen wollt.« Er deutete mit einem Kopfnicken auf das kleine Feldbett in der Ecke. »Ich hoffe, Ihr habt eine angenehme Nacht. Ich selbst werde mich jetzt auch zur Ruhe begeben.«

Flemmynge runzelte die Stirn. »Das ist nicht gerade luxuriös, nicht wahr?«

»Nein. Aber Ihr werdet feststellen, dass die Bettwäsche sauber und die Matratze gut gelüftet ist. Die Äbtissin mag vielleicht alt sein, aber sie führt ihre Abtei tadellos. Wir werden nach den Laudes zusammen frühstücken. Anschließend werde ich Euch dann ins Skriptorium begleiten, wo Ihr Euch persönlich davon überzeugen könnt, dass dort alles mit rechten Dingen zugeht.«

Bruder Gabriel verbrachte eine weitere schlaflose Nacht, in der er mehrmals aufstand und zu der kleinen Peitsche mit den Knotenschnüren griff, auch wenn er fand, dass die Schmerzen in seiner Hüfte schon Bestrafung genug waren. Während er sich in seinem Bett hin und her wälzte, fragte er sich immer wieder, warum er eingegriffen und der Äbtissin auf diese Weise genügend Zeit verschafft hatte, die ketzerischen Texte zu verstecken. Und nicht nur das, er hatte sogar gelogen, um sie zu schützen. Welcher Teufel hatte ihn da nur geritten? Schließlich wusste er inzwischen genau, was sie tat. Als er nachts, wenn alle ehrbaren Menschen schliefen, in der Abtei umhergeschlichen war, hatte er in ihrem Fenster oft noch Kerzenschein gesehen. Er lauschte dem vertrauten Ruf der Glocken zur Matutin, gefolgt von den raschelnden Schritten der Schwestern, die durch den Kreuzgang schlurften, um in der kalten Kapelle verschlafen ihre Gebete zu sprechen.

Noch immer floh ihn der Schlaf.

Sein Kopf war voller Fragen, und sein Herz war voller Sehnsucht nach zwei Frauen. Immer wieder sah er zwei Gesichter vor seinem geistigen Auge: Eines war von goldenen Haaren umrahmt, das andere von roten Locken. Das eine war verblichen und geisterhaft so wie eine lange zurückliegende Erinnerung, die Gesichtszüge waren verschwommen und kaum zu erkennen. Das andere, in dessen Augen helle Tränen standen, war so klar und deutlich wie die Träume der vergangenen Nacht. Nach der einen Frau sehnte sich sein Herz – nach der anderen seine Seele.

Wenigstens war Anna in dem kleinen Haus in der Rue de Saint Luc in Sicherheit. Und irgendwann würde sie den Tuchhändler aus Flandern auch vergessen haben.

Und die andere Frau – »*Jane Paul ist tot*«, hatte Mistress Clare gesagt. Er konnte noch immer die Gewissheit sehen, die bei diesen Worten in ihren Augen geleuchtet hatte.

»Ihr seid eine von uns. Ihr seid jetzt endlich zu Hause«, sagte Sir John schlicht, als Anna ihm von ihrer Flucht aus Prag und von ihrer langen Reise erzählt hatte. Sie hatte ihm von dem Versprechen erzählt, das sie ihrem Großvater auf dem Sterbebett gegeben hatte, und auch von Martins Tod. Anna bezeichnete ihn dabei auch Sir John gegenüber als ihren Ehemann, da sie sich inzwischen so sehr an die Lüge ihrer Witwenschaft gewöhnt hatte, dass sie, ohne weiter nachzudenken, einfach dabei blieb.

»Ich kannte Euren Großvater zwar nicht persönlich, aber ich weiß, dass er unserer Sache und unserem Herrn gut gedient hat. Ihr und Euer Sohn könnt deshalb bei uns bleiben, so lange Ihr wollt. Allerdings fürchte ich, dass Euer Großvater die Toleranz, die man unserer Sache in England entgegenbringt, falsch eingeschätzt haben könnte.«

Lady Joan runzelte die Stirn und fügte dann hinzu: »Und er ist übrigens nicht der Einzige, der sie möglicherweise falsch einschätzt.«

Sie hatte sich Annas Geschichte schweigend angehört, während sie den Blick auf Bek gerichtet hatte. Dieser saß, nachdem man ihn zu Anna gebracht hatte, vollkommen zufrieden auf einer Decke neben dem Kamin. Seine Gliedmaßen zuckten ein wenig, und seine Finger trommelten auf den Boden, während er leise vor sich hinsummte. Lady Joan wandte ihren Blick wieder Anna zu.

»Wurde Euer Sohn mit diesem Gebrechen geboren?«

»Er ist nicht mein leiblicher Sohn. Ich … wir haben ihn bei uns aufgenommen. Man hatte ihn ausgesetzt.« Eine Lüge war genug. Warum noch eine weitere hinzufügen?

»Es ist gut, dass er nicht Euer leibliches Kind ist. Für Euch als allein stehende Frau ist er sicher eine schwere Bürde. Ihr seid für Eure Nächstenliebe wirklich sehr zu loben.«

»Er ist keine Bürde für mich. Für ihn zu sorgen bringt mir Trost. Und da Gott ihn in meine Obhut gab, ist er für mich wie ein leiblicher Sohn.«

Lady Cobham zog die Augenbrauen hoch. »Ich wollte Euch bestimmt nicht beleidigen. John sagt, dass ich manchmal zu geradeheraus bin. Ich dachte nur, dass Ihr Euch vielleicht Sorgen um das Kind macht, das Ihr erwartet, wenn sein Bruder –«

Ihre Augen weiteten sich, und ihr Blick wanderte von Anna zu Sir John und dann wieder zurück zu Anna. Dann lag plötzlich der Anflug eines Lächelns auf ihrem Gesicht. »Daran habt Ihr noch gar nicht gedacht, nicht wahr? Nun, John, ich glaube, unserer jungen Witwe hier ist es bis jetzt noch nicht einmal in den Sinn gekommen, dass ihr Ehemann ihr möglicherweise doch noch etwas anderes als nur die Erinnerung an ihn zurückgelassen haben könnte.«

»Ich verstehe nicht, was Ihr – ein Kind? – nein, das ist unmöglich.« Aber noch während Anna das sagte, wurde ihr bewusst, dass das keineswegs unmöglich war. Dies war etwas, das sie gefürchtet und verdrängt hatte, wann immer ihr der Gedanke gekommen war, da sie einfach nicht wusste, wie sie damit umgehen sollte. Ihre Erschöpfung, die morgendliche Übelkeit, die in letzter Zeit nicht mehr verschwand, und die Tatsache, dass sie seit zwei Monaten keine Regel mehr gehabt hatte – all dies waren Zeichen für eine Schwangerschaft, wie Gilbert sie in *Die Frauenkrankheiten* beschrieb. Sie sah die Seite, die sie damals kopiert hatte, ganz deutlich vor sich. Aber in dem Handbuch hatte auch gestanden, dass die Blutung einer Frau in schwierigen Zeiten wie Hungersnot, Elend oder sogar bei großem Kummer ausbleiben konnte. Nun, zumindest Letzteres konnte sie durchaus für sich in Anspruch nehmen.

Gott sei Dank hatte sie ihnen gesagt, dass sie Witwe sei. Würden sie sie, wenn sie wüssten, dass sie als unverheiratete Frau mit einem Mann geschlafen hatte und möglicherweise von ihm schwanger war, vielleicht sogar aus dem Haus jagen?

»Wann, sagtet Ihr, wurde Euer Mann geköpft?«

Sie rechnete rasch nach. Juli. Sechs Monate. Dann würde man ihr eine Schwangerschaft inzwischen deutlich ansehen.

»Im Oktober«, log sie.

Sie und VanCleve hatten das erste Mal Anfang November in dem kleinen Zimmer in der Rue de Saint Luc miteinander geschlafen. Das war jetzt drei Monate her. Sie hatte ihnen von ihrem Aufenthalt in Reims nichts erzählt. Sie würden also davon ausgehen, dass sie die Reise, für die sie tatsächlich sechs Monate gebraucht hatte, in drei Monaten geschafft hatte. Dieser Berechnung nach wäre sie jetzt im vierten Monat, auch wenn es in Wahrheit kaum zwei Monate her war, dass sie das erste Mal bei ihm gelegen hatte. Falls sie tatsächlich schwanger war. Bitte, lieber Gott, lass es nicht so sein! Um des Kindes willen. Und dennoch wünschte sich ein Teil von ihr, dass es doch so wäre. Sie wünschte sich das so sehr, wie sie sich in ihrem Leben noch nie etwas gewünscht hatte. Aber das war ein törichter Wunsch.

»Zwei Wochen nach seinem Tod bin ich aus Prag geflohen.« Das zumindest war keine Lüge.

Sir John kicherte leise vor sich ihn. Er und Lady Joan wechselten bedeutungsvolle Blicke.

Anna schwirrte noch der Kopf von ihren hastigen Berechnungen. »Ich hatte gehofft, mir mit meiner Feder meinen Lebensunterhalt verdienen zu können«, sagte sie. »Ich bin eine gute Schreiberin. Ich habe für meinen Großvater viele lateinische, englische und manchmal sogar böhmische Texte kopiert. Ganz besonders bin ich mit Wycliffes Schriften vertraut. Einige von ihnen kann ich sogar auswendig.«

»Dann seid Ihr wirklich eine sehr gebildete Frau.«

»Ich kann sogar ein wenig Deutsch und Französisch. Wir haben alles Mögliche kopiert.«

Er stieß einen leisen Pfiff aus und wechselte dann wieder einen Blick mit seiner Frau.

»Es kommt mir so vor, liebe Frau, als hätte der Herrgott unsere Gebete erhört.« Er sah wieder Anna an. »Morgen früh werde ich Euch zu einer Abtei in der Nähe bringen. Dort werdet Ihr sicherer sein als hier bei uns.« Er runzelte die Stirn und zog dabei fragend die Augenbrauen hoch. »Die Äbtissin ist eine Frau des wahren Glaubens. Dort seid Ihr in Sicherheit. Sie wird Eure Arbeit zum besten Nutzen und Gewinn leiten.«

»Morgen! Du wirst nichts dergleichen tun. Sie wird dieses Haus nicht verlassen, bevor sie sich nicht ein wenig erholt hat. Der Kummer, die Sorgen und die lange Reise haben ihr alle Kraft geraubt. Abgesehen davon, dass sie sich auch noch um den Jungen da kümmern muss.« Sie bedachte Bek mit einem kleinen Lächeln. *Sie ist in seiner Gegenwart ebenso verlegen wie die meisten anderen Menschen auch,* dachte Anna. Bek erwiderte ihr Lächeln mit einem freundlichen Grinsen, wobei sein Kopf wie eine Blüte im Wind hin und her schwankte.

»Er versteht, was Ihr sagt. Er ist nicht taub. Er mag Euch, und er ist für Eure Gastfreundschaft genauso dankbar, wie ich es bin.«

»Ja, nun, ich mag ihn auch«, sagte Lady Cobham verlegen, so dass Anna fast gelacht hätte. Lady Cobham tätschelte den blonden Scheitel des Jungen so vorsichtig, als hätte er Stacheln auf dem Kopf. »Ich bin sicher, dass wir gute Freunde werden.« Dann bedeutete sie ihrem Mann mit einem Wink, dass er ihr folgen sollte. »Wir lassen Euch jetzt allein, damit Ihr Euch ausruhen könnt. Wir werden uns morgen weiter unterhalten. Aber Ihr braucht Euch keine Sorgen mehr zu machen. Ihr seid hier zu Hause. Wenn Ihr wieder bei Kräften seid, werden wir Euch zur Abtei bringen. Ihr werdet die Äbtissin mögen. Mein Mann sagt, dass sie eine richtige Heilige ist. Und sie ist, ebenso wie Ihr, eine überaus gebildete Frau.«

Erst nachdem die beiden das Zimmer verlassen hatten, wurde Anna klar, dass sie noch immer in Lady Cobhams Bett lag. Ihre Freundlichkeit war weit größer, als ihr Verhalten nahelegte. »Hast du das gehört, Bek? Lady Cobham sagte, dass wir zu Hause sind.«

»Haus, Haus, An na Haus.« Bek lag auf seiner Decke vor dem Kamin und sang leise und melodiös vor sich hin. Es war eine Art Wiegenlied, das Anna schläfrig machte. Aber irgendetwas fühlte sich hier nicht »wie zu Hause« an. Lord Cobham hatte gesagt, dass er sie zur Abtei bringen würde. Sie fragte sich, ob man von ihr erwartete, dass sie die Äbtissin »Ehrwürdige Mutter« nannte. »Mutter« war ein Wort, das sie noch nie zu jemandem gesagt hatte.

»Heute nicht, John«, sagte Lady Joan wie jeden Morgen in den letzten Tagen, als Sir John seinen Kopf fragend in Myladys Zimmer steckte, wo die beiden Frauen gerade Honigkuchen knabberten und über Annas Vergangenheit sprachen. Lady Cobham interessierte sich sehr für Prag und die dortige Lollarden-Bewegung. Sie war sichtlich beunruhigt gewesen, als Anna ihr erzählte, dass man die Studenten geköpft hatte, nur weil sie eine päpstliche Bulle verbrannt hatten, die das Recht gewährte, Ablassbriefe zu verkaufen.

»Anna braucht noch Ruhe, um sich von der anstrengenden Reise zu erholen. Abgesehen davon genieße ich es sehr, weibliche Gesellschaft zu haben. Geh auf ein Turnier oder zur Jagd oder tu, was immer du sonst tust, wenn du mich wieder einmal allein lässt. Und sorg bitte dafür, dass der Junge genügend zu essen und einen Gefährten bekommt.«

Sir John machte ein langes Gesicht, drückte seiner Frau aber dennoch einen Kuss auf die Wange. Anna errötete, als sie sah, wie er seine Hand unter ihren Überrock schob und sie kurz in den Hintern kniff. Ihr entgingen auch die ungezwungenen Blicke nicht, die die beiden sich zuwarfen und mit denen sie sich wortlos unterhielten. Anna beneidete die beiden um diese Vertrautheit. Ihre Phantasie spielte ihr oft einen Streich, indem sie Sir Johns rundes Gesicht durch das von VanCleve ersetzte.

»Ich glaube, es ist an der Zeit, diesen Druidenstrauß abzunehmen, liebe Frau. Löse deinen Hexenspruch auf, wie soll ich dich sonst je verlassen können?«

»Ich werde ihn an Epiphanias herunternehmen, mein lieber Mann. Wenn man ihn vorher abnimmt, bringt das Unglück, das weißt du doch. Und jetzt geh schon.«

Anna errötete erneut. Lady Joan hatte ihr gesagt, welchem Zweck der kleine Strauß aus Mistelzweigen über dem Bett diente. Anna selbst war nach jener ersten Nacht in diesem Haus in ein anderes Zimmer umgezogen, ein hübsches kleines Gemach, das nicht weit von Lady Joans Zimmer entfernt lag. Nahe genug jedenfalls, um nachts, wenn alles schlief, gelegentlich ein leises Kichern und Stöhnen zu hören.

»Es ist zwar nur ein Dienstmädchenzimmer, aber es ist behaglich und warm. Und ich möchte Euch gern in meiner Nähe haben.«

Damit Ihr mich im Auge behalten könnt, dachte Anna. Sie bekam jedoch sofort Schuldgefühle, weil sie Lady Cobham unterstellte, sie würde ihr nicht trauen. Vielleicht war ja auch nur das, was sie mit Lela erlebt hatte, dafür verantwortlich, dass sie glaubte, in Lady Joans von dichten Wimpern umrahmten Katzenaugen manchmal so etwas wie Eifersucht zu erkennen.

»Und jetzt, gnädige Frau«, sagte Lady Joan, als Sir John schließlich gegangen war, »sollten wir ein Gewand aussuchen, das Ihr heute Abend beim Festmahl tragen werdet.«

Es war der Vorabend des Dreikönigstages, des Epiphaniasfestes, und im großen Saal hatte man nicht nur für die Bauern von Cooling Castle, sondern auch für Kleriker und Adelige bereits die Tische aufgestellt. Anna wusste nicht so recht, was sie erwarten würde? Kleriker der Lollarden oder der Römischen Kirche? Sir John würde doch gewiss nicht so verwegen sein, beide Parteien gleichzeitig einzuladen. Und was den Adel anging, so war dies etwas, was ihrer egalitären Erziehung vollkommen fremd war.

Anna und ihr Großvater hatten so gut wie niemals irgendwelche Würdenträger zu Gast gehabt. Am ehesten noch, als Jan Hus sich ihnen angeschlossen hatte. Aber obwohl der Rektor der Prager Universität zu jener Zeit vor Tausenden von Menschen in der Bethlehem-Kapelle gepredigt hatte, so war er, wenn er im Wohnzimmer ihres kleinen Hauses saß, einfach nur einer von ihnen. Bei den Versammlungen waren alle gleich gewesen. Wenn man einigen Männern, so wie Hus, Finn, dem Illuminator, oder

Magister Jerome größeren Respekt entgegenbrachte, dann deshalb, weil sie sich diesen Respekt verdient hatten.

Hier aber war das anders. Anna kannte die Regeln, die hier galten, nicht. Hier waren einige als Herrscher geboren und andere als Diener. Die einen nahmen unverdiente Huldigungen entgegen, während die anderen, die dessen weit würdiger gewesen wären, ihnen diese Huldigungen zu erweisen hatten. Anna empfand wegen all dem ein tiefes Unbehagen.

»Mylady ...« Selbst dieses Wort fühlte sich auf ihren Lippen ziemlich unnatürlich an. Warum nicht einfach »Mistress Joan«? »Falls es Euch nichts ausmacht, würde ich es vorziehen, dieses Fest nicht zu besuchen.«

»Ihr würdet es vorziehen?«

Warum zuckten Lady Joans Mundwinkel so spöttisch, als wäre Anna ein widerspenstiges Kind oder eine Idiotin, die kein Recht auf eine eigene Meinung hatte?

»Nun, es macht mir durchaus etwas aus. Ich möchte nämlich mit meinem hübschen Mündel angeben – ja, ich werde Euch mein Mündel nennen. Auf diese Weise dürft Ihr sogar mit auf dem Podium am oberen Ende der Tafel sitzen. Niemand würde es auch nur wagen, daran zu zweifeln, dass Ihr das Recht dazu habt. Ihr steht unter dem persönlichen Schutz von Lord Cobham –« Dann fügte sie leise hinzu: »Obwohl dieser Schutz am Ende vielleicht nicht unfehlbar sein mag.«

Anna wusste, dass sie damit die Sache der Lollarden meinte. Ihr Großvater, den sie stets für den weisesten Mann auf dieser Erde gehalten hatte, hatte sich in diesem Punkt fraglos geirrt. In England waren die Lollarden keinesfalls sicherer als in Prag. Vielleicht war es für sie hier sogar noch gefährlicher.

Joan ging zu der hölzernen Truhe und nahm eine cremefarbene Houppelande aus Seidendamast heraus. Sie schüttelte deren langen, mit einer Schleppe versehenen Rock kräftig aus. Kleine Lavendelzweige flogen dabei in alle Richtungen davon. Sie runzelte die Stirn, dann ließ sie das Gewand einfach auf den Boden fallen. »Nein, ich glaube, das hier ist besser.«

Der Überrock aus Brokat, den sie in der Hand hatte, war leuchtend grün. Joan wühlte tiefer in der Truhe und zog noch ein grünes Samtmieder mit geschlitzten Ärmeln und Bändern heraus.

»Hier und dort ein kleiner Abnäher. Euer Busen ist kleiner als der meine, und auch Euer Hinterteil ist nicht so groß. Und vielleicht sollte man den Saum etwas herauslassen – Hilda, komm her und bring dein Nähzeug mit«, rief sie dem Dienstmädchen zu. Sie setzte Anna eine Hörnerhaube mit einem Gazeschleier auf, die sie jedoch zu Annas großer Erleichterung dann doch zugunsten eines kleinen Diadems aus Metall wieder verwarf. »Woher habt Ihr eigentlich diese roten Haare?«

»Mein Großvater sagte mir, dass ich sie von einem Onkel geerbt hätte. Zusammen mit meinem, wie er es nannte, ›gelegentlich stürmischen Temperament‹.« Sie konnte ihn fast hören, wie er das sagte. Die Erinnerung schnürte ihr vor Sehnsucht nach ihm schier die Kehle zu.

Als das Kleid nach Lady Joans genauen Vorgaben geändert worden war, stellte sich Anna vor den Pfeilerspiegel und betrachtete sich. Sie kam sich in diesem prächtigen Gewand ziemlich merkwürdig vor. Lady Joan jedoch war begeistert. Sie ließ sich in einen Berg von Kissen fallen und bedeutete Anna mit einer Geste, dass sie sich drehen sollte.

»Ich denke, das wird genügen«, sagte sie. Wieder zuckte um ihre Mundwinkel dieses heitere, jedoch auch etwas spöttische Lächeln.

Als Anna die Schnürbänder löste und aus der schweren Houppelande aus Brokat herausstieg, spürte sie, dass Lady Joans forschender Blick auf ihr lag.

»Da gibt es noch etwas, das Ihr tun solltet, bevor Ihr Euch wieder ankleidet. Hier.« Sie gab Anna einen kleinen Becher. Er war beinahe durchsichtig, mehr eine Schale als ein Becher und hatte einen breiten Fuß. Anna hatte so etwas bislang nur in der Kirche auf dem Altar stehen sehen.

Anna sah das Gefäß fragend an.

»Das ist nichts, um daraus zu trinken. Ihr sollt hineinpinkeln.«

Hatte sie richtig gehört? »Ihr meint –«

»Geht einfach auf den Abtritt und verrichtet Eure Notdurft in diesen Becher. Dann werden wir sehen, ob Ihr Eure schöne schlanke Taille behalten werdet oder nicht.«

Anna spürte, wie sie rot wurde. Es ging ihr in letzter Zeit schon wieder sehr viel besser – die Übelkeit war fast völlig verschwunden. Nur kurz nach dem Aufwachen war ihr manchmal noch ein wenig schlecht. Sie war sich sicher, nun, fast sicher, dass sie nicht schwanger war. Bitte, lass es so sein, hatte sie täglich, stündlich, ja, fast jede Minute gebetet und Gott versprochen, dass sie für den Rest ihres Lebens keusch bleiben würde.

»Aber ich fühle mich so gesund …«

»Haben die Blutungen wieder eingesetzt?«

»Also … äh, nein, aber ich weiß überhaupt nicht mehr, wann die richtige Zeit dafür wäre.«

Wieder zuckte Lady Joans Mund. »Nehmt das Gefäß.«

»Aber wie –«

»Habt Ihr jemals von einem Harnpropheten gehört?«

»Ist das vielleicht jemand, der die Zukunft aus dem Urin liest?«

»Ja, jedenfalls in gewisser Weise. Zumindest Eure Zukunft. Es gibt Ärzte, die behaupten, dass sie am Geruch, dem Aussehen und sogar dem Geschmack des Urins erkennen können, in welcher körperlichen Verfassung sich ein Mensch befindet.«

»Ihr meint, Ihr könnt sagen –«

»Bevor mein jüngster Sohn geboren wurde, sah ein Harnprophet meinen Urin an und sagte mir, dass ich schwanger war.«

»Aber können wir – könnt Ihr auch darin lesen?«

»Nun, ich habe gut aufgepasst. Ich passe immer gut auf.« Sie nahm Annas Hand und legte sie um den Stiel des Kelches. »Hier. Wir werden sehen.«

Anna nahm das kleine Gefäß. Sie fand, dass es dem Abendmahlskelch, der zum Symbol der Lollarden-Bewegung in Böhmen geworden war, sehr ähnlich sah. Der Kelch bedeutete, dass allen bußfertigen Menschen, und nicht nur den Priestern, das Recht zustand, das Blut Christi zu trinken. Sie versuchte, dieses

Bild zu verdrängen, damit sie den Kelch nicht in Gedanken entweihte, auch wenn sie sich im Klaren darüber war, dass dies nur ein Bild war und Bilder nicht geweiht waren. Dennoch wurde sie rot, als sie mit dem Gefäß auf den Abtritt ging. Im Augenblick gab es für sie wichtigere Dinge als den Gebrauch und den Missbrauch heiliger Symbole, über die sie nachdenken musste. Gilbert hatte nichts davon geschrieben, dass der Urin einer Schwangeren anders aussah, dessen war sie sich sicher.

Nachdem sie getan hatte, was man von ihr verlangte, übergab sie Lady Joan das Gefäß. Diese achtete sorgfältig darauf, nichts zu verschütten, während sie sich dessen Inhalt genau ansah.

»Ihr werdet doch nicht davon –«

»Davon kosten? Nein.«

Anna sah zu, wartete und kam sich ziemlich töricht vor, als sie insgeheim den Himmel anflehte und ihre schon so oft wiederholten Keuschheitsschwüre erneuerte.

Offensichtlich war Gott jedoch heute nicht in der Stimmung, mit ihr zu verhandeln.

»Klar, ein helles Zitronengelb, ins gebrochene Weiß übergehend, im oberen Bereich wolkig«, erklärte Lady Joan.

Anna vergaß zu atmen.

»Meine Liebe, es sieht so aus, als hätte Euch Euer verstorbener Ehemann tatsächlich mehr als nur die Erinnerung an ihn hinterlassen.«

28

[Die Lords und Bischöfe] saßen
auf dem Podium und
so mancher gute Mann unten
an den langen Tischen.
Dann kam der erste Gang
und es erschollen die Trompeten,
an denen viele bunte Banner hingen.

Aus »Sir Gawain und der grüne Ritter«,
14. Jahrhundert

Bis zum Vorabend des Dreikönigstages war Annas Übelkeit schließlich einem allgemeinen Gefühl des Wohlbefindens gewichen, über das sie sich freute, gleichzeitig aber auch wunderte – außerdem hatte sie einen unglaublichen Heißhunger entwickelt. Sie starrte den gebratenen Kapaun auf dem Tranchierbrett an, das sie sich mit Lady Joan teilte. Ihr lief bereits das Wasser im Munde zusammen, als sie mit ihrem Messer ein ordentliches Stück Fleisch von dem Vogel abschnitt. Allerdings achtete sie sogar in ihrer Gier sorgfältig darauf, dass kein Bratenfett auf das prächtige Gewand tropfte, das sie trug. Der Bissen, den sie sich in den Mund schob, war saftig und zart. Sie schloss genießerisch die Augen. Dann erinnerte sie sich jedoch daran, dass sie zusammen mit Mylord und Mylady und drei weiteren hohen Würdenträgern vor der versammelten Gesellschaft im großen Saal auf dem Podium thronte und deshalb ein wenig mehr Anstand beim Essen zeigen sollte.

Zu dem Fest waren zahlreiche Adelige und Kirchenleute erschienen. Ein Erzbischof mit verdrießlichem Gesicht, dessen Namen Anna vergessen hatte und der sich, als man sie ihm vorstellte, schnell wieder abgewendet hatte. Ein weiterer Bischof sowie ein Kleriker namens Flemmynge saßen zusammen mit ihr, Sir John und Lady Joan, auf dem Podium. Unmittelbar neben dem Podium stand der Tisch der Ritter. Etwa dreißig Adelige aus Kent, Sussex und sogar aus Norwich hatten mitten im Winter die beschwerliche Reise über schlammige Straßen auf sich genommen, um im großen Saal von Cooling Castle das Fest von Epiphanias zu feiern. Sie und ihre Frauen waren wie Pfauen herausgeputzt.

»John hasst das alles«, flüsterte Lady Joan ihr hinter vorgehaltener Hand zu. »Er würde nur allzu gern seinen Pokal mit Rotwein einfach hier stehen lassen und stattdessen zusammen mit seinen Freisassen dort am Ende des Saals einen Humpen Bier trinken.«

Anna ließ ihren Blick zum anderen Ende des Saals wandern, wo mehrere Familien fröhlich feierten. Es sah tatsächlich so aus, als hätten sie großen Spaß. Eine wehmütige Erinnerung an die Versammlungen in dem kleinen Haus in Prag durchzuckte sie.

»Warum setzt er sich dann nicht zu ihnen?«

Lady Joan legte ihr Messer zur Seite und sah Anna mit einem Blick an, als hätte diese etwas unglaublich Dummes gesagt.

»Meine Liebe, Sir John ist ein Adeliger. Er hat einen Sitz im Parlament. Er hat gewisse … gewisse Verpflichtungen. Er kann sich nicht zu den gewöhnlichen Leuten setzen, wenn Adel zugegen ist.«

Sie sagte dieses »gewöhnliche Leute« so, als wäre das etwas Unanständiges.

»Aber ich gehöre doch auch zu den gewöhnlichen Leuten, und Ihr sitzt bei mir am Tisch.« Anna konnte sich diese Bemerkung nicht verkneifen, obwohl ihre Worte mehr als sachliche Feststellung und nicht als Kritik gemeint waren.

Lady Joan seufzte übertrieben. »Nein, meine Liebe. Ich sitze nicht bei Euch, Ihr sitzt bei mir. Auf meine Einladung hin. Und das ist ein großer Unterschied.«

Anna erwiderte darauf nichts. Sie würde sich lieber auf das Apfeltörtchen konzentrieren, das neben dem gebratenen Schweinefleisch lag, welches der Tranchierer auf ihr Schneidbrett gelegt hatte. Allein schon der Duft, den es verströmte, war himmlisch. Einfach himmlisch. Anna nahm wieder ihr Messer zur Hand.

Als sie schließlich so satt war, dass sie keinen einzigen Bissen mehr hinunterbrachte, atmete sie tief durch. Die Luft im Saal war von den vielen Menschen und den zahlreichen Kohlenbecken, die an den Tischen entlang aufgestellt waren, warm und stickig. Ihr Mieder saß plötzlich sehr eng, aber das war auch kein Wunder, dachte sie, als sie die kärglichen Überreste des gebratenen Schweinefleisches vor ihr auf dem Tisch betrachtete.

»Mylady, ich bin mehr als satt. Darf ich Bek den Rest dieses Apfeltörtchens bringen lassen?«

»Bek hat bereits ein Apfeltörtchen bekommen.«

»Das wusste ich nicht«, sagte Anna verlegen und hoffte, dass sie mit ihrer Bitte keinen Anstoß erregt hatte. »Mir ist aufgefallen, dass die Speisen an den Tischen weiter hinten im Saal bescheidener sind. Ich dachte nur –« Sie brach ab, als sie merkte, dass sie das Ganze mit ihren Worten nur noch schlimmer gemacht hatte.

»Bek bekommt dasselbe wie die Ritter. Bis auf den Wein natürlich. Er bekommt stattdessen Milch. Denkt daran, Anna, wenn Ihr jetzt ständig für zwei esst, werdet Ihr das alles auf den Hüften haben, nachdem das Baby auf der Welt ist. Ihr solltet also besser aufhören, wenn Ihr satt seid. Macht Euch keine Sorgen. In diesem Haus verkommt nichts. Vor unserer Hintertür warten stets genügend Bettler auf ein Almosen – vor allem an einem solchen Feiertag.«

Joan wandte sich ihrem Mann zu und flüsterte ihm etwas ins Ohr. Er kicherte.

Sie lachen über meine Unwissenheit, dachte Anna. Aber in

ihrem Lachen lag keine Bosheit. So seltsam und schwer zu verstehen ihr neues Umfeld auch sein mochte, sie hatte dennoch das Gefühl, dass sie sich unter Freunden befand.

Da sie gesättigt war, wandte sie ihre Aufmerksamkeit den Gesprächen um sie herum zu. Neben Sir John saß Bischof Henry Beaufort. Lady Joan hatte ihr zugeflüstert, dass er der Lieblingsonkel des Königs sei und man ihn wahrscheinlich sogar zum Kanzler ernannt hätte, wenn er nicht unehelich geboren worden wäre.

»Er und der Erzbischof sind verfeindet. Es wäre sicher interessant, zu sehen, wie die Fetzen fliegen, falls Beaufort trotz seiner niedrigen Geburt bei Hofe eine Vormachtstellung gewinnt.«

Sir John schien gerade eine ernste Unterhaltung mit Beaufort zu führen. Anna konnte jedoch nicht hören, worum es ging. Allerdings fiel ihr auf, dass Lady Joan diesem Gespräch aufmerksam lauschte.

»Ich passe immer gut auf«, das waren ihre Worte gewesen. Und dies hier war der Beweis dafür. Die tiefen Sorgenfalten auf ihrer Stirn und der fest zusammengepresste Mund, um den jetzt nicht einmal mehr der Anflug eines amüsierten Lächelns spielte, machten deutlich, dass sie von dem, was sie hörte, in keiner Weise begeistert war.

Zu Annas Rechten saßen der alte Erzbischof und Flemmynge, die ebenfalls in ein Gespräch vertieft waren.

Es war offensichtlich, dass sie die gebotene Unterhaltung alles andere als zufriedenstellend fanden.

»Was erwartet Ihr von einem bekennenden Lollarden anderes als gähnende Langeweile«, sagte der jüngere Kleriker, während er sich ein paar Krümel von der Brust seines reich verzierten Gewandes wischte. Mit seinen üppigen Ärmeln hatte er so viel Bratenfett von seinem Tranchierbrett aufgewischt, dass man damit ein ganzes Backblech hätte einfetten können.

Er machte sich nicht einmal die Mühe, leise zu sprechen. Vielleicht verließ er sich aber auch darauf, dass der Lärm im Saal seine Worte übertönte. Oder er war der Ansicht, Annas Meinung zu ihrem Gespräch sei so unbedeutend, dass es keine Rolle spielte, ob sie es mitanhörte oder nicht.

»Es gibt weder einen Narrenkönig noch einen Jongleur. Nicht einmal einen wandernden Musiker.«

Der Erzbischof brummte: »Auch wenn ein wandernder Troubadour hier wäre, würde er mit Sicherheit keine Lollarden-Hymnen anstimmen. Begeht nicht den Fehler, Sir John für dumm zu halten. Er kennt seine Feinde ganz genau. Mich hat er nur eingeladen, weil ich ihn letzte Woche zufällig auf Colcut Manor bei der Jagd getroffen habe und ihm dabei eine Einladung abgenötigt habe.«

Flemmynge grinste wissend und nickte. »Ich bin ihm in der Rochester Abbey begegnet. Die Einladung an mich war für ihn ebenso unvermeidlich.«

»Nun, dann haben wir beide wohl die Beute verscheucht. Cobham wird keine Lollarden-Prediger hier haben. So kühn ist nicht einmal Sir John. Seltsam ist nur, dass die Äbtissin heute nicht bei ihrem Wohltäter zu Gast ist.«

»Man sagte mir, dass sie die Abtei niemals verlässt.«

»Dann gibt sie sich also ganz und gar der Kontemplation hin?«

»Nein, nicht im eigentlichen Sinne. Die Abtei beherbergt eine Reihe von Schreiberinnen. Die Äbtissin scheint auch ein körperliches Gebrechen zu haben, das sie daran hindert, sich in Gesellschaft zu begeben. Ich selbst habe sie auch nur ein einziges Mal gesehen –«

Er senkte verschwörerisch die Stimme und warf dabei sogar einen Blick in Annas Richtung. Diese probierte gerade einen Bissen Pudding und tat so, als würde sie sich nicht im Geringsten für das Gespräch der beiden interessieren.

»Sie trägt zusätzlich zu ihrem Nonnenschleier noch einen dünnen schwarzen Schleier, der ihr Gesicht völlig verdeckt.«

Sie sprachen über die Frau, die Anna schon bald »Mutter« nennen würde. Als sie sich dessen bewusst wurde, zog sie sich in sich zurück, bis die Stimmen nur noch als bedeutungsloses Geplapper an ihr Ohr drangen. Auf diesem Podium spürte sie deutlich, wie isoliert und einsam sie war. Sie fragte sich, ob sie jemals wieder dieses Gefühl der Zugehörigkeit empfinden würde, das sie als Kind begleitet hatte. Sie ließ ihren Blick langsam über die Gäste schweifen, über die vornehmen Damen und ihre edlen Ehemänner. Auch ihnen fühlte sie sich in keiner Weise verbunden. Mit Ausnahme von zwei oder drei der Damen vielleicht, deren dicke Bäuche unter den vielen Lagen Satin, Samt und Pelz davon zeugten, dass auch sie schwanger waren.

Wann würde man es bei ihr sehen? Ein erwartungsvoller Schauder lief ihr bei dem Gedanken über den Rücken. Wie konnte sie nur diese freudige Erregung, diese schuldbewusste Freude empfinden, wenn sie an das winzige Wesen dachte, das da in ihrem Bauch heranwuchs? Wann immer ihre Phantasie ihr das Bild des kleinen Jungen – sie war fest davon überzeugt, dass es ein Junge werden würde – heraufbeschwor, dann sah sie ein blondes Kind mit VanCleves intelligenten Augen und seiner breiten Stirn vor sich. Sie liebte dieses Kind schon jetzt. Liebte es, wie sie seinen Vater geliebt hatte und noch immer liebte, denn sie wusste, dass, wenn VanCleve zu ihr hätte zurückkehren können, er es auch getan hätte.

Sie fragte sich nicht zum ersten Mal, ob ihm irgendein Unglück widerfahren oder ob er vielleicht sogar schon tot war. Oder ob es an dem Kummer über jenen schweren Verlust lag, den er in seinem letzten Brief erwähnt hatte, dass er sich noch nicht bei ihr gemeldet hatte. Sie wollte einfach nicht glauben, dass er ein anderes Leben oder sogar eine Ehefrau in Flandern hatte, auch wenn sich ihr dieser Gedanke natürlich geradezu aufdrängte. Nein, das würde sie niemals glauben. Er hatte sie wirklich geliebt, da war sie sich absolut sicher. Deshalb hatte sie auch einen Brief bei dem kleinen Vermieter in Reims zurückgelassen, in dem sie ihm mitteilte, wo sie zu finden war.

Hätte sie noch länger auf ihn gewartet, wenn sie zu diesem Zeitpunkt von ihrer Schwangerschaft gewusst hätte? Nein, sie hatte ihrem Großvater versprochen, dass sie nach England gehen würde. Sie hatte nicht auf einen Mann warten können, der vielleicht niemals zu ihr zurückkam.

»Sir John versucht, über Beaufort Einfluss auf den Thron zu nehmen«, sagte Flemmynge, der rechts von ihr saß, gerade.

»Das ist eine vergebliche Mühe. Beaufort wird niemals Kanzler werden.«

»Aber er wird vom König favorisiert.«

»Das spielt keine Rolle. Solange ich Erzbischof bin, wird niemals ein Bastard das große Siegel Englands tragen! Nicht einmal John Gaunts Bastard.«

Das Wort »Bastard« drang in ihre Gedanken ein. Ihren Sohn würde jedoch niemand »Bastard« nennen. Alle Welt, sogar das Kind selbst, würde glauben, dass sein Vater tot war. Sie würde ihm erzählen, dass Martin, ein Gelehrter an der Universität, starb, als er den wahren Glauben verteidigte.

Die vielen Lügen, derer sie sich würde bedienen müssen, lasteten schon jetzt schwer auf ihr, genauso wie die viel zu üppige Mahlzeit, die sie gerade zu sich genommen hatte.

Der Tranchierer nahm das benutzte Schneidbrett vom Tisch und legte dann ein frisches auf. Anna hatte jedoch keinen Appetit mehr. Sie würde bestimmt nichts mehr essen, egal, was noch auf den Tisch kommen würde. Mittlerweile war nicht nur ihr Magen, sondern auch ihre Blase bis zum Platzen gefüllt. Sie wollte Lady Joan gerade bitten, sich kurz entfernen zu dürfen, als diese ihr auf die Schulter tippte.

»Ihr braucht wahrscheinlich auch ein wenig Erholung von dieser Männergesellschaft. Bei mir jedenfalls ist das so«, sagte sie und nahm Anna bei der Hand. Sie führte sie vom Podium herunter und ging dann mit ihr auf einen der drei von einem Bogen überspannten Ausgänge zu. Sie blieben dabei noch kurz am Tisch der Ritter stehen, wo Lady Joan sich freundlich und zuvorkommend nach dem Wohlbefinden ihrer Gäste erkundigte. »Mylady, Ihr seht gut aus. Mylord, wie schön, Euch zu sehen. War das Essen nach Eurem Geschmack?«

Der Druck in Annas Blase wuchs, während man weiter Höflichkeiten austauschte. Ihr war bewusst, dass alle, denen sie vorgestellt wurde, einzuschätzen versuchten, welche Stellung sie in diesem adeligen Haushalt innehatte und wie viel Höflichkeit man ihr demzufolge schuldig war. Wenn sie mutig genug gewesen wären, sie tatsächlich zu fragen, anstatt sie nur fragend anzusehen, dann hätte Anna ihnen freiheraus gesagt, dass sie in diesem adeligen Haushalt nicht mehr als ein Gast war.

Lady Joan ging weiter zum Tisch der Kleriker, an welchem weniger hochstehende Kirchenmänner saßen, die allesamt auch nicht von adeliger Geburt waren. Hier gab es mehrere freie Plätze. Lady Joan hatte ihr gesagt, dass man den Lollarden, die hier hätten sitzen sollen, geraten hatte, dem Fest fernzubleiben, als der Erzbischof sich selbst eingeladen hatte.

»Prior Timothy.« Lady Joan wandte ihre Aufmerksamkeit einem hochgewachsenen Mann zu, der sehr streng wirkte. »Ich hatte gehofft, auch Bruder Gabriel begrüßen zu dürfen. Ich wollte ihm mein Mündel vorstellen.«

Dieser Bruder Gabriel stand der Bewegung der Lollarden offensichtlich wohlwollend gegenüber, dachte Anna flüchtig. Sie wünschte sich, dass Lady Joan sich etwas beeilen würde, sonst könnte sie nämlich für nichts mehr garantieren.

»Er ist der Beichtvater der Abtei«, erklärte Lady Joan ihr. »Außerdem ist er Ablassprediger, und zwar mit päpstlicher Genehmigung. Das ist wirklich eine höchst angesehene Position. Ich dachte, dass Ihr ihn vielleicht außerhalb des Beichtstuhls kennenlernen möchtet.« Und wieder umspielte dieses rätselhafte kleine Lächeln ihren Mund.

Dann stand er den Lollarden also doch nicht so wohlwollend gegenüber. Ein Ablassprediger! Einer dieser von Rom sanktionierten Räuber. Es war im Übrigen auch höchst unwahrscheinlich, dass sie ihn im Beichtstuhl kennenlernen würde. Und das wusste Lady Joan auch. Es war ihre Art, sich sowohl über den Ablassprediger als auch über den Prior lustig zu machen, ohne irgendjemanden direkt zu beleidigen.

Dem Prior entging diese Ironie natürlich vollkommen. »Bruder Gabriel ist völlig überraschend erkrankt. Es geschah, kurz nachdem Euer Fest begonnen hatte. Ihr wart gerade feierlich in den

Saal eingezogen, um auf dem Podium Platz zu nehmen, da wurde er plötzlich leichenblass. Dann murmelte er noch, dass er sich nicht wohl fühle, und stürzte zur Tür. Höchst ungewöhnlich. Als er nicht zurückkam, ging ich ihn suchen, aber er war nirgendwo zu finden.«

»Wahrscheinlich ist es einfach nur ein Anfall von Übelkeit. Ich werde morgen jemanden zur Abtei schicken, der sich nach ihm erkundigen soll.«

Den letzten Satz hörte Anna jedoch schon nicht mehr. Sie hatte den Saal bereits verlassen und befand sich auf dem Weg zum Abtritt im ersten Stock, der den Gästen zur Verfügung stand.

29

Obwohl Ihr die Taschen voller Ablässe habt…
Obwohl Ihr in der Bruderschaft aller vier Orden
zu finden seid,
obwohl Ihr doppelte Ablassbriefe verkauft…
sind mir Eure Urkunden und Eure Ablässe nicht
die Bohne wert!

William Langland, »Piers Plowman«
14. Jahrhundert

Die Äbtissin hatte sich daran gewöhnt, dass für sie alle Menschen eine sehr ähnliche Gesichtsfarbe hatten, da sie sie stets durch ihren dünnen schwarzen Schleier sah. Aber selbst durch die feine Gaze ihres Schleiers betrachtet, hatte die junge Frau, die vor ihrem Schreibtisch stand, irgendetwas an sich, das anders war.

»Äbtissin, ich habe Euch jemanden mitgebracht.« Sir John legte seine Hand auf die Schulter der jungen Frau und schob sie sanft vorwärts. »Das ist Anna Bookman. Sie kommt aus Prag, wo sie mit ihrem Ehemann lebte, der als Märtyrer für die Sache starb, der auch wir dienen. Sie hat sich mutig auf den Weg zu uns gemacht, um hier Zuflucht und eine Anstellung zu finden.«

Es waren die Haare. Ja, das war es, was so anders war. Ohne auch nur eine Sekunde nachzudenken, lüftete die Äbtissin ihren Schleier über ihrem gesunden Auge, um die junge Frau besser sehen zu können. Sie hatte in ihrem ganzen Leben nur noch einen einzigen anderen Menschen gekannt, der solche Haare gehabt hatte. Als die Äbtissin sich hinter ihrem Schreibtisch erhob, stellte sie fest, dass die junge Frau ungefähr so groß wie sie war. Sie standen sich auf Augenhöhe gegenüber. Die Äbtissin spielte mit dem Federkiel in ihrer vernarbten linken Hand herum, damit sie nicht der Versuchung erlag, die kupferfarbenen Locken zu berühren, die unter der mit Spitze verzierten Kappe hervorquollen. Die junge Frau strich sie mit einer reflexartigen Bewegung glatt.

»Zuflucht findet Ihr hier gewiss«, sagte die Äbtissin. »Ihr seid uns herzlich willkommen. Aber wie kommt Ihr auf den Gedanken, dass Ihr in der Gesellschaft von Nonnen, die alles, einschließlich der niedrigsten Aufgaben, selbst tun, eine Anstellung finden könntet?«

Das Mädchen sah sie offen an. In seinen blauen Augen war allenfalls ein leises Erstaunen zu lesen, als die Äbtissin den Schleier hob und ihr vernarbtes Gesicht enthüllte. Es wandte sich nicht verlegen ab, so wie alle anderen Menschen das bei den überaus seltenen Gelegenheiten, zu denen Kathryn ihren Schleier lüftete, stets taten. Selbst Sir John fixierte einen Punkt irgendwo hinter ihrer Schulter, als er zu sprechen begann. Um ihm sein Unbehagen zu nehmen, schlug sie ihren Schleier wieder herunter. Sir Johns Blick kehrte zu ihrem Gesicht zurück.

»Anna ist eine hervorragende Schreiberin. Sie hat zusammen mit ihrem Ehemann die Heilige Schrift kopiert. Sie ist in der Lage, aus dem Lateinischen sowohl ins Englische als auch ins Böhmische zu übersetzen. Sie hat mit den Anhängern von Jan Hus von der Prager Universität zusammengearbeitet.«

Die Äbtissin hatte von Jan Hus gehört. Sie wusste, dass die Bewegung der Lollarden unter seiner Leitung und seinen feurigen Predigten in Böhmen erheblich gewachsen war. Und sie wusste auch, dass Prag der Bestimmungsort für viele der englischen Kopien von Wycliffes Schriften war, die die Abtei anfertigte. Wenn dieses Mädchen aber tatsächlich ins Böhmische übersetzen konnte, dann war sie in der Tat ein Geschenk des Himmels.

»Ist sie sich der Gefahr bewusst?« Der Äbtissin kam nicht einmal in den Sinn, dass die junge Frau eine Spionin sein könnte. Dazu vertraute sie Sir John viel zu sehr. »Ist ihr bewusst, dass solche Übersetzungen illegal sind und die härtesten Strafen nach sich ziehen?«

»Dessen ist sie sich sehr wohl bewusst. Ihr Mann musste deshalb sterben, und sie wurde aus ihrem Zuhause vertrieben. Sie hat größte Mühen auf sich genommen, um hierher zu kommen. Dies war der letzte Wille ihres Ehemanns.«

Der Blick der jungen Frau flackerte. Dann starrte sie ihre Hände an. Zu sehr bedrückte sie offenbar die Erinnerung an das, was geschehen war.

»Ist das wahr, Mistress Bookman?«

»Ja.« Das Mädchen holte tief Luft und sah dann wieder auf. »Es ist wahr. Ich bin eine Schreiberin, und ich werde für Euch gern die Heilige Schrift übersetzen. Ich bin genauso wie Ihr zutiefst davon überzeugt, dass das Wort Gottes allen Menschen in ihrer eigenen Sprache zugänglich sein sollte.« Die Augen des Mädchens waren von einem verblüffenden Blau.

»Also, Mistress Bookman, Ihr seid in der Tat willkommen und –«

»Bitte nennt mich Anna.«

»Und Ihr dürft mich ›Mutter‹ nennen.«

Das Mädchen schluckte heftig und nickte. »Ja … Mutter.« Ihre Antwort war kaum mehr als ein Flüstern gewesen, dann fügte sie hinzu: »Vielen Dank, dass Ihr uns aufnehmt.«

»Uns?«

Sir John räusperte sich. »Da ist noch etwas. Es gibt noch einen Jungen. Er hat ein Gebrechen. Aber wenn Ihr ihn nicht in die Abtei aufnehmen könnt, werde ich –«

»Wie alt ist der Junge?« Die Frage war an die junge Frau gerichtet.

»Er ist vielleicht sechs, vielleicht auch schon acht Jahre alt. Ich kann es nicht mit Sicherheit sagen. Man hat ihn wegen seines Gebrechens ausgesetzt.« Anna zupfte wieder an ihrer Kappe herum, schob dann eine Locke darunter.

»Ihr sorgt allein für ihn?«

»Ja … Mutter … Da war noch eine andere Frau, aber sie ist tot.«

»Dann werdet Ihr hier Hilfe bekommen. Der Junge wird unter den Schwestern Menschen finden, die ihn lieben.«

Zum ersten Mal während dieses Gesprächs entspannte sich das Gesicht der jungen Frau, obwohl ihre Schultern, wie die Äbtissin bemerkte, weiterhin steif blieben.

»Da ist noch etwas«, sagte sie. »Es wird noch jemanden geben.«

»Noch jemanden?«

Die junge Frau legte ihre Hand bedeutungsvoll auf ihren Bauch.

»Oh, ich verstehe«, sagte die Äbtissin.

»Es geschah, bevor … bevor Martin getötet wurde.«

Die Äbtissin sah Sir John an, dessen Blick wieder starr auf einen Punkt an der Wand hinter ihr gerichtet war, der ihn plötzlich sehr zu faszinieren schien. Sein Gesicht war hochrot.

»Nun, Sir John. Es scheint, als hättet Ihr uns heute nicht nur eines, sondern gleich drei Geschenke gebracht. Ihr könnt Anna bei mir lassen. Ich werde sie hier bei uns unterbringen. Und morgen, wenn wir die Möglichkeit hatten, einander ein wenig kennenzulernen, könnt Ihr dann den Jungen bringen. Natürlich nur, falls Euch das recht ist.«

Sir John lächelte strahlend, wobei sein Gesicht wieder einen normalen mattrosa Farbton annahm.

»Das ist mir durchaus recht. Der kleine Bek und ich werden morgen kommen. Er ist wirklich ein netter Junge. Als ich mich vorhin mit Anna auf den Weg gemacht habe, spielte er gerade quietschvergnügt mit einer kleinen Blechflöte.« Er verbeugte sich höflich und verließ den Raum.

»Ich glaube, Sir John ist froh, diesem Frauengespräch zu entkommen«, meinte die Äbtissin lachend. »Setzt Euch doch bitte. Ich werde eine Erfrischung bringen lassen, und wir beide werden uns noch ein wenig unterhalten, damit wir uns besser kennenlernen. Anschließend werde ich dafür sorgen, dass man Euch zu Eurer Unterkunft bringt. Das Gästehaus steht zurzeit leider nicht zur Verfügung, denn wir haben einen Kleriker zu Besuch, der dort immer wieder für längere Zeit wohnt. Aber hinter dem Refektorium gibt es noch zwei freie Zimmer. Sie sind zwar recht klein, aber immer noch größer als die Zellen der Nonnen. Ihr werdet es dort sehr gemütlich haben.«

Im Turm der Kapelle begann eine Glocke zu schlagen. »Die Schwestern werden gerade zum Gebet gerufen. Ich werde also selbst Brot, Butter und etwas warmen Apfelmost für uns holen. Ruht Euch in der Zwischenzeit einfach noch ein wenig aus.«

Als sie kurz darauf mit einem irdenen Krug zurückkam, saß die junge Frau mit geschlossenen Augen, den Kopf an die hohe Rückenlehne gelehnt, auf ihrem Stuhl. Ein leises Schnarchen zeigte den Rhythmus ihres Atems an. Sie hatte ihr Kopftuch abgenommen, hielt es aber noch in der Hand. Ihr üppiges, glänzendes Haar fiel ihr über ihre Schultern, aber es war mehr die Art und Weise, wie ihr eine der Locken ins Gesicht hing, die Kathryns Herz einen Stich versetzte. Seltsam, dass eine einzelne Sache, eine Kleinigkeit wie die Haarfarbe eines Menschen, eine Erinnerung aus einem vergessenen Leben heraufbeschwören konnte. Du bist eine törichte und sentimentale alte Frau, schalt sie sich. Und dennoch strich sie dem Mädchen die Locke aus dem Gesicht.

In dem kleinen Kamin, der das Zimmer der Mutter Oberin wärmte, fiel eine der Kohlen zischend in sich zusammen und schickte einen Funkenregen den Rauchfang hinauf. Das Mädchen atmete ruhig weiter. Die Äbtissin erinnerte sich daran, wie erschöpft sie damals während ihrer eigenen Schwangerschaft oft gewesen war, obwohl das alles schon so lange zurücklag, dass es ihr fast so schien, als hätte das ein anderer Mensch erlebt. Sie war damals ungefähr so alt gewesen, wie diese junge Frau jetzt war – relativ alt für eine Erstgebärende –, als sie ihren Zwillingssöhnen das Leben geschenkt hatte. Kathryn deckte das Mädchen seufzend mit einem wollenen Umschlagtuch zu, das über ihrem eigenen Stuhl lag, und zündete die Talgkerze auf ihrem Schreibtisch an. Wer konnte schon sagen, wie lange Anna noch schlief?

Sie nahm ihre Feder. Sie konnte durchaus noch ein paar Zeilen kopieren, bevor das Tageslicht völlig verschwunden war. Vielleicht lag es an dem schlafenden Mädchen, aber als die abendlichen Schatten heraufzogen, fühlte sie sich viel weniger einsam als sonst. Mehr noch: Sie verspürte eine unerklärliche Heiterkeit in ihrer Seele.

Anna fühlte sich in ihren beiden behaglichen Zimmern in der Abtei sofort wie zu Hause. Wie er es versprochen hatte, brachte Sir John am nächsten Tag Bek zu ihr, und die beiden saßen neben ihrem eigenen kleinen Kamin. Am übernächsten Tag setzte ein kalter Regen ein, der die Abtei einhüllte und somit vom Rest der Welt trennte.

In der Nacht schlief Anna, eingelullt vom Geräusch des Regens, der von den Dachtraufen tropfte, tief und fest. Sie aß jeden Tag mit großem Appetit die einfachen, aber nahrhaften Speisen, die in der Küche der Abtei zubereitet wurden: dicke Suppen mit gekochter Gerste, Markknochen und Wurzelgemüse, das zu trocken und verschrumpelt war, um es auf irgendeine andere Weise zu verzehren. Dazu gab es immer reichlich frisches Brot und Sahne von der kleinen Herde Milchkühe, die die Schwestern hielten.

Im Skriptorium wies man Anna ein Schreibpult zu mit zwei darin eingelassenen Tintenfässern, eines für die rote und eines für die schwarze Eisengalltinte – die jeden Morgen auf wunderbare Weise gefüllt waren –, und einen hohen Schemel. Ihr Pult stand direkt neben dem einer freundlichen älteren Nonne namens Schwester Matilde. Die sechzehn Schreiberinnen saßen jeweils zu viert nebeneinander, getrennt durch einen Gang, der sich durch den gesamten Raum zog und von einem anderen Gang im rechten Winkel gekreuzt wurde. Anna vermutete, dass man die Pulte bewusst so aufgestellt hatte. Weit genug voneinander entfernt, um zu verhindern, dass die Nonnen während der Arbeit miteinander plauderten, und, in Anbetracht der besonderen Aufträge, die die Abtei übernahm, auch weit genug voneinander entfernt, um allzu neugierige Blicke zu verhindern. Annas Schreibtisch war der letzte in der Reihe. Er stand direkt neben dem Westfenster, so dass sie auch spät am Abend noch genügend Licht hatte. Schwester Matildes Pult grenzte an den Gang. Anna stellte schon bald fest, dass immer mehrere Tische unbesetzt waren. Als sie nach dem Grund fragte, erklärte ihr die Äbtissin, dass viele der Kopistinnen oft auch in der Küche und im Garten arbeiteten. Anna fiel jedoch auf, dass Schwester Matildes Schreibtisch sowie vier oder fünf andere so gut wie immer besetzt waren.

»Wir müssen sehr vorsichtig sein, meine Liebe«, hatte Schwester Matilde gesagt und Anna ein halb fertiges Bifolium gegeben, ein gefaltetes Blatt Kalbshaut, das vier Seiten ergab. Mehrere dieser Bifolia bildeten eine Lage; und mehrere Lagen wiederum wurden dann zu einem Buch zusammengenäht. Dieses Bifolium enthielt ein Gedicht von Christine de Pisan, mit dem sie das, woran sie tatsächlich arbeitete, bedecken sollte, wann immer ein Fremder das Skriptorium betrat. Auf dem Ständer über ihrem Schreibtisch, auf dem sich eine von John Wycliffes Predigten befand, die sie ins Böhmische übersetzte, stand ebenfalls noch ein Buch von Christine de Pisan.

Um Anna zu zeigen, was sie tun sollte, wenn Gefahr in Verzug war, schob Schwester Matilde geschickt ein Blatt hinter das andere, während sie sagte: »Selbst einige der Schwestern wissen nicht, was wir hier tun.« Sie nickte dabei bedeutungsvoll in Richtung des anderen Endes des Skriptoriums, wo eine dicke Nonne mit finsterem Gesicht saß.

In dieser Woche brauchte Anna jedoch nicht zu diesen Taschenspielertricks zu greifen. Schwester Agatha blieb kein einziges Mal an Annas Schreibtisch stehen, um mit der neuen Schreiberin ein wenig zu plaudern. Aber jedes Mal, wenn sie sich mit ihren breiten Hüften durch den Gang schob, warf sie ihr ein paar forschende und manchmal auch hasserfüllte Blicke zu.

Es kamen auch keine Besucher zur Abtei. Bei diesem nasskalten Wetter gingen die Menschen nicht gern vor die Tür. Anna verbrachte ihre Tage damit, die Arbeit zu tun, die sie seit jeher am meisten liebte. Selbst Bek hatte für sich eine Beschäftigung gefunden. Der Klang der kleineren Glocken, die die Schwestern zum Gebet riefen, machte ihm keine Angst, und so folgte er ihnen mit wachsender Begeisterung in die Kapelle. Dort sangen sie dann das Stundengebet, begleitet von den hohen, dünnen Tönen seiner kleinen Blechflöte. Zuerst hatten die Schwestern ihn ignoriert, dann toleriert, und schließlich hatten sie ihn in ihre Welt aufgenommen. Einige von ihnen zwinkerten ihm stets lächelnd zu, wenn sie an dem Kissen neben Annas Schemel vorbeigingen, auf dem er saß und Musik machte. Schwester Matilde hatte Anna versichert, dass sein Spiel die anderen Nonnen nicht störte, worüber Anna mehr als froh war. Sein sanfter Atem ließ die Töne der Flöte leicht und flüssig klingen, so wie die Klänge der Windspiele aus Muschelschalen, die Anna noch von ihrem kleinen Hinterhof in Prag her in Erinnerung hatte.

Die Glocken der Kapelle läuteten. Es waren drei Glocken, die die Schwestern zur Non riefen, der letzten der sogenannten »kleinen Stunden« am Nachmittag. Die Schwestern legten wie auf ein Kommando ihre Federn zur Seite und erhoben sich von ihren Schemeln. Einige streckten sich diskret, einige unterdrückten, zweifellos dankbar für die Unterbrechung ihrer langweiligen Arbeit, ein verstohlenes Gähnen. Auch der Junge rappelte sich auf die Füße, wobei er sich mit den Händen an einem Bein von Annas Schemel nach oben zog und sich dann an Schwester Matildes Hand festhielt. Sie schlossen sich der Prozession in die Kapelle an. Die beiden bildeten bei der kleinen Prozession in die Kapelle stets die Nachhut, aber Anna betrachtete es als ein richtiges Wunder, dass der Junge inzwischen sogar ohne die Hilfe von VanCleves selbst gebauten Krücken gehen konnte. Seine Beine zuckten und wackelten zwar noch, aber sie trugen ihn wenigstens.

Anna blieb allein im Skriptorium zurück, da sie nicht verpflichtet war, am Gottesdienst teilzunehmen. Im Gegensatz zu damals bei den Zigeunerfrauen schmerzte sie dieses Ausgeschlossensein, wenn man es überhaupt als solches bezeichnen konnte, jedoch in keiner Weise. Wahrscheinlich wäre sie den Nonnen sogar willkommen gewesen, wenn sie am Gottesdienst teilgenommen hätte, aber Anna verspürte kein Verlangen, das Gebetsritual zu singen. Und dennoch: Sie fühlte sich diesen Frauen verbunden, auch in ihren Gebeten, obwohl sie selbst es vorzog, ihr Gebet allein zu sprechen. Ein persönliches, privates Gebet, in dem sie Gott dafür dankte, dass sie und Bek endlich ein Zuhause gefunden hatten.

Ihr Großvater hatte weise gehandelt, als er sie hierher schickte. Sie hätte sich schon viel früher auf die Reise begeben sollen. Aber, nein, sie bedauerte die Zeit in Reims in keiner Weise. Wie auch, mit der Erinnerung daran, wie sie in VanCleves Armen gelegen hatte. Eine Erinnerung, von der sie hier, in dieser Gemeinschaft von Frauen, vielleicht für immer würde zehren müssen. Und wie hätte sie ihr »sündiges Verhältnis«, wie viele andere es wohl nennen würden, bereuen können, da sie wusste, dass sein Sohn in ihr heranwuchs, ein Sohn, den sie schon jetzt liebte? Und dennoch plagte sie das Gewissen. Sie fragte sich, was die Mutter Oberin wohl sagen oder tun würde, wenn sie die Wahrheit über dieses Kind erfahren würde.

Anna sah durch das Fenster auf den Kreuzgang hinaus und betrachtete den dreistöckigen Brunnen, wo Regentropfen wie Tränen in seine stillen Becken fielen. Sie glichen dem Reservoir von Tränen in ihrem Inneren, die die leeren Räume in ihrem Herzen füllten. Tränen um Martin, um ihren Großvater und um VanCleve, der sie verlassen hatte. Aber es waren dies nicht nur bittere Tränen. Es waren auch Tränen der Hoffnung. VanCleve hatte ihr diesen einen Teil von sich zurückgelassen, der sie milde stimmte, so milde, dass sie glaubte, er würde eines Tages doch in das kleine Haus in der Rue de Saint Luc zurückkehren, so wie er es versprochen hatte. Wenn er dann feststellte, dass sie nicht mehr da war, würde er sich sofort auf die Suche nach ihr machen wollen. Der Vermieter würde ihm das Johannesevangelium und die Nachricht aushändigen, in der stand, wo sie zu finden war. Es war dieser Gedanke, der ihr Herz wärmte. Dieser Gedanke und die Vorstellung, wie sehr sich ihr Großvater darüber gefreut hätte, dass sie ihr Versprechen eingehalten hatte und jetzt die Arbeit fortführte, der er sein Leben gewidmet hatte.

Die Schwestern – und Bek – würden schon bald wieder zurückkommen. Der Raum würde sich erneut mit dem Flüstern der Federn auf dem Pergament füllen, dem Kratzen der Federmesser am gegerbten Kalbsleder und den klagenden Tönen von Beks Gesang. (Er sang jetzt nicht mehr »An na«, sondern die Worte aus den Gebeten: *kyrie eleison* und *Je su, Je su.*)

Sie sollte den Abtritt aufsuchen, bevor die Schwestern zurückkamen. In letzter Zeit schien ihr Harndrang sich den Stundengebeten angepasst zu haben. Sie ließ Bek nicht gern unbeaufsichtigt, weil sie nicht den Eindruck erwecken wollte, sie würde die Gutmütigkeit der Schwestern ausnützen. Sie zog den Kapuzenumhang an, der an einem Haken neben ihren Schemel hing, und nahm dann das französische Gedicht, mit dem sie sorgfältig ihre Arbeit abdeckte. Ihre Feder legte sie auf das letzte, noch unvollendete Wort, damit es so aussah, als wäre sie mitten im Satz von ihrem Schreibtisch aufgestanden. Schließlich stellte sie noch den Gedichtband vor den Wycliffe-Text, bevor sie sich auf den Weg zum Necessarium machte, das sich hinter der Priorei befand.

Sie setzte die Kapuze auf, um ihre Haare vor dem Regen zu schützen, und schloss die Tür hinter sich. Es war nicht notwendig, sie zuzusperren. Die Schwestern taten das auch nie, wenn sie zum Gebet gingen. Und wer würde an einem solchen Tag schon hierher kommen, um in einer Abtei voller unschuldiger Frauen herumzuschnüffeln?

Bruder Gabriel saß vor dem kleinen Kamin im Gästehaus und rieb sich mit schmerzverzerrtem Gesicht seine Wade. Der Ritt bei strömendem Regen von Canterbury zurück zur Abtei hatte seinem Bein nicht gerade gutgetan. Was hatte Mistress Clare über die Schmerzen gesagt, die Bruder Francis in seinem Bein gehabt hatte? Sie hatten ihn gequält, wenn es regnete? Ein Brennen wie Feuer schoss von Gabriels Hüfte bis zu seinem Knöchel hinunter. Er ging zu dem hölzernen Schrank und nahm eine kleine Flasche heraus, die er bei einem Apotheker in London gekauft hatte, tröpfelte etwas von deren Inhalt in seine Hand und begann dann vorsichtig, sein Bein damit einzureiben. Der frische Duft von Pfefferminze erfüllte die Luft.

Diese Schmerzen hatte ihm sicher der Teufel geschickt, um ihn, den Gesalbten des Herrn, zu bestrafen. Vielleicht aber war es auch Gott selbst, der ihm diese Schmerzen schickte, um ihn zu bestrafen? Es war dieselbe Strafe, die auch Bruder Francis in der Blüte seines Lebens auferlegt worden war, nachdem er einer Jungfrau beigewohnt hatte. Nachdem er ihr das Kind weggenommen und sie davongejagt hatte.

»Eure Mutter war keine Hure. Als Bruder Francis sie kennenlernte, war sie noch eine Jungfrau.« Er hatte noch immer den missbilligenden Ton im Ohr, mit dem Mistress Clare das gesagt hatte, wobei vollkommen klar gewesen war, wie dieses »Kennenlernen« zu verstehen war. Nun, Bruder Gabriel hatte zumindest angenommen, dass Anna eine Witwe sei, als er sie zum ersten Mal geliebt hatte. VanCleve hingegen wäre das im Grunde völlig egal gewesen, und dennoch waren seine Absichten viel lauterer gewesen als die von Bruder Gabriel. Wie naiv VanCleve und wie falsch Bruder Gabriel doch gewesen war. Aber wo fing der eine an, und wo hörte der andere auf? Und war es Gott oder der Teufel, der ihn mit diesen Schmerzen im Bein bestrafte? Oder waren diese Schmerzen einfach nur etwas, das ein Mann von seinem Vater geerbt hatte? *Die Väter essen saure Trauben, und den Söhnen werden die Zähne stumpf*. Die Sünden der Väter.

Er stellte das Fläschchen mit dem Pfefferminzöl zur Seite und stand dann vorsichtig auf. Er zuckte vor Schmerzen zusammen, als er versuchte, den Fuß voll zu belasten. VanCleve mochte es vielleicht nicht mehr geben, aber Bruder Gabriel dachte noch immer an Anna Bookman. Er war dieser Frau verfallen und überhaupt nicht mehr in der Lage, seine Gedanken zu kontrollieren. Er kam sich vor wie das Opfer in einer griechischen Sage. Er sah seine Zauberin überall: Ihr Bild hing wie ein wunderschöner Wandteppich vor seinen geschlossenen Augenlidern; die Abbilder der Heiligen in der Kirche trugen ihre Gesichtszüge; der Kranz ihrer glänzenden Haare schimmerte in jedem Kelch mit Wein. Vor zwei Wochen hatte seine Phantasie ihm sogar vorgegaukelt, sie hätte in Gestalt von Cobhams Mündel neben Lady Joan auf dem Podium Platz genommen. Großer Gott, wie er sich zum Narren gemacht hatte. Seine Gefühle hatten ihn derart überwältigt, dass er sogar am nächsten Tag, als man ihn aufgefordert hatte, den Erzbischof nach Canterbury zurückzubegleiten, noch immer weiche Knie gehabt hatte.

Die Fahrt nach Canterbury hatte schon ausgereicht, um die Schmerzen in seinem Bein zu verschlimmern. Er hatte mit Kommissar Flemmynge und Erzbischof Arundel im dämmerigen Inneren der verhangenen Kutsche gesessen, während Flemmynge, dieser unsägliche Speichellecker, sich ohne Unterlass über die Sünden der Ketzer erging. Gabriel hatte die Augen geschlossen und sich an das hölzerne Paneel in seinem Rücken gelehnt, in der Hoffnung, seine Begleiter würden annehmen, dass er schlief. Aber wie hätte er schlafen können, wenn er ständig Anna vor sich sah, so wie er sie zum letzten Mal gesehen hatte, als sie in der Tür des kleinen Hauses in Reims gestanden und in ihren Augen helle Tränen geschimmert hatten?

»Flemmynge ist der Ansicht, dass wir uns auf die Abtei konzentrieren sollten.«

In der darauffolgenden Pause merkte er, dass der Erzbischof diese Worte an ihn gerichtet hatte. Er öffnete die Augen.

»Verzeihung, Euer Exzellenz, was sagtet Ihr gerade?«

»Ich sagte, dass wir uns auf die Abtei konzentrieren sollten. Habt Ihr sie Euch schon genauer angesehen?« Die Stimme des Erzbischofs stieg und fiel mit der Bewegung der Kutsche, die auf der tief gefurchten winterlichen Straße vor und zurück schaukelte.

»Ich war mehrere Male im Skriptorium, während die Schwestern dort arbeiteten. Das letzte Mal hat mich Flemmynge sogar begleitet.« Er sah den Bischof, der neben dem Erzbischof saß, dabei an. Bestimmt hatte dieser sich nur deshalb direkt neben Arundel gesetzt, damit er ihm jederzeit etwas hinter vorgehaltener Hand zuflüstern konnte, dachte Gabriel.

»Dann solltet Ihr Euch das Skriptorium vielleicht einmal näher ansehen, wenn sich niemand dort aufhält«, sagte Arundel.

Flemmynge grinste affektiert.

Der Erzbischof fuhr fort: »Man wird Oldcastle vorladen. Er wird Rechenschaft über sein Tun während des Festes des Heiligen Thomas Becket ablegen müssen.«

»Warum? Was hat er denn getan?«, fragte Gabriel.

Die mondsichelförmigen Falten auf den Wangen des Erzbischofs vertieften sich noch mehr. »Prinz Harry hatte ihm befohlen, eine Wache abzustellen, die entlang des Prozessionsweges Spalier steht.«

»Hat er sich etwa geweigert?«, fragte Gabriel.

»Schlimmer noch! Als das Kreuz vorbeigetragen wurde, hat jeder Einzelne von Sir Johns bewaffneten und uniformierten Vasallen dem heiligen Kreuz mit unserem Erlöser den Rücken zugewandt.«

Bruder Gabriel schnappte nach Luft. Das war selbst für Sir John eine kühne Tat. Und eine höchst leichtsinnige dazu. Eine offene Kampfansage, nicht nur gegenüber der Kirche, sondern auch gegenüber dem König, der die Anwesenheit seiner Männer befohlen hatte. Man musste den Mut dieses Mannes bewundern. Oder aber seine Dummheit bedauern.

Flemmynge fügte beflissen hinzu: »Prinz Harry ist darüber alles andere als erfreut. Oldcastle soll nun einen Tag vor Mariä Lichtmess in Canterbury erscheinen, um sich für seine Blasphemie zu verantworten.«

Mariä Lichtmess. Das war ein geschickt gewählter Zeitpunkt, um Sir Johns ketzerische Einstellung offenkundig werden zu lassen. Die Segnung der Kerzen war eines der vielen Rituale, die die Lollarden strikt ablehnten.

»Habt Ihr Sir John von der bevorstehenden Vorladung erzählt, als Ihr bei ihm zu Gast wart?«, fragte Gabriel. Er konnte nicht verhindern, dass sein Ton ein wenig sarkastisch klang.

Der Erzbischof registrierte das mit einem lauten Rülpsen und einem Stirnrunzeln, bevor er bemerkte: »Nein. Es erscheint mir von Vorteil, wenn er weiterhin davon ausgeht, er wäre ungeschoren davongekommen. In der Zwischenzeit werden wir weitere Beweise gegen ihn sammeln. Ihr werdet erst Ende der Woche zur Abtei zurückkehren – somit habt Ihr Zeit, jenen unerschrockenen Pilgern, die selbst bei diesem nasskalten Wetter unterwegs sind, in Canterbury Ablässe zu verkaufen. Und wenn Ihr wieder in der Abtei seid, werdet Ihr das Skriptorium gründlich durchsuchen, und zwar dann, wenn die Nonnen nicht zugegen sind. Euch bleiben also bis zu der Vorladung noch zwei Wochen, um weitere Beweise zu finden.«

Zwei Wochen, hatte der Erzbischof gesagt. Von heute an.

Als die Glocken der Abtei die Non schlugen, stellte Gabriel sein Einreibemittel wieder in den Schrank zurück und zog seinen Stiefel vorsichtig über seine empfindliche Wade. Dann setzte er seine Kapuze auf und schlüpfte aus der Tür des Gästehauses. Der Gottesdienst zur Non dauerte in aller Regel nicht besonders lange, aber während der nächsten fünfzehn Minuten würde sich bestimmt niemand im Skriptorium aufhalten. Er konnte also ungestört mit seiner Suche beginnen.

Als Anna aus dem Necessarium zurückkam, verließen die Nonnen bereits in einer langen Reihe die Kapelle und zogen sich wie eine schwarze Seidenschnur durch den Kreuzgang. Anna hingegen ging quer durch den Klostergarten. Als sie die Tür an jener Seite, an der ihr Schreibtisch stand, öffnete, stellte sie überrascht fest, dass sie nicht die Erste war. Am anderen Ende des lang gestreckten Raums beugte sich eine Gestalt über einen der schrägen Schreibtische.

Das matte Licht des Winternachmittages hatte das östliche Ende des Skriptoriums bereits verlassen, so dass es im Schatten lag, dennoch war deutlich zu erkennen, dass der Kopf, der sich da über Schwester Agathas Schreibpult beugte, eine Mönchskapuze und keinen Nonnenschleier trug. Sie wollte den Besucher gerade grüßen, als dieser, anscheinend durch den kalten Luftzug erschreckt, den Anna beim Eintreten verursacht hatte, eilig durch die Tür am anderen Ende verschwand. Es war die Tür, die zum Refektorium und nicht zum Kreuzgang führte.

War dies der Mönch, der, wie die Äbtissin gesagt hatte, immer wieder für längere Zeit hier wohnte? Aber was hatte er an Schwester Agathas Schreibtisch zu schaffen, und warum war er davongerannt wie ein aufgescheuchter Hase? Wahrscheinlich hatte das alles nichts zu bedeuten, aber sie würde der Mutter Oberin von dieser Begegnung berichten, wenn sie sie das nächste Mal sah. Anna blies in ihre kalten Hände, um sie zu wärmen, nahm auf ihrem Schemel Platz und stellte ihre eiskalten Füße auf die angenehm warmen Ziegelsteine. So wie die Tintenfässer wunderbarerweise stets gefüllt wurden, wurden auch die Stein mehrmals am Tag ausgetauscht. Sie schob das Blatt, an dem sie weiterarbeiten wollte, zwischen die beschwerten Schnüre, damit es nicht verrutschen konnte, dann nahm sie ihr Messer, mit dem sie Fehler wegkratzen konnte, in die eine Hand und die Feder in die andere und begann zu arbeiten. Sie blickte nur einmal kurz auf, um Bek anzulächeln, als dieser wieder zu ihren Füßen Platz nahm.

Der Mönch verschwand so rasch aus ihren Gedanken, wie er aus dem Skriptorium verschwunden war.

Bruder Gabriel wartete zwei Tage, bevor er einen weiteren Versuch unternahm. Er war sich sicher, dass die junge Postulantin – es handelte sich bei ihr um keine der Nonnen, das hatte er an ihrem Gewand erkannt – der Äbtissin von seiner Schnüffelei berichtet hatte. Das Skriptorium während der »kleinen Stunden« durchsuchen zu wollen, war eine ausgesprochen dumme Idee gewesen; eigentlich hätte er sich bewusst sein müssen, dass er in keinem Fall genügend Zeit haben würde.

Er stand einfach nicht hinter dieser ganzen Sache, dachte Bruder Gabriel. Und das war auch der Grund dafür, dass er ein so schlechter Spion war. In letzter Zeit fragte er sich immer öfter, warum ausgerechnet jene Menschen, die er am meisten bewunderte, auf der anderen Seite stehen mussten. Da war zum Beispiel Sir John. Es war offensichtlich, dass dieser Mann seine Überzeugung überaus mutig vertrat. Und da war die Äbtissin. Sie hatte etwas an sich, das in ihm den Wunsch weckte, seine verletzte Seele darin zu baden. Und dann war da natürlich Anna gewesen, die allein schon die Vorstellung, dass Gnade auch von Priestern, Mönchen und Ablasspredigern gewährt wurde, zutiefst verabscheute. Bruder Francis hätte ihr entgegengehalten, dass sie nicht begriff, wie schwach der menschliche Geist war. Sie begriff nicht, dass eine einzelne Seele weder die Kraft noch die Reinheit besaß, um Gott ohne die Hilfe der von Gott bestimmten Priester begegnen zu können.

Die Schlüssel zum Himmelreich gehörten nicht jedem, der Anspruch darauf erhob. Davon war er zutiefst überzeugt. Und dennoch gab es etwas, das ihn Partei für die Ketzer ergreifen ließ. Zumindest verstand er allmählich, wie sie zu ihrer ketzerischen Einstellung gelangt waren.

Als die Äbtissin ihn nicht, wie er erwartet hatte, zu sich zitierte, entschied er, dass er es durchaus noch einmal versuchen konnte. Diesmal würde er jedoch bis zur Vesper warten, wenn die Nonnen nach dem Gottesdienst zu Abend aßen. Auf diese Weise würde er genügend Zeit für eine gründliche Suche haben.

Aber was würde er tun, wenn er tatsächlich etwas Belastendes fand? Das war die nächste Frage. Nun, er würde seinen Fund natürlich melden. Was sollte ein treuer Sohn der heiligen Mutter Kirche denn auch sonst tun?

Als die Vesperglocken ertönten, wartete er, bis die letzten Schritte verklungen waren, dann zündete er eine kleine Laterne an und trat in den Kreuzgang hinaus. Jetzt hatte er genügend Zeit. Im Skriptorium waren bereits alle Lichter gelöscht. Die Schwestern würden heute Abend nicht mehr dorthin zurückkehren.

Anna sollte sich später oft fragen, was geschehen wäre, wenn sie das Licht, das sie hinter den Fenstern des Skriptoriums gesehen hatte, nicht einfach ignoriert hätte. Dieses Licht, das zuerst in einem, dann in einem anderen Fenster aufgeleuchtet hatte wie ein gespenstisches Glühwürmchen mitten im Winter. Wahrscheinlich war es nur eine der Schwestern, die nach der Vesper noch einmal zurückgekommen war, um die Tintenfässer für den nächsten Tag zu füllen, sagte sie sich und dachte nicht weiter darüber nach. Die Äbtissin hatte sie und Bek eingeladen, mit ihr zusammen in ihren privaten Gemächern zu Abend zu essen. Sie schätzte diese Abende mit der Äbtissin inzwischen sehr und wollte deshalb auch keinesfalls zu spät kommen.

30

Wolltest du, Gewissen, am Hof der Könige stets zugegen sein. Und Gnade, die du so empfiehlst, den Klerus leiten.

William Langland, »Piers Plowman«
14. Jahrhundert

Prinz Harry beendete in seinem Raum in der Westminster-Abtei die musikalische Komposition, die man auf dem Begräbnis seines Vaters spielen sollte. Die Ärzte hatten ihm erklärt, dass sein Vater nur noch wenige Tage, vielleicht sogar nur noch ein paar Stunden zu leben hatte. Henry Bolingbroke, König Heinrich IV., hatte während des Gebets im Jerusalem Chamber der Westminster-Abtei einen Schlaganfall erlitten und konnte sich nicht mehr bewegen und nicht einmal mehr sprechen. Er nahm weder Nahrung noch Wasser zu sich. Es würde also bestimmt nicht mehr lange dauern. Prinz Harry, den man zu seinem Vater gerufen hatte, würde unmittelbar nach dem Tod des Königs gekrönt werden. Tatsächlich hatte Harry bereits die Königskrone probiert.

Sie stand ihm gar nicht schlecht.

Harry hatte für seine Komposition zwei ganze Seiten mit sorgfältig gezeichneten Neumen gefüllt, die über jeder Wortsilbe standen und angaben, ob die Melodie nach oben oder nach unten ging. Und es war nicht nur eine, es waren sogar zwei verschiedene

Melodien, die somit auch einen zweistimmigen Gesang ergeben würden.

Zuerst würde er den Erzbischof, der auch die Totenwache halten würde, zu sich rufen und ihn um seine Zustimmung bitten. Dann würde er von seiner Komposition mehrere Abschriften erstellen lassen, die an die Hofmusiker verteilt werden sollten. Während er die Melodie leise vor sich hinsummte, überlegte er angestrengt. Wie sollte er seine Komposition signieren? Mit Henry V.? Prinz Harry? Nein, es sollte eine Unterschrift sein, die allein seiner Musik vorbehalten war. Er nahm die Feder und setzte mit einer schwungvollen Bewegung »Roy Henry« unter seine Komposition. Ja, das sah wirklich gut aus.

Prinz Harry spielte eine der beiden Melodien auf seiner Laute, während Lord Beaufort die andere Stimme übernommen hatte, als der Erzbischof ins Zimmer stürzte.

»Nein, es gibt noch keine Nachricht von Seiner Königlichen Majestät, Exzellenz«, sagte Harry. »Ich habe Euch in einer anderen Angelegenheit kommen lassen. Lauscht der Komposition Eures Prinzen.« Harry nickte Beaufort zu. »Psalm dreiundzwanzig. Dieser Psalm soll beim Begräbnis meines Vaters gesungen werden. Aber nicht zur Melodie der Totenklage. Ich kann Totenklagen nicht ausstehen.« Dann begann er, die ersten Töne der zweiten Melodie zu zupfen.

Der Erzbischof machte ein finsteres Gesicht, und das änderte sich auch während des gesamten Vortrags nicht. Als der letzte Ton verklungen war, breitete sich Schweigen im Zimmer aus.

»Und? Was sagt Ihr dazu?« Harrys Stimme klang ungeduldig.

»Hoheit, dies ist eine Melodie … die des Dahinscheidens eines Monarchen ohne jede Frage würdig ist. Ich hege jedoch keinen Zweifel, dass sie es umso mehr wäre, hätte Euer Gnaden keinen so ungeschickten Begleiter gewählt. Wenn Euer Hoheit später Zeit haben – es gäbe eine wichtige Angelegenheit mit Euch zu besprechen.« Der Erzbischof deutete eine kaum wahrnehmbare

Verbeugung an und machte dann einen Schritt zurück. »Ich werde noch einmal kommen, wenn Euer Gnaden allein sind.«

Offensichtlich verärgert über die Verachtung, die der Erzbischof gegenüber einem Menschen an den Tag legte, den er persönlich sehr schätzte – und im Übrigen auch über seinen Mangel an musikalischem Geschmack –, antwortete Harry scharf: »Exzellenz, bitte tragt Eure ›wichtigen Angelegenheiten‹ vor. Wir haben vor unserem Onkel keine Geheimnisse.«

Jetzt hast du wirklich einen Grund, ein so finsteres Gesicht zu machen, dachte Harry, dann rief er sich jedoch in Erinnerung, dass er noch nicht König war und dass Arundel ein mächtiger Feind sein konnte. Er nickte Beaufort entschuldigend zu. »Kommt bitte wieder zu uns, Onkel, nachdem Ihr zu Abend gegessen habt.«

Beaufort, der Arundel vollkommen ignorierte und so tat, als wäre er einfach Luft für ihn, verbeugte sich tief. »Wie Euer Hoheit befehlen.« Dann verließ er rückwärts gehend das Zimmer.

»Jetzt, Exzellenz, habt Ihr unsere alleinige Aufmerksamkeit.«

»Es geht um Lord Cobham, Euer Gnaden. Mariä Lichtmess ist vorbei. Lord Cobham ist Eurer Aufforderung, nach Leeds zu kommen und über sein ketzerisches Verhalten Rechenschaft abzulegen, nicht gefolgt.«

»Nun, wie Ihr wisst, sind die Straßen überschwemmt und kaum passierbar.«

»Er hat auch keinen Boten geschickt, um die Gründe für sein Nichterscheinen darzulegen«, erwiderte der Erzbischof.

»Wenn es nicht einmal Sir John geschafft hat durchzukommen, wie können wir das dann von einem Boten erwarten?« Harry klang verärgert.

Der Erzbischof nickte. Dieses Argument musste er widerwillig anerkennen. »Da ist aber noch mehr, Euer Gnaden.«

Noch mehr? Konnte es noch mehr geben als den vorsätzlichen Ungehorsam eines Untertanen? »Sagt es, bevor es noch Eure Lippen verbrennt. Wir sehen sehr wohl, wie sehr Ihr danach trachtet, die Freunde Eures Prinzen in Ketten herbeischleifen zu lassen.«

»Bruder Gabriel hat das Skriptorium der Abtei durchsucht, die unter der Schirmherrschaft von Lord Cobham steht. Er hat dabei unwiderlegbare und erdrückende Beweise gefunden.«

»Welche Art von Beweisen?«

»Die Schwestern kopieren dort verbotene Texte.«

»Ihr meint die Englische Bibel?«

»Nicht nur die Bibel, Euer Gnaden, sie übersetzen und kopieren auch die Schriften des Ketzers Wycliffe.« Er griff in den voluminösen Rock seines roten Wollumhangs und zog eine Lage Pergament heraus, die er Harry gab. Der Text war mit einer sehr schönen Schrift geschrieben und in einer Sprache verfasst, die er nicht verstand. Der Name John Wycliffe stand jedoch unübersehbar in der Kopfzeile.

»Wie seid Ihr in den Besitz dieses Pergaments gelangt? Und woher sollen wir wissen, dass es keine Fälschung ist?«

»Eine Fälschung, Euer Gnaden? Ihr bezichtigt doch gewiss nicht die Heilige Mutter Kirche –«

»Ich bezichtige niemanden. Ich bin nur auf der Suche nach der Wahrheit in dieser Angelegenheit.«

»Bruder Gabriel hat diesen Beweis persönlich hierher gebracht. Er hat den überschwemmten Straßen getrotzt, um seiner Kirche und seinem König zu dienen. Und da ist noch etwas. In der Paternoster Row wurde eine englische Bibel gefunden, die jener gleicht, die die Lollarden bei sich tragen. Zwischen den Seiten lag eine Rechnung, die auf Sir John Oldcastle ausgestellt war.«

Der Erzbischof würde nicht lockerlassen, also beschloss Harry, ihm einen Brocken hinzuwerfen, damit er wenigstens für eine Weile Ruhe gab. »Bittet Bruder Gabriel zu uns.«

»Bruder Gabriel ist leider nicht mehr hier. Er hat darum gebeten, sich um wichtige persönliche Angelegenheiten kümmern zu dürfen. Ich habe ihm als Belohnung für seinen mutigen Einsatz die Erlaubnis gegeben, dies zu tun. Aber er wird selbstverständlich als Zeuge in einem Prozess zur Verfügung stehen.«

»Prozess! Euer Exzellenz! Lasst Euch doch nicht zu einem so vorschnellen Urteil hinreißen. Wir verspüren nicht den Wunsch, als erste königliche Handlung ein ganzes Nonnenkloster vor Gericht zu stellen.«

»Die Nonnen brauchen wir nur, um Lord Cobham zu überführen. Wir müssten sie nur so weit einschüchtern, dass sie gestehen –«

»Lasst die Papiere und das Buch mit der Rechnung hier. Wir werden sie genau prüfen und dann entscheiden, ob sie von Bedeutung sind.«

»Aber Euer Gnaden, gewiss –«

»Ihr dürft Euch jetzt entfernen, Exzellenz. Und Ihr solltet noch einmal über diesen ›Beweis‹ nachdenken.«

»Wie Ihr wünscht, Euer Gnaden.«

Als der Erzbischof gegangen war, nahm Harry die Laute zur Hand und begann, seine Melodie vor sich hinzuklimpern. Sie klang doch wie eine Totenklage, dachte er.

Nachdem Bruder Gabriel seine Mission erfüllt hatte, beschloss er, sich auf die Suche nach Mistress Clare zu machen. Er wollte noch einmal vernünftig und in aller Ruhe mit ihr reden, ohne dass ihm seine Trauer den Blick verschleierte. Er wollte ihr in die Augen sehen und hören, ob sie die Behauptung, Bruder Francis sei sein Vater gewesen, wiederholte. Mistress Clare hatte gesagt, Jane Paul sei tot, aber vielleicht gelang es ihm, herauszufinden, unter welchen Umständen sie gestorben war und ob sie vielleicht noch weitere Kinder gehabt hatte – möglicherweise hatte er ja sogar Geschwister, vielleicht sogar Neffen und Nichten. Dieser Gedanke, der ihm erst vor kurzem gekommen war, hatte etwas Bestürzendes an sich, aber er war auf merkwürdige Weise auch tröstlich und erfreulich. Wenn es stimmte, dass Jane Paul tot war, dann würde er ein Andenken auf ihrem Grab niederlegen, damit ihre Seele Ruhe fand. Das zumindest konnte er für die Frau mit dem freundlichen Gesicht, die geweint hatte, als er ihre Umarmung nicht erwidert hatte, noch tun.

Der Erzbischof hatte für ihn Erkundigungen einholen lassen.

Mistress Clare hatte über die Abtei ein kleines Häuschen in der Nähe von Appledore in der Romney Marsh erworben, wo das Land billig war. Sie hatte sich wahrscheinlich dort zur Ruhe gesetzt. Bruder Gabriel war entschlossen, sie unverzüglich aufzusuchen.

Und dann? Dann würde er nach Frankreich reisen. Er musste Anna unbedingt noch einmal sehen, musste ihr sagen – ja, was eigentlich? Die Wahrheit … falls er den Mut dazu fand. Das zumindest war er ihr schuldig. Er hatte ihr versprochen, dass VanCleve zu ihr zurückkehren würde. Und wenn VanCleve das nicht konnte, dann musste eben Bruder Gabriel ihr alles erklären.

Aber da war noch etwas, das er zu tun hatte, bevor er sich seinen eigenen Dämonen stellen konnte. Als er Wrotham erreichte, lenkte er sein Pferd nicht nach Südosten, wo die Romney Marsh lag, sondern nach Norden, in Richtung Gravesend. Er ritt nach Rochester. Zurück zur Abtei.

Er würde die Äbtissin persönlich davon in Kenntnis setzen, dass er sie schwer belastet hatte und man sie deshalb schon bald auffordern würde, Rechenschaft abzulegen. Sie würde mit Sicherheit auf der Stelle Sir John warnen. Und wo stand geschrieben, dass die Äbtissin und Sir John nicht das Recht hatten, sich zu verteidigen? Sir John besaß genügend Macht und Einfluss, um den König zu bitten, man möge mit Anstand und Würde vorgehen und darauf verzichten, ein Kloster voller Nonnen – von denen die meisten aller Wahrscheinlichkeit nach vollkommen unschuldig waren – mit der Androhung von Folter und Scheiterhaufen unter Druck zu setzen.

Immerhin hatte Bruder Gabriel seine Aufgabe erfüllt. Und er hatte gute Arbeit geleistet. Der Erzbischof war höchst erfreut gewesen und hatte ihn einen treuen Sohn der Kirche genannt, ein Lob, bei dem er sich jedoch eher verdammt als gesegnet gefühlt hatte. Das Vorgehen des Erzbischofs und das ganze Verfahren hatten etwas an sich, das ihm in keiner Weise gefiel. War Loyalität gegenüber der Kirche nicht dasselbe wie Loyalität gegenüber Christus? Bruder Francis hatte jedenfalls genau das immer behauptet. Gabriel aber hatte bereits einige dieser Ermittlungen gesehen. Er wusste, wie man zu Geständnissen kam, und diese Prozedur hatte bestimmt nichts Christliches an sich. Dort gab es keine Gerechtigkeit und schon gar keine Gnade.

Bei dem Gedanken an die erdrückenden Beweise, die er gefunden hatte – die ins Böhmische übersetzten Wycliffe-Traktate, die unter einem französischen Gedicht von Christine de Pisan verborgen gewesen waren –, spornte er sein Pferd an. Es hatte inzwischen wieder zu regnen begonnen, und in ein oder zwei Stunden würde es dunkel werden. Am besten, er nahm in Wrotham eine Kutsche nach Rochester.

Sein Bein begann zu schmerzen, als er an die Fahrt über die schlammigen Straßen dachte. Und bei dem Gedanken an die Begegnung, die in nur wenigen Stunden stattfinden würde, bekam er auch noch heftige Kopfschmerzen.

Anna klopfte zögernd an die Tür der Äbtissin, denn sie störte sie nur höchst ungern.

»Ja?« Die Stimme klang ungeduldig und müde und wurde von Rascheln von Papier begleitet.

»Hier ist Anna. Die Schwestern sind alle bei der Arbeit. Deshalb bringe ich Euch heute Euer Abendessen. Soll ich es vor die Tür stellen?«

»Anna. Nein.« Die Stimme klang nicht mehr ganz so müde. »Bringt es bitte herein.«

Anna öffnete mit ihrer linken Hand die Tür, während sie das kleine Tablett mit Brot, Käse, gekochter Rinderzunge und einem Krug mit warmem Apfelmost auf ihrer Rechten balancierte. Fleisch aßen die Nonnen grundsätzlich nur dann, wenn sie sich nicht wohlfühlten, und die Mutter Oberin hatte gerade in letzter Zeit oft ziemlich blass und müde ausgesehen. Die Schwester, die für die Krankenstube zuständig war, hatte ihr deshalb heute zur Stärkung eine Portion Fleisch verordnet. Als Anna eintrat, schlug die Mutter Oberin, die hinter ihrem Schreibtisch saß, gerade ihren Schleier herunter. Anna stellte das Tablett auf eine Ecke des Schreibtischs, wo keine Federn, Federkiele und Pergamentbögen lagen, und wandte sich zum Gehen.

»Wartet. Setzt Euch doch ein wenig zu mir und erzählt mir, wie dem kleinen Bek die neue Laute gefällt.«

»Werdet Ihr, wenn ich bleibe, Euren Schleier lüften, damit Ihr das Essen genießen könnt, solange es noch warm ist?«

Anna erschrak über ihre eigene Kühnheit. Sie spürte, dass sie errötete.

Die Mutter Oberin lachte. »Ihr feilscht ja wie ein Zunftmeister«, sagte sie, als sie ihren Stuhl ein wenig von dem Fenster wegrückte, an dem ihr Schreibtisch stand – nur ein kleines Stück, aber so lag ihr Gesicht im Schatten. Dann schlug sie den Schleier zurück.

»Ihr haltet mich wahrscheinlich für sehr eitel«, sagte sie. »Aber ich trage diesen Schleier nur, um andere – und auch mich selbst – ein wenig zu schützen. Der Schleier nimmt ihnen die Verlegenheit und verhindert neugierige Fragen.«

»Ich halte Euch nicht für eitel. Ich finde Euch schön und tapfer und freundlich und –«

Die Äbtissin hob die Hand. Es war eine Geste, die unmissverständlich sagte: Es ist genug. Anna spürte, wie ihr Gesicht noch mehr zu glühen anfing.

»Es ist eben nur so, dass ich Euch zutiefst dankbar bin, Mutter.«

»Auch ich bin dankbar, Anna. Dankbar, dass unser Herrgott uns eine Schreiberin mit so außergewöhnlichem Talent und Fleiß geschickt hat. Und einen jungen Musiker noch dazu.« Sie schnitt die Rinderzunge in zwei Hälften, legte die eine davon auf eine Scheibe Brot und gab sie Anna. »Esst das um des Babys willen, das Ihr unter dem Herzen tragt. Ich hätte schon früher daran denken sollen. Ich werde die Küche anweisen, dass Ihr einmal pro Woche rotes Fleisch und täglich ein Ei bekommt. Wir wollen doch, dass Euer Kind starke Knochen hat.«

Die salzige, feste Textur des Rindfleischs weckte Erinnerungen in Anna. Ihr Großvater hatte stets darauf bestanden, dass bei ihnen wenigstens einmal pro Woche Fleisch auf den Tisch kam – eine Mahlzeit, die er sich regelmäßig mit den Studenten der Universität geteilt hatte. *Sie kommen wegen der Speisen für ihren Körper,* hatte er gesagt, *aber sie kehren hierher zurück, weil sie auch Nahrung für ihre Seele erhalten.*

Falls die Äbtissin die Tränen, die Anna angesichts dieser Erinnerungen in den Augen standen, gesehen hatte, so ließ sie sich das jedenfalls nicht anmerken. Die beiden aßen eine Weile in geselligem Schweigen.

»Kann Bek schon auf seiner neuen Laute spielen?«, unterbrach die Äbtissin schließlich die Stille.

»Ja.« Anna schluckte den Bissen, den sie im Mund hatte, herunter und leckte dann sorgfältig ihre Finger ab. »Vielen Dank für die Laute, Mutter. Er würde sich sicher selbst dafür bedanken, wenn er das könnte. Aber er hat einfach große Schwierigkeiten, irgendwelche Worte herauszubringen.«

»Ich war mir nicht sicher, ob er in der Lage sein würde, seine Finger so weit unter Kontrolle zu bringen, dass er die Saiten zupfen kann.«

»Es ist erstaunlich. Die Musik lässt ihn über die Grenzen, die ihm sein Körper setzt, hinauswachsen. Er kann bereits ein paar einfache Melodien auf dem Instrument spielen.« Anna lachte. »Und es hat einen wesentlich angenehmeren Klang als die Blechflöte.«

Die Äbtissin lächelte, als sie Anna lachen hörte. Dieses Lachen überraschte Anna selbst. Es war dies etwas, das sie schon sehr lange nicht mehr getan hatte. Dass sie es jetzt wieder konnte, hatte sie allein dieser Frau zu verdanken. Es war, als lebte und wirkte die Äbtissin in einem stillen Teich, und alle, die sich in ihrer Nähe befanden, erhielten in diesem Teich eine Art von Taufe. Sie fragte sich unwillkürlich, was Dědeček wohl von ihr gehalten hätte. Es wäre sicher schön gewesen, die beiden einmal zusammen zu erleben – zwei Menschen mit starkem Willen, die demselben Ziel dienten. Gemeinsam wären sie bestimmt eine furchteinflößende Kraft gewesen.

Anna hatte ein- oder zweimal versucht, ein Treffen mit einer Witwe oder einer gut aussehenden allein stehenden Frau zu arrangieren, ihr Großvater hatte darauf jedoch jedes Mal mit sehr großer Verärgerung reagiert. »Ich habe zwei Frauen geliebt. Das ist genug für jeden Mann, der bei klarem Verstand ist.« Seine blauen Augen waren bei diesen Worten hart wie Glas geworden, und Anna hatte gewusst, dass sie dieses Thema besser nicht mehr ansprechen sollte.

Das plätschernde Geräusch, als die Äbtissin ihr noch einmal Apfelmost nachschenkte, riss sie aus ihren Gedanken.

»Verzeiht, Mutter. Eigentlich sollte ich es sein, die Euch bedient.«

»Wir alle müssen einander dienen, Anna.« Sie stellte den Krug auf das Tablett zurück. »Ich mache mir Sorgen, dass die Gefahr, die Eure Arbeit mit sich bringt, Euch beunruhigen könnte. Schlaft Ihr gut?«

»Sehr gut, vielen Dank, Mutter. Ich liebe meine Arbeit, und ich habe auch keine Angst.« Anna wollte gerade hinzufügen, dass sie dieser Gefahr bereits begegnet war und dass sie, was mutiges Verhalten anging, ein bemerkenswertes Vorbild gehabt hatte, als es leise an der Tür klopfte.

»Mutter, Bruder Gabriel möchte Euch sprechen. Ich habe ihm gesagt, dass Ihr gerade zu Abend esst, aber er will sich nicht abweisen lassen. Er sagt, es sei sehr dringend.«

Anna, die Schwester Matildes Stimme durch die schwere Eichentür erkannt hatte, erhob sich und stellte die Reste des Abendessens auf das Tablett.

»Nein, Anna, bleibt. Das ist der Mönch, von dem ich Euch erzählt habe. Ich möchte, dass Ihr ihn kennenlernt. Er ist ein Ablassprediger, und möglicherweise sogar einer, der ehrlich ist. Ich bin mir da aber noch nicht so ganz sicher. Ich würde deshalb gern Eure Meinung hören.«

Die Äbtissin schlug gerade ihren Schleier herunter, als Schwester Matilde die Tür öffnete und einen römischer Kleriker hereinführte, von dessen nasser Kapuze das Wasser auf den mit Binsen bestreuten Boden tropfte. Anna ging zu der Truhe auf der anderen Seite des Zimmers und stellte das Tablett darauf ab. Sie blieb dort stehen, damit der Besucher auf ihrem Stuhl vor dem Schreibtisch der Äbtissin Platz nehmen konnte. Sie tat dies aber auch, um sich selbst so weit zu sammeln, dass man ihr nicht sofort ansah, wie wenig sie von diesen Ablasspredigern hielt.

»Entschuldigt bitte die Störung, Äbtissin, aber es ist die Barmherzigkeit, die mich hierher führt.«

Anna war über den Klang der Stimme verblüfft.

»Ihr solltet wissen, dass in Kürze Haftbefehl gegen Sir John wegen des Vorwurfs der Ketzerei ergehen wird.«

Anna war von der Stimme so abgelenkt, dass ihr die volle Bedeutung der Worte zunächst gar nicht bewusst wurde. Der Mönch hatte eine ähnliche Stimme wie VanCleve, dachte sie, und dennoch nicht die gleiche. Die Stimmen unterschieden sich hauptsächlich im Ton, der bei diesem Mönch sehr autoritär war.

»Dieser Haftbefehl gründet sich auf Beweise, die in Eurem Skriptorium gefunden wurden. Zweifellos wird man Euch und auch einige Eurer Schwestern dazu vernehmen. Und man wird Euch auffordern, gegen Lord Cobham auszusagen.«

Die Äbtissin antwortete nicht sofort. Das ganze Zimmer schien den Atem anzuhalten. Oder war es nur Anna, der der Atem stockte? Als die Äbtissin schließlich antwortete, war ihr Ton kalt wie eine Klinge aus Stahl und mindestens ebenso scharf.

»Durch wen wurden diese Beweise erbracht?«, fragte sie.

Der Mönch antwortete mit fester Stimme: »Durch mich, im Dienste der heiligen Mutter Kirche. Aber so erdrückend diese Beweise auch sein mögen, wenn Ihr eine angemessene Verteidigung vorbereitet und auch ich eine entsprechende Empfehlung abgebe, wird die Abtei wohl mit einer Verwarnung davonkommen. Das belastendste Dokument wurde an der Westseite des Skriptoriums gefunden, auf jenem Schreitisch, der dem Fenster am nächsten steht.«

Jetzt endlich begriff Anna, was der Mönch da sagte. Die Kerze, die sie im Fenster hatte flackern sehen, der Mönch, den sie beim

Herumschnüffeln ertappt hatte! Warum war sie nur so unglaublich nachlässig gewesen? Warum hatte sie, als sie die fertig kopierte böhmische Übersetzung vermisst hatte, einfach angenommen, dass sie von der Schwester, die die Tintenfässer füllte, eingesammelt worden war? Warum nur war sie nicht wachsamer gewesen?

»Warum warnt Ihr mich? Eine solche Warnung scheint mir mit Eurer Loyalität gegenüber der Kirche nicht vereinbar«, hörte Anna die Äbtissin hinter sich sagen.

»Ich warne Euch, weil ich mir sicher bin, dass Ihr eine ergebene Dienerin unseres Herrn seid. Diese Abtei kann unserem Herrgott noch auf wertvolle Weise dienen. Sie hat nur den falschen Schirmherren. Es ist nichts gewonnen, wenn die Abtei geschlossen wird und man Euch einsperrt.«

Er klang aufgebracht. Erwartete dieser Mann allen Ernstes, dass man ihm auch noch dankbar war?

»Liefert die Nonne, die an besagtem Schreibtisch arbeitet, zum Verhör aus und erklärt, Ihr wüsstet nichts von einer Verschwörung mit dem Ziel, die Lollarden mit englischen und böhmischen Bibeln zu versorgen.«

Anna hatte das Gefühl, den Boden unter den Füßen zu verlieren. Ihre Hand begann, so heftig zu zittern, dass sie den Krug mit Apfelmost vom Tablett stieß. Er fiel mit einem lauten Knall zu Boden. Anna klammerte sich Halt suchend an der Truhe fest. Sie hatte das Gefühl, gleich wie ein welkes Blatt zu Boden zu fallen.

Die Stimme, die dem Priester antwortete, klang jedoch sehr entschlossen.

»Ich werde den Namen der Schwester, die an diesem Tisch arbeitet, nicht nennen. Ihr könnt Eurem Erzbischof sagen, dass die Verantwortung für alles, was in dieser Abtei geschieht, ausschließlich und allein bei mir liegt. Während ich seiner Vorladung entgegensehe, werden mich der Paraklet und die Gewissheit, dass ich in Gottes Händen bin, stärken. Ihr seht, Bruder Gabriel, auch ich bin loyal.«

Ihr Ton und ihr Verhalten waren so ruhig, als würde sie lediglich eine Lieferung von verwässerter Tinte oder schlechtem Pergament bemängeln.

»Ich muss mich jedoch bei Euch für meine schlechten Manieren entschuldigen, Bruder Gabriel. Anna, ich möchte Euch mit dem Mönch bekannt machen, von dem ich Euch bereits erzählt habe. Das Gästehaus, in dem er gewohnt hat, wird bald frei sein, denn wie es aussieht, hat er seine Arbeit hier erledigt.«

Es war ein Wunder, dass sich bei diesen Worten keine Eiskristalle auf ihren Lippen bildeten.

Anna drehte sich um und stolperte ein paar Schritte vorwärts. Sie machte einen kleinen Knicks, nickte kurz zum Gruß.

»Anna ist Witwe. Sie kommt vom Kontinent. Sie ist hier in der Abtei zu Gast. Sie und ihr Sohn werden bei uns bleiben, bis sich das Wetter bessert, dann wird sie ihre Pilgerreise fortsetzen.«

Die Gestalt in der Soutane trat ebenfalls einen Schritt nach vorn, und Anna blickte dem Mönch zum ersten Mal ins Gesicht.

Ihr erster Gedanke, der der tiefen Sehnsucht ihres Herzens entsprang, war, dass VanCleve endlich gekommen war, um sie abzuholen. Aber nein. Nach dem Gespräch, dessen Zeuge sie soeben geworden war, konnte das unmöglich VanCleve sein. Allenfalls war das sein böser Zwillingsbruder.

Der Mönch strich mit einer zögernden Bewegung seine Kapuze zurück, so dass seine Augen zu sehen waren. Und es waren eben diese Augen, die ihn verrieten.

Es war das Beben in ihrer Stimme, das sie verriet. »Bruder Gabriel und ich kennen uns bereits, Mutter. Wir sind uns in Reims begegnet.«

Er wurde leichenblass. »Ihr irrt Euch … das ist … ich bin mir sicher, dass wir uns noch niemals begegnet sind. Ich war auch noch nie in Reims –«

»Eine solche Begegnung würde ich wohl kaum vergessen, Bruder. Ich erinnere mich an alle meine Kunden. Ihr habt bei mir ein Buch gekauft.« Ihre Stimme war kaum lauter als ein Flüstern. »Ihr habt außerordentlich gut gezahlt. Hätte ich jedoch gewusst, welchen Beruf Ihr in Wahrheit ausübt, so hätte ich Eure Münzen als ebenso falsch angesehen wie Eure Ablässe.«

Er stand einen Moment mit offenem Mund da, so als hätte es ihm die Stimme verschlagen. Seine Augen sagten ihr jedoch alles. Sie konnte darin sehen, welcher Kampf in seiner Seele tobte, aber sie ließ ihm gegenüber kein Mitleid zu. Eine große Bitterkeit stieg in ihr auf. In diesem Moment verachtete sie ihn zutiefst.

»Was für ein Buch hat er gekauft, Anna?«, fragte die Äbtissin. Ungläubigkeit aber auch Verwirrung schwangen in ihrer Frage mit.

»Er hat eine englische Übersetzung des Johannesevangeliums gekauft, Mutter. Ich fürchte, er ist doch kein ehrlicher Ablassprediger, sondern nichts anderes als ein Spion Roms.«

Er hob seine Hände wie ein Bittsteller. »Anna, Mutter Oberin, da –«

»Wenn Ihr mich jetzt entschuldigt«, sagte Anna, zur Äbtissin gewandt. »Ich werde gehen, damit Bruder Gabriel Euch alles erklären kann. Wenn Ihr mich braucht, ich bin an meinem Schreibtisch.« Sie sah Gabriel an und blickte dabei direkt in VanCleves Augen. »Es ist übrigens der Schreibtisch neben dem Fenster an der Westseite des Skriptoriums.«

31

Gott, ich habe meinen Geliebten verloren,
ihn, der mich so liebte, schön und blond.
Was hat er mir nicht alles geschworen …
Und wohin ist der junge Herr, der mich
Tag und Nacht anflehte, jetzt verschwunden?
Und nun bin ich ganz allein …

Aus »Die hübschen Früchte der Liebe«,
französisches Gedicht aus dem
12. Jahrhundert

Als ihr die Nachricht überbracht wurde, war Lady Cobham gerade dabei, eine Bestandsliste der Speisekammer zu erstellen, um sicherzugehen, dass die Vorräte auch wirklich bis zur Ernte im Sommer reichen würden. Durch den vielen Regen war ein Teil des Roggens schimmelig geworden. Sie ordnete an, ihn an die Schweine zu verfüttern. Manche Gutsherren gaben ihn auch ihren Bauern zu essen. Joan tat dies jedoch nicht. Sie hatte schon zu viele Leibeigene gesehen, die an ihrem Verstand erkrankt waren – mit Halluzinationen und wildem, sinnlosem Herumgerenne –, weil sie schimmeligen Roggen gegessen hatten. Das Fass mit Weizenmehl, das von Rüsselkäfern befallen war, würde sie jedoch für alle gut sichtbar draußen im Hof ausschütten lassen, damit die Bettlerinnen das Mehl aufsammeln konnten. Sie wusste, dass sie die Käfer heraussieben und aus dem Mehl dann Brot für ihre Kinder backen würden. Allein schon der Gedanke daran widerte sie an. Aber wenn im Frühjahr die Vorräte knapp wurden und es auch in den Armenhäusern kaum noch Mehl gab, würde das mit Ungeziefer verseuchte Mehl vielleicht sogar ein paar Kleinbauernkinder vor dem Verhungern bewahren.

»Ihr braucht das Mehl nicht auszuschütten. Stellt das Fass einfach neben die Küchentür. Es wird schnell genug leer sein«, sagte sie zum Kellermeister.

Sie ging zum nächsten Fass, das zusammen mit einem weiteren Dutzend an der Wand entlang aufgereiht stand, las selbst ein paar Rüsselkäfer heraus und zerquetschte sie dann mit angeekeltem Gesicht zwischen ihren Fingern.

»Das hier auch«, sagte sie. Wenn das so weiterging, würde sie bald auch noch Rüsselkäfer aus Sir Johns Brot herausklauben müssen.

»Mylady, das hier kam gerade aus der Abtei. Der Bote sagte, es sei dringend.«

Joan wischte sich die Hände an ihrer Schürze ab, brach das Siegel und faltete dann das Pergament auseinander. Sie überflog rasch, was da stand – es waren nur ein paar Zeilen in einer femininen Handschrift. »Der Falke sollte nach Westen fliegen. Das Nest ist sauber. Eile ist geboten.«

Sie kannte das Siegel. Es war das der Äbtissin. Die Botschaft war klar und unmissverständlich.

»Sagt Sir John, dass ich ihn sofort in seinem Gemach sprechen will. Ihr findet ihn wahrscheinlich im Stall. Eine seiner Stuten ist krank.«

Sie hatte jetzt größere Sorgen als die schwindenden Wintervorräte.

»Ich werde dich begleiten«, sagte Lady Joan, als Sir John ein paar Bücher und eine Kniehose in eine Tasche packte. Dann warf er ein paar zerknüllte Seiten ins Kaminfeuer. Die Flammen loderten hell auf, als das Papier verbrannte. Dies war einer der Gründe – dies und der geringere Preis –, weshalb sie für die verbotenen Texte Papier bevorzugten. Das, was er jetzt verbrannte, waren die Traktate Wycliffes. Die Evangelien zu verbrennen, brachte er nicht über sich. Er konnte sie jedoch auch nicht einfach hier zurücklassen. Damit hätte er Joan in Gefahr gebracht.

»Nein, mein Schatz, das wirst du nicht. Allein bin ich einfach viel schneller.« Er hielt kurz inne und kritzelte mit kühnen, wilden Strichen ein paar Worte auf ein Stück Papier. »Zeig ihnen das, wenn sie kommen, um die Burg zu durchsuchen. Hier steht, dass ich dich verlassen habe, weil du dich meiner Sache nicht anschließen wolltest. Spiele ihnen die gekränkte Ehefrau vor.«

»Ich bin gekränkt, mein Lieber. Du verlässt mich wegen einer Geliebten, gegen die ich nicht ankomme. Dein Glaube steht zwischen uns, mein Herr.«

Der schmollende Gesichtsausdruck, den er so reizend fand und mit dem sie ihn so oft umgarnte, war plötzlich verschwunden. Dicke Tränen liefen ihr über die Wangen. Er holte tief Luft und kämpfte gegen sein Verlangen an, sie in die Arme zu nehmen. Denn er wusste, wenn er dies tat, würde er es vielleicht nicht schaffen, sie zu verlassen.

»Genau das ist die Pose, die du einnehmen musst«, sagte er und versuchte, unbeschwert zu klingen. »Mach genau dieses Gesicht, wenn sie dich befragen. Wenn sich die Aufregung gelegt und der König sich wieder beruhigt hat, werde ich dich sofort benachrichtigen lassen. Dann kannst du zu mir kommen. Wäre Harry schon König, würde ich mich stellen, aber Bolingbroke siecht noch immer dahin, und Hal verhält sich wie ein ängstlicher junger Hund. Er läuft Arundel auf Schritt und Tritt nach. Ich verlasse dich nur, um dich zu schützen.«

»Ich will aber nicht geschützt werden. Ich will bei dir sein.«

»Falls irgendwelche Bettelpriester vor unserer Tür auftauchen, dann schick sie weg. Es könnte ein Spion unter ihnen sein.«

Zerreißen von Papier. Die Flammen im Kamin loderten wieder auf. Wie unendlich schade. Aber er hatte jetzt keine Zeit, darüber nachzudenken. Es war in erster Linie wichtig, zu überleben.

»Sag ihnen, dass Sir John nach Wales geflohen sei und sie hier nicht mehr willkommen seien.«

Dicke Schweißperlen standen ihm auf der Stirn. Eine davon lief ihm ins Gesicht. Er wischte sie mit dem Ellbogen weg.

»Du lässt also auch die Lollarden im Stich? Du gibst ihre Sache auf!« Ihre Augen waren vor Erstaunen groß geworden. Tränen schimmerten darin.

»Nein, natürlich nicht. Einige von ihnen wissen, wo ich zu finden bin. Über sie bleibe ich in Kontakt mit unserer Bewegung.«

»Was ist mit der Abtei?«

»Du wirst unsere Schirmherrschaft über die Abtei weiterführen. Sag der Äbtissin, dass sie in nächster Zeit nur noch lateinische Evangelien und unverfängliche weltliche Werke kopieren sollen. Alles andere hat sie anscheinend ohnehin schon verbrannt – ›das Nest ist sauber‹. Wenn Prinz Harry endlich König ist, kann man vielleicht wieder vernünftig mit ihm reden.«

Zu seiner Überraschung versuchte sie nicht, weiter mit ihm zu diskutieren. Er hielt inne und starrte sie an, seine wunderschöne, leidenschaftliche Frau – die so viel mehr war, als er verdient hatte. Jesus, wie sehr er sie liebte. Wie weh es ihm tat, sie verlassen zu müssen.

»Wie kann ich mich mit dir in Verbindung setzen?«

»Schicke deine Briefe nach Herefordshire Castle. Ich werde sie dort abholen lassen. Schreib nichts, womit du dich belasten könntest. Berichte nur von dir und Cooling Castle. Aber tu dies mit bösen Worten. Ich verspreche dir, dass ich in deinen Briefen nichts als Koseworte lesen werde. Sowie dies ohne Gefahr möglich ist, werde ich dir antworten. Ich werde dich in meinen Briefen um Verzeihung bitten, weil ich dich verlassen habe, und dich tadeln, weil du am römischen Glauben festhältst.«

Er nahm ihr Kinn in die Hand. »Jedes Wort, jeder Klecks auf dem Papier wird von meiner Liebe zu dir sprechen.«

Er nahm sie in seine Arme und küsste sie, drückte sie dabei so fest an seine Brust, dass er ihr Herz schlagen spürte.

»Ich werde deine Stute nehmen. Das Jagdpferd ist krank, und

meine Stute kann jederzeit ihr Fohlen bekommen.« Er ließ sie los, hielt sie ein Stück von sich weg und wischte ihr eine Träne aus dem Augenwinkel. »Ihr Fohlen wird ein Zeichen sein. Ich werde wieder zurückkommen, bevor das Fohlen meine entzückende, dralle Frau auf seinem Rücken tragen kann.« Er versuchte zu lachen, aber er hatte einen Kloß im Hals. Er küsste sie noch einmal, dann löste er sanft ihre Arme von seinem Nacken und versuchte, seine Fassung wiederzuerlangen.

Sie folgte ihm durch die Tür bis in den Hof hinaus, wo ihre Stute schon gesattelt und gezäumt auf ihn wartete. Der Stallbursche übergab ihm die Zügel und zog sich dann rasch zurück. John saß auf, dann beugte er sich aus dem Sattel zu ihr herunter. Er küsste seine Joan auf den Scheitel und flüsterte ihr ins Ohr: »Es wird alles gut gehen. Du wirst schon sehen. Wir werden nicht lange voneinander getrennt sein. Es heißt, dass der König schon auf der Schwelle des Todes steht.«

Sie nickte schweigend und mit gesenktem Kopf. Es waren kleine, ruckartige Bewegungen.

Er richtete sich wieder im Sattel auf, nahm die Zügel und trabte davon, während sie allein im Hof stand. Obwohl er wusste, dass sie weinte, blickte er nicht mehr zurück.

Der Stallknecht überbrachte die Nachricht dem Wächter im Burgfried. Es war mitten in der Nacht. Der Wächter weckte den Verwalter, der Verwalter den Kammerherrn. Es war schließlich der Kammerherr, der entschied, die Herrin nicht zu wecken. Diese Nachricht hatte auch Zeit bis morgen früh, die Nachricht, dass Sir Johns Lieblingsstute gestorben war. Das Fohlen war tot zur Welt gekommen.

Anna lag in ihrem schmalen Bett. Ihr ersticktes Schluchzen vermischte sich mit Beks leisem Schnarchen im Zimmer nebenan. Der Junge fühlte sich seit einiger Zeit so sicher, dass er nicht mehr unbedingt an ihren Füßen schlafen wollte. Sie war froh darüber, denn heute Nacht musste sie allein sein. Sie hatte zu weinen begonnen, als die Glocken zur Komplet schlugen. Als die Glocken die Matutin riefen, lag sie noch immer wach und weinte noch immer.

Sie empfand es schließlich fast als Erleichterung, als die Vorladung, die sie so sehr fürchtete, endlich kam.

Ein leises Klopfen an der Tür. Eine sanfte Stimme. Es war eine der Novizinnen.

»Mistress Bookman?«, flüsterte die Stimme im dunklen Flur draußen. »Die Äbtissin bittet Euch zu sich.«

Anna erhob sich mühsam von ihrem Bett – war es das Kind des Ablasspredigers in ihrem Bauch, das ihre Bewegungen so langsam und schwerfällig machte? Oder waren es die Scherben ihrer törichten Träume? Oder gar die Angst? In Prag hatten sie gehört, welche Mittel die Inquisition anwendete, um Ketzer zu einem Geständnis zu bewegen. Und Anna hatte mit eigenen Augen den alles vernichtenden Zorn eines rachsüchtigen Bischofs gesehen. Sie versuchte, die Erinnerung an das, was auf der Moldaubrücke geschehen war, zu verdrängen. Die Äbtissin hatte alles unternommen, um sie zu schützen, und dann hatte sie, Anna, in ihrer Dummheit, ihrer Arroganz und ihrem viel zu großen Stolz dem Kleriker ihr Schuldeingeständnis entgegengeschleudert. Weil sie ihn verletzen wollte, weil sie VanCleve verletzen wollte. Und das war eine noch größere Dummheit gewesen! In Gedanken ging sie alles immer wieder durch, erinnerte sich auch daran, wie er sie über das Buch ausgefragt hatte. Das, was er die ganze Zeit über von ihr gewollt hatte, waren Informationen! Auch wenn er ihr so oft etwas von Liebe ins Ohr geflüstert hatte, selbst als er seinen Samen in sie ergossen hatte.

VanCleve. Ein Mönch! Tuchhändler aus Flandern – solch einen gerissenen, arglistigen Lügner konnte nur der Teufel hervorgebracht haben. Er war kein Verkäufer von feinem Tuch, er war ein Verkäufer gestohlener Gnade, der das Geld der Armen und Unwissenden nahm für etwas, das durch das Blut des Erlösers allen

Menschen bereits gewährt worden war! *Bruder* Gabriel. *Pater* Gabriel. Sie hasste ihn. Sich selbst aber hasste sie noch mehr. Was hätte ihr Großvater gesagt, wenn er gewusst hätte, dass sie das Kind eines Ablasspredigers unter ihrem Herzen trug? Zum ersten Mal seit seinem Tod war Anna froh, dass er nicht mehr bei ihr war und dass er dies nicht mehr erfahren würde.

Die Äbtissin durfte sie jedoch nicht länger anlügen. Aber vielleicht wusste sie es ja auch schon. Vielleicht hatte sie es in Annas Gesicht lesen können. Würde sie weiterhin ihre schützende Hand über sie halten, wenn sie wusste, dass dieses Kind nicht von ihrem »Ehemann«, sondern von einem Mönch war? Dies war eine Sünde, egal, auf welcher Seite des Glaubens man stand.

Die Novizin klopfte noch einmal an die Tür. »Mistress Bookman?«

»Ich komme.« Anna ging zur Tür. Das kratzende Geräusch von Holz, das über Stein schabte, hallte durch die Nacht, als sie die Tür einen Spalt öffnete – gerade so weit, dass man sie hören, aber im matten Schein der Kerze, die das Mädchen in der Hand hielt, nicht sehen konnte. »Sagt der Mutter Oberin, dass ich gleich bei ihr sein werde.«

»Verzeiht bitte, Mistress. Aber die Äbtissin hat mich gebeten, Euch zu ihr zu führen. Sie sagte, Ihr könntet im Dunklen womöglich stolpern.«

»Gut«, sagte Anna. »Gebt mir eine Minute Zeit, damit ich mich ankleiden kann.«

Stolpern? Oder weglaufen? Hatte die Äbtissin den Abscheu in ihrem Gesicht fälschlicherweise für Angst gehalten? Hatte sie vielleicht sogar beschlossen, sie auszuliefern, um die anderen Schwestern zu retten? War dies der Grund, weshalb sie sie mitten in der Nacht zu sich rief? Aber wer konnte ihr das verübeln? Ihre Loyalität würde zuallererst ihrer Abtei gelten, die geschützt werden musste. Und das war nur richtig so.

Anna spritzte sich kaltes Wasser ins Gesicht, überlegte, ob sie, damit es schneller ging, einfach nur ihren Mantel über ihr Hemd ziehen sollte, entschied sich dann aber dagegen. Sie waren vielleicht schon gekommen, um sie zu holen. Wenn sie abgeführt wurde, dann jedenfalls nicht im Unterhemd. Sie nahm sich noch einen weiteren Moment Zeit, um ihr widerspenstiges Haar im Nacken zu einem Knoten zu schlingen. Die Novizin draußen im Flur fror sicher bereits. »Nur noch einen kleinen Moment«, rief Anna leise. Sie nahm ihren Mantel, steckte einen Kamm und ein Taschentuch in die Tasche und schlich dann auf Zehenspitzen ins Zimmer nebenan, um nach Bek zu sehen. Er schlief tief und fest und hielt dabei seine Blechflöte umklammert. Seine Laute lag auf einem Stuhl neben seinem Bett. Immer in Reichweite. Wenn sie nicht wiederkam, würde ihm das sicher großen Kummer bereiten. Aber die Schwestern würden sich um ihn kümmern, dessen war sie sich sicher. Wenigstens hatte er dann noch seine Musik.

»Du darfst jetzt gehen«, sagte die Äbtissin zu der Novizin. »Leg dich wieder schlafen.« Sie nickte Anna zu. »Kommt und setzt Euch an den Kamin. Ihr zittert ja wie Espenlaub.«

Die junge Frau war in einer so schlimmen Verfassung, dass die Äbtissin sich ernsthafte Sorgen um das Kind machte, das sie unter dem Herzen trug. Sie nahm das Umschlagtuch von ihrem Stuhl und legte es Anna um die Schultern. Dabei bemerkte sie, dass das Mädchen mit seinen geröteten Augen die dunklen Ecken des Raums absuchte.

»Wir sind allein. Ihr braucht keine Angst zu haben. Ich werde alles tun, was in meiner Macht liegt, um Euch zu beschützen, auch wenn Ihr dem Mönch gestanden habt, dass Ihr verbotene Texte kopiert. Ihr tragt keine größere Schuld als wir alle hier, aber mit Eurem Geständnis habt Ihr uns alle verdächtig gemacht.«

»Das war dumm von mir, ich weiß«, sagte Anna leise.

»Sehr dumm, weil Ihr damit nicht nur Euch, sondern auch Euer ungeborenes Kind in Gefahr bringt. Dabei scheint Ihr mir im Grunde keine dumme Frau zu sein.«

Anna schwieg. Die mitternächtlichen Schatten tanzten mit der

Bewegung der Flammen an den Wänden. Die Äbtissin zündete die Öllampe auf ihrem Schreibtisch an, damit das Zimmer weniger unheimlich wirkte. Sie rückte mit ihrem Stuhl näher zu Anna, die wie ein Häuflein Elend am Kamin saß. Dann nahm sie ihre Hand.

»Gibt es etwas, das Ihr mir vielleicht sagen wollt, Anna? Etwas, das Eure frühere Verbindung zu Bruder Gabriel betrifft?«

Die junge Frau schloss die Augen, aber es quoll trotzdem eine dicke Träne unter ihren Lidern hervor. Ihre Hände zitterten. Sie schüttelte den Kopf, so als wollte sie sagen, dass sie nicht sprechen könne.

»Ihr sagtet, dass Ihr ihn in Reims kennengelernt habt. Er hat es zwar vor Euch abgestritten, aber nachdem Ihr gegangen wart, hat er es doch zugegeben. Und wie mir scheint, kennt er Euch sogar ziemlich gut. Er war sehr aufgewühlt, Anna. Er sagte immer wieder, dass es ein furchtbares Missverständnis gegeben hätte und dass er unbedingt mit Euch sprechen müsse. Ich habe ihn weggeschickt. Ich hoffe, ich habe damit das Richtige getan.«

»Ich will ihn nie mehr sehen.«

Die Bitterkeit in Annas Stimme beunruhigte die Äbtissin. Sie wusste, dass ein solcher Zorn, wenn er sich nach innen wandte, irgendwann zu schwären begann wie eine eitrige Wunde. Es war offensichtlich, dass es zwischen den beiden mehr als nur religiöse Meinungsverschiedenheiten gab. Sie hatte nie in ihrem Leben versucht, die Geheimnisse anderer Menschen auszuforschen, aber hier ging es um weit mehr als nur um persönliche Dinge. Es ging auch um die Abtei. Der Priester war sichtlich erschüttert gewesen, als er Anna erkannt hatte.

»Was hat Bruder Gabriel in Reims gemacht, Anna? Könnt Ihr mir das sagen?«

»Er hat spioniert!« Sie spie diese Worte in die Flammen. »Er hat für die Kirche spioniert. Er hat sich als Kaufmann ausgegeben, ist in seinem feinen Seidengewand herumstolziert, hat für Klein Bek Geschenke gekauft und so getan, als würde er mir seine Freundschaft anbieten. In Wirklichkeit aber hat er nichts anderes getan, als nach Kopisten und Schreibern der Lollarden zu suchen.«

»Hat er denn welche gefunden?«

Sie blickte jetzt auf. Ihre Augen glänzten. »Nur eine.« Sie legte die Hände auf ihren Bauch. »Vielleicht zwei. Habt Ihr ihm von dem Baby erzählt?« Ihre Stimme zitterte.

»Nein. Natürlich nicht, ich – Anna, hat er Euch mehr als nur seine Freundschaft angeboten?«

»Er ist der Vater meines Kindes.« Anna begann jetzt so heftig zu weinen, dass es der Äbtissin erst nach mehreren Minuten gelang, sie so weit zu beruhigen, dass sie in der Lage war, die ganze Geschichte zu erzählen: Wie sie aus Prag geflohen war, allein und ohne Freunde. Wie sie mit den Roma nach Reims gezogen war. Wie sie dort im Schatten der großen Notre-Dame-Kathedrale einen Kaufmann namens VanCleve kennengelernt hatte, der ihr seinen Schutz angeboten und gesagt hatte, er würde sie lieben.

Erst sehr viel später, lange nachdem der Morgen zu dämmern begonnen hatte und sich die Schwestern zur Prim in die Kapelle begeben hatten und lange nachdem Anna vor Erschöpfung eingeschlafen war, wurde der Äbtissin bewusst, wie sehr dieses Gespräch einem Gespräch ähnelte, das sie vor vielen Jahren geführt hatte. Auch damals hatte sie eine unverheiratete werdende Mutter in den Armen gehalten und versucht, sie zu trösten. Aber diese Erinnerung gehörte zu einem anderen Leben und hatte hier nichts zu suchen – sie erfüllte keinen Zweck, außer sie an die Zeit zu erinnern, als sie einen anderen Mann weggeschickt hatte.

Das Entsetzen und die Qual in Bruder Gabriels Augen zu sehen, das hatte ihr unendlich wehgetan. Hatte Finn damals denselben Ausdruck in seinen Augen gehabt, als die Priorin ihm gesagt hatte, dass er gehen solle? Aber sie konnte jetzt nicht darüber nachdenken. Das alles war in einem anderen Leben geschehen und spielte jetzt keine Rolle mehr. In ihrem Leben hier und jetzt musste sie die Abtei schützen. Sie sollte sich also am besten gleich an diese Aufgabe machen. Es würde bestimmt nicht mehr lange dauern, bis die Soldaten des Erzbischofs kamen. Das Skriptorium und die Zellen der Nonnen mussten bis dahin gründlich gesäubert sein. Nirgendwo durfte auch nur der kleinste Hinweis auf Ketzerei zu finden sein.

Bitte, lieber Gott, lass es so sein.

Mistress Clare stand in der beißenden Kälte vor ihrem kleinen Häuschen in der Nähe des Dorfes Appledore. Sie stützte sich auf ihren Besen und sah auf die Romney Marsh hinaus. In der Ferne konnte sie den dröhnenden Ruf einer Rohrdommel hören, die sich im Schilf versteckte. So mancher hätte ihre Aussicht als einsam bezeichnet. Sie hingegen fand sie einfach nur friedlich. Die Einsamkeit war ein Feind, vor dem sie sich schon seit langem nicht mehr fürchtete. Hier draußen musste sie niemanden mehr bedienen.

Das Häuschen gefiel ihr. Es war warm und gemütlich, verfügte über eine eigene kleine Feuerstelle und einen gemauerten Kamin. Das Dach war mit Reet gedeckt. Sie konnte es kaum erwarten, bis es Frühling wurde und sie das kleine Stück Land neben der Veranda umpflügen konnte, auf dem nur vertrocknetes Unkraut wuchs. Sie hatte inzwischen von dem Geld aus Bruder Francis' Erbe die letzte Rate für das Haus bezahlt. Es war sogar noch etwas übrig – genug, um davon leben zu können, wenn sie durch den Verkauf von Eiern im Dorf noch ein wenig dazuverdienen konnte. Sie segnete insgeheim ihre Sparsamkeit, die ihr schließlich ihre Freiheit ermöglicht hatte.

Ihr Häuschen war nach Osten gerichtet, und sie konnte von ihrer Veranda aus über die Romney Marsh und bis hin zum geschäftigen Seehafen in der Ferne sehen. In südlicher Richtung wand sich der Fluss Rother durch das Sumpfland. Und direkt im Norden, hinter ihrem kleinen Garten, konnte sie den Turm der Dorfkirche erkennen.

An klaren Tagen wie diesem sah sie manchmal sogar die Männer, die oben auf dem Turm arbeiteten. Die Einheimischen hatten ihr, als sie damals mit der ersten Rate das Häuschen angezahlt hatte, von der gewaltvollen Geschichte Appledores erzählt. Der Seehafen war über mehrere Jahrhunderte ein bevorzugtes Einfalltor für Kriegsschiffe gewesen. Zuerst waren es die Dänen und in jüngerer Zeit dann die Franzosen gewesen, die plündernd, raubend und brandschatzend durch das Küstenland gezogen waren. Das war auch ein Grund dafür, dass sie das Land so billig bekommen hatte – der andere war mit Sicherheit dessen einsame Lage. Während des Bauernaufstands von 1381 war sogar die steinerne Dorfkirche von Appledore geplündert und niedergebrannt worden. Auch Horne's Place, das Rittergut des Dorfes, war damals zerstört worden. Aber William Horne hatte sich später gerächt, denn er war einer der Kommissare gewesen, die eingesetzt wurden, um den Aufstand niederzuschlagen. Man hatte ihn für seine Loyalität großzügig belohnt. Während der folgenden Jahre waren sein großes Gutshaus und dessen Befestigungsanlage mit viel Geld aus der Kasse des Bischofs wiederaufgebaut worden. Und jetzt ließen seine Erben die Kirche instand setzen.

Die Einheimischen hatten ihr jedoch auch noch etwas anderes gesagt. Gestern hatte der Dorfvorsteher sie davon in Kenntnis gesetzt, dass sich ein Kleriker nach ihr erkundigt hätte. »Von mir hat er erst einmal nichts erfahren. Wenn er noch einmal kommen sollte, um hier herumzuschnüffeln, soll ich ihm dann sagen, wo er Euch findet?«

Ihr Herz raste, als sie ihm ihre Erlaubnis dazu gab.

Die Glocke der Kirche läutete. Sie mochte den Klang. Sie schirmte ihre Augen mit der Hand vor der grellen Sonne ab und sah dann blinzelnd in die Richtung, aus der der Ton der Glocke herüberschallte. Ein scharfer Nordwind fuhr unter ihr Umschlagtuch. Sie fröstelte und ging, sich die kalten Hände reibend, wieder nach drinnen. Auf dem Weg, der vom Dorf zu ihrem Häuschen führte, war niemand zu sehen gewesen.

Aber er würde kommen.

Der Dorfvorsteher hatte gesagt, dass der Kleriker sehr besorgt gewirkt hätte. Sie schürte am besten das Feuer im Kamin und stellte ein einfaches Abendessen auf den Tisch. Nur für den Fall.

Ihrem Jungen würde nach dem langen Ritt etwas Warmes sicher guttun.

Bruder Gabriel fragte sich, während er durch das Sumpfland ritt, immer wieder, welcher Dämon ihn in diese gottverlassene Gegend getrieben hatte. Das einzige Zeichen menschlichen Lebens, das er in dieser Einöde sah, war eine Rauchfahne, die von dem Häuschen auf der Landzunge aufstieg. Er hatte seinen Blick fest darauf gerichtet, so als wäre es ein Leuchtfeuer der Hoffnung, obwohl er keine vernünftige Erklärung dafür fand, was ihn dazu trieb, die alte Frau, die dort wohnte, aufzusuchen. Welche Hilfe konnte er schon von ihr erwarten? Sie hatte ihm gegenüber nie so etwas wie Freundlichkeit, geschweige denn Herzlichkeit, gezeigt.

In der Ferne schlug ein verlassenes Flachboot immer wieder auf das kiesige Ufer. Das bin ich, dachte er. Führerlos dahintreibend. Die Äbtissin hatte ihn davongejagt. Sie hatte ihn nicht einmal mit Anna sprechen lassen, obwohl er sie angefleht hatte und ihr gegenüber mehr zugegeben hatte, als klug war. Sie war nicht unfreundlich gewesen, nur sehr nachdrücklich und bestimmt. Aber er war selbst jetzt noch darüber froh, dass er ihre Augen hinter dem Schleier nicht hatte sehen können. Auf diese Weise war ihm jedenfalls der Tadel in ihrem Blick erspart geblieben. Er hatte überlegt, ob er nach Cooling Castle reiten und auch Sir John warnen sollte, dann aber hatte er doch sein Pferd am Wachhaus vorbeigelenkt. Ihm fehlte einfach der Mut, jenem Mann gegenüberzutreten, den er so schmählich verraten hatte. Aber er war sich sicher, dass die Äbtissin Sir John warnen würde. Das Letzte, was Bruder Gabriel in seiner jetzigen Verfassung brauchte, war, dass man ihn vorlud, um gegen Sir John auszusagen.

»Gut gemacht«, hatte der Erzbischof gesagt. Waren das auch die Worte gewesen, die der Hohepriester zu Judas Iskariot gesagt hatte? Er, der sich früher auf solch lobende Worte etwas eingebildet hätte, empfand jetzt alles andere als Stolz. Er hatte Lambeth Palace gar nicht schnell genug wieder verlassen können.

Er starrte erneut die Rauchfahne an. *Mistress Clare kann dir sagen, wer du bist,* vernahm er eine leise Stimme in seinem Kopf. Ihm war mittlerweile jeder Hafen im Sturm recht. Dort gelang es ihm vielleicht, die Dinge wieder im richtigen Verhältnis zu sehen. Bruder Gabriel war sich inzwischen nämlich in keiner Weise mehr sicher, wem seine Loyalität zu gelten hatte.

Aber das Schlimmste war, dass er Anna verraten hatte. Anna. Er hörte den Teufel schon höhnisch lachen.

Mistress Clare saß neben dem knisternden Kamin und wartete. Auf dem Tisch stand eine einfache Mahlzeit, so wie das seit ihrem Gespräch mit dem Dorfvorsteher vor zwei Tagen jeden Abend der Fall gewesen war. Dennoch zuckte sie erschrocken zusammen, als es schließlich an der Tür klopfte.

Er war also endlich gekommen. So wie sie es sich erhofft hatte.

Es hatte länger gedauert, als sie gedacht hatte, aber dadurch hatte sie genügend Zeit gehabt, eine Entscheidung zu treffen. Er war in Schwierigkeiten. Warum sonst kam er hierher? Wenn er alles auf sich hätte beruhen lassen, dann hätte sie ihn der Zukunft überlassen, die er für sich gewählt hatte. Aber das hatte er offensichtlich nicht. Sie war seine Mutter, und sie hatte das Recht, ihm das auch zu sagen. Sie hatte alles Recht der Welt, ihn zu trösten. Sie hatte ihren Teil der Abmachung eingehalten. Aber jetzt war er gekommen, um Jane Paul zu suchen, und er würde sie auch finden.

32

Als Konstantin in seiner Güte
der Heiligen Kirche Stiftungen zukommen ließ,
In Land und Pacht, Lordschaft und Dienern,
Hörten die Römer hoch über sich
einen Engel rufen:
»Heute hat dos ecclesia *Gift getrunken.«*

William Langland, »Piers Plowman«
14. Jahrhundert

Erzbischof Arundel zog sich seine mit Zobel gefütterte Kapuze tief in die Stirn. Der Märzwind streifte sie jedoch schon nach kurzer Zeit wieder zurück, so dass die dünne Haut seiner Glatze der Kälte ausgesetzt war. Endlich! Endlich kam Cooling Castle in Sicht, und das keine Minute zu früh. Ein kalter Nebel lichtete sich oder zog gerade auf. Es war schwer zu sagen, was der Fall war. Aber er konnte den Burgfried und den mit Zinnen versehenen Turm erkennen, der sich über der sumpfigen Landspitze erhob wie ein großer weißer Geist.

Er rülpste laut und spürte, wie die Magensäure in seinem Hals brannte, als er sein Pferd anspornte und versuchte, mit den Soldaten des Königs mitzuhalten, die offensichtlich nicht einmal daran dachten, ihr Tempo zu drosseln, um dem Erzbischof einen Gefallen zu tun. Er hätte in Lambeth Palace bleiben sollen. Er war gesundheitlich angeschlagen. Der gelehrte Arzt von der Universität, der ihn in seinem Vorzimmer hatte warten lassen wie irgendeinen gewöhnlichen Patienten, hatte in keiner Weise helfen können. Abgesehen davon, dass er am Urin des Bischofs gerochen hatte – dies mit einem unübersehbar angewiderten Ausdruck auf dem Gesicht –, hatte er nichts getan, als ihm einen Vortrag über das Ungleichgewicht der schwarzen Galle in seinen Körpersäften zu halten und ihn dann an einen Barbier zu verweisen, der ihn zur Ader gelassen hatte. Und dafür hatte der gelehrte Doktor seinem Erzbischof die unverschämt hohe Summe von fünfundsiebzig Pfund in Rechnung gestellt. Durch die ganze sinnlose Aktion hatte sich nur sein Aufbruch nach Rochester verzögert. Und die Kräuter, die er ihm auch verschrieben hatte, verstärkten nur das saure Brennen in seinem Hals, anstatt es zu lindern.

Aber ganz egal, wie schlecht es ihm auch gehen mochte, die Pflicht gegenüber seiner Kirche forderte, dass er bei der Durchsuchung persönlich anwesend war. Abgesehen davon wäre ihm, wenn er in seinem warmen Bett geblieben wäre, die Befriedigung entgangen, den Befehl durchzuführen, der von eben jenem Mann unterzeichnet war, hinter dem sich Oldcastle bisher so selbstgefällig versteckt hatte. Schon bald würde er auch einen königlichen Haftbefehl erwirken und voller Genugtuung dabei zusehen, wie man Lord Cobham in Ketten legte – falls er selbst noch lange genug lebte!

Der Erzbischof bildete schwer atmend die Nachhut, als die Gruppe von sechs bewaffneten Soldaten dem Wächter des Tores den Durchsuchungsbefehl bekannt gab.

Der Hauptmann rollte das Pergament auseinander, auf dem das frisch geprägte Siegel Henrys V. prangte. Die Glocken von London hatten noch Bolingbrokes Tod verkündet, als der Erzbischof dem neuen König schon diese Urkunde vorgelegt hatte. Und das war kein Zufall gewesen. Arundel war viel daran gelegen gewesen, dass dies zu Prinz Henrys ersten Amtshandlungen als König gehörte. Der junge Schnösel lernte am besten schnell, wer in Wirklichkeit die Macht in diesem Land in Händen hielt.

»Wir überbringen eine Vorladung für Sir John Oldcastle, Lord Cobham, verfügt von Henry V., König von England«, psalmodierte der Hauptmann. »Es ist angeordnet, dass er seine Person der Amtsgewalt des Erzbischofs unterstellt, damit er zu Angelegenheiten, die die Ketzerei betreffen, befragt werden kann.«

Der alte Wächter am Tor schien jedoch von diesen Worten keineswegs beeindruckt zu sein. Er trat einen Schritt aus seinem Haus, kratzte sich am Kopf und zupfte dann eine Laus aus seinen Haaren, die er schließlich zwischen Daumen und Zeigefinger zerquetschte. Dann hustete er laut und kräftig und spuckte einen Speichelfaden durch seine Zahnlücke. Der Speichel landete auf dem Huf des Pferdes, auf dem der Hauptmann saß. Das Tier wich nervös zur Seite, wobei ein Zittern durch seine Flanken lief.

»Seiner Lordschaft ›Person‹ ist nicht da«, bequemte sich der Wächter endlich zu antworten.

»Und wo ist Seine Lordschaft?«, fragte der Hauptmann. Seine Stimme klang verärgert. Noch verärgerter aber wirkte Arundel, als ihm klar wurde, dass er den ganzen weiten Weg umsonst gemacht hatte.

»Keine Ahnung. Seine Lordschaft sagt mir so gut wie nie, wohin er will.« Der Alte räusperte sich und spuckte noch einmal aus. Diesmal verfehlte er den Pelzbesatz am Mantel des Bischofs nur knapp. »Verzeihung, Exzellenz. Ich schätze, das ist die Lungenfäule.«

Der Nebel verdichtete sich und ging in Regen über. Arundel spürte, wie ihm die Kälte in die Knochen kroch. Dies war ganz und gar nicht das Szenarium, das er sich vorgestellt hatte, als er sich mühsam von seinem Krankenlager erhoben hatte.

»Dann holt Lady Cobham hierher«, sagte er zu dem Pförtner.

Dieser elende kleine Wicht wagte es doch tatsächlich, ihm direkt in die Augen zu sehen. »Das geht nicht«, antwortete er ihm schließlich. »Sie ist auch nicht da.«

»Ist sie bei Lord Cobham?«

»Nein. Sie besucht ihre Tochter. Außer mir und ein paar Kleinbauern ist niemand hier. Die Dienerschaft begleitet sie.«

»Wo lebt Lady Cobhams Tochter?«

»Das weiß ich nicht.«

Der Hauptmann sah Arundel fragend an. Arundel zeigte auf den Schlüsselbund, den der Wächter am Gürtel trug.

»Öffnet das Tor.«

Der alte Wächter hantierte umständlich an seinem Gürtel herum, nahm dann langsam die Schlüssel ab. »Ich bin nicht sicher –«

»Das ist ein Befehl des Königs, Mann. Übergebt die Schlüssel. Sofort!«

Er händigte dem Erzbischof die Schlüssel aus, der sie dem Hauptmann zuwarf. »Öffnet das Tor. Ich will, dass jede verdammte Ecke dieses Lochs durchsucht wird.«

Es war schon dunkel, als die Durchsuchung endlich abgeschlossen war. Der Erzbischof hatte sich über alles Bericht erstatten lassen und ständig irgendwelche Befehle erteilt, während er neben dem schwelenden Kaminfeuer hockte, das er in Oldcastles persönlichem Gemach hatte anzünden lassen. Es war ein Torffeuer, und es brannte genauso schlecht, wie er sich fühlte.

Die Suche hatte nichts als einen Stapel Briefe zu Tage gefördert, die leicht zu finden gewesen waren. Cobham hatte sie geschrieben, um seine Frau vor der Verfolgung zu schützen. Das war nur zu offensichtlich. Die Beute war der Falle entkommen. Diesmal jedenfalls. Der Erzbischof hatte bereits einen Durchsuchungsbefehl, der Henrys Unterschrift trug. Und schon bald würde er auch einen Haftbefehl haben. Er konnte warten. Allerdings nicht allzu lange, wie ihn die brennende schwarze Galle in seinem Hals erinnerte. Sonst würde es sein Nachfolger sein, der den Fuchs fing, für den er die Schlinge ausgelegt hatte.

»Geht in den Keller und holt etwas von Cobhams Wein. Ich bin völlig durchgefroren. Und bereitet Euch darauf vor, dass wir im Morgengrauen aufbrechen. Wir werden uns heute Nacht hier einquartieren. Morgen früh werden wir dann die Abtei durchsuchen.«

Die Äbtissin erwartete sie bereits seit drei Tagen. Als sie sich dann am dritten Tag nach dem Gottesdienst zur Prim an ihren Schreibtisch setzte, um an einem Stundenbuch zu arbeiten, stand der Erzbischof mit den Soldaten vor ihrer Tür. Es bestand keine Notwendigkeit, den lateinischen Text, den sie kopierte, zuzudecken.

Sie empfand einen Moment lang Mitleid mit dem alten Mann, den die Novizin hereinführte. Er sah bleich und sehr gebrechlich aus. Die Soldaten, die ihn begleiteten, und der scharfe, herrische Ton, mit dem er sie ansprach, ließen sie dieses Gefühl jedoch auf der Stelle vergessen.

»Mutter Oberin, es ist uns zur Kenntnis gelangt, dass Eure Abtei Schreiberinnen beherbergt, die ketzerische Texte für Lord Cobham und die Lollarden kopieren. Ich bin gekommen, um Euer Skriptorium und auch die privaten Räume der Abtei einer Durchsuchung zu unterziehen.«

Von einem Durchsuchungsbefehl sagte er nichts. Sie hätte auch keinen verlangen können, da die Abtei, deren Ländereien und sogar die Gewänder, die die Schwestern trugen, Eigentum der Kirche waren. Das Kirchenrecht räumte nur einem Kardinal oder dem Papst selbst noch umfassendere Befugnisse ein.

»Wie Ihr wünscht, Euer Exzellenz. Aber es ist noch sehr früh am Morgen, und Ihr scheint einen weiten Ritt hinter Euch zu haben. Möchtet Ihr vielleicht erst einmal frühstücken, bevor Ihr mit der Durchsuchung beginnt? Ihr und Eure Männer können im Refektorium speisen. Die Schwestern sind alle schon bei der Arbeit.«

»Dies hier ist kein Höflichkeitsbesuch, Äbtissin. Aber eine kleine Schüssel mit Haferschleim, ungewürzt und mit gemahlenen Mandeln bestreut, wäre mir durchaus willkommen.« Er verzog das Gesicht. »Das hat mir der Arzt verordnet. Ich werde hier speisen, während die Soldaten mit der Durchsuchung beginnen.«

»Den Haferschleim können wir Euch gerne bringen.« Seine Haut sah grau und fahl aus, selbst wenn man den Schleier bedachte, durch den sie ihn sah. »Bei den Mandeln bin ich mir aber nicht sicher. Wir sind eine bescheidene Abtei und pflegen deshalb keinen solchen Luxus, wie ihn die Bischöfe in Lambeth genießen können.« Sie lächelte und hoffte, die in ihren Worten enthaltene Kritik auf diese Weise etwas abzumildern.

Arundel schien jedoch weder von ihren Worten noch von ihrem Lächeln Notiz zu nehmen.

Sie nickte der Novizin zu, die sich leise aus dem Zimmer entfernte, um sich auf den Weg zur Küche zu machen. Und natürlich, um Alarm zu schlagen. Kathryn wusste, dass es jetzt zu spät gewesen wäre, wenn sie nicht alle Zellen schon längst hätte säubern lassen.

»Darf ich, falls Ihr auch die Zellen durchsuchen wollt, die Schwestern in der Kapelle versammeln? Meine Nonnen würden die Anwesenheit von Männern sicher als überaus störend empfinden.«

Er nickte. »Es ist sogar besser, wenn sie alle an einem Ort versammelt sind. Dort kann ich sie dann alle zusammen befragen.«

Sie befragen? Sie betete im Stillen, dass Gott ihr vergab, wenn sie die Schwestern in Gefahr gebracht hatte. Aber sie hatte gute Gründe für ihr Handeln, davon war sie zutiefst überzeugt. Und sie würde alles tun, um die Nonnen zu schützen. Die meisten von ihnen wussten ohnehin nichts von den verbotenen Texten. Und das würde auch deutlich zu erkennen sein. Die anderen waren allesamt starke Frauen. Sie hatte sie vorbereitet, hatte mit ihnen bis ins kleinste Detail besprochen, was sie sagen sollten. Mit allen außer mit Agatha. Agatha hatte sie zum Dienst im Krankenzimmer abgestellt, in der Hoffnung, dass die Männer des Königs sich aus Furcht vor einer Ansteckung nicht dort hineinwagen würden. Sie hatte zudem angeordnet, dass diejenige, die im Krankenzimmer Dienst tat, dem Ruf der Glocken nicht folgen sollte.

»Die Glöcknerin soll die Schwestern zur Versammlung rufen«, sagte sie zu der Novizin, die mit einer Schüssel Haferschleim zurückgekehrt war und diese jetzt mit einem Knicks vor den Erzbischof auf den Tisch stellte. »Drei kurze Glockenschläge.«

»Ja, Mutter.« Das Mädchen sah sie mit ängstlichem Blick an.

Kathryn legte ihr beruhigend die Hand auf die Schulter. »Du

brauchst keine Angst zu haben, Mädchen. Wir haben uns nichts zuschulden kommen lassen. Das hier ist nur eine Formalität. Wenn der Erzbischof hier nichts anderes findet als ein Kloster voller frommer Nonnen, die ihrem Herrgott dienen, so wird er uns bald wieder verlassen. Dann werden wir wieder in Ruhe beten können.«

»Soweit mir bekannt ist, seid Ihr mehr als nur ein kontemplativer Orden, Mutter«, sagte der Erzbischof. »Ihr tut mehr, als nur zu beten.«

»Wir machen kein Geheimnis aus unserer Arbeit. Wir verdienen unseren Lebensunterhalt damit, dass wir Texte kopieren. Ich bin deshalb sicher, dass Ihr auch unser Skriptorium sehen wollt.«

»Sucht dort zuerst«, sagte er zu dem Hauptmann, der sich in seiner Haut nicht besonders wohl zu fühlen schien. Es war offensichtlich, dass er die Begeisterung des Bischofs für diese Angelegenheit nicht teilte.

»Bitte wartet auf die Glocke«, sagte Kathryn.

Wie auf ein Stichwort ertönten drei Glockenschläge. Ihnen folgte das Geräusch scharrender Füße, die durch den Kreuzgang schlurften. Die Äbtissin hörte jedoch einen Unterschied zu sonst. Der Rhythmus war nicht gleichmäßig. Da waren Aufregung und etwas Dringliches in dem Klatschen und Scharren von Leder auf dem Pflaster. (Die Schwestern würden ihre mit Ledersohlen versehenen Strümpfe erst am ersten Mai ablegen.) Sie vernahm sogar ein leises Flüstern. Die Nonnen wurden nur sehr selten zu einer außerordentlichen Versammlung gerufen. Das letzte Mal war dies geschehen, als ein Ausbruch der Roten Ruhr drohte.

Der Erzbischof legte seinen Löffel zur Seite und nickte dem Hauptmann zu.

Die Äbtissin erhob sich und nahm ihren Schlüsselbund vom Haken über ihrem Schreibtisch. »Ich werde Euch ins Skriptorium begleiten«, sagte sie. Dann verließ sie mit den Soldaten den Raum. Der Erzbischof blieb zurück, um die Papiere auf ihrem Schreibtisch durchzusehen. Dies waren die Einzigen, die er überhaupt finden würde. Ihr Schrank war leer wie ein verlassenes Vogelnest.

Auch Anna folgte dem Ruf der Glocke. Sie versicherte Bek, dass es keinen Grund zur Sorge gebe, auch wenn die Glocke nicht zum Stundengebet rief. Ja, er durfte sie begleiten. Los. Beeilung. Nein. Er brauchte weder seine Laute noch seine Flöte. Er solle sie einfach neben dem Pult im Skriptorium liegen lassen. Es war auch nicht nötig, dass sie das, woran sie gerade arbeitete, versteckte. Das Einzige, was neben einem Buch mit Gedichten von Christine de Pisan auf ihrem Schreibpult lag, war eine musikalische Komposition, die sie für Bek kopierte. Er schien wie durch ein Wunder in der Lage zu sein, den seltsamen kleinen Zeichen über den Worten folgen zu können, auch wenn er die Worte selbst nicht verstand.

Ihr Herz hämmerte, als sie zusammen mit den anderen in einer langen Reihe in die Kapelle ging. Das alles war allein VanCleves Schuld. Warum eigentlich nannte sie ihn in ihren Gedanken noch immer so? Es war alles seine Schuld. Aber es war auch die ihre, weil sie so leichtgläubig auf ihn hereingefallen war.

Die Schwestern drängten sich in kleinen Gruppen zusammen und unterhielten sich leise. Viele von ihnen waren vollkommen verwirrt. Als die Mutter Oberin in die Kapelle kam, schwiegen sie alle schlagartig und warteten gespannt darauf, dass sie das Wort an sie richtete.

»Meine Schwestern, es besteht kein Grund zur Sorge. Ich habe euch hier zusammengerufen, weil wir Besuch bekommen haben. Thomas Arundel, der Erzbischof von Canterbury, ist in Begleitung einer kleiner Gruppe von Männern zu uns gekommen. Ich wollte euch nur ihre neugierigen Blicke ersparen. Sie werden eine routinemäßige Kontrolle unserer Abtei durchführen, und danach wird Seine Exzellenz einigen von uns ein paar Fragen stellen. Beantwortet jede seiner Fragen so aufrichtig Ihr könnt, und vergesst dabei aber nicht, dass unsere Loyalität zuallererst unserem Herrn Jesus Christus gilt, dem wir dienen, und dann erst seiner Kirche. Ich bin sicher, dass der Erzbischof die Männer nicht in unsere Kapelle führen wird.«

Anna war überrascht darüber, wie ruhig die Äbtissin war.

Schwester Matilde sah sie an, dann nickte sie ihr aufmunternd zu und lächelte sie beruhigend an.

»Werden die Männer auch unsere persönlichen Dinge untersuchen?«, fragte eine der jungen Oblaten mit zitternder Stimme.

Die Äbtissin lächelte. »Ihr braucht Euch keine Sorgen zu machen, Schwester Teresa. Sie wollen nur sehen, welche Art von Arbeit wir hier tun. Sie haben bestimmt kein Interesse an Eurem sauberen Unterhemd oder der Haarbürste und dem kleinen Spiegel, den Ihr unter Eurer Matratze versteckt habt.«

Leises Kichern. Und Seufzen. Die Spannung ließ etwas nach.

»Ich würde vorschlagen, dass wir unsere Zusammenkunft sinnvoll nutzen sollten. Schwester Mary, stimmt bitte einen Psalm an.«

Sie sangen jeden Psalm, den sie kannten, bevor der Erzbischof endlich die Kapelle betrat. Anna versuchte, ihn nicht anzustarren. Sie wollte nicht, dass sie mit ihrem Blick seine Aufmerksamkeit auf sich lenkte, und so versuchte sie, unter den gesenkten Lidern hervor den Mann einzuschätzen. Er hatte ein strenges, abweisendes Gesicht, genauso wie sie es erwartet hatte. Was sie jedoch nicht erwartet hatte, war, dass er insgesamt so wenig beeindruckend aussah. Er stand zusammengesunken in der Kanzel und war von den geschnitzten Figuren auf dem Lettner kaum zu unterscheiden, als er sich an die Schwestern wandte, die alle ihren Atem anzuhalten schienen.

»Guten Tag.«

Die hölzerne Gestalt hatte eine Stimme. Für eine Männerstimme war sie jedoch dünn und sehr hell.

Einige der Nonnen erwiderten murmelnd den Gruß. Es war inzwischen Nachmittag geworden. Sie waren hier schon seit Stunden eingeschlossen, so kam es Anna jedenfalls vor. Ihr Magen fing zu knurren an. Sie hustete leise, um das Geräusch zu überdecken. Der Erzbischof sah sie an und runzelte dann die Stirn. Natürlich konnte sie nicht darauf hoffen, einfach in der Masse zu verschwinden. Wenn sie ihr knurrender Magen nicht verraten hätte, so hätte ihr Gewand dies getan. Sie und Bek waren die Einzigen, die keine Nonnentracht trugen. Und Bek, dessen Muskeln durch die lange Zeit des Stillsitzens über alle Maßen beansprucht waren, begann zu zucken und lenkte damit noch mehr Aufmerksamkeit auf sie beide.

»Ich bringe Euch Grüße aus Canterbury. Ich bin hier, um Euch zu berichten, dass Euer Erzbischof sich große Sorgen macht, was die Ketzerei der Lollarden angeht, die sich in der ganzen Christenheit ausbreitet wie eine Seuche. Sie hat, wie mir berichtet wurde, auch bereits das Tor Eures Klosters erreicht und vielleicht sogar schon dessen Schwelle überschritten.«

Er machte eine Pause, um seine Worte wirken zu lassen. Ein oder zwei Nonnen schnappten erschrocken nach Luft.

»Euer Schirmherr, Sir John Oldcastle, Lord Cobham, steht unter dringendem Verdacht, diese Ketzerei durch kopierte Texte zu verbreiten.«

Er machte wieder eine Pause und wartete auf entsetzte Reaktionen. Er wurde nicht enttäuscht.

»Falls unter Euch jemand ist, der von solchen Abschriften Kenntnis hat oder sogar gebeten wurde, einen Text des Ketzers John Wycliffe oder eine englische Übersetzung der Heiligen Schrift zu kopieren, welche von der Kirche und dem Gesetz zu gotteslästerlichen Texten erklärt wurden, deren Besitz mit dem Tode bestraft wird« – wieder eine Pause, um seine Worte wirken zu lassen – »dann ist jetzt die Zeit gekommen, um nach vorn zu treten und zu gestehen.«

Das Licht, das durch das Grisaille-Glas des Fensters der Kapelle fiel, verlieh seinem Gesicht einen kränklichen grauen Schimmer. »Wenn Ihr jetzt gesteht, wird Euch und Eurer Abtei vielleicht sogar eine Amnestie gewährt. Man wird Euch zugutehalten, dass Ihr nur das Werkzeug anderer gewesen seid und nicht gewusst habt, dass Euer Tun Ketzerei war.«

Dieses Klopfen in ihren Ohren, das war doch nicht etwa ihr eigenes Herz? Oder war es das Geräusch all der anderen Herzen um sie herum, die schlugen, als wären sie ein einziges? Sie ließ ihren Blick langsam umherschweifen. Gott sei Dank! Schwester

Agatha war nicht hier. Das Gesicht der Mutter Oberin war hinter ihrem Schleier nicht zu erkennen, aber ihre Haltung war so ruhig, als hielte der Erzbischof gerade eine ihr wohlvertraute Homilie.

Er wartete.

»Wer wird die Erste sein, die nach vorn tritt, um Eure Abtei zu retten?«

Die Nonnen starrten völlig verängstigt zu Boden, keine von ihnen wagte auch nur, den Blick zu heben.

»Nun gut. Ihr sollt wissen, dass es Beweise gibt. Obwohl wir bei unserer heutigen Suche nichts gefunden haben, hat man bereits vor einiger Zeit einige verbotene Texte konfisziert.« Die kränkliche graue Gesichtsfarbe Arundels weckte in Anna ein Gefühl der Übelkeit. »Wer von Euch sitzt an dem Schreibpult direkt neben dem Fenster an der Westseite des Skriptoriums?«

In Annas Ohren rauschte es. Sie war einer Ohnmacht nahe.

»Wir wechseln die Plätze«, antwortete die Äbtissin.

»Dann werdet Ihr mir den Sitzplan aushändigen.«

»Ich habe keine Pläne mehr. Wir heben sie nicht auf, sondern schaben das Pergament am Ende einer jeden Woche ab und beschreiben es dann neu.«

Das graue Gesicht des Erzbischofs bekam zum ersten Mal ein wenig Farbe.

»Äbtissin, ich warne Euch. Wir können Euch für das, was Eure Nonnen kopieren, persönlich zur Verantwortung ziehen. Ich brauche nur den Befehl zu geben, und der Hauptmann wird Euch auf der Stelle in Gewahrsam nehmen, damit man Euch vor einem Kirchengericht wegen Ketzerei den Prozess macht. Und wenn man Euch verurteilt, wird man diese Abtei schließen. Eure Schwestern werden dann in alle Winde zerstreut.« Er wandte sich wieder an die Schwestern. »Ist es das, was Ihr für Eure Äbtissin und Eure Mitschwestern wollt?«

Anna stand auf. Die Äbtissin war zu alt, sie würde ein strenges Verhör niemals überleben. Und Anna stand viel zu tief in ihrer Schuld, um zuzulassen, dass sie die Verantwortung allein auf sich nahm. Es war besser, wenn nur eine von ihnen bestraft wurde.

Klein Bek gab neben ihr protestierend ein gurgelndes Geräusch von sich, so als könnte er ihre Gedanken lesen. Sie spürte, wie sich alle Augen auf sie richteten. Auf den Gesichtern der Nonnen lag ebenfalls das graugrüne Licht des Fensters.

»Ich bin diejenige, die an dem Schreibtisch direkt am Fenster an der Westseite des Skriptoriums sitzt«, sagte sie.

Arundel schien überrascht zu sein. »Aber Ihr seid keine Nonne.«

Auch die Äbtissin stand auf. Sie wandte sich Anna zu und sagte so laut, dass alle es hören konnten: »Euer Exzellenz, Anna ist in diesem Kloster nur zu Gast. Sie ist eine Witwe aus dem Ausland, die wir bei uns aufgenommen haben. Sie wird uns jedoch schon bald wieder verlassen. Sie kopiert die Gedichte von Christine de Pisan, um auf diese Weise für ihre Unterkunft und die ihres kranken Sohnes zu bezahlen, der dort zu ihren Füßen sitzt. Sie ist eine gute Schreiberin, aber sie ist nicht von Gott berufen und hat auch sonst kein Interesse an der Theologie. Sie kopiert einfach nur das, was wir ihr zum Kopieren geben.«

»Äbtissin, wir sind von Eurer Wohltätigkeit und der nachsichtigen Haltung, die Ihr gegenüber dieser Fremden in Eurem Hause zeigt, zutiefst beeindruckt.« Sein Ton triefte geradezu vor Sarkasmus. Er sah Anna an.

»Madam, woher kommt Ihr?«

»Ich war in Prag zu Hause. Das ist in Böhmen.«

Er lächelte, so als würde ihn diese Antwort mehr als nur befriedigen. »Prag. Dort lebt Jan Hus! Eine einzige Brutstätte der Ketzerei.«

Anna hasste sich dafür, dass sie ihm einen Grund für seine Häme gegeben hatte.

»Madam, ich werde Euch nicht fragen, ob Ihr die Heilige Schrift auf Englisch kopiert habt. Ihr habt zugegeben, auf dem Platz gesessen zu haben, wo die ketzerischen Texte beschlagnahmt wurden. Tatsächlich ist es mir sogar vollkommen egal, ob Ihr sie kopiert habt. Meine Frage an Euch lautet: In welcher Beziehung steht Ihr zu Sir John Oldcastle?«

Es war absolut still in der Kapelle. Nicht einmal Bek rührte sich.

»Er ist ein freundlicher Mann, der mir half, als ich in großer Not war, und der mich und meinen Sohn zu dieser Abtei brachte.«

»Eine vorsichtige Antwort, Madam, aber keine kluge Antwort. Hauptmann«, rief er einem der Männer zu, die draußen vor der Kapelle warteten. »Wir werden die Unterkunft dieser Frau in ihrem und dem Beisein der Äbtissin noch einmal gründlich durchsuchen.«

Dann wandte er sich wieder an die versammelten Nonnen. »Geht wieder an Eure Arbeit«, sagte er mürrisch und machte dabei das Kreuzzeichen. »*Laborare est orare.*«

33

Dem Rang des Papstes ist niemand gleichgestellt,
ein Kaiser kommt nach ihm und ein König ist sein Gegenstück, ein hoher Kardinal kommt gleich nach ihm in Würde … dann ein Prinz, ein Erzbischof ist ihm gleichgestellt …

Aus »Ämter in einem adeligen Haushalt«
15. Jahrhundert

»Welchen Beweis habt Ihr dafür, dass Eure Worte wahr sind?«

Das klang kalt und abweisend, aber Gabriel wusste nicht, was er dieser Fremden, die ihm gerade Apfeltörtchen mit Zimt serviert hatte, sonst hätte sagen können. Wäre er nicht so aufgeregt gewesen, dann hätte er sich vielleicht gefragt, wie sie sich ein so teures Gewürz leisten konnte oder ob sie vielleicht für genau diese Situation gespart hatte. Er war jedoch viel zu aufgewühlt, um an solche Dinge zu denken.

Die Geschichte, die ihm Mistress Clare gerade erzählt hatte, stellte das, was er bisher immer geglaubt hatte, völlig in Frage. Nämlich, dass er von Gott auserwählt worden war, dass Bruder Francis sein Retter und die Heilige Mutter Kirche seine Zuflucht gewesen waren. Denn wenn das, was diese Frau sagte, der Wahrheit entsprach, dann war er nicht nur das uneheliche Kind eines lasterhaften Priesters, sondern er und seine Mutter waren auch auf grausame und völlig mitleidlose Art und Weise ausgenutzt worden, um die Begierden, Launen und ehrgeizigen Ziele jenes Mannes zu befriedigen, von dem Gabriel geglaubt hatte, dass er das wahre Herz Christi in seiner Brust trug. Nein, das konnte nicht sein. Es musste einfach eine andere Antwort geben.

Gabriel war niemals Zeuge irgendeiner spirituellen, emotionalen oder körperlichen Intimität zwischen Bruder Francis und der Frau, die er Mistress Clare genannt hatte, gewesen. Im Gegenteil: Bruder Francis hatte mehrfach erwähnt, dass es ein Akt der Nächstenliebe und Wohltätigkeit gewesen sei, dass er sie in seine Dienste genommen hatte. Mehr noch, diese reservierte, ja sogar abweisende Frau hatte keinerlei Ähnlichkeit mit der hübschen, zärtlichen Mutter, an die Gabriel sich erinnerte. Wie hatte Bruder Francis – wie hatten die beiden nur so leben können, wenn das, was sie sagte, der Wahrheit entsprach? Sie erhob sich vom Tisch und bückte sich, um das erlöschende Feuer im Kamin anzufachen. »Er hat anscheinend auch dein Herz erstarren lassen«, sagte sie so traurig, dass es ihn anrührte. »Der Beweis, den du suchst, liegt in dir selbst.«

»Es tut mir leid. Es ist nur so, dass Ihr so anders seid als –«

»Dieses Bordell in der Bankside Street –« Sie stocherte weiter in der Glut herum, bis endlich eine winzige orangefarbene Flamme zu flackern begann. Dann drehte sie sich um und sah ihn an. Ihr Blick war wachsam und undurchdringlich, genauso wie er es in Erinnerung hatte. »Kannst du dich noch an die Bankside Street erinnern?«

Vor seinem inneren Auge sah er das kleine Empfangszimmer mit dem rußverschmierten Fenster, die Treppe, die nach oben in die Hölle führte. »*Wenn Ihr eine Schwäche für Janes habt, dann werde ich eben Jane sein, Pater.*« Er nickte, um Mistress Clare zum Fortfahren zu ermuntern.

Sie legte den eisernen Schürhaken zur Seite und trat an das kleine Fenster, das sogar eine Fensterscheibe aus Glas hatte – der einzige Luxus, den sie sich gönnte, wie sie ihm stolz erzählte, als sie ihn durch ihr ordentliches kleines Häuschen geführt hatte. Sie starrte auf das sumpfige Ödland hinaus. »Du und ich, wir lebten zusammen mit den anderen im ersten Stock. An unser Zimmer schloss sich eine Kammer an. Immer wenn … wenn …« Sie holte tief Luft. Offensichtlich war die Erinnerung an das alles für sie genauso schmerzlich wie für ihn. »Er hat darauf bestanden, dass ich dich dort einsperrte, bevor er in das Zimmer kam.«

Ihre Stimme war so leise, dass er sich anstrengen musste, um sie überhaupt zu verstehen. »Du hast es gehasst, eingesperrt zu werden. Du hast immer gesagt, dass es dort drin so dunkel sei. Ich habe die Kammertür nie zugesperrt, obwohl er das von mir verlangt hat. Es war auch nie nötig, du warst immer ein sehr braver Junge. Du bist nie herausgekommen, wenn er da war. Aber manchmal habe ich dich weinen hören.«

Sie machte eine flatternde Bewegung mit ihrer Hand, einer schlanken, wohlgeformten Hand, auch wenn ihre Haut rau war. Es war eine Geste, die völlige Hilflosigkeit ausdrückte. Und sie war ihm nur allzu vertraut. Genau die Handbewegung hatte sie an jenem Tag gemacht, als sie ihn umarmt und er sich, verärgert darüber, dass sie so selten zu ihm kam und ihn besuchte und dass sie schwanger war, trotzig von ihr abgewendet hatte. Dann war seine Mutter nicht mehr gekommen. Bruder Francis hatte ihm gesagt, sie hätte ihn im Stich gelassen.

Die Luft in dem kleinen Häuschen kam ihm plötzlich unglaublich stickig vor. Der Geruch von Zimt und Äpfeln, der sich mit dem Rauch des Kamins vermischte, war ihm mit einem Mal höchst unangenehm. Er hatte einen Beweis verlangt. Und das hier war der Beweis. Oder war er es doch nicht? Jane Paul konnte dieser Frau das ja schließlich alles erzählt haben.

Mistress Clare starrte weiter aus dem Fenster, wobei sie ihm den Rücken zuwandte. Die flatternde Hand wischte über ihre Augen, die er nicht sehen konnte. Ihre Schultern bewegten sich ganz leicht.

»Dann wollte er also nicht, dass ich ihn sehe? War das der Grund, weshalb Ihr mich immer einsperren solltet?«, fragte Gabriel.

Sie drehte sich zu ihm um und sah ihn an. In ihrem Gesicht spiegelte sich die ganze Bitterkeit ihres Herzens. »Nein, es war genau andersherum. Er wollte dich nicht sehen! Du hast ihn in keiner Weise interessiert. Er wollte nicht an deine Existenz erinnert werden. Bis er dann einmal ausnahmsweise am Vormittag kam und dich unten im Empfangszimmer spielen sah. An schönen Tagen hast du immer vor dem Fenster gespielt.« Ihr Gesicht wurde weich. »Du hattest ein kleines Spielzeugpferd. Er sah dich spielen und sah, was für ein hübscher Junge du warst. Und vor allem, wie klug du warst. Du hast dir verschiedene Spiele mit dem Pferd ausgedacht. Komplizierte Spiele, bei denen du die unterschiedlichsten Rollen gesprochen hast. Ich sah, wie er dich beobachtete. ›Das ist dein Sohn‹, sagte ich. Ich habe mir so sehr gewünscht, dass er dich liebt. Was für ein dummes, albernes Ding ich doch war!

Als er dann sagte, dass er dich zu sich holen würde, habe ich mich tatsächlich darüber gefreut! Ich hatte mir immer so viel mehr für dich gewünscht, Gabriel. Ich war es übrigens, die dir diesen Namen gab, weißt du. Immer wenn das Sonnenlicht auf dein Haar fiel, hast du wie ein Engel ausgesehen.«

Die schweigsame Frau, die er noch niemals mehr als einen oder zwei Sätze hatte sprechen hören, redete plötzlich wie ein Wasserfall. Er wünschte sich, er hätte sie zum Schweigen bringen können. Im Augenblick schwirrten ihm einfach zu viele Gedanken in seinem Kopf herum. Er musste in Ruhe nachdenken, aber sie redete weiter, immer weiter.

»Nachdem er dich zu sich genommen hatte, durfte ich dich zunächst noch besuchen, wenn auch nur selten. Ich konnte beobachten, wie er dich zu einer jüngeren Kopie seiner selbst machte. Und so starb Jane Paul mit jedem Tag ein klein bisschen mehr.«

Gabriel fand die Sprache wieder. »Ihr habt aufgehört, mich in der Abtei zu besuchen. Warum seid Ihr nicht mehr gekommen?« Obwohl er diese Frage stellte, fürchtete er die Antwort. Schon damals, noch als kleiner Junge, hatte er es sehr bedauert, dass er sich bei ihrer letzten Begegnung so trotzig von ihr abgewendet hatte, und gefürchtet, dass sie seinen kindlichen Groll gespürt und als Ablehnung verstanden haben könnte.

»Weil er es mir verboten hat.«

»Und Ihr habt das einfach so hingenommen?«

»Zuerst nicht. Ich habe versucht zu argumentieren. Dann habe ich ihn angebettelt. Zu diesem Zeitpunkt war ich bereits mit seinem zweiten Kind schwanger. Er sagte, ich sei es nicht wert, deine Mutter zu sein. Die Heilige Kirche wäre die einzige Mutter, die du brauchst. Er hat mich eine Hure genannt, obwohl ich niemals bei einem anderen Mann gelegen habe. Du sollst wissen, dass deine Mutter keine Hure war. Ich war ihm so treu, als wäre er mein Ehemann gewesen. Er aber sagte, dass meine Gegenwart Schande über dich bringen würde.«

»Was ist mit dem zweiten Kind? Habe ich einen Bruder oder eine Schwester?«

Auf ihrem Gesicht erschien ein bitteres Lächeln. »Es war ein wunderschönes Mädchen. Aber es kam tot zur Welt.«

»Wie kam es dazu, dass Ihr bei ihm eingezogen seid?«

»Er hat mich aus Barmherzigkeit und Nächstenliebe aufgenommen, daran hat er mich später oft genug erinnert. Aber er war kein schlechter Mann – er war einfach nur blind. Ein Opfer seines Ehrgeizes. Ich konnte sonst nirgendwohin. Ich versprach ihm, dass du von mir nicht erfahren würdest, dass ich deine Mutter bin, und dass ich auch nicht versuchen würde, dich zu sehen.«

Gabriel versuchte, sich an seine erste Begegnung mit Mistress Clare zu erinnern. Bruder Francis hatte ihn in der Dominikanerabtei regelmäßig besucht. Er selbst hatte Bruder Francis erst lange, nachdem er von seinen Studien in Rom zurückgekehrt war, einen Besuch abgestattet. Er erinnerte sich, dass Mistress Clare ihn ganz genau beobachtet hatte. Damals hatte er angenommen, sie täte dies, weil sie etwas gegen ihn hatte.

Sie drehte sich um und starrte wieder aus dem Fenster. Das Licht der tief stehenden Sonne hob die Bläschen in den Glasstücken zwischen den Bleistegen hervor. Ihre Gestalt zeichnete sich davor als Silhouette ab. Eine unbekannte Frau. Eine gesichtslose Fremde. Seine Mutter.

Er sagte dem Rücken dieser Silhouette – oder zu sich selbst – mit leiser Stimme: »Es war mein Vater, der die Hure war.«

Alles gelogen, einfach alles. Gabriel war nicht von Gott berufen. Er war von seinem Vater berufen, und das nicht, um Christus zu dienen, sondern um seinen Ehrgeiz zu befriedigen. Und jetzt nahm sein Vater die Fetzen dieses Ehrgeizes ins Fegefeuer mit.

Und was hatte der Sohn im Dienste dieses Ehrgeizes getan?

Der Sohn hatte einen rechtschaffenen Mann den Behörden ausgeliefert und die Frau, die er liebte, in allergrößte Gefahr gebracht. Während der Vater noch im Fegefeuer war, befand sich der Sohn schon in der Hölle. Er hörte ein Schluchzen und merkte, dass es von ihm selbst kam. Die Silhouette am Fenster drehte sich um und kam auf ihn zu.

Er spürte die kühlen Hände seiner Mutter auf seinem Gesicht.

Es gab nicht viele Stellen, an denen man in dem kleinen Zimmer und dem winzigen Vorraum, in dem Bek und Anna lebten, suchen konnte: zwei schmale Betten, deren Decken sauber zusammengelegt waren, ein Eckschrank, der sich von den kahlen, weiß gekalkten Wänden abhob, ein Waschtisch mit einer Schüssel und einem Krug. Rechts und links von dem Waschtisch waren jeweils vier hölzerne Haken an der Wand angebracht. An diesen hingen die beiden anderen Gewänder, die Anna besaß, ein zinnoberrotes und ein hellgraues. Beides waren Geschenke von Lady Cobham, genau wie der mit Eichhörnchenfell gefütterte Umhang, der ebenfalls dort hing.

Auf den anderen Haken hingen Beks Sachen. Ein Hemd zum Wechseln, eine Hose und ein wollenes Wams. Die Soldaten hatten Beks kleine Kiste bereits durchsucht. Seine Blechflöte hatten sie dabei achtlos auf den mit Binsen bestreuten Boden geworfen. Anna war unglaublich wütend. Sie biss sich auf die Innenseite ihrer Unterlippe, schwieg aber, als der Hauptmann die feine englische Wolle ihres Mantels mit seinen schmutzigen Händen untersuchte.

»Hier ist nichts, Euer Exzellenz.« Nur der Hauptmann durchsuchte das Zimmer – im Beisein von Anna, der Äbtissin und des Erzbischofs. Die drei standen dabei so nah zusammen, dass Anna fast die Pupillen der Mutter Oberin durch die dünne Gaze ihres Schleiers sehen konnte. Sie hörte das Murmeln und heisere Lachen der Soldaten, die draußen im Flur standen und warteten.

»Was ist in dieser Kiste?« Der Erzbischof unterdrückte ein Rülpsen, als er mit dem Finger auf die mit Schnitzereien verzierte, hölzerne Truhe am Fußende ihres Bettes zeigte.

Bevor Anna ihm antworten konnte, meldete sich die Äbtissin, die bis dahin still wie eine Statue dem Schauspiel beigewohnt hatte, zu Wort. »Euer Exzellenz, haltet Ihr es wirklich für schicklich, in der Unterwäsche einer Frau zu wühlen?«

»Nun, dann tut Ihr es.«

Der Hauptmann trat einen Schritt zurück. Die Äbtissin kniete sich hin und öffnete die Truhe. Sie nahm Annas leinerne Unterkleider und Hemden eines nach dem anderen heraus, stand dabei immer wieder auf, um sie ordentlich zusammengefaltet auf das Bett zu legen. Als sie damit fertig war, lag auf dem Boden der Truhe nur noch eine Art Halskette.

»Was ist das?«, fragte der Erzbischof.

»Das ist mein Kreuz. Es gehörte meiner Mutter. Es ist ein Familienerbstück.«

»Und warum tragt Ihr es dann nicht?«, fragte der Erzbischof listig. »Vielleicht weil Ihr wie die Lollarden glaubt, solche Symbole zu tragen, wäre reiner ›Aberglauben‹?«

Er strich über sein goldenes Pektorale. Die Perlen und Rubine, mit denen es besetzt war, glänzten selbst in dem matten Licht, das durch das geölte Pergament eindrang, welches als Fensterscheibe diente.

»Die Kette ist gerissen, und ich hatte bis jetzt noch keine Möglichkeit, sie reparieren zu lassen.«

Die Äbtissin wollte sich bücken, um das Schmuckstück aus der

Truhe zu nehmen, als es der Erzbischof bereits in der Hand hatte. Er sah sich den Anhänger genau an. Dann zuckte er mit den Schultern und warf die Kette achtlos auf den Stapel Wäsche. Er nahm wieder die Truhe ins Visier und starrte sie mit zusammengenkniffenen Augen und schiefem Mund längere Zeit an.

Er deutete mit einer ruckartigen Kopfbewegung auf die Truhe und befahl dann dem Hauptmann: »Hebt sie hoch und dreht sie um. Ich bin mir sicher, dass da noch etwas anderes drin ist.«

Der Hauptmann hob die Truhe hoch, drehte sie um und legte sie auf das Bett. Er untersuchte sie genau, klopfte dabei auf den Boden. »Klingt massiv«, meinte er dann.

»Natürlich«, sagte Arundel, »wenn sich darin etwas Massives befindet – zum Beispiel, was weiß ich, Ziegelsteine –« Er warf Anna einen verschlagenen Blick zu. Es war der Blick eines Fuchses, der Beute wittert. »Oder vielleicht… Bücher?«

Er bückte sich und strich mit seinen beringten Fingern langsam über die Schnitzereien. Bei zwei geschnitzten Rosen an der Ecke verharrten sie. Er drückte mit seinen Daumen auf deren Mitte, und ein Deckel sprang auf. Ein zufriedenes Lächeln breitete sich auf dem Gesicht des Erzbischofs aus.

Anna verharrte regungslos. Sie würde ihm nicht die Genugtuung geben, ihm ihre Angst zu zeigen.

»Wie überaus schlau«, sagte er. Dann warf er einen Blick in das Geheimfach der Truhe. »Was haben wir denn da?«

»Ich bin Schreiberin«, sagte Anna. »Das sind meine eigenen Bücher. Ich habe sie dort verstaut, damit sie nicht beschädigt werden.«

»Nehmt sie heraus, damit wir uns diese Bände, auf die unsere Schreiberin so großen Wert zu legen scheint, genauer ansehen können. Sie versteckt sie, so als wären sie ein geheimer Schatz, obwohl die Schreiber ihr Können sonst doch so gerne zur Schau stellen.«

Der Hauptmann nahm die beiden Bücher heraus und legte sie neben ihre sauberen Hemden auf das Bett – zuerst den kleineren, schlichten Kodex, den mit dem Ledereinband, von dem man die

Edelsteine entfernt hatte, dann das größere, die Wycliffe-Bibel. Der Erzbischof schob den Hauptmann unwirsch zur Seite und schlug die Bibel auf der auserlesen kolorierten und gemusterten Teppichseite – dies war der einzige Schmuck des Textes – auf. Jener Teppichseite, die Finn, der Illuminator, so liebevoll und kunstfertig gestaltet hatte. »*Das ist unsere Bibel, Anna. Sie wird dir gehören, wenn ich einmal nicht mehr bin. Und dann – nun, eines Tages wirst du sie an deine Kinder weitergeben.*«

Der Erzbischof interessierte sich jedoch nicht für die wunderschöne Teppichseite. Annas Augen folgten seinem Blick, den er auf die Titelseite heftete. Er fuhr zurück, so als würde eine Natter aus dem Buch kriechen. Dann las er mit lauter und vor Hass belegter Stimme vor: »›Die Heilige Bibel: eine Übersetzung der Heiligen Schrift in die Sprache Englands.‹«

»Ach, Anna«, sagte die Äbtissin leise. Ihre Stimme klang dabei zutiefst enttäuscht.

Mit ihrem Versuch, die Äbtissin zu schützen, hatte Anna dem Erzbischof eben jenen Beweis geliefert, nach dem er gesucht hatte. Hätte sie sich vorhin nicht gemeldet, dann wären die Bücher, der Beweis, den er suchte, vielleicht unentdeckt geblieben.

»Das hier sind meine persönlichen Bücher. Die Äbtissin weiß nichts von ihrer Existenz. Sie lagen die ganze Zeit in meiner Truhe, so wie Ihr sie gefunden habt, und wurden bis zu diesem Moment nicht ausgepackt.«

Der Erzbischof schien ihr jedoch nicht einmal mehr zuzuhören. Er blätterte in der Bibel herum. Anna wollte ihn anschreien, dass er seine knochigen, schrumpeligen, mit Ringen besteckten Finger von den Seiten lassen solle. Er war nicht würdig, diese Seiten zu berühren, diese Seiten, die ihr Großvater mit so viel Liebe und Hingabe gefertigt hatte. Der Boden unter ihren Füßen begann zu schwanken. Die Mutter Oberin trat an ihre Seite, legte die Arme um sie, um sie zu stützen.

»Anna, setzt Euch, bevor Ihr noch umfallt.« Sie führte Anna zu dem Stuhl.

»Sie sollte ohnehin besser sitzen, wenn sie das hört, was ich ihr zu sagen habe«, sagte der Erzbischof. »Madam, habt Ihr schon einmal von einem Gesetz gehört, das *De haeretico comburendo* genannt wird?«

Anna hörte, wie die Äbtissin entsetzt Luft holte, spürte, wie der Griff ihrer Arme fester wurde.

»Dieses Gesetz würde doch gewiss nicht auf eine Frau angewendet, die in diesem Land fremd ist und deshalb die Gesetze nicht kennt, Exzellenz. Allein der Besitz eines Buches rechtfertigt doch bestimmt nicht eine so harte Strafe, vor allem dann nicht, wenn es sich bei dem Buch um ein Familienerbstück handelt und Mistress Bookman nicht einmal wusste, dass sie gegen das Gesetz handelt?«

Er wischte ihre Worte mit einer Geste weg, so als würde er eine Mücke verscheuchen, und brummte dann: »Unwissenheit schützt nicht vor Strafe, sonst würde sich jeder Gauner in diesem Land auf seine Unkenntnis der Gesetze berufen. Und was die Tatsache angeht, dass sie hier fremd ist, so muss ich sagen, dass die Gesetze und die Überzeugungen der Heiligen Mutter Kirche universale Geltung haben.« Er beugte sich leicht nach vorn und brachte sein Gesicht so nah an das von Anna heran, dass sie seinen schlechten Atem riechen konnte. »Madam, *De haeretico comburendo* kann als ›Über das Verbrennen von Ketzern‹ übersetzt werden. Dieses Gesetz besagt, dass allein schon der Besitz einer englischen Bibel ausreicht, um gegen den Sünder ein Todesurteil zu erwirken.«

»Exzellenz!«, rief die Mutter Oberin entsetzt. »Ich bitte Euch. Zeigt doch die Gnade, die unser Herrgott von Euch verlangt. Dieses Mädchen ist unschuldig. Und Ihr sollt auch wissen, dass Ihr nicht nur über ein Leben entscheidet, sondern über zwei. Mistress Bookman trägt ein Kind unter dem Herzen.«

»Bringt mir das andere Buch«, befahl er dem Hauptmann, der den kleineren Band verwirrt anstarrte.

»Das ist irgendeine fremde Sprache. Kein Englisch. Und auch nicht die Sprache der Heiligen Kirche.« Er hielt dem Erzbischof das Buch hin, der es ihm geradezu aus der Hand riss.

»Das ist Hebräisch. Ich kann es nicht lesen, aber ich habe diese Kritzeleien des Teufels schon einmal gesehen.« Er blätterte darin herum, drehte und wendete es hin und her. »Hm«, sagte er. Seine Augen wurden zu schmalen Schlitzen. »Wie mir scheint, Hauptmann, haben wir nicht nur eine Ketzerin, sondern auch noch eine Hexe erwischt.«

»*Faites flotter la sorcière*!« Anna hallten diese Worte wieder in den Ohren. Und wieder sah sie Jettas leblosen Körper, der aus dem Fluss gezogen wurde. »*Faites flotter la sorcière!*«

Sie spürte, wie ihr die Lauchsuppe, die sie am Vormittag gegessen hatte, in die Kehle stieg. Sie versuchte krampfhaft, sie herunterzuschlucken, und würgte. Die Mutter Oberin hielt ihre hohlen Hände vor sie hin. »Hier, Anna. Das ist schon in Ordnung.«

Anna übergab sich in die Hände der Äbtissin, dann legte sie erschöpft den Kopf auf ihre Knie.

Sie hörte, wie Wasser in das Becken plätscherte. Das Geräusch schien aus weiter Ferne zu kommen, genau wie die Stimme der Äbtissin. »Es ist nur ein Buch.« Anna hörte, wie sie sich die Hände wusch. Dann reichte ihr die Äbtissin ein nasses Tuch, damit sie sich das Gesicht abwischen konnte.

»Nur ein Buch, Äbtissin! Es ist ganz offensichtlich ein Buch mit jüdischen Zaubersprüchen! Ein Buch, um die Engel herbeizurufen.« Er zeigte aufgeregt auf die Darstellung eines sechszackigen Sterns.

»Anna ist Buchhändlerin. Sie hat das Buch vielleicht nur wegen des Pergaments gekauft.«

»Dann werden wir sie dazu befragen. Wenn sie unschuldig ist, wird sich ihre Unschuld beim Verhör offenbaren.«

»Erzbischof Arundel, habt Mitleid«, bat die Äbtissin inständig. »Was ist mit dem Kind?«

»Das kann sie auch im Tower zur Welt bringen. Es wird dann in ein Kloster gegeben. Zumindest wird diese Seele gerettet werden.«

Anna sprang auf. Das Zimmer begann sich wieder zu drehen. Sie richtete ihren Blick auf die Öllampe, die auf dem Eckschrank stand. Das Zimmer hörte auf, sich zu drehen. Die Lampe rückte in den Mittelpunkt ihrer Wahrnehmung. Aber der Zorn, den sie die ganze Zeit unterdrückt hatte, während man ihre persönliche Habe durchsucht und das Buch, das ihr heilig war, entweiht hatte, ergriff unaufhaltsam von ihrem Verstand Besitz. Sie stand dem Erzbischof von Angesicht zu Angesicht gegenüber, roch seinen Schweiß, seine verfaulten Zähne, den Gestank seiner brackigen, verkommenen Seele.

Sie spürte den Atem der Mutter Oberin an ihrem Ohr, hörte sie leise flüstern: »Bleibt ruhig, Anna. Denkt an Euer Kind. Alles wird gut.«

Ich denke sehr wohl an mein Kind, dachte sie. Es ist mir ja sonst nichts geblieben, an das ich denken kann. Aber wie soll ich ruhig bleiben, wenn in meinem Kopf ein völliges Durcheinander herrscht und ich nur noch helle Wut empfinde? Sie bog den Kopf zurück und lachte. Es war ein wildes, ein hysterisches Lachen. Ihr Lachen wurde schließlich zu einem lauten Kreischen, das von den Wänden zurückgeworfen wurde und sogar ihr selbst Angst einjagte.

Der Erzbischof ging einen Schritt rückwärts. »Sie ist besessen.«

Der Anfall war ganz plötzlich vorüber, und Anna wurde mit einem Mal vollkommen ruhig. Sie fühlte sich völlig erschöpft.

Ihre nächsten Worte waren emotionslos und leise. »Wenn Ihr versucht, mir mein Kind zu nehmen, alter Mann, dann sehen wir uns in der Hölle wieder.«

Sie hörte den Hauptmann kaum, der von hinten an sie herantrat. Sie stand stocksteif da und starrte den Erzbischof an, der ihren Blick jedoch nicht erwiderte. Der Hauptmann ergriff ihre Hände und begann, sie mit einem Lederriemen an den Handgelenken zusammenzubinden.

»Nicht so fest«, protestierte die Äbtissin mit entschlossener Stimme. Anna spürte, wie die Lederschnüre sich wieder lockerten. »Ihr werdet bald wieder frei sein, Anna. Alles wird gut. Wir werden für Euch und das Baby beten«, sagte sie, als sie Anna den Mantel umlegte und ihn unter dem Kinn schloss.

»Mutter, glaubt Ihr wirklich, dass Eure Gebete gehört werden?«, sagte Anna.

»Natürlich, Anna. Unser Vater im Himmel hört sie alle. Ihr dürft Euren Glauben nicht verlieren. Ihr braucht seine Hilfe, um das durchzustehen. Alles wird gut!«

Alles wird gut – der Satz von Julian von Norwich, den die Äbtissin immer wieder zitierte. Wie oft hatte sie eben diesen Satz aus dem Munde ihres Großvaters gehört? Aber wo war ihr Großvater jetzt? Nein, Anna bezweifelte, dass alles gut werden würde. Aber das würde sie nicht sagen. Die Äbtissin sollte ihren Glauben ruhig behalten. Sie würde ihn brauchen. Vielleicht war ihr Glaube, genau wie bei Finn, dem Illuminator, so stark, dass es für sie beide reichte.

Der Hauptmann stützte sie, als sie unbeholfen auf den Zelter kletterte, der bereits auf sie wartete. »Es tut mir leid, Mutter«, sagte sie, sah dabei aber die Äbtissin nicht an. Sie hielt ihren Blick fest auf den Hermelinbesatz am Mantel des Erzbischofs gerichtet, der im Schlamm hinter ihm herschleifte. Früher einmal leuchtend weiß, hatte er jetzt ein schmutziges Grau angenommen.

Bek sah vom Glockenturm aus zu, wie Anna mit den Männern davonritt. Er wusste, dass es Anna war, denn er erkannte sie an der Farbe ihres Kleides. Aber sie würde zurückkommen. Anna würde ihn niemals verlassen, ohne es ihm zu sagen.

Er war vorhin nicht zu Schwester Matilde gegangen, so wie Anna ihm gesagt hatte. Stattdessen hatte er sich auf seinen dünnen Storchenbeinen die Treppe zum Glockenturm der Kapelle hinaufgeschleppt. Er wollte nicht bei den Nonnen im Skriptorium sitzen, wollte auch nicht warten, bis Matilde ihm die hölzernen Stufen hinaufhalf. Was war, wenn die Glocken ohne ihn zu schlagen anfingen? Er hatte ja seine Krücken. Es war nicht das erste Mal, dass er allein auf den Glockenturm gestiegen war, obwohl Schwester Matilde ihn deswegen schon einmal gescholten hatte. Sie hatte gesagt, dass er sich, wenn er die Treppe hochkroch, auf den hölzernen Stufen lauter Splitter einziehen würde. Schwester Agatha hatte gesagt, er würde sich seine Hose zerreißen. Aber er hatte kräftige Arme. Wenn er sich auf seine Krücken stützte, brauchte er nicht zu kriechen.

Zum ersten Mal war er mit Anna hier oben auf dem Turm gewesen. Sie hatte ihm hinaufgeholfen, damit er sich die Glocken ansehen konnte. Sie hatte ihm auch gezeigt, wie er sie zum Singen bringen konnte. Oder zum Schweigen. »Die Bestie zähmen«, das hatte sie gesagt. Und es hatte funktioniert. Er hatte tatsächlich keine Angst mehr – solange er sich, wenn die Glocken zu läuten begannen, hier im Glockenturm befand. Manchmal aber wollten die Nonnen ohne ihn auf den Turm steigen. Er sei zu langsam, sagten manche. Wenn er aber bereits vor ihnen da war, ließ ihn sogar Schwester Agatha an dem Seil ziehen, das die Glocken zum Klingen brachte.

Er kauerte sich in eine Ecke des Glockenturms, um zu warten, während er sein Wams enger um sich zog, da es an diesem Morgen noch sehr kühl war. Er beobachtete die Sonnenuhr in der Mitte. Bald würde eine der Schwestern kommen, und sie würde ihn bestimmt auch die Glocke zur Terz läuten lassen.

Er wartete.

Ein Windstoß bewegte die ausgefransten Enden der Glockenseile. Bek fröstelte. Er sang leise vor sich hin. Anna würde bald wieder bei ihm sein. Sie würde ihn niemals verlassen. An na An na. Der Schatten des Zeigers berührte eine der Markierungen auf dem Zifferblatt. Das war die Terz.

Ein Zaunkönig flog in sein Nest hoch oben im Gebälk. Aber niemand kam. Sie hatten die Glocken vergessen. Wahrscheinlich hatte heute eine der jungen Schwestern die Aufgabe zugewiesen bekommen, die Terz zu läuten, und sie hatte es einfach vergessen. Aber es war höchst unwahrscheinlich, dass sie auch das nächste Mal vergessen würde. Es würde also bestimmt jemand kommen, um die Glocken zur Sext zu läuten. Er würde warten.

Er nahm seine drei Steine aus dem kleinen Lederbeutel, der an seinem Wams befestigt war, und klopfte damit auf den Boden. Eins-zwei-drei, drei-zwei-eins, zwei-eins-drei. Klopf. Klopf.

Der Zaunkönig flog schimpfend aus seinem Nest, so dass ein wenig von seinem Nistmaterial auf die größte der Glocken fiel.

Der Schatten kroch langsam auf die Sext zu. Es würde bestimmt bald jemand kommen. Irgendjemandem war sicher aufgefallen, dass die Glocken zu den »kleinen Stunden« geschwiegen hatten. Sie würden doch niemals die Glocken vergessen.

Drei Glocken. Sie hingen in einem stabilen Rahmen. Die größte war am schwersten zu ziehen. Ihre Aufhängung war vom Alter und auch vom seltenen Gebrauch eingerostet. Diese Glocke läuteten die Nonnen fast nie. Er aber hatte kräftige Arme, er hätte sie läuten können, wenn sie es ihm erlaubt hätten. Die anderen beiden Glocken, die *nola* für den Chor und die *squilla* für das Refektorium, waren noch nicht so alt. Sie waren kleiner und deshalb auch leichter zu läuten. Jede der Glocken hatte eine andere Stimme, damit die Nonnen wussten, welche Glocke gerade zu ihnen sprach. Bek nannte sie jedoch nicht bei ihren Namen. Er hatte jeder Glocke eine Nummer gegeben. Die dicke, große Glocke nannte er Nummer eins. Die mittlere Glocke, die *nola,* nannte er Nummer zwei. Und die dritte, die *squilla,* die flache mit der breiten Öffnung, war Nummer drei.

Eins. Zwei. Drei. Klopf. Klopf. Klopf.

Der Schatten auf der Sonnenuhr kroch immer weiter auf das Zeichen für Glocke Nummer drei zu. Das sagte ihm sowohl der Stand der Sonne als auch sein knurrender Magen.

Aber der Schatten kroch auch an der Sext vorbei, ohne dass jemand kam, um die Glocken zu läuten.

Bek kniff die Augen zusammen, starrte zum spitzen Dach des Glockenturms hinauf, das in tiefem Schatten lag. Er zählte die schwarzen Kleckse auf den Balken. Das waren Fledermäuse, hatte Anna gesagt. Vier Fledermäuse.

Warum kam niemand, um ihn zu holen? Anna war fort. Waren die Nonnen auch alle gegangen? Unten im Kreuzgang hatte er seit Stunden keine Menschenseele mehr gesehen. Die einzige Bewegung unten im Garten war das Wasser, das im Brunnen schimmerte.

Vielleicht schliefen alle, dachte er. Also würde er die Glocken läuten. Er würde alle Glocken läuten. Das würde sie aufwecken. Er überlegte sich die Reihenfolge. Zuerst die Nummer eins, dann die *nola*, die Nummer zwei, und schließlich die *squilla*, die Nummer drei.

Er ging die Nummernfolge immer wieder im Geiste durch. Drei-zwei-eins, eins-zwei-drei, zwei-drei-eins, eins-drei-zwei, und so weiter und so weiter. Wenn es vier Glocken gewesen wären, hätte er ewig so weitermachen können!

Er zog an dem ausgefransten Seil der großen, schweren Glocke. Sie bewegte sich kaum in ihrer eingerosteten Aufhängung. Er schob die Glocke mit beiden Händen an, erhob sich dabei ein Stück vom Boden und befreite die Glocke aus ihrer Starre. Sie knarrte in ihrer Aufhängung. Schließlich geriet der Klöppel in Bewegung. Noch einmal schieben, und die Glocke ließ einen halben Ton erklingen, dann einen vollen. Eins. Zwei. Drei… Der Klang hallte im Glockenturm wider. Der herrliche, freudige Klang der Glocke. Die Glocken, Glocken, Glocken… unten kamen alle Nonnen aus der Kapelle gelaufen, wo sie am Altar gebetet hatten, sahen nach oben, riefen und zeigten zum Turm hinauf.

»Das ist Klein Bek«, rief die älteste der Nonnen. »Wir haben Klein Bek vergessen. Schwester Matilde, geht hinauf und holt ihn, bevor er noch die Toten aufweckt.«

Klein Bek hörte, wie Schwester Matilde die Treppen heraufkam. Er sah nach unten. Sein verschwommener Blick zeigte ihm etwas, das aussah wie ein Schwarm großer schwarzer Vögel. Es war jedoch kein bunter Vogel unter ihnen.

Aber Anna würde ihn bestimmt nicht verlassen.

»Mietet einen Karren und einen Kutscher und bringt die Gefangene nach London«, hatte der Erzbischof gesagt, als sie in Rochester angekommen waren. »Und schickt das Pferd zur Abtei zurück.«

Die Person, über die sie da sprechen, das bin ich, dachte Anna ungläubig. *Ich bin die Gefangene.* Aber sie war für den Karren dankbar. Die weite Strecke bis London auf dem Rücken eines Pferdes zurückzulegen, war anstrengend. Anstrengend für eine Frau. Und bestimmt noch anstrengender für das Kind in ihrem Bauch.

»Ich bleibe hier, um dem Bischof einen Besuch abzustatten. Er sollte von dem Verdacht wissen, der auf seine Diözese gefallen ist. Allerdings bezweifle ich, dass das eine Neuigkeit für ihn sein wird.«

Der Hauptmann half Anna vom Pferd. »Sollen wir die Gefangene zum Newgate-Gefängnis bringen, Exzellenz?«

Der Erzbischof sah Anna finster an. »Nein. Obwohl Newgate genau das wäre, was dieses zänkische Weib verdient hätte. Aber ich habe noch immer großen Respekt vor der Äbtissin. Bringt sie deshalb in den White Tower. Newgate ist kein Ort für eine gebildete Frau. Und für eine Schwangere schon gar nicht.«

In seiner Stimme lag jedoch keinerlei Mitleid. War der White Tower wirklich der bessere Ort? Würde man ihr dort wenigstens ein gewisses Maß an Höflichkeit entgegenbringen?

Das edle weiße Ross des Erzbischofs schnaubte ungeduldig, und die Glöckchen an seinem silbernen Zaumzeug klingelten in der Morgenluft. Der Erzbischof dirigierte sein Pferd zur großen Kathedrale auf dem Boley Hill. Den Hauptmann und zwei weitere Männer ließ er zurück, damit sie sich um die Gefangene kümmerten. Anna nahm auf der Ladefläche des Karrens, der noch mit einigen Fässern beladen war, Platz. Als Unterlage diente ihr ein alter Pelz, den ihr der Kutscher gegeben hatte. Er schnalzte mit den Zügeln und stieß einen lauten Pfiff aus, woraufhin sich die beiden Pferde langsam in Bewegung setzten.

»Was ist der White Tower?«, rief Anna dem Kutscher laut zu, um das Klappern der Pferdehufe zu übertönen.

»Das ist der Königspalast in London«, antwortete er ihr über die Schulter gewandt.

»Der Palast des Königs?«

Der Hauptmann lachte. »Jemand wie Ihr wird wohl kaum die königlichen Gemächer zu sehen bekommen, Mistress. Auf Euch wartet der Kerker.«

Anna wusste, was das hieß. In der Hrad, der Burg auf dem Hügel über der Moldau, hatte es auch einen Kerker gegeben. Sie hatte von Leuten gehört, die dort gefangen gehalten wurden. Niemand hatte sie je wieder zu Gesicht bekommen. Da hatte sie nun den ganzen weiten Weg zurückgelegt, nur um in einem Kerker zu enden, weil man sie der Ketzerei beschuldigte – und ihr sogar noch Schlimmeres vorwarf. Martin hatte wenigstens einen raschen Tod gefunden.

»Ihr braucht Euch nicht Euren hübschen Kopf darüber zu zerbrechen, ob Ihr dort vielleicht allein und einsam sein werdet. Im Gegenteil, Ihr werdet schon bald viel Gesellschaft haben. Seine Exzellenz sagt, dass er wahrscheinlich sogar noch einen Tower in Lambeth bauen lassen muss, um all die Lollarden unterzubringen, die er zu fangen gedenkt.«

Sie schloss die Augen, denn der Märzwind blies ihr so kalt ins Gesicht, dass sie zu tränen begannen. Der Wagen holperte über die ausgefahrene Straße. Ihr Rücken begann zu schmerzen. Sie lehnte sich an eines der Fässer. Der Metallrand schnitt ihr in die Schulter, zumindest aber fand sie auf diese Weise etwas mehr Halt.

Der Hauptmann auf seinem Pferd, der neben dem Karren hertrabte, unterhielt sich lachend mit seinen Männern und schenkte ihr kaum Aufmerksamkeit. Der Kutscher trieb die Pferde mit seiner Peitsche zu einem noch schnelleren Tempo an. Was wäre, wenn sie sich unter die Räder des Wagens warf? Zumindest würde sie den Erzbischof und seine Lakaien dann um ihren Spaß bringen. Sterben würde sie ohnehin. Sie wusste ganz genau, wie das hier enden würde.

Nein, das weißt du nicht, Anna. Das weiß nur Gott allein. Vertrau auf Ihn. Denk an dein Kind. Alles wird gut.

Aber das waren die Worte ihres Großvaters. Nicht die ihren. Und sie besaß weder seinen Glauben noch seinen Mut.

Sie hielten vor einem Gasthaus am Wegesrand, um etwas zu essen. Anna hatte keinen Hunger, aber ihre Blase war kurz vor dem Platzen.

»Der Abtritt ist dahinten«, beantwortete der Kutscher ihre Frage, noch bevor sie sie gestellt hatte.

Der Hauptmann löste die Lederriemen an ihren Handgelenken. »Wir werden Euch vom Fenster aus genau beobachten, Mistress. Denkt also nicht daran, zu fliehen.«

Sie sah die Straße hinunter, wo sich an diesem Spätnachmittag zwischen den Bäumen bereits bedrohliche Schatten zu sammeln begannen. Hier bei den Soldaten war sie sicherer als dort allein auf der Flucht. Zumindest würde der Hauptmann sie vor den Gaunern und Halsabschneidern beschützen, da er seine Fracht unbeschädigt abliefern musste.

Nachdem sie sich so lange wie möglich auf dem Abtritt aufgehalten hatte, denn selbst der widerliche Gestank des Aborts war ihr lieber als die Gesellschaft der ungehobelten Männer im Wirtshaus, betrat sie die rauchgeschwängerte Gaststube. Die Männer des Hauptmanns schenkten ihr keinerlei Beachtung. Sie setzte sich neben den Kutscher und ließ ihren Blick auf der Suche nach einem freundlichen Gesicht langsam durch den Raum wandern. Da war keine Frau, nicht einmal ein Schankmädchen, an das sie sich hätte wenden können.

»Esst etwas, Mistress«, sagte der Kutscher, der gerade genüsslich eine Hühnerkeule abnagte. »An Eurer Stelle würde ich die Gelegenheit nutzen.«

»Ich habe kein Geld«, sagte Anna.

Er lachte. »Und was sollen sie machen, wenn Ihr nicht bezahlen könnt – Euch ins Gefängnis stecken?«

Anna musste unwillkürlich lächeln. »Ich habe sowieso keinen Hunger«, sagte sie. Dann dachte sie an ihr Kind. Sie hatte tatsächlich den ganzen Tag noch nichts gegessen. »Brot und Käse, bitte.«

»Das macht zwei Pence«, sagte der Gastwirt, als er das Essen vor sie hinstellte.

»Das bezahlt er dort«, sagte sie und deutete mit einem Kopfnicken zum Hauptmann hinüber.

Der Kutscher zwinkerte ihr beifällig zu, als sie zu essen begann. Da sie jedoch nur einige Bissen Brot hinunterbekam, würde sie den Rest einpacken. Als sie ein Blatt Papier sah, das mit einem Nagel an der Wand befestigt war, riss sie es einfach ab. Nachdem sie festgestellt hatte, dass das Papier einigermaßen sauber war, wickelte sie den Rest ihrer Mahlzeit hastig darin ein und steckte es in ihre Tasche. Wer wusste schon, wann sie das nächste Mal etwas zu essen bekam?

»Wenn Ihr London noch vor Einbruch der Dunkelheit erreichen wollt«, sagte der Kutscher zum Hauptmann, »dann sollten wir jetzt besser aufbrechen.«

Der Hauptmann bezahlte die Rechnung, an der er zu Annas großer Erleichterung nichts auszusetzen hatte. Er bot ihr sogar seine Hand, um ihr auf den Wagen zu helfen, wo sie es jetzt etwas bequemer hatte, da sie sich wenigstens die Beine vertreten und ihre Notdurft verrichtet hatte. Die beginnende Dämmerung löste bei ihr jedoch ein solch starkes Gefühl der Verzweiflung aus, dass sie einen Moment lang das Blut in den Ohren pulsieren hörte, so wie an jenem Tag, als ihr Großvater gestorben war. *Beruhige dich, Anna. Alles wird gut. Vertrau auf Gott.* Sie konnte seine Stimme so deutlich hören, dass sie unwillkürlich die Hand ausstreckte, um ihn zu berühren. Da war jedoch nur das raue Holz des großen Bierfasses.

Es war schon fast dunkel, als sie die Stadt erreichten. In den Fenstern der Häuser hoch auf der London Bridge brannten bereits die Lichter.

»Das dort drüben ist der White Tower, Mistress«, sagte der Kutscher und zeigte nach rechts. Der Fluss befand sich zu ihrer Linken. Sie konnte ihn nicht mehr sehen, aber sie roch das Salzwasser, das von der See hereindrückte und sich mit dem brackigen Flusswasser vermischte. Weiter flussabwärts konnte sie ein großes Boot erkennen, das hell erleuchtet war. Wer konnte sich nur so viele Kerzen leisten, fragte sie sich. Und wie hielt man sich dort warm? Sie fröstelte unter ihrem Wollmantel, während sie sich hinter die Fässer kauerte, um vor dem Wind geschützt zu sein. Sie sah in die Richtung, in die der Kutscher zeigte. Ein großer Zwischenwall umschloss mehrere Türme, die mehr grau als weiß waren. Sie glaubte, hoch oben in einigen von ihnen Kerzenlicht zu sehen, ein mattes Aufflackern in den Schatten. Von der Barkasse auf dem Fluss schallte fröhliches Lachen herüber, begleitet von Musik, den Klängen von Harfe und Laute.

»Das ist das Galaboot des neuen Königs, das gerade einläuft. Seine Majestät macht mit den Höflingen gern eine Fahrt auf dem Fluss. Man sagt, dass er sich für einen begnadeten Musiker hält.«

»Fahrt zum Eingang an der Kaiseite«, unterbrach der Hauptmann ihn scharf. »Wir werden durch das Verrätertor fahren.«

Ein unheilvoller Name. Und ein unheilvoller Anblick, dachte Anna, als sie das große Eisentor und die Treppe sah, die zum Fluss hinunterführte.

»Heda, Wächter«, rief der Hauptmann. »Ich habe eine Gefangene für Euch. Seine Exzellenz Thomas Arundel, der Erzbischof von Canterbury, hat sie verhaften lassen.«

Das Tor öffnete sich knarrend.

Der Kutscher trieb sein zögerndes Pferd an. Anna lief ein Schauder über den Rücken, der jedoch nichts mit dem kalten Märzwind zu tun hatte.

Vom Fluss trieb Gelächter herüber, gefolgt von den hohen Klängen einer Flöte.

»Willkommen im Tower-Gefängnis«, sagte der Wächter, als er die Hand ausstreckte, um Anna vom Karren zu helfen.

34

Das Geld war tatsächlich das, was die Juden das Leben kostete. Wären sie arm gewesen und hätten die Feudalherren keine Schulden bei ihnen gehabt, dann hätte man sie nicht verbrannt. Nachdem der Reichtum verteilt worden war... gaben einige ihren Anteil... auf Anraten ihres Beichtvaters der Kirche.

JACOB VON KÖNIGSHOFEN, »DIE VERBRENNUNG DER STRASSBURGER JUDEN«

Am dritten Tag kam Bruder Gabriel im Morgengrauen völlig erschöpft zur Abtei und bat stammelnd um ein Gespräch mit der Mutter Oberin. Auch die Äbtissin war erschöpft. Sie hatte schon zwei Nächte lang nicht geschlafen. Ihre Gedanken waren ohne Unterlass bei der jungen Frau, die sie aufgenommen und dann in ihr gefährliches Tun hineingezogen hatte. Was würde mit ihr geschehen? Diesmal war das alles, im Gegensatz zu vor so vielen Jahren, nicht ihre Schuld. Das Mädchen hatte nicht nur von sich aus angeboten, die verbotenen Texte zu kopieren, es hatte sich auch selbst ans Messer geliefert.

Aber das spielte keine Rolle. Wann immer Kathryn die Augen schloss, sah sie Annas Gesicht und vor allem den Ausdruck darauf, als man sie abgeführt hatte.

Annas Gesicht und doch wieder nicht Annas Gesicht.

Pater Gabriel ging ruhelos in ihrem Zimmer auf und ab. Im langsam heller werdenden Licht der grauen Morgendämmerung, das durch die Fenster fiel, konnte sie sehen, dass sein Gewand zerknittert und mit Schlamm bespritzt war. Dunkle Schatten lagen unter seinen Augen.

»Ich habe nicht das Recht, über Euch zu urteilen, Pater. Das ist jemandem vorbehalten, der weit über mir steht.« Die Äbtissin empfand großes Mitleid mit ihm. Obwohl er es bestimmt nicht verdient hatte, konnte sie einfach nicht anders. »Wie habt Ihr davon erfahren?«, fragte sie.

»An der Tür der Kirche in Appledore hing ein Anschlag. Annas Name stand auf der Liste derjenigen, die man im Zusammenhang mit der Suche nach Sir John verhaftet hatte.«

Sie atmete tief aus. »Lambeth Palace hat keine Zeit verschwendet«, sagte sie. »Die Kopisten waren fleißig und die Boten schnell.«

»Der Erzbischof hat es zu seiner Lebensaufgabe gemacht, Lord Cobham zu Fall zu bringen. Er betrachtet es anscheinend als sein Vermächtnis, die Lollarden zu vernichten und die Kirche von jeder Form der Ketzerei zu befreien. Ich fürchte, er wird Anna streng behandeln, um sie dazu zu bringen, gegen Euch und die Abtei auszusagen.«

Streng behandeln? War er sich der Misshandlungen, die seine Kirche im Namen Gottes beging, gar nicht bewusst?

»Wenn sie beweisen können, dass die Abtei Sir John mit verbotenen Texten versorgt hat, dann haben sie hieb- und stichfeste Beweise gegen ihn.« Er fuhr herum. Sein Ton klang fast so, als suchte er die Konfrontation mit ihr: »Ich habe Euch gewarnt. Warum habt Ihr die Schriften nicht vernichtet?«

Ihr Mitleid riet ihr trotz seines anklagenden Tons zur Nachsicht.

»Das habe ich getan. Sie hat diese Texte mitgebracht. Aber ich fürchte, Ihr wisst das Schlimmste noch gar nicht. Sie hatte nicht nur eine Wycliffe-Bibel in ihrer Wäschetruhe versteckt, sondern auch ein Buch mit jüdischen Zaubersprüchen.« Sie hielt inne. »Der Erzbischof sprach von Hexerei.«

»Heilige Mutter Gottes!« Er schlug bei jedem Wort mit den Fäusten auf ihren sauberen, aufgeräumten Schreibtisch aus Eichenholz. »Sie ist ein so dummes, eigensinniges Mädchen. Ich habe sie mehrmals gewarnt, als wir damals in Frankreich zusammen waren.«

Er war sich dessen also doch bewusst. Und eben das machte ihn so zornig. Eine Anklage wegen Hexerei gab ihnen eine noch größere Berechtigung, sie zu foltern. Wenn der Teufel der Feind war, dann spielte es keine Rolle, wie viel Schmerz der Körper eines Menschen spürte. Schließlich ging es ja darum, seine Seele zu retten.

»Ihr seid ein einflussreicher Mann, Pater. Der Erzbischof hört auf Euch. Könnt Ihr Euch nicht für sie einsetzen?«

Er lachte. Es war ein trauriges, ein bitteres Lachen. »Ihr seid wirklich naiv, Äbtissin. Dies ist die Mission, der Arundel sein Leben gewidmet hat. Er hat die Macht, und er hat den Willen, alles und jeden zu vernichten, der seine Kirche bedroht. Und das wird er auch tun.«

»Es gibt da noch etwas, das Ihr wissen solltet, etwas, das Anna vielleicht ein wenig Zeit verschafft. Und es mag auch auf Eure Entscheidung, wem Eure Loyalität gilt, Einfluss nehmen.«

Er richtete sich auf und rieb dabei die Kante seiner Hand. Er würde dort wahrscheinlich schon bald einen blauen Fleck bekommen.

»Anna ist schwanger«, sagte sie.

Seine Haut nahm die graue Farbe der Morgendämmerung an. Es war schlimm, mitansehen zu müssen, wie das Gesicht dieses Mannes verfiel. Sie sollte jetzt nicht zögern und ihm auch das, was von der Maske noch übrig war, vom Gesicht reißen, um zu sehen, ob darunter tatsächlich ein Mensch zum Vorschein kam.

»Es ist Euer Kind, Pater. Anna ist im fünften Monat. Sie spürt bereits, wie es sich in ihrem Bauch bewegt.«

Er stritt es nicht ab, aber er bestätigte es auch nicht. Er stand einfach nur da, so als hätte man ihm einen heftigen Schlag versetzt, völlig fassungslos, während sich auf seinem Gesicht grenzenlose Ungläubigkeit malte.

Wie kann das für Euch eine Überraschung sein?, dachte sie. *Wie kann es sein, dass Euch dieser Gedanke nie gekommen ist? Ist Euch denn, als Ihr Anna wiedergesehen habt, nicht aufgefallen, dass ihre Figur fülliger geworden ist? Hat Euch, als Ihr Euren Samen in sie ergossen habt, Eure Lust derart beherrscht, dass Ihr daran nicht mehr gedacht habt? Oder war es Euch einfach nur egal? Und Ihr wagt es, mich naiv zu nennen.* Sie hätte all das laut sagen sollen, aber was hätte es für einen Zweck gehabt, diese Schuld auf ihn zu laden?

Sie drehte ihm den Rücken zu. Ihn jetzt anzusehen wäre nicht richtig gewesen, denn damit hätte sie ihn in einem der privatesten Momente seines Lebens gestört. Im Zimmer hing noch die Kälte des frühen Morgens. Sie konnte die Feuchtigkeit der Asche riechen, die sich mit dem moosigen Geruch vermischte, den die Erde zu Beginn des Frühlings verströmte. Im Klostergarten draußen würden die Zwiebeln im Boden erwachen, würden größer werden, genauso wie das Kind in Annas Bauch.

»Ich werde zum König gehen«, sagte er. »Man hat Bolingbroke in Westminster begraben. Der neue König ist ein Freund von Sir John. Ja, das ist die einzige Möglichkeit.« Seine Stimme klang leise, unsicher, und das Sprechen schien ihn seine ganze Willenskraft zu kosten.

Aber wenigstens wollte er etwas unternehmen, dachte sie. Und das ließ sie hoffen.

Sie drehte sich wieder zu ihm um und hob ihren Schleier, denn sie wollte, dass er ihr in die Augen sah, wenn er hörte, was sie ihm jetzt zu sagen hatte. Er schien jedoch nicht einmal zu bemerken, dass ihre linke Gesichtshälfte entstellt war. »Ist Euch bewusst, Bruder Gabriel, was es für einen Sohn der Heiligen Römischen Kirche bedeutet, sich zusammen mit dem König gegen den Erzbischof zu wenden?«

Er sah ihr mit festem Blick in die Augen. »Es bedeutet zweifellos das Ende meiner Karriere in der Kirche.« Dann fügte er in beinahe erstauntem Ton, so als würde er in eben diesem Moment eine unumstößliche Wahrheit erkennen, hinzu: »Aber das ist mir nicht mehr wichtig.«

»Es könnte mehr als nur das Ende Eurer Karriere oder sogar Eurer Ordenszugehörigkeit bedeuten. Wenn der Erzbischof von Eurer Beziehung zu Anna erfährt, wird er behaupten, dass sie Euch verhext hat. Und dann wird man bei Euch vielleicht auch eine seiner Methoden der Seelenrettung anwenden.«

Er schien ihre Worte jedoch nicht zu registrieren. Es hatte den Anschein, als hätte er jetzt, da er ein Ziel hatte, auch seinen Mut wiedergefunden und könnte sich mit so unbedeutenden Dingen wie der Gefahr für das eigene Leben nicht mehr abgeben. Sie konnte sehen, wie seine Gedanken rasten. Und das machte ihr noch mehr Hoffnung.

»Ich nehme an, dass sie die Bücher als Beweisstücke mitgenommen haben«, sagte er. »Arundel ist ein sehr gründlicher Mann. Was haben sie sonst noch konfisziert? Könnt Ihr mir sagen, ob sie sonst noch irgendwelche anderen belastenden Dinge gefunden haben?«

»Die Abtei war sauber. Dank der Warnung eines Freundes – dessen Namen ich allerdings vergessen habe. Im Alter lässt das Gedächtnis ein wenig nach, müsst Ihr wissen.« Sie lächelte, und er erwiderte ihr Lächeln matt, ein Zeichen ihrer neuen Verbundenheit. Dann fügte sie hinzu: »Sie haben alles mitgenommen, was sich auf Annas Schreibtisch im Skriptorium befand. Da war jedoch nichts Belastendes dabei. Ein Buch mit Gedichten. Und Musikstücke, die sie für Bek kopierte.«

Eine neue Sorge stand plötzlich in seinem Gesicht geschrieben. »Wie geht es Bek? Er hängt sehr an Anna. Geht es ihm gut?«

Es gefiel ihr, dass er nach dem Jungen fragte. Rom hatte ihn also seines Mitgefühls nicht völlig beraubt. »Schwester Matilde kümmert sich um ihn. Zwischen den beiden hat sich eine Art von Freundschaft entwickelt. Sie bringt ihm gerade bei, die Glocken unserer Kapelle zu läuten.«

»Die Glocken! Aber er hasst doch die Glocken.«

Sie spürte, wie sich die Narben in ihrem Gesicht spannten, als sie lächelte. Es war schön, an diese kleinen Erfolge zu denken. »Was der schönen Dinge sind, darauf seid bedacht«, hatte der Apostel Paulus in einem seiner Briefe an die Philipper geschrieben. Dies war tatsächlich ein guter Rat in schwierigen Zeiten.

»Er hasst sie nur, wenn er sie nicht beherrschen kann. Er komponiert Tonfolgen für sie, und Schwester Matilde hilft ihm dabei, diese aufzuschreiben. Natürlich singt er zur Schlafenszeit noch immer Annas Namen. Das ist seine Version eines Abendgebets oder eines Wiegenlieds, das ihm beim Einschlafen hilft.«

»Würdet Ihr ihm bitte, wenn er aufwacht, eine Botschaft von mir überbringen? Sagt ihm, dass VanCleve wieder da ist. Und sagt ihm, dass VanCleve sich auf den Weg gemacht hat, um Anna zu holen.«

»Wollt Ihr Euch noch etwas ausruhen, bevor Ihr aufbrecht?«

»Ich finde keine Ruhe, Mutter, bevor ich Anna nicht gesehen habe. Bevor ich sie nicht um Vergebung gebeten habe.«

»Dann geht mit Gott«, sagte sie.

Die Glocken schlugen die Prim. Es war jedoch nicht nur ein einziger monotoner Glockenton, sondern eine Kakophonie herrlicher Klänge, die mit ihrer puren Energie verblüfften.

»Das sind Beks Glocken«, sagte sie. »Er hat sich für jedes Stundengebet eine andere Melodie ausgedacht – wenn man ein solch fröhliches Lärmen überhaupt eine Melodie nennen kann. Es ist wohl irgendeine mathematische Sequenz, die er sich eingeprägt hat.«

Gabriel lächelte. »Das allein ist schon Beweis genug für die Existenz von Wundern, Mutter. Betet um ein weiteres.«

Als er davonritt, schloss sich Kathryn den Schwestern an, die in die Kapelle gingen. Der dritte April. Das Fest der Irene, der Jungfrau aus dem vierten Jahrhundert, die verbrannt wurde, nur weil sie in der Heiligen Schrift gelesen hatte. Welche Ironie, dachte Kathryn. Nein. Es war nur die Erschöpfung, die ihren Verstand mit solch schlimmen Gedanken vergiftete. Alles würde gut. Bruder Gabriel würde Anna finden. Er würde seinen Einfluss geltend machen und dafür sorgen, dass ihr nichts geschah. Henry IV. war tot. Die alte Ordnung galt nicht mehr. Bitte, lieber Gott, lass den neuen König unserer Sache aufgeschlossener gegenüberstehen.

Erschöpft schlief die Äbtissin während des Gottesdienstes ein.

»Mutter, der Gottesdienst ist zu Ende.« Es war die Novizin, die sich immer um sie kümmerte. Sie schüttelte sie sanft, um sie zu wecken.

»Ja, ja, natürlich«, sagte sie und murmelte dann leise die letzte Zeile des Te Deum. Dankbar für den Schleier, hoffte sie, dass das Mädchen annehmen würde, dass sie in Kontemplation versunken und nicht einfach nur eingeschlafen war. Sie ergriff die junge Hand, die sich ihr bot, und merkte, dass sie steife Glieder hatte, weil sie so lange in derselben Haltung auf der hölzernen Bank verharrt hatte. Als sie die Kapelle verließen, spürte sie plötzlich warmes Sonnenlicht auf ihrem Gesicht.

Sie hielt inne. »Ich denke, ich werde mich noch ein wenig hier hinsetzen, um zu meditieren.« Aber dann dachte sie an all die Dinge, die sie heute noch zu erledigen hatte. »Nein, vielleicht lieber doch nicht«, sagte sie und seufzte.

Sie kamen an der Tür des kleinen Zimmers vorbei, in dem Anna gewohnt hatte. Plötzlich hatte sie wieder die ganze entsetzliche Situation vor Augen. »Ich werde eine kleine Truhe für Anna packen. Vielleicht finden wir ja jemanden, der sie ihr bringen kann –« Aber in dem Moment, als sie das sagte, dachte sie: *Aber wen sollen wir finden?* In Cooling Castle gab es niemanden mehr, der das für sie hätte tun können. Sir John und auch Lady Joan waren geflohen. Wenn sie Anna nur eine Nachricht zukommen lassen könnte. Irgendetwas Beruhigendes. Und etwas zum Anziehen. Vielleicht sogar ein wenig Geld. Sie hatte gehört, dass die Gefangenen für ihr Essen bezahlen mussten. Das Mädchen hatte aber nur seine Kleider am Leib gehabt, als man es abgeführt hatte. Sie wusste nicht einmal, wohin sie Anna gebracht hatten.

Gute Reise, Bruder Gabriel, betete sie still. Gute Reise und viel Glück.

In der Zwischenzeit würde sie einen Brief an das Ordinariat des Erzbischofs schreiben, in dem sie um Auskunft über Annas Verbleib bat. Immerhin war sie eine Äbtissin und eine gute Freundin von Sir John Oldcastle, der wiederum ein Freund des Königs war. Irgendjemand im Ordinariat würde ihr sicher antworten! Es sei denn, man lebte auch dort in ständiger Angst, dass man den Verdacht der Ketzerei auf sich ziehen könnte.

Es waren jetzt schon drei Tage vergangen, seit man Anna abgeführt hatte. Klein Bek war bei Schwester Matilde eingezogen – ihre Zelle lag dem Glockenturm am nächsten –, und Annas Zimmer hatte bereits einen unbenutzten muffigen Geruch angenommen. Kathryn öffnete das Fenster und ließ frische Luft herein. Sie nahm die beiden Kleider, die Anna gehörten, vom Haken, legte sie sorgfältig zusammen und verstaute sie in der Truhe. Schon bald würde man die Nähte herauslassen müssen. Sie würde also auch Nadel und Faden einpacken. Vielleicht würde ja die Näharbeit Anna ein wenig von ihrem Elend ablenken.

Falls sie überhaupt genügend Licht zum Nähen hatte. Sie legte noch drei kostbare Kerzen aus ihrem Vorrat dazu.

Der Inhalt der Truhe lag noch immer auf dem Bett. Sie nahm zwei saubere Hemden und legte sie ebenfalls in die Truhe, außerdem ein angenehm duftendes Stück Seife und einen sauberen Leinenlappen, die neben dem Waschtisch gelegen hatten. Und Annas Haarbürste. Sie lächelte unwillkürlich, als sie sich an Annas wilde Lockenpracht erinnerte, und packte dann noch ein kleines Haarnetz dazu.

Ein heller Sonnenstrahl fiel durch das Fenster auf das Bett. Das Licht fing sich in der silbernen Halskette. Kathryn nahm die Kette in die Hand. Sie würde sie sofort reparieren lassen und ebenfalls mitschicken. Anna hatte gesagt, dass es sich bei der Kette um ein Familienerbstück handelte. Es würde sie sicher trösten, wenn sie die Kette bei sich hatte.

Es war eine höchst ungewöhnliche Halskette. Irgendetwas an

dem Kreuz war anders, es musste mit der Anordnung der Perlen zu tun haben. Sie hatte ein solches Kreuz schon einmal irgendwo gesehen. Ihr wurde plötzlich schwindelig, und sie schloss die Augen – sie sollte sich wirklich ein Stärkungsmittel bringen lassen, das ihre Körpersäfte wieder ins Gleichgewicht brachte und sie belebte. Während sie die Kette in ihrer Faust hielt, befühlte sie die kleinen, in vollendeter Filigranarbeit gestalteten Arme des Kreuzes mit den scheinbar willkürlich angeordneten Perlen. Aber nein, die Anordnung war absolut nicht willkürlich. Sie war vielmehr äußerst raffiniert gestaltet. Es war ein verborgener Stern. Ein Stern mit sechs Zacken!

Kathryn setzte sich benommen auf das Bett. Sie sah sich das Kreuz noch einmal genau an und versuchte, alte Erinnerungen zu wecken, Erinnerungen, die viel zu lange in ihr geschlummert hatten. Und das, was ihre Erinnerung ihr zeigte, war das Bild eben dieses Kreuzes am schlanken Hals einer jungen Frau mit rabenschwarzem Haar, außergewöhnlich schönen Augen und einer Haut wie Sahne. Ganz anders als die junge Anna. Anna mit ihren Haaren so hell wie … so hell wie Alfreds Haare gewesen waren! Und Augen, so blau wie die von Colin. Und einer glatten weißen Haut, ebenso wie die von Colin. Kathryn stand plötzlich der Schweiß auf die Stirn, obwohl es in dem kleinen Gemach ziemlich kühl war. Sie sah sich selbst, wie sie versuchte, ein sich windendes kleines Mädchen mit glänzenden Locken und milchweißer Haut dazu zu überreden, in eine Pelzjacke zu schlüpfen. Ihr altes Herz schmerzte bei dieser Erinnerung.

Nein, damit sprengte sie die Grenzen jeder Vernunft. Nur weil sie sich irgendeinen tief vergrabenen Wunsch erfüllen wollte. Jenes Kind damals hieß Jasmine.

»*Ich habe ihr einen christlichen Namen gegeben. Nach der Mutter unseres Herrn*«, hatte die alte Hebamme gesagt. »*Wir haben sie Anna genannt*«, hatte sie zu Finn gesagt. Anna, die das feurige Temperament ihres Onkels geerbt hatte. Anna mit den kühlen klaren Augen ihres Vaters. Anna, die so liebevoll von ihrem geliebten alten Großvater sprach.

Finn. Der Großvater, um den Anna so sehr trauerte.

Finn, Kathryns Liebe ihres Lebens. Der Mann, den sie verraten hatte.

Ihr altes Herz flatterte wie ein kleiner, verschreckter Vogel. Sie spürte einen heftigen Schmerz in ihrer Brust, der ihren Arm hinunterwanderte. Sie versuchte aufzustehen, jemanden zu rufen, aber ihre Beine sackten unter ihr weg.

»Mutter, geht es Euch gut?« Es war Schwester Matilde, die sich über sie beugte.

Die Äbtissin hörte, wie die Schwester ihren Namen rief, aber sie bekam einfach nicht genügend Luft, um ihr antworten zu können. All ihre Gedanken, all ihre Energie waren in diesem Moment darauf gerichtet, die Antwort zu erhalten, die schon so gut wie greifbar war.

»Lauft zur Apotheke und lasst Euch von der Schwester dort ein wenig Fingerhut geben«, rief Matilde den anderen Schwestern zu, die um sie herumstanden.

Jasmine! Es war Jasmine, die der Erzbischof ins Gefängnis gebracht hatte, Jasmine, das Kind, das Kathryn gehätschelt und geliebt hatte und das ihr Trost gespendet hatte, als niemand mehr sonst bei ihr gewesen war. Nein. Gott war doch nicht irgendein grausamer Possenreißer. Er würde ihr das Kind doch nicht schicken, nur um es ihr gleich darauf wieder wegzunehmen. Um es ihr wegzunehmen so wie einst ihren Großvater, den man in Ketten abgeführt hatte.

Sie spürte einen ungeheuren Druck in ihrer Brust und rang verzweifelt nach Luft. Bemühte sich, ihr altes Herz zu beruhigen. Sie durfte jetzt nicht sterben. Nicht jetzt. Nicht, wenn Jasmine sie so sehr brauchte.

Zumindest das war sie Finn schuldig.

Lady Joan entlohnte den Boten und riss dann gierig das Päckchen mit den Briefen auf. Sie ignorierte dabei das Betteln ihres zweijährigen Enkels, der versuchte, sich an ihrem Rock hochzuziehen.

Sie war mit ihm in den Hof hinausgegangen, um ihrer Tochter, Lady Brooke, ein bisschen Ruhe vor dem unablässigen Jammern und Nörgeln des Kindes zu verschaffen. Der Kleine wurde von allen gnadenlos verhätschelt, weil Lady Brookes letztes Kind tot auf die Welt gekommen war und das Kind davor mit nur fünfzehn Monaten am Fieber gestorben war. »Gleich, Schätzchen.«

»Auf. Auf.« Der Junge streckte ihr seine rundlichen Arme entgegen und pumpte mit den Fäusten. Sie setzte sich auf die niedrige Steinmauer, die den Hof umgab, und nahm ihn auf den Schoß. Mit der anderen Hand hielt sie einen der Briefe ins Sonnenlicht und begann zu lesen.

Ihr John war gut und sicher in Herfordshire angekommen. Er war völlig unbehelligt geblieben. Gott und allen Heiligen sei Dank!

Ihr Blick überflog die Seite. Er hatte auf die kirchliche Vorladung mit einer schriftlichen Erklärung reagiert. In dieser hatte er seine Überzeugungen dargelegt, sich gegen den Verkauf von Ablässen und die Beichte vor Priestern ausgesprochen und darauf bestanden, dass nur jene Lehrmeinung, die sich allein auf die Heilige Schrift gründete, der Wahrheit entsprach.

Wie soll, liebe Frau, ein Mann (oder eine Frau) wissen, was die Wahrheit ist, wenn man ihm nicht erlaubt, die Worte unseres Herrn selbst zu lesen und auszulegen, so argumentierte ich. Müssen die Menschen wirklich auf gierige Priester und gottlose Mönche vertrauen, die ihnen das verkaufen, was Gott den Menschen bereits geschenkt hat?

Sie überflog Johns theologische Ausführungen auf der Suche nach den Worten, die sie sich so sehr zu lesen sehnte. Und da waren sie auch. Nicht einmal verschlüsselt, sondern ganz offen – offensichtlich war John davon überzeugt, dass sich der Sturm bereits wieder gelegt hatte.

Ich gehe davon aus, dass Arundel mich im schlimmsten Fall exkommunizieren wird. Da es aber Christus und nicht irgendein

Papst und Antichrist ist, der die Schlüssel zum Himmlischen Königreich besitzt, fürchte ich die Exkommunizierung nicht. Was Dich angeht, mein Schatz, so standen Deine Ländereien schon immer unter einem Interdikt. Es ist daher unwahrscheinlich, dass Dir noch Gefahr droht, wenn du dorthin zurückkehrst. Aufgrund des Gesetzes, das wir im Parlament durchgesetzt haben, hat der Erzbischof ohne einen königlichen Erlass nicht die Macht, uns weiter zu schikanieren. Ich werde noch eine Weile hierbleiben, bis Arundels Zorn verpufft ist. Henry IV. ist tot, und Harry trägt jetzt die Krone. Ich hege die Hoffnung, dass er sich um der Soldatenfreundschaft willen, die uns einst verband, unserer Sache gegenüber toleranter erweisen wird. Es dauert gewiss nicht mehr lange, bis alles wieder seinen normalen Gang geht.

Wie viel Vertrauen er doch in die Kameradschaft setzte!

In der Zwischenzeit, liebe Frau, kehre Du nach Cooling Castle zurück und rede mit unseren Freunden. Rate ihnen, vorsichtig zu sein und geduldig auf meine Rückkehr zu warten. Ich werde Dich bald wieder in meinen Armen halten, obwohl ich, bis sich die Wogen endgültig geglättet haben, vorerst nur im Schutze der Nacht zu Dir kommen kann. Aber wann war die Nacht je etwas anderes als eine Freundin für uns?

Sie stand auf, hob das Kind, das auf ihrem Schoß saß, auf ihre Hüfte und ging in den großen Saal.

»Bridget«, rief sie ihrem Dienstmädchen zu, »pack die Truhe. Wir fahren nach Hause.«

Eine Woche später lag Sir John mit seiner Frau in dem hohen, mit schweren Vorhängen versehenen Bett im Schlafzimmer von Cooling Castle. Kurz vor dem Morgengrauen war es in diesem Zimmer noch ziemlich kühl, denn es war nicht geheizt. Lady Joan hatte zur Schlafenszeit keine Kohlen mehr bringen lassen. Sie und John wärmten sich jedoch gegenseitig.

»Es ist schön, wieder zu Hause zu sein, meine süße Frau. Aber ich kann nicht bleiben. Ich muss mich wieder auf den Weg machen, noch bevor der Hahn kräht. Solange ich mich hier in Arundels Diözese aufhalte, unterliege ich seiner Gewalt. Außerdem bin ich hier viel zu leicht zu finden.«

»Bist du dir wirklich sicher, Mylord, dass deine Freundschaft mit dem neuen König diese Prüfung besteht? Arundel wird nicht so leicht aufgeben.«

Sie hatte es ihm nicht gleich erzählt, da sie ihre Wiedersehensfreude nicht trüben wollte. In diesem Moment hatte sie andere Dinge im Kopf gehabt als Politik und Religion. Aber er würde es erfahren müssen.

Ihr Kopf ruhte in seiner Armbeuge. Sie spürte, wie seine Lippen über ihre Haare streiften.

»Warst du schon bei der Äbtissin? Ist im Kloster alles in Ordnung?«, fragte er.

Als ob er ihre Gedanken gelesen hätte.

»Die Äbtissin war sehr krank. Aber es heißt, dass es ihr schon wieder besser geht. Ich habe ihr zweimal Fohlenfuß mit Honig und Pastetenfüllung gebracht. Das letzte Mal sah sie schon wieder wesentlich kräftiger aus. Wir haben uns gemeinsam eine Stunde lang in die Sonne gesetzt und die ersten grünen Knospen betrachtet. Sie hat jedoch nur wenig gesprochen. Ich konnte es wegen ihres Schleiers nicht genau sehen, aber ich war mir ziemlich sicher, dass sie immer wieder eingenickt ist. Einmal wachte sie auf und fragte mich, ob ich ihre Enkelin kenne. Als ich sie drängte, mir mehr zu sagen, lachte sie jedoch nur müde und sagte, dass sie wohl nur geträumt hätte. Das war alles.«

»Nun, sie hat jetzt viel Zeit, um sich auszuruhen. Ich fürchte, in der Abtei werden in nächster Zeit keine gefährlichen Texte mehr kopiert werden. Ich hatte eigentlich angenommen, dass Arundel die Abtei durchsuchen lassen würde.«

»Das hat er auch getan.«

»Aber er hat nichts gefunden, richtig? Das Nest war sauber. Sie hat dafür gesorgt, dass alles verbrannt wurde, nicht wahr?«

»Ich fürchte, es wurde nicht alles vernichtet.« Sie hasste es, ihm das sagen zu müssen, denn sie wusste, wie sehr er das Mädchen mochte. Er würde sich, genau wie sie selbst auch, verantwortlich fühlen, weil er es in Gefahr gebracht hatte.

»Die junge Witwe aus Prag. Man hat eine Wycliffe-Bibel bei ihr gefunden. Und auch noch ein anderes Buch – ein Buch mit jüdischen Zauberformeln. Sie haben sie verhaftet, John, und dann zum Verhör nach Lambeth Palace gebracht.«

Er fluchte leise. Draußen krähte der erste Hahn. »Das ist mein Zeichen, liebe Frau«, sagte er. Er stand auf und griff nach seiner Hose, die er ein paar Stunden zuvor in seiner Hast über einen Stuhl geworfen hatte. »Ich werde zu Harry gehen. Ich werde verlangen, dass man das Mädchen freilässt.«

Das sah ihm ähnlich: Zu handeln, ohne vorher nachzudenken. Einfach drauflos, ohne Rücksicht auf die Konsequenzen! Das hatte ihm auf dem Schlachtfeld eine Auszeichnung für seine Tapferkeit eingebracht. Dies hier war jedoch etwas völlig anderes.

»Lieber Mann, überleg doch! Arundel will sie verhören, weil er nach Beweisen gegen dich sucht. Er wird sie mit dem Vorwurf der Hexerei unter Druck setzen. Und welches Mädchen hält schon stand, wenn man ihm mit dem Scheiterhaufen droht? Wenn du ihretwegen zum König gehst, dann lieferst du Arundel nur weitere Argumente sowohl gegen dich als auch gegen sie.«

»Aber wir können doch nicht zulassen, dass sie –«

»Bruder Gabriel wird den König um Gnade bitten.«

»Bruder Gabriel!«

»Während deiner Abwesenheit ist hier so einiges geschehen, mein Schatz. Aber es wird langsam hell, und du musst dich auf den Weg machen.« Sie erhob sich vom Bett und wickelte sich fest in die Bettdecke ein. »Ich werde dir später alles erzählen. Vorerst brauchst du nur zu wissen, dass Bruder Gabriel bei Hofe alles Menschenmögliche tun wird, um ihre Freilassung zu erwirken.«

»Aber ich dachte –«

»Psst. Hörst du das? Die Diener sind schon wach. Du musst jetzt sofort gehen, sie dürfen auf keinen Fall erfahren, dass du hier warst. Klatsch verbreitet sich schnell.«

Sie gab ihm einen Abschiedskuss. Wenige Minuten später, als gerade das erste graue Licht des Morgens durch das Fenster fiel, klopfte Bridget an die Tür.

»Mylady, ich bringe Euch Kohlen für Euer Feuer.«

»Komm herein«, rief sie und kuschelte sich wieder ins Bett. Die Decke war noch immer warm von seinem Körper.

Als Bridget das Feuer anschürte, hörte Joan den schnellen Hufschlag eines Pferdes, der rasch leiser wurde.

35

Wer sich daher der herrschenden Macht widersetzt, widersetzt sich der Anordnung Gottes … Denn es ist nicht das eigene Handeln des Herrschers, wenn er sich seinen Untertanen gegenüber grausam zeigt, sondern es ist das lenkende Eingreifen Gottes …

Aus »Das Wesen eines wahren Prinzen«
von John of Salisbury

Die beiden Schießscharten hoch oben in der Wand von Annas Zelle zeugten von der eigentlichen Bestimmung dieser Burg. Sie stieg jeden Tag auf den steinernen Absatz zwischen Boden und Wand, um einen Blick auf die Welt draußen zu werfen. Manchmal spielten unten auf dem grünen Rasen junge Frauen in bunten Kleidern und Höflinge in pelzverbrämten Röcken Bowls. Als sie sich an diesem Morgen auf ihre Zehenspitzen stellte und sich an die steinerne Kante der Schießscharte klammerte, um sich hochzuziehen, ertasteten ihre Finger kalten Raureif. Der Rasen lag verlassen da. Auch er war mit Reif überzogen. Das Einzige, was sich bewegte, waren die schwarzgefiederten Raben, die in der frischen Morgenluft ihre Flugkünste vorführten. Es war eine frostige, eine stille Welt. Sogar die Glocken von Westminster schwiegen endlich, nachdem sie die letzten beiden Tage ohne Unterlass geläutet hatten.

»Der König ist tot! Lang lebe Prinz Harry«, hatte der alte Wärter, der ihr ein Mal am Tag etwas zu essen brachte, auf ihre Frage hin brummend geantwortet. An jenem ersten Tag hatte sie nur ein kärgliches Stück Brot und ein wenig Wasser bekommen. Sie hatte sich jedoch nicht beklagt, sondern ihm freundlich dafür gedankt, da ihr bewusst war, dass er ihre einzige Verbindung zur Außenwelt darstellte. Sich so zurückzuhalten, hatte sie jedoch viel gekostet – sie hatte sich so heftig auf die Zunge beißen müssen, dass diese schließlich ganz wund war –, aber ihre Höflichkeit und ihre scheinbare Sanftheit hatten sich ausgezahlt. Am nächsten Tag hatte sie schon etwas mehr Brot bekommen, und gestern war auch noch ein Ei dabei gewesen. Heute hatte der Wärter ihr ein Stück graues, gekochtes Hammelfleisch und zwei dicke Scheiben Brot gebracht. Eine davon hatte sie für später aufgehoben.

Ihre Füße schmerzten vom Stehen auf den Zehenspitzen, und der Rauch, der aus den vielen Schornsteinen der Burg aufstieg, brannte in ihren Augen. Sie kletterte vorsichtig von dem steinernen Absatz herunter, damit sie nicht stürzte und dadurch womöglich ihr Kind verlor. Hier gab es keinen Kamin, an dem sie sich hätte wärmen können, aber sie hatte herausgefunden, dass das Mauerwerk der einen Wand ein wenig wärmer war als die anderen Wände. Offensichtlich grenzte diese Wand an einen Raum an, der beheizt wurde. Sie hatte deshalb ihren Strohsack an eben diese Wand gelegt. Sie setzte sich auf ihr Strohlager, lehnte sich an den leicht erwärmten Stein und zog ihren Mantel fest um sich. Sie schloss die Augen und fragte sich verzweifelt, wie sie diesen Tag hinter sich bringen sollte. Wenn sie einschlief, schrak sie stets schon nach kurzer Zeit aus unruhigen Träumen hoch.

Sie hatte auch keine Möglichkeit, die Stunden zu zählen. Allein die beiden Lichtstreifen, die durch die schmalen Fenster fielen und über den Boden krochen, zeigten ihr an, wie der Tag verging. Plötzlich hörte sie, dass sich ein Schlüssel knarrend im Türschloss drehte.

»Es scheint, als hättet Ihr gute Freunde, Mistress. Das hier wurde gerade für Euch gebracht. Es war eine ziemliche Plackerei, die schwere Truhe die Treppe hinaufzuschleppen, das kann ich Euch sagen.«

Anna hätte vor Freude fast geweint, als sie ihre Reisetruhe in Empfang nahm. Man hatte sie also nicht vergessen. Sobald der alte Mann, noch immer leise vor sich hinschimpfend, den Raum verlassen hatte, stürzte sie sich auf die Truhe. Sie betastete das Eichenholz, atmete dessen Duft ein. Saubere Kleidung. Sie vergrub ihr Gesicht in dem sauberen, frisch riechenden Leinen. *Ich würde meine Seele für ein Bad verkaufen,* dachte sie. Dann wurde ihr bewusst, dass draußen im Flur noch immer die langsamen, schlurfenden Schritte des Wärters zu hören waren.

Sie hämmerte an die Tür und rief: »Bitte, Meister Kammerherr, ich weiß, dass ich Euch damit Umstände mache, und Ihr hattet meinetwegen auch schon solche Mühe, aber wäre es möglich, dass Ihr mir eine kleine Schüssel mit Wasser zum Waschen bringt –«

Wenige Augenblicke später öffnete sich knirschend der metallene Schieber über dem kleinen Fenster in der Tür. Das verschrumpelte Gesicht des Wärters erschien – zumindest der mit Stoppeln bedeckte untere Teil davon. Sie sah, wie sich sein Mund bewegte, hörte ihn weitere Verwünschungen murmeln, irgendetwas von selbstherrlichen Allüren, bevor sein Gesicht wieder verschwand.

Sie ging wieder zu ihrem Strohsack hinüber, ließ sich mit ihrem inzwischen dicker gewordenen Bauch vorsichtig darauf nieder und rieb sich die Arme, damit ihr warm wurde. Ihr Hemd, das sie jetzt schon seit Tagen trug, roch nach Angst und Schweiß. Aber sie brachte es einfach nicht über sich, ein sauberes Hemd anzuziehen, ohne sich vorher gewaschen zu haben. Sie starrte den kleinen Krug mit Trinkwasser an. Es fiel ihr schon schwer genug, ihren Durst damit zu stillen. Aber wenigstens hatte sie jetzt Seife und einen Lappen. Sie überlegte gerade, dass sie den Lappen beim nächsten Regen in der Pfütze, die sich jedes Mal auf dem Boden unter der Schießscharte bildete, anfeuchten konnte, da hörte sie, wie die Tür aufgesperrt wurde.

Ein Krug und eine Waschschüssel wurden wortlos hereingeschoben, dann wurde die Tür wieder zugeschlagen.

Anna wusch sich und war gerade dabei, ihr sauberes Hemd anzuziehen, als sie das Schloss wieder knirschen hörte. Sie warf ihren Mantel über, da sie nicht wollte, dass der alte Wärter sie im Unterhemd sah. Aber es war eine alte Frau, die hereinkam. »Ich komme, um Euren Eimer zu leeren«, sagte sie und zeigte dabei auf den übel riechenden Nachttopf, der in der Ecke stand.

Das zumindest beantwortete eine ihrer Fragen, dachte Anna.

»Am Dienstag und am Samstag«, zischte die alte Frau durch die Zahnlücken in ihrem Mund.

Das beantwortete eine weitere Frage.

»Darf ich Euch bitten, das kleine Fenster in der Tür offen zu lassen, gute Frau? Dann würde es hier drin nicht so sehr stinken.«

Die Alte musterte sie einen Moment lang mit listigem Blick, bevor sie ihr antwortete: »Ja, das werde ich für Euch tun, Fräulein. Und ich werde auch Euer schmutziges Hemd in die Wäscherei der Burg bringen.«

Anna lief ein Schauder über den Rücken. Wenn ihr die alte Frau ihr Hemd abschwatzen wollte, musste sie noch verzweifelter sein als sie. Oder aber es gab tatsächlich eine Wäscherei in der Burg, wo Berge von schmutziger Wäsche geschrubbt und ausgekocht wurden. Wie auch immer. Sie sollte sich mit dem Gedanken vertraut machen, dass sie ihr Hemd wahrscheinlich nie wiedersehen würde.

»Ich hoffe, Ihr blutet nicht so stark. Das würde uns beiden das Leben nämlich viel schwerer machen«, sagte sie, als sie das schmutzige Unterhemd über ihre Schulter warf und, den Nachttopf in beiden Händen haltend, den Raum verließ.

Wenige Sekunden später kam sie mit dem Eimer zurück. Wahrscheinlich hatte sie nichts anderes getan, als dessen Inhalt einfach aus einem Fenster zu schütten.

»Vielen Dank für das Ausleeren. Ihr braucht Euch übrigens keine Sorgen zu machen. Ich werde nicht bluten«, versicherte Anna ihr. Zumindest nicht regelmäßig, dachte sie, als sie sich daran erinnerte, was Gilbert, der Engländer, über Zwischenblutungen geschrieben hatte. »Ich bin schwanger.«

»Oh. Dann habt Ihr Glück, Fräulein. Das sollte Euch ein paar Wochen Zeit verschaffen« – sie betrachtete abwägend Annas Bauch – »nun, vielleicht sogar ein paar Monate.«

Sie sagte das so beiläufig, als ginge es um den Kauf von Getreide.

»Wer hier eingesperrt wird, bleibt meistens nicht lange.« Dann jedoch huschte plötzlich ein mitleidiger Ausdruck über ihr Gesicht. »Ich werde Euch ein Kissen für Euren Rücken bringen. Das hat ein feiner Gentleman am anderen Ende des Gangs hinterlassen. Bei ihm war es aber das Beil des Scharfrichters und nicht das Seil des Henkers. Er war ein Adeliger. Das sind die meisten hier. Der Rest kommt nach Newgate oder in den Clink.« Dann schien ihr jedoch bewusst zu werden, dass das, was sie da gerade gesagt hatte, nicht unbedingt tröstlich klang, also versuchte sie, es wieder gutzumachen. »Ich werde Euch dienstags und samstags auch frisches Wasser bringen, damit Ihr Euch waschen könnt – normalerweise bekomme ich ein paar Pence für meine Dienste, aber ich sehe, dass Ihr keinen roten Heller Euer eigen nennt. Sonst hättet Ihr in diesem scheußlichen Loch nämlich schon für ein bisschen mehr Komfort gesorgt.« Sie schenkte Anna ein zahnloses Lächeln. »Ich tue das für das Kleine in Eurem Bauch.«

Nachdem sie gegangen war, saß Anna lange Zeit einfach nur da. Ihre Hände lagen auf ihrem immer runder werdenden Bauch, über den sich das Hemd spannte, während sie an »das Kleine in ihrem Bauch« dachte. Eine heiße Träne rann dabei über ihre Wange.

Fang jetzt bloß nicht an zu heulen, Anna. Sie betrachtete die Truhe, die vor ihr auf dem Boden stand. *Es könnte alles viel schlimmer sein. Immerhin hast du noch Freunde.*

Sie nahm die Bürste und begann, ihre bereits ziemlich verfilzten Haare zu kämmen.

»Der Krieg gegen Frankreich ist eine große Belastung für die Staatskasse, Euer Gnaden. Und dann ist da noch die Sache mit den Lollarden. Arundel verlangt –«

Harry fiel seinem neuen Lordkanzler ins Wort. »Arundel ist nicht der König.«

»Bei allem Respekt, Euer Majestät, aber das seid Ihr auch erst, wenn der Erzbischof von Canterbury die Krone auf Euren Kopf gesetzt und Euch den Segen Roms erteilt hat.«

»Schon seltsam, dass Ihr genauso wie der Erzbischof redet. Ihr wisst doch, wie wütend er auf mich ist, weil ich Euch zum Kanzler gemacht habe.« Diese Bemerkung sollte Beaufort auf seinen Platz verweisen.

»Ich bin mir dessen durchaus bewusst, Euer Gnaden. Und obwohl es mich bekümmert, dass meine Berufung Euch Schwierigkeiten bereitet hat, kann ich Euch versichern, dass meine treue Ergebenheit Euch gegenüber das mehr als nur wettmachen wird. Tatsächlich spreche ich in diesem Punkt mit den Worten des Erzbischofs, gerade um Euch meine Loyalität zu beweisen. Wie Euch bekannt ist, wenden sich die Lollarden gegen den Verkauf der päpstlichen Ablässe. Ich möchte Eure Majestät nur darauf hinweisen, dass der Verlust der Einkünfte aus dem Verkauf eben jener Ablässe die Staatskasse, die durch die französischen Kriege bereits ziemlich erschöpft ist, noch weiter belasten würde.«

Harry wusste, dass das durchaus den Tatsachen entsprach. »Und sie predigen auch gegen die Pilgerfahrten, die ebenso dazu beitragen, Geld in die Kassen zu bringen«, ergänzte er.

»So ist es, Euer Majestät! Das ist wahr. Wenn morgen alle heiligen Schreine entfernt würden, würden die Pilger nicht mehr auf Pilgerfahrt gehen, die Abzeichenverkäufer hätten keine Kunden mehr, in den Schenken und Wirtshäusern würden die Gäste ausbleiben – und das würde sich ohne Frage auch auf Englands Wirtschaft auswirken. Es mag sich dabei vielleicht um ein frommes Geschäft handeln, Euer Gnaden, aber es ist ein Geschäft.«

Harry rutschte unruhig auf seinem Sessel mit der hohen Rückenlehne hin und her. »Ja, ja, das weiß ich alles, Onkel, aber

Arundel verlangt einen Haftbefehl gegen Sir John von mir. Wir sprechen hier nicht über irgendeinen wankelmütigen Hanswurst, sondern über einen edlen Lord mit großem Mut, der England bisher immer gut und ehrenvoll gedient hat.«

»Das ist richtig. Aber Sir John lässt Euch überhaupt keine andere Wahl. Ihr habt die Erklärung selbst gelesen, die er als Antwort auf die kirchliche Vorladung geschickt hat. Das war ein einziges Manifest der Ketzerei!«

Harry musste unwillkürlich lachen. »Aber Ihr müsst zugeben, Onkel, dass er den Mut eines Stieres besitzt.«

»Nun, Arundel wird schon bald einen Ochsen aus ihm gemacht haben. Es gibt Zeugen. Eine davon wartet in eben diesen Mauern auf ihr Verhör. Bezweifelt Ihr ernsthaft, dass sie bezeugen wird, was auch immer die Inquisitoren ihr abnötigen? Es geht hier nicht um Sir Johns Mut, Euer Majestät. Der steht außer Frage. Es geht um seinen Glauben und seine Loyalität gegenüber seinem König. Ich rate Euch deshalb dringend, auf den Luxus der Freundschaft zu verzichten und den Haftbefehl zu unterzeichnen.«

»Und was ist mit meiner Loyalität gegenüber einem Freund?«

»Ihr schuldet ihm nicht mehr, als Ihr ihm geben könnt. Ihr schuldet ihm nicht England. Ein König hat keine Freunde. Seine Loyalität hat allein seinem Land zu gelten.«

»Bei Euch klingt das alles so ernst. Es geht hier doch nur darum, dass ein paar Menschen die Bibel selbst lesen wollen und sie ein wenig anders auslegen!«

»Die Sache ist durchaus ernst, Euer Majestät. Wann immer und wo immer das Lollardentum gepredigt wurde, gab es Aufstände. Die gewöhnlichen Leute gewinnen an Selbstbewusstsein, wenn sie die Heilige Schrift selbst lesen können. Sie verlassen sich nicht mehr auf das Wort der Kirche, sondern sagen, dass sie sich nur noch Christus gegenüber verantworten. Und nicht mehr gegenüber dem Erzbischof.« Er hielt inne, um seinen nächsten Worten noch größere Bedeutung zu geben. »Und auch nicht gegenüber dem König.«

»Aber steht in der Bibel nicht, dass der König durch Gottes Gnaden herrscht und sie ihm deshalb zu gehorchen haben?«

»Ich habe die Bibel zwar nicht selbst gelesen, Euer Gnaden, anscheinend aber steht eben dies nicht darin.«

»Aber es handelt sich hier um Sir John Oldcastle, Lord Cobham! Nicht um irgendeinen aufwieglerischen Priester! Lieber Himmel, Onkel, er hat einen Sitz im Parlament!«

Der Kanzler seufzte. »Unterzeichnet den Haftbefehl, Euer Majestät. Lasst Lord Cobham unverzüglich herbeischaffen. Vielleicht gelingt es Euch, ihn um der Freundschaft willen, die Euch verbindet, zum Widerruf zu bewegen. Falls er jedoch nicht widerruft, dann ist er es, der Eure Freundschaft kündigt, und nicht Ihr.«

Ein schüchternes Klopfen an der Tür brachte eine willkommene Unterbrechung dieses höchst unangenehmen Gesprächs.

Der Kammerherr öffnete die Tür und verneigte sich tief. »Euer Hoheit, ich sollte Euch Nachricht geben, wenn der Waffenschmied da ist. Und es ist auch noch jemand anders gekommen. Ein gewisser Bruder Gabriel. Er bittet, Euch in einer dringenden Angelegenheit sprechen zu dürfen.«

»Ein Kleriker, sagt Ihr?«

»Ja, Euer Majestät. Er sagt, ich soll Euch, um ihn vorzustellen, sagen, dass er bei der Ratssitzung in Lambeth Palace anwesend war, wo es um das Problem der Ketzerei ging.«

Harry runzelte die Stirn. Da kam wahrscheinlich noch einiges auf ihn zu. Am besten, er brachte es hinter sich. »Schickt beide herein«, sagte er. »Wir werden den Priester anhören, während der Waffenschmied bei uns Maß nimmt.«

»Eine neue Rüstung, Euer Majestät?«, fragte Beaufort lächelnd.

»Ja, und ich bete darum, dass sie nicht so schwer wiegt wie die Krone.«

36

Aber wenn uns nur noch Gott zu trösten vermag, dann tröstet Gott uns auch wirklich, und mit ihm tröstet uns alles, was Freude bereitet.

Aus einer Predigt des deutschen Mystikers
Meister Eckhart,
14. Jahrhundert

Anna saß mittlerweile seit fünf Tagen im Tower-Gefängnis. Bis jetzt war noch niemand gekommen, um sie zu verhören oder offiziell gegen sie Anklage zu erheben. Warteten ihre Folterknechte, damit die Angst sie zermürbte? Oder hatte man sie einfach vergessen? Nachts wurde sie im Schlaf von albtraumhaften Bildern heimgesucht. Verzweifelte Frauen schrien und wanden sich, während man unter ihnen ein Feuer anzündete. Von abgeschlagenen Köpfen tropfte das Blut – es waren ihr eigener Kopf und der von Martin. Auf Pfählen aufgespießt. Auf der Brücke über die Moldau. Schwarze Raben und keine weißen Möwen kreisten über ihnen.

Jeden Morgen dachte sie, *heute ist der Tag,* und betete darum, dass Gott ihr Mut und Kraft geben möge, damit sie Sir John und die Äbtissin nicht verriet. Jeden Abend dachte sie: *Heute Nacht. Sie werden nachts kommen so wie die Soldaten in Gethsemane, mit bedrohlich flackerndem Fackellicht, um mich die Wendeltreppe hinunterzuschleifen.*

Ein weiterer Tag neigte sich dem Ende zu, und noch immer wartete sie.

Sie saß auf ihrem Strohsack, das feine Seidenkissen des enthaupteten Adeligen im schmerzenden Rücken. Die Düsterkeit, die in diesem Raum stets herrschte, verdichtete sich. In einem der beiden indigoblauen Schlitze hoch oben in der Wand erschien der erste Stern. Heute war es wärmer gewesen als an den vorangegangenen Tagen, und da es zwischen dem offenen Fenster in der Tür und den Schießscharten ein wenig zog, war die Luft nicht ganz so schlecht wie sonst. Das Licht der einen kostbaren Kerze hielt die Nacht noch im Zaum, war aber für das, was sie gerade tat, nicht ausreichend.

Und nicht nur das Licht, auch ihr Können war mangelhaft. Das mühselige Auftrennen und Versetzen der Nähte waren eine noch blutigere Arbeit als ihr misslungener Versuch, Pilgerabzeichen zu sticken. Damals hatte sie das Ganze einfach aufgegeben, etwas, das sie sich jetzt nicht leisten konnte, sonst würde sie irgendwann noch ihr Unterkleid aufschneiden müssen, damit ihr wachsender Bauch darin Platz fand. Die Kleider, die allesamt eine hohe Taille hatten, würden ihr noch eine ganze Weile passen, nicht aber das enge Unterkleid. Wenn sie die Nähte herausließ, würde ihr das ein paar Wochen Zeit geben.

»Ein paar Wochen«, hatte die alte Frau gesagt. *Bitte, lieber Gott. Im Namen Jesu, unseres Herrn und Erlösers, lass das genug sein. Lass mein Kind nicht in diesem schmutzigen Loch zur Welt kommen,* betete sie oft und inständig. Sie betete, wenn sie nicht gerade nähte und sich dabei in die Finger stach. Und manchmal auch, während sie nähte. Sie betete und rezitierte aus dem Gedächtnis jene Verse, die sie so oft kopiert hatte. Sie konnte nicht behaupten, dass sie das sehr getröstet hätte – an einem Ort wie diesem gab es keinen Trost –, aber sie musste sich selbst eingestehen, dass sie diesen Gestank, ihre körperlichen Beschwerden und ihre Angst sonst überhaupt nicht mehr ertragen hätte.

Sie hatte in Gedanken lange, komplizierte Gebete ausgearbeitet, hatte sie aus dem Lateinischen ins Englische und ins Böhmische übersetzt. *Welche Sprache, lieber Gott, ist dir die liebste? Oder ist es so, wie mein Großvater immer sagte? Dass du in meinem Herzen liest und keine Sprache nötig ist? Nun, wenn du in meinem Herzen lesen kannst, Herr, dann weißt du, dass es gebrochen ist und dass ich auf ein Wunder hoffe, wie nur du es bewirken kannst.*

Und dann erinnerte sie sich an Jetta. Damals hat Gott ihr Gebet nicht erhört. Es war kein Engel gekommen, um Jetta zu retten – es sei denn, er hatte Anna dazu ausersehen, dieser Engel zu sein. Anna, die vor Angst zitternd am Ufer des Flusses gestanden und nichts, aber auch gar nichts getan hatte, während Jetta in den Fluten versunken war. Die Erinnerung beschämte sie. *Falls du einen irdischen Engel gewählt hast, um deinen Willen auszuführen, Herr, dann triff diesmal bitte eine bessere Wahl. Lass ihn nicht so feige sein, wie ich es damals war.* Und dann fügte sie stets hinzu. *Wenn schon nicht meinetwegen, dann um des unschuldigen Lebens willen, das in mir heranwächst.*

Sie begleitete ihre Näharbeit mit ihren Gebeten – und auch ihre Gebete mit ihrer Näharbeit. Die Gespräche mit Gott waren für sie zu etwas vollkommen Vertrautem geworden. Manchmal sprach sie sogar laut mit ihm, als säße er neben ihr auf dem Strohsack. Manchmal schrie sie ihn auch an, fragte ihn nach dem Grund. Dann wieder weinte und wimmerte sie und wollte sich einfach nur, in Gottes Liebe eingehüllt, zusammenrollen und alles vergessen. *Kommt zu mir, die ihr mühselig und beladen seid, und ich werde euch Ruhe schenken.*

»Das bin ich, Herr. Das bin ich. Anna. Ich bin hier. Ich bin beladen. Und ich warte auf dich.« Dann betete sie »Abba, Vater«, während sie frierend auf ihrer Strohmatratze lag.

Was hatte der Apostel Paulus gemeint, als er sagte, man solle unablässig beten? Oder würde Gott eine solche Vertrautheit vielleicht als lästerlich ansehen? Sie hatte flüchtig das Bild der betenden Nonnen vor Augen, das Zeremoniell des Gottesdienstes. Was war, wenn ihr Großvater Unrecht hatte? Was war, wenn Gott sich durch ihre einfache Sprache beleidigt fühlte. Wenn er ihr Gebet in diesem übel riechenden, stinkenden Ort als unwürdig betrachtete? Sie dachte an Gethsemane. Christus war selbst in seiner schwersten Stunde nicht zum Beten in den Tempel gegangen.

Aber sieh, was mit ihm geschah, flüsterte die Stimme des Teufels in ihrem Kopf.

Sie spürte, wie sich das Kind in ihrem Bauch bewegte. Ihr Herz machte vor Freude einen kleinen Satz, so wie es das immer tat, wenn sie seine Bewegung wahrnahm. Sie legte die Hände auf ihren Bauch, um ihr Kind zu beruhigen. »Psst, Kleiner, alles wird gut.« Das Kind hörte sofort auf zu strampeln. Anna stellte sich vor, wie sein kleiner Körper zusammengerollt in ihrem Bauch lag. Sie versuchte, sich zu beruhigen, denn vielleicht hörte ihr Kind, genauso wie Gott, auf ihr Herz und nicht auf ihre Worte.

Die Naht war fertig. Sie beugte gerade den Kopf herunter, um den Faden abzubeißen, und in diesem Moment hörte sie die Tür in ihren Angeln quietschen.

»Ist heute Samstag?«, fragte sie, ohne aufzublicken. »Ich hoffe, ich bin die Letzte auf Eurer Runde, dann können wir uns ein wenig unterhalten. Ich habe gespürt, wie sich das Baby bewegt hat –«

»Nein. Wir haben erst Donnerstag. Aber ich bringe Euch einen Besucher, Fräulein.«

Die schwarze Soutane des Besuchers, deren Saum den Boden berührte, erinnerte sie an die Raben, die oft auf den zinnenbewehrten Türmen saßen. Die Raben aus ihren Träumen. »Ich will keinen Priester.« Sie hob den Kopf, um den Eindringling anzusehen.

Er stand außerhalb des Lichtkegels der Kerze und hatte die Kapuze über den Kopf gezogen, so dass sein Gesicht vollkommen im Schatten lag. So wie auf den Bildern, die den Schnitter Tod zeigten, dachte sie. War er gekommen, damit sie vor ihrem Martyrium noch die Beichte ablegen konnte? War es jetzt also so weit? Instinktiv legte sie die Hände schützend auf ihren Bauch.

»Ihr dürft uns jetzt allein lassen, gute Frau«, sagte der Besucher mit seiner autoritären Klerikerstimme.

Sie kannte dieses Timbre!

Ihr Herz begann, wie wild zu schlagen. »Nein! Nehmt ihn wieder mit. Ich habe Euch doch gesagt, dass ich keinen Priester will.«

»Ich warte am Ende des Flurs, Pater. Ruft mich einfach, wenn Ihr gehen wollt.« Die alte Frau schloss die Tür hinter sich.

Gabriel trat einen Schritt nach vorn und streifte dabei seine Kapuze zurück.

»Anna, bitte, hab keine Angst«, sagte er. »Ich bin gekommen, um dir zu helfen.« Er trat in den kleinen Kreis aus Licht, den die Kerze warf, und wollte ihre Hand nehmen.

Sie ließ ihre Näharbeit fallen und wich vor seiner Berührung zurück. »Fass mich nicht an! Du hast mir schon genug geholfen.«

Er ließ die Hand wieder sinken. »Es wäre leicht, zu glauben, dass du eine Hexe bist«, sagte er leise. »So wie du mich verzaubert hast.«

»Nun, Pater, Abrakadabra! Ich hebe den Zauber auf«, zischte sie ihn an und fuchtelte dabei in einer lächerlichen Parodie mit den Händen in der Luft herum. »Wenn ich tatsächlich eine Hexe wäre, dann würde ich dich auf der Stelle in die gemeine Kreatur verwandeln, die du bist. In was? Eine Kröte? Nein, eine Schlange! Eine Schlange mit gespaltener Zunge, die ihre Haut so mühelos abstreift, wie du deine Identität wechselst.«

Er setzte sich neben sie und vergrub den Kopf in den Händen. Sie rutschte von ihm weg. Dann hob er den Kopf wieder und sagte, wobei er nicht sie, sondern seine Hände ansah: »Das ist ja das Problem, Anna. Du kannst mich nicht von dem Zauberbann befreien. Du bist in meinem Blut, in meinen Knochen und in meinen Gedanken. Meine Seele ist von dir erfüllt. Nur Gott könnte mich befreien. Und eben das hat er nicht getan.«

Sie lachte bitter. »Wie schön du doch sprichst, Bruder Gabriel, nachdem du einer Jungfrau den Hof gemacht hast, die dank deiner hinterhältigen Täuschung jetzt keine Jungfrau mehr ist. Zuerst bin ich eine Hexe und jetzt eine ansteckende Seuche. Sieh dich um, Bruder, Pater – oder welchen Titel du auch vorziehst. Rieche den Gestank in der Luft, die ich atme. Spüre die Kälte dieser harten, rauen Mauern. Das ist dein Werk. Du hast mich im Namen deiner Kirche verraten! Ich hoffe, es hat dir den Lohn gebracht, den du dir erwartet hast!«

Er reagierte nicht auf ihren Zorn, erhob nicht einmal seine Stimme, sondern sagte schlicht: »Die Äbtissin hat mir gesagt, dass du schwanger bist.«

»Auch das ist dein Werk.« Die Worte fielen wie Steine in die Stille. Sie hatte sie ganz ruhig gesagt, denn ihr giftiger Zorn war mit einem Mal verraucht. »Geh! Ich habe dir gesagt, dass ich keinen Priester will. Du bist ohnehin nur ein falscher Priester. Du hast dein Keuschhheitsgelübde gebrochen. Und du verkaufst etwas, das nicht zu verkaufen ist. Du verkaufst eben jene Gnade, die unser Herrgott allen, die ihn darum bitten, zum Geschenk macht. Mach deine Gnade also anderswo zu Geld. Ich habe keines, um dafür zu bezahlen.«

»Ich verkaufe keine Ablässe mehr«, sagte er.

»Ach tatsächlich? Aber du trägst noch immer den Habit. Du hast noch immer die Ablassbriefe bei dir.« Sie zeigte auf den schwarzen Beutel aus Samt, der an seiner Taille hing, den Beutel, in dem sich die Quittungen für die Vergebung der Sünden befanden.

»Ja, aber nur, um hier Zutritt zu erhalten. Und um zum König vorgelassen zu werden, wo ich heute um deine Freilassung ersucht habe.«

Ihr wurde vor Hoffnung ganz schwindelig. Gleichzeitig fürchtet sie sich jedoch davor, dass dies nur eine falsche Hoffnung war, da sie von ihm kam. Ebenso falsch wie die Ablässe in seiner Tasche. Sie wandte ihm den Rücken zu und sah zu dem kleinen Stück Himmel hinauf, das inzwischen ein tiefes Königsblau angenommen hatte. Der Anblick erinnerte sie an ein wunderbares illuminiertes *I*, das in die steinerne Mauer geschnitten war. *I* für illegitim. Illegitim wie das Kind, das sie in ihrem Bauch trug.

»Mein Sohn wird nicht als Bastard geboren werden«, sagte er zu ihrem Rücken. »Und er wird auch kein Unterpfand der Kirche werden.«

In seinem Ton lag eine Bitterkeit, die sie bei ihm noch nie gehört hatte. Was hatte er für einen Grund, so bitter zu sein?

»Der König will deinen Fall noch einmal überdenken. Ich soll morgen oder übermorgen wiederkommen, dann wird er mir seine Entscheidung mitteilen. Bei dieser Gelegenheit sollte ich noch immer dieses geistliche Gewand tragen. Wenn er keine Milde walten lässt, werde ich es auch weiterhin anbehalten müssen, um Zugang zu dir zu bekommen. Wenn er dich jedoch auf freien Fuß setzt, werde ich den Habit ablegen und dich heiraten. Wir werden von hier fortgehen. Vielleicht nach Reims, wo wir glücklich waren.«

Ihr stockte der Atem. Konnte sie ihm vertrauen? Was war, wenn das alles wieder nur eine Täuschung war? Er hatte sie schließlich schon einmal verraten. Sie drehte sich um, um in seinen Augen die Wahrheit zu suchen. Er griff nach ihrer Hand. Seine Berührung brannte wie ein glühendes Eisen auf ihrer Haut. Sie entzog ihm ihre Hand.

»Und wenn er mich nicht begnadigt? Und selbst, wenn er es tut, dann solltest du wissen, Bruder Gabriel, dass sich meine Vergebung nicht so billig erkaufen lässt wie die Ablässe, die du da in deiner päpstlichen Tasche mit dir herumträgst. Du wirst mich niemals mehr gegen meinen Willen berühren.«

Jetzt zog auch er seine Hand zurück, dann sah er ihr ruhig und mit festem Blick in die Augen. »So sei es. Wenn das meine Buße ist, dann werde ich sie auf mich nehmen. Ich werde dich niemals wieder ohne dein Einverständnis berühren.« Er stand auf und ging zur Tür. Dann rief er durch das Fenstergitter: »Wärter, bringt ein kleines Kohlenbecken. Hier drin ist es eiskalt.«

Und tatsächlich. Schon nach kurzer Zeit kam der Wärter mit einem Eimer glühender Kohlen.

»Dort in der Wand sind eine kleine Feuerstelle und eine Esse eingebaut, durch die der Rauch abziehen kann«, sagte der alte Mann und zeigte auf eine Stelle ganz unten rechts in der Wand, an die sich Anna immer anlehnte. Er öffnete einen kleinen Kamin und schaufelte die glühenden Kohlen hinein, die er dann mit einem Schürhaken zum Leben erweckte.

»Ich werde Euch rufen, wenn ich hier fertig bin«, sagte Gabriel mit der gebieterischen Stimme des Klerikers.

Anna sagte nichts. Das Baby in ihrem Bauch bewegte sich. Der alte Mann schlurfte davon und ließ die Tür dabei einen Spalt offen. Gabriel schloss sie ganz, aber da war kein Geräusch von schabendem Metall, kein Schlüssel, der sich quietschend im Schloss drehte. So viel Autorität verleiht einem also ein kirchliches Gewand, dachte sie. Würde er diesen Status, diese Macht für einen anderen Menschen aufgeben? Selbstlosigkeit war bestimmt keiner der Charakterzüge, für die die hochgestellten Geistlichen bekannt waren.

Das Kind wurde unruhig. Es trat heftig um sich. Sie musste unwillkürlich lachen, so freute sie sich darüber.

»Dein Kind hört deine Stimme, und sofort bewegt es sich. Möchtest du es fühlen?«

»Dann habe ich deine Erlaubnis?« Es waren jetzt plötzlich wieder VanCleves Augen, die sie ansahen. Aber nur einen Moment lang, dann war da sofort wieder der kühle und kritische Blick Bruder Gabriels.

»Nur, damit du deine Hand darauf legst und es segnest, Bruder Gabriel.«

Er schüttelte den Kopf und wandte sich ab. »Ich bin nicht würdig, es zu segnen.«

War das wirklich der Grund? Oder lag ihm nichts daran, es zu segnen? Wie auch immer, seine Weigerung machte sie traurig. Und es überraschte sie, dass sie Mitleid für einen so verachteten römischen Prälaten empfand.

Er öffnete den Beutel und nahm die Ablassbriefe heraus, dann kniete er sich vor den kleinen Kamin und übergab einen der Briefe den Flammen.

»Was machst du denn da?« Sie spürte, wie Panik in ihr aufstieg. »Nein, du kannst doch nicht –«

Martin war genau deswegen gestorben! Weil er päpstliche Ablassbriefe verbrannt hatte.

»Tu das nicht. Nicht meinetwegen, ich möchte das nicht. Du

darfst deinem Glauben nicht mir zuliebe abschwören. Ich würde es dir zuliebe niemals tun.«

»Dann ist dein Glaube vielleicht stärker als der meine.« Er übergab einen weiteren Brief den Flammen. »Oder aber deine Liebe ist schwächer«, sagte er und warf gleich mehrere Briefe ins Feuer. Er sah sie nicht an, als er die nächsten Worte sprach, leise, aber doch laut genug, dass sie sie hörte. »Hiermit, Anna Bookman aus Prag, gebe ich, Gabriel, dir das Eheversprechen.«

Die Flammen schossen nach oben, leuchteten in ihrem Zentrum blau. Er übergab das letzte Stück Papier dem Feuer und anschließend auch noch den Beutel. Das Feuer spuckte und zischte, erstickte fast an dem samtenen Tuch.

»Nein! Tu das nicht!« Sie kniete sich neben ihn und wollte die päpstliche Tasche den Flammen entreißen, aber er hielt sie davon ab. Sie weinte, Tränen strömten über ihr Gesicht, sammelten sich als kleine, salzige Teiche in ihren Mundwinkeln. Sie schloss die Augen, versuchte, das Bild zu verdrängen, das sie plötzlich vor sich sah. Die drei Stangen auf der Brücke über die Moldau. Diesmal aber war auf der mittleren nicht Martins Kopf mit den dunklen Locken zu sehen. Sie spürte die Wärme des Feuers an ihrer Wange, wurde von dem beißenden Qualm, den das brennende Tuch verursachte, eingehüllt. Aber sie stand nicht auf. Sie war sich des großen schwarzen Schattens bewusst, der über ihr schwebte.

»Anna«, sagte er, und seine Stimme war dabei leise, sanft und voller Gefühl. Anna aber war wie erstarrt. »Anna, du brauchst keine Angst zu haben. Ich habe die begründete Hoffnung, dass ich den König dazu bringen kann, dich freizulassen. Er hat sich vom Erzbischof die Beweise gegen dich vorlegen lassen. Ich habe ihm schon gesagt, dass ich mich nicht mehr daran erinnern könne, auf welchem Schreibpult ich die verbotenen Texte gefunden hätte. Ich werde in keinem Fall gegen dich aussagen. Ich habe ihm auch gesagt, dass in der Abtei meiner Überzeugung nach nur hin und wieder ein ketzerischer Text kopiert wurde, vielleicht sogar im Unwissen darüber, dass es sich um einen solchen handelte. Die Äbtissin ist ebenfalls fest entschlossen, alles zu tun, um dich zu beschützen. Ich habe beim König ein Gesuch eingereicht, dass man dich wegen der Bücher, die in deinem Besitz gefunden wurden, begnadigen möge. Anna, sieh mich doch bitte wenigstens an.«

Sie konnte ihn jedoch nicht ansehen, denn sie war vor Angst wie gelähmt. Es war die Angst davor, dass sie jetzt wieder in die Augen von VanCleve sehen würde, so wie damals, als er sie in Reims verlassen und ihr versprochen hatte, zurückzukommen.

Dann hörte sie, wie der Saum seiner Soutane über den Boden schleifte. Sie spürte, wie sich sein Schatten entfernte. Als sie die Augen öffnete, fiel die Tür gerade hinter ihm ins Schloss. Sie war wieder allein.

Das war wohl alles nur eine Vision gewesen, eine Vision, die von ihrer Furcht heraufbeschworen worden war.

Aber das Feuer nagte noch immer an den Überresten der samtenen Tasche, vertrieb die Kälte aus den steinernen Wänden ihres Kerkers.

Sie versuchte, sich an die glückliche Zeit zu erinnern, die sie und VanCleve in dem kleinen Haus in der Rue de Saint Luc verbracht hatten. Aber es wollte ihr einfach nicht gelingen. Das gehörte für immer der Vergangenheit an, war ausgelöscht wie Worte, die man von einem Stück Pergament abgeschabt hat.

Harry setzte sich in seinem Thronsessel aufrecht hin und machte sich für die Konfrontation bereit, die ihn in der Ratsversammlung an diesem Morgen erwartete. Er wusste, dass der Dominikaner-Priester schon seit zwei Wochen auf eine Antwort auf sein Gesuch wartete. Aber als König galt seine Sorge vielen Dingen – der Dauphin in Frankreich stand dabei an erster Stelle. Henry V., König von England – und Frankreich. Er fand, das klang gut. Einige seiner Berater rieten zum Krieg, andere zum Frieden. Harry ließ sich beide Ansichten ausführlich darlegen. Er selbst tendierte jedoch zum Krieg. Die Schlacht und nicht die Diplomatie, das war seine Stärke.

Und dann war da auch noch diese Sache mit Sir John. Harry hatte alle Beweise ganz genau geprüft und war zu dem Ergebnis gekommen, dass es Sir Johns eigene Worte waren, die ihn verurteilten. Der Mann nannte sich doch tatsächlich selbst einen Ketzer! Harry blieb schließlich keine Wahl, als den Haftbefehl zu unterzeichnen, den Arundel ihm vorgelegt hatte. Insbesondere auch im Hinblick darauf, dass er auf Arundels Segen angewiesen war. Denn wie sollte er ohne den Segen des Erzbischofs von Canterbury regieren? Henry V., König von England – und Frankreich –, das würde dann ein Traum bleiben. Den Mönch aber würde er nicht mehr länger hinhalten. Warum setzte sich dieser Mann eigentlich so für das Mädchen ein? Da steckte sicher eine persönliche Geschichte dahinter – aber die interessierte Harry nicht im Mindesten. Harry war ein Krieger, Angelegenheiten der Liebe ließen ihn kalt.

Auch das Mädchen selbst interessierte ihn nicht sonderlich. Tatsächlich hatte er die junge Frau schon dem Erzbischof überlassen wollen, als er auf ein Beweisstück gestoßen war, welches sich sehr zu ihren Gunsten auswirkte.

Harry lockerte die Verschnürung seiner hermelinverbrämten Robe. Der Tag versprach schön zu werden. Die Sonne, die durch die Fenster schien, warf bereits ein rautenförmiges Muster auf den Boden zu seinen Füßen.

»Haushofmeister, wir sind bereit. Ist der Erzbischof anwesend?«

»Ja, Euer Majestät. Er wartet draußen vor der Tür. Ebenso wie Seine Gnaden, der Lordkanzler Beaufort, und der Mönch.«

»Und das Mädchen? Wurde es auch geholt?«

»Ja, Euer Majestät. Sie wartet mit dem Lord High Constable im Vorzimmer.«

»Dann schickt alle herein.«

Wenn er diese Sache schnell hinter sich brachte, konnte er vielleicht noch vor dem Essen im Garten ein wenig auf der Laute spielen.

Als der Constable Anna in den Thronsaal führte, sah sie sich suchend nach Bruder Gabriel um. Dort stand er. Vor dem Podium mit dem Thron des Königs, zwischen dem Erzbischof und einem vornehm gekleideten Adeligen, der eine prächtige goldene Kette um den Hals trug. Der Constable schob sie vorwärts.

Da sie nicht wusste, was das Protokoll von einer Gefangenen verlangte, machte sie einen Knicks. Der Constable versetzte ihr einen heftigen Stoß in die Rippen.

»Das ist der König von England, Mistress, nicht irgendein unbedeutender Ritter. Auf die Knie«, zischte er.

»Mistress, Ihr wollt also nicht die Haltung einer Bittstellerin einnehmen?«, fragte der König mit ruhiger Stimme.

Sie war überrascht, dass er trotz seiner strengen, mönchischen Frisur so jung aussah. Um einige Jahre jünger, als sie selbst es war. Sie wurde rot. »Verzeiht, Eurer Majestät, ich bin schwanger, und es fällt mir schwer, mich hinzuknien. Aber ich werde versuchen, dem Befehl Eurer Majestät Folge zu leisten.«

»Ihr dürft stehen bleiben.« Er bedeutete ihr, näher zu treten. Die wenigen Schritte kamen ihr schier endlos vor.

Er sagte kein Wort. Das Schweigen lastete schwer im Raum. Ihre Augenlider begannen zu zucken. Ein Sonnenstrahl fiel in den Saal und verlieh dem Rauch des Kaminfeuers, der sich im Raum verteilt hatte, eine blaue Farbe. Anna sah den König unter gesenkten Lidern hervor an. Er schien jedoch an etwas anderes zu denken. Er schaute sie nicht einmal mehr an, sein Blick folgte vielmehr dem blauen Sonnenstrahl zum Fenster und dann nach draußen, wo die Sonne strahlend vom Himmel schien. Auf dem Fenstersims lag das zerbrochene Ei eines Rotkehlchens. Eine Wolke schob sich vor die Sonne, und der blaue Sonnenstrahl erlosch.

»Wer ist der Vater Eures Kindes, Mistress? Er sollte an Euer Seite sein, um Euch zu unterstützen.«

Sie warf einen Blick auf Bruder Gabriel, dann auf den Erzbischof, der sie selbstgefällig anstarrte.

»Die Frau wird der Hexerei beschuldigt, Euer Majestät. Ihr

Bastard wurde wahrscheinlich unter dem Teufelsmond beim Hexensabbat in der Gesellschaft nackter alter Weiber gezeugt.«

Was für eine kranke Fantasie dieser alte Mann doch hatte, dachte Anna. Und das ist der Mann, der die Seelen der Engländer ins Paradies führen soll?

Der König lächelte. »Ist das wahr, Madam? Hattet Ihr bei Vollmond mit dem Teufel Geschlechtsverkehr?« In seiner Stimme schwang deutlich ein spöttischer Unterton mit. Der Kanzler lächelte. Der Erzbischof machte ein finsteres Gesicht. Bruder Gabriel sagte: »Euer Majestät –«

Nein, du wirst nichts sagen. Du wirst dich nicht meinetwegen in Gefahr bringen.

»Der Vater meines Kindes ist ein Mann, den ich in Frankreich kennengelernt habe. Er hat ein Buch bei mir gekauft, dann hat er mich verführt und verlassen. Ich habe ihn seitdem nicht wiedergesehen.«

Das war nicht einmal gelogen. Der Mann, dem sie in Frankreich begegnet war, hatte offensichtlich nur in ihrer Vorstellung existiert. Und wie konnte man jemanden wiedersehen, den es nur in der Vorstellung gab? Ihr Blick fiel auf den Wandteppich, der hinter dem Thron hing. Dort war ein Hirsch zu sehen, der, vom Pfeil eines Jägers getroffen, sterbend in einem Kreis von Jagdhunden lag. Das plötzliche Verständnis für die Not des Hirsches ließ heiße Tränen hinter ihren Lidern brennen.

»Seid unbesorgt, Euer Majestät. Wie auch immer das Schicksal dieser Hexe aussehen mag, ihr Kind wird in jedem Fall christlich getauft werden, und wenn wir es dafür aus ihrem Leib schneiden müssen. Die Mönche werden sich seiner Seele annehmen, damit der böse Same vernichtet wird, dem es entsprungen ist.«

Sein Ton war überaus leidenschaftlich. *Er glaubt wirklich, was er da sagt,* dachte sie. *Er hält mich wirklich für böse.*

»Euer Majestät, darf ich für mich selbst sprechen?« Ihre Stimme hallte dünn und verängstigt von den giebelförmigen Deckenbalken wider.

»Bitte, Mistress, sprecht, da anscheinend niemand sonst hier ist, der dies für Euch tut.«

»Euer Majestät –« Bruder Gabriels Stimme klang flehend.

Der König gebot ihm mit einem Wink zu schweigen. »Wir haben Euch bereits gehört, Priester. Fahrt bitte fort, Madam.«

»Ich bin unschuldig. Das Buch mit den Zaubersprüchen, das in meiner Habe gefunden wurde, habe ich in Frankreich in einem Papierwarenladen gekauft. Ich bin Buchhändlerin und Schreiberin, sein Einband und das Pergament sind deshalb für mich von großem Wert. Ich weiß nicht, was in diesem Buch steht, denn ich kann kein Hebräisch.«

»Und was ist mit dem Vorwurf der Ketzerei? Warum hattet Ihr eine Englische Bibel in Eurem Besitz?«

»Sie gehörte meinem verstorbenen Großvater. Die Bibel ist alles, was mir von ihm geblieben ist.« Sie dachte in diesem Moment unwillkürlich an Petrus, der Christus nach dessen Gefangennahme dreimal verleugnet hatte. Sie dachte auch an ihren Großvater und an seinen Mut. Sie sah Arundel direkt in die Augen, als sie sagte: »Ich lese oft darin. Die Worte unseres Herrn spenden mir großen Trost.«

Der alte Mann schnappte empört nach Luft. »Seht selbst, Euer Majestät. Wenn man einen Ketzer gefunden hat, stößt man schon bald auf ein ganzes Nest. Sie wird uns zu den anderen führen. Lasst sie verhören. Wenigstens ist der Vorwurf der Ketzerei –«

Der König hob die Hand.

»Madam, seid Ihr Euch dessen bewusst, dass Ketzer entweder verbrannt oder zumindest mit einem glühenden Eisen gebrandmarkt werden? Der Buchstabe *K*, den man ins Fleisch brennt, wäre ein beträchtlicher Makel auf Eurem reizenden Gesicht.«

Der Mönch – Anna gestattete sich nicht, ihn anders zu nennen – trat einen Schritt nach vorn und öffnete den Mund, um etwas zu sagen. Aber wieder hob der König Schweigen gebietend die Hand.

»Habt Ihr jemals selbst die Heilige Schrift gelesen, Euer Majestät?«, fragte Anna mit ruhiger Stimme.

»Eine Unverschämtheit! Man sollte sie dafür auf der Stelle auspeitschen, Sire!«

Der König machte mit der Hand eine Geste, so als wollte er eine Mücke verscheuchen. »Unser Latein ist … ungenügend«, sagte er.

»Und genau deshalb wurde sie übersetzt, Euer Majestät. Für Euch und für alle anderen, die sie lesen wollen. Ihr findet darin vieles, das Euch leiten kann. Den Rat des Königs der Könige für Englands König. Aber Ihr werdet auch feststellen, dass vieles, von dem die Kirche behauptet, es stünde in der Bibel, dort nicht zu finden ist.«

Der Erzbischof schnappte wieder empört nach Luft und bekam prompt einen Hustenanfall.

Anna fuhr fort: »Ich meine Dinge wie das Fegefeuer und den Verkauf von Ablässen, und –«

»Genug!« Der König seufzte. »Warum seid ihr Ketzer nur immer so auf euren Tod versessen? Ihr lasst mir keine Wahl, Madam. Während wir entscheiden, dass es nicht genügend Beweise gibt, um Euch der Hexerei anzuklagen – es haben sich hier keine Zeugen eingefunden, die gegen Euch aussagen konnten –, müssen wir dem gelehrten Erzbischof beipflichten, dass die Anklage wegen Ketzerei begründet ist. Es sind dabei Eure eigenen Worte, die Euch überführen.«

Der Erzbischof verbeugte sich so tief, dass es aussah, als würde er gleich vornüberkippen.

Bruder Gabriel trat nach vorn. »Bitte, Euer Majestät, bedenkt –«

»Aber«, sagte der König, »die Karwoche steht vor der Tür. Die Woche, in der unser Herr und Erlöser Jesus Christus für die Sünden der Menschheit gekreuzigt wurde und wieder auferstanden ist. Im Geiste des österlichen Gnadenfestes gewähren wir Euch, Anna aus Prag, einen Straferlass. Ihr werdet unter der persönlichen Aufsicht von Bruder Gabriel zur Abtei bei Rochester zurückkehren, wo Ihr Eure Sünden bereuen und unter seiner Anleitung die Lehrsätze des wahren Glaubens studieren werdet.«

»Euer Majestät, ich bitte Euch dringend, diese Entscheidung

noch einmal zu überdenken. Ihr begeht einen schweren Fehler«, stotterte Arundel hustend. »Ihr schickt sie genau dorthin zurück, wo die Ketzerei ihren Ursprung hat. Darf ich Euer Majestät daran erinnern, dass Eure Krönung kurz bevorsteht.«

Die nächsten Worte des Königs ergaben für Anna keinen Sinn. Es war jedoch offensichtlich, dass sie sich auf eine Meinungsverschiedenheit zwischen ihm und dem Erzbischof bezogen.

»Hört endlich auf, mir zu drohen, Erzbischof. Bedrängt Euren König nicht zu sehr. England hatte bereits einen Erzbischof, der als Märtyrer starb und an dessen Schrein man betet. Ihr werdet Euren Haftbefehl für Lord Cobham bekommen, aber verlangt von mir nicht, dass ich Euch dabei helfe, seiner habhaft zu werden. Ich werde nicht zulassen, dass Ihr ihn mittels dieser Frau in eine Falle lockt.«

Bei diesen Worten machte sogar der Kanzler ein ernstes Gesicht.

»Bevor Ihr geht, möchte ich aber noch kurz mit Euch sprechen, Anna Bookman. Ich habe eine Frage zu einem Musikstück, das Ihr kopiert habt.« Er lächelte. »Wir würden den jungen Mann, der offensichtlich unsere Komposition interpretiert, gern kennenlernen. Ich habe gehört, dass er Euer Mündel ist.«

Anna stand die Verwirrung deutlich ins Gesicht geschrieben.

Der König blätterte langsam durch die Papiere, die er vor sich hatte, dann hielt er die Seite hoch, die Anna an dem Tag, an dem man sie verhaftet hatte, gerade kopiert hatte. »Die Komposition, die mit ›Roy Henry‹ signiert ist. Es würde uns große Freude bereiten, zu hören, wie er unsere Musik spielt. Mit Eurer Erlaubnis wird er vielleicht eines Tages sogar bei Hofe spielen.«

Es dauerte einen Moment, bis Anna begriff, was der König da gesagt hatte, dann musste sie unwillkürlich lachen. Es war letztendlich also nicht Bruder Gabriel gewesen, der ihre Freilassung bewirkt hatte. Und auch nicht ihre ganze kühne Rhetorik! Es war Bek gewesen! Der König fühlte sich einfach geschmeichelt, weil ihr schwachsinniger Sohn seine Musik spielte. Aber dann wurde sie genauso schnell wieder ernst, als sie daran dachte, in welch einer verrückten Welt sie lebte, wenn ihr Schicksal von einer solchen Laune abhing.

»Wir alle stehen Euer Majestät zu Diensten«, sagte sie. Und mit diesen Worten begab sie sich in die Obhut von Bruder Gabriel.

37

Die Juden wurden auf der ganzen Welt verschmäht und in allen Ländern beschuldigt, sie [die Pest] durch das Gift verursacht zu haben, welches sie ins Wasser und in die Brunnen geschüttet haben sollen … und aus diesem Grund wurden die Juden überall verbrannt … nur nicht in Avignon, denn dort beschützte sie der Papst.

Jacob von Königshofen, »Die Verbrennung der Strassburger Juden«

Anna und Bruder Gabriel sprachen auf dem langen Weg nach Rochester kaum ein Wort miteinander. Er hatte eine geschlossene Pferdesänfte gemietet und ritt mit seinem Pferd daneben her. Zwei Bewaffnete des Königs bildeten die Vorhut. Kaum ein Vagabund oder Vogelfreier würde es wagen, eine Gruppe von Reisenden zu belästigen, die das Banner des Königs vor sich hertrug. Der Mönch – Anna war entschlossen, ihn weiterhin so zu nennen, denn wie sonst hätte sie ihr Herz schützen können? – ging mit ihr so vorsichtig und behutsam um, als wäre er ein Ritter aus einem höfischen Roman und sie seine Dame. Er versorgte sie großzügig mit warmen Decken und sogar mit einem weichen Kissen für ihren Rücken. Auch ließ er oft haltmachen, damit sie sich die Beine vertreten konnte. Aber er war kein Ritter. Und sie keine Dame.

Wie sehr sich diese Reise doch von der anderen unterschied. Und das nur, weil sie für Bek eine Komposition des Königs kopiert hatte. Sie machten in der Schenke Rast, die Anna schon vom Weg in das Gefängnis kannte. Diesmal aber breitete Bruder Gabriel im Hof des Gasthauses eine Decke für sie aus, damit sie sich draußen im wärmenden Licht der Aprilsonne ausruhen konnte und vor der lärmenden, ungehobelten Gesellschaft in der Gaststube verschont blieb.

»Ich danke dir, Pater Gabriel, dass du dich beim König für mich eingesetzt hast.« Sie hatte sich noch nicht offiziell bei ihm bedankt und nahm an, dass er zumindest das verdient hatte. »Und für deine Höflichkeit«, fügte sie hinzu, als er das Picknick vor ihr ausbreitete.

Sie bedauerte die Kälte in ihrer Stimme, als sie sah, wie sehr ihn dieser Ton verletzte. Sein Blick erinnerte sie an den Wandteppich mit dem verwundeten Hirsch, der im Thronsaal gehangen hatte. Sie fragte sich, ob er in eben diesem Moment auch gerade an ihr kleines Picknick in der Rue de Saint Luc dachte.

»Nenn mich nicht mehr bei diesem Namen, Anna. Dieser schwarze Habit ist nichts anderes mehr als eine Verkleidung, die ich tragen werde, bis wir von hier fortgehen können.«

»Du bist kein Wollhändler. Und dein Name ist auch nicht Van-Cleve. Wie also sollte ich dich sonst nennen?«

»Nenn mich Gabriel. Ich bin der Vater deines Kindes. Und schon bald dein Ehemann.«

Heute war Freitag, deshalb gab es zu dem Gemüse, das sie aßen, auch ein wenig eingelegten Hering.

»Wo steht in der Bibel eigentlich geschrieben, dass die Menschen am Freitag Fisch essen sollen? Ach, ich vergaß. Du hast die Bibel ja noch gar nicht ganz gelesen, dann kannst du das auch nicht wissen. Aber ich kann es dir sagen, Bruder Gabriel. Es steht nirgends.«

Er sah sie einfach nur an, und wieder sah sie den verwundeten Hirsch. Sie hätte sich am liebsten die Zunge abgebissen. Sie beendeten schweigend ihre Mahlzeit und setzten ihre Reise dann ebenso schweigend fort. Sie hörte, wie Gabriel einem der Männer des Königs sagte, dass er sich beeilen solle, und seine auch sonst schon gebieterische Klerikerstimme klang ungewöhnlich schroff. Sie erreichten die Abtei kurz nach Einbruch der Dunkelheit.

Als Anna sich voller Erleichterung anschickte, aus der Sänfte zu steigen, bot er ihr seine Hand an, um ihr beim Aussteigen zu helfen. Sie aber hielt sich stattdessen am Rahmen der Sänfte fest, während sie mit dem Fuß nach dem Schemel tastete, den ihr einer der Männer des Königs hingestellt hatte.

Schwester Matilde kam herbeigelaufen und schloss sie voller Freude in ihre Arme.

»Ach, Anna. Wir haben uns solche Sorgen um dich gemacht! Ich werde gleich die Äbtissin wecken. Sie ist schon zu Bett gegangen, weil sie sich nicht wohlfühlte. Aber sie wird sicher wissen wollen, dass du wieder da bist.«

»Nein, Schwester, warte bis morgen. Das ist noch früh genug. Ach, es ist so schön, wieder zu Hause zu sein.« Tränen standen ihr plötzlich in den Augen.

Sie drehte sich um, um Gabriel eine gute Nacht zu wünschen, und ihm, diesmal mit freundlicheren Worten, für seine Bemühungen zu danken. Er war jedoch schon verschwunden.

»Die Reise hat Bruder Gabriel anscheinend sehr erschöpft«, sagte Schwester Matilde. »Normalerweise ist er nämlich nicht so wortkarg und unfreundlich.«

»Ihm geht wohl eine Menge im Kopf herum«, sagte Anna. »Der Lakai des Erzbischofs zu sein ist harte Arbeit.«

Am nächsten Morgen wurde Anna vom Klang der Glocken geweckt. Was für ein fröhlicher Klang – wenn auch zur Prim ein wenig überraschend –, und diese Kakophonie schien gar nicht mehr aufhören zu wollen. Sie brauchte einen Moment, bis ihr klar wurde, dass sie wieder in ihrem Zimmer in der Abtei lag, dort, wo Bek sie am Abend zuvor mit wild rudernden Armen begrüßt hatte, während sich auf seinem Gesicht ein liebevolles und zärtliches Lächeln ausgebreitet hatte. An na An na. Aber jetzt war er nicht da.

Als sie sich angezogen und ihr Haar zu einem langen Zopf geflochten hatte, waren die Nonnen bereits in die Kapelle geschlurft. Sie fragte sich, wo Bek so früh am Morgen sein mochte, als er den Kopf zur Tür hereinsteckte. »Beks Glocken!«, verkündete er stolz. »An na gefällt?«

Sie brauchte einen Augenblick, bis sie verstand, was er meinte. »Du hast also die Glocken geläutet?« Er belohnte sie mit seinem breiten, feuchten Lächeln. Sie streckte die Arme aus und zog ihn an sich. »Anna gefällt's.«

»Anna dick«, sagte er und legte dabei eine Hand auf ihren Bauch.

»Ja, Anna dick.« Sie lachte. Dann hielt sie ihn auf Armeslänge von sich. »Du hast Anna gerettet, Bek. Mit deiner Musik. Du bist mein Engel.«

»Engel?« Das Wort kam langsam und ein wenig undeutlich über seine Lippen.

Sie sah seinen großen Kopf mit den trüben Augen an, die in ihren Höhlen immer ein wenig hin und her zu schlingern schienen, betrachtete dann seine zuckenden Glieder. Was für ein ungewöhnlicher Engel er doch war. »Eines Tages werde ich dir alles erklären«, sagte sie. »Im Augenblick aber habe ich es selbst noch nicht so ganz verstanden.«

Nachdem sie im Refektorium gemeinsam gefrühstückt hatten, wobei Anna ihn mit seinem Porridge gefüttert hatte, damit sowohl ihre als auch seine Kleidung sauber blieb, machte sie sich auf ihren Weg zur Mutter Oberin. Sie war überrascht, die sonst so starke und vitale Frau noch in ihrem Bett anzutreffen. Auch ihr Händedruck, mit dem sie Anna begrüßte, war ungewohnt schlaff.

»Bruder Gabriel hat mir versprochen, dass er dich zu uns zurückbringen würde, und wie ich sehe, hat er sein Versprechen auch gehalten.«

»Mutter, seid Ihr krank?«

»Nein, das ist nur das Alter, Anna. Mein Körper will nicht mehr so, wie ich es will. Mein Herz flattert wie ein kleiner Vogel in seinem Käfig, und ich bin ziemlich kraftlos.«

Ihr Lächeln aber war noch immer herzlich und strahlend, auch ihre Wangen zeigten noch immer eine rosige Farbe. Eine ihrer Wangen zumindest, denn die andere war nicht zu sehen. Die Äbtissin hatte zwar ihren Gazeschleier abgelegt, aber der weiße leinerne Nonnenschleier, der ihr Gesicht einrahmte, verhüllte die vernarbte Seite.

»Der gelehrte Doktor, den der Bischof geschickt hat, sagt, dass ich mich ausruhen solle. Aber ich würde das am liebsten im Garten tun, wo mein Geist sich an den Schneeglöckchen und den Lenzrosen erfreuen kann.«

»Vielleicht können wir ja später einen kleinen Spaziergang im Garten machen«, sagte Anna. »Am Nachmittag, wenn es wärmer ist.«

»Setz dich zu mir, Anna.« Die Äbtissin klopfte mit der flachen Hand auf ihr Bett. »Berichte mir von dem, was dir geschehen ist. Du musst große Angst gehabt haben. Glaubst du, dass sich das alles irgendwie auf dein Kind ausgewirkt haben könnte?«

»Dem Kind und mir geht es gut, Mutter. Obwohl ich mich fast zu Tode geängstigt habe. Aber es war ein großer Trost für mich, dass Ihr mir meine Truhe geschickt habt, denn da wusste ich, dass man mich nicht vergessen hat. Und ich habe auch großen Trost aus meiner Kenntnis der Heiligen Schrift geschöpft. Ich bin jetzt mehr denn je davon überzeugt, dass jeder Mensch sie lesen können –«

»Und Bruder Gabriel? Hat er dich besucht? Er schien mir sehr besorgt zu sein, als er von deiner Verhaftung hörte. Er schwor, dass er alles versuchen würde, um dich freizubekommen.« Sie hielt noch immer Annas Hand und drückte sie leicht. »Ich habe ihm von dem Kind erzählt, Anna. Er erkennt es als das seine an. Er sagt, dass er seiner Berufung als Kleriker entsagen und dich heiraten will.«

Anna wurde verlegen. Sie vermied es, der Äbtissin in die Augen zu sehen, und heftete ihren Blick auf das Kreuz, das über dem Bett der Mutter Oberin hing. Es war ihr noch nie aufgefallen, aber es sah so aus, als wäre es einmal schwer beschädigt und anschließend, so gut es ging, repariert worden. Die Figur des Christus war verformt und ein Arm des Kreuzes stark verkohlt. Seltsam, dass die Äbtissin diesem beschädigten Kreuz einen Ehrenplatz einräumte, wo doch sonst alles andere in der Abtei, die gesamte Einrichtung und die Ausstattung, von bester Qualität waren.«

»Dasselbe hat er auch zu mir gesagt«, sagte Anna. »Aber ich weiß nicht, ob ich ihm vertrauen kann.«

»Mir schien er aufrichtig zu sein. Letztlich aber musst du das entscheiden. Du musst um Einsicht beten. Lass dich von deinem Herzen leiten, deinem Herzen und den Bedürfnissen deines Kindes.«

Sie seufzte und lehnte sich in ihr Kissen zurück.

»Ihr braucht Ruhe, Mutter, genau wie der Doktor gesagt hat. Ich komme am Nachmittag wieder, und dann setzen wir uns in den Garten. Habt Ihr in der Zwischenzeit eine Aufgabe für mich?«

»Nein, geh besser nicht ins Skriptorium. Du könntest dort beobachtet werden. Die Schwestern kopieren im Augenblick nur die lateinische Bibel und englische Dichtung. Aber allein schon deine Gegenwart dort könnte weiteren Verdacht erregen.«

»Der König hat den Haftbefehl gegen Sir John unterzeichnet«, sagte Anna.

»Das überrascht mich nicht. Ein Grund mehr, dass wir hier vorerst keine Lollarden-Texte mehr kopieren.«

Anna ließ die Hand der Mutter Oberin los und strich sich über die Stirn, dann beugte sie sich nach vorn, um die Hand der Äbtissin zu küssen.

»Noch eines, bevor du gehst, Anna. Wie lautete der Name deines Großvaters? Womit hat er seinen Lebensunterhalt verdient?«

Für eine kranke Frau, die kaum Luft zum Sprechen hatte, war dies eine seltsame Frage.

»Er war ein Illuminator mit hervorragendem Ruf und großem Talent, Mutter. Sein Name war Finn.«

Die Äbtissin schloss die Augen und holte mühsam Luft, sagte

aber nichts. Anna war sich nicht einmal sicher, ob sie ihre Antwort überhaupt gehört hatte. Sie ging, so leise es ihr möglich war, zur Tür.

»Komm heute Nachmittag wieder, Jasmine. Wir werden uns in den sonnigen Kreuzgang setzen und werden über Finn, den Illuminator, sprechen.«

Jasmine! Hatte die Äbtissin sie eben »Jasmine« genannt? »*Meine kleine Jasminblüte*«, so hatte ihr Großvater sie oft genannt. Nein. Sie hatte die Äbtissin wahrscheinlich nur falsch verstanden. Es waren nur leise geflüsterte Worte gewesen.

Anna wollte noch einmal nachfragen, aber die Äbtissin schien eingeschlafen zu sein. Anna öffnete leise die Tür, damit sie sie nicht weckte, und machte sich dann auf den Weg zur Küche. Sie verspürte plötzlich ein heftiges Verlangen nach Dickmilch mit Honig.

Karfreitag. Es war Brauch, dass die Kleinbauern Eier in der großen Küche von Cobham Hall abgaben. Eine symbolische Gabe. Lady Joan nahm die Eier huldvoll entgegen und überreichte den Bauern als Gegengeschenk warme, süße Brötchen. Nachdem sie über den Haushalt eines jeden Gabenbringers einen Ostersegen gesprochen hatte, lud sie alle zur Ostermesse ein, »um gemeinsam die Auferstehung unseres Herrn zu feiern«. Die Messe sollte am Sonntag in der Kapelle stattfinden, im Anschluss daran sollte im großen Saal ein Fest gefeiert werden: Es würde Lammeintopf mit Frühlingszwiebeln für die Freisassen und Lammhachse mit den gekochten Resten des getrockneten Wurzelgemüses vom letzten Jahr für die Leibeigenen geben. Und es würde noch ein weiteres Osterwunder stattfinden – eben jene Eier, die die Bauern ihrem Herrn zum Geschenk gemacht hatten, erhielten sie in Form von süßen Soßen, Puddings und Eierpunsch zurück – das Beste war dabei zweifellos der Früchtekuchen, der mit jeweils zwölf Marzipankugeln dekoriert war, eine für jeden der Apostel.

Lady Joan hatte einen absolut verschwiegenen Lollarden-Priester damit betraut, die Messe zu lesen. Der Ostergottesdienst wurde diesmal nicht großartig angekündigt, so wie man dies in den letzten Jahren stets getan hatte. Und auch wenn Lord Cobham zur Osterzeit anwesend sein sollte, würde er die Heilige Kommunion doch im Geheimen erhalten. An der feierlichen Messe, die am Ostermorgen bei Sonnenaufgang stattfand und mit Blick aufs Meer – in Richtung Osten – gefeiert wurde, würde er nicht teilnehmen.

Bei der sich anschließenden geheimen Zeremonie und der darauffolgenden kleinen Feier würde er jedoch auf jeden Fall anwesend sein. Und so summte Lady Joan an diesem Sonntagmorgen vergnügt vor sich hin, als sie wie jede andere brave Ehefrau, die Röcke bis zum Gürtel geschürzt und ein Tuch um ihr kastanienbraunes Haar gebunden, mit einem Strohbesen die Spinnweben von den Deckenbalken der Kapelle abkehrte. Den Boden im Saal hatte sie bereits gefegt und anschließend frische Binsen ausstreuen lassen. Außerdem hatte sie einen Flöten- und einen Lautenspieler engagiert, denn es sollte später auch Musik und Tanz geben. Dies waren schlimme Zeiten, und sie alle hatten sich ein paar fröhliche Stunden verdient, dachte sie, als sie den Altar mit Kerzen und einem purpurfarbenen Tuch schmückte. John kam nach Hause! Und es sollte auch noch eine Hochzeit geben!

Sie hatte laut gelacht, als Bruder Gabriel mit seiner Bitte zu ihr gekommen war. »Die Lollarden werden Eure Seele also doch noch bekommen, Bruder – die Lollarden oder der Teufel.« Dann war sie wieder ernst geworden: »Ihr wisst, dass das über den Verlust Eurer klerikalen Berufung hinausgeht. Arundel wird den Widerruf Eurer Gelübde als persönliche Beleidigung auffassen. Ihr macht ihn Euch damit zum Feind. Es sei denn, natürlich, Ihr wollt Eure Ehe geheim halten, so wie das viele tun. Bei einer heimlichen Ehe würde er vielleicht sogar seine Zustimmung geben.«

»Ich kann und werde es nicht geheim halten, Euer Ladyschaft. Zumindest nicht lange. Ich möchte, dass Annas Kind meinen Namen trägt.«

Sie zog seine Worte nicht in Zweifel, sagte auch nicht das, was sie schon lange vermutet hatte, nämlich dass Anna keine Witwe war. »Seid vorsichtig, damit dieses Kind nicht zusammen mit Eurem Namen auch Eure Feinde bekommt.« Sie sagte nicht »Euer Kind«, obwohl sie auch in dieser Hinsicht bestimmte Vermutungen hegte.

»Das weiß ich. Daran habe ich auch schon gedacht. Ich werde also diesen Habit noch ein paar Wochen lang tragen müssen. Aber ich möchte, dass sich Anna keine Sorgen mehr macht.«

»Dem Priester kann man vertrauen. Er wird diskret sein.«

Nun, zumindest würde die Hochzeit des Mädchens eine fröhliche Angelegenheit werden. Dafür würde Joan schon sorgen. Sie hatte die Kapelle mit Apfelblüten geschmückt, die den Raum mit ihren zarten Farben und ihrem Duft erfüllten. Nach allem, was Anna durchgemacht hatte, hatte sie wenigstens das verdient. Vielleicht würden ja mit diesem Ostermorgen auch bessere Zeiten anbrechen, dachte Lady Joan, als sie ihren Strohbesen voller Elan über dem Altar schwang, wo eine Spinne an einem seidenen Faden hing. Sie wischte sie herunter und zertrat sie dann mit dem Absatz.

Der Klostergarten war erfüllt vom Duft der Maiglöckchen, die dort wuchsen. »Tränen der heiligen Jungfrau«, so nannten sie die Schwestern. Anna saß mit der Äbtissin in einer windgeschützten Ecke des Säulengangs und genoss den Sonnenschein und den frischen süßen Duft dieser Blumen. Sie lauschten in geselligem Schweigen dem leisen Plätschern des Brunnens.

»Mutter, ist es Euch auch warm genug?«

Anna war sich nicht sicher gewesen, ob es wirklich eine gute Idee war, in den Garten zu gehen, aber die Äbtissin hatte darauf bestanden. Sie sah sehr gebrechlich aus. Ihren Gazeschleier hatte sie abgelegt. Seit ihrem, wie sie es nannte, kleinen Schwächeanfall spielten die Narben in ihrem Gesicht für sie offensichtlich keine Rolle mehr. Eine silbergraue Haarsträhne war unter ihrem Nonnenschleier hervorgerutscht, und eine leichte Brise wehte sie ihr in die Augen. Anna hob die Hand, um sie ihr aus dem Gesicht zu streichen. Ihre Finger berührten sanft die Narbe. Sie fühlte sich glatt und überraschend weich an, aber fester als die samtige Haut ihrer Wange.

Eine Spannerraupe fiel aus dem Bart des in Stein gehauenen Apostels auf dem Säulenkapitell und landete im Schoß der Mutter Oberin. Anna schnippte sie schnell weg. »Geh und nimm woanders Maß«, sagte sie.

Die Äbtissin lächelte. »Bei uns allen wird früher oder später für unser Leichentuch Maß genommen, Anna. Abgesehen davon ist das nur ein alberner Aberglaube.«

»Ich weiß, Mutter. Aber gerade in Eurem Fall wünsche ich mir, dass es erst viel später sein wird.«

Die Raupe krümmte sich und begann, den steinernen Umhang des Apostels zu vermessen.

»Erzähl mir von Finn, dem Illuminator, Anna. Erzähl mir von deinem Großvater.«

»Er war ein wunderbarer Mensch. Er besaß großes Talent, Weisheit und Mitgefühl. Er lachte zwar nicht oft, aber wenn er es einmal tat, schien die ganze Welt glücklich zu sein.« Dann merkte sie, wie kindisch das klang. »Nun, zumindest meine Welt. Ich wollte ihm immer nur Freude machen.«

»War er denn leicht zu erfreuen?«

»Nicht immer. Er stellte sehr hohe Anforderungen. Er wollte, dass die Dinge … perfekt waren.«

»Das muss schwer für dich gewesen sein.«

»Manchmal. Aber für mich war es auch nützlich.« Sie merkte, wie sie begann, sich zu verteidigen.

»Du hast ihn sehr geliebt.«

»Er war alles für mich. Ich habe meine Eltern nie kennengelernt.«

Die Spannerraupe war in einer Mantelfalte des steinernen Apostels verschwunden.

»Warum hat er niemals geheiratet? Ein solch seltenes Exemplar von einem Mann muss doch sehr begehrt gewesen sein.« In ihrem Ton lag ein unterschwelliger, sanfter Sarkasmus. Anna mochte ihren Humor.

»Ich erinnere mich, dass, als ich noch klein war, immer viele Frauen hinter ihm her waren. Freunde aus der Universität drängten ihn oft, dass er sich mit einer ihrer verwitweten Schwestern, einer ledigen Tante oder Base treffen sollte. Sie sagten, ich bräuchte eine Mutter. Einmal habe ich ihn sogar gefragt, warum er sie alle abgewiesen hat. Er hat mir damals geantwortet, dass er in seinem Leben zwei Frauen geliebt habe, und beide hätten sie sein Herz gebrochen. Und dann hat er gelacht und gesagt, dass eine Frau im Haushalt durchaus genug sei. Ich war damals noch ein Kind, aber er weckte in mir immer den Wunsch, älter zu sein, die Herrin des Hauses zu sein.«

Die Äbtissin nickte lächelnd. Sie schien über diese Worte merkwürdig erfreut zu sein.

»Hatte er ein leichtes Leben?«

»Ja, das hatte er. Jedenfalls in vielerlei Hinsicht. Wir haben uns in unserem kleinen Haus in Prag sehr wohl gefühlt. Er hatte seine Freunde und seine Arbeit. Außerdem hatte er sich der Aufgabe verschrieben, Wycliffes Lehren zu verbreiten, und eben dies tat er mit jedem Jahr eifriger. Und das war ihm genug. Meistens jedenfalls. Manchmal überfiel ihn allerdings eine Art grüblerische Traurigkeit. Sie hielt jedoch nie lange an, weil er sich dann immer in seine Arbeit gestürzt hat.«

Die Äbtissin nickte, so als verstünde sie das alles voll und ganz. *Es ist ein Zeichen ihres großen Mitgefühls, dass sie so großes Interesse am Leben eines anderen Menschen zeigt,* dachte Anna. *Es rührt wohl daher, dass sie beide derselben Sache dienten.*

Die Äbtissin senkte ihren Blick und zupfte mit ihren langen Fingern am Saum ihres Nonnenschleiers herum. Sie sahen sehr zerbrechlich aus, die Knochen so spröde wie vertrocknete Zweige im Winter.

»Und sein Tod? War auch er leicht?«

Anna stellte überrascht fest, dass es sie tröstete, mit der Äbtissin über ihren Großvater zu sprechen. Ihr Kummer war jetzt nicht mehr so frisch, und sie hatte auch nicht mehr das Gefühl des grenzenlosen Verlustes, denn er war noch immer bei ihr, und sie hatte sein Bild vor Augen, wann immer sie es wollte.

»Nein, er hatte keine Schmerzen. Er starb im Schlaf.«

»Keine Schmerzen zu leiden und dann im Schlaf dahinzugehen, das ist der letzte Segen für ein wohlgelebtes Leben.« Die Äbtissin seufzte und schloss die Augen.

Sie denkt an ihren eigenen Tod, dachte Anna.

»Es muss ihm sehr wehgetan haben, dich zurückzulassen«, sagte die Äbtissin, die Augen noch immer geschlossen.

»Das hat es auch. Ich musste ihm versprechen, nach England zu gehen. Er hatte großes Vertrauen zu Sir John. Die letzten Jahre haben sie gemeinsam für die Sache der Lollarden gekämpft. Als dann in Prag die Verfolgungen begannen, war er überzeugt davon, dass ich hier bei Sir John sicher wäre. Er konnte ja nicht ahnen, dass eben dies nicht der Fall sein würde.«

»Nein, das konnte er wohl nicht.« Die Stimme der Äbtissin klang jetzt unendlich müde.

»Mutter, wollt Ihr wieder nach drinnen gehen? Ist Euch der Wind zu kühl?«

»Nein, Anna, ich sammle nur meine Kräfte, um dir das zu sagen, was ich dir sagen muss.«

Anna spürte, wie eine entsetzliche Angst sie ergriff. *Sie wird mich wegschicken,* dachte sie. *Sie wird, genau wie damals Mistress Kremensky, sagen, dass meine Anwesenheit hier die anderen Schwestern gefährdet. Ihr Mitgefühl macht es ihr nicht leicht. Ich sollte sie nicht dazu zwingen, es zu sagen. Ich sollte von mir aus gehen. Aber wohin soll ich gehen? Ach, Heiliger Jesus, wohin nur?*

»Mutter, ich glaube –«

Die Äbtissin schüttelte den Kopf. »Psst, Anna, lass mich dir sagen, was ich zu sagen habe.«

Die Spannerraupe hatte inzwischen eine beträchtliche Strecke auf dem steinernen Mantel des Apostels zurückgelegt. Sie verlor den Halt, fiel auf den Boden und begann sofort wieder, nach oben zu krabbeln. Die Äbtissin kramte in dem kleinen Beutel, der an ihrem Gürtel hing, nahm dann etwas heraus – und hielt es Anna hin.

»Ich habe deine Kette reparieren lassen«, sagte sie und drückte sie Anna in die Hand. »Und jetzt möchte ich dir die Geschichte dieser Kette erzählen. Ist dir jemals aufgefallen, dass die kleinen Perlen in der Mitte des Kreuzes einen sechszackigen Stern bilden?« Sie strich langsam mit ihren Fingern darüber.

Anna sah sich den Anhänger genauer an und erkannte den Stern klar und deutlich. Jetzt, da man sie darauf hingewiesen hatte. Sie hatte bisher immer nur das Kreuz gesehen. Den Stern hatte sie noch nie wahrgenommen. Aber sie erkannte ihn sofort als das, was er war.

»Er sieht aus … es ist der Stern von Judah«, sagte sie.

»Dann weißt du es also. Dein Großvater hat es dir also doch gesagt.«

»Nein, ich weiß es nur, weil er manchmal für die Juden in der Judenstadt gearbeitet hat. Er hat für sie wunderschöne Manuskripte illuminiert. Und ich habe sie dann immer dem Rabbi gebracht.«

»Dann hat dir dein Großvater also nie erzählt, was es mit der Kette auf sich hat?«

»Nur dass sie meiner Mutter und davor ihrer Mutter gehört hat. Es war das Hochzeitsgeschenk meines Großvaters für meine Großmutter Rebekka. Der Stern ist mir aber noch nie aufgefallen. Ich bin mir sicher, dass er es mir gesagt hätte, wenn ich ihn gefragt hätte.«

Die Äbtissin runzelte die Stirn. »Es überrascht mich sehr, dass Finn dir das nie gesagt hat. Das war feige von ihm. Aber es war sicher nur seine Liebe zu dir, die ihn so ängstlich gemacht hat.«

»Was soll er mir gesagt haben? Er war der tapferste Mann, den ich –«

»Anna, deine Großmutter Rebekka war Jüdin.«

Rebekka. Das war kein christlicher Name. Warum hatte sie sich nie darüber gewundert? Ihre eine Großmutter war eine Jüdin!

Aber wie konnte das sein? Ihr Großvater hätte ihr das doch sicher gesagt, oder etwa nicht?

Sie sah wieder das enge Judenviertel, dachte an die Demütigungen, mit denen man die Juden selbst in Prag überhäuft hatte, obwohl dies eine der letzten Zufluchtsstätten war, die ihnen in der christlichen Welt geblieben waren. Sie erinnerte sich daran, wie oft sie die Juden bemitleidet hatte und wie froh sie gewesen war, nicht als eine der ihren geboren worden zu sein. Wie Gott über sie gelacht haben musste!

Jetzt verstand sie auch die merkwürdige Affinität, die ihr Großvater zu den Juden gehabt hatte, während die anderen Prager Bürger den Kontakt zu ihnen vermieden. Sie war viel zu verblüfft, um sich darüber zu wundern, dass die Äbtissin derart private Dinge über sie wusste. Viel zu verblüfft, um an etwas anderes zu denken als daran, was das für sie bedeuten mochte.

»Dann bin ich auch eine Jüdin? Und mein Baby –«

»Nein, Anna, du bist Christin. Jedenfalls, wenn du dich dafür entscheidest, das zu sein. Du wurdest christlich getauft. Du wurdest als Christin erzogen. Aber du solltest deine Herkunft kennen. Es ist deine Wahl. Du hast zwei Großmütter, Anna. Ich bin deine andere Großmutter. Ich bin Kathryn.«

Sie streckte die Hand aus, so als wollte sie Annas Hand nehmen, verharrte dann aber unschlüssig in der Luft und zog sie schließlich wieder zurück.

»Ihr? Ihr seid Kathryn?« Nein, dachte Anna, das konnte nicht sein. Sie musste die Äbtissin falsch verstanden haben. »Ihr könnt nicht Kathryn sein. Zumindest nicht diese Kathryn. Meine Großmutter Kathryn starb bei einem Brand während des Bauernaufstands. Mein Großvater hätte mich niemals belogen –«

Die Äbtissin sah Anna nicht an. Ihr Blick ruhte auf ihren Händen, die sie in ihren Schoß gelegt hatte. Als einziges Zeichen ihrer inneren Anspannung knetete sie unentwegt den Stoff ihres Habits zwischen ihren Fingern.

»Er war es auch nicht, der gelogen hat«, sagte sie. »Er musste annehmen, dass ich gestorben sei. Ich habe ihn getäuscht. Und es war leider auch nicht das erste Mal. Aber ich habe für diese Täuschung bezahlt.« Sie hielt inne und sah Anna in die Augen. »Es gab keinen anderen Weg, Anna. Er hätte England niemals verlassen, wenn er gewusst hätte, dass ich noch am Leben war. Und wenn er geblieben wäre, dann hätte das seinen Tod bedeutet. Der Bischof, der ihn damals gefangen gehalten hatte, hätte ihn niemals in Ruhe gelassen. Ich aber war zu krank, um mit ihm gehen zu können. Ich wusste, dass seine und damit auch deine einzige Chance darin bestand, auf den Kontinent zu fliehen.«

»Aber wie habt Ihr gewusst, wer ich bin?«

»Ich habe von Anfang an gespürt, dass es zwischen dir und mir eine Verbindung gibt. Zuerst dachte ich, dass es daran liegt, dass wir beide derselben Sache dienen. Bis ich dann die Kette wiedererkannte.«

Keine von ihnen sprach ein Wort. Sie saßen schweigend in dem stillen Garten, während sich in Annas Kopf die Fragen geradezu überschlugen. Sie empfand jedoch plötzlich auch ein wenig Groll, als sie daran dachte, wie sehr ihr Großvater sein ganzes Leben lang um diese Frau getrauert hatte. Schließlich begann die Äbtissin wieder zu sprechen, so leise, dass Anna sich zu ihr hinüberbeugen musste, um sie verstehen zu können. Sie sprach von Annas Mutter Rose und von Finn, dem Illuminator, und von einer Frau namens Kathryn von Blackingham. »Ich habe deine Mutter geliebt wie eine Tochter«, sagte sie. »Und auch ich trauerte jahrelang, weil ich sie verloren hatte – und weil ich dich verloren hatte.«

Als die Äbtissin ihre Geschichte zu Ende erzählt hatte, zitterten ihre Hände. Anna musste mit aller Gewalt ihre Tränen unterdrücken, so sehr bedauerte sie sowohl ihren Großvater als auch Kathryn. Die Spannerraupe hatte gerade wieder den Saum des Habits der Äbtissin erreicht. Anna zerquetschte sie mit ihrer Schuhspitze.

»Sei nicht so wütend, meine Liebe. Du kannst den Tod nicht töten. Einige von uns sehen ihn sogar als Freund an. Du wirst wissen, was ich meine, wenn du eines Tages ebenso alt und müde bist wie ich. Ich weiß, dass du mir jetzt viele Fragen stellen willst, aber ich glaube, ich muss mich erst ein wenig ausruhen. Begleitest du mich bitte wieder hinein.«

Anna half ihr vorsichtig beim Aufstehen, führte sie dann langsam zu ihrem Zimmer, half ihr ins Bett. »Großmutter«, sagte Anna, und das Wort hörte sich überraschenderweise in keiner Weise fremd an, »ich wünschte, mein Großvater könnte sehen, wie wunderschön du noch immer bist.« Dann küsste sie sanft ihre Schläfe, spürte die vernarbte Haut an ihren Lippen.

Die Äbtissin tätschelte Annas Hand. »Wir werden uns später weiter unterhalten. Wenn du genügend Zeit hattest, über das, was ich dir gerade erzählt habe, nachzudenken. Vorhin hat übrigens Bruder Gabriel nach dir gefragt. Ich habe ihm gesagt, dass du heute Nachmittag in der Kapelle sein wirst. Er mag zwar seine Fehler haben, Anna, aber ich bin mir sicher, dass er trotz alledem ein guter Mensch ist. Er kann noch immer erlöst werden durch die Gnade unseres Herrgotts und mit Hilfe einer aufrechten Frau.«

Anna musste unwillkürlich lachen. Aber ihr Lachen verhallte rasch. Sie war sich, was ihn anging, in keiner Weise mehr sicher, denn sie wusste, dass er sich wie ein Chamäleon verwandeln konnte.

Sie ging in ihr Zimmer, um ihre geröteten Augen zu kühlen, dann erst begab sie sich in die Kapelle. Aber nicht, um Bruder Gabriel zu sehen, sagte sie sich. Sie wollte eine andere Gegenwart spüren. Sie hatte so viele Fragen. Und wo sollte man den Heiligen Geist besser anrufen können als an dem Ort, dem er, wie viele sagten, innewohnte?

38

… betöre eine Frau mit Worten;
Gelobe ihr leichthin die Treue
Für nichts anderes, als um bei ihr zu liegen;
Mit dieser List erhältst du ihre Einwilligung,
und bringst euch beide in Schwierigkeiten.

Robert Manning in »Handlyng Synne«

Bruder Gabriel kam nicht zur Kapelle, obwohl Anna sich dort bis zur Vesper aufhielt. Du dummes Mädchen! Dass du das überhaupt erwartet hast! Es gab im Moment jedoch zu viele Dinge, über die sie nachdenken musste, um sich auch noch seinetwegen Gedanken zu machen. Nicht einmal die Beklemmung, die die bloße Erwähnung seines Namens in ihr hervorrief, konnte ihre Freude dämpfen. Sie war nicht allein. Sie hatte eine Großmutter. Eine Frau von großem Ansehen und Einfluss. Aber, so warnte sie die Stimme der Vernunft, auch eine Frau, die gerade in diesen Zeiten wegen ihrer Verbindung zu Sir John unter Verdacht stand. Eine Frau, die so krank und gebrechlich war, dass sie möglicherweise schon bald starb.

Du hättest ihn niemals wegschicken dürfen, Großmutter. Sie murmelte die Worte leise wie ein Gebet vor sich hin. Wie anders wäre ihrer aller Leben dann verlaufen. Allein der Gedanke daran schmerzte wie eine frische Wunde. Aber wer konnte das schon sagen? *Denk an all das, was die beiden, unabhängig voneinander, für die Sache der Lollarden getan haben, Anna. Denk an die Bücher, die sie kopiert, die vielen Menschen, die sie damit erreicht haben.*

Als die Glocken die Vesper schlugen und die Nonnen zum Gebet in die Kapelle geschlurft kamen, verließ Anna das kleine Gotteshaus. Sie ging durch den dämmrigen Garten, um sich zu ihrer Unterkunft zu begeben. Auf dem Weg dorthin blieb sie kurz vor der Tür der Mutter Oberin – ihrer Großmutter – stehen und lauschte. Totenstille. Sie öffnete vorsichtig die Tür und warf einen Blick ins Zimmer. Die Äbtissin lag still wie eine Statue auf ihrem Bett. Eine Statue oder ein Leichnam. *Bitte, nicht, Heiliger Jesus. Nicht jetzt, da ich sie gerade erst gefunden habe.* Dann sah sie jedoch, dass sich die Brust der alten Frau ganz leicht hob und senkte. Erleichtert zog sie sich wieder zurück und schloss dann leise die Tür hinter sich.

Sie warf einen Blick in Richtung des Gästehauses. Die Tür war geschlossen. Es sah nicht so aus, als befände sich Bruder Gabriel in seinem Zimmer. Das Glasfenster schimmerte dunkel wie das riesige Auge eines Zyklopen. Sie hatte gewusst, dass sie ihm nicht trauen konnte, warum nur krampfte sich ihr bei dem Gedanken, dass er sie erneut im Stich gelassen hatte, das Herz zusammen?

War das, was er im Tower zu ihr gesagt hatte, wieder gelogen und wieder nur eine List gewesen? Warum war sie so überrascht? Oder lag es an ihr? Hatte sie ihm mit ihrer scharfen Zunge eine halbherzige Entscheidung abgenötigt? Eine Entscheidung, die er trotz seiner entschlossenen Worte und Liebesbeteuerungen jederzeit wieder rückgängig machen konnte. Die Ablässe zu verbrennen war vielleicht doch nur ein unwürdiges Schauspiel gewesen. Wahrscheinlich hatte er bereits neue angefordert. Und wenn sie noch einmal darüber nachdachte, so konnte sie nicht einmal sagen, was tatsächlich auf dem Papier gestanden hatte, das er verbrannte.

Oder hatte er die Flucht ergriffen, weil die Äbtissin ihm gesagt hatte, dass seine Verlobte jüdisches Blut in den Adern hatte? *Dann bist du kein Mann, wie es mein Großvater gewesen ist,* dachte sie. *Und mit einem Geringeren werde ich mich nicht zufriedengeben.*

Sie hatte ihr Kleid ausgezogen – trotz der hohen Taille würde sie auch hier schon bald die Nähte herauslassen müssen – und stand in ihrem Unterkleid da, als es leise an der Tür klopfte. Ihr Herz machte einen kleinen Sprung. Aber er würde sie bestimmt nicht in ihrem Zimmer aufsuchen. Das wäre unschicklich gewesen.

»Mistress Anna?« Es war eine der jungen Novizinnen. »Ich habe ein Paket für Euch.«

»Wisst Ihr, von wem es kommt?«, fragte Anna, als sie das Paket entgegennahm.

»Nein. Aber es wurde von einem jungen Pagen aus der Burg gebracht.«

Als Anna das Paket geöffnet hatte, sah sie, dass Lady Joan, die immer so freundlich zu ihr gewesen war, ihr ein Kleid geschickt hatte. Ihr war offensichtlich bewusst, dass Anna in ihrem jetzigen Zustand rasch aus ihren Sachen herauswuchs. Trotz der großen Sorgen, die sich Lady Joan bestimmt um Sir John machte, hatte sie Anna nicht vergessen.

Anna breitete das Kleid auf ihrem Bett aus. Ja, es war um einiges weiter als ihre anderen Kleider, auch das Mieder. Es war aus einem exquisiten königsblauen Damast gefertigt und mit Bändern geschmückt, die in einem dunkleren Blau gehalten waren. Die geschlitzten Ärmel waren mit cremeweißem Satin unterfüttert. Es war das schönste Kleid, das Anna je gesehen hatte.

Das war in der Tat sehr großzügig von Lady Joan! Aber in keiner Weise das, was sie wirklich brauchte. Wann und wo sollte sie jemals ein so prächtiges Gewand wie dieses tragen? Dies war kein Kleid für eine bescheidene Schreiberin – nicht einmal eines für die Ehefrau eines Klerikers, dem man sein Amt entzogen hatte, dachte sie bitter.

In das Kleid war ein Kranz eingewickelt, in den Liebesknoten aus cremefarbenen Satinbändern, Maiglöckchen und getrocknete rosa Rosen eingeflochten waren. Es war ein Kranz, wie ihn eine Braut trug.

Sie nahm den Kranz vorsichtig in die Hand. Ein Brief flatterte zu Boden. Sie hob ihn auf und las aufgeregt, was da stand.

Anna aus Prag, nimm bitte dieses Kleid als mein Geschenk an und trage es am Ostermorgen, dem Tag der Auferstehung unseres Herrn, an dem alles erneuert und die Welt erlöst wird. Nach der Ostermesse werden wir uns vor der Kapelle von Cobham Castle versammeln, und ich werde Dich vor Lady Cobham und den versammelten Zeugen und einem Priester, mit dem Du gewiss einverstanden sein wirst, zur Frau nehmen. Wenn Du dieses Kleid trägst, wird mir das sagen, dass Du damit einverstanden bist. Mein Herz sehnt sich danach, Dich darin zu sehen. Was auch immer die Zukunft für uns bereithalten mag, wir werden uns ihr gemeinsam stellen, und wir werden unser Kind zusammen auf der Welt willkommen heißen. Und vielleicht gelingt es mir mit der Zeit, Dein verlorenes Vertrauen in mich zurückzugewinnen.

Der Brief war in kühner Schrift mit »Gabriel« unterzeichnet.

Sie nahm ihre Kappe ab, setzte den Kranz auf und hielt dann eine Kerze vor die Fensterscheibe, um ihr Spiegelbild im Lichtschein betrachten zu können. Sie fand, dass die Frau, die sie aus dem Fenster heraus anstarrte, in keiner Weise wie eine Jüdin aussah. Ihre Augen waren blau, und ihre roten Haare waren mit einer Blumengirlande bekränzt. *Ich sehe tatsächlich aus wie eine Braut. Wie eine christliche Braut.* Aber das Kerzenlicht hob auch die Perlen in dem Kreuz an ihrem Hals hervor. Jetzt, da sie wusste, dass sie da waren, gelang es ihr nicht mehr, das Kreuz anzusehen, ohne auch den Stern wahrzunehmen.

Sie setzte sich auf ihr Bett und nahm Gabriels Brief noch einmal in die Hand, las ihn noch einmal und dann ein weiteres Mal. Sie wusste nicht, was sie davon halten sollte. War dies wieder nur ein Schwindel? Ein neuer Einfall des römischen Spions, um sie zu überführen? Nein, das konnte sie nicht glauben, das wollte sie auch nicht glauben. Aber konnte überhaupt jemals etwas Gutes aus diesem römischen Nest der falschen Religion und der Gier kommen? Wenn es so wäre, dann hätte es sie jedenfalls sehr überrascht. Konnte es sein, dass Gabriel genauso verwirrt war wie sie? Genauso verzweifelt? Genauso einsam? Konnte es sein, dass doch mehr von VanCleve in ihm steckte als von einem Dominikanermönch? »Sag mir, was ich tun soll, Dědeček.« Aber es erschien kein Geist, um ihr einen Rat zu geben.

Froh darüber, dass Bek nicht mehr nebenan schlief und sie weinen hörte, legte sie sich auf das Bett und schluchzte leise in ihr Kopfkissen. Der Blumenkranz auf ihrem Kopf war verrutscht. Eine seiner zerbrechlichen Rosen zerfiel und verteilte ihre getrockneten Blütenblätter als blassrosa Staub auf dem Bett.

Bruder Gabriel kehrte erst nach Einbruch der Dunkelheit zur Abtei zurück. Er brachte sein Pferd in den Stall und ging dann durch den Klostergarten. In Annas Zimmer brannte kein Licht mehr. Er hatte bereits am Nachmittag wieder hier sein wollen, um sich mit ihr in der Kapelle der Abtei zu treffen und ihre Antwort zu hören, aber der Lollarden-Priester hatte ihn aufgehalten. Es hatte ihn einige Mühe gekostet, den Mann davon zu überzeugen, dass er, Gabriel, nicht einfach nur ein weiterer lüsterner, korrupter Mönch war, der irgendein einfältiges Mädchen zu einer heimlichen Ehe überreden wollte, um sie schon bald darauf wieder zu verlassen.

Zwei Stunden lang hatte der Mann ihn befragt. Die Ironie des Ganzen war ihm dabei durchaus nicht entgangen. Wie sich das Blatt doch gewendet hatte! Ein Dominikanermönch, ein Mönch eben jenes Ordens, der jahrhundertelang die Inquisition geleitet und Ketzer ausgerottet hatte, war jetzt dazu gezwungen, seinen Glauben vor einem Laienpriester zu verteidigen. Und eben das war ihm nicht gelungen. Der Lollarde hatte unter Zuhilfenahme von Wycliffes Theorien und Worten jene Theologie, die Gabriel sein ganzes Leben lang gelernt hatte, Stein um Stein demontiert. Unerbittlich hatte er dabei die Missstände im Klerus angesprochen: den Verkauf dessen, was kostenlos sein sollte, die große Bedeutung, die man Pilgerfahrten und heiligen Reliquien zumaß, die Tatsache, dass man allen außer den ordinierten »Würdigen« den Abendmahlskelch verweigerte. Aber welcher von den Mönchen und Priestern, die er gekannt hatte, war tatsächlich »würdig« gewesen? Der Erzbischof, der alles daransetzte, einen aufrechten Mann in eine Falle zu locken, jedenfalls nicht. Auch nicht Bruder Francis, dessen gesamtes Leben eine einzige Lüge gewesen war. Und Pater Gabriel schon gar nicht. Niemand war würdig – aber alle wurden es durch das Blut Christi.

Es war gut, dass er das Kleid, das Lady Cobham ihnen zum Geschenk gemacht hatte, schon vorausgeschickt hatte. Er hatte ihr angeboten, es zu bezahlen, war dann aber doch erleichtert gewesen, als sie das abgelehnt und erklärt hatte, dass dies ihr Hochzeitsgeschenk sei. Welche Mittel hatte er denn schon, um seiner Braut ein Kleid zu kaufen? Trotz des großen Reichtums des Ordens erlaubte die Ordensregel der Dominikaner keinen persönlichen Besitz. Obwohl all die »armen« Priester auf Daunenkissen schliefen, edle Pferde ritten und französischen Wein tranken, gehörte ihnen persönlich nichts. Jeder Farthing, den Gabriel ausgab, jeder Bissen, den er sich in den Mund schob – das alles gehörte seinem Orden. Und er war durch sein Armutsgelübde daran gebunden. Alles um ihn herum gehörte der Institution, von der er sich gerade lossagte. Es würde bestimmt nicht leicht werden, mit dieser Art von Knechtschaft zu brechen.

Die Tragweite dessen, was er gerade zu tun im Begriff war, drückte auf seine Brust wie ein schweres Gewicht. Er bekam kaum mehr Luft. Wie sollte er eine Frau und ein Kind ernähren – eigentlich zwei Kinder, auch wenn Bek nicht Annas leibliches Kind war? Diese Angst hatte er, nachdem er Lady Joan für das Kleid gedankt hatte, ihr gegenüber auch zum Ausdruck gebracht.

»Ihr seid ein überaus gebildeter Mann, Gabriel. Und Eure Braut ist ebenfalls gebildet. Ihr werdet bestimmt etwas für Euch finden – ohne dabei Eure Seele verkaufen zu müssen!«

Sie war, abgesehen von Mistress Clare, seiner Mutter, die Erste, die ihn »Gabriel« nannte. Selbst Anna nannte ihn, auch nachdem er die Ablassbriefe verbrannt und erklärt hatte, dass er sich von seiner Berufung lossagen und sie heiraten wolle, noch immer mit einem spöttischen Unterton in der Stimme »Bruder«.

Würde sie morgen kommen? Würde sie in ihrem Brautgewand vor der Kapelle auf ihn warten?

Er zog seinen schwarzen Habit und das Skapular aus, dann das feine weiße Untergewand, legte alles ordentlich zusammen und verstaute es schließlich in einer Truhe. Er nahm das Priesterornat aus dem Wäscheschrank, hob den Amikt und die Stola an seine Lippen und legte sie, nachdem er auch sie ehrfürchtig zusammengefaltet hatte, obenauf. Es war vorbei. Ein für alle Mal. Wenn er diese Kleidungsstücke das nächste Mal trug, würden sie eine Verkleidung sein.

Aber er tat sich leicht mit dem Verkleiden, hatte Anna gesagt. Hatte sie recht? Was war da wirklich unter seiner Haut? Ein Mann mit Überzeugungen, Mut und Ehre? Oder war dieser Mann nichts anderes als ein Darsteller in einem Mummenschanz, der nur die Gestalt annahm und nur die Worte sprach, die seine Rolle und sein Kostüm verlangten? Als junger Mann im Kloster hatte er wie selbstverständlich die Überzeugungen und Sichtweisen für seine eigenen gehalten. Im Gegensatz zu silbernen Löffeln und kostbaren Büchern gehörte der Glaube jedoch nicht zu den Dingen, die ein Mensch einfach erben konnte. Im Schmelzofen des Lebens zerfiel ein solcher Glaube ebenso leicht zu Asche wie seine Ablassbriefe aus Papier.

Wie war es möglich, dass Annas Glaube so stark war? Und was war mit dem Lollarden-Priester, der mit ihm gesprochen hatte, und was war mit Lord und Lady Cobham und der alten Äbtissin? Woher nahmen sie den Mut, um die seit Jahrhunderten überlieferte Meinung der von Gott bestimmten Autorität herauszufordern?

Ganz unten in der Truhe lagen das härene Hemd und die »Disziplin«. Er nahm die kleine Peitsche heraus, schlug damit auf seine offene Handfläche. Die Disziplin seines Geistes war dabei so stark, dass er den Schlag kaum spürte, aber er hinterließ eine deutlich sichtbare Strieme auf seiner Handfläche. Die Strieme erinnerte ihn an das Heer von Pilgern, die Geißler, die kein Geld hatten, um für ihre Buße zu bezahlen. Sie liefen deshalb barfuß durch die Städte und schlugen sich so lange auf den Rücken, bis sie bluteten, während die Frauen hinter ihnen herrannten, um das Blut aufzufangen und sich damit die Gesichter zu beschmieren, weil ihnen irgendjemand eingeredet hatte, dass dieses Blut heilig sei.

Er schleuderte die Peitsche quer durch das Zimmer. Sie gab ein zischendes Geräusch von sich, als sie zwischen den Binsen landete. Eine Schnur aus geflochtenem Leder, in die kleine Knochenstückchen eingearbeitet waren, die wie Reißzähne aussahen. Wo stand eigentlich in der Bibel geschrieben, dass Christus und die Apostel je ihrem eigenen Körper Schaden zugefügt hatten? Hatten das nicht vielmehr andere für sie getan? Gab es nicht immer andere, die das für diejenigen übernahmen, die sich für den schmalen Pfad entschieden hatten?

Er konnte ganze Seiten des lateinischen Katechismus zitieren, konnte die alten Philosophen auf Griechisch lesen, aber er konnte sich nicht an ein einziges Wort Jesu erinnern, das ihm jetzt Trost gespendet hätte. Er hatte vom Höllenfeuer und von der Verdammnis gepredigt, und er hatte den armen, verlorenen Seelen, die im Schlamm ihrer eigenen Sünden und der Sünden anderer versanken, die käufliche Gnade angeboten. Er hatte keinen persönlichen Gott gepredigt. Jetzt aber war er auf eben diesen Gott angewiesen und sehnte sich nach seiner Gegenwart. Er war auf den Beistand des Heiligen Geistes angewiesen, der ihn wie ein Freund begleitete und echten Trost spendete – was er nicht brauchte, war irgendeine magische lateinische Zauberformel oder eine fromme Litanei. Und schon gar nicht ein Stück Papier, welches das Siegel des Papstes trug. Aber existierte ein solches Wesen überhaupt? Und wenn ja, wo war es zu finden?

Er legte sich auf sein Bett und schloss die Augen. Entweder würde Anna morgen kommen – wenn auch vielleicht widerwillig –, oder sie würde eben nicht kommen. Aber egal, was auch geschehen mochte, er selbst würde auf keinen Fall als der Mann von dort weggehen, der er gewesen war. Der Ostermorgen würde für Gabriel, den Sohn von Jane Paul aus Southwark, in jedem Fall ein neuer Anfang sein.

Am Vormittag des Ostertages stand Bruder Gabriel allein in der kleinen Kapelle von Cobham Castle und wartete. Er dachte an das, was er bereits getan hatte, und an das, was er noch tun würde. Aber er sollte nicht lange allein bleiben.

»Habt Ihr den Gottesdienst zu Sonnenaufgang besucht?«, fragte Lady Joan, die mit blühenden Apfelzweigen und irgendeiner Art von Gewand in den Armen hereinkam. Sie legte die Zweige auf das purpurfarbene Tuch neben den Kelch und die Kerzen auf den Altar. »Ich habe Euch dort nicht gesehen. Allerdings hätte ich Euch mit diesen Strümpfen und dem schlichten Wams wahrscheinlich auch gar nicht erkannt.«

»Ich suche nach dem einfachen Mann in mir«, sagte Gabriel.

»Aber heute ist doch Euer Hochzeitstag! Lasst ihn nicht allzu alltäglich und einfach werden. Hier.« Sie hielt ihm das Kleidungsstück hin. »Ich habe Euch diesen Wappenrock mitgebracht. Er gehört Sir John. Die Näherin hat ihn noch gestern Abend enger gemacht«, sagte sie.

Gabriel zog den Rock an. Lady Joan strich den Hermelinbesatz glatt, trat dann einen Schritt zurück und sah ihn mit prüfendem Blick an. »Er ist zwar immer noch ein bisschen weit, aber für einen Bräutigam durchaus angemessen.«

»Ich danke Euch, Lady Cobham. Abgesehen von den geistlichen Gewändern sind diese Strümpfe und der Rock, den ich mir gestern gekauft habe, die einzigen Kleidungsstücke, die ich besitze.«

»Nun, sie stehen Euch gut, mein Herr. Besser jedenfalls als der schwarze Habit.«

In der Kapelle wurde es plötzlich dunkler, denn in der Tür stand jemand. Gabriel sah auf und erblickte einen Engel. Einen Engel mit einer Lockenmähne, die offen über die Schultern und den Rücken fiel. Der Kopf war mit einem hauchdünnen Schleier bedeckt, der von einem kleinen Blumenkranz an Ort und Stelle gehalten wurde. Der Engel trug das blaue Kleid aus Brokat.

Herr, lass mich, solange ich lebe, bitte niemals dieses Bild vergessen.

Es war das erste Gebet, das Gabriel je auf Englisch gesprochen hatte. Er war überrascht darüber, wie mühelos und selbstverständlich es sich in seinen Gedanken geformt hatte.

»Entschuldigung, aber ich dachte, dass noch niemand in der Kapelle –« Anna blinzelte angestrengt in den dunklen Innenraum.

»Anna, Ihr seht wunderschön aus!«

Anna erkannte Lady Cobhams Stimme, aber da war noch jemand anders – im Halbdunkel der Kapelle war das schwer zu erkennen –, vielleicht ein Freisasse, denn selbst die Lollarden-Priester trugen einen Habit.

»Ich hatte Angst, du würdest nicht kommen.«

Das war VanCleves Stimme. Oder die von Bruder Gabriel. Keine von beiden, oder von beiden zugleich.

Als sich ihre Augen an das Dämmerlicht gewöhnt hatten, sah sie, dass er seinen Habit abgelegt hatte und nun das Gewand eines Laien trug.

»Es ist auch so schon schwer genug, seinen Weg auf dieser Welt zu finden. Und deshalb sollte mein Kind sie nicht auch noch mit dem Makel der unehelichen Geburt betreten.«

»Unser Kind, Anna.«

»Ich muss jetzt gehen und mich um die Vorbereitungen für das Hochzeitsbier kümmern«, murmelte Lady Cobham. Noch bevor Anna etwas einwenden konnte, war sie auch schon zur Tür hinaus verschwunden.

»Also«, sagte Anna in das verlegene Schweigen hinein, »deine Verkleidung lässt mich vermuten, dass der Erzbischof nicht eingeladen wurde.« Sie hatte eigentlich nicht gewollt, dass ihre Worte so bissig klangen, wie sie sich tatsächlich anhörten.

»Unsere Ehe muss vorläufig noch geheim bleiben, um dich und

das Kind vor den Feinden zu schützen, die ich mir damit machen werde. Unsere Ehe wird jedoch von Lord Cobhams Kleinbauern und seinem Gefolge bezeugt werden können. Es wird auch einen Hochzeitsgottesdienst geben. Einer der Lollarden-Priester hat sich bereit erklärt, uns zu trauen. Du wirst feststellen, dass ein solches Gelübde bindend ist.«

»Aber wird es das auch für dich sein?«

»Ich werde meinen Eheschwur vor Gott und den Zeugen ablegen.«

Sie ging ein Stück in die Kapelle hinein, damit sie in sein Gesicht sehen konnte. »Wohl gesprochen, aber Bru… Gabriel, da gibt es noch etwas, das ich dir sagen muss, etwas, das dich möglicherweise veranlasst, dein Eheversprechen zurückzunehmen, welches du mir in Unkenntnis der Verhältnisse gegeben hast. Dir dieses Wissen vorzuenthalten, wäre jedoch unehrenhaft. Und für unser Kind ist es besser, ein Bastard zu sein, als eine Mutter zu haben, die keine Ehre besitzt.« Sie war selbst verwundert darüber, dass ihre Worte so klangen, als würden sie aus dem Mund ihres Großvaters kommen.

Sie berührte das Kreuz an ihrem Hals und betastete es vorsichtig. Ihre Finger suchten nach den Zacken des Sterns. Konnte sie Gabriel so weit vertrauen, um es ihm zu sagen? Sein Orden verfolgte schon seit jeher die Juden. Die Tatsache, dass sie jüdisches Blut in ihren Adern hatte, war möglicherweise Grund genug, sie aus England auszuweisen. Aber wie hätte sie ihn heiraten können, wenn ein solches Geheimnis ihr Gewissen belastete? Es wäre heuchlerisch gewesen, hatte sie ihm doch vor nicht allzu langer Zeit die größten Vorhaltungen gemacht, weil er sie damals in Reims über seine eigene Identität im Unklaren gelassen hatte. Sie wünschte sich jetzt fast, dass ihr die Äbtissin nichts von ihrer Herkunft gesagt hätte.

»Meine Großmutter war Jüdin«, sagte sie.

Sie beobachtete sein Gesicht, wartete auf das vielsagende Stirnrunzeln. Aber alles, was sie sah, war ein kurzer Wimpernschlag. Sein Blick war ruhig, direkt und aufrichtig.

»Und meine Mutter war eine Hure«, antwortete er ihr. »Mein Vater war ein korrupter Mönch, selbst nach den Maßstäben meiner eigenen Kirche. Was hat das mit uns zu tun?«

»Es hat sehr wohl etwas mit uns zu tun«, antwortete sie ruhig. Seine prompte Reaktion hatte ihrer Antwort die Bitterkeit genommen. »Wir müssen verstehen, woher wir kommen, um zu wissen, wohin wir gehen.«

»Dann willst du unserem Kind also sagen, dass jüdisches Blut in seinen Adern fließt?«

Plötzlich sah sie vor ihrem geistigen Auge wieder den kleinen jüdischen Jungen aus Prag vor sich. Seinen albernen kleinen Hut, seine Tränen. Und sie hörte wieder die höhnischen Rufe der anderen Kindern. »Ich … ich weiß es nicht. Das ist eine sehr schwierige Entscheidung.«

»Dann werden wir das zu gegebener Zeit gemeinsam entscheiden«, sagte er.

Gemeinsam. Wie sehr sie sich danach sehnte, seinen Worten Glauben schenken zu dürfen.

»Ich sehe es dir an«, sagte er. »Du vertraust mir nicht. Aber bitte erinnere dich auch daran, dass nicht nur ich mich verstellt habe, Anna. Du bist keine Witwe, Anna. Es war die Tugend einer Jungfrau, die ich in jener Nacht in unserem kleinen Liebesnest in der Rue de Saint Luc genommen habe.«

Sie wollte ihm alles erklären, aber er hob nur die Hand. »Ich verstehe, dass zwischen uns noch viel geschehen muss, bevor wir einander wieder vertrauen können. Ich werde, so wie ich es versprochen habe, keine ehelichen Pflichten von dir einfordern, bis ein solches Vertrauen wieder zwischen uns gewachsen ist.«

Der Duft der Apfelblüten erfüllte die kleine Kapelle. Sie setzte sich gemeinsam mit ihm auf die einzelne Kirchenbank.

»Ich habe keine Mitgift«, sagte sie.

Er lachte. »Und ich habe keine Morgengabe, die ich dir darbringen könnte. Nichts, außer meinem Herzen und dem, was ich mit meinen Händen und meinem Verstand schaffen kann. Ich bringe nichts in unsere Ehe mit als die Kleidung auf meinem

Leib – und diese wurde mit dem Geld der Kirche, die du so verachtest, bezahlt.«

Draußen vor der Kapelle waren Stimmen zu hören. Stimmen, die nach ihnen riefen.

Gabriel führte Anna nach draußen, wo er dann gemeinsam mit ihr auf den grauen, steinernen Stufen der Kapelle stehen blieb. Hier sollte das Ehegelübde gesprochen werden, bevor sie anschließend wieder in die Kapelle gingen, um dort ihre erste Messe als Mann und Frau zu feiern. Vor der Tür warteten bereits der Lollarden-Priester, Lady Joan und Lord Cobham auf sie. Auch die Äbtissin war gekommen. Sie trug ihren dünnen schwarzen Schleier und stützte sich auf Sir Johns Arm. Anna konnte ihre Augen nicht sehen. Nur wenige Bauern und Arbeiter aus der Gegend hatten sich heute hier versammelt – die meisten von ihnen befanden sich wohl in Rochester, wo die Zünfte ihre österlichen Mysterienspiele aufführten.

Der Priester räusperte sich.

»Wurde das Aufgebot bestellt?«

Lady Cobham meldete sich zu Wort. »Das war nicht nötig, Pater. Die Braut ist nicht von hier. Bitte fahrt fort.«

Der Lollarde sah sie an, als wollte er ihr widersprechen, überlegte es sich dann aber anders. »Ist jemand unter Euch, der von einem Ehehindernis zu berichten weiß?«

Kein Laut war zu hören.

»Wie ich sehe, ist das Paar mündig«, sagte der Priester. »Schwört Ihr, dass Ihr Euch nicht innerhalb des verbotenen Grades der Blutsverwandtschaft befindet?«

Gabriel sagte: »Das schwören wir, Pater.«

»Geht Ihr diese Ehe aus freiem Willen ein, Anna aus Prag?«

»Ja.« Anna nickte.

»Geht Ihr, Gabriel, Sohn eines Mönches, den heiligen Bund der Ehe mit Anna aus Prag aus freiem Willen ein?«

Gabriel, der Sohn eines Mönches – bei diesen Worten lief ein leises Murmeln durch die Reihen der versammelten Kleinbauern und Diener. Ein wissendes Grinsen breitete sich auf einigen der

Gesichter aus, so als wollten sie damit sagen »Schon wieder einer«.

»Ja«, antwortete Gabriel.

»Dann nehmt Euch bei den Händen. Gabriel, habt Ihr einen Ring als Zeichen Eures Gelübdes?«

Gabriel holte den Ring hervor, den er ebenfalls von Lady Cobham bekommen hatte. »Hier, Ihr solltet einen Ring haben«, hatte sie gesagt, so als wäre das nur eine unbedeutende Kleinigkeit, und ihm den mit Granaten besetzten Silberring in die Hand gedrückt. Er gab ihn nun dem Priester, der ihn, für alle sichtbar, in die Luft hielt und dann Annas linke Hand nahm, während er psalmodierte: »Im Namen des Vaters, des Sohnes und des Heiligen Geistes.« Schließlich steckte er den Ring auf ihren zitternden Ringfinger.

Der Priester fuhr mit einer kurzen Homilie über den heiligen Stand der Ehe fort, aber Anna wollte es einfach nicht gelingen, sich auf seine Worte zu konzentrieren. Anstatt ihnen zu lauschen, fragte sie sich, wie es dazu hatte kommen können, dass sie jetzt, ein Kind unter dem Herzen, hier vor dieser Kapelle stand und einen Mann heiratete, der wie ein Fremder für sie war und außerdem alles verkörperte, was ihr Großvater sie zu verachten gelehrt hatte.

Sie wünschte sich, sie würde das Gesicht ihrer Großmutter hinter dem Schleier erkennen können. Da die Äbtissin jedoch nichts unternommen hatte, um sie von dieser Ehe abzuhalten, war sie damit wohl auch einverstanden. Und zeugte nicht auch ihre Anwesenheit bei der Trauung von ihrer Zustimmung?

Gabriel hielt Annas Hand. Seine Handfläche war schweißnass, und das wiederum fand sie auf seltsame Art und Weise liebenswert. Sie hob den Blick, um in sein Gesicht zu sehen, und stellte fest, dass er sie nicht ansah. Er hatte den Blick auf den Priester gerichtet und lauschte tatsächlich andächtig dessen Homilie.

Und dann war plötzlich alles vorbei. Sie beide begaben sich in die mit blühenden Zweigen geschmückte Kapelle, um vor dem Altar niederzuknien und ihre erste Kommunion als Mann und

Frau zu erhalten. Als der Priester Anna nicht nur die Hostie, sondern auch den Kelch reichte, war Gabriel sichtlich irritiert. Er öffnete den Mund, und Anna fürchtete schon, er würde Einspruch erheben. Sie wusste, dass die Römische Kirche den Laien den Kelch verwehrte, nur die Priester durften vom Wein trinken. In Prag war dies einer der größten Streitpunkte gewesen. Ihr Bräutigam schloss den Mund jedoch wieder und schwieg, als sie das Blut Christi trank.

Zum Abschluss der Messe gab der Priester Gabriel den Friedenskuss, wobei er seine Wangen mit den Lippen berührte. Gabriel gab den Kuss an seine Braut weiter. Anna spürte seine Lippen jedoch kaum auf den ihren, so leicht war die Berührung.

39

Frauen besitzen die Macht und die Autorität, um zu predigen und die Gemeinde Christi zu bilden, und sie haben die Gewalt über die Schlüssel der Kirche, um zu binden und zu lösen.

Walter Brut, 1391, bei seinem Prozess wegen seines Lollardentums

Das Hochzeitsbier war fast getrunken. Anna und Gabriel saßen, ohne einander zu berühren, zwar nicht auf dem Podest im großen Saal, aber sie saßen am Kopf einer wenn auch kleinen, so doch festlich gedeckten Tafel im Söller. Anna hatte von hochgestellten Persönlichkeiten gelesen, Mitgliedern der Königshäuser, wo Braut und Bräutigam sich vor ihrem Hochzeitstag noch nie gesehen hatten. Ich heirate einen Fremden, dachte sie, jemanden, der mir so fremd ist, als wären wir uns in Reims nie begegnet.

Lord Cobham trank auf die Gesundheit aller Anwesenden. Er trank auf die Freisassen und Gefolgsleute, die seine Ländereien bewirtschaftet hatten, auf »die Frau, die bereits seit ein paar glücklichen Jahren die seine« war, auf die Äbtissin, die sie mit ihrer Anwesenheit beehrte, und schließlich auf die Braut und den Bräutigam. Mit jedem Trinkspruch wurde er vergnügter, und Annas Herzklopfen legte sich ein wenig. Ein Flötenspieler gab eine hübsche Melodie zum Besten, und dann stimmte ein Geigenspieler ein Liebeslied an. Dessen klagende Töne erinnerten Anna an die Zigeunergeigen, und sie fragte sich, wo Bera und Lela jetzt wohl sein mochten und ob sie es tatsächlich bis nach Spanien geschafft hatten.

Als sie glaubte, er würde gerade nicht zu ihr hinsehen, warf sie einen verstohlenen Blick auf ihren frisch angetrauten Ehemann. Es gab nur eines, was an ihm vertraut aussah. Er trug eine flache Wildlederkappe, um seine Tonsur zu verdecken, und seine blonden Locken quollen unter dieser Kappe hervor, genauso wie sie unter VanCleves rotem Seidenhut hervorgesehen hatten.

Der Wein war gut und das Essen schmackhaft. Es gab außerdem die üblichen Osterspezialitäten – Süßwaren in Form von Kreuzen und Eiern – und sogar ein kleines Brautpaar aus Marzipan, das auf Kirchenstufen aus Kuchenteig stand. Und es gab auch Geschenke. Die Äbtissin schenkte dem Paar eine mit Goldflorins gefüllte Börse, dann entschuldigte sie sich, dass sie sehr erschöpft sei, und verließ das Fest. Das Geschenk von Lord und Lady Cobham war eine hölzerne Kinderwiege, die sie mit den Worten überreichten, das Brautpaar solle diese Wiege »möglichst oft füllen«.

Anna spürte, dass sie rot wurde. »Die Wiege ist für unser Kind, Gabriel«, flüsterte sie ihrem Ehemann ins Ohr. »Sie ist wunderschön.«

»Ja, das ist sie.« Gabriel schien jedoch mehr die Gesellschaft im Ganzen anzusprechen als seine Braut. Er verzichtete darauf, den Segensspruch zu kommentieren, was ein glücklicherer Ehemann sicher getan hätte.

Anna unternahm keinen weiteren Versuch mehr, seine Aufmerksamkeit zu gewinnen. Sie empfand nichts als Erleichterung, als das Fest endlich zu Ende war und sie zur Abtei aufbrachen. Da es von der Burg bis zur Abtei nicht sehr weit war, saß Anna aufrecht vor Gabriel auf dem Pferd, damit sie sich nicht zu sehr an ihn lehnen musste, und wünschte sich, dass das Pferd nicht so langsam gehen würde. Ihr war jedoch bewusst, dass Gabriel nur wegen des Kindes so langsam ritt.

Es folgte ihnen keine lärmende Hochzeitsgesellschaft zu ihrem

Brautgemach. Als sie zur Abtei zurückkamen, war die Sonne untergegangen, und die in Schatten getauchte Einsamkeit, die die Nacht ankündigte, hatte sich bereits auf die Gebäude gelegt.

Er begleitete sie bis zur Tür ihres Zimmers, wo er dann eine kleine, steife Verbeugung machte und mit unüberhörbarer Anspannung in der Stimme sagte: »Wir werden uns morgen nicht sehen können. Ich muss zum Lambeth Palace. Der Erzbischof hat ein Konzil einberufen, um über das weitere Vorgehen gegen Lord Cobham zu beraten.«

Sie spürte Wut in sich aufsteigen und hatte große Mühe, ihre Zunge im Zaum zu halten: »Aber du wirst doch sicher –«

»Der Erzbischof darf von meiner Entscheidung nichts wissen. Wenn ich Lord Cobham vor dem Scheiterhaufen retten will, muss er weiterhin glauben, dass ich alles tun werde, um die Ketzerei auszumerzen.«

»Der Erzbischof ist der wahre Ketzer. Er ist es, der eine falsche Erlösung verheißt. Er verdreht und entstellt alles Reine, Unversehrte und Einfache, um sich selbst und die Institution des Teufels, der er dient, zu bereichern.«

Er starrte sie einfach nur an. Dann sagte er: »Noch einmal, Anna. Sieh dich vor. Deine Zunge kann nicht nur dich selbst, sondern auch deinen Ehemann das Leben kosten. Und wenn dich das nicht zum Schweigen bringt, dann denk wenigstens an unser Kind – sonst war alles umsonst.«

Ihr Ehemann. Wie seltsam sich das für sie anhörte.

Er sah sie nicht an, sondern blickte über ihre Schulter hinweg. Auf seinen Lippen lag ein mattes Lächeln. Ein erfreulicher Anblick! Ihr wurde erst jetzt bewusst, dass sie ihn den ganzen Tag noch nicht ein einziges Mal hatte lächeln sehen.

»Wie ich sehe, ist Lord Cobhams Geschenk schon vor uns eingetroffen.« Er zeigte auf die Wiege neben Annas Bett.

»Sein Pferd war ein wenig schneller als das deine.«

»Nun, vielleicht war auch seine Last weniger kostbar.«

Er spricht von dem Kind, dachte sie.

Er streckte die Hand aus, so als wollte er die ihre nehmen, ließ sie dann aber wieder sinken. »Lebe wohl, meine Frau. Ich komme wieder, sobald es mir möglich ist. Ich bitte dich noch einmal, sei in der Zwischenzeit vorsichtig.«

Sie wusste, was er damit meinte: Sie sollte nicht nur auf sich selbst, sondern auch auf das Kind achten, das in ihr heranwuchs. Er versuchte wieder, ihre Hand zu nehmen. Sie reagierte jedoch nicht. Schon morgen früh würde er seinen schwarzen Mönchshabit anziehen und sie wieder verlassen. Und sie wusste nicht, was das bedeutete.

»Dann gute Reise, mein Ehemann.«

Sie sah ihm nach, als er davonging. Und wieder fiel ihr sein feines blondes Haar auf, das unter seinem braunen Wildlederhut hervorquoll.

Es war nicht das erste Mal, dass er sie mit dem Versprechen, bald wiederzukommen, einfach zurückließ.

Am ersten Mai kamen Moriskentänzer in die Abtei. Anna ging mit Bek in den Hof, um zuzusehen, wie sie um den Maibaum herumtanzten. Sie beneidete sie um ihre geschmeidigen Körper.

Sie war mit ihrem dicken Bauch inzwischen ziemlich unbeweglich. Und sie war ständig müde. Außerdem machte sie sich Sorgen um ihre Großmutter, die kaum noch das Bett verließ, es sei denn, Anna ging mit ihr in den Garten hinaus, wo sie gemeinsam die Bienen und die Schmetterlinge beobachteten und sich an den frischen Frühlingsblumen erfreuten.

»Du wirst schon bald wieder von ihm hören, Anna. Er ist ein guter Mann. Es ist nicht leicht, wenn man zwischen zwei Welten gefangen ist.«

Wenn die Äbtissin nicht gerade im Sonnenschein vor sich hindöste, erzählte sie Anna von Rose und von Colin, ihren Eltern, und Anna hörte ihr dabei immer sehr aufmerksam und interessiert zu. »Deinen religiösen Eifer hast du von deinem Vater geerbt«, sagte die Äbtissin. »Und dein hitziges Temperament und die roten Haare – nun, die sind ohne Zweifel ein Vermächtnis deines Onkels Alfred.«

Diese Erinnerungen schienen die Äbtissin genauso zu trösten wie Anna.

»Und meine Mutter? Was habe ich von ihr geerbt?«

»Anmut und Schönheit und eine Abstammung, die bis auf unseren Herrn Jesus Christus zurückgeht.«

»Dann hasst du die Juden also nicht, Großmutter?«

»Jesus Christus war Jude. Wie könnte ich die Juden hassen?«

»In Prag haben sie an einem Ostersonntag einmal alle Juden in einer Synagoge eingesperrt und diese dann in Brand gesteckt. In dem Feuer starben dreitausend von ihnen.« Anna hatte diese Geschichte schon viele Male gehört, aber erst hier und jetzt sah sie es zum ersten Mal vor Augen. Sie konnte die Schreie hören, die aus den dichten Rauchschwaden drangen, sah im Geiste die Flammen, roch den Rauch und die Angst. Anna legte ihre Hände schützend auf ihren Bauch. »Es waren auch viele Kinder darunter«, sagte sie.

Aber die Äbtissin hatte ihre letzten Worte wohl nicht mehr gehört. Sie war im warmen Sonnenschein eingeschlafen.

Im Juni traf eine kurze Nachricht von ihrem Ehemann ein. So zumindest war der Brief unterzeichnet. Sie selbst hatte nicht das Gefühl, verheiratet zu sein. Es war ein ebenso kurzes wie rätselhaftes Schreiben.

Ich fürchte, meine Verkleidung wird langsam dünn. Meine Abwesenheit hier würde jedoch noch mehr Fragen aufwerfen und meine Gegenwart dort eine Gefahr für dich darstellen. In der Abtei bist Du sicher. Grüße die Äbtissin von mir. Ich habe mit unserem gemeinsamen Freund Kontakt aufgenommen, um ihn vor der Gefahr zu warnen, in der er schwebt. Möglicherweise werde ich ihn zuerst noch aufsuchen, bevor ich zu Dir komme.

Der Brief war mit »Dein Ehemann« unterzeichnet.

Seltsamerweise empfand sie den kühlen, distanzierten Ton in gewisser Weise als tröstlich. Denn damals, als er von Liebe gesprochen hatte, hatte er sie im Stich gelassen. Vielleicht war es ja die Pflicht und nicht die Liebe, die einen Mann wie ihn antrieb. Obwohl die Pflicht nicht das Haus wärmte.

Genauso wenig wie der Zorn, rief sie sich in Erinnerung.

Mitte Juli kam Annas Kind zur Welt. *Zwanzig Geburtswehen oder so!*, dachte sie, nachdem sie bereits seit sechs Stunden in den Wehen lag. Was wusste Gilbert der Engländer schon? Und dann erinnerte sie sich daran, wie leicht Lela ihren Sohn entbunden hatte.

»Für ihr erstes Kind ist sie schon ziemlich alt«, sagte die Hebamme und schnalzte mit der Zunge. »Die älteren Frauen haben es schwerer.«

Schwester Matilde hielt Annas Hand und wischte ihr von Zeit zu Zeit die Stirn ab, hob ihr schweres Haar an, das vor Schweiß troff. Anna fühlte einen kühlen Lufthauch in ihrem Nacken, dann wappnete sie sich für die nächste Welle des Schmerzes. »Hör nicht auf das, was die Hebamme da gerade gesagt hat, Anna. Denk nur an das Baby. Stell dir vor, wie du dein Kind in den Armen hältst.«

Zwölf Stunden später hielt eine bleiche und völlig erschöpfte Anna tatsächlich ihren Sohn in den Armen.

»Er ist ein kräftiger Bursche«, sagte die Hebamme so stolz, als wäre das ihr Verdienst.

»Wo ist sein Vater? Soll ich einen Priester aus dem Dorf rufen, der ihn tauft? Oder werdet Ihr ihn gleich morgen früh zur Kirche bringen?«, fragte sie.

»Wir werden uns selbst darum kümmern«, flüsterte Anna, ohne den Blick von ihrem Sohn zu nehmen.

»Die Mutter Oberin wird ihn taufen«, sagte Anna, als die Hebamme gegangen war. »Sie hat sicher noch genug Kraft, um ein Kind in ein Taufbecken zu tauchen.« Sie wusste, dass Schwester

Matilde keine Einwände erheben würde. Schließlich hielten die Schwestern sogar selbst die Messe ab, wenn kein Priester anwesend war.

»Wie möchtest du ihn nennen, Anna?« Die Äbtissin stand plötzlich in der Tür ihres Zimmers.

»Sein Name ist Finn. Finn, Gabriels Sohn.«

Die Äbtissin lächelte. Sie trug keinen Schleier über ihrem Gesicht. Ihre Augen strahlten vor Freude.

Gabriels Sohn war sechs Wochen alt, als er ihn zum ersten Mal sah.

»Sie ist mit dem Kleinen im Küchengarten, Bruder«, sagte die Novizin, die das Tor öffnete.

Anna saß im Schatten eines Birnbaums, die Bluse geöffnet, das Baby an der Brust. Ihr Kopf ruhte am Stamm des Baumes, die Augen hatte sie geschlossen. Der Ausdruck auf ihrem Gesicht war der einer Frau, die in einen angenehmen Traum versunken ist. Neben ihr stand ein Korb mit Birnen, die sie offensichtlich gerade gepflückt hatte. Die Schale der Birnen war ebenso rosig wie Annas Schultern und ihr Hals. Das überreife Obst verströmte in der Hitze des Nachmittags einen intensiven Duft. Die einzigen Geräusche, die zu hören waren, waren das Summen einer einzelnen Biene, die über dem Korb schwebte, und das leise Schmatzen seines Sohnes. Dieser Anblick ließ ihn vor Freude fast schwindelig werden. Das hier war Eva. Das hier war Eden.

Er spürte ein heftiges Verlangen in sich aufsteigen. Nur mit großer Mühe gelang es ihm, seinen Blick von Annas voller Brust loszureißen und ihn stattdessen auf den kahlen Kopf seines Sohnes zu richten. Sein Sohn! Ein gieriger kleiner Kobold. Der Junge gab ein leises Gurgeln von sich. Gabriel musste unwillkürlich lachen.

Anna öffnete die Augen. Ihr Gesicht verspannte sich.

»Dann bist du also doch endlich gekommen, um zu sehen, was du – was wir – zustande gebracht haben. Es ist vier Monate her, seit du mir das Eheversprechen gegeben hast.«

»Ich habe mein Versprechen gehalten.«

Sie sah aus, als wüsste sie nicht, was sie darauf antworten solle.

»Ich meine, ich bin dir immer treu gewesen. Und nun bin ich endlich hier. Darf ich ihn auf den Arm nehmen?«

»Du brauchst nicht um Erlaubnis zu fragen. Er ist schließlich dein Sohn. Ich bin froh, dass du als Ehemann gekleidet gekommen bist. Er könnte sonst deinen feinen schwarzen Habit beschmutzen, wenn er spucken muss.«

Nein, das hier war doch nicht Eden.

Er streckte die Arme aus, ließ sich das Kind in die Armbeuge legen. Er hatte schon viele Kinder getauft. Aber dieses hier fühlte sich irgendwie anders an. Es war so sehr ein Teil seines Arms, als wäre es schon immer dort gewesen. Der Junge verzog den Mund, so als wollte er zu weinen anfangen, dann aber schloss er die Augen und schlief ein. Gabriel wischte ihm ein wenig Milch aus den Mundwinkeln und versuchte, Anna nicht anzustarren, als sie an der Verschnürung ihres Mieders herumhantierte, um es wieder zu schließen.

»Nun, in Zukunft werde ich keine Verwendung mehr für den Habit haben«, sagte er. Dann bot er dem Kind seinen kleinen Finger an, damit es daran saugen konnte. Er fragte sich unwillkürlich, ob Anna dieses Gefühl mit ihren vollen rosa Brustwarzen noch intensiver spürte, schob diesen Gedanken jedoch beiseite und sagte: »Der Erzbischof wird langsam ungeduldig. Ich weiß, dass er den Verdacht hegt, dass es nur ein Vorwand ist, wenn ich ihm sage, dass ich noch weitere Beweise sammeln will. Aber es ist mir gelungen, für dich und das Baby genug Zeit herauszuschlagen, damit ihr beide kräftig genug seid, um von hier fortgehen zu können.«

»Aber … aber wo sollen wir denn hin? Wovon sollen wir leben? Weiß er, dass wir verheiratet sind?«

»Nein, er weiß es nicht. Noch nicht. Aber er vermutet, dass ich meine Kirche verraten habe. Sir John ist verhaftet worden. Ich habe versucht, ihn zu warnen. Als das fehlschlug, habe ich mich für ihn eingesetzt. Ich bin sogar zum König gegangen. Man wird mich beim Prozess gegen ihn als Zeugen hören, und dann werde ich zu seinen Gunsten aussagen. Wenn der Erzbischof von unserer Heirat erfährt, dann seid ihr beide, du und mein Sohn, in größter Gefahr. Er könnte sogar versuchen, mich mit euch zu erpressen, damit ich gegen Sir John aussage. Ich werde euch also an einen sicheren Ort bringen, und zwar zu meiner Mutter nach Appledore. Falls ich den Prozess überlebe, werde ich kommen und euch holen. Falls nicht, dann bist du und – welchen Namen hast du ihm eigentlich gegeben?«

Falls ich den Prozess überlebe! »Finn, Gabrielson. Nach meinem Großvater«, war jedoch alles, was sie sagte.

Er strich über den flaumigen Kopf des Kindes. Die weiche Stelle an seinem Schädel erinnerte ihn daran, wie verletzlich sein Sohn war. »Du hast ihm also auch meinen Namen gegeben.«

»Ja, das war ja der Grund, warum ich dich geheiratet habe. Weißt du das etwa nicht mehr? Um ihm deinen Namen zu geben«, sagte sie. Dann fügte sie noch hinzu: »›Mönchsson‹ hätte mir nicht gefallen.«

»Mir auch nicht«, sagte er.

»Aber was ist mit der Mutter Oberin? Was ist mit Bek? Sind sie hier sicher?«

»Ich glaube nicht, dass sich Arundel noch einmal mit der Abtei beschäftigen wird. Es gibt einfach nicht genügend Beweise. Und was Bek angeht? Nun, er hat den König höchstpersönlich als seinen Schirmherrn. Du kannst ihn mit zu meiner Mutter nehmen, wenn du das willst. Aber wenn er hier glücklicher ist – nun, das müsst ihr beide entscheiden.«

»Aber das hier ist mein Zuhause. Ich kann nicht von hier weggehen und –«

»Du musst, Anna. Und du musst es jetzt tun!«

»Jetzt, Gabriel? Du glaubst, du kannst einfach –«

»Jetzt sofort, Anna. Dem Kind zuliebe. Nicht meinetwegen. Tu es für ihn. Wenn Arundel herausfindet, dass er mein Kind ist, steckt er ihn mit Sicherheit in irgendein Kloster, und dort wird er dann in eben jenem Glauben erzogen, den du als falsch bezeichnest. Er würde genauso aufwachsen wie ich. Ist es das, was du dir für ihn wünschst?«

»Ich werde mich erst noch von der Äbtissin verabschieden«, sagte sie. Dann sah sie ihn mit Tränen in den Augen an und fügte hinzu: »Gabriel, hast du gewusst, dass die Äbtissin meine Großmutter ist?«

»Aber du hast doch gesagt, dass deine Großmutter Jüdin gewesen sei.« Er flüsterte die letzten Worte, dies wohl aus Angst davor, dass selbst die Birnbäume Ohren haben könnten.

»Die eine Großmutter«, sagte sie. »Kathryn von Blackingham ist meine andere Großmutter. Mein Vater ist für die Sache der Lollarden gestorben. Die Ketzerei hat also Tradition in meiner Familie.«

Sie streckte die Arme aus und nahm ihr Kind wieder entgegen. Dann drehte sie sich wortlos um und ging durch die Tür in die Küche der Abtei. Sie ließ ihn einfach stehen, und er dachte über sein verlassenes Eden nach.

40

Ich werde Lehnsmann des Besitzes, der von Euch gehalten wird, um Euch Leib und Leben zu zollen und irdische Verehrung gegen alle Menschen … um den Glauben meines Herrn Henry, König von England, und seiner Erben zu verteidigen …

LEHNSEID AUS EINEM ENGLISCHEN HANDBUCH
13. JAHRHUNDERT

Der König hatte schlecht geschlafen. Der Tag, den er schon seit einer Woche fürchtete – der 23. September im Jahre des Herrn 1413 –, war gekommen. Dies war das Datum, welches auf dem königlichen Erlass stand. Der Tag, bis zu dem sich Sir John Oldcastle, Lord Cobham, den Wachen des Königs zu stellen hatte.

Als Harry voller Sorge aus dem Fenster seines Gemachs sah, hoffte er insgeheim, dass sein alter Freund sich der Verhaftung genauso geschickt entziehen würde, wie er den Durchsuchungsbefehl des Erzbischofs umgangen hatte. Aber wie sollte es ihm gelingen, sich dem Befehl, der von des Königs eigener Hand unterzeichnet war, zu entziehen?

Der Haushofmeister betrat das Zimmer, gefolgt von einem Zeremonienmeister, der ein schweres Tablett vor sich hertrug. »Eine Scheibe Speck und pochierte Birnen, Euer Majestät. Genau, wie

Ihr verlangt habt.« Sie deckten den Tisch, der nahe am Kamin stand, denn in den Mauern der alten Burg hing noch immer die morgendliche Kälte.

»Draußen vor der Tür warten ein Kaufmann, der wegen einer Entschädigung gekommen ist, außerdem wieder dieser Dominikanermönch und ein –«

»Schickt sie alle weg. Wir nehmen heute keine Petitionen entgegen«, sagte Harry.

Er kaute lustlos auf einem Stück Speck herum, während der Haushofmeister seine Unterwäsche am Kamin wärmte, dann bedeutete er ihm mit einem Wink, dass man das Frühstück wieder abtragen solle. Als er hörte, wie sich in das Klappern des Geschirrs, das der Zeremonienmeister abräumte, das Knarren des Fallgitters am Burgtor mischte, stürzte Harry ans Fenster. Es waren aber nur ein paar Fuhrleute mit ihrer täglichen Lieferung für den Tower.

»Wir wollen unverzüglich informiert werden, wenn ein adeliger Besucher eintreffen sollte«, sagte er zum Haushofmeister.

»Ja, Euer Majestät.« Er hielt das Wams des Königs in die Höhe. »Soll ich Euch Eure Harfe bringen?«

Harry schüttelte den Kopf. Er war nicht in der Stimmung zu musizieren. »Aber vielleicht etwas zum Schreiben«, sagte er, während der Haushofmeister ihm dabei half, seine Stiefel zu schnüren.

Mittags kamen der Haushofmeister und der Zeremonienmeister wieder mit einem Tablett in sein Gemach.

Harry legte die Feder zur Seite und starrte mit finsterem Gesicht die Zeilen eines Gedichtes an, die er schon wieder durchgestrichen hatte. Er nahm das Tuch vom Tablett und beäugte misstrauisch die Aalsuppe und die Fischpastete. »Heute ist doch nicht Freitag. Nehmt das wieder mit und bringt mir eine Kalbspastete und eine Schüssel Erbsensuppe.«

Der Haushofmeister winkte den Mundschenk herbei. »Ihr habt gehört, was der König wünscht«, brummte er mürrisch und gab ihm das Tablett. »Der Lordkanzler wartet draußen vor der Tür, Euer Majestät.«

Harry seufzte. »Dann schickt ihn herein.«

Beaufort betrat unter Verbeugungen das Zimmer, und dann sprachen sie über Steuern und Feldzüge gegen die Franzosen.

»Euer Majestät scheinen heute ein wenig abgelenkt«, bemerkte Beaufort, als sie fertig waren.

»Hat sich Lord Cobham inzwischen gestellt?«

Beaufort runzelte die Stirn. »Nein, das hat er nicht. Ihr werdet sofort informiert, wenn das der Fall sein sollte, Euer Gnaden.«

Sie teilten sich noch eine Flasche gewürzten Rotwein, bevor sein Onkel sich verabschiedete und dann, leise vor sich hinmurmelnd, den Raum verließ.

Harry hörte das Falltor ein weiteres Mal ächzen. Wieder ging er zum Fenster. Er konnte die Themse und ganz London, das sich hinter dem Kai ausbreitete, sehen. Ein Viehtreiber mit ein paar Rindern, die wohl für die Metzgerei des Schlosses bestimmt waren, überquerte gerade den trockenen Burggraben. Die Hufe der Tiere klapperten auf der hölzernen Zugbrücke. Morgen würde es also Rinderlende geben, dachte er flüchtig.

Er ließ sich seine Laute bringen, aber die Muse wollte ihn einfach nicht küssen.

Als er wieder aus dem Fenster schaute, stand das Falltor noch immer offen, aber niemand war zu sehen.

Am Nachmittag kam Beaufort noch einmal mit ein paar Dokumenten zu ihm, die er unterzeichnen sollte.

»Immer noch nichts, Onkel?«

»Ihr werdet auf der Stelle informiert werden, Euer Gnaden«, wiederholte der Kanzler in einem geduldigen leidenden Ton. Er sammelte die Dokumente ein und verließ, wieder leise vor sich hinmurmelnd, den Raum.

Harry überlegte, ob er den Falkner rufen sollte, um seinen Wanderfalken an diesem herrlichen Septembertag ein wenig fliegen zu lassen. Aber Sir John kam vielleicht ausgerechnet dann, wenn er nicht da war. Er ließ sich in seinen Sessel fallen und überlegte hin und her, ob er dieses Ritters überhaupt habhaft werden konnte, falls er sich nicht stellte. Die walisischen Sümpfe waren der Ort, wo er mit der Suche anfangen sollte, aber dort gab es unzählig viele Verstecke, wo Merry Jack sich verbergen konnte. Und der Mann kannte sie alle.

Am Nachmittag, als die Schatten immer länger wurden, packte ihn allmählich die Angst.

Bei Sonnenuntergang gab es draußen dann plötzlich große Aufregung. Ein Herold blies in sein Horn. Vom Fenster aus sah Harry, dass sich auf dem Rasen eine kleine Menschenmenge versammelt hatte. Alle zeigten aufgeregt rufend in die Ferne.

Reiter. Fünfzig oder sechzig Mann, in Helm und Rüstung, galoppierten in einer Staubwolke über die Zugbrücke und durch das erste Tor. Ein Überraschungsangriff! Nein, sicherlich nicht. Nicht mit einer so kleinen Zahl von Bewaffneten. Harry suchte den Horizont ab – da näherten sich keine Kriegsgeräte quietschend aus dem Westen, es marschierten keine Bogenschützen von Osten her auf. Auf der Themse waren keine Boote zu sehen. Er überlegte gerade, wie viele Wachen im Augenblick Dienst taten – es sollten eigentlich mindestens sechshundert Mann sein, aber er hatte einige von ihnen nach Calais geschickt –, als er einen Herold mit den vertrauten Farben sah.

Ein silbernes Kreuz auf rotem Grund.

Der Wimpel flatterte arrogant im Wind.

Also doch! Cobham war also doch gekommen – mit bewaffneten Gefolgsleuten! Es waren zwar nicht die Hundert, mit denen er vor kurzem angeboten hatte, seinen Glauben durch ein Gottesurteil im Kampf zu verteidigen. Gleichwohl war es eine kleine Streitmacht. Henry V. würde denselben Weg beschreiten müssen wie Henry IV. – er würde sich gegen seine eigenen Adeligen stellen müssen. Himmelherrgott! Er hatte geahnt, dass es so weit kommen würde. Und von all seinen Baronen war es ausgerechnet Sir John, der die Waffen gegen ihn erhob! Er verfluchte Arundel.

»Schließt das Tor!«, rief der Constable, als die Reiter sich mit donnerndem Hufschlag näherten. »Gebt Alarm.«

Ein Freisasse rannte zum Glockenturm.

Harry erkannte Sir John an der Spitze der Reiter. Er ritt direkt hinter dem Herold. Das Falltor begann wieder zu quietschen und zu stöhnen, aber der Mechanismus arbeitete viel zu langsam. Die bewaffneten Reiter würden binnen weniger Sekunden im Hof sein, und es würde nur wenige Minuten dauern, bis sie die Treppen heraufgestürmt und in die Gemächer des Königs eingedrungen waren.

Aber genau in dem Moment, in dem Sir John seine Reiter in den Hof hätte führen sollen, brachte er sein Pferd zum Stehen, nahm seinen Helm ab und klemmte ihn sich unter den Arm. Er blickte nach oben, schirmte seine Augen vor dem Sonnenlicht ab, das auf dem Curtainwall lag, und schien die Fenster der Königsgemächer zu suchen. Dann hob er seinen Schwertarm – und salutierte.

Verdammt, Jack! Das hier ist kein Spiel. Wenn du verlierst, wartet der Scheiterhaufen auf dich.

»Lasst das Falltor offen. Es ist ein Lehnsmann des Königs«, rief der Constable.

Nein, du Narr, das ist eine List. Aber noch bevor er dem Constable eine Warnung zurufen konnte, drehte sich Oldcastle im Sattel um und signalisierte seinen Männern, dass sie sich zurückziehen sollten. Harry sah mit widerwilligem Respekt und großer Erleichterung zu, wie Cobham dem Constable sein Schwert übergab und dann allein durch das Falltor ritt.

Harry musste laut lachen. Das alles war so typisch für Merry Jack. Mit dieser Geste sagte er: *Dies ist eine Gefälligkeit dir gegenüber, um dir die Mühe und die Peinlichkeit zu ersparen, mich holen zu müssen.* Sir John wusste offensichtlich, dass es für den König kein guter Beginn sein würde, wenn er gleich zu Anfang seiner Regentschaft eine Kampfansage eines seiner Adeligen hinnehmen musste.

Das Lachen verging ihm jedoch schnell. Morgen schon würde der Prozess stattfinden. Harry hatte Arundels Beweise gesehen, und deshalb wusste er, dass es nicht gut um Sir John stand.

Gabriel zog beim ersten Licht des neuen Tages zum letzten Mal sein Priestergewand an und verließ dann seine Unterkunft in Lambeth, um sich auf den Weg nach Blackfriars zu machen. In der tiefen Dunkelheit, die noch kurz vor der Morgendämmerung herrschte, hatte er sein Gethsemane-Gebet gesprochen, aber er wusste, dass dieser Kelch nicht an ihm vorübergehen würde. Er hoffte nur, dass er ihn nicht bis zur Neige würde leeren müssen.

Er lenkte sein Pferd durch East Cheap und ritt gerade die High Street entlang nach Ludgate Hill, als er den Gefängniskarren sah. Es schnürte ihm die Kehle zu, als er dessen einzigen Passagier erkannte. Sir John! In einem offenen Gitterwagen wurde er zu seinem Prozess wegen Ketzerei gebracht! In den Straßen zur Schau gestellt wie ein ganz gewöhnlicher Krimineller. Gabriel hatte nicht erwartet, dass man einen Adeligen derart schändlich behandeln würde. Aber, so rief er sich ins Gedächtnis, so behandelte Arundel seine Feinde nun einmal, und er selbst zählte aller Wahrscheinlichkeit auch schon bald dazu.

Zu dieser frühen Stunde des Tages schliefen die meisten Rüpel und Trunkenbolde noch ihren Rausch aus. Nur einer, der gerade aus einer Schenke gewankt kam, brüllte laut: »Heute Abend wird er baumeln.« Dann begann er, betrunken vor sich hinzugrölen: »Wird er baumeln, wird er baumeln.« Die braven und ehrbaren Leute, die zu dieser Zeit schon unterwegs waren, machten einen großen Bogen um den Trunkenbold, der die Straße entlangtaumelte und schließlich in einen Graben fiel.

Gabriel hielt an, um den Gitterkarren vorbeifahren zu lassen. Sir John sah ihm direkt in die Augen, und auf seinem Gesicht zeichnete sich dabei zuerst Überraschung und dann tiefe Enttäuschung ab. Gabriel wollte ihm ein paar ermutigende Worte zurufen, wollte ihm versichern, dass der Mönch im schwarzen Rock kein Judas war. Aber dies war nicht die rechte Zeit und hier auf der Straße auch nicht der rechte Ort dafür.

Als der Karren vorbeiratterte, schnaubte Gabriels Pferd und warf den Kopf hoch, so dass die silbernen Glöckchen an seinem Zaumzeug klingelten. Gabriel zuckte unter Sir Johns anklagendem Blick zusammen und wandte die Augen ab, um dessen Demütigung nicht mitansehen zu müssen. Er hätte sich jedoch keine Gedanken zu machen brauchen. Der alte Ritter ertrug diese Demütigung mit stoischem Gesicht. Seine Haltung war so stolz und trotzig, als wäre er es, der auf einem edlen Ross saß, und Gabriel der Gefangene, der im Karren fuhr. Gabriel wendete sein Pferd und nahm einen anderen Weg zum Ludgate Hill hinauf.

Ein paar Minuten später betrat er die Blackfriars Hall und nahm seinen Platz rechts neben dem Rat und gegenüber von Sir John ein, der in Ketten zwischen einem Hauptmann der Wache und einem Kirchendiener stand. Nach der hellen Septembersonne, die mittlerweile draußen schien, wirkte der Saal düster und bedrückend. Gabriel kniff die Augen zusammen, ließ seinen Blick langsam über die Menge schweifen – abgesehen von ein paar Höflingen und Schaulustigen waren vor allem Kleriker anwesend – und hoffte, den König zu entdecken. Henry V. war seine letzte Hoffnung gewesen. Seit Gabriel von dem Haftbefehl gegen Sir John erfahren hatte, hatte er versucht, eine Audienz beim König zu erhalten. Man hatte sie ihm jedoch immer wieder verweigert. Und jetzt musste er feststellen, dass nur Henry Beaufort, der Kanzler, anwesend war, um die Krone zu repräsentieren.

Drei Richter saßen auf einem Podium an der Stirnseite des Saales. Der Richter ganz links trug einen Dominikanerhabit. Gabriel erkannte ihn als den Prior von Blackfriars, der auch bei seiner eigenen Ordination zugegen gewesen war. Den Kleriker, der auf der rechten Seite saß und fast in seinen kunstvoll gearbeiteten Ärmeln verschwand, kannte er ebenfalls. Es war niemand anders als Kommissar Flemmynge, der diese wohlentlohnte Pflicht offensichtlich sehr genoss. Ein weiterer Beweis dafür, wie hoch er in Arundels Gunst stand.

Ein eindrucksvolles Gericht. Aber trotz all der hier versammelten kirchlichen Macht mussten sich die Richter an die weltliche Rechtsprechung halten, wenn sie wollten, dass die Krone ein Todesurteil vollstreckte. Sie durften die Verbrennung nämlich nicht selbst ausführen. *Ecclesia non novit sanguinem*. Die Kirche vergießt kein Blut. Aber es war ein Leichtes, dieses kleine Ärgernis zu umgehen. Seit 1184, also seit dem Pontifikat von Papst Lucius III., war es Usus, dass die kirchlichen Gerichte ihre Verurteilten einfach den weltlichen Behörden übergaben, welche dann das Urteil vollstreckten. Um in diesem Fall einen noch immer zögernden König zu überzeugen, würden sie jedoch schlagkräftige Beweise brauchen. Gabriel spürte die Last der Verantwortung schwer auf seinen Schultern. Christus hatte keine Ehefrau und kein Kind gehabt, als er sich dem Willen Gottes unterwarf. Was aber war mit Anna und ihrem gemeinsamen Sohn?

In der Mitte saß Thomas Arundel, Erzbischof von Canterbury, mit einem unübersehbar hämischen Ausdruck auf seinem Gesicht, das wie ein bleiches Oval über seinem Pelzumhang und dem glitzernden Pektorale schwebte. Arundels Stimme war so dünn wie sein Bart. »Ist Euch bekannt, warum Ihr Euch vor diesem kirchlichen Gericht zu verantworten habt, Lord Cobham?«

Sir Johns Stimme war tief und volltönend. »Nun, ich habe zumindest eine gewisse Vorstellung davon. Es ist jedoch keine Anklage, die es wert wäre, dazu Stellung zu nehmen. Es sei denn natürlich, mein König verlangt dies von mir. Ich bin ein treuer Untertan, sonst hätte ich mir nicht die Zeit hierfür genommen. Es gibt wichtigere Dinge, um die ich mich kümmern muss, und frommere Versammlungen, die meine Anwesenheit erfordern.«

Ein Murmeln lief durch die Menge, einige der Zuschauer kicherten leise. Gabriel war sich sicher, dass sie, wenn sie es gewagt hätten, sogar laut Beifall geklatscht hätten.

Arundel stotterte: »Passt auf, mein Herr, dass Ihr Euch nicht allzusehr auf Eure frühere Verbindung mit dem König verlasst. Seine Majestät wird Euer ungebührliches Benehmen gegenüber diesem Gericht und Eurer Kirche nicht einfach so hinnehmen.« Er zog eine Schriftrolle auseinander und intonierte: »Ihr seid angeklagt, die ketzerischen Predigten von John Wycliffe verbreitet zu haben, des weiteren wirft man Euch vor, Lollarden-Treffen abgehalten und die verbotenen englischen Übersetzungen der Bibel sowohl in England als auch außerhalb davon verbreitet zu haben.«

»Habt Ihr Zeugen, um diese Vorwürfe zu beweisen?«, fragte Sir John und sah dabei Bruder Gabriel direkt an. Mit eben diesem Blick hatte wohl Jesus beim letzten Abendmahl Judas angesehen.

»In der Paternoster Row wurde eine gotteslästerliche englische Übersetzung der Heiligen Schrift gefunden. Sie enthielt eine Rechnung, die auf Euch ausgestellt war. Wollt Ihr uns sagen, wo und von wem Ihr diesen Text erworben habt?«

Für Gabriel waren diese Worte wie ein Schlag ins Gesicht. Er hatte von diesem Beweis, der allein schon ausreichte, um das Schicksal dieses Mannes zu besiegeln, nichts gewusst. Es wäre eine reine Torheit, sagte er sich jetzt, seine eigene Sicherheit und die von Anna und Finn für einen Mann aufs Spiel zu setzen, der bereits so gut wie verurteilt war.

»Ich habe nicht die geringste Ahnung, von welchem Buch Ihr sprecht«, antwortete Lord Cobham. »Ich kaufe viele Bücher von vielen Händlern. In meinem Haushalt schätzt man Bücher sehr.«

Gabriel segnete den Mut dieses Mannes. Er würde die Äbtissin nicht verraten, und somit war auch Anna nicht in Gefahr.

Arundel lächelte bösartig. »Nun, einem lückenhaften Gedächtnis lässt sich manchmal ... wie soll ich sagen ... auf die Sprünge helfen.«

Wieder lief ein Murmeln durch die Menge.

Der Erzbischof fuhr fort: »Hier in diesem Gerichtssaal ist jemand anwesend, der bezeugen wird, dass Ihr auf Eurer Burg Zusammenkünfte von ketzerischen Lollarden abgehalten habt und dass zu diesem Anlass die Predigten Wycliffes gelesen wurden. Weiterhin wird er bezeugen, dass Ihr die heilige Messe durch die Lesung der gotteslästerlichen englischen Bibel entweiht und in aller Öffentlichkeit das Wunder der Eucharistie verleugnet habt. Bruder Gabriel, bitte sagt uns, wessen Ihr auf Cooling Castle Zeuge geworden seid.«

Es war also so weit. Jetzt war es an der Zeit, Farbe zu bekennen. Gabriel war schwindelig, als er aufstand und einen Schritt nach vorn trat. Was für ein Mensch war er? Wie weit würde er im Dienste der Wahrheit gehen? Wie viel würde er aufgeben? Er war sich selbst nicht sicher, welche Worte seinen Mund verlassen würden, als er zu sprechen begann.

»Ich … ich konnte feststellen … dass sowohl Lord als auch Lady Cobham … ein gutes und edles Haus führen, Euer Exzellenz«, sagte er mit so lauter Stimme, dass alle es hören konnten. »Die christliche Gastfreundschaft, für die Lord und Lady Cobham wohlbekannt sind, ist geradezu beispielhaft.«

Arundel war sichtlich irritiert.

»Ja, ja, Pater Gabriel. Aber es geht hier nicht um Lord Cobhams Gastfreundschaft.«

Gabriel hatte seine Wahl getroffen, wenn er je eine Wahl gehabt hatte.

»Dann habe ich Euch wohl falsch verstanden, Euer Exzellenz«, sagte Gabriel und bemühte sich, gelassen und ruhig zu klingen. »Ich dachte, es ginge gerade um seine Gastfreundschaft. Ihr sagt, dass man ihm vorwirft, er hätte Lollarden-Priestern Unterschlupf gewährt. Ich habe nicht ein einziges Mal erlebt, dass jemand von Cooling Castle abgewiesen wurde.«

»Dann habt Ihr dort also Lollarden-Priester gesehen?«

»Ich sah viele Priester. Ich selbst war oft Gast an Lord Cobhams Tafel, so wie es Euer Exzellenz meines Wissens auch gelegentlich waren.«

»Macht Euch nicht über dieses Gericht lustig, Pater. Ich warne Euch.« Er erhob seine Stimme ein klein wenig und fragte dann bedächtig und langsam: »Wart Ihr jemals Zeuge einer Versammlung von Lollarden-Priestern, welche in Gegenwart von Lord Cobham eine Messe abgehalten und die englische Bibel gelesen haben?«

Du brauchst nichts anderes zu tun, als die Wahrheit zu sagen, Gabriel. So einfach ist das. Gabriel vernahm diese Worte, als kämen sie von irgendwo außerhalb seines Kopfes.

Als er antwortete, war er überrascht, dass seine Stimme nicht im Geringsten zitterte. »Nein, Euer Exzellenz. Jede Aussage, die ich in dieser Hinsicht machen könnte, würde auf Hörensagen beruhen. Und ich bin sicher, dass dieses hohe kirchliche Gericht einen Adligen dieses Königreiches niemals aufgrund von Gerüchten verurteilen würde.«

Arundel schien vor Wut fast zu platzen.

Auf Sir Johns Gesicht breitete sich ein Grinsen aus.

»Bruder Gabriel, habt Ihr in Cooling Castle jemals ein Exemplar einer Wycliffe-Übersetzung der Bibel gesehen?«, fragte Arundel, und seine hohe Stimme wurde dabei mit jedem Wort schriller.

Aha! So einfach ist es also doch nicht. Denn dies hier ist eine Wahrheit, die gegen die Gerechtigkeit steht.

Gabriel öffnete den Mund, ohne zu wissen, was er sagen sollte. Er fragte sich verzweifelt, wie er sowohl der Wahrheit als auch der Gerechtigkeit dienen konnte. »Ich –«

»Aber natürlich hat er das, Euer Exzellenz«, donnerte Lord Cobham. »Ich bemühe mich nicht, sie zu verstecken. Die Wycliffe-Bibel liegt auf einem Tisch in meinem Söller, direkt neben einer lateinischen Bibel, so dass jeder die Worte unseres Herrn Jesus Christus lesen kann, wenn er das will. Ihr braucht diesen Mönch also nicht länger zu vernehmen. Ich werde Euch mein Glaubensbekenntnis geben. Ich habe nichts zu verbergen.«

Seine Antwort erfüllte Gabriel sowohl mit tiefer Sorge als auch mit großer Dankbarkeit.

Sir John fuhr fort: »Ich bin der festen Überzeugung, dass uns Erlösung allein durch Christus und deshalb auch ohne Vermittler zuteilwird.«

Arundel wand sich. Das widersprach nicht der katholischen Lehrmeinung.

»Eine wohlüberlegte Antwort, Sir John. Aber ist es nicht so, dass Ihr auch das Wunder der heiligen Messe und die Notwendigkeit der Beichte in Frage stellt?«

Durch die Zuschauermenge lief wieder ein leises Murmeln.

»Ich streite das Wunder der Messe keineswegs ab.« Sir John hielt einen Moment inne, so als wäge er den Preis der Wahrheit ab, dann reckte er sein Kinn vor und sagte mit einer Stimme, laut genug, dass man ihn selbst noch außerhalb des Saales hören konnte: »Ich glaube jedoch nicht, dass sich das Brot im Mund in den wirklichen Leib Christi verwandelt. Und ich glaube auch nicht, dass sich der Wein in das wirkliche Blut Christi verwandelt. Beides ist ein Symbol für das Opfer, das unser Herr für uns Menschen gebracht hat. Das Wunder der Messe liegt nicht in Stücken von Fleisch und Schlucken von Blut, nicht in der Kunst des Bäckers und des Winzers, sondern in der erlösenden Gnade unseres Herrn Jesus Christus.«

Arundel lächelte und lehnte sich selbstzufrieden auf seinem Stuhl zurück.

»Und die Beichte?«

»Ein Priester erleichtert die Beichte. Ein jeder Mann und eine jede Frau können jedoch auch ohne die Hilfe eines Priesters ihre Beichte gegenüber Jesus Christus ablegen.«

Arundels Lächeln wurde breiter. »Und der Heilige Vater? Und die geweihten Reliquien? Es wird berichtet, dass Ihr bei der Osterprozession dem Kreuz den Rücken zugekehrt habt.« Arundels dünne, jammernde Stimme hatte sich zu einem Flüstern gesenkt.

Es war, als hielte der ganze Saal den Atem an.

Gabriel schloss die Augen und wartete auf das Unvermeidliche.

»Ich bin fest davon überzeugt, dass man, wenn man seine Hoffnung, seinen Glauben oder sein Vertrauen in Bildnisse setzt, die Sünde der Götzenanbetung begeht. Ich erkläre, dass jeder Papst, der den Verkauf von Reliquien und Ablässen fördert, der Antichrist ist. Solche Praktiken dienen in keiner Weise dazu, den Sündern Gnade zuteilwerden zu lassen. Sie dienen lediglich dazu, die Börse gewissenloser Ablassprediger und die römischen Schatztruhen zu füllen, während sie die Sünder der Hölle überlassen.« Und dann wiederholte er mit lauter Stimme, für den Fall, dass es irgendjemand im Saal nicht gehört haben sollte: »Ich erkläre jeden Papst, der den Verkauf der Gnade Christi sanktioniert, für den Antichristen.«

Die Zuschauer holten entsetzt Luft, ein paar der Ablassprediger und Mönche begannen zu rufen: »Ketzer! Verbrennt den Ketzer!« Diejenigen, die offenbar genug gehört hatten, drängten zu den Türen. Angst und Unruhe verbreiteten sich im Saal. Nur Sir John schien seltsam ruhig und gelassen zu sein. Gabriel beneidete ihn um diese Gelassenheit, denn ihn selbst packte plötzlich die nackte Angst. Er wusste, dass auch seine Verhaftung unmittelbar bevorstand und dass man ihn so lange der Folter unterziehen würde, bis er sich als Ketzer bekannte.

Er sah sich suchend nach dem nächsten Ausgang um.

Arundel lächelte jetzt nicht mehr. Sein Gesicht war bleich vor Wut. Er schlug mit seinem Hammer auf den Richtertisch. »Eure eigenen Worte verurteilen Euch als Ketzer, Lord Cobham. Es ist nicht mehr notwendig, weitere Zeugen zu befragen.« Er beriet sich kurz mit den anderen beiden Richtern. »Wenn Ihr hier und jetzt gesteht und Euch dem Urteil unterwerft, werden wir Euch die Absolution erteilen.«

Dies war Gabriels einzige Chance zur Flucht – solange Arundel so von seinem glühenden Hass in Anspruch genommen war, dass er an nichts anderes mehr dachte als daran, das Feuer unter seinem Feind anzuzünden. Einige der Dominikaner unter den Zuschauern drängten sich nach vorn. Gabriel hingegen bewegte sich langsam auf den Rand der Menge zu, dann zog er sich seine Kapuze über den Kopf und blickte noch einmal zurück.

Die Morgensonne, die durch die Fenster fiel, lag als Balken aus Licht auf Sir Johns Gesicht. Er sah aus wie ein Heiliger aus einem illuminierten Manuskript, als er die gefesselten Hände hob, um seine Augen vor der Sonne abzuschirmen.

»Ich werde vor Euch keine Beichte ablegen«, sagte er. »Ich beichte meine zahlreichen Sünden nur Gott allein. Ihr mögt meinen Körper verurteilen, meiner Seele aber könnt Ihr nichts anhaben.«

Arundel sah ihn mit eiskaltem Blick an.

»Dann, Mylord Cobham, bleibt uns keine andere Wahl, als Euch wegen Ketzerei zu verurteilen und Euch den Männern des Königs zur Exekution zu übergeben. Möge Gott, mit dem Ihr, wie Ihr behauptet, so vertraut seid, Eurer Seele gnädig sein.« Er schlug noch einmal mit seinem Hammer auf den Tisch.

Das war der Moment, auf den die Menge gewartet hatte. In dem folgenden allgemeinen Tumult gelang es Gabriel, durch den Bogengang, der zum Refektorium führte, zu entkommen. Er dachte an Anna und ihren gemeinsamen Sohn, und er dachte vor allem daran, welchen Zorn er auf sie alle herabbeschworen hatte.

Anna behielt jeden Tag den Feldweg zwischen Appledore und dem Häuschen ihrer Schwiegermutter im Auge. Und jeden Tag war es dasselbe. Kein Mensch war zu sehen. Anna wusste, dass der Winter hier ziemlich trostlos werden würde. Mistress Clare hingegen schien das ganz und gar nicht so zu sehen. Obwohl sie immer sehr melancholisch wirkte, hörte Anna sie bei der Arbeit manchmal vor sich hinsummen. An diesem Tag war der Weg in dichten Nebel gehüllt. Ein grauer Himmel und eine ebenso graue See gingen nahtlos ineinander über, so dass man nicht sagen konnte, wo das eine endete und das andere anfing. Alles war eine einzige große Leere.

»Ihr müsst Geduld haben«, sagte Mistress Clare.

Anna konnte sie sich einfach nicht als Gabriels Mutter vorstellen. Die einzige Ähnlichkeit, die sie zwischen den beiden festgestellt hatte, waren ihre schönen Hände. Auch wenn Mistress Clares Hände gerötet und rissig waren, so waren sie doch schlank und wohlgeformt wie die seinen. Anna waren VanCleves Hände zum ersten Mal an jenem Tag aufgefallen, als er Klein Bek auf seinen Schultern getragen und dabei die knochigen Knie des Jungen mit seinen eleganten Händen festgehalten hatte.

»Die Ungewissheit ist schwer zu ertragen«, sagte Anna.

»Er wird kommen«, versicherte ihr die wortkarge alte Frau.

In Mistress Clares Blick lag eine harte, entschlossene Stärke. Es war ein Blick, der Anna an Bruder Gabriel erinnerte. Sie hatte diesen Ausdruck nur ein einziges Mal in VanCleves Augen gesehen – das war an jenem Tag gewesen, an dem sie sich wegen der Ablässe gestritten hatten.

Das Baby wachte auf und begann zu weinen. Als Anna die

Wiege zum Schaukeln brachte, jene Wiege, die das Hochzeitsgeschenk von Sir John und Lady Joan gewesen war, beruhigte sich der Kleine schon bald wieder.

Ich hätte niemals zulassen dürfen, dass er mich hierher bringt, dachte sie, auf diese windige, unwirtliche Landspitze. Ich hätte bei meiner Großmutter und Bek bleiben sollen. Dort hätte ich es wenigstens erfahren, wenn es irgendwelche wichtigen Neuigkeiten gab.

»Ich gehe ins Dorf«, sagte sie, während sie sich in ein Umschlagtuch hüllte und dann bückte, um das schlafende Kind aus der Wiege zu nehmen.

»Ich passe schon auf ihn auf«, sagte die Frau.

»Danke.« Anna strich die Decke glatt, steckte sie um ihn herum fest. Wie klein und zerbrechlich er doch aussah, dachte sie. »Ich werde bald wieder zurück sein.«

Das Dorf lag nicht einmal eine halbe Meile entfernt. Sie ging in das erste Geschäft am Weg, es war der Laden des Kerzenmachers, um ein paar Talgkerzen zu kaufen. »Gibt es Neues aus London?«, fragte sie beiläufig, »vom Hofe des Königs?«, so als wäre sie eine der Hausfrauen, die nur ein bisschen Klatsch hören wollten.

»Der Preis für Bienenwachs ist gestiegen. Eine neue Steuer für die Kriege des Königs gegen die Franzosen«, brummte der Kerzenmacher. Er gab Anna ihre Talgkerzen. »Gestern waren ein paar Pilger aus Canterbury hier. Sie sagten, dass der Erzbischof Sir John Oldcastle wegen Ketzerei vor Gericht gestellt hat. Eine schlimme Sache, das. Er wird wahrscheinlich brennen.«

Anna sah im Geiste ihr Kind in seiner Wiege schlummern, eben jener Wiege, die Sir John ihr geschenkt hatte. Es schlief dort so friedlich, als befände es sich nicht in einer wahnsinnig gewordenen Welt voller bösartiger Menschen, die das Wort Gottes als Vorwand missbrauchten, um zu töten und zu verstümmeln.

»War er der Einzige?«, fragte sie und dachte dabei voller Angst an die Abtei und Lady Joan. Und auch an ihren Ehemann.

»Der Einzige?«

»Der verhaftet wurde.« Sie bezahlte die Kerzen.

»Ich glaube schon. Jedenfalls habe ich von keinem anderen gehört.«

Der Kerzenmacher sah sie fragend an. »Wohnt Ihr nicht bei der alten Frau in dem Haus draußen auf der Landzunge?«

»Ja. Ich heiße Anna.«

»Da war vor nicht einmal einer Stunde ein Bote hier, der nach Euch gefragt hat. Er trug die Farben irgendeiner Burg.«

Anna stockte der Atem. »Welche Farben waren das?«

Der Kerzenmacher kratzte sich am Kopf und überlegte. »Rot und noch irgendetwas … Silber … ja, ich glaube, es war Silber.«

Rot und Silber, das waren die Farben von Cooling Castle. Aber der Kerzenmacher war sich bei dem Silber offenbar nicht sicher. Ihre Gedanken rasten, während sie sich an die Farben des Erzbischofs zu erinnern versuchte. »Habt Ihr ihm gesagt, wo ich zu finden bin?«

»Ja, das habe ich. Ich verstehe nicht, dass Ihr ihm unterwegs nicht begegnet seid.«

Ein Reiter wäre ihr auf dem einsamen Pfad durch den Sumpf sicherlich aufgefallen. Selbst im Nebel. Was war, wenn dieser Bote ein Spion des Erzbischofs war? *Wenn der Erzbischof von dir erfährt, dann seid ihr, du und mein Sohn, in Gefahr.*

Sie stürzte ohne Abschiedsgruß zur Tür hinaus.

Ihr Herz hämmerte wie wild in ihrer Brust, als sie ihr Umschlagtuch fest um sich schlang und sich auf den Weg machte. Das kleine Häuschen erstrahlte im Nebel wie ein Leuchtturm. Sie zog die Schultern zusammen, denn es war ein kalter Nordwind aufgekommen, und lief auf diesen Leuchtturm zu.

Als sie sich dem Haus näherte, konnte sie den Umriss eines Pferdes erkennen, das an einen der jungen Bäume festgebunden war. Sie raffte ihre Röcke und rannte los, wagte kaum zu atmen, bis sie nahe genug herangekommen war, um das Rot und das Silber, die Farben von Cooling Castle, zu sehen.

Auch wenn sie nur noch vor Kälte und Erleichterung zitterte, so mahnte sie sich dennoch zur Vorsicht. Das konnte durchaus auch eine Falle sein. Als sie durch die Tür trat, erkannte sie jedoch die vertraute Gestalt des alten Torwächters der Cobhams. Er beugte sich gerade über die Wiege und schnalzte mit der Zunge. Mistress Clare stand, wachsam wie ein Turmfalke, daneben. Der Mann richtete sich auf und übergab Anna eine Pergamentrolle, die das Siegel der Abtei trug.

»Das ist von den Nonnen, Mistress. Sie baten mich, auf Eure Antwort zu warten.«

Anna brach hastig das Siegel und überflog das, was ihr Schwester Matilde mit vertrauter Schrift übermittelte.

»Es geht um meine Großmutter«, sagte sie zu Mistress Clare. »Sie ist sehr krank. Sie möchte mich sehen.«

»Dann solltet Ihr zu ihr gehen.«

»Aber wie soll ich das machen? Ich kann den Kleinen doch nicht mitnehmen. Das wäre viel zu gefährlich. Und ich muss ihm doch die Brust geben.«

Ihre Brüste fühlten sich schon jetzt, nach dieser kurzen Abwesenheit, voll und schwer an.

»Nein, das müsst Ihr nicht. Es gibt noch andere Möglichkeiten. Ich kann ihm Gerstenwasser mit Honig zu trinken geben.«

»Ich weiß nicht, ich habe noch nie –«

»Das wird ihm genügen. Wir haben meinen kleinen Bruder auf diese Art und Weise gefüttert, als meine Mutter zu krank war, um ihn zu stillen. Und er ist zu einem kräftigen Mann herangewachsen. Kräftig genug sogar, um mit sechzehn Jahren zur See zu gehen. Leider habe ich seitdem nie wieder etwas von ihm gehört.« Sie sah den Boten an. »Werdet Ihr sie sicher zur Abtei bringen?«

»Deshalb bin ich hier.«

»Werdet Ihr sie nach ihrem Besuch auch wieder hierher zurückbringen?«

»Ja, das werde ich. Auf der Burg gibt es im Moment nicht viel zu tun, jetzt, da Lady Joan wieder weg ist.«

»Ich weiß nicht –«

Der Kleine wurde unruhig und begann, leise zu wimmern. Anna bückte sich und wollte ihn aus der Wiege nehmen. Mistress Clare legte jedoch ihre Hand auf Annas Arm. »Nein, lasst ihn hungrig werden. Ich werde in der Zwischenzeit die Gerste aufsetzen und Euch beweisen, dass er es trinkt. Dann könnt Ihr unbesorgt gehen.«

Zwei Stunden später sah Anna staunend dabei zu, wie sich ihr zwei Monate alter Sohn an dem mit Honig gesüßten Gerstenwasser, das Mistress Clare in einem Becher an seine Lippen hielt, satt trank. Beim nächsten Mal gab sie ihm dann wieder die Brust, dies jedoch mehr zu ihrer eigenen Erleichterung als zu der seinen.

Am nächsten Morgen machte sie sich in aller Frühe mit dem Torwächter von Cooling Castle auf den Weg.

»Falls Gabriel kommt und ich noch nicht wieder zurück bin, dann sagt ihm, dass er sich mit unserem Kind in Sicherheit bringen soll, wenn Gefahr droht. Auf keinen Fall soll er mir folgen. Ich werde bestimmt zurückkommen, es sei denn –«

Mistress Clare nickte ernst und machte damit deutlich, dass sie verstanden hatte. »Wir werden gut auf ihn aufpassen«, sagte sie.

41

Was nützt ein guter Ritter?... Ich sage Euch,
dass der König ohne gute Ritter
wie ein Mann ist,
der weder Hände noch Füße hat.

DÍAZ DE GAÁMEZ, »DAS RITTERLICHE IDEAL«
15. JAHRHUNDERT

Dieser verdammte Narr!« Harry lief aufgebracht in seinem Privatgemach auf und ab. Beaufort hatte ihm gerade die Nachricht überbracht, dass Sir John gestanden hatte. »Ich habe ihn gewarnt! Was erwartet er denn von mir?«

Ein heftiger Windstoß rüttelte an der Fensterscheibe und ließ die Kerzen im Kronleuchter, der an einem der Deckenbalken hing, flackern. Schatten tanzten wild durch den Raum.

»Meiner Ansicht nach erwartet er eine königliche Amnestie, Euer Gnaden.«

»Dann erwartet er zu viel. Er kennt das Spiel. Ich bin noch nicht einmal zum König gesalbt. Sich jetzt gegen Arundel zu stellen, das wäre politisch gesehen glatter Selbstmord.«

Beaufort sah ernst aus. »Lord Cobhams Gefolgsleute könnten versuchen, ihn mit Gewalt zu befreien. Außerdem ist er bei den Bauern sehr beliebt. Sogar dieser Mönch, der ihn ausspionieren sollte, hat nicht gegen ihn ausgesagt.« Dann fügte er leise hinzu: »Im Moment möchte ich übrigens nicht in der Haut dieses Mönchs stecken.«

»Dann beginnt meine Regentschaft also genau so wie die meines Vaters. Mit einer Rebellion meiner Adeligen?« Harry blieb abrupt stehen. »Was ratet Ihr mir, Onkel? Lasst mich in den Genuss Eurer Weisheit kommen.«

Jetzt war es Beaufort, der begann, ruhelos auf und ab zu gehen.

»Ich habe schon mehrfach darüber nachgedacht, Euer Gnaden. Es ist offensichtlich, dass es keine diplomatische Lösung gibt. Ihr könnt Euch entweder den Zorn des Erzbischofs, der Euch krönen und damit Eure Regentschaft legitimieren soll, zuziehen, oder Ihr riskiert eine offene Auseinandersetzung mit Euren Adeligen.«

Er bückte sich, um mit einem Schürhaken in den zischenden Flammen herumzustochern, die im Kamin flackerten. Harry wusste, dass er damit lediglich Zeit gewinnen wollte. Beaufort war ein hervorragender Stratege. Und das war auch der Grund, warum er ihn zum Kanzler gemacht hatte, und nicht, wie böse Zungen behaupteten, weil Vetternwirtschaft im Spiel gewesen wäre.

»So ist es«, sagte Harry. »Aber Ihr vergesst noch eines. Die Loyalität, die ein Mann seinem Freund schuldet.«

»Ah, Sire, die Loyalität ist eine Tür, die sich nach beiden Seiten öffnet. Hat Lord Cobham diese Freundschaft nicht bereits gekündigt, indem er sich Euch offen widersetzt hat? Seid Ihr wirklich noch verpflichtet, auf ein Band Rücksicht zu nehmen, das bereits zerschnitten ist?«

Harry antwortete ihm nicht. Im Geiste maß er sich gerade mit Merry Jack an einem Tisch im Boar's Head im Armdrücken, während Mistress Quickly, Bardolph und Pistol sie anfeuerten. Er konnte beinahe den Schweiß und das verschüttete Bier in der Gaststube riechen.

Beaufort räusperte sich und holte Harry wieder in die Realität zurück.

»Mein Rat, Euer Majestät, ist folgender: Ihr solltet Lord Cobham nicht begnadigen. Aber Ihr solltet seine Hinrichtung um vierzig Tage verschieben, und zwar mit der Begründung, dass einem Adeligen dieses Königreichs eine solche Frist zustehe. Ihr sagt, dass Ihr noch einmal versuchen werdet, ihn dazu zu bringen, öffentlich zu widerrufen. Das wird Arundel zwar ärgern, aber das wird für ihn kein hinreichender Grund sein, Eure Krönung noch weiter zu verzögern – vor allem dann nicht, wenn er sich sicher sein kann, dass er nach Ablauf dieser vierzig Tage genau das bekommt, was er haben will. Nämlich einen Ketzer auf dem Scheiterhaufen.«

»Aber wie kann er sich dessen so sicher sein?«

Beaufort sah ihn mit festem Blick an: »Weil das für jeden, der bei diesem Prozess anwesend war, absolut offensichtlich ist. Sir John Oldcastle wird niemals widerrufen. Er sieht sich auf Gedeih und Verderb einem Herrn verpflichtet, der über Eurer Majestät steht, und er ist bereit, jederzeit für seine Überzeugung zu sterben.«

»Welchen Sinn hätte es dann –«

»Nun, Ihr werdet damit Zeit gewinnen. Und wer kann schon sagen, was noch alles geschehen wird? Abgesehen davon werdet Ihr dann seinen Tod nicht auf Eurem Gewissen haben. Ihr werdet alles getan haben, was Ihr tun konntet. Es steht einem Monarchen gut an, wenn er Gnade zeigt.«

Harry überlegte lange. Ein weiterer Windstoß, heftiger als der letzte, rüttelte am Fenster. Er setzte sich an seinen Schreibtisch, nahm Feder und Pergament und gab dann beides Beaufort.

»Bringt das zu Papier, was ich dem Bischof Eurer Meinung nach in dieser Angelegenheit sagen soll, Onkel. Ich werde es dann unterzeichnen. Und lasst das Schreiben mit einem meiner Boten schicken. Arundel braucht nicht zu wissen, dass Ihr der geistige Urheber seid.«

Nachdem der Kanzler das Schreiben formuliert hatte, unterzeichnete Harry in seiner schönsten Schrift mit »Seine königliche Majestät, Henry V., König von England«. Dann drückte er sein königliches Siegel in das heiße Wachs und gab seinem Onkel das Pergament zurück.

»Noch eines, Kanzler. Macht bitte diesen Mönch ausfindig. Wir möchten mit ihm sprechen.«

»Ich werde es versuchen, Euer Gnaden. Aber es wird vermutlich nicht einfach werden. An seiner Stelle wäre ich morgen früh, wenn die Sonne aufgeht, bestimmt nicht mehr hier.«

Gabriel zog den Dominikanerhabit aus. Es kamen die schlichten Strümpfe und das Wams zum Vorschein, das er auch an seinem Hochzeitstag getragen hatte. Dann zog er sich seine Kopfbedeckung tief ins Gesicht. Wenn er sich jetzt unter die anderen Besucher der Blackfriars Priorei mischte, konnte er erst einmal die Lage sondieren und sich dann aus dem Staub machen. Vor der Priorei warteten jedoch bereits die Männer des Kanzlers auf ihn. Sein erster Gedanke war, zu fliehen.

Dann überlegte er es sich anders.

Sie waren zu zweit, und beide Männer trugen Seitenwaffen. Sie baten ihn höflich um sein umgehendes Erscheinen bei Hofe. Es wäre nicht klug gewesen, wenn er sich neben dem Erzbischof jetzt auch noch den König zum Feind gemacht hätte. Immerhin hieß es, dass der König ein Freund von Sir John wäre. Außerdem hatte sich Henry V. schon einmal als wertvoller Verbündeter für Gabriel erwiesen.

Als er den Männern in den Palast folgte, kam ihm jedoch plötzlich der Gedanke, dass das Ganze auch eine Falle sein konnte. Arundel war nicht der Mann, der einen Verrat ungestraft ließ. Möglicherweise benutzte er sogar den König als Köder. Als Gabriel jedoch in das Privatgemach des Königs und nicht in den Empfangssaal geführt wurde, sah er mit großer Erleichterung, dass der König allein war. Der König entließ die Soldaten. Gabriel verbeugte sich.

»Wir sehen, dass Ihr Euren Habit abgelegt habt, Pater.«

»Ich habe einsehen müssen, dass ich nicht zum Mönch geboren bin, Euer Majestät.«

Der König lächelte. »Es würde uns trotzdem freuen, wenn Ihr Euren Habit wieder anziehen würdet, Bruder Gabriel.« Er hielt plötzlich Gabriels abgelegten Habit in der Hand.

Es war also doch eine Falle. Dieser junge König war in der Tat nichts anderes als Arundels willenlose Marionette.

»Für eine letzte Segnung?«, fragte der König. »Eurem Monarchen zuliebe. Und dann mögt Ihr Euch mit Eurer hübschen Frau in ein Leben als Laie zurückziehen.«

»Meine Frau?«, stotterte Gabriel und fragte sich, ob es Arundel auch schon wusste. Seine Ehe hätte der Erzbischof vielleicht sogar noch hingenommen, denn er war auf der Suche nach größeren Sünden gewesen; es war Gabriels höchst unbefriedigende Aussage, mit der er sich den Zorn des Erzbischofs zugezogen hatte. Den König jedenfalls schien die Tatsache, dass er verheiratet war, köstlich zu amüsieren.

»Was sonst als die Liebe könnte einen Mann wie Euch dazu bringen, alles aufzugeben? Ihr wärt allerdings nicht der Erste, dem dieses Schicksal widerfährt.«

»Könnte ein Mann nicht vielleicht einfach zu einer anderen, einer vernünftigeren Lehre berufen sein?« Gabriel spürte, wie sein Gesicht zu glühen begann. Dies war der stets gegenwärtige Fluch einer hellen Haut.

Der König runzelte die Stirn. »Wie ich sehe, ist es Sir John gelungen, Euch zu bekehren.«

Gabriel hielt es für das Beste, dies weder zu bestätigen noch abzustreiten.

»Bekennt Euch nicht. Wir haben heute schon ein Bekenntnis zu viel gehört. Ich bitte Euch, Euren Habit noch ein Mal anzuziehen. Eure Gründe, weshalb Ihr ihn abgelegt habt, gehen mich nichts an. Ich habe meine eigenen Gründe. Gründe, die jedoch mehr mit Freundschaft als mit Theologie zu tun haben. Und damit, Bruder Gabriel, stehen wir auf derselben Seite. Zumindest am heutigen Tage.«

Und dann erläuterte er Gabriel seinen Plan, Sir John zu befreien. Gabriel hätte angesichts der schieren Kühnheit dieses Vorhabens beinahe laut gelacht.

»Ihr nennt diese wässrige Suppe und dieses altbackene Brot ein Abendessen? Was muss ich tun, um hier etwas Richtiges zu essen zu bekommen?«, brüllte Sir John den Wärter des Lion's Tower an, als der alte Mann die schwere Tür aufsperrte und einen Besucher hereinführte. Sir John sah einen schwarzen Habit.

»Bei den Gebeinen des Heiligen Petrus, Mann. Ich brauche keinen blutsaugenden Priester. Wenn ich noch vierzig Tage durchhalten soll, dann brauche ich ordentliches Brot, Fleisch und Ale. Selbst einer, der bald brennen soll, muss etwas essen, sonst gibt es nämlich irgendwann nichts mehr, was man noch verbrennen könnte.«

Dann erkannte er den Mönch. »Ich hatte nicht erwartet –«

»Lasst uns bitte allein«, forderte Bruder Gabriel den Wärter auf. »Lord Cobham will ungestört sein, wenn er seine Beichte ablegt.«

»Ihr habt nicht zufällig ein Stück Rinderbraten in Euren Ärmeln versteckt?«, fragte Sir John, als die Tür mit einem lauten Knall hinter dem Wärter ins Schloss gefallen war.

»Nein, aber ich habe etwas Besseres. Ich habe Neuigkeiten für Euch«, flüsterte sein Besucher.

»Wenn es sich dabei nicht um eine Begnadigung durch den König oder um Neuigkeiten von meiner Frau handelt, wäre mir ein Stück Braten lieber.«

Der Mönch schüttelte den Kopf und legte dann einen Finger auf seine Lippen. Er hat Angst, dachte Sir John. Aber er weiß auch besser als jeder andere, dass der Erzbischof seine Spione überall hat.

»Ich bin gekommen, um Euch die Gelegenheit zum Widerruf zu geben. Außerdem soll ich Euch sagen, dass Eure Frau, falls Ihr nicht widerruft, eine Messe für Eure Seele lesen lassen wird«, sagte der Mönch so laut, dass seine Stimme durch die dicke Eichentür zu hören war.

John wusste, dass das eine Lüge war. Joan würde niemals einen Priester dafür bezahlen, dass er eine Messe für ihren toten Ehemann las. Was also wollte der Mann von ihm? Warum hielt sich ein Mönch, der das Vertrauen seines bekanntermaßen rachsüchtigen Erzbischofs enttäuscht hatte, noch immer hier auf? Es sei denn, dies war eine List Arundels, um ihn in Sicherheit zu wiegen, damit er gegen andere aussagte. Joan hatte ihm oft vorgeworfen, er sei zu gutgläubig, wenn es darum ging, die Motive anderer Menschen einzuschätzen.

»Ich werde nicht widerrufen. Ihr verschwendet nur Euren Atem und Eure Zeit, Prediger.«

Pater Gabriel begann, laut zu intonieren: »*De profundis…*«

Sir John wollte gerade Einspruch erheben, als Pater Gabriel den Kopf schüttelte. Er beugte sich nach vorn und sagte leiser, aber noch immer im selben Tonfall: »Ein Pergamentmacher aus Smithfield hat mich gebeten, Euch zu grüßen und Euch zu sagen, dass er Euch gute Gesundheit wünscht.«

»Ich weiß nicht –«

»*Requiem eternam…* Master Fisher… *Domini…*« Zuerst laut, dann leise, immer im gleichen Rhythmus. »William Fisher bat mich, Euch auszurichten… *Ex lux perpetua…* dass einige Häute größere Mühe wert seien als andere.«

Der König! Das war eine Botschaft von Harry.

»Sagt Master Fisher, er soll seine guten Wünsche gefälligst selbst überbringen«, zischte Sir John.

»Er sagt, dass seine Pflichten das vielleicht nicht zulassen, aber er wird tun, was er kann… *Gloria Patria…* Ihr sollt Euch bereithalten.«

Bevor Sir John ihm antworten konnte, rief der Priester laut: »Wärter, wir sind fertig.«

Es dauerte nur wenige Sekunden, und schon knirschte der Schlüssel im Schloss. »Bringt diesem Mann sofort etwas Ordentliches zu essen. Bei diesem Fraß wird er keine vierzig Tage mehr durchhalten. Seine Majestät wäre höchst ungehalten, wenn er wüsste, dass Ihr einen seiner Adeligen so schlecht behandelt. Ich muss jetzt noch weiteren Gefangenen seelischen Beistand geben und werde mit Sir John noch einmal sprechen, wenn er seine Andacht beendet hat. Lasst den Schlüssel einfach stecken, ich werde ihn Euch dann später bringen.«

Der Mönch folgte dem Wärter durch die Tür, und der Schlüssel blieb, wie gewünscht, außen stecken.

Sir John hatte kaum Zeit, darüber nachzudenken, was dies bedeutete und was er tun könnte, um bereit zu sein, als sich der Schlüssel schon wieder quietschend im Schloss drehte.

Diesmal war es kein Priester, der die Zelle betrat.
Er erkannte den Besucher sofort.

»Master Fisher! Ich nehme an, Ihr seid gekommen, um mir Euer Mitleid zu bekunden. Obwohl es Gnade ist, um die ich bitte.«

»Ihr bittet? Der stolze Lord Cobham bittet um etwas?«

John spürte Zorn in sich aufsteigen. »Also gut! Ich erbitte keinen Gefallen von meinem König. Ich fordere eine alte Schuld gegenüber einem Kampfgefährten ein.«

»Wenn das so ist, sollten wir uns beeilen«, sagte Harry. Er zog einen schwarzen Habit unter seinem Hemd hervor und warf ihn Sir John zu. »Zieh das an. Der Erzbischof glaubt, sein König hätte gerade den Audienzsaal verlassen, um pinkeln zu gehen.«

John grinste. »So wie in alten Zeiten, was, Hal?«

Master Fisher erwiderte sein Lächeln nicht. »Der Spaß ist endgültig vorbei, Jack. Es ist ein überaus gefährliches Spiel, das du hier spielst.«

»Und der Mönch, der dieses Gewand trug?«, fragte Sir John, als er sich mit seinem wohlbeleibten Körper hineinzwängte. »Sitzt er jetzt etwa nackt in irgendeinem Versteck?«

»Er befindet sich bereits auf dem Weg zu seiner Frau. Und er trägt die Hose und das Wams eines Mannes mit wesentlich bescheideneren Ambitionen.«

»So ist das also!« Sir John zog sich die Kapuze über den Kopf. »Das freut mich. Sie ist ein braves Mädchen und hat einen redlichen und guten Ehemann verdient. Abgesehen davon fände ich es schrecklich, wenn ich für seinen Tod verantwortlich wäre.«

»Ich verstehe dieses Gefühl, Mylord. Aber es gibt den Tod, den auch wir nicht verhindern können. Es wäre klug von Euch, wenn Ihr das in Zukunft nicht vergesst. Es gibt Loyalitäten, die selbst über der Freundschaft stehen.«

»Ich bin ganz Eurer Meinung, Euer Gnaden.« Auch Sir John lächelte jetzt nicht mehr.

Als Master William Fisher und ein Dominikanermönch in den leeren Flur hinaustraten und dann gemessenen Schrittes die Treppe des Tower-Gefängnisses hinuntergingen, schenkte der Wächter am Tor ihnen kaum Aufmerksamkeit. »Einen guten Tag, Bruder«, rief er noch, wobei ihm jedoch nicht auffiel, wie sehr der hochgewachsene, hagere Mönch, der vor weniger als einer Stunde gekommen war, in dieser Zeit an Leibesfülle gewonnen hatte.

Der König, der Kanzler und der Erzbischof besprachen gerade noch einmal die Krönungsformalitäten, als ein Bote hereinstürzte. Arundel verließ kurz den Raum und kam gleich darauf wieder zurück. Sein Gesicht hatte die Farbe kalter Asche angenommen. Er warf Beaufort einen feindseligen Blick zu, dann flüsterte er dem König etwas ins Ohr.

»Was soll das heißen? Er ist entkommen«, fuhr der König den finster dreinblickenden Erzbischof in gespielter Empörung an. Dabei bemerkte er durchaus den zufriedenen Ausdruck, der sich auf dem Gesicht seines Kanzlers ausbreitete. Beaufort war bestimmt kein Freund der Lollarden, aber ihm war alles recht, was den Erzbischof auf seinen angestammten Platz verwies.

»Wie ist das geschehen? Und wann?« Dieses Spiel erheiterte Harry so sehr, dass er kaum ein Lächeln unterdrücken konnte. Einen Moment lang wünschte er sich, dass Sir John hier gewesen wäre, um dieses befriedigende Gefühl mit ihm zu teilen. Aber wenn alles nach Plan verlaufen war, dann befand sich Sir John, noch immer im Habit eines Dominikanermönches, bereits auf dem Weg nach Wales. »Hat ihm jemand bei der Flucht geholfen?«

Der Erzbischof machte ein Gesicht, als litte er an akuter Verstopfung. »Es scheint, als hätte sich irgendein Pergamentmacher aus Smithfield mit einer Natter, die wir an unserem Busen genährt haben, verschworen. Diese Natter ist ein gewisser Bruder Gabriel, ein Mann, in den ich großes Vertrauen gesetzt habe.«

»Ts, ts«, meinte Beaufort mit einem affektierten Grinsen. »Noch ein Mönch, der auf Abwege geraten ist. Du meine Güte,

Erzbischof, könnt Ihr Eure Tuppen denn nicht bei der Stange halten?«

»Darf ich Euch daran erinnern, Mylord Beaufort, dass auch Ihr Bischof wart, bevor Ihr Kanzler wurdet? Nun, eines Tages werdet Ihr vielleicht wieder Bischof sein, und dann könnte es möglicherweise einen Grund geben, dass ich Euch dieselbe Frage stelle.«

»Meine Herren, hört doch bitte auf zu streiten«, sagte der König. »Ich werde morgen nach Lord Cobham fahnden lassen. Vielleicht kann ich ja den Schatzmeister dazu überreden, eine Belohnung auszusetzen. Jetzt aber lasst uns mit unserer Besprechung fortfahren. England hat ein Recht auf einen gesalbten König.«

Dem Erzbischof war noch immer deutlich der Ärger anzusehen, aber alles, was er sagte, war ein mürrisches: »Wie Ihr wünscht, Euer Gnaden. Ich nehme an, morgen ist noch früh genug. Cobham wird bestimmt nicht weit kommen.«

Gabriel erreichte Hastings im ersten Licht des Morgens. Und Hastings lag nur ein paar Meilen südwestlich von Appledore. Er legte nur einen kurzen Halt ein, um der Abtei und der Saint Martins Kapelle einen letzten Besuch abzustatten.

Er stand in der Kapelle, starrte die Stelle auf dem Boden an, wo Bruder Francis begraben war, und empfand dabei nichts als Bedauern. Alles, woran er geglaubt hatte, lag dort unter den Steinen begraben, vermoderte so wie das Fleisch in diesem Grab. Was als ein heftiger, kaum zu ertragender Schmerz in seinem Innern begonnen hatte, war zu einer großen, betäubenden Leere geworden.

Gabriel war sich nicht mehr sicher, was er von den Dominikanern – und auch den Lollarden – halten sollte. Er war sich nicht mehr sicher, ob der Papst der rechtmäßige Nachfolger des heiligen Petrus oder ob er der Antichrist war. Ob die Vergebung vom Heiligen Vater in Rom oder vom Vater im Himmel gewährt wurde. Er war sich nicht mehr sicher, ob Gott Gebete auf Latein, auf Böhmisch oder auf Englisch bevorzugte. Und er war sich nicht mehr sicher, ob sich der Wein im Mund oder im Herzen in Blut verwandelte.

Er wusste nicht einmal mehr, ob irgendeine der theologischen Lehrmeinungen überhaupt von Bedeutung war.

Eines aber wusste er mit absoluter Sicherheit: Wenn sein Sohn eines Tages am Grab seines Vaters stand, dann sollte er nicht eine solche Leere empfinden. Und er war sich auch noch etwas anderen gewiss. Er wusste, dass Gott tatsächlich die Gebete der Menschen hörte – und zwar in jeder Sprache. Wie hätte er auch etwas anderes glauben können? Obwohl er seiner Kirche den Rücken gekehrt hatte, hatte er gespürt, dass der Paraklet, der wahre Geist, in den letzten Tagen bei ihm gewesen war. Er hatte ihn wie einen kräftigen Wind im Rücken wahrgenommen, der ihm Mut gegeben, ihn vorangeschoben und auf Wege gelenkt hatte, die er sonst niemals eingeschlagen hätte. *Pastor Dominus est.* Der Herr ist mein Hirte, dachte er, jetzt, da ich auf dieser Welt keinen anderen mehr habe.

Auf seinem Weg hinaus aus der Abtei ging er noch kurz ins Büro des Priors. »Im Stall steht ein Pferd, das dem Erzbischof gehört. Bitte sorgt dafür, dass es nach Canterbury gebracht wird«, sagte er dem Sekretär.

Der Bruder sah ihn an, als überlegte er, ob er Gabriel schon einmal gesehen hatte. »Soll ich sonst noch irgendetwas ausrichten, Freisasse …«

Wie sehr wir doch durch unsere Kleidung definiert werden, dachte Gabriel.

»Ihr könnt dem Erzbischof sagen, dass Pater Gabriel ihm das Eigentum der Kirche zurückgibt. Er hat keine Verwendung mehr dafür.«

Der Mönch, der Gabriel jetzt offensichtlich doch erkannt hatte, starrte ihm mit offenem Mund nach, als dieser davonging.

Ein Fuhrmann, der auf dem Weg nach Appledore war, nahm ihn auf seinem Karren mit. Bald würde er bei seiner Mutter, bei Anna und ihrem Sohn sein. Er entspannte sich jedoch erst, als er das Meer riechen konnte. Eine strahlende Septembersonne löste gerade den letzten Hochnebel auf. Auf den Wellen im Hafen schaukelte ein Schiff. Er kannte dessen Ziel nicht, aber das war auch nicht wichtig. Morgen, übermorgen oder vielleicht auch erst nächste Woche, wann immer es seine Segel setzte, würden Gabriel, Anna und der kleine Finn an Bord diese Schiffes sein. So Gott – und vor allem auch Anna – das wollten.

42

Oft hört Ihr nur von Eurem Priester oder Geistlichen, was die Kirche über die Erlösung predigt… Falls unsere Lehre Eure Ohren erreicht, so vergesst sie nicht, damit Euer Unwissen nicht Eure Erlösung verhindert.

Christine de Pisan in
»Das Buch der drei Tugenden«
15. Jahrhundert

Mistress Clare beugte sich über die Wiege ihres Enkels und wickelte ihn wohl zum hundertsten Mal an diesem Tag wieder in seine Decke ein, die er trotz der Kälte im Zimmer immer wieder wegstrampelte. Der Rauch des Torffeuers hatte ihm beim Atmen Schwierigkeiten bereitet, deshalb hatte sie das Feuer im Kohlenbecken erstickt und auch die Kochstelle nach draußen verlegt. Als sie sich umdrehte, sah sie Gabriels hochgewachsene Silhouette, die sich unter dem niedrigen Türsturz hindurchbückte. Er trat einen Schritt über die Schwelle und blieb dann stehen. Er sah hager aus, sein ausgezehrtes Gesicht war mit Bartstoppeln bedeckt.

»Wo ist Anna?« Er zeigte auf die Wiege, und seine Stimme klang besorgt. »Warum ist es so kalt hier drin? Geht es ihm nicht gut?«

»Dein Sohn gedeiht prächtig. Er ist genauso zäh wie sein Vater.«

Auch wenn Mistress Clare es Anna immer wieder versichert hatte, so war sie doch sehr erleichtert darüber, dass Gabriel endlich zurückgekommen war. Nicht, weil sie gefürchtet hatte, dass er seine Meinung doch noch geändert hatte, sondern vielmehr, weil sie die schreckliche Macht kannte, der er sich entgegenstellen musste. Sie wollte ihn in die Arme nehmen, aber die Distanz zwischen ihnen war dafür noch immer zu groß. Was geschähe, wenn er sie zurückwies? Das hätte sie kein zweites Mal in ihrem Leben ertragen.

»Ohne den Rauch vom Feuer bekommt er besser Luft. Er ist gut eingepackt, und ich habe außerdem noch einige warme Ziegelsteine unter seine Wiege gelegt.«

»Wo ist Anna?« Seine Stimme wurde lauter.

»Sie ist zur Abtei zurück, um –«

»Zur Abtei! Willst du damit sagen, dass sie unser Kind im Stich gelassen hat? Nein, das würde Anna niemals tun. Ich weiß, dass sie das nicht tun würde. Ich habe gesehen, wie sie –«

»Beruhige dich, Gabriel. Natürlich hat sie ihn nicht im Stich gelassen. Die Äbtissin, ihre Großmutter, ist sehr krank. Sie liegt vielleicht sogar im Sterben. Lord Cobhams Torwächter hat die Nachricht überbracht. Ich habe Anna gesagt, dass sie gehen soll.«

Er rieb sich mit beiden Händen über das Gesicht. »Wie konntest du das nur tun? Es könnte eine Falle sein. Du hast nichts verstanden.« Er lief im Kreis herum wie ein verzweifeltes Tier in einem viel zu kleinen Käfig. »Ich habe dem Erzbischof die Treue gebrochen – wenn er erfährt, dass Anna meine Frau ist, wird er sie dazu benutzen, um an mich heranzukommen, indem er –«

Mistress Clare sprach langsam und in gelassenem Ton, um ihn zu beruhigen. »Anna ist sich der Gefahr durchaus bewusst. Sie wird vorsichtig sein. Sie musste gehen, sonst hätte sie es ihr ganzes Leben lang bereut. Und ich weiß, wie es ist, mit einer solchen Reue zu leben.« Dann fügte sie, so wie sie es Anna versprochen hatte, hinzu: »Sie bat mich, dir zu sagen, dass du ihr auf keinen Fall folgen sollst. Falls man sie verhaftet, sollst du das Kind nehmen und auf den Kontinent fliehen.«

Er war jedoch schon zur Tür hinausgestürzt und lief den Pfad entlang, der nach Appledore führte. Sie rief ihn wieder zurück.

»Warte. Du wirst Geld brauchen, um ein Pferd zu mieten«, sagte sie und gab ihm ihre Ersparnisse.

Er steckte die Münzen in seine Tasche und schloss seine Mutter in die Arme. »Pass gut auf dich auf. Und pass auf meinen Sohn auf. Ich habe mir ein paar sehr mächtige Männer zu Feinden gemacht. Falls ich nicht zurückkomme, hast du einen weiteren Sohn, den du aufziehen musst.«

Sie hielt ihn auf Armeslänge von sich und sah ihm dabei fest in die Augen. »Mach dir keine Sorgen um ihn. Ich habe einen Sohn an die Kirche verloren. Noch einmal wird das bestimmt nicht geschehen.«

Anna weinte nicht, als Schwester Matilde sie mit der traurigen Nachricht empfing.

Es war kurz vor der Morgendämmerung. Sie waren von Morgengrauen zu Morgengrauen unterwegs gewesen und hatten nur ein einziges Mal länger Rast gemacht, um dem Pferd etwas Ruhe zu gönnen. In Headcorn Manor hatte der alte Torwächter ein zweites Pferd für Anna ausgeliehen, damit sie schneller vorankamen. In Maidstone hatten sie dann noch einmal kurz Rast gemacht, um etwas zu essen, aber Anna hatte kaum einen Bissen hinuntergebracht.

Obwohl sie sich so sehr beeilt hatten, waren sie doch zu spät gekommen.

»Es tut mir leid, Anna. Mutter ist letzte Nacht von uns gegangen«, sagte die Schwester. In ihren Augen schimmerten Tränen. »Sie ist ganz friedlich eingeschlafen. Sie hat gelächelt und die Augen geschlossen, so als hätte sie einen wundervollen, himmlischen Traum.«

»Ich möchte sie sehen«, sagte Anna.

»Wir haben sie in der Kapelle aufgebahrt. Die Schwestern halten die Totenwache. Du solltest dich zuerst ausruhen. So weit zu reiten, so kurz nach der Geburt – Anna, du brauchst jetzt unbedingt etwas Ruhe.«

»Ich werde mich ausruhen, wenn ich sie gesehen habe«, sagte Anna ruhig, aber bestimmt.

»Also gut.« Als sie die Kapelle betraten, bedeutete Schwester Matilde den anderen Schwestern mit einem Wink, dass sie Anna allein lassen sollten. »Wir warten draußen vor der Tür«, sagte sie, als die Schwestern nach draußen gingen.

Die Kapelle war nur von den flackernden Kerzen an beiden Enden von Kathryns Bahre und von ein paar Fackeln an der Wand erhellt. Die Flammen der Kerzen tanzten, als Anna sich der Totenbahre näherte. Der Duft von Weihrauch, schwer und süß, konnte den Geruch des Todes nicht überdecken und drohte, sie zu überwältigen. Ihr war schwindelig, dennoch richtete sie ihre Aufmerksamkeit auf das Gesicht vor ihr.

Anna konnte noch immer nicht weinen.

Sie stand stumm am Altar, mit betäubtem Verstand und steifem Körper, und starrte die Frau an, die erst so spät in ihr Leben getreten war und trotz alledem immer ein Teil von ihr gewesen war. Sie sieht wunderschön aus, wie sie da in ihrem schneeweißen Leinenhabit aufgebahrt ist, dachte Anna. Kein Wunder, dass mein Großvater sie so sehr geliebt hat. Ihr Nonnenschleier rahmte das vollkommene Oval ihres Gesichtes ein, wobei er so drapiert war, dass er die vernarbte Wange so weit wie möglich bedeckte. Ihre feine, glatte Stirn, selbst die wenigen Falten um ihren Mund herum sahen aus, als wären sie in Alabaster geschnitten. Sie sah aus wie die Statue einer Heiligen, zu der die Pilger beteten. Sie ist meine Großmutter, dachte Anna. Aber wo sind meine Tränen? Sie war alles, was ich hatte, und sie hat mich geliebt. Sie verdient meine Tränen.

Anna stand lange Zeit im flackernden Kerzenlicht an der Bahre. Ihr Körper war schließlich so steif, dass sie das Gefühl hatte, sie könne sich nie mehr bewegen. Ihre geschwollenen Brüste schmerzten. Draußen vor der Tür hörte sie die leisen Schritte und murmelnden Stimmen der Schwestern, eine Glocke, die die kleinen Stunden schlug.

Sie lockerte die Verschnürung ihres Mieders. Ihr Hemd war feucht, und sie machte sich große Sorgen, dass ihr Kind Hunger haben könnte. Sie machte sich auch Sorgen, dass ihre Milch versiegen würde, bevor sie zu ihm zurückkehren konnte. Das silberne Kreuz, das an ihrem Hals hing, war in ihr Dekolleté gerutscht und stach sie in die Brust. Sie öffnete den Verschluss. Als sie die Halskette in ihrer Hand hielt, erinnerte sie sich wieder an den Tag, an dem ihr Großvater ihr diese Kette geschenkt und somit das Erbe ihrer Mutter Rose und ihrer Großmutter Rebekka an sie weitergegeben hatte. Sie erinnerte sich auch daran, dass Kathryn sie reparieren ließ. Diese Kette war der Schlüssel gewesen, der sie beide zusammengeführt hatte.

Sie drückte das kleine, filigrane Kreuz mit zitternden Fingern an ihre Lippen und legte es dann auf Kathryns gefaltete Hände. Das Kreuz schimmerte silbern, während die kleinen Perlen des Sterns sich vor der marmornen Blässe cremeweiß abhoben.

»Wenn du Finn, dem Illuminator, begegnest, dann gib ihm das«, sagte Anna leise. »Dann weiß er, dass ich mein Versprechen gehalten habe.«

Die Binsenlichter tanzten in ihren Wandleuchtern. Annas Schritte huschten über die steinernen Fliesen, als sie die stille Kapelle und Kathryns Leichnam verließ, der kalt und reglos war wie der Stein, auf dem er ruhte.

Und noch immer konnte Anna nicht weinen.

Anna stand allein vor Kathryns Grab, als Gabriel kam, um sie zu holen.

Es war die Zeit der Abendandacht am folgenden Tag. Die letzte Schaufel Erde war auf den Sarg geworfen worden, und die Stimmen der Schwestern, die für Kathryn die Abendmesse sangen, hallten aus der Kapelle. In der heraufziehenden Dämmerung hielt Anna die sich nähernde Gestalt zunächst für den Totengräber, der kurz zuvor das Kreuz aufgestellt hatte. Es war das verkohlte Kreuz, das so viele Jahre über dem Bett der Mutter Oberin gehangen hatte. Anna hatte darauf bestanden, dass es als Grabkreuz verwendet wurde, obwohl Schwester Agatha gegen das zum Teil verkohlte, verbogene Kruzifix vehement Einspruch erhoben hatte. »Man erkennt ja nicht einmal mehr, dass es sich um die Gestalt Christi handelt«, hatte sie mit einem gewichtigen Räuspern argumentiert. Anna aber hatte sich nicht davon abbringen lassen. Sie kannte inzwischen die Geschichte dieses Kreuzes. »Es hat im Leben über sie gewacht. Und das wird es jetzt auch im Tode tun. Die neue Äbtissin wird ohnehin keine Verwendung dafür haben.«

»Anna«, sagte er.

Ihr Körper versteifte sich, als sie den leisen, traurigen Ton hörte, mit dem Gabriel ihren Namen aussprach. Er klang mitfühlend und flehend, und dennoch waren die Überreste seiner geistlichen Autorität unüberhörbar. »Es tut mir leid«, sagte er. »Ich weiß, wie tief deine Trauer ist. Aber du musst mit mir kommen. Hier bist du nicht sicher. Außerdem braucht dich unser Kind.«

Ihr Herz, das sie für taub gehalten hatte, machte plötzlich einen kleinen Sprung. Sie drehte sich zu ihm um. »Hast du ihn gesehen?«

»Ja. Es geht ihm gut, Anna. Es wird bestens für ihn gesorgt.«

»Deine Mutter ist eine gute Frau. Unser Kind ist bei ihr gut aufgehoben.«

Er machte ein finsteres Gesicht und zog dabei seine Mundwinkel nach unten. Sie hätte seine Lippen am liebsten mit ihren Fingern wieder gerade gezogen.

»Ja, sie ist eine gute Frau«, sagte er. »Aber ein Kind braucht seine Mutter.«

»Daran brauchst du mich nicht zu erinnern, Gabriel, da ich gerade am Grabe der einzigen Frau stehe, die ich je ›Mutter‹ genannt habe. Und das auch erst seit kurzer Zeit.« Sie schluckte heftig, überrascht von dem Schluchzer, der plötzlich in ihrer Kehle aufstieg.

In den schattigen Eiben, die den Friedhof umgaben, ertönte der traurige Ruf einer Turteltaube, die nach ihrem Gefährten rief.

»Anna –« Er streckte die Hand nach ihr aus. Sie aber hüllte sich noch fester in ihr Umschlagtuch ein und zog sich, außerstande, seine Hand auch nur zu berühren, in sich zurück.

»Gibt es Neuigkeiten von Sir John?«, fragte sie.

»Er wurde zum Tode verurteilt.«

»Gabriel, nein. Bitte, lieber Gott, nein.« Die Worte verschmolzen mit dem leisen Rauschen der Eiben, so als würden auch diese für Sir John beten.

Seine Hand lag auf dem Saum ihres Umschlagtuches. »Ich kann dich erst einmal beruhigen. Er ist entkommen und befindet sich in Sicherheit.«

»Wo ist er jetzt?«

»Ich vermute, in Wales. Aber ich will es gar nicht wissen.« Er sah sie nicht an, als er das sagte. Seine Finger spielten mit dem Saum ihres Umschlagtuchs, streiften ihre Haut.

Seine Berührung ließ Wärme durch sie hindurchströmen. Dennoch fröstelte sie, als sie an den Blick dachte, mit dem Arundel sie bei ihrer Verhaftung angesehen hatte, und an den Adeligen, dessen Kissen man ihr im Gefängnis gegeben hatte. Sein Stand hatte ihn nicht vor dem Tod gerettet. Sie schlang die Arme noch fester um ihren Körper und zog sich von Gabriel zurück, so als wollte sie ihrem Körper den Trost seiner Berührung verweigern. Stattdessen fuhr sie ihn zornig an.

»Und welche Rolle hast du dabei gespielt, *Bruder* Gabriel? Hast du gegen ihn ausgesagt? Hast du dich zum Handlanger des Erzbischofs gemacht, um einen redlichen Mann zum Tode zu verurteilen, nur weil er es gewagt hat, das Evangelium jenes Herrn und Gottes zu verbreiten, dem du zu dienen behauptest?«

Sie hielt den Atem an. Es tat ihr leid, dass ihr Ton so kalt war, und es tat ihr auch leid, dass sie hier, am Grab ihrer Großmutter, ihre Stimme erhob. Sie war sich noch nicht einmal sicher, welche Antwort sie von ihm hören wollte. Wenn er sagte, ja, er hätte gegen Sir John ausgesagt, dann hätte er sie damit noch einmal verraten. Wenn er sagte, nein, dann bedeutete das, dass sein Leben weniger wert war als die Folterinstrumente, die sie bei ihm anwenden würden. Und ihr Leben, wie auch das Leben ihres gemeinsamen Sohnes, war dann genauso nichts mehr wert.

»Ich habe zu seinen Gunsten ausgesagt, Anna, und ich habe ihm auch zur Flucht verholfen. Du weißt, dass ich uns damit alle verurteilt habe.«

Sie wandte sich von ihm ab und starrte Kathryns Grab an, während heiße Tränen in ihren Augen brannten. Dies war die Antwort, die sie sich zwar am meisten gewünscht, die sie aber auch am meisten gefürchtet hatte.

»Solange Arundel lebt, wird man mich verfolgen, Anna. Wenn ich hierbleibe, sind mein Leben, dein Leben, das Leben unseres Sohnes und sogar das meiner Mutter in großer Gefahr. Ich werde deshalb das nächste Schiff zum Kontinent nehmen. Ich weiß nicht, ob es mir jemals möglich sein wird, nach England zurückzukehren. Der Erzbischof, der inzwischen sicher schon von unserer Ehe weiß, wird glauben, dass ich den Eheschwur gebrochen und dich im Stich gelassen habe, so wie ich auch alle meine anderen Schwüre gebrochen habe. Du wirst hier sicher sein, denn du bist für ihn dann nicht mehr nützlich. Du kannst mit unserem Sohn vorerst in Appledore bleiben. Später kannst du dann wieder nach Hause in die Abtei zurückkehren.«

»Dann hätte der Erzbischof nicht einmal unrecht, nicht wahr? Denn genau das tust du doch: mich im Stich lassen. Und es wäre auch nicht das erste Mal. Habe ich nicht recht, Gabriel?«

Nach Hause in die Abtei zurückkehren! Welchen Sinn hätte das, jetzt, da Kathryn tot war? Auch Sir John und Lady Joan wären nicht mehr da. Sie hatten sich irgendwo versteckt, wenn nicht sogar schon Schlimmeres geschehen war. Ein schier unerträglicher Kummer überkam sie und brachte eine Schwärze mit sich, die sie seit jenem Tag auf der Brücke, als sie ins Wasser gefallen war, nicht mehr gespürt hatte. Aber hier war kein Fluss, der sie hätte aufnehmen können. Nur kahle, kalte Erde. Ihre Knie sanken in den feuchten Erdhügel von Kathryns Grab.

Ein leichter Regen setzte ein. Es war, als hätte der Himmel den ganzen Tag lang seine Wolken aufeinandergetürmt und deren

Tränen gesammelt, um sie jetzt gemeinsam mit denen von Anna fließen zu lassen – eine wahre Flut von Tränen, die ihr zusammen mit den Regentropfen übers Gesicht lief. Verzweifeltes Schluchzen schüttelte ihren Körper, sie konnte überhaupt nicht mehr aufhören zu weinen. Sie trommelte mit den Fäusten auf den Grabhügel, grub ihre Hände in die Erde, presste sie voller Verzweiflung auf ihr Gesicht und schmeckte dabei den groben Sand auf ihren Lippen, roch den schweren Lehm.

Gabriel rief immer wieder ihren Namen. Seine Stimme drang wie aus weiter Ferne zu ihr. Erst nach einiger Zeit nahm sie wahr, dass er neben ihr im Schlamm kniete, sie in den Armen hielt und in flehendem Ton auf sie einredete.

»Nicht, Anna. Bitte, nicht. Die Äbtissin hätte nicht gewollt, dass du dich vor Kummer wahnsinnig machst. Ein Leben wie das ihre verdient es, gewürdigt und gefeiert zu werden.«

Aber Anna trauerte um sie alle: um Finn und Martin, um Jetta, Kathryn und Jerome, sogar um den geköpften Adeligen – und auch um Sir John und all die anderen, die es bald treffen würde. Um alles, was der Tod ihr bereits genommen hatte und noch nehmen würde. Warum kam der Tod nicht auch zu ihr? Warum ließ er sie nicht einfach in dem Grab versinken und neben ihrer Großmutter, die dort schon lag, Ruhe und Frieden finden.

Aber es war nicht der kalte Hauch des Todes, den sie in ihrem Nacken spürte. Es war Gabriels Atem – warm und lebendig, der ihr tröstende Worte ins Ohr flüsterte so wie in jener Nacht, als VanCleve sie nach Jettas Tod in den Armen gehalten hatte.

»Komm, Anna. Du bist schon klatschnass. Unser Kind braucht dich.«

VanCleves Stimme. Nein, nicht VanCleves Stimme. Gabriels Stimme. Gabriels Arme, die sie wie eiserne Ringe zusammenhielten. Die Arme ihres Ehemannes. Sie spürte seinen Herzschlag.

»Ich liebe dich«, sagte er. »Ich liebe dich seit jenem Tag, an dem ich dich zum ersten Mal auf dem Marktplatz in Reims stehen sah. Du bist so weit gekommen. Du darfst dich jetzt nicht von der Verzweiflung besiegen lassen. Wenn schon nicht für mich, dann für Finn. Und für den Glauben, zu dem du dich bekennst.«

Finn? Welchen Finn meinte er? Sprach er von dem alten Mann, der auf dem Teyn-Friedhof lag? Oder von dem Säugling, der in seiner Wiege schlief, in der Romney Marsh versteckt wie der kleine Moses?

Ein Blitz zuckte durch die Wolken. Anna starrte in die gleißende Helligkeit und sah plötzlich den Tod auf seinem bleichen Schimmel über den Himmel auf sie zugaloppieren. Seine Sense hatte er erhoben, genauso wie die geschnitzten Türen der Kathedralen es zeigten. Unter der Kapuze seiner Mönchskutte glaubte Anna, Arundels Gesicht zu erkennen. Ein Gesicht, dessen Fleisch bereits von den Knochen fiel. Sie spürte, wie ihre Knie noch tiefer in die weiche Erde des Grabes sanken.

Gabriels Arm. Seine Stimme drang auf sie ein. »Finn braucht dich, Anna. Er braucht seine Mutter. Ich brauche dich.«

Das Schluchzen in ihrem Hals verwandelte sich und brach als wildes, hysterisches Lachen aus ihr heraus. Sie erhob ihre Fäuste gegen das Bild des Sensenmannes, dem alle Seelen irgendwann einmal begegnen. *Hast du das gehört, alter Mann? Du hast mir doch noch nicht alles genommen. Mein Ehemann ist an meiner Seite. Mein Ehemann, der mich liebt. Und unser Sohn schläft in seiner Wiege. Diesmal bist du umsonst gekommen. Es gibt nämlich zwei Finns. Und sie werden eines Tages unter dem himmlischen Baldachin aus goldenem Licht zusammenkommen – all die Finns, Kathryns, Rebekkas, Martins und Jans, die du mit deiner stumpfen Klinge geschnitten hast. Aber wo wirst du dann sein? Du wirst in eben jenem Fegefeuer brennen, das du durch deine eigene Vorstellung geschaffen hast, und niemand wird da sein, der deine erbärmliche Seele in den Himmel betet.*

Mit einem Donnern wie beim Weltuntergang riss erneut ein Blitz den Himmel entzwei und blendete sie mit seinem grellen Licht. Das bleiche Ross bäumte sich auf, trommelte mit seinen Vorderhufen auf die Wolken, und sein Reiter stürzte herab wie Luzifer, der aus dem Himmel geworfen wurde. Der Tod – der gefürchtete Feind – verwandelte sich in nichts anderes als einen Haufen Lumpen und Knochen. In eben diesem Moment der unglaublichen Klarheit und des verebbenden Zorns hätte Anna den Schnitter Tod vielleicht sogar bemitleidet, hätte vielleicht sogar den alten Erzbischof bemitleidet – wenn sie noch genügend Kraft gehabt hätte, um überhaupt irgendetwas zu fühlen.

Das Gewitter verzog sich.

Weit entfernt war noch leises Grollen zu vernehmen, und die Wolken über ihnen bildeten eine einheitliche graue Wand.

Annas Schluchzen verstummte so wie der Donner.

Gabriel half ihr auf die Füße und führte sie dann weg vom Grab in den Schutz des überdachten Friedhoftores. Dort zog er sein Wams aus und legte es um ihre Schultern. Dann nahm er sie in die Arme. Sie setzten sich zusammen auf die Bank, auf der nur wenige Stunden zuvor Kathryns Sarg geruht hatte, und lauschten dem Regen, der vom Dach tropfte.

Als Anna sich wieder ein klein wenig gefasst hatte, sagte Gabriel, der sie noch immer in den Armen hielt: »Wir sollten nicht hierbleiben, Anna. Ich werde dich zurück nach Appledore bringen. Du und das Baby, ihr könnt mich begleiten oder auch nicht. Ich weiß, dass du mich nur geheiratet hast, um unser Kind vor der Schande zu bewahren. Aber nur du kannst noch immer einen Ehemann aus mir machen. Es ist deine Entscheidung.«

Sie löste sich aus seinen Armen. Er stand auf und wischte ihr mit dem Saum seines Ärmels den Schlamm aus dem Gesicht.

»Das sagst du, nachdem du schon so viel für mich aufgegeben hast, Gabriel?« Ihre Stimme war heiser. Das Sprechen tat ihr weh.

»Ich habe nichts aufgegeben, Anna. An dem Tag, an dem ich dich an deinem Bücherstand sah, war ich überzeugt, dass Gott dich dorthin gestellt hat, damit ich dich rette.«

In der Pause, die folgte, rief die Taube wieder nach ihrem Gefährten. Es war ein einsamer, gurrender Ton. Anna fragte sich, ob auch Kathryns Geist ihn hörte.

»Aber in Wirklichkeit war es genau andersherum«, fuhr Gabriel leise fort. »Gott hat dich in seiner Gnade dorthin gestellt, um mich zu retten. Das Einzige, was in meinem Leben real ist – dessen ich mir absolut sicher bin –, ist meine Liebe zu dir und unserem Kind.« Er zeigte auf das frische Grab. »In ihr habe ich mehr von Christus gesehen, als ich in all meinen schwarz berockten Brüdern zusammen je gesehen habe.«

»Du trägst wieder die Kleidung, die du als Ehemann getragen hast«, sagte sie, als er die schwarzen Röcke erwähnte.

Sie betrachtete ihn, als sähe sie ihn zum ersten Mal – diesen müden Freisassen, der sich an das Portal des Friedhoftors lehnte, die Hose mit Matsch beschmutzt, während die nassen Hemdsärmel an seiner Haut klebten. Was wäre gewesen, wenn sie zuerst diesen Gabriel kennengelernt hätte? Hätte sie sich auch in ihn verliebt? Als sie ihn jetzt ansah, seine gebeugten Schultern, den tiefen Schmerz in seinen Augen – wie viel Mut und Kraft musste es ihn gekostet haben, all das, woran er geglaubt hatte, noch einmal einer genauen Prüfung zu unterziehen und dann dabei zuzusehen, wie es in sich zusammenfiel wie ein Kartenhaus. Er hatte zweifellos noch immer etwas von VanCleve an sich, aber auch von dem Dominikanermönch, der er gewesen war. Er war beides und keines von beiden. Er war etwas Besseres und Edleres. Sie dachte an Finn, den Illuminator, und an seine geliebte Rebekka, erinnerte sich daran, dass ihr Großvater auf seine Burg und seinen Adelstitel verzichtet hatte, nur um eine Jüdin zu heiraten.

»Für mich war es auch eine Gnade«, sagte sie. »Ich habe kein anderes Zuhause als jenes, das du, ich und Finn uns zusammen schaffen werden.«

Sie sah ihm ins Gesicht, versuchte herauszufinden, was er gerade dachte. Sie glaubte, eine gewisse Erleichterung zu erkennen, denn der angespannte Zug um seinen Mund verschwand, und er stieß einen leisen Seufzer aus.

»Anna, bist du dir sicher? Bist du dir wirklich sicher, dass du das willst? Du könntest auch mit Finn bei meiner Mutter bleiben. Ihr beide wärt dort sicher. Ich werde dich bestimmt nicht noch einmal im Stich lassen. Ich werde dir so viel an Unterhalt schicken, wie ich kann.«

»Dann willst du uns also nicht bei dir haben, Gabriel? Ist es das, was du mir damit sagen willst?«

»Nein! Bei meiner Treu! Ich schwöre es. Ich will dich bei mir haben. Und unseren Sohn auch. Es gibt nichts, was ich mir mehr wünsche. Aber eure Sicherheit –«

Sicherheit! Kathryn hatte Annas Großvater um seiner Sicherheit willen weggeschickt und ihn in dem Glauben gelassen, dass sie tot sei. Sie hatte auf ihn verzichtet, weil sie ihn liebte. War es das, was auch Gabriel gerade versuchte? Ihr Großvater hatte diesen Verlust sein ganzes Leben lang betrauert. Kathryn und Finn hatten, jeder für sich allein, viel erreicht, wie viel mehr hätte ihnen gemeinsam gelingen können? Und wie viel Freude war ihnen entgangen? »Es gibt keine Sicherheit außer der, die Gott uns in seiner Gnade gewährt.« Sie nahm seine Hände in die ihren und legte sie auf ihr Herz. »Ich bin deine Frau, Gabriel. Was immer uns auf unserem Lebensweg begegnen wird, wir werden uns dem gemeinsam stellen und dabei auf dieselbe Gnade vertrauen, die uns zusammengeführt hat.«

»Dann kannst du VanCleve seinen Betrug vergeben?«

»Wenn du Anna ihre Bitterkeit vergeben kannst.«

Eine Spur von VanCleves altem Lächeln milderte seine nächsten Worte ab. »Eine Frau mit scharfer Zunge kann für einen Schreiber durchaus von Vorteil sein – und die deine ist scharf genug, um auch den härtesten Federkiel zu spitzen.«

»Es ist gut, dass du das so siehst, Meister Schreiber, denn wahrscheinlich wirst du von mir noch einiges zu hören bekommen.« Sie küsste ihn leicht auf die Lippen. Ihre nächsten Worte waren sanft und leise: »Wir werden gemeinsam lernen, einander zu verzeihen und einander zu vertrauen.«

Er wollte ihren Kuss erwidern, aber Anna zeigte auf Schwester Matilde, die in diesem Moment durch den Regen auf sie zugerannt kam, so schnell dies ihr fülliger Körper zuließ. »Anna, Gott sei Dank habe ich dich gefunden«, sagte sie atemlos. »Du musst verschwinden. Sofort! Schwester Agatha schickt mich, um dich zu warnen.«

»Schwester Agatha!«

Matilde schüttelte den Kopf. »Hinterfrage nie ein Geschenk! Nimm es einfach an und sei dankbar dafür. Die Wege des Herrn sind unergründlich. Master Flemmynge sitzt im Besucherzimmer. Er ist gekommen, um der Mutter Oberin die letzte Ehre zu erweisen, das behauptet er zumindest. Es ist besser, wenn er dich hier nicht sieht.« Sie sah Gabriel an, ohne auf sein ungewohntes Erscheinungsbild einzugehen. »Und Euch auch nicht.«

»Kann ich mich wenigstens noch von Bek verabschieden?«

»Dazu ist keine Zeit mehr. Schwester Agatha kann den Kommissar nicht mehr lange hinhalten. Sie hat dafür kein Talent. Bek ist hier glücklich. Wenn er dich jetzt sieht, wird er dich später nur umso mehr vermissen.« Sie hatte beide beim Arm genommen und drängte sie in den Regen hinaus. »Lord Cobhams Diener wartet an der Kreuzung von Rochester mit frischen Pferden auf Euch. Wenn Ihr so weit weg seid, dass keine Gefahr mehr droht, dann sorgt dafür, Gabriel, dass Anna sich ausruht.«

Anna breitete die Arme aus, um Schwester Matilde zu umarmen, dann aber erinnerte sie sich an ihre schmutzige Kleidung und ließ die Arme wieder sinken. »Schwester Matilde … du bist mir im wahrsten Sinne immer eine Schwester gewesen …«

»Fort mit euch beiden, bevor ich noch zu heulen anfange. Und eine gute Reise für –«

Schwester Agathas schrille Stimme, die aus der offenen Tür der Kapelle drang, ließ sie erschrocken innehalten. »Master Flemmynge, es ist wirklich sehr freundlich von Euch, dass Ihr das Grab der Mutter Oberin sogar bei diesem Regen aufsuchen wollt. Allerdings glaube ich, dass inzwischen schon alle gegangen sind.« Das war selbst für Schwester Agatha mehr als nur laut.

Matilde drückte Anna noch ein Bündel in die Hand. »Hier ist etwas Trockenes zum Anziehen und etwas zu essen. Geht nicht durch den Kreuzgang zurück, sondern macht euch gleich von hier aus auf den Weg.« Dann drückte sie Anna an sich, wobei es ihr nichts auszumachen schien, dass ihr sauberes weißes Leinen mit Schlamm beschmutzt wurde.

Schwester Agatha stand in der Tür und nahm Flemmynge die Sicht. Sie hörten, wie er etwas brummte, woraufhin Schwester Agatha einen Schritt zur Seite trat, damit er wenigstens einen Blick auf den verlassenen Friedhof werfen konnte. Ohne das überdachte Friedhofstor auch nur eines Blickes zu würdigen, zog er sich schnell wieder in die Kapelle zurück, damit der Regen sein feines Gewand nicht verdarb. Agatha schloss die Tür.

Als sie die Abtei hinter sich ließen, sah Anna noch einmal zurück. Hinter den Fenstern der Kapelle, wo die Schwestern gerade ihre Abendandacht hielten, schimmerte Kerzenlicht. *Dies ist das letzte Mal, dass ich das hier alles sehe,* dachte sie und versuchte, sich alles ganz genau einzuprägen.

Dann warf sie noch einen letzten Blick auf Kathryns Grab. Im Nieselregen und im Schatten der Bäume konnte sie gerade noch den Umriss des Kreuzes erkennen, auf dem die Taube saß und noch immer unbeirrt nach ihrem Gefährten rief. Und wieder spürte sie große Einsamkeit und Trauer in sich. Sie konnte die Abtei doch nicht einfach so verlassen. Wohin sollten sie gehen? Was sollten sie tun? Was war, wenn Gabriel ihrer überdrüssig wurde und bereute, dass er so viel für sie aufgegeben hatte?

Dann kam plötzlich vom höchsten Ast einer Eibe eine zweite Taube heruntergeflogen und ließ sich neben ihrem Gefährten auf dem Kreuz nieder.

»Schau, Gabriel«, sagte sie, »sie sind ein Paar.«

Das muss ein Zeichen sein, dachte sie, sagte es aber nicht laut, damit der gelehrte Mönch sie nicht für töricht hielt. Ein Zeichen dafür, dass Finn und Kathryn endlich wieder vereint waren. *Ich werde es als ein Segenszeichen nehmen.* Und mit einem Mal wurde es ihr wieder leichter ums Herz.

»Genauso soll es sein«, sagte er und griff nach ihrer Hand. »Aber jetzt müssen wir uns beeilen, Anna. Sonst entdeckt uns dieser Lakai des Erzbischofs womöglich doch noch.«

»Mach dir keine Sorgen, mein Ehemann. Er hat bestimmt kein Interesse an zwei gewöhnlichen Pilgern, die auf der Suche nach Gottes Gnade sind.«

EPILOG

31. Dezember, im Jahre des Herrn 1417

Meine liebe Anna,

was für eine wunderbare Neuigkeit die Geburt Deiner Zwillinge Rebekka und Kathryn für uns war. Ich wünschte mir so sehr, dass unsere Mutter Oberin das noch hätte erleben dürfen. Andererseits bin ich jedoch auch froh, dass ihr die traurige Kunde, die ich Dir jetzt mitteilen muss, erspart geblieben ist. Wir haben gestern die Nachricht erhalten, dass Sir John für die Sache, an die er glaubte, sein Leben gegeben hat. Man hat uns berichtet, dass er tapfer gestorben sei und dass sein Verhalten viele andere Menschen dazu veranlasst hat, sich der Sache, für die er gekämpft hat, anzuschließen. Ich fürchte, sein Tod steht erst am Anfang einer schlimmen Entwicklung hier in England.

In Böhmen ist die Situation sogar noch schlimmer. Nachdem Hus auf dem Scheiterhaufen starb, ist dort ein Bürgerkrieg ausgebrochen. Ich bete jeden Tag darum, dass ihr – Du, Gabriel, Finn und seine beiden kleinen Schwestern – in Paris eine sichere Zuflucht gefunden habt und dass ihr nicht nach Böhmen zurückkehren werdet. Da Gabriel, wie ich aus Deinem letzten Brief weiß, von der Zunft der Schreiber als Meister aufgenommen wurde, nehme ich an, dass ihr zumindest keine finanziellen Sorgen habt. Du hast die Bibellesungen bei euch zu Hause erwähnt. Ich bitte euch: Seid vorsichtig!

Schwester Agatha ist unsere neue Äbtissin. Wir widmen uns

jetzt nicht mehr der wunderbaren Arbeit, die wir früher hier leisteten. Jetzt kopieren wir nur noch jene Werke, die von Erzbischof Chichele ausdrücklich gebilligt wurden. Er verfolgt die Lollarden sogar noch verbissener als Erzbischof Arundel. Und er hat dabei den König auf seiner Seite. Aber mit Schwester Agatha als Äbtissin brauchen wir uns bestimmt keine Gedanken wegen irgendwelcher ketzerischer Bücher in unserem Skriptorium zu machen. Dafür sorgt sie schon.

Da ich gerade von Büchern spreche: König Henry hat Deine Bücher persönlich zur Abtei zurückgebracht. Er sagte, er sei der Meinung, dass Du sie ausschließlich für private Zwecke und deshalb in keiner Weise sektiererisch verwendet hättest. Ich schicke sie Dir zusammen mit diesem Brief. Mutter Agatha will sie ohnehin nicht hier im Kloster haben.

Du hast in Deinem letzten Brief gefragt, wie es Bek und Lady Joan geht. Nun, Sir John wurde in Wales gefangen genommen, aber Lady Joan war zu diesem Zeitpunkt nicht bei ihm. Cooling Castle ist verlassen, und wir haben keine Nachricht von seiner Herrin. Es heißt, sie sei bei ihrer Tochter, Lady Brooke. Ich bete darum, dass das auch so ist und dass sie dort Trost in ihrem Kummer findet.

Um Bek brauchst Du Dir keine Sorgen zu machen. Er ist, seit Du weg bist, ein ganzes Stück gewachsen, und obwohl er nie einen starken Körper haben wird, so hat er doch einen starken Geist. Er komponiert Stücke für unseren Chor. Er vermisst Dich zwar, scheint hier bei uns ansonsten aber sehr glücklich zu sein. Er singt die ganze Zeit vor sich hin – wenn er nicht gerade die Glocken läutet. Einmal hat ihn sogar der König besucht – ja, Du liest richtig, der König. Das war an jenem Tag, an dem Seine Majestät Deine Bücher zurückgebracht hat. Du hättest die beiden sehen sollen, wie sie dasaßen und die Köpfe zusammengesteckt haben und wie Bek Seiner Majestät zeigte, wie er die Finger auf die Saiten einer Harfe setzen musste. Bek hat sich benommen, als wäre er dem König völlig gleichgestellt, und den König schien das nicht im Geringsten zu stören. Ich sah eine tiefe Traurigkeit in den Augen Seiner Majestät. Es heißt, er sei wegen des Komplotts, das Sir John gegen ihn geschmiedet haben soll, zutiefst verbittert. Was dieses angebliche Komplott und Sir Johns Hinrichtung angeht, kenne ich nur wenige Einzelheiten. Aber selbst wenn ich mehr wüsste, würde ich Dich nicht damit belasten wollen.

Ich muss jetzt an meine Arbeit zurückkehren, Anna. Ohne Sir Johns Schirmherrschaft steht die Abtei unter einem großen finanziellen Druck. Es ist nicht leicht für uns, unseren Lebensunterhalt zu verdienen. Ich wünsche euch viel Glück und schließe mit den Worten Julians von Norwich, die unsere Mutter Oberin so oft zitiert hat: Alles wird gut.

Deine Dich liebende Schwester
Matilde

ANMERKUNG DER AUTORIN

Nach dem Aufstand der englischen Bauern im Jahre 1381 unternahm die Staatskirche große Anstrengungen, die Lehren des Oxforder Klerikers John Wycliffe, die auch als Lollardentum bekannt wurden, auszumerzen. Den Bischöfen gelang es zwar, die Bewegung in den Untergrund zu drängen, sie konnten jedoch nicht verhindern, dass Wycliffes Lehren sich auch im Ausland ausbreiteten. Dies geschah vor allem, nachdem Richard II., der zur Zeit Wycliffes regierte, eine Angehörige des böhmischen Königshauses geheiratet hatte. Königin Anne war Wycliffes Ideen sehr zugetan. Im Zuge der Verbindung zwischen den Königshäusern von Böhmen (heute bekannt als die Tschechische Republik) und England wurde unter anderem auch ein studentisches Austauschprogramm zwischen Oxford und der Prager Universität ins Leben gerufen, und Wycliffes revolutionäre Ideen gelangten auf diese Weise nach Böhmen. Dort erlebten sie durch die Predigten von Jan Hus eine große Verbreitung. Anfang des fünfzehnten Jahrhunderts schließlich gewann das Lollardentum in England erneut an Bedeutung und stellte schließlich sowohl für die Staatskirche als auch für den König eine erhebliche Bedrohung dar.

Henry V., der von 1413 bis 1422 regierte, ist, geschichtlich gesehen, in erster Linie wegen seines Sieges über die Franzosen in der Schlacht von Agincourt während des Hundertjährigen Krieges bekannt. Sir John Oldcastle ist dank William Shakespeare, welchem er als Vorlage für die derb-komische Figur des Falstaff diente, vor allem aufgrund seiner Freundschaft mit dem jungen Prinzen Harry in Erinnerung geblieben. Die beiden kämpften zusammen in der Schlacht und wurden, jedenfalls laut Shakespeare, später zu Zechkumpanen. Lord Brooke, Zeremonienmeister am Hofe von König James, war der Ansicht, dass Shakespeare sich bei der Darstellung seines ehrwürdigen Vorfahren zu große künstlerische Freiheiten herausgenommen hätte. Da Shakespeare ein solch wichtiges Mitglied des Hofes seines Schirmherrn nicht brüskieren wollte, schrieb er einen Widerruf und änderte den Namen des lebensfrohen, aber feigen Sir John in Falstaff um.

Tatsache ist, dass der historisch belegte Sir John Oldcastle alles andere als feige war. Wie die geschichtlichen Quellen übereinstimmend berichten, sah er dem Tod überaus tapfer ins Auge. Einige sagen, er sei als christlicher Märtyrer gestorben, andere wiederum behaupten, er habe seine gerechte Strafe als Verräter erhalten. Als Henry V., von den Erzbischöfen Arundel und Chichele unter Druck gesetzt, begann, die Lollarden unbarmherzig zu verfolgen, wurde Sir John beschuldigt, ein Komplott gegen den König geplant zu haben. Es wurde berichtet, dass er geplant hätte, den König während einer Feier am Abend des Dreikönigstages in Eltham gefangenzunehmen und dann einen Staat auszurufen, der sich durch religiöse Toleranz auszeichnen sollte. Als dieser Plan scheiterte, folgten weitere Aufstände und Verschwörungen – die man allesamt Oldcastle zur Last legte. Man setzte eine Belohnung von tausend Pfund auf seinen Kopf aus. Schließlich wurde er in Wales verwundet, gefangen genommen und nach London gebracht. Dort wurde er auf der Basis eines bereits vorangegangenen Schuldspruchs ohne weiteren Prozess im Schnellverfahren zum Tode verurteilt. Nach seiner ersten Festnahme war er seiner Hinrichtung mit Hilfe eines Pergamentmachers namens William Fisher entgangen, dies ist historisch gesichert.

Um sowohl die Figur Henrys V. als auch die Sir Johns mit Leben zu erfüllen, habe ich mich nicht nur auf die historischen Quellen, sondern auch auf Shakespeares Charakterisierung dieser Personen gestützt. Meiner Kenntnis nach gibt es jedoch keinen historischen Beleg dafür, dass William Fisher und Henry V. ein und dieselbe Person waren, auch wenn belegt ist, dass der König größte Bedenken hatte, seinen alten Freund hinrichten zu lassen. Sir John Oldcastle wurde am 14. Dezember 1417 auf das Saint Giles Field neben dem Tower gebracht, wo man ihm den Bauch aufschnitt, ihn anschließend als Verräter und Ketzer über einem niedrigen Feuer röstete, bis er starb.

Die Verfolgung der Lollarden dauerte bis zur Reformation an. Viele Männer und Frauen wurden wegen ihrer religiösen Überzeugung gefoltert und hingerichtet, darunter auch Jan Hus in Böhmen. Leider endete die religiöse Intoleranz auch nicht mit der Reformation.

DANKSAGUNG

Mein besonderer Dank gilt meinem Agenten Harvey Klinger – niemals hatte ein Autor größeres Glück, so gut vertreten zu werden. Danken möchte ich auch meiner Redakteurin Hope Delon für ihre Objektivität und ihr Einfühlungsvermögen, ebenso wie für ihre Geduld und ihren beharrlichen Glauben an mein Potential. Dankbar bin ich auch all den wunderbaren Leuten bei St. Martin's Press für die gute Arbeit, die sie für mich geleistet haben.

Die Unterstützung, die ich durch meine Freunde und meine Familie erfahren habe, überstieg während der ersten Wochen als Autorin all meine Erwartungen bei weitem. Ohne ihren Enthusiasmus wäre dieses zweite Buch niemals möglich gewesen. Diese geliebten Menschen sind zu zahlreich, um sie alle namentlich nennen zu können, aber ich hoffe, dass sie wissen, wie sehr ich sie und ihren Beitrag schätze.

Ebenso bin ich meiner Gemeinde für ihre Unterstützung zutiefst dankbar. An dieser Stelle möchte ich ganz besonders Carolyn Wilson und Saralee und Larry Woods für die berufliche Anerkennung, die sie mir von Anfang an zuteilwerden ließen, und das Vertrauen, das sie in meine Arbeit setzten, hervorheben.

Großen Dank schulde ich Bernice Rothstein, die für mich den Kontakt zu Miriam Halachmi von der West End Synagoge hergestellt hat, und natürlich Miriam selbst, die so freundlich war, mich bei den hebräischen Übersetzungen, die ich für meine Arbeit brauchte, zu unterstützen. Wie immer danke ich meinen Schriftstellerkollegen Meg Clayton, Mac Clayton und Leslie Lytle, die große Teile dieses Manuskripts gelesen haben und deren Ermutigungen mir halfen, meine Geschichte zu finden.

Am meisten danke ich jedoch Gott dafür, dass er mein Leben durch diese Menschen gesegnet hat. Ich danke ihm auch dafür, dass er mir Worte gegeben hat.